心灵与艺术

周立人 著

中国出版集团
东方出版中心

自序

有恋物癖的人并不都是艺术家，但艺术家肯定恋物，且恋得如痴如醉，不能自拔。罗丹恋上了“永恒的偶像”，毕沙罗恋上了“卢韦西厄纳的驿车”，卡夫卡恋上了“城堡”，艾略特恋上了“荒原”……

各种或明或暗的被恋之物，尤其是存在于作品之中的被恋之物，有具象的，也有抽象的，有表义的，也有隐喻的，有和谐的，也有冲突的，有单指涉的，也有多指涉的，有辐射状的，也有枝状、链状、网状、旋涡状的，甚至还有难以名状的。这些海妖的化身总是试图用她们的魔咒把艺术家囚禁在大海的深处，而艺术家则借助缪斯的神力降伏了她们，将她们驯化为乖顺的奴婢。

这种降伏，对于艺术家来讲，与其说是一种生命力的释放，不如说是一种难能可贵的自救。在虚灵寂照中，混沌世界的浊浪终于退去，留下的是一片如诗如画的、清香宜人的绿洲。在这片绿洲里，你可以望见一位美丽的天使，永恒的蓝天衬映出其伟岸不俗的身影。这身影能在瞬间将时空融化，将偎依在时空怀抱里的一切景物融化，让你更贴近纯真，更贴近本色。

我不敢以艺术家自诩，但偶逢的缪斯慷慨地赋予我创作的灵感和欲罢不能的激情，让我踏着它们的冲浪板在“望水屯的井”、“场站”、“蛇鞭”等一个又一个被恋之物的波峰浪谷里飞快地穿行。尽管浮躁与困惑时常像一只猛禽追赶着我，甚至将我刚刚编织好的梦扯成碎片,可我继续前行着,毫不气馁地再重新编织起新的梦来。随着燃烧的灵感和狂奔的激情渐渐变成了紫罗兰般的晚霞,我终于发现自己的灵魂有了守护之神。他将我化作一朵白云、一颗星星、一滴雨露,化作一棵长在岩石边上的小草,一只安栖在无垠沙滩上的鹅掌贝。

或许有人会重提一个古老的命题:美为何物?

美,从某种意义上说,无疑是从骚动不安的、叛逆的灵魂的创口中渗出的血,是从心灵最幽眇、最神诞、最苍凉的角落里射出的一束光,是在屈辱的荒丘上矗立起来的一座圣殿,是淘尽浮沙后的生命留下的本原。它像一抹沿着地平线泛射出来的曙色,预示着洞穿大千世界的透明视觉的降临;它如一泓宁静的秋水,在夕阳的抚照下变得愈加澄澈明净,裸露出包容万象的秘密;它似一位御风而行的仙者,屈尊般地融入凡人的天地,不断地发掘着隐匿于其中的意义。

庄子云:“夫列子御风而行,泠然善也。”其意是:得风仙之道的列子能驾着风在空中心无挂碍地飘游,这无疑是一种轻妙美好的境界。本集子取“心灵与艺术”之名,愿“心灵”有如得风仙之道的列子,“艺术”有如载着他“直出浮云间”的泠风。是为序。

周立人

2012年2月28日

于上海理工大学

目 录

自序 …… 001

黄昏的喧嚣 …… 001
望水屯的井 …… 095
场站 …… 109
蛇鞭 …… 142
归来之夜 …… 183
寒流 …… 200
拾荒者 …… 208
秋梦 …… 232
会癖 …… 243
晚宴 …… 253
摇钱树 …… 272
苏家村的故事 …… 293
乡村医院 …… 312
老派克饭店 …… 328
红河边的花魂 …… 380

作品综述(代后记) …… 435

黄昏的喧嚣

一

顾韦番刚吃好晚饭就坐在自家店门口的一张躺椅上，一面抽着"红双喜"，一面看着手里的《新民晚报》，压在左腿上的右腿高高地翘着，时不时跟被风儿吹动的树枝似地晃几下。看了一会儿后，他见香烟快燎到了手指，于是放下右脚，将贴在椅背上的身子往前一折，使出吃奶的力气吧了最后一口烟，然后把烟屁股撂在两脚的中间，用右鞋底轻轻地碾了碾。

接着，他又恢复原来舒坦的坐姿继续看报，直到眼圈有点酸胀，眼睛有点昏花了才放下报纸。这时，不知从哪里飘来一首流行歌曲："有一个美丽的小女孩，她的名字叫做小薇。她有双温柔的眼睛，她悄悄偷走我的心……"听着，听着，他情不自禁地跟着哼唱起来，边哼唱边眯缝起两眼打量着从他身边走过的人。

这些人中有不少是刚下班往家里赶的，他们疲惫的神态和晃动的身影使他的心情渐渐变得烦躁起来。他终于没兴致继续哼唱那首歌了，昏沉沉的脑瓜里塞满了一双双疾步快走的腿。是啊，他寻思着，现代都市的生活节奏越来越快了，人们面临的压力也越来越大，他们好像无时无刻不在为自己的生存谋划着、奔波着，即便是下了班也很少有休闲的工夫，因为等待他们的是一大堆家务活。

没多时，有一张略显苍白且毫无表情的面孔，酷似从云雾里钻出来的一轮寒月，将冷冰冰的清辉撒在他的身上。他哆嗦了一下后，干脆闭起眼睛想着自己的事。

这几天股票大涨，店里的生意也不错，昨晚又在麻将桌上赢了一把，真可谓鸿运当头不可拒，财源滚滚如潮来。只可惜，跟圈子的一些朋友相比，自己总觉得还缺少一点什么。这些朋友不但有豪宅和私家车，而且还瞒着老婆在外头包二奶，二奶玩腻了就常常驱车到外地的“度假村”去换换“口味”……

就在他闭目静思的时候，浮沙一般的暮色渐渐地沉落到大街上，也沉落到他那张多肉的、油浸浸的脸上。街面不知什么时候变得喧闹起来：几个腿粗腰壮、浑身散发着汗臭的小贩，一面敞胸露怀地、慢悠悠地蹬着黄鱼车，一面亮着高音喇叭似的大嗓门叫卖水果和蔬菜；一群兜售黄碟的女人，胆小的抱着孩子神情腼腆而又紧张地跟打身边走过的男人搭讪，边搭讪边拉开外衣的拉链，将揣在怀里的黄碟给他看，胆大的干脆把黄碟拿在手里，口中不停地喊着“爱片要吗？最新的爱片”；一个身材颀长、戴一副黑边眼镜的男子，刚把一只沉重的碟片箱搬到撑开的木头支架上，便被一群人团团围住，接着就是七嘴八舌的询问和一番又一番的讨价还价。

“哟，这不是顾老板吗？”那群人离去后，男子兴冲冲地走到顾韦番的跟前，挠了挠后脑勺说。

“哦，是史大富啊，好些日子没见你的人影了，上哪儿去了？”顾韦番慢慢地睁开眼睛，端量着站在他面前的这位三十多岁的年轻人。说心里话，他还真有点喜欢这位年轻人，不单是因为他长得眉清目秀、匀称结实，更重要的，是因为他的碟片给他顾韦番的生活带来了不少乐趣。几天不见，他总隐隐地感到自己好像少了什么。

“前些天风声紧，没敢出来做生意。”史大富笑着说，“现在风声过了，也就出来活动活动了。要不然，就没法过日子了。哦，对了，我这儿有刚进的新片，其中不少还是你喜欢的古装三级片呢！”

“是吗？那就赶紧拿过来看看。”顾韦番急切地说。

不一会儿，史大富将十张封套做得十分诱人的碟片送到顾韦番的手里。

“多少钱？”顾韦番数了数后问。

“五十元。”史大富回答道。

“都老客户了，就不能便宜些？”出于生意人养成的习惯，顾韦番不假思索地说。

“那可不成，这些都是紧俏货。不信，你就等着看，一会儿工夫我就全出手了。”史大富说着，将脑瓜往右一偏。“再说，你顾老板又不是没有钱，犯得着这般抠门儿？”

“哎，都是生意人，彼此彼此嘛！”顾韦番咧开厚厚的嘴唇憨憨地笑道，“你这话我可不爱听。什么抠不抠的？我又不是头一回当你的‘财神爷’。”

“你是名正言顺开店的大老板，我是躲着白天‘摸黑儿’的小本买卖。要我说，你拔根汗毛也比我的腿粗啊！”史大富说，“常言道：‘饿死的骆驼也比马大。’我只是从你这里挣几个糊口的小钱，哪敢指着你这位‘财神爷’发大财？更何况不定哪一天‘黑猫’闻到了腥，把我这摊头给一锅端了。”

“这倒也是。没想到你嘴皮子还挺溜的，有唱独角戏的天赋。做碟片生意真是檀香木当柴烧，叫你屈才了！”顾韦番听史大富这么一说，觉得他讲的也在理，于是也就没再跟他软缠硬磨地讨价还价。

付了钱后，顾韦番把碟片裹在报纸里，而后闭起眼睛继续想心事。这时候，一首他所熟悉的怀旧歌曲乘着一阵又一阵风儿飘到他的耳朵里。那带有些许悲哀情调的旋律在他的心里激起一层层感伤的涟波，使他沉浸于早已逝去的如梦似烟的岁月之中。他回想起自己三十年前在安徽插队时跟一个农家女的恋爱——这段恋情虽然仅延续了三年，但却深深地埋在他的记忆里。他还回想起二十七年前返沪后在一家钢铁厂工作的经历,回想起辞去钢铁厂工作后开起夫妻店时的艰辛与磨难……这一切,如果写下来,真是一部了不起的个人罗曼史和奋斗史,他寻思着,只可惜现在就是想写也没这个心气,更没这个能耐。

在他充满坎坷的人生道路上,最令他回味无穷的是那早就成为云踪雨迹但又刻骨铭心的初恋——要是政府没有给像他这样的知青落实政策,他或许早已在安徽安家落户、生儿育女了——,最让他感到内疚的是他抛弃了那位在他最孤独、最失意的时候给了他温暖与爱情的安徽姑娘,最叫他追悔莫及的是他娶了一个原籍在奉贤的徐冬芹做老婆。

徐冬芹也是个农家女,是他刚进钢铁厂工作时由车间主任提的媒。当时,他的父母想抱孙子想疯了,隔三差五地催他快点成家,于是,他也没经过深思熟虑就草草率率地结了婚。可结婚后不久,他发现这个徐冬芹在各方面都不如那个安徽姑娘。前者是沉默寡言抑郁型的,后者是说说笑笑开朗型的;前者是磨磨蹭蹭懒散型的,后者是任劳任怨勤快型的;前者是凶悍无礼泼辣型的,后者是柔静温顺体贴型的。这些巨大的差异,就像一团团阴沉沉的乌云压在他的心头,常常叫他闷怀难释,愁肠百结。

现如今,他虽说是朝五十奔的人了,但精力充沛,如日中天,不仅贝齿未落,而且那头黑发没白去几茎,而比他小五岁的徐冬芹则早已容衰姿损,不但牙脱发白,眼角堆满了鱼尾纹,还患上了肾病和心脏病。这些生理上的差别,或多或少地影响了两人的夫妻生活,使两人的情感世界变得愈加黯淡无光,用他的话说就是"跟吃糠咽菜没有什么两样"。更叫他内心感到荒凉的是:由于婚后无子,日子过得有点平淡和凄清,用他的话来形容,"就好比白水煮冬瓜,没滋没味的"。由于生理上和心理上都没有得到满足,他常常跟东岳庙里的小鬼似的,瞪大着一双叫人害怕的眼睛看着自己的妻子,有时候甚至一连好几天不跟她说话。

不过，面对不如意的婚姻他也不是破裤子缠腿抻不开。平时除了炒股和经营房产，他一有空不是打麻将就是看三级片，偶尔也到附近的“芭比娜会所”去跟按摩女聊天。打麻将是图个热闹欢快的气氛，以此来冲淡郁积在他内心的寂寞；看三级片无非是过过眼瘾，从中得到一种隐秘的满足与自慰；跟按摩女聊天既可以疏导自己的情绪、排遣心理上的压力，又可以让自己陶醉在“春山春水”般的幻觉之中。

暮色转眼间变得更浓了。在这沉甸甸的暮色中，在这扰人心绪但又充满了诱惑的街面上，一个看上去不到三十岁的女人迈着安闲自在的步子走到顾韦番的店门前。她中等身材，上身穿一件奶黄色的短袖衫，下身穿一条白底红花长裙，脚上蹬一双紫色的半高跟鞋，有点歪斜的左肩上挂着一只淡褐色的女包。虽然她的体态显得有点肥胖，但由于肤色嫩白，而且浑圆饱满的脸上长着一双黑亮妩媚的大眼和一张红润性感的嘴，因而整个模样还算不错，还有几分迷人的姿色。她先昂起头，闪动着长长的眼睫毛望了一眼店门上的横牌，而后凑到横牌底下的一扇贴满房源信息的玻璃门前。她挨个浏览了几乎所有的信息后，轻轻地敲了敲门。

“你找谁?”一听有人敲门，顾韦番赶紧睁开两眼急迫地问。

“我找盛业房产的老板。”女人转过身子，羞声怯气地回答道，边回答边搔了搔乌黑油亮的披肩发。

“我就是。”顾韦番一本正经地对她说。

“哦，原来你就是这店的老板。”女人的脸上漾起浅浅的、柔柔的笑意。

她借着路灯投下的清光把顾韦番囫囵个儿打量了一遍，发现这位岁数瞧上去完全可以做她爹的老板宽阔的肩膀上安着一张椭圆形的长脸，跟肥厚的大鼻子和粗短的、带有一块紫黑色胎记的脖子配在一起，显得有些臃滞和笨重，平直的淡眉下压着一对顾盼时熠熠有神的眼睛，机敏之中带有一点傲慢和倔强。

“这儿说话不方便，请进屋谈。”顾韦番边说边从躺椅上站起来。他稍稍犹豫了一下，然后把手里的东西递给女人：“麻烦你帮我拿一下。”

“行。”女人很有礼貌地说。

“再麻烦你把那扇玻璃门推直。”他折好躺椅后，用左手提着它，右手接过女人手里的东西。

门开直后，他步态从容地走进又窄又挤的店堂，女人则跟在他的后面。

“请这边坐。”他把躺椅搁在屋内的一个墙角里，紧接着，摆过身子指了指一张双人沙发。

于是，女人将裙子轻轻地提了提，而后悠然不迫地坐到了沙发上。这沙发正好对着一张横放的写字台，台面上摆着茶杯、烟灰缸、电话机和验钞机等物品。

顾韦番关上房门、拧亮电灯后，把裹着碟片的报纸往写字台上一撂，随后坐到一张椅子上。这张椅子恰好跟双人沙发隔桌相望。他从衣袋里掏出香烟盒，拔出一支烟叼在嘴上。接着，在把烟盒放回衣袋时，顺手摸出一只打火机，只听咔嗒一声，一朵带着青烟的火慢慢地将他嘴皮上的烟点着了。他一边吸着香烟，一边骨碌着眼珠子端量着女人，仿佛摆在他面前的是一只精致的花瓶，一道百看不厌的亮丽风景。

女人见他像黑眼见了白银似地看着自己，便故意回避他的目光，把视线移到左边通向起居室的一扇门。这扇门半开着，里边不时地响起轻微的走动声。

“听你的口音好像不是本地人。”顾韦番鉴貌辨色般地把女人细看了一遍后，咧嘴一笑道。

“我老家在安徽。三年前，我跟着老公来到上海。”女人转过脸回答道，嘴角边掠过一丝不易被人察觉的尴尬。

“哦，原来是这样。”顾韦番对着烟灰缸剔了剔烟头上的烟灰。“安徽可以说是我的第二故乡啊。”

“是吗?”女人用好奇的目光望着他。

“不瞒你说，我年轻时曾在安徽的独山插过队。”顾韦番说罢，继续抽他的烟。

“我是在安徽的六安市长大的。”女人轻微地耸了耸两叶修长的柳眉。

“六安市离独山不远，那地方我去过。有一年我回上海前，特地上那儿买了几斤‘瓜片’，那浓郁的茶香味至今还深深地留在我的记忆之中……”顾韦番一面抽着烟，一面跟聊家常似地意孜孜情绵绵地说着，好像做不做生意对他来讲都一样。

而女人似乎对他的述说并不感兴趣。她耐着性子听了一会儿后，一笑道：“老板，不好意思，我想我们也该谈正事了吧？待以后有机会我再来这儿聆听你插队的经历。”

“哦，对。你看我这人，只顾着‘嘎三胡’，连你是谁都给忘了。”顾韦番拍了拍脑门说，“那你是想租房还是购房?”

“刚才，我粗粗地浏览了一下贴在店门上的房源信息，没找到适合我买的住房。看来，只好租房了。”女人说着，把包从肩上拿了下来，放在自己并拢的大腿上。两只指甲嫣红的胖手叠放在包的上面。

“我这儿倒有一套住房，就在这附近。本想给圈子里的一个朋友留着，所以没有挂牌。单价和总价都可以说是最低的。不知你感不感兴趣。”顾韦番扬了扬眉毛，态度诚恳地说。

“你能不能详细说来听听?”女人问道。

“那套房是带煤卫和阳台的一室户，装修得还不错，楼层也比较好，是三楼。单价六千不到一点，总价才二十万。”顾韦番回答说。

“那这套房为什么要贱卖呢?”女人又问。

“因为房主刚在松江购置了一套别墅,急于想用这套房的房款来还贷。”顾韦番解释说。

“眼下,像这样的住房每月的租金是多少?”女人接着问。

“最起码一千吧。”顾韦番回答说。“不过,我劝你还是把它买下来,因为目前市区的土地资源越来越紧缺,而且像这样的小户型越来越稀少了。再说,这套房周边的配套设施很齐全,附近正在造地铁。待地铁开通了,房价就上去了。我圈子里的不少朋友眼下都攒了不少像这样的二手房,他们就喜欢靠贱敛贵出捞上一把。”

听顾韦番这么一说,女人不禁怦然心动:“那你什么时候能带我去看看那套房?”

“现在就可以。因为房主平时挺忙的,新住所离这儿又比较远,所以他就干脆把钥匙交给我,委托我保管,委托我带客户看房。如果你看中了这套房,我立马打他的手机,让他过来跟你签订购房意向书。”顾韦番说完,把快要燃尽的香烟掐灭在烟灰缸里。

“行。”女人说罢,喜形于色地从沙发上站了起来,将拿在手里的包又挂回到左肩上。

顾韦番见自己的一番话把她给说动了,便不露声色地从写字台右边的一个抽屉里取出一串钥匙,而后走到起居室的门口对着里边大声说:“徐冬芹,我带客户去看房。如果有人来,你就先替我支应一下。”

“好的,你去吧。”里边是一个中年妇女的声音。

不到十分钟,他们来到了一幢五层楼的房子前。顾韦番打开底楼的防盗门后,让女人先进去,然后领着她上了三楼。

“就是这间,302 室。”他对女人说。

“这里好像好久没人住了。”女人发现房门上积着一层厚厚的灰尘。

“是啊，是有些日子没人住了。”顾韦番说，“听房主讲，这套房原本是他大儿子结婚时的新房，后来，大儿子带着他的妻子到加拿大去了，而且在那里定了居，于是他就搬了过来，自己原来的面积稍大一点的住房让给了小儿子住。”

“这里既然没人住，怎么会有香水味？”当顾韦番打开房门时，一股淡淡的香气从里边飘逸出来，于是女人疑惑地问。

“是啊，我第一次来看房时心里也纳闷着。我想，那位房主该不会在这儿包过二奶吧？现在有钱人都行这一套。”顾韦番笑了笑说。

两人进屋后，他关上房门，开亮电灯，先让女人看房间和阳台，然后让她看厨房和卫生间。房间里的陈设比较简单：和门成一条直线的那堵墙的墙边摆着一个面朝阳台的三门衣柜；靠阳台的那扇窗前放着一张餐桌，餐桌的一边贴着窗底下的墙面，另外的三边各放着一张椅子；餐桌和衣柜之间横放着一张大床；距阳台铁门约两米的地方，倚墙放着一只双门矮柜，矮柜上是台电视机，正好对着床头。阳台内，除了几根晾晒衣服用的竹竿外，什么也没有。厨房里，过道的左边有两只连在一起的不锈钢水池，每个水池都配有一个龙头，龙头的上方是一个“壁挂式”碗橱；过道的右边是煤气灶，煤气灶的上方安装了一台排油烟机。卫生间里，有一个带“浴霸”的浴缸、一个带镜子的洗脸盆和一只抽水马桶。

“这套房你看下来觉得怎么样？”女人看完房后，顾韦番问道。

“还行，就是房间的地板和墙纸太旧太脏了，厨房和卫生间有几块瓷砖开裂了，而且房间里没安空调。”女人回答说。“另外，我想问一下，这屋里的设施，包括家具——”

“哦，这好办，我可以劝房主把它们——”就在这时候，顾韦番的手机响了。

“喂，哪一位？哦，是他呀！他不是说还差点钱吗？怎么，他现在又想要了？你先不要答复他，待会儿我打电话给他跟他谈这事。哦，哦，我马上就回来。知道了。”他从裤兜里掏出手机后，叽里呱啦地说了一阵。

“看来，你的生意还不错。”站在一旁的女人笑吟吟地说。

“是啊。”顾韦番把手机放回裤兜。“刚才是我老婆打电话给我，说我圈子里的那位朋友来电话讲现在他已弄到了钱，想买这套房了。这人也真是的，一个月前还说手头的钱不够，付不了首付款。这下可好，净给我添乱。”说到这，他顿了一下，而后接着说：“我看，要不这样，你待会儿和老公商量商量，听听他的意见，最好叫他也过来看房，争取在明晚八点之前敲定这笔交易。要不行，我就把这套房卖给我的朋友了。”

“行，我会尽快给你个答复。”女人说。

“那好，一言为定。”

顾韦番说罢，正准备带着女人离开，忽听有人在敲门，于是急溜溜地去开门。

“你们找谁？”门打开后，他见一对中年男女站在门口。

“你是顾老板吧？”那男的似笑非笑地问。

“是啊，你们是——”顾韦番皱起眉头问。

“刚才，我们去过你的店，听你老婆说你带人去看一套没挂牌的房，房价还挺便宜的。所以，我们就赶过来找你，也想看看这房。”那女的说。

“嗨，这只猪头三也太健忘了！”顾韦番转过身子，红着脸对刚看好房的女人说，边说边从衣袋里摸出一张名片递给她。“实在对不住了，我现在要接待他们，恕不远送。这名片上有我的电话和手机号码，你可以随时和我联系。哦，对了，你这位小姐该怎么称呼？”

“我姓乜，叫乜小尧。”女人回答道。

“怎么联系？”顾韦番问。

“明天我给你答复时你就知道了。这会儿你不正忙着吗？”女人说完，步履匆匆地走出了房门。

二

乜小尧下了楼梯后，拧开防盗门的锁走了出去。她走下台阶时，回头看了看这幢房子的门牌号码，随后在附近转悠了一阵子。她发现该小区周围的公交车特别多，出行很方便，而且超市、菜场、小学、中学、医院等应有尽有。她还发现沿街的几幢房子底楼的天井已被改建成商铺——这些商铺有卖干货的，有卖水果的，有卖烟酒的，有卖文具的，有的成了理发店或餐饮店。这几天，她一直想抽空剪个头，于是顺便走进了一家名叫“美妮娅”的理发店。

“大姐，你要做头发？”一位年轻女子见她跨进店门，便带着甜蜜的微笑迎了上来。她不胖不瘦的身上穿着一件黑色的、领口开得很低的连衣裙，半遮半掩着滚圆凸起的双乳，左臂上刺着一朵难看的花。

“我不做头发，只是想把头发修剪一下。”乜小尧发现这女子的那张线条分明、齐齐整整的脸因妆饰得过浓，特别是扑了太多的白粉，而显得有点俗气。

“好嘞。”女子让乜小尧坐到一张椅子上，接着便剪起发来。剪了一会儿后，她没话找话地问：“这位大姐是安徽人吧？”

“你怎么知道我是安徽人？”乜小尧反问道。

“还不是听你的口音？”女子将耷拉下来的眼皮往上一挑。

“那你也是安徽人喽？”乜小尧侧觑着她问。

“不是，我是东北人。不过，我在安徽呆过两年。”女子说完，又耷拉下眼皮，两簇黑云般的眼影和芒刺似的睫毛仿佛给白生生的面颊罩上了一层荫帘。

“在安徽什么地方？”乜小尧问。

“在离六安市不远的 129 医院。”女子回答说。

“我老家就在六安市。129 医院我去过，那是一所部队医院。照你这么说，你还当过兵？”乜小尧趁她摆头看镜子的那会儿，稍稍调整了一下坐姿。

“没错，我在那所部队的医院里当了两年护理工。那会儿我天天起早贪黑地干杂活，吃了不少苦。自己的青春就这样白白地浪费了两年。”女子感慨地说。

“嗳，话可不能这样讲。部队可是锻炼人、培养人吃苦耐劳精神的好地方。再说，你在部队有吃有穿有住的，退伍时多少还能拿到一笔钱呢！”乜小尧说。“那你现在怎么到上海来了？”

“这说起来话就长了。”女子柔媚且苦涩地一笑道。

原来，这女子名叫王采萍，是黑龙江佳木斯人，三年前因没考上大学而抱着“碰碰运气”的心理去当兵，被分配到 129 医院住院部的内科病区当护理工。当时，和她一起被分配到内科病区的还有一位名叫唐文静的上海姑娘。由于她俩都是 80 后的独生子女，从小都受父母的宠惯没吃过苦，因而到了部队后还真不知道该怎么过日子。好不容易熬了两年总算熬出了头。退伍后，王采萍回佳木斯呆了半年，没找到自己喜欢的工作，于是就来上海找唐文静。她在唐文静家住了些日子。当时，唐文静在某家私营企业当推销员，每月的收入并不多，双双下岗在家的父母正合计着把天井改建成铺子租给一个想开理发店的中年妇女，这样不仅可以贴补家用，而且还可以为女儿将来的婚嫁攒上一点钱。租铺子的中年妇女恰巧也是佳木斯人，而且正想找一个学徒。于是，在理发店开张的前几天，唐文静顺风顺水地把王采萍介绍给她。王采萍起初还不愿意，但后来觉得自己总不能在唐文静的家里干耗着，觉得在上海做理发师也比在佳木斯干任何别的工作强，因而也就答应了。虽然干理发这一行蛮辛苦的，但每月的收入还不错。

“这么说，你在上海的时间并不长?”乜小尧听了王采萍的述说后问。

“是啊，才半年还不到。”王采萍回答说。“你呢?”

“我在上海满打满算也有五个年头了。”乜小尧说。她觉得这个东北姑娘挺单纯、挺实在的，因而也就敞开心扉，无所不言。

乜小尧正如她自己所说的，老家在安徽的六安市。她的母亲出生于安徽独山的一个农民家庭，二十一岁那年嫁到了六安市，现在在六安市的一个印刷厂做业务员。她的父亲在六安市的一所小学当教师。念完高中后，乜小尧无心继续求学，于是就在当地的一家超市当收银员。七年前，她经人介绍，认识了一个做水产生意的男子。这男子比她大九岁，虽然左腿有点残疾，但很有经济头脑，也吃得起苦，因此攒下了不少钱。两人认识后不久就结了婚，婚后一年她生了一个儿子。后来，老公觉得做水产生意太苦太累了，打算学学温州人，到上海开一家洗脚店，于是一家人就离开了六安市来到了上海。洗脚店开张后不久，天天门庭若市，生意兴隆。那些顾客多半是大款，他们来洗脚不是为了别的，只是为了放松放松自己，消磨消磨时间，同时也找个小小的乐子，尤其是跟洗脚女云情雨意般挑逗、嬉笑的乐子。在老公雇用的洗脚女中，有一个长得特别娇媚迷人。乜小尧万万没料到，老公居然会跟这个洗脚女有一腿，甚至还和她蛇蟠蚓结地联起手来对付自己。最后，百般无奈的她只好答应了老公的离婚要求，拿了二十万元钱带着儿子离他而去。

“真没想到现在的男人除了女色外，再也没有别的东西值得他们去追求的了。”王采萍听了乜小尧的经历后，同情地说。

“是啊，婚姻可不是我们女人所想象的那样有如玫瑰般的美好，只是我们在向往它的时候盲目地给它添加了各种美丽的色彩罢了。男人在女人面前所表现出来的柔情蜜意，只不过是为了图一时的刺激和满足而已。一旦他把你玩腻了，就会抛弃你另觅新欢。到那时，你只能恨他只闻新人笑，不闻旧人哭。”乜小尧说。

“这种体会怕是只有像你这样的过来人才会有。不过，从古到今，女人对男人来讲本来就是宴席上的菜，每道菜都有每道菜的味道。要不然，从前皇帝的后宫里怎么会嫔妃如云呢？”王采萍说着，看了一眼镜子里的乜小尧。“那你现在在哪儿工作？”

“在舒怡酒家的餐厅当招待。”乜小尧的脸上不觉漾起淡淡的红晕。

“舒怡酒家离这儿不远，每天晚上那里的生意可好了。”王采萍说，“我曾听人讲，那儿还兴陪舞、陪酒之类的，是个风花雪月的场所，光让男人摸一下奶子就能赚五十元的小费。”

“是啊，你说的没错。可那些陪舞、陪酒的女子都不是店里的职工，都是些没有正当职业、专到酒家和夜总会卖弄色相的人，其中甚至有专勾搭外国人的女大学生呢！”乜小尧见王采萍口无遮拦地把话都说开了，索性无所忌惮地实言相告。

“没想到现在的女大学生中也有自甘堕落的。依我看，应该把她们送到部队去才是。”王采萍笑着说。

“是啊，部队是‘一年三百六十日，风刀霜剑严相逼’，定能叫她们收敛收敛。”乜小尧说。

“哦，对了，你是头一回来我这儿理发吧？是不是刚住进这里的小区？”王采萍问。

“这店我倒是头一回来，可我不住在这儿，我只是打算在这儿买套房。”乜小尧说，“要能住进这里的小区，不但我上班方便，我儿子上学也方便。”

“你看你，虽然离了婚，但还有儿子陪着，真叫人好不眼热。能告诉我你儿子多大了？”王采萍说罢，又看了看镜子里的乜小尧。

“才六岁，刚读小学一年级。”乜小尧说。

就在两人东拉西扯地闲聊时，顾韦番悄悄地走了进来。他往一张长沙发上一坐，笑嘻嘻地问：“今天就你一个人？”

“是啊，老板娘有事出去了。”王采萍回答说。“不过，现在还好，来理发的人不多。”

“哟，这不是乜小姐吗？”顾韦番一边看着镜子里的乜小尧，一边从衣袋里摸出香烟和打火机。“真是人生无处不相逢啊！”

乜小尧没有理会他，于是，他点燃一支烟后闷声不响地抽了起来，时不时将身子凑向沙发前的茶几，对着一只造型别致的烟灰缸掸剔着烟灰。

不一会儿，乜小尧在镜子里看到他一面吞云吐雾，一面在偷觑着王采萍沟深乳挺的胸脯，顿时觉得心里跟粘上了一只死蟑螂似的不是个滋味。

“好了，该轮到你了。”王采萍剪好乜小尧的头发后，收好钱，将她送到店门外，然后对顾韦番说。她见顾韦番这会儿两眼正呆呆地凝视着门外，便嘟噜着脸走到他的面前：“她是——”

“她只是我的一个客户，我刚刚带她去看房，没想到在这里又跟她碰上了。”顾韦番解释道。

“我说呢，”王采萍的两条描得很黑的眉毛轻微地一耸，“看来，你们俩是有缘啊！”

一听这话，顾韦番的脸不觉一紧：“王小姐什么时候也学会了说话门神里卷着灶神？”

“哪能啊？我只是说你们生意上投缘，没别的意思。”王采萍说，“不过，你要真的跟她那个，我也拦不住你。谁不知道你们男人都是些爱沾臊偷腥的野猫，都是纸做的栏杆靠不住？”

“你看你，都快把我说成狎浪之人了。要知道我光想着她口袋里的钱，哪能起你说的那种心肠？”顾韦番说，“好了，别多心了，等我抽完了烟就给我理发吧！我顾某人再卑再贱，也不会跟只有一面之缘的客户睡觉。况且，我说什么也不会放着你这水灵灵的鲜花不要，偏要去碰她那棵老白菜。实话对你讲，没有你，我就是住别墅豪宅，吃熊掌燕窝也会觉得没滋没味。”

“瞧你这张嘴，就跟抹了香油似的瞎轱辘，净会拿一些花言巧语来糊弄人。”王采萍风风骚骚地跟他做了个鬼脸。

“你还别说，我这张嘴一‘轱辘’起来，还真能叫你像吃了五石散似的飘飘欲仙，生不如死呢！”顾韦番用调戏的口吻说。

就在他俩调嘴弄舌般地说闹时，乜小尧来到舒怡酒家附近的一个废品回收站。这个废品回收站的老板娘是她的同乡，名叫栾小妹，现年四十五岁。乜小尧离婚后曾一度过上了居无定所的日子，而且有一阵子她老在为自己的工作而犯愁。一天，她突然记起一个曾经光顾她洗脚店的中年男子，那男子自称是舒怡酒家的老板，还给了她一张名片。于是，她赶紧翻找出那张名片并按名片上面的地址去找他。这位老板听了她一把鼻涕一把泪的诉说后动了恻隐之心，当即把她安排在舒怡酒家的餐厅当招待。而且，机缘巧合的是舒怡酒家有一个厨师也是来自安徽的六安市，经他介绍，她便认识了栾小妹。栾小妹在上海做废品生意已有六个年头了，而且越做越大。除了店铺外，她还有三个很大的仓库。一听乜小尧说想找个地方暂时落个脚，她便在一个仓库腾出一块地方，让她和她的孩子住下了，还特意给他们弄了些零零星星的旧家具，给他们缝了一床被子。

“妈，您今天不是休息吗？怎么这么晚才回来？”乜小尧的儿子魏埔佳见母亲走进仓库，赶紧放下手里的作业，从一只矮凳上站起来。

“妈待会儿跟你说，咱先去吃饭。”乜小尧急匆匆地跑到儿子的跟前，拽着他的右手朝仓库外面走去。

“哟，你可回来了。今天你不是歇班吗？怎么这会儿才见你人影啊？”这时，栾小妹正好打仓库的大门走过，见乜小尧母子俩从里边出来，便停住脚步招呼道。

“今天我在外头打理些杂七杂八的事情，没想到一晃眼的工夫天就落了黑。这不,我正带他去吃饭呢!”乜小尧连忙应答道。

“要不,你们跟我一块吃吧。”栾小妹见他们一溜小跑似地往外赶,突然叫住了他们。“我今天赶闲包了一些水饺,正愁吃不完哪。”

“不了,我们已给您添了不少麻烦。改天我请您大婶吃水饺才是。”乜小尧停下脚步,摆过身子对她说。

“你说什么呢,俗话说:‘在家靠父母,出门靠朋友。’我能帮你就帮你一把,说不定啥时候我大婶也需要你的帮衬哪!”栾小妹说,“再说,不就吃几个水饺吗? 我也只是图个高兴,能和你们在一起边吃边聊能让我有一种家的感觉。”

“那好吧。”乜小尧笑着说。

“这才对嘛!”栾小妹见乜小尧答应了,便高兴地走到魏埔佳的面前:“佳佳可是个乖孩子,妈不在时总一个人呆在屋里做作业,长大了准能有出息。不像我的儿子,都快二十三了,大事做不了,小事又不做,净在外头瞎鬼混。他爹在世的话,不打断他的脊梁骨才怪呢!”

“大婶,您千万别这样说。”乜小尧说着,眼圈不觉一红。

“你看这孩子,天庭饱满,一脸富贵相。我比量了一下,发现他还真像你呢!”栾小妹似乎没注意到乜小尧情感上的细微变化,一边拉着魏埔佳嫩荑般的小手朝自己住的那间仓库走去,一边继续对乜小尧说。“哦,对了,我还忘了告诉你一件事情。佳佳每天放学后,总要把在学校捡的空瓶空罐带到我这儿,先帮我干些杂活再做作业。你有这么一个懂事的儿子可是你的福分哪!”

乜小尧听了栾小妹的这些话,脸上掠过一丝不快的阴影,她干瞪着两眼看着自己的儿子,心里边有一种说不出的滋味。等吃完了水饺回到自己的住所后,她亟不可待地责备起儿子来:“谁让你去捡那些空瓶空罐的? 在老师和同学面前你就不嫌丢人? 妈的心现在已够乱的了,你就别再给我添乱了行不?”

“反正他们都知道您离了婚,而且还知道您以前在洗脚店里做过，再丢一回人又怎么样？再说了，阿婆对咱不薄，不但不收房租，而且还知冷知热地关心咱。我捡几只空瓶空罐给她又算得了什么？”魏埔佳满不在乎地说。

一听这话，乜小尧顿时气得面孔涨得通红：“你这毛孩子啥时候开始长本事了，连你妈的话都不当回事了？你妈离婚是你爸给逼的。我过去在洗脚店做还不是为了多挣些钱，好把你抚养成人，好让你将来能有出息，不再跟我一样被人小瞧了？你别再气我了好不好？我已受够了你爸的气，再受你的气，我可——我可不想活了！”她说罢，忿忿悄悄地将拿在手里的包往床上一扔，随后一屁股坐到床沿上掩面而哭。

魏埔佳见此情形，连忙走到母亲的身边，拉着她的一条胳膊说：“妈，别哭了，都怪我不好。从明天起，我不再去捡那些瓶瓶罐罐了。”说完，他快步走到放脸盆的木架前，从最上面的一只脸盆里拿出一条毛巾，而后再快步走到母亲的跟前，给她擦眼泪。

“你呀，”乜小尧一把抓过毛巾，一面擦着脸一面对儿子说，“毕竟还是孩子，许多事情现在还不懂，等你长大了自然就懂了。哦，对了，你刚才说他们都知道了咱家的事，这怎么会呢？”

“是猴崽告诉他们的。”魏埔佳说。

原来，魏埔佳的班里有一个名叫侯冬辉的同学，因为人长得特别矮小，大家都管他叫“猴崽”。他平常总喜欢吹嘘他的父亲是某高校膳食科的科长，家里有轿车，有保姆，有吃有喝的。他不但瞧不起魏埔佳，还经常欺负他。一天午餐时，他故意把一块自己啃剩的骨头扔进魏埔佳的饭盒里，魏埔佳一气之下便跟他争执起来。不一会儿，不知是谁把班主任给叫来了。她弄清了事情的缘由后毫不留情地批评了侯冬辉一顿。可魏埔佳怎么也没想到，那天放学时，他刚走出校门就见侯冬辉他爸带着侯冬辉急吼吼地跑到他的面前：“你这小赤佬算是哪棵葱？竟敢跟我们的冬辉‘搞七捻三’！我早在开家长会时就认出了你的娘。看看你这张面孔，简直就是从她模子里刻出来的。实话告诉你吧，你娘在你还在穿开裆裤的时候就给我洗过脚，把我伺候得说有多舒服就有多舒服。只可惜，前些日子我再去找她时，听人说老板已经跟她离了婚，另娶了一个年轻漂亮的洗脚女。你看看你们这家人，大大小小的都喜欢'搞七捻三'，难道就不能太平一点？"第二天，魏埔佳走进教室后不久，见几个同学在唧唧咕咕地说着什么，还不时地对着他捂嘴窃笑。他事后一打听才知道，侯冬辉把他爸讲的话添油加醋地告诉了其他的同学。

"没想到连你的同学也会欺负人！"乜小尧听了儿子的讲述后，唉声叹气地说。"算了，随他们怎么说吧，人嘴本来就是臭的。你只管读你的书，千万不要受他们的干扰。只要你把书读好了，只要你成绩好，他们自然就会对你另眼相看。哦，对了，你放学后应该先做作业，然后再帮阿婆干活。妈就指着你将来能考上一所好的大学，有一份体面的工作，再娶上一个称心如意的媳妇。要这样，妈这一辈子也就知足了。"

魏埔佳一面低头不语地听着，一面搓弄着衣服的一角。然后，他趁母亲洗洗弄弄的那会儿，坐到摆在一只方凳前的矮凳上，继续做作业。

乜小尧本想告诉儿子自己今天一整天都在外面了解房产信息，但见儿子正在一门心思地做作业，也就没打扰他。她一边看着他做作业，一边回想着方才看房时发生的事情，总觉得那位顾老板有点滑头滑脑的，像是在给她下套子。是啊，就在她看房的那会儿，偏巧他老婆打来了一个电话，说他圈子里的一个朋友又想买她正在看的那套房了，而当她看完了房正要离开时，又凑巧来了两个自称是看房的人，这些都该如何解释？再有，既然自己的朋友已决意购房，他顾老板又何必急着要她的答复？果真她把这笔交易敲定了，他就不怕他的朋友说他胳膊肘儿往外拐？看来，这位顾老板也太精明了，而且是精明得过了头。不过，你有你的佛法，我有我的道行，她寻思着，我乜小尧作为顾客只管杀价，才不管你是顾老板还是张老板。

三

第二天，乜小尧做的是早班。她一下班就匆匆忙忙地赶到盛业房产，刚推门而入，只听得起居室里传来一阵嘈杂的谈笑声。她心神不定地走到起居室的门口，朝里面张望了一下，见顾韦番正叼着香烟跟人打麻将，坐在他对面的是一个瘦了吧唧的女人。

“有人找你。”那女人瞄了乜小尧一眼，轻声轻气地对顾韦番说。

顾韦番转过脸望了望乜小尧，而后摘下嘴上的香烟：“哦，是你啊，请稍等，我一会儿就来。”

“看来，顾老板的艳福可不浅哪，又搞上了一个漂亮的女人。刚才看那女人时，都看得入了眼拔不出来了。”乜小尧刚一转身，坐在顾韦番右边的一个留着小胡子的年轻人浪嘴浪舌地说。他坐的位置正好对着起居室的门。

“你这人说话怎么也不看看是什么场合？”坐在小胡子对面的一个胖墩墩的中年人说。

“我就说嘛，你这胖子就是喜欢装正经！现在哪个老板身前身后没有几只小蜜蜂围着转着？若没有，一定是那玩意儿出了故障，得到‘阿波罗’医院去修理修理。”小胡子对胖子说。

这会儿，顾韦番再也听不下去了。他将脖子往右边一扭，怫然作色道：“你这张破嘴还有完没完？她只是一客户。谁像你一见女人两眼就放电，口里就流水！”

“你看你，这下把顾老板给惹毛了吧？本来开开心心地打麻将，何必自找不自在呢？”胖子的脸上闪出一丝冷笑。“你自己想过那种翠绕蝶舞、花起粉落的生活，就自己去过呗，何必拿别人来说事？”

“来来来，该轮到你了。”那女人对小胡子说，“我们顾老板可不是你想象的那种人。你呀，也该改改多嘴多舌、‘瞎三话四’的臭毛病了！你的话要让客户给听见了，说不定人家一气之下走人了。这岂不是坏了我们的生意？”

“哟，这我倒还真没想到。”小胡子面带愧色地说。

“说句不中听的话，要不是看在你过去给我介绍生意的份上，我早就把你轰出去了！说话也没大没小、没轻没重的！”顾韦番说。

“好了，好了，他都知错了，你就别再说他了。”那女人边说边跟顾韦番挤了挤眼。

过了十分钟的样子，顾韦番拿着烟盒和打火机从起居室里走了出来。

“让你久等了，真不好意思。”他对坐在沙发上的乜小尧说。

“说不好意思的应该是我，是我来的不是时候，搅了你们打麻将的雅兴。”乜小尧面无表情地看了他一眼。

“哪儿的话？乜小姐这么一讲都快让我无地自容了。”顾韦番一边说着，一边忽眨着圆瞪瞪的两眼将身穿粉红色连衣裙的乜小尧从头到脚地扫视了一遍。他发现：她今天不但搽粉涂脂，而且还戴着一根细细的项链；项链的底下是一道浅浅的乳沟，性感而惹眼，有点像留在生面团上的一窄窄的刀痕。“乜小姐今天这身行头看上去更年轻、更精神，刚才都差点叫我认不出来了。难怪我的朋友——”

他还没说完，电话铃突然响了起来。于是，他赶紧将手里的东西放在写字台上，拿起听筒：“喂，你是哪位？哦，是胡先生，你好！嗯，你能不能大点声？嗯，嗯，怎么，你真的要跟我签包租合同？不，你先听我说，我这几天正在跟好几个客户谈你的房子呢！如果谈不成我再跟你谈包租的事好不好？嗯，嗯，就这么办。好，好，再见。”

顾韦番挂了电话后，若有所思地、慢慢地坐到椅子上，点上一支烟吸了一口，而后仰起脸朝着鼻尖的上方吐出一圈轻如棉丝的淡雾。

接着，他望着乜小尧语气沉重地说:“刚才给我打电话的，就是那套房的主人。他说如果这几天还没人买他的房，他就干脆不卖了，让我把房子包租下来，待将来房价上去后再出手。包租对我来讲其实也不错，每个月至少能赚四百元的差价，一年下来，扣除空置费和管理上的开销也能赚得三千多元。不瞒你说，我现在手头上有二十多套像这样的房子。而且，据我所知，其他房产中介几乎都不揽这样的生意……”

乜小尧平心静气地听着。等他说完了，她清了清嗓门说:“看来，顾老板是快人快语，那我也就直来直去。那套房我要了。不过，按行规你总得象征性地让点利吧?”

顾韦番没料到她这般爽快利落，顿时满心舒展地问:“你想让给你多少利?”

“至少一万。”乜小尧回答说。

“那可不成，”顾韦番面露难色地说，“人家胡先生再三叮嘱我说，他开出的是成交价，一分钱也不能少。我就是想帮也帮不了你啊。更何况，你杀价也杀得太狠了。”

“既然这样，那我就不买了。”乜小尧边说边从沙发上站起来。“实话告诉你吧，我手头还就差这一万。”

“你先别急着走。”顾韦番见她转身欲走，连忙叫住了她。

“怎么，顾老板还有什么事?”乜小尧扭过脸来疑惑地问。

“乜小姐请坐下来，谈生意谈生意，就得耐着性子慢慢谈。”顾韦番将右手伸向烟灰缸，用二拇指掸了掸香烟上的烟灰。

“你有话就快说呗，我可没闲工夫跟你在这里耗着，我家里还有一大堆活儿要干呢!”乜小尧坐下后，急扯白脸地催道。

“那你就没考虑过贷款?”顾韦番吸上一口烟后问。

“没有，也不想贷款。”乜小尧回答说。

“我看，要不这样，这一万我先替你垫上，等你什么时候有了钱再还给我。你看怎么样?”顾韦番愣睁着被烟辣眯的两眼看着乜小尧。

“那我该如何偿付借款的利息呢?”乜小尧问。

“乜小姐这么讲就见外了。俗话说:‘一回生,二回熟。’我顾某人只是想成人之美,急人之困,只是想为乜小姐购房尽一点绵薄之力,哪敢趁机放贷,赚取利息?这样做岂不是要折我的阳寿?”顾韦番故作姿态地说。

乜小尧一听这话,心里暗暗地盘算起来:看来,这位顾老板不仅想把那套房卖给她,而且很可能想打她的主意;什么‘一回生,二回熟’?什么‘尽一点绵薄之力’?这些只是虚浮的说辞罢了,天底下哪有这等好事?不过,既然他这么说,自己不妨答应他,看看他接下去究竟要干什么;如果他真的想占她的便宜,就索性让他占一回,到那时他就别指望她还钱了。

“好吧,就照你说的办吧。”乜小尧拿定主意后,淡淡地一笑。

“乜小姐果然是个爽快的人。”顾韦番见她答应了,喜形于色地说。“不过,这事不知你老公会怎么看?”

“他呀,你就别问那么多了,现在是我说了算。”乜小尧说罢,用右手背抹了一下沁出几颗汗珠的鼻子。

“那就好。”顾韦番说,“你放心,我这人向来说话算话,绝不是那种轻诺寡信之人。既然要送佛就要送到西,接下去要做的事我会及时提醒你,告诉你怎样做才会对你有利。”

“接下去要做哪些事?”乜小尧将两只收拢成喙状的手抄到耳根后面,将覆在脸庞两边的头发往背后推了推。

“接下去要做的事可多着呢!”顾韦番又吸上一口烟。“先是跟卖方签订一份购房意向书,向卖方交付一笔定金,同时约定正式签约的时间,然后在签约的当天向卖方支付购房首付款,接下去就是到房产交易中心去办理过户手续,在办理过户手续的当日支付给卖方购房的余款,不过,这余款可以暂且少交几千块钱,等拿到了房产证、验了房以及物业交割完毕后再补上。”

“那我该在什么时候付你中介费?”乜小尧问。

“这好说,你可以在支付首付款时付给我,也可以在支付余款时付给我。”顾韦番回答道。

“真没想到买房就跟下棋似的要走那么多的步子。”乜小尧笑着说,“顾老板如此诚心诚意地帮我,我也就放心了。”

“方才我已经说过了,我只是尽一点绵薄之力。你又不打算申请贷款,如果申请贷款,我要替你操办的事就更多了。”顾韦番边说边下意识地用左手摆弄着写字台上的打火机。“那你什么时候有空来这儿跟房主签订购房意向书呢?”

“我看,就安排在下星期天吧。”乜小尧想了想后回答道。

“行,我会通知胡先生的。在你们签好意向书之后,我把一万元钱借给你,你给我留一张收条就是了。”顾韦番说,“不过,你得给我留一个联系方式。万一胡先生星期天来不了——”

于是,乜小尧把自己的手机号码告诉了他。

一个月后,乜小尧终于有了自己的住房。

她乔迁新居的那天,天气特别好。蔚蓝色的天空飘浮着几片薄薄的白云,它们使深邃明净的晴空显得更加柔美和温静。由于搬运的东西不多,再说有栾小妹的帮忙,她很快将要安顿的都安顿好了。接着,就在新居做起第一顿饭来。

“大婶,您就干脆在我这儿吃了饭再回去吧,一来图个喜庆,二来陪我说说话。”她一边淘米,一边对栾小妹说。

“那也好。”栾小妹憨实地笑了笑。

“您还别说,要没您那辆黄鱼车,要不是您大婶手脚麻利,我这会儿哪能有时间做饭?”乜小尧继续淘着米。

“跟我你就别说这些了,”栾小妹说,“还是让我和你一起做饭吧。”

“不必了,我一个人能行。”乜小尧说,“再说,我想做几道拿手菜给您尝尝，让您见识见识我的勺口儿。我还在想，如果这会儿能把您儿子也叫过来，那就更好了。”

“他呀，你就别提了。整天围着一个叫‘采萍’的姑娘转都转不过来呢。”栾小妹说，“不过，这也好。他要来这儿也不懂个礼貌什么的，怕是只会扫了你喜兴的劲儿。”

“嗳，哪有您说的这般严重？”乜小尧边说边将饭锅放到煤气灶上，然后点上火。“要知道咱们毕竟是同乡，再说，您大婶对我是有恩有惠，大家能聚在一起只是图个热闹，哪有那么多的讲究？哎，对了，您方才说您儿子有一个叫‘采萍’的女友？”

“是啊，”栾小妹说，“可我还从未见过她呢！”

“那您知不知道她姓什么？”乜小尧问。

“好像姓——让我想想。”栾小妹拍了拍横着几条浅浅的抬头纹的前额。“哦，我想起来了，姓王，叫王采萍。”

“这就太巧了！”乜小尧说，“我曾在一家叫‘美妮娅’的理发店里剪过头发，给我剪发的就叫王采萍。”

“那肯定是她了，因为有一回我儿子对我说他理发从不花钱。”栾小妹说。

“是吗？”乜小尧开始做起菜来。“行了，咱姑且不谈这些。我倒想问问您，您觉得这套房怎么样？”

“还不错，”栾小妹说，“不知这儿的家具是不是你自己买的。”

“家具，还有电器设备本来就有的。”乜小尧说，“房产中介叫我在跟房主签约时，要求他把这些东西都作为赠送物品写进合同，说他没有理由拒绝我的要求，一是因为我没有杀他的价，二是因为他本来就作过这样的口头承诺。中介还跟我说，如果没写，到时候这些东西的归属就很难说了。”

“原来是这样。”栾小妹说。

“不过，在验房交割的那天我们发现厨房和卫生间的下水道不是很畅通,‘浴霸’不但无法启动而且还漏水。中介便要求原来的房主将下水道疏通好,把‘浴霸’修好。可他却推说没时间打理这些零零星星的小事情,于是经过一番讨价还价,我让他支付了七百元钱。”乜小尧说。

“没想到你还真行!”栾小妹笑道。

“这些都是中介事先教我的。”乜小尧解释说。

“看来,这位中介还挺不错的。”栾小妹说罢,掏出衣兜里的手绢揩去脸上的汗。

“但美中不足的是这屋里没有空调,让您大婶热坏了。”乜小尧说,“要不,您到里屋靠窗的那头坐一会,那儿兴许比厨房里凉快些。”

“不用了,一边看你做饭一边跟你聊天挺好的。”栾小妹说,“不过,你们这一走,我可就孤单多了。”

“那您就常来我这儿,这样就不会感到孤单了。况且,有些事情我还需要您大婶的点拨,毕竟您年岁比我大,见的世面比我多。”

“我年岁是比你大一点,但要我点拨你我愧不敢当。你若碰到什么难办的事情,我们不妨相互交流交流各自的想法,这样你心里边或许能踏实些。”

听栾小妹这么一讲,乜小尧便敞开心扉跟她深谈起来。过去,她曾想把自己的经历告诉栾小妹,但总觉得有点难以启齿,所以面对栾小妹一次又一次的探问,她不是绕开话题就是干脆闭口不答。

“看来,你离婚后,老天爷是接二连三地垂怜于你,让贵人向你伸出援手,这可是你前世修来的福啊!”栾小妹听了乜小尧的经历后,感慨地说。

“哪有您说的那样神?”乜小尧将做好的菜放到盘子里。“这世上的事,是好还是坏,是福还是祸,有时候还真一时说不清道不明呢。别的不说,就说那个房产中介。当时,我购房还差一万元,可他却爽快地把钱借给了我,而且不收分文利息。您想想,我只不过是他的一个客户，又不跟他沾亲带故的，他凭什么这样做？他会不会另有所图？”

“听你这么一说，我也觉得有点蹊跷。莫非他相中了你这个‘外来妹’？这种事情在上海可多着呢！不过，依我看，他相中你也不一定是件坏事。常言道‘独木难支’，你也需要个男人支起你这个家啊，不能老是孤雁单飞、心无所归地过日子。”

“看您说的，他又不是没有老婆。”乜小尧听后，脸上一红。“而且，要论岁数，他都可以做我的爹了。”

“这又怎么样？”栾小妹说，“他有老婆这不假，但他看上你不正好说明他俩在一起过得并不好？再有，他年纪虽然大了点，可兜里的钱多着呢！用上海人的话讲就是‘立升’大着呢！咱做女人的，不就是想嫁个有钱的、可以让你衣食无忧的男人？这样不但对你自已有利，而且对孩子也有利啊。要我说，只要两相情愿，只要两人都动了儿女情，到了柳影花阴下亲密接触的火候，就不必不显不露地悠着。我如果是你的话，绝不会轻易地放过这样的机会。你看我，年轻的时候不懂事，嫁了个要文化没文化、要钱没钱的男人，结果，孩子出生后得不到家庭教育且不说，男人十年前患上了尿毒症后，因付不起昂贵的血透费而服毒自杀了。再说，我儿子小时候要吃没有好的吃，要穿没有好的穿，长大了对我这个当母亲的一点感激之情都没有。直到现在，他兴许还瞒着那个王采萍，不愿告诉她他有一个靠收废品过日子的母亲。我好几次想跳进川杨河里一死了之，但一想到自已死后儿子便成了没爹没娘的孤儿，也就——”说到这，栾小妹怎么忍也忍不住喉头的哽咽，于是用手绢掩着鼻子抽泣起来，一边抽泣一边不时地擦着从眼眶里滚落下来的泪珠。

“对不起，大婶。没想到我的话竟会勾起您不愉快的回忆。”乜小尧见栾小妹淌眼抹泪、悲痛欲绝的样子，心里头不觉泛起一阵酸楚。

“没什么，我平时一个人在自己的屋里也常常这样，一想到自己家门不幸就掉眼泪。”栾小妹抽泣了一会儿后，放下捂着鼻子的手绢说。“其实，说对不起的应该是我，我不该在你乔迁之喜的时候说这些。”

她的话音未落，魏埔佳拿着两大瓶可口可乐推门而入。

“你怎么去了那么久？”乜小尧用责备的口气对他说。

“我遇见一个同学，跟他闲谈了一会儿。”魏埔佳解释道，“再说，您要我去的那家超市，里头的人可多了，我排了好长时间的队。”

“行了，快把瓶子搁桌上，然后洗手吃饭！”乜小尧说着，把做好的菜端上了餐桌。

三人围着餐桌坐定后，便你一言我一语地说着，喝着，吃着，时间不知不觉地过了晌午。

吃完饭后，栾小妹推说店里还有些活要干，决意要走，乜小尧也就没有挽留她。将她送到楼底下的大门外后，乜小尧悄悄地拿出一只信封，塞到她的手里。

“你这是什么意思？”栾小妹用疑惑的眼神看着乜小尧。

“没什么，这是给您儿子的。但愿他能娶一个好媳妇，让您过上舒心的日子。”乜小尧笑嘻嘻地说。

“你看，我空手白脚地来你这儿，又吃又喝的，还拿一把回去，这不是要折杀我吗？”栾小妹怪不好意思地说，“再说，我儿子啥时候娶媳妇还没个准呢！你也太会用好话来安慰人了！”

“大婶，不管他什么时候娶媳妇，您就先替他收下。这就算是我的一点小小的心意，您要是不收，那可就瞧不起我了，会让我坐卧不宁、寝食难安的。”乜小尧语气坚定地说。

于是，栾小妹半推半就地收下了那只装有两千元现金的信封。

“您的儿子再怎么样也是您的儿子。我想，只要您给他一点时间，总有一天他会明晓事理，体谅您做母亲的苦衷的。”乜小尧软言软语地劝慰她。

“但愿会有这一天,但愿吧!”栾小妹说。

栾小妹走后,乜小尧刚回到屋里正想收拾餐桌上的东西,手机的铃声响了。她从包里拿出手机一看,原来是顾韦番发来一条短信,约她明天中午到他店里去吃饭。这真有点叫她摸不着头脑。她一边收拾着东西,一边回想着栾小妹刚才吃饭前对她说的话,觉得栾小妹说的也不是没有道理。老夫少妻是再平常也不过的了。一个是仗着自己的财富,一个是凭自己年轻的容貌,双方都有自己的利益诉求和砝码,就看这交易怎么做了。现在,既然顾韦番请她去吃饭,这意味着他试图把他和她的关系往前推进一步。她何不趁此机会把把他的心脉,摸摸他的意图?如果他真的想离了自己的老婆跟她好,她就顺水推舟,把生米煮成熟饭。如果他只是想拈花惹草,占她的便宜,她就相机行事,到时候叫这位野郎公黄泥巴掉进裤裆里,不是屎也是屎。拿定主意后,她给顾韦番回了一条短信,说自己明天一定如期赴约。

四

次日中午,天色阴沉沉的,好像雨滴随时会从天幕上掉落下来。凉爽的秋风带着醉意抚弄着路边披绿娇垂的柳树,使它们在飐动中发出淅淅飒飒的响声。干了整整一个上午家务活的乜小尧,怀揣着难以形容的复杂心情朝盛业房产走去。一路上,风摩挲着她的脸,吹拂起她的头发。这天的气温显然要比日前低了许多,所以,她上身穿一件浅黑色的小腰身夹克衫,下身穿一条深灰色的质地厚实的中裙。为了让自己鞋子的颜色能跟衣服和裙子的颜色搭上调,她特意换上了一双深黑色的中统皮靴,这样一来,整个装束很自然地将她裸露在外的肌肤都衬得异常的白净。

“哟,乜小姐来了。”她刚跨进盛业房产的店门,顾韦番就从椅子上站起来，笑容满面地迎上前。他在打量她的新装束时，闻到了一股香水味。这香味使他的精神不觉一振。

他关上店门后，把乜小尧带进了起居室。这是一个陈设比较简单的房间，里面靠窗摆着一张略显陈旧的三人沙发，沙发的一边放着一只矮柜，另一边放着几只木凳，一盏带玻璃罩的电灯底下是一张掉了漆色的八仙桌，四只带扶手的软垫木椅绕桌而立。

“乜小姐请这边坐。”他让乜小尧背对着窗户坐下来后，自己坐到她的对面；从这个位置，可以看到窗户外面茂森森、齐戳戳的冬青树和临风摆动的柳树以及马路对面的一幢还未竣工的高楼。“乜小姐踏点赴约，真是个守时惜时的人哪。”

“顾老板用不着恭维我。是你当老板的约请客户吃饭，我怎么好意思让你久等呢？”乜小尧边说边把包挂在身后的椅背上。“哦，对了，我正想问你呢。你怎么会有雅兴请我吃饭？莫非你们上海人有每做成一笔生意就请客户吃饭的习惯？”

“这倒不是。我请你来吃饭不是为了别的，只是想尽一点地主之谊，同时聊慰我们俩萍水相逢之缘。”顾韦番笑着说，“如果我没记错的话，今天是星期一。乜小姐星期一怎么会有空来我寒舍赏光？”

“今天我调休。”乜小尧说。

“为什么？就是为了来我这儿？”顾韦番起身走到窗户前，拉上透光的窗帘。

“因为昨天我搬迁，今天想好好休息休息，顺便做点家务。”乜小尧回答道。

“哦，是这样。”顾韦番回到自己的座位上。“那你原来住在什么地方？”

“住在一个同乡那里。”乜小尧瞥了一眼桌上的菜。

“你看你，搬家也不事先告诉我一声，我好歹也能给你搭把手。现在事情既然已经过去了，也只能算我放马后炮了。”顾韦番说。

“看来，顾老板不愧为一个助人为乐的热心人哪！”乜小尧说着，环顾了一下房间。“你平时就住在这儿？”

“你看我是住这儿的人吗？实话对你说吧，这儿只是我接待客人的地方，里面虽然还有间卧室，也只是用来安顿临时来住的亲戚或朋友。我要住的地方可多着呢。不瞒你说，前几年房价便宜的时候，我攒了两套房子，一套是三室一厅，另一套是三室两厅。”顾韦番洋洋自得地说。“哦，对了，你不要总是叫我顾老板，还是叫我顾先生吧，这样听上去更自然些。”

“我想，顾先生不但生意做得好，做菜的手艺一定也不差。”乜小尧有意把话题一转。

“哪里，哪里，只是瞎凑合罢了，让你见笑了。不过，我们上海人家里大多是男人操持家务。你看我，对外是店老板，在家是‘马大嫂’。按上海话的意思，‘马大嫂’就是集买、洗、烧等家务于一身的人。”顾韦番接过乜小尧的话题发挥了一通。“来，我们还是边吃边聊。”他说完，给乜小尧斟了一小杯酒，接着，也给自己倒了一杯。

“这酒味我好像在哪儿闻到过。”乜小尧闻到酒香后，眼波粼粼地望着酒杯里的酒。

“这可是上好的五粮液。它呀，闻上去就跟美人身上的香味似的。一沾唇就让你有一种轻飘飘的像是要飞起来的感觉。”顾韦番用挑逗的口吻说。

“你看你，给客人倒杯酒也不忘卖乖！”乜小尧红着脸说。

顾韦番举起酒杯：“既然乜小姐今天能赏我这张老脸，我也就托个大。这第一杯酒我敬你，因为是你这位绰约多姿的美人让我做成了一笔好买卖。”

“顾先生的溢美之词我可承受不起。”乜小尧也举起酒杯，脸上荡漾着柔媚的笑意。这笑意好似落到了酒杯里，使得酒杯里的酒水也荡漾起来。“什么托大托小的，权当是托天之幸吧。要我说，这第一杯酒该由我乜小尧敬你。说句心里话，要是没有你顾先生的帮衬，我还买不成我要的那套房呢！”

“乜小姐可真会说话。”顾韦番受宠若惊地说，“我顾某人能和你乜小姐这样的聪明人举杯对饮真是人生一大快事。”

叮当一声碰杯后，两人都喝干了小酒杯里的酒。

“看来，乜小姐是海量，再来一杯。”顾韦番放下酒杯后，又给乜小尧斟了一小杯酒。

“不了，刚才那杯是看在你顾先生的脸面上。”乜小尧微微弓起眉头说。

“乜小姐别客气。”顾韦番说，“要知道我就是喜欢跟能喝酒的美人交朋友。”

“请顾先生不要老是把‘美人’挂在嘴上，这词用多了会叫人感到肉麻。来，还是你自己多喝点！”乜小尧说罢，也给顾韦番倒上一杯酒。

见乜小尧给自己添酒，顾韦番似乎更加受宠若惊。他灼热的目光落在她拿着酒瓶的白白嫩嫩的手上，仿佛这只手比五粮液更香，比他做的任何一道菜都更有滋味。他咂摸着从她嘴里说出来的“肉麻”两字，觉得这两个字与其说是在责备他，倒不如说是在勾惹他。说真的，他很想当下就跟她肉肉麻麻地浪上一回。

“来来来，乜小姐请吃菜，别光顾着说话。”他说着，用筷子夹起一块五香牛肉放在乜小尧的碗里。

“我还是自己来吧。”这时，乜小尧无意间发现他的右手腕上有一条长长的疤痕。

顾韦番没有注意到她带有一点好奇的眼神，举起酒杯喝了一口酒，然后用喜悠悠的口气说：“乜小姐能来我这里，真是蓬荜生辉，荣幸之至啊。你看我，只是略备薄酒小菜，实在是不成敬意。”

“对不起，顾先生，我虽然念过高中，但还没达到你这种境界，听不惯你这些深奥的戏词般的客套话。”乜小尧毫不客气地说，“恕我直言，难道你就不觉得你的言谈过于迂腐，给人以一种酸不溜丢的感觉？”

“这些话其实也谈不上什么深奥，我只是碟片、电视剧看多了，才潜移默化，顺口说了出来。说得对不对连我自己心里也没个底。”顾韦番说完，夹起一块五香牛肉放在自己的碗里。“我记得《红楼梦》里有这么一句：‘邀兄到敝斋一饮，不知可纳芹意否？’较之方才我说的，这句可就深奥多了。”

“看来，顾先生是个儒雅的生意人。”乜小尧说罢，举起酒杯轻吻般地啜了一口。

“不敢当，不敢当，乜小姐言重了。”顾韦番故作谦逊地说。“不过，我这人年轻时喜欢看书，而且对书中的一些好词好句尤为青睐，喜欢反复诵读，直到记住为止。要是没有那场上山下乡运动，我也许早就考上大学了。现在到了这把岁数，书虽偶尔也看，但更多的是看碟片和电视剧，以此来打发光景。”

“不知顾先生平常爱看哪些碟片？”乜小尧把五香牛肉送到嘴里，慢慢地咀嚼着，话儿听上去好像在口中打着滚。

“碟片么，我喜欢看古装片。不瞒你说，我最近看了一部香港拍的《金瓶风月》，用上海话说，那真是‘呱呱叫’。不知你看过没有？”顾韦番说完，也吃起了五香牛肉。

“我没看过，不过，我听人说起过这片子里面的内容。我想，这类碟片看多了，你该不会也潜移默化，顺着自己的性子干出和西门庆一样的风流事吧？”乜小尧用戏谑的口气说。

“没想到你也是一只巧舌八哥。”顾韦番开怀地笑道，“你这率直的性格倒让我记起一个人来。”

“记起谁了？”乜小尧急切地问。

“记起——不说了，那都是陈年旧事，不值得一提。”顾韦番说。

“不说也罢。不过，你今天把我请来就不怕你老婆说闲话？人都说‘十妇九忌’，我可不想在你们俩之间横插一杠子。”乜小尧眯起眼睛望着顾韦番。

“她呀，我正巴不得她跟我闹翻呢！”顾韦番泛红的脸上倏忽掠过一片阴云。“她爱说咸就说咸，她爱道淡就道淡，反正嘴长在她的身上。不过，你不用担心，这会儿她来不了。”

“你就那么自信？”乜小尧把眼睛眯得更细。

“可不，今天是她老妈的生日，她一大早就买了些东西去娘家给她老妈做寿了。”顾韦番说。“哦，对了，你可能还没见过她吧？”

“我没猜错的话，那天打麻将时坐在你对面的就是她。”乜小尧说。

“看来，乜小姐还是个心细如发的人。”顾韦番低垂着脑瓜看着酒杯里的酒。

“哪儿的话？不过，我倒想知道她的娘家在哪里。”乜小尧的脸上漾起两点动人的笑涡儿。

“在奉贤的钱桥，远着呢。”顾韦番忽然昂起头，似看非看地望着天花板。

“那你的孩子呢？万一——”乜小尧的笑脸笼上了一朵淡淡的愁云。

“我没有孩子。”顾韦番说完，一口喝干了酒杯里的酒，随后两眼发直地看着酒杯。

“对不起，我不该问那么多。”乜小尧不好意思地伸了伸舌头。

“没事，”顾韦番咧嘴半笑道，“你问我，不恰好说明你没把我当外人吗？”

就这样，两人吃着，喝着，闲聊着。在渐渐变得融洽和温馨的气氛里，乜小尧看上去更像是在扮演一个陪酒女的角色。她一个劲儿地劝顾韦番多喝点，轮到自己喝时只是装模作样地轻呷一口。

过了半个时辰，顾韦番的脸变得更红，像一盆火在燃烧似的，布满血丝的水汪汪的眼睛里忽闪着迷离的光。他趁着酒兴大谈特谈自己的文学天赋，说什么自己从小就喜爱文学，从小就想当作家，还说什么多年来他一直想把自己插队的那段经历写成一部长篇小说，只是由于缺乏耐心和毅力才夙愿未偿。而坐在他对面的乜小尧一边谛听着从他掀动着的嘴唇里掉落下来的每一个字，一边在暗暗算计着接下去她该怎样做。

“你不能再喝了，再喝下去可就成醉猫儿了。”她见顾韦番说完后一杯接一杯地纵情酣饮，虚情假意地、轻声细语地劝道。

“我没喝醉，三杯两盏醉不倒我，”顾韦番歪着脸斜觑着她说，“倒是你这个大美人瞧上去有点醉了，要不然，你怎么会在我的眼前像朵浮云似地飘来飘去？”

“你看你，又来了。”乜小尧做出不高兴的样子。“没完没了的，腻不腻啊？”

“哪能啊？”顾韦番说，“有句老话，叫做‘酒至半酣，越发想喝’。”他举起酒杯，一仰脸又喝下了一口。这酒灌进他的喉咙后，咕的一声散发出一团夹着菜味的热气，喷在乜小尧通红的脸上。

乜小尧皱了皱眉头，站起身走到那张三人沙发前，一弯腰坐了下去。

“你别走开，过来再陪我喝一杯。”顾韦番眉眼饧涩地看着她。“要不，给我点支烟也行。”

乜小尧用闪着冰凌花的两眼朝他看了看，而后扭扭捏捏地走到他的跟前，从他鼓鼓囊囊的衬衫口袋里掏出烟盒和打火机。点上一支烟后，她先吸了一口，然后将烟卷塞进他的嘴皮：“这下你满意了吧？”

“满意，满意，太满意了！毕竟是美人吸过的烟，上面还带着美人的唇香呢！”顾韦番吸了一口烟后，摘下烟卷，咂了咂嘴，咕咕地笑道。

“去你的!”乜小尧半撅着嘴,生气地说。

这会儿,顾韦番只顾着一口一口地吸烟。片刻间,浓浓的烟雾有如一道灰色的帷幕悬挂在他和乜小尧之间,将她略带嗔色的娇媚之态给遮住了。

“来,坐这儿。”顾韦番指了指他左边的一张椅子,嘻着嘴说。

“你也太腻人了!”乜小尧坐下后,无聊地看着他。

他没再说什么,只是闷着头继续抽他的烟,抽一口,吐出一口烟圈,再抽一口,再吐出一口烟圈。这烟圈时而歪歪扭扭地从他的鼻梁升到他的头顶上,时而滚成棉絮似的一团飘到乜小尧的面前,呛得她禁不住干咳了几下。他一面吞云吐雾,一面用色迷迷的目光在乜小尧的身上划拉着,仿佛要把罩在她身上的东西都划拉开,叫她裸露出最能使他神往心醉的部位。

“怎么,见我抽烟你就哑巴了?”他抽完烟后,把烟头扔进他的那只小酒杯里,只听嗤溜儿一声,烟头被酒杯里残余的酒水濡湿了。

“哪儿的话?我只是不明白顾先生究竟要听我说什么。”乜小尧面无表情地说。

“说说你自己,我倒想听听你心里在想些什么。”顾韦番肥厚的大鼻子上纵起几道浅浅的纹缕,拢着一个色中饿鬼特有的煎急。

乜小尧正琢磨着该如何应答,不料顾韦番冷不防地一把将她揽进他的怀里,轻轻地抚摩着她散披开来的头发。当他的那只粗壮的右手刚要挨近她的胸脯时,她使劲地挣脱了他的搂抱:“真讨厌!你一定是喝醉了。”

“我没喝醉,是你这个大美人让我醉了。”顾韦番见她满脸羞云怯雨、惴惴惕惕的样子,故意调笑地说。“有道是‘好酒洒田身飘然,美人撩眼心醉迷’……”

乜小尧没再理会他,而是回到三人沙发上端坐着。就在这时,一个有趣的想法犹如一溜淡云打她的心头拂过:是啊,自己看房的时候遇到了一些蹊跷的事情，现在何不趁顾韦番醉酒之际问个明白，俗话说：“醉是醒时言。”

正当她在梳理着自己的想法时，顾韦番不知何时坐到了她的身旁，用左手勾住了她的腰。这会儿，她没作任何反抗，而是温顺地由着这只手摆布。

“我说，你这人也真够七精八怪的。难道你借钱给我就是为了占我的便宜，按你们上海人的话讲是想吃我的豆腐？”她用左手的二拇指点了点顾韦番的前额。

“你爱怎么说就怎么说。”顾韦番听后，忘形地笑了起来，然后从笑声中迸出一长串话：“不过，还真让你给猜对了！你说我占你的便宜也罢，你说我吃你的豆腐也罢，我顾某人说一千道一万就是相中你了，要不然，我怎么会无缘无故地把钱借给你呢？今天你既然来了，我也就当着真人面不说假话，你乜小姐要是把我给伺候好了，我的钱就当是送给你的。实话对你讲吧，你的底细我都摸清楚了，理发店的王采萍全告诉我了。况且，你早已是破瓦之身，又不是妙龄雏儿，何必自视过高，何必那么顶真呢？”

一听这话，乜小尧顿觉心里炸了锅。她没想到那个看似老实淳朴的王采萍竟然是一个爱搬话儿的小人。她寻思着，这位顾老板跟王采萍的关系肯定不一般，果真这样，栾小妹的儿子可就惨了。至于她自己在顾老板的心目中有多大的分量，这分量能否压王采萍三分，就不得而知了。她心态复杂地看着顾韦番那张被酒熏红的面孔和他那只正在拉开她夹克衫拉链的右手，急中生智地说：“你先别——”

“乜小姐还有话要说？”顾韦番贪婪地望着被她的双乳顶起来的内衣。

“我还想问你个事儿呢！”乜小尧用力推开他的右手。

“什么事？”顾韦番松开勾住乜小尧的左手，迷迷瞪瞪地看着她。

“我看房的那天，你是不是设了一个局让我往里钻？”乜小尧单刀直入地问。

“什么局不局的？我听不明白你到底在讲什么。”顾韦番诡眉诈眼地笑道。

“好吧，这么跟你说吧，我看房时，你老婆打来一个电话，说有人回心转意想买那套房了，我快要离开时，又突然来了俩看房的人。这些都是你事先安排好的吧？还有，第二天我来到你的店里，你打完麻将后正要跟我谈购房的事情，可偏偏在这时候房主打来一个电话，说如果没人买他的房，他就让你把那套房包租下来，待房价涨上去后再出售。这也是你事先谋划好的吧？这样做既可以催我早点购房，又可以在无形之中断了我杀价的念想，真是一箭双雕啊！你们是不是对每位想购房的客户都这样？”

“这——这叫我怎么跟你说呢？”顾韦番听后，一时不知如何回答才好。

“你要是不把这事说清楚了，我现在就走，改天趁你不在店里的时候把你勾引我的事全告诉你老婆，到那时看你如何向她解释。”乜小尧边说边将夹克衫的拉链拉好。

“别，你别这样，有话好说，有话好说嘛！”见乜小尧起身欲走，顾韦番顿时急得火烧火燎的。他与其说是怕老婆知道他勾引乜小尧，倒不如说是怕乜小尧这只快煮熟的鸭子飞走了。他十分勉强地嘻着嘴说：“你讲的都是事实。我老婆在电话里说的都是瞎编的。那两个看房的人是我的邻居，他们下岗后老呆在家里愁死了，我见他们可怜就让他们做这个。他们跑一趟我还得付给他们二十块钱呢！”

“没想到你这人是昧着良心做生意！”乜小尧气愤地说。

“我怎么是昧着良心做生意？”顾韦番辩解道，“单位把他俩撂下不管了，我见他们可怜才给他们提供赚钱的机会，这怎么叫昧着良心做生意？更何况别的房产中介也这样做。如果你干我这一行，就会明白，我这完全是不得已而为之。要知道现在是商品经济的时代，竞争激烈得很，你若是循规蹈矩地做事，早就被别人挤垮了！”

“但做人总得讲最起码的道德吧？”乜小尧说，“姑且不说那俩看房的人，单说你老婆在电话里胡编乱造就不道德。”

“道德？”顾韦番不以为然地说，“现在的社会还哪来什么道德？你睁眼看看那些被上头查处的高官，他们不是贪污腐败就是生活不检点。道德这东西从古至今就是用来约束平民百姓的。再说了，这道德还是不道德原本就没有什么明确的分界，就看你怎么理解、怎么说了。实话告诉你，在验房交割之前，我如果不做点手脚，把淋浴器水管的螺帽拧松，把电池里的电放掉一点，在下水道里塞些烂布条，你哪能敲他胡先生一竹杠？这叫做‘大德不逾闲，小德出入可也’。总之，在利益面前，道德就像魔术师手里的一个物件，随时可以消失得无影无踪。”

“那房主打来的电话是怎么回事？”乜小尧问。

“那电话是我老婆用手机拨响的，电话里其实没人在说话。”顾韦番说完，将右手伸进乜小尧的裙子。“现在我都坦白了，也该从宽处理了吧？”

“唷，你这人好坏！”乜小尧撅了撅嘴说，脸上不觉腾起了一片火。

“嘿嘿，我就是喜欢你生气的样子，喜欢你害臊的样子。要知道我顾某人什么心眼都长，就不长好心眼，就好这口……”他边说边抚摩着她的大腿，还不时地抓一把或者拧一下，疼得她哇哇乱叫。

这叫声就跟一块烧红的烙铁似地烫着他的每一根神经，使他被酒力燃起的情绪更加高涨。他很快沉浸于无法抵御的冲动之中，酷像一只逮住了小鸡的老鹰抱着她左扑右腾，眼里放射出意乱神迷的光芒。

在他的搂抱和狂吻下，乜小尧半眯着两眼陶醉在忘我的神飘魂飞的世界里。她的心脏开始像马蹄子一般狂跳乱颠，脸涨潮似地变得更红，两只手不由自主地哆嗦起来。她感到有点眩晕了，感到口干舌燥，感到浑身的骨节都松了开来，感到蕴积在她体内的能量正在慢慢地、愈演愈烈地地释放出来。她不由己地摆动着身子，有如一条滑来滑去的鲇鱼。而从她喉咙里发出的轻若游丝的娇喘声，则让顾韦番愈加心旌摇荡，欲火攻心。

一阵浪滚涛涌、撼天动地般的飙情之后，她静静地躺在沙发上，纷披散乱的头发衬托着一张洋溢着满足感的脸。是啊，纵情所带来的愉悦，就像一张看不见、摸不到的砂纸，把她内心烦恼、焦虑与痛苦的棱角磨得溜干二净。刚才顾韦番对她所做的一切，好比一帘如烟的幽梦在她的脑际升沉着，飘荡着。

顾韦番也久旱逢甘霖一般地满足了。他瘫软无力地坐在沙发前的地板上，脑瓜倚着沙发的扶手，两眼呆视着桌上的酒瓶。他好像还沉醉在方才的巫峡云雨之中，沉醉在虚幻神异的境界里。不一会儿，他突然倒在地上不动了，眼睛直不愣登地望着天花板，嘴里不停地咕唧着“钟鼓馔玉不足贵，但愿长醉不复醒……”

“来，让我把你扶上沙发躺一会儿。”从沙发上爬起的乜小尧蹲在他的身边对他说。

“你用不着扶我，用不着。我这样挺好的，挺舒服的。只要有你陪着，我就是一醉不复醒也不足为惜，做鬼也风流啊，嘿嘿，做鬼也风流……”他吐词不清地说了一通后，合上涣散无神的两眼，脑瓜一歪睡去了。

五

黄昏时分，天色渐渐地晦暗了下来，远处景物的轮廓变得越来越模糊。大街上，行人急匆匆地走着，头顶上的树枝晃动于路灯投下的白苍苍的光线之中。风儿时而扬起地上的落叶，时而推着地上的空瓶空罐，时而抱上被人丢弃的塑料袋疯疯癫癫地在半空中旋转着。

此时此刻，史大富又在离盛业房产店门不远的路灯下卖起碟片来。一眨巴眼的工夫，他就卖掉了五十多张碟片，放钱的衣袋像打了气的皮球鼓了起来。他趁暂时没人光顾他摊头的那会儿，掏出衣袋里的钱数了数，随后又把钱放回衣袋。接着，他一面乐滋滋地哼着小曲，一面悄急地打量着每一个从他摊头走过的人，希望他们能停下匆忙的脚步，凑上来看一看他的碟片。

“我有黄碟，你要不？”不多时，一个年轻女子悄悄地凑到他的身边嫩声嫩气地问道。她松软的头发染成了红褐色，远看就像一堆暗火在燃烧，丰润光滑的脸上反射着潋滟的灯光，两只扑动着的眼睛有如沾着月色的凌凌清水。

“哦，原来是你。”史大富和容悦色地说，“今天怎么只来了你一个人？”

“她们听说稽查大队今晚要来‘冲摊’，都不敢出来了。”女子怯声怯气地说。

“是吗？”史大富神情紧张地问。

“这我怎么敢随便瞎说？”女子摆动了一下纤细的腰肢。“不瞒你说，她们的消息可准呢！”

“既然这样，你为啥还要把黄碟卖给我？你这不是要坑我吗？”史大富横眉竖眼地看着她。

“我若想坑你，何必向你透露‘冲摊’的事？”女子说完，将嘴拢成一朵苞，高高地翘着。

“那你到底是为啥？”史大富问。

“实话跟你说吧，我不想再做这种提心吊胆、东躲西藏的生意了。”女子用葱枝般嫩白的手指理了理被风吹乱的头发。“要知道，现在到有钱人家去当保姆也比卖黄碟强。”

“那你手头还有多少黄碟？”史大富说罢，环顾了一下四周。

“不多，就这些。”女子拉开夹克衫的拉链，随即又把拉链拉上了。

“如果我全要了，每张多少钱？”

“三块钱。说实话，我每张赔了一块钱。”

“那好吧，就看在你给我通风报信的份上，也看在你金盆洗手的份上，我全买下了。”

“得嘞。”女子跟卸了一副重担似地松了口气。

天色变得更黑了，而大街变得更亮了。望着女子倏然而去的背影，史大富突然想起了顾韦番，于是拿着事先挑好的几张古装三级片急溜溜地跑到那扇玻璃门前。他先朝门里面张望了一会儿，而后轻轻地敲了敲门，见没什么动静，便拧了拧门的球形把手，但门紧紧地关闭着。

“小史，你有什么事？”就在这时，徐冬芹拎着一只沉甸甸的蛇皮袋出现在他的身后。

“哟，是你呀！”史大富急忙转过身子。“你这是——”

“我刚从钱桥回来，顺便带了些新鲜的蔬菜。”徐冬芹笑着说，“要不，你拿点去。”

“不了，我一个人住，懒得做饭。”史大富说。

“怎么，你到现在还没对象？”徐冬芹放下蛇皮袋，关切地问。

“是啊。你看，我也没有一份像样的职业，而且又是乡下人，哪个姑娘愿意嫁给我？”史大富挠了挠脑袋，腼腆地说。“再说了，我卖碟片挣来的钱能养活我自己就不错了。”

“那你奉贤人要不？”徐冬芹探询道，“如果要的话，我给你留个心眼儿。”

“我自己就是奉贤人，不想再找奉贤人。”史大富一本正经地说。

“我知道你是奉贤人，但为什么奉贤人就不能找个奉贤人做老婆？”徐冬芹感到有点惑然。

“这我一时半会也说不清，反正——”史大富还没说完，忽见自己的摊头周围有几个人影，于是拔腿奔了过去。

史大富跑开后，徐冬芹见店门紧闭着，里头黑塔窟似的几乎没有一丝光线，顿起疑念。她将玻璃门的把手转动了几下，没能把门打开，于是心急火燎地从衣袋里摸出一串钥匙。

打开店门后，她先开亮店堂里的灯，而后手忙脚乱地把蛇皮袋拿了进去，接着三步并两步地奔进起居室。此时，起居室的空气中还飘浪着烟味和酒味。

开了电灯后，她见顾韦番直挺挺地躺在三人沙发前，左手攥着一只紧身胸罩，右手拿着一只酒瓶，嘴边挂着黏乎乎的口水，八仙桌上碗筷缭乱，杯盘狼藉。她正要发作，但转念一想，觉得还是先不要惊动他为好，于是轻手轻脚地坐到八仙桌旁的一张椅子上。

人常说"不怕贼偷只怕贼惦记"，她望着桌上的两只小酒杯琢磨着，可眼下那个惦记上她老公的女贼又是谁呢？她为什么要把胸罩留在他手里呢？看来，这个女贼是在故意演一出戏给她徐冬芹看，目的无非是挑起她和老公的矛盾，以便……

就在她殚思竭虑地思考时，外面传来史大富的招呼声，于是她心烦意乱地走出起居室。

"怎么回事？"她打开店门后，见史大富已将碟片箱和收拢起来的支架搁在店门口。

"我想把东西放在你这儿，一会儿来取。"史大富说。

"好吧，"徐冬芹僵着脸说，"你快点。"

史大富走后，起居室里乌烟瘴气的场面又把徐冬芹拖回到冷酷和严峻的现实面前，使窝在她心里的火越烧越旺，然而她还能克制自己。她把屋里的灯关了，随后蛇行鼠步地凑到顾韦番的身旁。

"喂，你该醒醒了，是吃饭的时候了。"她蹲下身子，轻轻地拍了拍他的脸，用娇娇女般亲昵的口气曼声低语地说。

"唔，我这就来，乜小姐……"他咕哝了一阵后，松开两手朝左侧翻了个身。

徐冬芹顿觉眼睛里像揉进了几滴醋汁似的一阵酸涩。她捡起那只胸罩，咬着嘴唇气鼓鼓地走到店堂里。她先把胸罩往写字台上一扔，而后从写字台左边的一个抽屉里取出一叠新签的购房合同。翻阅了一会儿后，她找到了乜小尧签的那份合同和她购买的那套房的地址，然后再把所有的合同放回到抽屉里。紧接着，她将胸罩卷成一团抓在左手里，急冲冲地奔出店门。

"你又要出去?"这时，史大富正好来取他的东西，见徐冬芹的嘴唇突突地抖颤着，两眸的深处闪跳着可怕的怒火，不知其所以然地问道。

"他死了!"徐冬芹从牙齿缝里挤出三个字。

"谁死了?"史大富感到有些迷惑。

"这还用问?"徐冬芹说。

"怎么会呢?"史大富的脸上现出惊讶的神情。"老板娘又在跟我说笑了。"

"我没闲工夫跟你说笑，快拿好你的东西走人!"徐冬芹的眼珠子瞪得滚圆，额角上的青筋胀鼓鼓的，说话像是顺不过气来似的。

史大富见她正在火头上，也就没再吱声。他跑进店堂拿好东西后，仓仓促促地离开了。

徐冬芹关好店门后，朝着乜小尧居住的那个小区风风火火地赶去。她仿佛不是在走，而是在连颠带跑地飞奔，晃来晃去的手脚让人见了就眼晕。她找到了乜小尧住的那幢楼后，见正好有个腰弯背驼的老太开门进楼，便屏声息气地跟着走了进去。

"你找谁?"老太走到底楼的一扇房门前时，突然转过脸看着她。

"找 302 室姓乜的。"徐冬芹回答道。

"302 室好像好久没人住了。"老太的嗓音硬倔倔的，皱巴巴的脸上一对浊眼浑似被磨去了光泽的玻璃弹子。"春节前，警察来过好几回。据说，那间房是一个卖淫嫖娼的窝点。"

“还有这种事情?”徐冬芹说,“那我现在就去把那个不要脸的卖淫女揪出来示众!”

她说罢,一口气冲到了三楼。但毕竟年岁大了,而且还有心脏病,才到了三楼她就觉得胸闷气短,腿脚发麻。于是,她站在楼梯口的一扇开着的窗户前喘上几口气,恢复一下体力。待气喘匀了,体力恢复了,她便抡起右拳朝302室的房门砸去。

不一会儿,门嘎吱一声开了。

“你是来打家劫舍啊?有你这样敲门的吗?”乜小尧似乎还没看清站在她面前的是谁。

“你就是姓乜的吧?”徐冬芹凶巴巴地问。

“是又怎么样?”乜小尧话刚出口,这才认出了她。“哟,是你啊,我还当是谁呢。你这个八抬大轿也抬不来的贵人今天怎么会突然不请自来?”

“你这猪婆子少跟我来这一套!”徐冬芹亮开嗓门,怒不可遏地说。“你胆子可不小啊,竟敢趁我不在家勾引我的老公!今天你一定要给我一个说法,要不然,我不打死你也要叫你蜕一层皮!”

“算了吧,瞧你这麻秆样,穿衣服都咣啷咣啷的挺不起来,还想打人?你若有这般能耐,屎壳郎也能翻天了!”乜小尧嘲笑道。“再说了,你应该管好你老公才是,是他趁你不在把我骗到他那儿的。”

“嗬,做了婊子还真能找个说法。我看你是存心把这烂布拉儿丢在我老公身上,想借此来羞辱我,进而惹起萧墙之祸!”徐冬芹边说边把胸罩往乜小尧的脸上一扔,趁她上下眼皮颤动之际,嗖地一个箭步冲上前狠狠地抽了她一巴掌。

这下可把乜小尧给惹火了,只见她发疯似地将两只留着长指甲的手伸向徐冬芹的脸。但说时迟那时快,徐冬芹将脑袋一偏,一扭身顺势抱住了她,而后使出浑身的力气将她推到门里边。于是,两人跟拉锯似的,在连接厨房和居室的过道里来来往往地扭打起来,一边扭打一边相互谩骂。

正坐在餐桌旁做作业的魏埔佳,见徐冬芹把母亲夹克衫的拉链扯开了,而且还拼死拼活地抓住母亲的头发不放,仿佛要把她撕成碎片才解恨似的,立马撂下手里的铅笔,一个虎跳扑到徐冬芹的背后。他先是抡起两只小小的拳头狠命地往徐冬芹的脊梁上砸,随后,趁着她把腰弯得更低的那会儿,干脆跳上她的背脊,用双手卡住她的脖子使劲地往下按。可就在这时,楼梯口传来了叽叽呱呱的说话声。体力渐渐不支的徐冬芹,生怕事情闹大了不好收场,便松开了双手直起身子。

“今天算是便宜了你。下回再伸出你的猪蹄子来勾引我老公,看我不剁了它去喂狗!”她一面大口大口地喘着粗气,一面咬牙切齿地对正在拉拉链的乜小尧说。

“下回你有种再来,我立刻打110报警!”乜小尧理了理散乱的头发说。

被徐冬芹甩在地板上的魏埔佳,听母亲这么一说,急忙站起身,跑去找母亲的手机。等他找到手机时,徐冬芹早就甩手走开了。

“佳佳,这次就算了。”乜小尧从儿子的手里一把夺过手机,将它放回包里。

说实话,她也不想把事情闹得烟尘满天,因为这种事情传扬出去,在局外人看来多多少少有点不光彩,不仅会损害她在邻居中的形象,也会给儿子带来伤害。儿子受的伤害已经够多的了,她不想再让他受到伤害了。

她关上房门后,抬手捋去挂在额门上的几粒豆大的汗珠,然后坐到餐桌旁的一张椅子上,回想着方才惊心动魄的那一幕。她怎么也没料到她的对手在这么短的时间内就找上了门,而且出手那么快,力道那么大。

“刚才那人是谁啊?”魏埔佳见母亲一脸热气,便给她倒了杯凉开水。

“是房产中介的臭婆娘。”乜小尧说罢，将杯子里的水咕噜一下全喝光了。

“那件东西不是您的吗？怎么会——”魏埔佳捡起地板上的胸罩问。

“既然你问了，妈也就实话跟你说了吧。这是你妈故意丢在房产中介那里的，本想气气他的那个臭婆娘，但不晓得她怎么会——咳，不说这些叫人晦气的事了。”乜小尧把杯子砰的一声放在餐桌上，而后走到魏埔佳的跟前，一把夺过胸罩。

“那您为什么要气她呢？她到底在哪里得罪了您？”魏埔佳跟刨根儿似地问。

“你烦不烦啊，一边呆着去！”乜小尧不耐烦地说，“你就不能让你妈静静地歇一会儿？”

“我就是要问，我就是要问嘛！”魏埔佳使起性子来。

“小孩子家，别问那么多行不行？就算妈求你了。你再没完没了地缠着我，我这就出去！”乜小尧粗声大气地说，“妈该说的都已经跟你说了，有些事情我就是说了你也听不懂。”

于是，魏埔佳像只泄了气的皮球，嘟噜着脸回到自己的座位上继续做作业。

吃过晚饭后，乜小尧感到身子骨有点酸疼，便早早地躺上床歇着，可她的内心仍然被方才发生的事情纠缠着。她辗转反侧，难以入眠。直到儿子做完了功课，爬上床偎贴在她的身边时，她才总算迷迷糊糊地进入了睡梦之中。

在睡梦里，她接到一个陌生男子打来的电话，说她的儿子被绑了，关在一个叫“碧云别墅”的地方，要她拿自己的身子去赎。于是，她赶紧丢下手中的家务活，按那人指示的路线摸到了“碧云别墅”。她满腹狐疑地走上楼梯，轻轻地推开一扇半掩着的、透出一豁亮光的门，见王采萍正在跟顾韦番说话：

“看来，你是个有酒胆无饭力的人，光会用戳心的风凉话捎带我。如果你怕你的媳妇，我这就跟她说去，反正迟早得捅破这层窗户纸！”

“你打算跟她说什么？”

“就说我王采萍现在不但已经心有所属，和你这位顾先生好上了，而且还怀上了你的孩子。”

“你如果这么说，她还不把你给活剥了？”

“那你就少说风凉话，多干正经事。”

王采萍说罢，目挑心招地看着顾韦番，仿佛恨不得搂住他饱饱地呛上一顿。当两人宽衣解带后干柴烈火般地抱在一起时，也小尧只觉一阵头晕眼花。这时，从她的背后打来一阵冷风：“猪婆子，你可算来了。你跟老娘玩阴的，老娘就陪你玩，看谁玩过谁。我看，你这回就是把压箱底的本事都使出来，恐怕也救不了你和你的儿子！哈哈……”她赶紧掉转身子循声望去，只见一个头发蓬乱、满脸胡髭的壮汉像一只急滚的火轮朝她冲过来，一下子将她按倒在地上。接着，她感到有什么东西沉甸甸地压在她的颈部，叫她透不过气来。

一番挣扎后，她从噩梦中醒来，惊出一身冷汗。在朦朦胧胧的月光中，她发现压在她颈部的是她儿子的一条胳膊，于是轻轻地将它挪开。

第二天上班时，也小尧因夜里没睡好觉而打不起精神，而且，整天跟丢魂失魄似的，不是忘了这就是忘了那。下班后，在回家的路上，她总疑神疑鬼地觉得有一个人影在跟随着自己，因而时不时扭过头来朝身后看。

快到家时，她的手机响了起来。于是，她急忙从包里拿出手机：“喂，是哪位？”

“我是顾韦番。”手机里飘出一个低沉的声音。

“哦，是顾先生，我正想找你呢。你现在有什么事？”

“我想问问你,你昨天为什么把你的那件东西留在我这儿?你这不是成心要害我吗?”

“哟,瞧你说的,我乜小尧害谁也不能害你顾老板啊!昨天是你把我灌醉了,还占了我的便宜。我醒来时见天快下黑了,就赶紧溜回了家。直到你老婆找到我这儿,我才想起那件东西。可让我想不明白的是,她怎么会知道那东西是我的,还知道我的住址。难道是你告诉她的?”

“我怎么可能告诉她呢?你说的这些连我都觉得奇怪。再说,我昨天喝醉后做了些什么,连我自己都想不起来了。”

“行了,你就别装了!我要告诉你的是,昨天你老婆就像只母老虎,差点没要了我的命。”

“不瞒你说,她昨晚也跟我大发雌威,我实在受不了就躲到我的那套三室两厅的住房过了一夜。今天下午,我以为她的气也该消了,就回到店里,可刚进店门,她二话不说就把我撵了出来。我想,换了你,你也会这样。你不是说‘十妇九忌’吗?”

“说的也是。不过,我记得你昨天好像跟我讲,你巴不得她跟你闹翻。”

“是吗?我真的讲过这种话?那一定是我喝醉了才信口乱言的。”

“那可是你喝醉前说的。”

“你瞧你,把我说过的每句话都记得那么牢。如此看来,你还是蛮在乎我的。若是这样,我们俩还不如——”

“还不如什么?”

“这事在手机里说怕是不太方便。要不这样,什么时候我们约个地方慢慢谈。”

“我看,你要谈的事就免了吧。我已说过了,我不想在你们俩之间横插一杠子。”乜小尧说罢,将手机关了。

这时候，顾韦番心里急煎煎的。他原本想借机和乜小尧走得更近，可没想到她却在他头顶上泼了一盆冷水。他回想着她的所言所为，总觉得这个女人不简单，有一种叫人捉摸不透的味道，就像一条隐隐幽幽、云遮雾障的曲径，让你永远找不到它的尽头。而这种感觉反而使他对她更着迷，更痴情。

其实，乜小尧心里很清楚，对付顾韦番这种老谋深算的人得讲究点策略，绝不能操之过急。这几年在上海这座大城市里跟人打交道多了，这里头的门门道道她不能说是看得一清二楚，也至少算是看懂了不少。常言说得好："青蛙上井台还得蹦三下退两下。"她该往前蹦时就往前蹦，该往后退时就往后退。

六

徐冬芹把顾韦番撵出去后，一个人经营着店里的业务，晚上常睡在起居室隔壁的那间卧室里，很少去之前夫妻俩住的三室一厅。几天过去后，她没见老公再露面，内心不是感到有些空荡荡的，就是感到有些茫无头绪。夜晚，当外头街面上的嘈杂声渐渐消停的时候，她常呆坐在起居室里的八仙桌旁寻思着什么，两只弥漫着愁楚的眼睛愣怔怔地看着窗外的路灯。是啊，她和老公本来就口亲心疏、貌合神离，结婚后一直没有孩子更是给这不完美的婚姻增添了不少变数，现如今，老公跟乜小尧搞上了，这婚姻一下子变得脆如枯枝，一折就断。她心里明白，眼下乜小尧正巴不得她跟老公闹僵，进而可以坐收渔利，但她怎么也无法宽容他，因为事情毕竟发生在店里，显然是他主动去勾引乜小尧的。她无法想象自己未来的、跟孤独相伴的生活最终会是一个什么样的结局，只觉得这种怅怅无依的生活就像嚼在嘴里的野菜苦不唧儿的。她时常被一种难以形容的失落和绝望围困着，它们就如同白蚁一样啃噬着她的心，或者被一种莫名的自怜情绪纠缠着，觉得自己仿佛变成了一只被枪弹打伤的鸟，落在长着芒刺的荆棘丛中扑棱来扑棱去的。

“今天的生意还好吧？”一天吃过晚饭后，她感到心里实在是闷得发慌，便走出店门，来到史大富的摊头前。

“还行，”史大富笑着说，“刚卖掉一套《007》和两套《欧娘的故事》。”

“《007》这种老片子还有人要？”她边说边心不在焉地扫视了一下搁在碟片箱翻盖上的碟片。

“话可不能这么说。凡是经典的东西，自然会有人收藏。”史大富解释道。

“那《欧娘的故事》讲什么？”她随意拿起几张碟片浏览起来。

“《欧娘的故事》也是老片子了。我只记得欧娘被一帮歹徒拐到一个古堡里，受尽歹徒的虐待，最后是不是逃了出去，我可想不起来了。”史大富边说边从碟片箱里拿出一套《欧娘的故事》。

徐冬芹放下手里的碟片，接过《欧娘的故事》蹙额一看，见封套上是几个被捆绑着的半裸的女人，不觉想起家里溜溜儿一大箱子这样的片子。“这种下三滥的片子怕是只有那些下三滥的人才会看。”

“是啊，人常说‘一种米养百种人’，每个人都有每个人的趣味。”史大富推了推鼻梁上的眼镜说。“哦，对了，好些日子没见顾老板的人影了。他——”

“我不是跟你说过他已经死了吗？难道你喝了孟婆汤失忆了？”徐冬芹冷冷地说。

“别拿我寻开心了。”史大富咧嘴憨笑道，“如果他真的死了，你怎么会有闲心跟我‘嘎三胡’？”

“我没拿你寻开心。”徐冬芹板起面孔说，“难道你还要我请你吃云片糕不成？”

“行了，行了，算我多嘴。你们的事我从今往后再也不过问了。”

史大富愀然不乐地说,“不过,在我做生意的时候,请你最好也不要跑过来跟我‘捣浆糊’。”

一听这话,徐冬芹气呼呼地将《欧娘的故事》往碟片箱里一扔,正要走开,但转念一想,觉得没必要跟史大富这种人斗气,于是故作歉态地、委婉地对他说:“大富啊,我这几天心情不太好,这才找你说话来着。若有冒犯,你可别往心里去。这些年来,我念在咱俩是同乡的情面上,可一直把你当作自己的亲弟弟啊。你自己凭良心说说看。”

史大富听后痴笑不答,徐冬芹便接着说:“我看,你做碟片生意也够辛苦的,挣的钱又不多。我倒是有个主意,就是不知道你愿意不愿意。”

“你有什么主意?”史大富急切地望着徐冬芹的那张难以捉摸的面孔。

“不瞒你说,这些日子我一个人打理着店里的事,真有点力不从心的感觉。我想请你搭把手,帮我跑跑差事。我给你的钱是你卖碟片收入的两倍,这总可以了吧?”

“此话当真?”史大富听后,有点不相信自己的耳朵。

“看你说的,好像我是在坑蒙拐骗你似的。”徐冬芹微笑道,“你给我搭把手,既可以学做房产生意,又可以挣更多的钱。这可是一举两得啊!”

“那你可知道我现在的收入是多少?”史大富问。

“不久前,你不是跟我说你每月能赚一千吗?我每月给你两千,你看怎么样?”徐冬芹说罢,随意拿起一张碟片,摆来弄去地看着。

被徐冬芹说得满心舒展的史大富,故意拧着眉头装模作样地想了一会儿,而后慢条斯理地说:“那好吧,但不知你要我什么时候开始做。”

“现在就可以啊。”徐冬芹见他被她说动了,赶紧放下手里的碟片。“要不这样,你先把手里的东西收拾一下,我在店里等你。”

“行。”史大富说。

不一会儿，史大富拿着自己的东西走进店堂。他先把东西搁在写字台底下，然后坐到那张双人沙发上。就在此时，写字台上的电话响了。

“喂，是哪位？”徐冬芹拿起听筒说，“哦，他到外地去了，你有什么事情可以跟我讲。好的，你现在就过来。”

徐冬芹挂上电话后，对史大富说：“待会儿有个客户要来。她想让我们把她的房子包租下来。”

“哦。”史大富应了一声后，拿起写字台上的一张晚报看了起来。

没多时，一个身材高挑、身穿连衣裙的年轻女子从外面走了进来。她棕黑色的长发衬托着一张鲜嫩的、白洁照人的脸蛋，饱满隆起的胸脯旁是两条粉藕般光滑的胳膊，两条丰腴匀称的小腿像是用玉石做成的。

“你是——”徐冬芹和颜悦色地问道。

“我就是刚才给你打电话的唐文静。”女子雍容不迫地回答说。

“哦，那你是怎么认识顾老板的？”徐冬芹又问。

“我不认识顾老板，但我有一个朋友认识他，是她介绍的。”唐文静边说边用明亮清澈的目光看了史大富一眼，这目光顿刻使他浑身感到痒滋滋的。

“唐小姐请坐。”史大富急忙从沙发上站起来，给她让座，而后走到起居室的门口站立着。

“你进去拿只凳子来，别直戳戳地站着。”徐冬芹扭过脸对着他说。

于是，史大富从起居室里搬出一只木凳，一面打量着已坐在沙发上的唐文静，一面不慌不忙地坐下。

“唐小姐要出租的那套房是你自己的？”徐冬芹待史大富坐定后问唐文静。

“不是我的，是我父母的。”唐文静回答道。

“房子出租后，你们住到哪里去？”徐冬芹接着又问。

“住到三林的世博园。”唐文静说。

“如此说，你们的经济条件还不错。”徐冬芹浅笑道。

“其实，就凭我家的经济条件，是绝对买不起房的。”唐文静解释道，“三林的那套房是我的姑姑中了头彩后帮我们买的。”

“哦，是这样。”徐冬芹说，“那你能不能把你们现在要出租的那套房的情况介绍一下？”

“没问题。”唐文静稍稍放松了一下坐姿，拢了拢头发说。“那套房有南北两间，南间十平米，北间八平米，南间的外面本来有个天井，现在已改建成商铺，租给了别人用作理发店。”

“整套房装修得怎么样？有没有空调、淋浴器和有线电视？有没有全套家具、电视机、冰箱和洗衣机？”徐冬芹滴水不漏地问。

“装修是老装修，里头怕是没有你说的那些东西。”或许是因察觉到史大富正在用十分专注的目光看着自己，唐文静回答时表情显得有点尴尬。

“就连家具都没有？”徐冬芹接着问。

“听我父母讲，他们打算把现在的家具都搬到三林去。”唐文静回答说。

“如果是这样，你们每月想从我这里拿多少租金？”徐冬芹目不转睛地看着唐文静。

“我倒想先听听你们能出什么价。”唐文静笑着说。

“嗳，是你们要把房子租给我，还是由你们开个价比较合适。”徐冬芹沉下脸说。

“那好吧，”唐文静干脆坦直地说，“听我父母讲，这套房每月至少要收取一千两百元。你想，光那个商铺我们每月就收了一千三百元。”

“唐小姐，这你们就不懂了。”徐冬芹说，“商铺是商铺，住房是住房。商铺是用来赢利的，收取的租金当然多喽。”

“那你说该多少？”唐文静顺水顺风地问。

“这要等我们看了房后再说。不知你现在能不能带我们去看房？”

“行。”唐文静说罢，从沙发上站了起来。

过了大约半个时辰，徐冬芹和史大富看完房回到了店里。

“唐文静那家人也够黑的，要租给我们的那套房不仅采光差、不通风，而且连晾衣服的地方都没有。”徐冬芹关上店门后，一屁股坐到椅子上，怨气冲天地对史大富说。

“是啊，不过，唐文静刚才趁你在看房的时候，悄悄地对我说，顶多让你还掉两百元，如果你还不乐意，他们就把房子也租给理发店的老板娘。”史大富说着，将身子往沙发上一沉。

“为什么要租给理发店的老板娘？”徐冬芹甚感诧异地问。

“听她讲，那位老板娘想把理发店扩建成一家集理发、按摩和洗脚等服务为一体的新店，而且由她招聘来的姑娘晚上还可以睡在那儿。”史大富解释说。

“真是个个猴精猴精的，个个都在打自己的如意算盘。”徐冬芹说罢，皱起眉头琢磨了一会儿，然后接着说：“依我看，他们这分明是在要挟我们，我们干脆不理他们，看谁能沉得住气。”

“要不，我明天到理发店去理个发，探探口风，看看唐文静说的到底是不是真的？”史大富说。

“算了，没这个必要。”徐冬芹果断地说，“我们又不缺这笔生意，哪能让别人牵着鼻子走？”

“那好吧，我也该回去了。”史大富说完，打了个哈欠，随后蔫头耷脑地从沙发上站起来。“明天我什么时候过来？”

“九点，以后你每天上午九点过来，晚上九点回去。”徐冬芹回答说。“不过，如果你不嫌弃的话，今晚可以住在我这里，我还有一些事要跟你商量。”

“那也好。”史大富欣然应允道。“不过，我想先洗个澡解解乏。”

“这没问题。”徐冬芹嘻着嘴从椅子上站起来。

于是，史大富跟在她的后面，先走进起居室，然后走进卧室。

“给。”徐冬芹开亮卧室的电灯后，翻找出一件睡衣和一条睡裤递给史大富。接着，她把自己的睡衣睡裤和要换的内衣放在一只长沙发的扶手上。

史大富趁她手脚忙乱的当儿，把整个卧室环视了一遍。他发现：这卧室还有两扇门，一扇门门板的上半部嵌着一块厚厚的、半透明的玻璃，下半部嵌着几排通风遮板，另一扇门的门板上贴着长短不等、纵横突起的饰条，给整块门板增添了一种凹凸感。

“右边的那扇是厨房的门。”徐冬芹将一双拖鞋撂在史大富的足旁。“左边带玻璃的那扇是卫生间的门。”

“你先洗还是我先洗？”史大富看着脚边的拖鞋问。

“你不是想解解乏吗？那你就先洗吧。”徐冬芹说，“再说，我洗澡前还得把这屋里的东西收拾一下。”

“那我就不客气了。”史大富说。

徐冬芹趁他洗澡的那会儿，先把店门反锁好，然后又回到卧室把床上的东西理了理。一切就绪后，她到起居室喝了杯水，吃了点药，而后坐在八仙桌旁想着心事。这会儿，大街上几乎没有一点声响，屋里只有从卫生间那扇紧闭着的门的背后钻出来的淅零淅留的喷水声。这声音仿佛把沉降的空气搅动了，把留在她脑瓜里的一切死气沉沉的东西都激活了。在它愈来愈轻的不绝如缕的余音中，她恍惚看见史大富从水雾里慢慢地走了出来，像一尊雕像似地站在她的面前。

“我洗好了。”史大富说，热扑扑的身躯散发出香皂的味道。他见卧室里没人，于是提起嗓门又说了一遍。

“哦，我来了。你的手脚倒是挺快的，我还以为在做梦呢！”失了神的徐冬芹，这才醒了过来。她赶紧跑进卧室，拿起内衣和睡衣睡裤朝卫生间走去。

“你先上床睡吧。”她突然间转过身子对史大富说，瘦削的脸上浮现出一层淡淡的、油腻腻的红晕。

史大富在她的眼神里捕捉到一种难以掩饰的渴求，这渴求酷似倒映在黑漆漆的湖水中的火把，向四处散逸着它的幽光。待她关上卫生间的门后，他横躺在沙发上，用睡衣的一角擦拭着沾着水汽的眼镜，心里边琢磨着为什么她要他打下手，为什么要留他过夜。他觉得，尽管这位老板娘无法跟像唐文静那样的艳如桃李、娇姿欲滴的姑娘相比，但却能在某种特定的时间和场合同样激起男人的情潮，不仅叫你眼跳耳热，而且还叫你心痒难抓、跃跃欲试。

过了约莫二十分钟，徐冬芹洗完了澡，从弥漫着水汽的灯光里步态款款地走了出来。她见史大富躺在沙发上，便走到他的面前问：“你怎么睡这儿？”

“我觉得睡这儿挺好的，就如——”史大富一时找不到合适的比喻来表达自己的感受。

“就如‘软玉温香抱满怀’？”徐冬芹忽然想起老公常说的一句话。

“对，我就是这个意思。”史大富不懂装懂地说，两眼透过有点模糊的镜片定定地看着她。

“行了，别强不知以为知，烂芋头冒充金刚钻了。”徐冬芹一面笑呵呵地说着，一面返身去关卫生间的灯和门。

史大富眯起眼睛看着她瘦伶伶的身影，忽觉这女人也怪可怜的，仿佛人生的艰辛榨干了她身上的血肉，仿佛无情的岁月正在把她带向另外一个世界。他猛地想起她刚才说过的一句话，于是便问：“你不是说还有事要跟我商量吗？”

徐冬芹没有马上作答。她走到床边，一扭身坐了下去，然后将屁股朝床头挪了挪，将身子往床背上一靠，摆平两条腿后又将十指交叉的手垫在后脑勺的下面。

“刚才听你说《欧娘的故事》，这倒使我不经意间萌发了一个念头。”她沉默了片刻后说。

“什么念头?”史大富半笑着问，心想：这位老板娘该不会要他把她捆绑起来，以此来尝尝被虐待的滋味?

“我想让你去拐一个小孩。”她突然收紧双颊上的肌肉说，声音有如蟋蟀滞涩的低鸣。

“拐一个小孩?”史大富晴爽的脸忽然阴云密布，笑容顿弭。

“是啊。”她两眼直瞪瞪地看着他。“就看你有没有这个胆量了。”

“那不行，这种要‘吃家什’的犯法的事我不能做，也做不来。”史大富语气强硬地说。

“你实在不愿意做也罢，我这人向来不喜欢强人所难。”她说完，眯睎着眼望着他。“但你过来陪陪我总可以吧?”

史大富见她妖媚煽情的眼波跟火星似地迸射到他的身上，顿觉心头一阵躁乱。他感到自己的情潮开始涌动起来，感到肚子底下热腾腾、胀鼓鼓的，仿佛变成了一座快要喷溢出熔岩的火山。他终于把持不住了，于是摘下眼镜，从沙发上坐了起来。

“哟，你还当真了!”徐冬芹见他正朝着自己走来，便将身体平展展地贴在床垫上，轻轻地垂下眼帘。

“你不是说我冒充金刚钻吗?”上了徐冬芹的床后，史大富将她紧紧地抱住。

“不是金刚钻，胜似金刚钻。”徐冬芹一面用两条胳膊锁住史大富的腰，一面调笑地说。

“什么不是胜似的，你就不觉得这话太绕嘴? 还不如说我史大富劲力所至，山石为开呢!”史大富说罢，一个鹞子翻身将徐冬芹掀到自己的身上。

一阵云涌雨注般的情欢之后，筋疲力尽的徐冬芹气喘如牛，胸腔里的心跳得一撞一撞的，而史大富则恍惚觉得自己变成了一株刚抽出嫩条的毵毵垂柳，恹弱地飘拂在朦朦胧胧的、如梦如幻的湖光山色之中。他望着徐冬芹被松乱的头发缠绕着的面孔，觉得这张面孔突然间变得柔软而富有光泽了，好像放纵情怀是位神奇的美容师，填平了它上面的坎坎沟沟。

七

一个星期后的一个中午，唐文静又来到盛业房产谈包租的事。

这天是她的休息日，一大早她就叫了一辆卡车，把家里的东西都搬到了新居，然后打了一辆出租车直接开到盛业房产的门口。

“顾老板在吗?”她一进店门就大声地问。

“你不要老是一口一声的顾老板，这店现在是我做主。”正坐在写字台前看《上海房地产报》的徐冬芹，抬起头冷眉冷眼地对她说。

“对不起，老板娘。”唐文静心平气和地说道。

“对不起就不必了。有什么事坐下来谈，别戳灯似地站着。”徐冬芹瞄了一眼身旁的一只木凳说。

唐文静坐下后，发现老板娘那副嘴脸就像一只浑身长满疙瘩的癞蛤蟆，叫她厌恶之极，不堪忍受。要不是看在王采萍的脸面上，要不是图方便，她早就跟盛业房产断绝来往，另找二房东了。

“有什么事快说，待会儿我不定忙得连喝口水的工夫也没有。”徐冬芹放下手里的报纸。

“我们还是想把那套房包租给你们，”唐文静说，“价格可以做些让步。”

于是，双方开始就租金问题争辩起来，一个是不依不饶地杀价，一个是据理力争地守着自己的价格底线。经过一番激烈的讨价还价,那套房最终以每月八百元的租金成交,恰好踩着唐文静最低的心理价位,租期为两年。

“哦,对了,你们不是打算把房子租给理发店的老板娘吗?”签好合同付了租金和押金后,徐冬芹用揶揄的口气说。

“理发店的老板娘本来的确想租这套房,而且还三番五次地催我们。但没想到昨天我们要她签约时,她突然变卦了。”唐文静解释道。

“为什么变卦?”徐冬芹问。

“这我们也没多问。我想,没准她一时半会雇不到她要的按摩女和洗脚女。”唐文静回答说。

“行了,行了,别再编了。要知道我做房产生意不是一天两天了。什么样的人没见过?什么样的事情没碰到过?”徐冬芹阴笑着说,“别在佘太君面前舞刀弄枪了。”

“你话可不能这样讲,我们是看在顾老板的朋友的脸面上来找你们的。”唐文静一脸屈气的样子。

“算了,算了,事情都已经过去了,何必呢!”坐在沙发上的史大富打起圆场来。“俗话说‘买卖不成仁义在’,更何况现在都已做成了买卖。”

“说的就是啊,哪有你这样对待客户的?”唐文静说完,从手拿包里掏出一串钥匙扔在写字台上,然后怒气冲冲地走出了店门。

“唐小姐。”她走出店门后,正要过马路,只听身后有人在叫她,回头一看,见是史大富,白净净的脸上不觉飞起一道玫瑰色。

“怎么,你还有什么事?”她瞪大着眼睛望着他,一丝窘迫游戏于嘴唇上。

“你忘了拿合同。”史大富边说边把合同递给她。“另外,我想顺便告诉你,老板娘近日因跟老公闹矛盾而心情欠佳,你可千万别见怪!”

“他们闹矛盾总不能到处找刺儿，把气出在客户身上。你看她，一张开嘴就跟喷火似的。往轻里说就是一村妇，往重里说就是母夜叉！”唐文静说罢，头也不回地朝马路对面走去。

唐文静走后，徐冬芹立即从写字台右边的一个抽屉里找出一个小本，打开翻阅了一会儿后，拿起电话听筒，拨起了号码。

“喂，是小王吗？”电话拨通后，她喜笑颜开地说。“我跟你讲，你托我找的房子现在有着落了。哎，是啊，是两室户。明后天就可以交给你们使用，租金每月一千三。什么？那可不成，我包租这套房每月的租金就一千一，再说，除了空置几天外，我还得配备一些家具，安装空调、淋浴器和有线电视呢！反正你们几个大学生合租，平摊到每人头上没多少钱。要不，你先带他们过来看看。好，就这样。”

“待会儿有几个大学生要过来看那套房，你就带他们去。”徐冬芹挂了电话后，把小本放回到抽屉里，对已坐在沙发上的史大富说。“他们看后觉得可以，就带他们过来签约付钱。如果他们要还价就叫他们过来跟我谈。”

“行。”史大富说。

“还有，成交后，你到附近的二手家具市场去转转，看看那里折叠式钢丝床的价格是多少，顺便了解一下旧空调、旧电视机、旧淋浴器、旧家具等物品的价格。”徐冬芹说罢，拿起写字台上的手机看了看。“不早了，该吃午饭了。我出去一下就来。”

她刚匆匆忙忙地跨出店门，台上的手机就响了起来。史大富迟疑了一下后，跑过去拿起手机一看，发现收件箱里有一条短信：“你不愿见我，这总不是个办法。我看，我们还是好聚好散，协议离婚吧。我现在就在附近的‘乔家栅’……”他顿觉心头一紧，慌忙删除了这条短信。

看来，这对老夫老妻的“梁子”还结得挺深的，他回到沙发上后琢磨着。他若不删除那条信息，老板娘就会知道有人打开过她的收件箱，到时候准没有好脸色给他看，甚至一气之下叫他走人。他不想就这样丢了一份美差。

“真是见鬼了！”没多时，徐冬芹铁青着脸从外面走了进来，手里提着一只装着两份盒饭的塑料袋。

“怎么了？”史大富仰起脸，疑惑地问。

“我刚才在‘乔家栅’撞见了那个死鬼！你说晦气不？”徐冬芹一边说着，一边把塑料袋里的盒饭放到写字台上。

“哪个死鬼？”史大富知道她说的“死鬼”是谁，但还是装模作样地问。

“还不是那个喜欢抚花弄柳的登徒子？”徐冬芹回答说。

“哦，我明白了，你说的是他。”史大富不禁笑之哑哑，心想：你老板娘自己也够风流的，还摆什么正经说自己的老公？这岂不是灯台照人不自照？

“这死鬼居然当着外人的面对我说，要和我‘恩断义绝，永无瓜葛’。”徐冬芹边说边坐到自己的椅子上。

“打离婚就打离婚呗，哪来那么多拗口的戏文戏词？”史大富拧着眉头说。

“你是说你希望我们俩‘拗断’？”徐冬芹用炙人的目光凝睇着史大富。

“我哪敢有这种念想？”史大富连忙解释道，“我只是说想离婚就干脆说‘离婚’二字，何必跟演戏似地说什么‘恩断义绝，永无瓜葛’？”

“是啊，这死鬼平时就喜欢这样，土坛子还想贴上一层金箔！看上你就说‘天缘奇遇，三生有幸’，想甩了你就说‘恩断义绝，永无瓜葛’。来，我们暂且不谈他，先填饱肚子再说。”

于是，史大富坐到她的身边，和她一起吃起饭来。

“哦，对了，我正想问你呢。”徐冬芹吃了一会儿后说，“刚才，你好像背着我跟那个姓唐的说了些什么？”

“没说什么。”史大富鼓着两腮回答道，“我把合同给她时，见她还绷着个脸，就顺便安慰她几句。我想，她毕竟是我们的客户，将来合同期一满，我们还可以跟她续签新的合同。”

“你是说她将来还会跟我们打交道？”徐冬芹问。

“我想，如果没什么新的情况，只要我们做得合情合理，她还是会的。”史大富说，“我卖碟片的经历告诉我，对待客户，哪怕是最挑剔、最难缠的客户，也要和和气气，耐心再耐心，这样他们就会一直来找你，让你把生意越做越好，越做越大。这也就是人们平时所说的‘和气生财’的道理。”

“呵，你这小鬼什么时候也学会了骂人不带一个脏字？”徐冬芹尖刻地说，“别头上点灯自以为高明。依我看，你八成是喜欢上她了。”

“这是什么话呀！”史大富赧然一笑道，“人家是一大小姐，而我是你的下人。我哪敢有这种非分之想？”

“算你还有自知之明。不过，我丑话说在前头，你要是干出吃里爬外的事情，就别怪我翻脸不认人！”徐冬芹说罢，闷头吃起饭来。

“我史大富响鼓不用重锤，你又何必说些扎耳朵的话？”史大富怏怏不悦地说。

这会儿，徐冬芹只顾着吃饭，而且边吃边想着自己的心事，因此，史大富的话就如同一阵轻风打她的耳边吹过。

两人吃好饭后，她突然问史大富：“你说，那死鬼要是真的和我一刀两断，我该怎么办？”

“照我看，顾老板不是你想象的那种人，他只是说说气话罢了。”史大富说，“现在谁家不是碟大碗小，磕着碰着的？我就不信你们俩没有任何转圜的余地。”

“他是不是那种人我心里最清楚。就算他不跟我了断，我也很难和他继续相处下去。俗话说：‘好言难劝该死鬼，千军难挡风流人。’是生姜就永远脱不了辣气。”徐冬芹溜动着两眼说，“我看，他多半是艳情碟片看多了，才陷入色欲的泥潭不能自拔。”

“你这话是什么意思?”史大富问，“难道你认为是我史大富害了他?”

“我本来没这个意思，但你这么一讲倒让我觉得你也脱不了干系。”徐冬芹借风使帆地说。

“照你这么说，如果一个歹徒用刀砍死了人，卖刀的也有罪了！天底下哪有这样的道理?”史大富说罢，起身朝沙发走去。

“哟，我只是随便一说，没想到你却动起了肝火。”徐冬芹见他咬牙瞪眼的样子，半笑道。

“平心而论，像你们这样的破事可多了去了。”史大富坐到沙发上后说，“现在的社会风气就是这样，男人只要有钱有势，就自甘堕落地当采花……”

他的话还没讲完，一个学生模样的年轻人走进了店门。他身穿一件茶色T恤衫，不太合身的米色长裤已磨出了些许经纬。

“小王，你们不是四个人合租吗？怎么就来了你一个人?”徐冬芹问道。

“他们说我一个人过来看就可以了，只要我满意就行。”小王文绉绉地回答道。

“那也好。”徐冬芹把唐文静方才丢在写字台上的那串钥匙扔给史大富：“你就赶紧带他去看房，顺便把这空饭盒带出去。”

“行。”史大富说。

史大富和小王走后，徐冬芹呆坐在店里，回想着方才撞见老公的情形。她想不明白的是：他怎么会跟一个来历不明的外来妹一见投缘，而且还对之用情颇深？莫非他只是看上了她的一身细皮嫩肉？莫非他是受了圈子里的一些朋友的影响，在显摆自己情场得志、宝刀不老？殊不知露水姻缘不久长！殊不知那个外来妹现在为了达到其不可告人的目的，可以诡媚兼施，无所不用其极，一旦得手就会原形毕露，叫他船到江心补漏迟！如果他真的下了狠心要跟她徐冬芹分道扬镳、各奔东西，她也就认这个命了，大不了平分财产。说穿了，人生本来就是一场游戏，一个过程，一个梦，不管你怎么活，到头来都是相同的结局，重要的是要自己对得起自己，要宠辱不惊，理乱不闻……

没半炷香的工夫，一阵隆隆的响声打断了徐冬芹的思绪。她见一辆粘满尘土的土方车从店门口开过，一团团翻滚着的黑烟顿刻将她和外面的世界分隔开来。待烟慢慢地散去后，她见史大富和小王一前一后地走了进来。

"那套房看下来怎么样？"她急切地问。

"还马马虎虎，"小王说，"就是采光比较差，而且水泥地板有点返潮。"

"要不这样吧，"徐冬芹说，"先签一年合同。"

"我看，这事还是等我和同学商量好后再讲。"小王说。

"不必了吧？我象征性地让一点利不就完了？再说，你们白天都在学校，屋里暗一点又有什么关系？"徐冬芹劝道。她深知：照眼下的情形看，如果小王跟他的同学商量，只能让他更加无所适从，弄不好这笔交易就会泡汤。

"那你能让多少利？"小王问，"要知道我们都是外地来的穷学生，租金可是从我们的牙缝里省下的呀！"

"别把话说得那么寒碜，好像我们是在趁火打劫似的。"徐冬芹说，"我看这么着吧，我们每月让利五十元或者我给你一次性回扣五百元，但合同必须签两年。你若不同意，那就算了。我们做生意总不能赔上本钱吧？"徐冬芹说罢，又拿出那个小本，翻动了几张后对小王说："你过来看，想要租这种廉价房的大学生可多着呢！你如果不打算要了，我现在就跟他们联系。"

"那好吧，你给我五百元回扣就是了。"听老板娘这么一说，小王赶紧答应了下来。"请问这租金该怎么付？"

“付三押一。”徐冬芹回答道。

“付三押一?”小王没听明白徐冬芹讲的话。

“也就是付三个月的租金,押一个月的租金,先付后住。”徐冬芹耐心地解释道。“难道你们是头一回租房?”

“可不?”小王挠了挠耳朵说,“我们四人一直都住在学校里,因为学校里是六个人住一间,太拥挤了,而且晚上十点就熄灯了,这才想到——”

“行了,别说那么多了,现在就签约付钱吧。”徐冬芹拿出一份租赁合同。

“可我没带那么多钱哪。”小王为难地说。

“那就先付一个星期的房租作为定金吧。”徐冬芹说,“你们什么时候签了约、付了钱,我们就按你们的要求去购买家具和电器。但不能超过三天,否则——”

“用不了三天,我明天就过来。”小王说罢,从裤兜里掏出钱包付了定金。

“你现在就去二手家具市场,回头我们再谈别的事。”小王走后,徐冬芹对史大富说。

“好的,我这就去。”史大富说。

史大富一走,徐冬芹又呆呆地坐在店里继续想自己的事。她想起史大富跟她偷情寻乐的情景,不禁咧嘴一笑。说真的,那天晚上她确乎是郁闷到了极点,离寻死就差一步了。她勾搭他不单单是为了解闷或是为了跟老公赌一口恶气,更是为了逃避徘徊在她内心深处的那个噩梦。史大富也许只是为了图一时的刺激或者只是想讨好她这位老板娘,才跟她逢场作戏,顺水行船。不过,她倒是希望他诚心诚意地跟她好,成为一个既能打理店里的业务又能照顾她生活起居的人。在他俩倜傥不羁地极尽情欢之后,她无意间发现:自己虽然已逾不惑之年,但跟史大富在一起好像突然变得年轻了,好像又找回了做女人的感觉。老公的薄情与这种奇妙的感觉相比，似乎成了毛羽之轻，冲风之末。那天入睡前，她和史大富闲聊了一会儿，从他口中得知：他今年三十五岁，过去曾在奉贤的柘林做过几年对虾生意，但后来不知怎么回事，柘林的对虾越来越少了，于是他就改做碟片生意，起先是在奉贤的南桥做，后来父母相继过世后便跑到浦东来做；他到浦东后，在杨思桥附近租了一间房，从此就再也没有回过柘林，因为他父母在柘林留下的一栋老房子和他们的其他遗产全都被贪心的哥嫂占了去，他不想再见到他们。

想着，想着，徐冬芹突然感到胸口有点堵，呼吸有点费劲，于是连忙走进起居室倒了杯水，找出一个药瓶子。服了几粒药丸后，她又回到店堂里，轻轻地掩上店门，坐在沙发上睡了起来。

而这时的史大富快要走到二手家具市场的门口了。一路上，他用一种异样的眼神看着迎面而来的一张张陌生的脸，觉得这些脸跟动物的脸没什么区别，只是长着一张会说话、会吃精制食物的嘴。他越看越觉得周围的人都是动物，觉得他和他的老板娘也是动物，觉得无法摆脱动物的本能是人类存在的唯一理由，也是人类的悲剧所在。是啊，一切叫人快乐的东西和一切叫人痛苦的东西都和人的本能息息相关，而所有这些全是命定的，没有人能够抗拒，也没有人能够超越。他开始有点厌恶这种本能，觉得它就像一条东方鲀，一朵阿芙蓉，一只落在花瓶里的死老鼠，觉得它在创造生命的同时也在创造着死亡，在创造文明的同时也在创造着堕落，在创造幻觉的同时也在创造着幻灭。

“哟，这不是——”就在他带着些许惆怅和茫然的心情跨进了家具市场的大门时，耳旁忽然响起一个熟悉的声音。他定眼一看，原来是那个曾经卖给他黄碟的女子。

“你怎么在这里？”他停下脚步，轻声轻气地问道。

“你猜呢？”女子的眼角拧出几丝淡淡的笑纹。

“是来看家具的。”史大富不假思索地说。

“我就知道你猜不准。”女子扭了扭腰肢说。“实话告诉你吧，我在这儿替人看一个店铺。”

“是吗？是什么店铺？”史大富推了推鼻梁上的眼镜。

“卖灯具的店铺。”女子的笑容变得更柔媚了。“因为老板在别处有更大的生意要做，就让我帮他打理这儿的买卖。”

“那你每月能挣多少钱？”史大富问。

“能挣两千多，而且老板还包我的吃住穿用呢！”女子得意地说，边说边用戴着一只戒指的手摸了摸闪着油光的头发。

“瞧你的美劲儿，恭喜你了！”史大富忽觉她的眼里好像藏着什么秘密，心想：这女子会不会当了她所说的那个老板的二奶？

“那你现在怎么样？生意还好吧？”女子有意将话题转到史大富的身上。

“我现在已不做碟片生意了。”史大富说。

“不做碟片生意，那你做什么？”女子问。

“帮一家房产中介打杂，这不，现在正受人之托来了解一下家具和家用电器的行情。”史大富说罢，不经意地朝几个打他身边走过的人看了看。

“原来是这样。”女子说着，挠了挠穿着连裤袜的大腿。

“好了，我得去忙我的事了。”史大富说。

“行，以后要买灯具什么的，就来找我。”女子挤了挤眉头，忸怩作态地说。“今天要不是老板催我去他那儿，我就陪你在这儿转一圈，然后带你到我的店铺去看看。”

八

黄昏，犹如混杂在水流中的泥沙，渐渐地沉落到大地上。刚被阴森森的灰黑涂抹的天空，又开始被闪闪烁烁的霓虹灯抚弄着，缠磨着。没多时，随着云层的增厚，带着水气的闷沉沉的暮霭笼天罩地，看样子一场大雨马上就要倾泻下来。

在这天沉云暗、雨意浓浓的暮色中，一幢十六层的高楼蜕尽了白日里特有的风雅高贵的气质，变得猥猥琐琐，而且向它脚下的景物投下一片幽昧昏惑的阴影。环抱着高楼的，是一棵棵相互挨得很近的棕榈树；它们直立的、被红褐色棕毛裹包的树茎的上端长着向外开展的、带有长长叶柄的扇形叶子。这些叶子在阵阵晚风的吹拂下，酷似作法的女巫歪歪扭扭地摇曳着。

此时此刻，顾韦番正躺在床上酣睡，嘴巴里不时地发出呼噜呼噜的响声。昨晚，他约了几个朋友到小胡子家打麻将，一直打到天亮才散伙。赶回自己的住所后，他实在是累得撑不住了，于是也没吃什么东西就倒在床上蒙头大睡，一觉醒来已是晌午的样子。从床上爬起来后，他感到肚子里一阵又一阵地辘辘翻动，便去"乔家栅"吃了些点心，吃完后，给徐冬芹发了一条短信。让他没想到的是，短信才发出徐冬芹就来了。两人没好气地吵了一通后，他又回到住所睡他的觉。

他的住所（也就是那套三室两厅）位于十六层高楼的第十五层。由于高楼临街而立，因此，在大白天他若从窗户俯视下面的大街，可以望见像蚂蚁般密密麻麻的、缓缓蠕动的人流，听到有如蚊阵一样的喧杂声。

熟睡中，他梦见自己来到一座花灯璀璨但四周的背景却显得有点凄清和凌乱的彩楼前。正当他目不转睛地望着一只花灯时，这只花灯突然间变成了一轮光芒逼眼的红日，而彩楼则变成了一片沧溟溟的大海。不一会儿，红日渐渐地收起它火一般的光线，变成了一弯阴冷的弦月，而大海则变成了浮影交错的灌木丛。就在他沉浮于这奇景幻象之中时，不知从什么地方飘来由萨克斯管奏出的圆舞曲。这圆舞曲就像一阵阵融暖醉人的风将他轻轻地托起，把他带到一个偌大的、望不到边际的舞池里。他见舞池里有无数对身单衣薄、笑影勾魂的女子在勾肩搭背地跳舞，音乐在美腿玉足间穿梭，在云鬓秀发边飘拂，一种如沐春风春雨的感觉不禁油然而生。“来，和我跳支舞。在这迷人的夜晚，你不想和我共舞一曲?”他忽觉有一只柔软的手落在他的肩上，于是回头一看，见是一绰态可掬的美女。美女两眼流转着妩媚动人的秋波，身上飘逸出诱人的异香。他无法抗拒这对媚眼的诱惑，无法抗拒从她身上散发出来的芳香的诱惑，一把将她揽进自己的怀中跟她跳起舞来。跳着，跳着，他见她渐渐地将红扑扑、热烘烘的脸蛋昵依在他的胸口，嘴里情意缠绵地说着什么。他有点神昏意乱了，好像突然间掉进了欲罢不能的情波欲澜之中。他刚要将她抱起，音乐戛然而止，美女变成了临风乱舞的雪糁儿……

一阵手机的铃声，闹魂搅魄般地把他从睡梦中唤醒了。

“喂，是哪位? 哦，是乜小姐，我这就下来接你。要不，你直接上来也行。”他拿起枕边的手机，先是用平静的，而后用亲昵的口吻说。

放下手机后，他一骨碌下了床，穿上一件簇新的浅蓝色的“豪斯”牌衬衫和一条挺直平整的淡灰色的长裤，找了把梳子梳理了一下头发，正想洗个脸，门铃响了起来。

“乜小姐，里边请。”他打开房门后，眯缝起略带困色的眼睛对乜小尧说。

“不客气。”乜小尧面无表情地应了一声，声音轻得酷似落叶坠地时发出的窸窣声。

关上房门后，他让乜小尧坐到一只三人皮沙发上，帮她摘下挂在左肩上的包，搁在沙发前的茶几上。他见她的头发有点潮湿，便将脑瓜朝着窗户一歪，扯起脖子上的几根斜楞楞的软筋问道：“怎么，外头下雨了?”

“是啊，我下班时没下雨，可快到这儿时下起雨来了。”乜小尧扬起右手摸了摸头发，而后耷拉下脸看着身上的衣服。“幸好没把我衣服全浇湿。”

“你看我，一睡就睡过了头。早知道会下雨，我就不睡了，就来接你了。”顾韦番歉疚地说，边说边端量着她那张挂着些许水滴的白里透红的脸。这张脸使他联想到一朵托着莹澈露珠的荷花，使他想起方才在睡梦中见到的美女。

“是吗?”乜小尧半笑半嗔地说。

“那当然。”他走到靠近窗口的一只冰箱前，从里边拿出两瓶酸奶和几只水果蛋糕。

“别一见我来就给我吃这吃那的。”乜小尧从包里拿出一张餐巾纸，擦了擦滚热的脸。

“嗳，乜小姐可是踩着吃饭的时间而来。如果看得起我，就别那么客气，就把我这里当作你的家。说句心里话，我早就把你当作红颜知己，当作自家人了。”顾韦番说。

“谁是你的红颜知己?”乜小尧娇嗔地说，“你什么时候才能改改见了女人就调嘴的德行?”

“好，我改，我一定改。”顾韦番一面把酸奶和蛋糕放在茶几上，一面言不由衷地说。

“不过，你还别说，见了你拿出来的这些东西，我还真感到有点饿了呢!”乜小尧将餐巾往包里一塞。

“饿了就吃呗。”顾韦番不紧不慢地坐到她的左边，将脑袋倚在沙发的靠背上。

于是，乜小尧打开一瓶酸奶喝了两口，然后放下瓶子吃起水果蛋糕来。

“乜小姐这些天没来可真把我烦闷死了!”顾韦番斜觑着她说。

“这就是有活儿干和没活儿干的差别。”乜小尧侧过身子笑道。“不过，我倒想听听你对烦闷的感受。”

“食不下咽，睡不安宁。”顾韦番说。

“就这些?”乜小尧问。

“撕心裂肺,分筋错骨。”顾韦番说。

“还有呢?”乜小尧又问。

“心意迷乱,神魂颠倒。”顾韦番说。

“还有呢?”乜小尧忽眨着媚眼又问了一句。

“还有就差上吊了。”顾韦番说罢,不禁开怀畅笑起来。

“行了,别忽悠人了。你这些词用在那个叫王采萍的身上兴许还管用,拿我凑趣儿那就算了。”乜小尧说完,吃了几口蛋糕,然后渐渐收敛起笑容:“我让你做的事你办得怎么样了?”

“什么事?”顾韦番神情凝重地问。

“别揣着明白装糊涂,还不是跟你老婆离婚的事!”乜小尧说。

“哦,是这事。”顾韦番扇开笑脸说,“你不是说过你不想横插一杠子吗?”

“你真坏,坏死了!”乜小尧知道他又在逗她玩,边说边用拳头砸了他一下,“我本来是不想横插一杠子,可你在手机里老是说我应该同情你、可怜你,应该跟你一起过新的生活。既然这样,你总得给我一个名分吧?”

“话是这么说,但做起来可没你想象的那么容易。”顾韦番语气平和地解释道,“实不相瞒,今天中午我在外头见到她了。”

“那你跟她说了些什么?”乜小尧焦急地问。

“我当然按你的意思说喽。”顾韦番诡笑道。

“那她同意了吗?”乜小尧紧追不舍地问。

“她没表明态度。不过,离婚是迟早的事。”顾韦番说,“我已经想好了,我跟她还是协议离婚比较好。我拿这套三室两厅,她拿另一套三室一厅,银行里的存款三分之二归我,三分之一归她。”

“那你的店铺呢?”乜小尧的眼珠子急溜溜地转动着。

“店铺和跟店铺连在一起的那套房都给她吧。”顾韦番说,“毕竟我跟她夫妻一场。”

“那可不成，这样做有欠公平。”乜小尧用愠怒的目光看着顾韦番。“要知道她没孩子，我可还有孩子呢！再说，指不定什么时候我还要给你——”

“我不是说了吗？存款的三分之二归我，三分之一归她。我本以为你是个点头知尾的聪明人，没想到我横说竖说你也不明白。”顾韦番突然变得有点不耐烦了。

“那我问你，你现在到底有多少存款？”乜小尧火势逼人地问。

“既然你问了，我就给你交个底，总共三百五十万左右。”顾韦番回答道。

“依我看，你给她五分之一就可以了。”乜小尧板上钉钉似的说。

顾韦番听后，脸上现出为难的表情。他神经质似地用右手指不停地点叩着额门，然后放下手无奈地说：“好吧，我可以试试看。就看在你愿意嫁给我的份上。”

“就是嘛，人家人都快给你了，你还有什么不能答应的？”乜小尧说着，脸上不觉倏地一红。“不过，如果你是真心想娶我，我还有一个条件不知当讲不当讲。”

“乜小姐有话但说无妨，我听着呢。”顾韦番不经意地瞥了一眼已被雨水打湿的玻璃窗。

“我不想再呆在上海。”乜小尧慢声低语地说。

“为什么？”顾韦番觉得这话太出乎他的意料，心里一下子变得纷纷乱乱的。

“因为我做过一个噩梦。”乜小尧面带愁容地解释道。

“什么噩梦？可否说来听听？”顾韦番问。

“我不想说，也说不好。”乜小尧回答道。

“咳，梦这种东西本来就是虚无缥缈的，不足为信。”顾韦番很不在意地说，“从前，尧梦御龙以登天，黄帝梦大风席卷天下，汉武帝梦李夫人授香……”

“好了，好了，别把话扯远了。我就是想呆在父母的身边，这样心里可以踏实些。”乜小尧说罢，把拿在手里的蛋糕全吃了。

“你这人怎么说一出是一出的，也太任性了吧？”顾韦番听后，顿觉事情有些棘手，再也控制不住急躁的情绪。“如果照你的意思去做，那你我在上海的房子怎么办？”

“没想到像你顾先生这样的六精八怪、深心达算的聪明人也有脑瓜跟木头墩子似的不开窍的时候。”乜小尧浅笑道，“我们可以把房子卖了，然后到六安去购房，去开店。要知道，六安的房价可比上海低多了。”

“你这不是要我背离乡井、流落他方吗？”顾韦番沉下脸，皱起了眉头，“别的事我都能答应你，这事不行！”

乜小尧一听这话，心中不觉酸唧唧的，泪珠从湿润的眼眶里索索落落地滚落了下来。

顾韦番见她酸心落泪的样子，先是沉默了片时，而后无奈而又感伤地说：“事到如今，看来我也只能跟着你一条道儿走到黑了。”

“这么说你同意了？”乜小尧半信半疑地看着他。

“看你搭错筋的样子，到时候你可别悔青了肠子！”顾韦番苦笑道。

听了这番话，乜小尧仿佛飘荡在春色翠英之中，紧巴巴的脸上顿然绽出轻松和悦的柔光。她跟一只见了羚羊的猎豹似的，情不自禁地扑到顾韦番的身上，抱住他的脑袋，随后松开胳膊，用一种感激的眼神看着他的脸。接着，她将两片软溜溜、滑润润的嘴唇凑到这张脸上，开始急风骤雨般地一下又一下地狂吻。顾韦番被这突如其来的滚滚热潮给淹没了。他感到她的一对饱满的乳房在自己的胸口不停地蹭着、搠着，感到从她身上散发出来的甘芳如饴的体味叫他无法自控，叫他浑身跟散了架似的瘫弱无力。他想：单单为了这，他做出再多、再大的牺牲也值了。

“哦，对了，我还有一件东西要送给你。”他说着，轻轻地推开乜小尧。

“什么东西?”乜小尧耸了耸眉毛问。

“你猜呢?”他微笑着从沙发上慢慢地站起来。

“我又不是孔明再生，哪猜得着?”乜小尧撅起嘴说。

于是，顾韦番从里屋拿出一件做工考究的丝织连衣裙，满脸堆笑地走到乜小尧的跟前：“这件白色连衣裙配在你香娇玉嫩的身上可好看了。常言道：‘云想衣裳花想容。’等我跟她的事情了结了，我还要给你买更多、更好看的衣服，给你买最好的戒指、最好的项链，把你打扮得光彩夺目、美如天仙。”

“你这人就是喜欢讨女人的欢心，净挑女人爱听的说。”乜小尧接过连衣裙后，脸上飞起一抹灼若鲜花的红云。

“你不想试穿一下?”顾韦番问。

“行，那我就试穿一下。”乜小尧说罢，将手里的连衣裙放在沙发上，喜眉笑眼地站了起来。她刚想宽衣，见顾韦番正涎眉邓眼地看着她，便忸忸怩怩地说：“你能不能回避一下?要不然，我就——”

“好好好，我回避，我回避。”顾韦番连忙转过身子，朝着窗户那边走去，边走边从衬衫的衣袋里掏出香烟和打火机。到了窗前，他点上一支烟悠然不迫地吸了一口，看了一会儿窗外的夜景，而后凝视着在玻璃上晃动的丰姿美态。待乜小尧换上连衣裙后，他转过身来笑道：“哟，真是太美了！就跟新娘似的。”

“可我的左肩有点斜，再好看的衣服穿在我身上都或多或少地走了样子。”乜小尧说。

“有点斜才有味道呢，要知道梅以曲为美，直则无姿。”顾韦番调笑地说。

“瞧你这张嘴，就是东施也会被你描绘成西施。”乜小尧一颦一笑道。

“这叫做情人眼里出西施，吾投甘言而引侬尤物也。”顾韦番说罢，走到沙发前一屁股坐了下去。

“又装腔作态地跟我耍贫嘴，真讨厌！”乜小尧嗔怪道，“真是酸黄韭烂豆腐！”

“你别说，我今天还真想吃你说的这道菜。”顾韦番说着，将还没抽完的香烟掐灭在摆在茶几上的烟灰缸里。他趁乜小尧不备，一把将她拽到沙发上，然后一面用一条胳膊搂住她的腰肢，一面颠头播脑地哼起一首歌。

“你这唱的是什么？”乜小尧扭过脸问。

他先是痴笑不答，继续哼他的歌，然后逗她说：“我唱的是《好云无处不遮楼》。”

“老是云啊云的，好云再多也被你这跑调的声音给吹跑了。”乜小尧说。

“是啊，好云都跑到你这只小蜜蜂里头去了。”顾韦番边说边胳肢着乜小尧，两只色迷迷的眼睛贪视着她柔腻腻的脖子。等乜小尧从他的手臂中挣脱后，他抬起脸问：“哦，对了，你刚才说要我跟你到安徽去？”

“是啊，”乜小尧回答道，“怎么了？”

“我听说安徽有不少旅游景点，尤其是举世闻名的黄山。如果乜小姐没去过黄山，我倒想和你，还有你的孩子一块去那里玩玩，然后到六安举办婚礼。”

“这个主意倒不坏。”站在茶几旁的乜小尧甩了甩长发说。“不过，爬山得靠体力，不知你行不行？”

“这你就不用担心了。你没见我的身子骨硬朗得很，就像一座铁塔？”顾韦番说，“别说爬一座黄山了，就是爬十座也不在话下。”

“你别瞎吹了，我看你是嘴大喉咙小，到时候还得让我把你背到六安去。”乜小尧说。

“那你现在就背我，看能否背得动?”顾韦番边说边冲上前将她抱住。

“你这人好坏!”羞潮顿涨的乜小尧用力推开他后，梦呓般地轻声轻气地骂了他一句，然后问:“老实告诉我，你会不会在骗我? 会不会跟她藕断丝连? 会不会跟她重修旧好?”

“看你杞人忧天、无事自扰的样子! 难道你以为我跟她那张老菜皮还有剪不断、割不了的情分? 俗话说:‘雨落不上天。’你就把心安安稳稳地搁肚子里吧!”顾韦番说罢，又上前将她抱住。

“你这人真是坏死了!”乜小尧这回没推开他，而是由着他把她抱到沙发上。

这时，外面的雨伴随着越刮越大的风哗哗哗地狂泻着。被雨打湿的路面跟涂上了一层油似的明晃晃的，来来往往的魅影一般的车辆从高处望过去就像兜游在微茫如烟的湖面上的快艇。在风和雨的鞭策下，棕榈树东歪西倒地嘶嘶啦啦地呼啸着，向四周抛射出无数碎银般的水花。

在由风雨声组成的催情般的乐曲中，在顾韦番狂飙似的搂抱下，乜小尧沉浸在融融的醉意里。她神色恍惚地用双手勾住他的脖子，接着，仰面朝天地躺倒在沙发上。

九

两个月后，顾韦番和徐冬芹最终以协议的方式离了婚。协议书上写明:三室两厅的那套房归顾韦番所有，三室一厅的那套房归徐冬芹所有;银行里的存款五分之四归顾韦番，五分之一归徐冬芹;店铺和跟店铺连在一起的那套房归徐冬芹所有。

“现在咱俩也该办理结婚登记了吧?”顾韦番拿到法院裁定书的

那天，总算是舒了一口气的乜小尧急不可待地对他说。

“急什么？你还怕我长出翅膀飞了？”顾韦番笑道。

于是，两人第二天就办理了结婚登记。接着，他们把各自的住房都卖了，准备带上魏埔佳先去黄山旅游，然后去六安市举办婚礼。

在离开上海的前一天下午，乜小尧先去舒怡酒家办离店手续，办完后来到酒家附近的那个废品回收站找栾小妹辞别。但一走进店铺的前门，只见一个陌生男子在里头忙活着。

“你找谁？”那男子放下手里的活儿问。

“找栾小妹。”乜小尧回答道。

“喔唷，你可把我吓了一大跳！”男子大惊失色地说。

“怎么啦？”乜小尧感到有点奇怪。

“你还不知道啊？栾小妹在一个月前就死了。”男子说，“你看你，都差点把我说晕了。”

“她好好的，怎么一下子就死了呢？”乜小尧蹙皱起眉头问。

“我也不清楚。据说，她的儿子把一个女孩的肚皮搞大了，但又不想跟那个女孩结婚，于是把女孩骗到川杨河边，趁她不备将她推入河中。女孩的尸体被捞上来后，警察在安徽将他抓捕归案。栾小妹一得知此事就上吊自杀了。”男子说罢，不禁长吁短叹起来。

“原来是这样，这，这太——”乜小尧忽觉自己的心像被一把尖刀划割着，忍不住的眼泪沿着鼻沟大串大串地往下掉。

“栾小妹是你什么人？”望着她抽抽搭搭、涕泪交流的样子，男子同情地问。

“她——她是我大婶。”乜小尧十分艰难地从几乎被堵塞的喉咙里吐出一句话，随后呼天嚎地地掩面大哭，好像要把胸中的万斛伤悲一下子倾倒出来。

“人死不能复生。我看，你还是节哀顺变吧！”男子劝道，“要不，你到里边坐一会儿，我给你倒杯茶压压惊？”

乜小尧没有回答，而是站在原地恸哭不止。路过废品回收站的行人，有的驻足观望了一会儿后走开了，有的长时间地呆在店门前轻声轻气地议论着。

“好了，你别哭了。你当着我的面哭哭啼啼的，旁人会以为是我在欺负你呢！”男子说。

于是，乜小尧从挂在左肩上的包里拿出一张餐巾纸，擦了擦湿淋淋的面孔，颤动不已的身子渐渐回复了平静。她两眼无神地凝视着那男子身后的一扇仓库的门——这扇门和店铺的后门隔着一条很宽敞的走道——，然后心地茫然地走了过去。

“栾小妹真的死了，我怎么能骗你？”男子紧紧地跟在她的身后。

“我不是找她，而是在找我过去住过的地方。”乜小尧说。

“你过去就睡在这仓库里？”当她走到那间仓库的门前时，男子用疑惑的眼神看着她。

“是啊，你能不能让我进去看看？”乜小尧问。

“这没问题。”他立即打开仓库的门。

乜小尧一走进仓库，便闻到了一股熟悉的气味。这是从废纸堆里散发出来的气味，过去她没怎么留意它，偶尔还会觉得它有点难闻，而现在却觉得它是那么的亲切、那么的温馨，就像一个久违的朋友伸出双臂拥抱着她。她发现：仓库里的一切几乎依旧未变，仿佛在等着她和她的儿子；那些零零星星的旧家具还在，只是由于时间的阻隔和栾小妹的逝去而变得有点黯然。

“这张床现在有人睡吗？”她在仓库里呆呆地站立了一会儿后问。

“没人睡。这间仓库我还没来得及整理呢！”男子回答道。

“实在对不起，我占了你干活的时间。”乜小尧深情地抚摩了一下她曾用过的那床被子说。

“你这话我可不爱听。”男子说，“人死为大，我总不能光顾着干活而丢下世故人情吧？”

“看来，你是个憨实厚道的人。”乜小尧说，“要是我还能呆在上海，我一定会常来你这儿。”

“如果你不嫌弃的话，将来有机会来上海，可以住在这间仓库里。”男子坦然地说。

“我这一走怕是不会再来了。”乜小尧嗓音微弱发颤地说。

“你就那么肯定？”男子望着她那双红筋牵漫、凄凉失神的眼睛。

“我相信我的直觉。”乜小尧说罢，耷拉着脑袋走出了仓库。

离开废品回收站后，她朝着一家旅店走去。一路上，她觉得自己仿佛孤身一人行走在一片死寂的、不见人烟的茫茫荒原里，心里闷沉沉的。她叹惋世事叵测，人生无常。同时，又感到一点小小的慰怀。是啊，她幸好在栾小妹过世之前把欠她的情给还了，要不然，她将抱恨终天，一辈子都活得不自在、不踏实。

到了旅店后，她走进已租用了十来天的那间房里，见去买火车票的顾韦番和去学校跟老师、同学告别的魏埔佳还没回来，便把包往床上一扔，没精打采地坐到靠窗的一只单人沙发上。她仰起脸呆视着白生生的天花板和天花板上的一盏镶着金边的吸顶灯——这盏灯将窗外翠绿清雅、静谧如梦的花园浓缩在它光洁的玻璃罩上。看着，看着，她忽觉栾小妹的容貌昭昭在目般地浮现在她的脑海里，她的声音时高时低地回转在她的耳朵旁。这容貌、这声音牵动着她的每一根神经，摇撼着她弱藻般的身躯。是啊，人生苦短，转眼即逝，而和常人相比，栾小妹的人生似乎更苦更短。作为一个和她一样来大城市闯荡的女人，栾小妹似乎承受着更多的重负、更多的辛酸与煎熬。命运对她似乎有欠公正，上苍对她似乎有些残忍。在她身上发生的悲剧，在外人看来或许就像一场车祸，就像一场才发威就消逝的暴风雨，而在她乜小尧看来却是镂心刻骨、没齿难泯的……想着，想着，她突然感到自己掉进了一种莫名的恐惑之中，感到心头笼罩着一片不祥的阴云，感到瓦蓝瓦蓝的天空一下子变得墨黑墨黑的。

待内心的波澜平息后，她将脑瓜一歪，闭上酸胀的眼睛迷迷糊糊地睡去了，一直睡到儿子进屋时才醒来。

“妈，您看，这是班主任老师送给我的纪念品。”儿子从书包里拿出一只精美的铅笔盒。

“那你送什么给她做个念想？”乜小尧面无表情地问。

“我哪想那么多！”儿子笑嘻嘻地说。

“总之，你的这位班主任对你还不错，不像有些个人势利得很。”当儿子走到她面前时，她接过铅笔盒说。

“妈，什么叫势利？”儿子拧着眉头问。

“这我可解释不好。”乜小尧打开铅笔盒看了看，然后把它还给儿子。“这么说吧，势利就是以财产的多寡和地位的高低来有区别地看待人。见有钱有势的人就点头哈腰，客客气气，见像你我这样不显山、不显水的无名之辈就满脸阴气，爱理不理。”

乜小尧还想继续往下说，只见顾韦番一阵风似地卷进门来。

“火车票买到了。”他欣然一笑道。

“买到就好。”乜小尧晃晃悠悠地从沙发上站起来。

“那我们现在就去吃晚饭。”顾韦番用亲昵的目光看着她。

听顾韦番这么一说，魏埔佳赶紧把铅笔盒放回到书包里，随后把书包撂在地板上。

“我要吃火锅，我要吃火锅！”他兴奋不已地嚷着。

“什么是火锅你知道不？”顾韦番摸了摸他的脑壳问。

魏埔佳神情茫然地摇了摇头。

“不是我不让你吃火锅，”顾韦番解释道，“只是火锅这东西吃起来太费时，而且——”

“行了，别说了。”乜小尧在一旁支嘴道，“我今天胃口不好。我看，我们还是去吃面食吧！”

“我要吃馄饨。”魏埔佳上前拉住她的手。

“行,我们还是去那家馄饨店吃馄饨。”乜小尧说。

吃完了馄饨,三人回到旅店。乜小尧称身体有点不适,很早就睡了。顾韦番看了一会儿报纸后也上床休息了。只有魏埔佳一人坐着看电视,一直看到九点半才钻进自己的被窝。这几天,他心里有一种说不出的轻松和愉悦。一想到坐火车,一想到将离开那个老欺负他的侯冬辉和那些瞧不起他的同学,他就觉得自己像一只振翅欲飞的小鸟飘飘然乐融融的。

第二天清晨,当金灿灿的阳光从窗户的一角透进房间时,乜小尧从一场梦魇中惊醒,只觉一身冷汗。

“你没事吧?”她轻轻地推了推身边的顾韦番。

“你怎么了?”顾韦番咕哝道,“我会有什么事?”

“我做了个梦,怪吓人的,梦见你在去黄山的路上被一伙歹徒给抓走了。”乜小尧说。

“我不是跟你说过,梦这种东西本来就是虚无的。”顾韦番抖动着眼皮轻声地说。

“可我还是觉得害怕。”乜小尧说。

“有我在你就别害怕。你没听说过梦总是反的?”顾韦番吃力地睁开惺忪的两眼望着她。

“没听说过。不过,要是真的有人要绑你,那该怎么办?”乜小尧问。

“有句老话,叫做‘是福不是祸,是祸躲不过’。有人要绑我,我也没办法。”顾韦番说完,闭上两眼继续睡他的觉。

“都过七点了,你还睡啊!”乜小尧拿起床头柜上的手机看了看后说。

“还早呢,我们坐的是中午十二点开出的那趟列车。”顾韦番往左边翻了个身,将背对着乜小尧。“你再让我多睡一会儿,我都好几天没睡上一个整觉了。”

“那好吧，你就再睡吧。”乜小尧无奈地说，边说边把手机放到自己的枕头底下。

过了大约半个钟头，顾韦番睡得深沉沉的，还呼噜呼噜地发出鼾声。乜小尧正平躺在床上想着自己的心事，枕头底下的手机忽然震动起来。她赶紧拿出手机定眼一看，原来是她母亲发来一条短信，问她：“你们什么时候来六安？”

乜小尧当即回复说：“大概再过三四天吧，我们先去黄山旅游。”

母亲紧接着又发来一条短信：“在你们结婚之前，我想了解一下那位顾先生的生辰八字，让人算一卦。请告诉我他叫什么名字，是在哪年哪月哪日出生的。”

乜小尧便按母亲的要求作了答复。

母亲又问：“那位顾先生的脖子上是不是有一块紫黑色的胎记？右手腕上是不是有一条伤疤？”

乜小尧回信说：“有，这太不可思议了，难道算卦的人就在您身旁？”

过了稍长一点时间，母亲回答道：“对啊，算卦的人就在我身边。他说你不能和那个姓顾的结婚，因为你属水，他属火，水火不相容。”

乜小尧看了这条短信后，心中不觉生疑，她万万没想到向来对迷信反感的母亲突然信起算卦来了。她寻思着：要不要把自己已经跟顾韦番结婚这件事告诉母亲呢？前不久，她只是对母亲说自己离婚后结识了一位很有钱的顾老板，打算把他带到六安来，别的几乎什么都没提，而现在生米已经做成了熟饭，这让她如何向母亲交代？经过一番激烈的思想斗争，她最终觉得还是把事情讲明为好。于是，她给母亲发了一条短信：“算卦这种东西是不科学的，信不得。再说，我已经和顾先生办了结婚登记，领到了结婚证。”

短信发出后，母亲没有回话。乜小尧渐渐变得焦躁起来，心里像是有一盆火在燃烧着。她开始整理收件箱里的信息，删除那些没用的短信，想借此来稳稳神，可越是想稳稳神，她越是感到心烦意乱。整理完收件箱后，她总算收到了母亲的回话：“你千万不能跟他结婚，因为他是你的生身父亲。是他在二十七年前抛弃了我，当时我的肚子里正怀着你。”

这太突然、太叫她无法承受的消息，使她的肢体顿刻变得麻木了。她两眼发呆地瞪视着头上的那盏吸顶灯，仿佛忘掉了自己是谁，忘掉了自己的存在，忘掉了自己周围的一切。她昏昏然，冥冥然，好像整个人被捂在尖角如锋的岩石下面，被抛入一座黑天扒火的荒凉的破庙里，被扔进了水流渊洑的大海之中。她不知不觉地将上排门牙使劲地往下唇上边压，一直压到下唇完全失去了血色。她的脸，有如罩上了一层幽辉的雪原，透出死一般的沉寂；眼里弥漫着绝望的色调。而眼前的天花板，有如被孱雾紧锁的天空，散发出诡谲神异的气息。等她渐渐地醒转过来时，她隐隐约约地想起顾韦番曾跟她谈起过他在安徽的独山插过队，顿觉胸口似堵，气短如喘。她的手机从她已渗出一把冷汗的手心里滑落到地板上，发出一声噼啪的巨响；这响声有如一柄看不见、摸不着的榔头重重地敲打在她的脑门子上。

接着，她被各种复杂的情感缠磨着，撕扯着。她看了看正在打鼾的顾韦番和躺在小床上熟睡的儿子，不觉鼻子一酸，泪水像奔涌的清泉从眼眶里溢了出来。她没想到命运对她和她的母亲也有欠公正。然而，事到如今，她又该如何收场呢？尽管母亲没有责备她，也没有提示她接下去该怎么做，但她必须面对严酷的现实，就像当年她母亲必须面对严酷的现实一样。她开始盘算起来：现在何不趁顾韦番熟睡之际把儿子悄悄地弄醒，然后带着他离开上海，到六安去？但一转念，觉得这样做并不是长久之计，因为她和顾韦番并没有解除婚姻关系，况且，她变卖房产的钱款都在顾韦番的手里。于是，她又打算在游玩黄山的时候，趁顾韦番不备把他推下山崖。可觉得这样做还是欠妥，因为尽管顾韦番曾伤害过她的母亲，但眼下这档子事不能全怪他，自己也应承担一定的责任，更何况他是自己的生父，谋害他不仅在情理上说不过去，而且真要做起来怕是也下不了手。再退一步讲，顾韦番为了她不但和自己的老婆离了婚，还变卖了自己的房产，准备跟着她去六安另谋生计，这足以说明他对心之所向是执著的，对她也算是情至意尽了。再说，万一事发后警方查到她身上，受到最大伤害的无疑是她的儿子，他会因为母亲是杀人犯而终身难以抹去心灵上的阴影。于是，她又打算趁顾韦番和儿子现在还没睡醒，偷偷地跑到川杨河跳水自尽。可再仔细一想，觉得这也不是个办法，因为她死后，她的钱都归顾韦番所有，如果他断弦再续，魏埔佳很可能就没有好日子过了。思来想去，她始终没理出个头绪来，真是有点茫然了。就在她深陷绝望与无奈之中时，冥冥之中好像有谁突然间叩开了她的心扉，留给她一个不是办法的办法。这办法真可谓“诸害相权取其轻者”。

“喂，我的乖乖，都几点了？”顾韦番一觉醒来后，发现窗外的亮色已近晌午，慌忙拿出枕头下面的手机，揉了揉眼睛看了看。“不好，还有半小时火车就要开了！我们现在就是打车也来不及了！”

“来不及就不去了呗。”乜小尧睁开两眼，冷冷地说。“我看，我们还不如这样：先去六安，在那儿买好房、办好了婚事后再去黄山。”

“这也好。”顾韦番想了想后说，“那我现在就去买车票。”

顾韦番起身走出房间后，乜小尧突然想起了手机里的短信，于是赶紧捡起掉在地上的手机，把所有信箱里的信息全删了。然后，她看着已醒来的儿子弱声弱气地问：“你今天想吃什么？”

“妈吃什么我就吃什么。”魏埔佳回答道。

“乖孩子，”乜小尧说，“妈今天带你去吃火锅，你看怎么样？”

“吃火锅？那太好了！”魏埔佳高兴地说。

“妈还想跟你说个事。”乜小尧的眼睛里闪着莹莹的泪光，嗓音突然变得粗拉拉的。

“什么事?”魏埔佳问。

“你到了六安后一定要把书念好,遇事要多动脑筋想想,要听外婆外公的话,千万别——”她说到一半,忽觉息梗气滞,像被什么东西嘎了喉咙,接着,失声啜泣,泫然泪下。

“妈,您怎么哭了?”魏埔佳见母亲抽抽噎噎、以泪洗面的样子,飞快地奔到她的身边,钻进她的被窝,抱住了她。“妈,是不是我做错了什么? 如果我做错了什么,您就狠狠地骂我一顿或者打我一顿,千万别哭啊!”

“乖孩子,你没做错什么。就算你做错了什么,妈现在也不忍心骂你打你。”乜小尧泣不成声地说,“是妈对不住你!”

“可我一点都没觉得您有什么对不住我的地方呀!”魏埔佳瞪大着眼睛惊讶地说。

乜小尧用被子的一角擦了擦有些红肿的眼睛:“妈打算把你撇在外婆家,只跟你爸去黄山。”

“这不是挺好的?”魏埔佳说,“这样我可以早点上学,多读点书。等我长大了,我自己去黄山玩就是了。这有什么可以伤心的?”

“好了,你快别说了。都怪你妈想得太多。”乜小尧亲了亲他的脸。

“那我什么时候才能见到外婆和外公呢?”魏埔佳问。

“快了。如果没什么意外的话,你后天就能见到他们了。”乜小尧说,“我们明天到了六安后,先找家旅店住下,第二天我就带你去见他们。”

“那太好了!”魏埔佳说,“可我上哪儿去念书呢?”

“难道你忘了你外公是小学教师? 我看,你就干脆在他的学校念书吧,这样就没人敢欺负你了。”乜小尧说。

“哇噻! 这太棒了!”魏埔佳兴奋得差点从床上滚了下来。“要这样,我没准还能弄个班长或大队长当当。”

“瞧把你美的。”乜小尧苦笑道，“照我看，你还是先把书念好，别总是惦记着这个长那个长。如果你真的当上了这个长或那个长，不仅要用学习的时间去帮老师、帮集体干这干那的，而且还得做好表率，不能犯错，要不然，你外公的脸面可就丢尽了。实话跟你说，上大学就看你的成绩，才不管你帮老师、帮集体做了多少事情呢！要记住：不管在什么时候，在什么地方，都要把读书和分数放在第一位。如果你能考上大学，也就等于替你妈圆了大学梦。我就是死了，也能有脸面去见列祖列宗于黄泉之下。”

十

过了将近一个半月，顾韦番和乜小尧搬进了坐落在六安市最繁华地区的一所新居，新居天井的一侧沿街，可以随时凿开墙面把整个天井改建成一个小小的店铺。

“小尧，我看，我们还是趁早把婚事给办了。在办婚事之前，什么时候先让我见见令尊和令堂。”一天吃晚饭的时候，顾韦番对乜小尧说。“既然六安的房价不贵，我倒是有一个想法。”

“什么想法?”面容有些憔悴的乜小尧紧皱着眉头问。

“我想给他们也买一套位于市中心的、品质好一点的住房，算是我给他们的见面礼。我记得你说过，他们目前的居住条件不是很好。”顾韦番说，“再说了，如果他们住得离我们近一点，你我去看望他们也方便些。”

“这——”乜小尧放下手里的碗迟疑了一会儿，然后说道：“好吧，就照你的意思去办吧。”

“那我们什么时候把佳佳接过来住?”顾韦番问。

“过些日子再说吧。”乜小尧强颜为笑地回答道。“这孩子眼下跟外公特别亲，因为外公已把他安排在一个最好的班里。他还指望外公给他弄个中队长或大队长干干呢！”

“那也好。不过，我毕竟不是他的生父。但愿他能慢慢地理解我，接受我。”顾韦番声音低沉地说。“哦，对了，自从我们离开上海后，你怎么老是愁眉苦脸的，像是有什么心事？我想，你都快要当新娘了，应该打起精神，高高兴兴才是。你还别说，一瞧见你闷闷不乐、忧悒寡欢的样子，我也跟被日头晒蔫的烟叶似的提不起劲儿来。”

“我——”乜小尧刚一开口，又不想往下说了。

“你到底怎么了？是不是身子不舒服？”顾韦番问，“要不要我陪你到医院去看看？”

“我没什么不舒服，只是心里老惦记着那个栾小妹。”乜小尧说罢，拿起碗吃了口饭。

“栾小妹？栾小妹是谁？”顾韦番问。

“栾小妹是我的老乡。我离婚后是她收留了我和我的儿子。”乜小尧说。

“咳，我还当是谁呢！”顾韦番笑道，“要我说，她对你再好，也顶不上你父母的一根头发丝。现在，你都回到父母身边了，还管她栾小妹，李小妹！”

“她死了。”乜小尧说着，忍不住哽咽起来。

“死了？这是怎么回事？”顾韦番惊讶地问。

于是，乜小尧泣涕涟涟地向他述说起栾小妹的事。

顾韦番放下碗，张大着嘴巴出神地谛听着。听完后，他情绪低落地说：“我在离开上海前，去了一趟‘美妮娅’理发店。给我理发的老板娘告诉我说，王采萍不知跟哪个野男人搞上后怀了孕，最后又被那个野男人推到川杨河里淹死了。真没想到这个野男人竟然是栾小妹的儿子。”

“是啊，做女人真是太悲了，不是被男人玩腻后抛弃，就是被他们给活生生地害死。”乜小尧旁敲侧击地说。

“话也不能这么说。你看到的只是个别现象，并不意味着天底下所有的男人都是薄情寡义的人。”顾韦番说着，脸上不觉露出一丝尴尬。“栾小妹这人实在是命不好。丈夫死了，儿子又犯了天地不容、人神共愤的杀人之罪，这种事情搁在任何一个女人身上都难以承受。而王采萍这人也太自轻自贱了，按上海人的话讲就是太‘西格格’了。这种女人只能供男人把玩而不能当老婆。既然现在事情都已经过去了，你又何必介然于怀，忧伤不已呢？我记得我年轻时曾在一本书里读到这样一句话：‘别人最大的不幸往往可以让自己在面临较小的不幸时安之若素。’”

“这么说来，你从年轻时起就对别人的不幸漠然置之，无动于衷？”乜小尧借题发挥地说。

“你看你，都把我的意思给曲解了。”顾韦番说完，拿起碗继续吃饭。

“我怎么敢曲解你的意思？”乜小尧吃了点菜后说，“其实，说到底，在人的一生中无时无刻不隐伏着危机与不幸。你无动于衷也好，有动于衷也好，都无法改变这一事实。要是能把这一切都想通看透了，你的心中自然也就释然了。”

“对啊，我想说的就是这意思。”顾韦番说，“我记得古代有一位高僧说过：‘见雨不是雨，见雨还是雨；听风不是风，听风还是风。’虽然他的话比你刚才说的要高深得多，但你也算是触摸到千古真谛的边缘了。”

“行了，行了，别再跟我风啊雨啊的。我怎么越听越感到寒冷，越听越感到迷惑了？还是赶紧吃你的饭吧！”乜小尧说。

这天晚上，乜小尧吃过饭后很早就上床睡了。顾韦番在她上床之后，拿了本书坐到一张款式新颖的藤椅上看了起来。看了一会儿后，他忽觉烟瘾难熬，便轻手轻脚地走出卧室，来到天井里。他一面抽着香烟，一面垂眼低眉地想着心事。他觉得自己眼下虽然身处异地他乡，但只要乜小尧在身边就什么都好，什么都无所谓。没了她，自己就是天天住在玉宫里，天天吃山珍海味也会感到无聊，感到心无所依。在认识乜小尧之前，他曾跟不少像王采萍这样的年轻女子有过这样或那样的暧昧关系，但很快意识到她们都不是他从心底里所钟爱的人，都缺乏成熟女性所特有的魅力，因而跟她们的情爱有如随风而逝的烟云，转首落尽的尘埃，一闪而灭的星火。而这种魅力却在乜小尧的身上找到了。她质似蒲柳而又不失果敢与机伶，仪容妩媚而又不失温存与眷注，性子虽然有点急躁，但是也容易安抚。他惊奇地发现：乜小尧正在悄悄地改变着他，使他原本几乎可以说是醉生梦死般的生活一下子变得充满了生气。是啊，她就像一股骀荡的春风吹绿了他心田里的枯草，就像一轮暖融融的太阳化开了他心河里的冰块。为了这迟到的春风和太阳，为了自己后半生的幸福，他离开一个只能给他财富而不能给他永恒慰藉与欢乐的大城市又算得了什么呢？他暗暗地下定决心：从今往后一定要好好地做人，好好地待她，一定要改掉过去所有的不良习气，以留住这片属于他的温柔乡，属于他们两人的伊甸园。

抽完烟后，他在天井里来来回回地踱着闲步，心里琢磨着将来要是有了自己的孩子该给他或她起个什么样的名字。这名字不能太俗、太平淡了，必须既大气又富有意义，以纪念他和乜小尧这段难忘的恋情。他苦苦地思考了许久后，终于想出了一个令他十分满意的名字——顾尧。

"这名字好。"他喜不自胜地自言自语地说，"'顾'有'眷顾'、'照顾'之意，这样就能将我怜爱乜小尧的情感直接而明白地表达出来；而'尧'字，除了有'高尚'的含义外，还通'饶'，有'富裕'、'丰足'之意。如此一来，这名字真可以说是完美无缺了。"

接着，他又思考着该给将来开张的新店起什么名。这回，他眼珠子转悠了老半天也没想出个结果来。"算了，这店名就让她起吧。俗话说:‘一番江水一番鱼。’在六安这个地方开店,店名兴许要合当地人的口味……”

他正甜美地、漫无边际地想着,一阵凉不丝儿的风刮在他的脸上,使他不由自主地打了一个冷噤。他抬起头看了看被霜花似的月光涂抹的夜空,忽觉这夜空里散射出钻心透骨的阴冷的气息。于是,他赶紧回到卧室。这会儿,他发现:整个卧室变得出奇的宁静,宁静得恍如虚幻的梦境,除了他走动时脚底下的木板发出的极轻微的声音外,再也没有别的响声震动着空气;而他的借着灯光在墙面上浮动的身影,酷似一只断了线的黑乎乎的风筝,时大时小、时高时低地变化着,使他不觉生发出几分难以言喻的压抑感,甚至是恐惧感。说实话,他还是头一回有这种奇怪的感觉。为了稳定一下自己的情绪,为了忘掉这种压抑感和恐惧感,他又回到藤椅上继续看他的书。看着,看着,他不禁被几段追琢入妙、意味深长的文字打动了、感染了:

> 黄昏时分,我怀着十分孤独的心情行走在漫无尽头的大街上,企图在这喧嚣的尘世中找到一点安宁与和谐,一点属于自己的东西。可我渐渐意识到这种企图是徒劳的,因为大街上的一切都似乎在有意无意地跟我过不去,在释放着令我心荡神移的魔力。于是,我又变回了我原来的样子。
>
> 我没有理由不把它称作“原来的样子”,然而,这种通过自我审度得出的结论反而使我变得越来越像我原来的样子。这一看似荒诞但又无法抗拒的法则,渐渐使我对自己的存在产生了怀疑,对自己追寻的事物失去了恒定的信念。我驮负着黑沉沉的幻灭继续行走着,缠绵悱恻地咀嚼着人生的酸甜苦辣。在这酸甜苦辣里,我突然悟出了一个道理:人生来就是不自由的,他必须时时刻刻把自己当作一头野兽囚禁在笼子里;而当这头野兽受到来自笼子外面的强烈的诱惑时,它就会奋不顾身地冲出笼

子，结果，头破血流的它在吞食诱惑的同时也吞食了自己。

这是一条多么了不起的真理啊！它就像一只硬如铁耙的手将我牢牢地勾住，继而遁入正在失去清晰轮廓的、被越来越浓的黑色包裹着的世界里。

没多时，不知从什么方向吹来一阵大风，把地上的尘沙卷到半空。这些尘沙跟一大群无头苍蝇似地在空中打着旋，好久不见落下；几片白色的纸屑夹在其中，远远地望去就像痴醉的孔方神。望着白纸在空中绕飞的样子，我心里不觉浮起了无限的惆惋与忧惧，好像见到了正要将我捉到阎王殿上去的小鬼。一种“寥落悲前事，支离笑此生”的痛觉幽然而生。

他觉得这几段文字写得很精美、很有哲理，把他过去曾经有过的类似的感受刻画得淋漓尽致。于是，他逐字逐句地又细读了一遍，然后继续往下看。他一直看到困意爬上了两眼才熄灯上床。

他一合上眼皮就睡去了，而且还做了一个离奇的梦。在梦中，他看到一个似曾见过的女人步履蹒跚地行走在雪地里，时不时停下来喘几口粗气。在冻云底下横行的风，像一个调皮捣蛋的孩童，把地上的雪片卷上了天，让它们跟寻芳的蝴蝶似地漫天飞舞，然后突然收敛起它的力道，叫雪片起而复落。雪片将那个女人染白了，使她成了一条白色的帘子飘荡在白色的天地里。

一阵忪懜后，他从睡梦中醒过神来，只见身旁站着一个白刷刷的人影。

“你是谁?”他六神无主地问。

“连我是谁你都不知道了?”那人影说。

“哦，是你，我还以为是谁呢！看你，都快把我吓死了！你怎么这么早就起来了?”当他看清这人影不是别人而是乜小尧时，这才松了一口气。

“我去解个手，瞧你一惊一乍的样子。”乜小尧冷冷地说，而后趿着拖鞋匆匆地走出了卧室。

她回到床上后，见顾韦番已遮头盖面地呼呼大睡，便阖上眼开始默默地祈祷着。她祈求上天保佑她的儿子，保佑她的母亲，保佑天底下一切善良的人。她祈求上天能理解她，宽恕她，永远不让世人知晓她的秘密。

不长时间，天蒙蒙亮了。窗外的麻雀开始唧唧喳喳地叫个不停。它们有的呆在树枝上，睁着晶亮的小眼珠子摆头抻脖地东张西望；有的一前一后地扑棱着翅膀飞过来飞过去的，像是在做着一场有趣的游戏；有的跟被风儿吹落的树叶似地飘到地上，啄食着小虫子和零零星星的米屑碎馍。此时此刻，顾韦番和乜小尧如同两根木头静静地躺着，两团乱发烘染出两张灰白的、像浮雕一样的面孔。他们躺在越来越浓的煤气之中，隐没在黑压压的、犹若汪洋大海一般的神秘世界里。

简介：

“黄昏”在这部作品里显然有两个意思，一是指傍晚时分（包括傍晚时分的景物和气氛），二是指人开始步入衰迈之年。这两个“黄昏”的“喧嚣”似乎构成了一个独特的旋律，鸣奏出现代社会和生活于现代社会中的人的“躁动”。

故事以一家经营房产生意的夫妻店为叙说的轴心，用贴近现实生活的手法，展开层层互依、环环相扣的描述。在揭示人物的欲求与动机、他们之间错综复杂的关系以及他们最终的命运的同时，力图挖掘出蕴积在人性里面的丰富内涵。

身上汇聚着诸多时代元素的顾韦番，是一个很难用一两句话来概括的人物。他为了自己未来的前途可以抛弃往日与他相濡以沫的未婚妻，为了老来得子、另觅新欢可以和自己的老婆“恩断义绝”，为了谋财生利可以下套坑害客户，但同时他又会常常起一点小小的柔肠善心（如帮助一对下岗在家的夫妻），借以维系良心上的平衡。他既像一个玩世不恭的商人，又像一个略晓文史的秀才，更像一个敢作敢为的冒险家。

来大城市创业但又遭婚变离异之苦的乜小尧，为了在生活的绝境中杀出一条希望之路，不惜拿自己的身体做赌注，煞费苦心地跟顾韦番周旋。她的人生遭际和价值观，在一定程度上反映出商品经济条件下人性的颓放、残损与失落。

至于处在这两个核心人物周边的其他人物，如徐冬芹、史大富、栾小妹、王采萍、魏埔佳等，都以各自独特的方式展示着自己鲜明的个性。他们和顾韦潘、乜小尧一起构织成一幅耐人寻味的生活图景，一幅现代都市的“风俗画”。

望水屯的井

望水屯是一个幽僻的村落。从前，那里曾经长满了铺青叠翠、茂密成荫的树木。可不知从哪个年世起，肆行无忌的旱魃就像山里的土匪一样出没无常，把这处景色宜人的地方糟蹋成只剩下荒瘠的土地和光秃秃的茅檐泥壁，再也找不到成片成片的如笑似滴的绿意。仿佛有一姿容美丽的娇女生生地被妖术魔法做成了一个憔悴丑陋的黄脸婆。

屯子的东角有一口井。这口四周长满枯草的井，远观如一头倒在无垠沙漠中的疲羸的骆驼，近睹似一个蜷伏在苍天底下的蓬头垢面的流浪汉。岁月的刀锋在它的身上留下了道道伤痕；饱经“惔焚”之苦的它，酷肖一具木乃伊，干瘪得挤不出一滴水来。

小时候，我听爹讲，这口井是在他曾祖父娶媳妇的那年开挖的，由于当时整个屯子的用水几乎都将仰仗着它，因此，井挖好后，屯子里的人是又敲锣鼓又放鞭炮的，好像把传说中的“龙王爷”给请来了。而在我的记忆里，这井除了给天真烂漫、调皮贪玩的娃子们带来一点小小的乐子外，再也没有别的什么用途，望水屯的人要用水，总是挑上两只笨头笨脑的大木桶，跑到很远的大青沟那儿，往返一次至少得花去半天的工夫。

我住的黑土屯虽然也常常遭受旱魃的侵扰，但由于和大青沟相邻——在大青沟有一条曲里拐弯、碧波盈盈的河流——，所以不像望水屯那般为用水问题所煎迫，半天工夫至少能挑水四五趟。

说起大青沟,我娘就是从那边嫁过来的。她是一个为人婉顺敦厚且多愁善感的人。多的不说,就说挑水吧。每当她见我爹要去挑水,她心里总是不落忍,尤其是在隆冬严寒季节,因为那时河面上会结起一层厚厚的冰,打水之前得先用一把斧头将冰河砸出一个窟窿,然后用葫芦瓢一瓢一瓢地把水从冰层下面舀上来,倒进木桶里。为了减轻我爹挑水的负担,平日里,不管是春夏还是秋冬,她都尽可能地少用水,能用能不用的就索性不用,于是我奶奶和我都不知不觉地仿上了她。结果,花去一个时辰就能换来的满满当当的两缸子水,少说也能用上一个星期。

我记得,在我三四岁的那会儿,我一见爹要去挑水就吵着要跟他一块去,可我娘就是不答应,说什么大青沟的那条河里藏着一只“老拨鼠”,专吃小孩的肉。于是,爹一出门,我就闷闷不乐地站在门口,目送着他远去的背影,直到娘说:“行了,别再看了。你爹一会儿就回来了。”爹回来之后,我总要问他:“您见到那只‘老拨鼠’了吗?”他有时候说:“没见到。”有时候说:“见到了,可它一看到我就跳到河边的一棵树上,浑身的发毛都竖了起来。我用扁担去打它,它就扑通一声跳进水里了。”在冰天雪地的冬天,娘就更不会让我去大青沟了,尽管她用来吓唬我的那只“老拨鼠”早就不知躲到什么地方去了。

直到我读小学三年级时,爹才告诉我大青沟的那条河里其实并没有什么“老拨鼠”。不过,那时的我早已把娘编的故事淡忘了,赫然耸现在我心头的是望水屯的那口井。我至今记忆犹新的是:每天放学后,只要天气晴好,我总要拉上黑土屯的几个娃,沿着弯弯曲曲、坑坑洼洼的小径朝那口井赶去。一路上,大家你追我逐地嬉耍着,打闹着,欢语着——如同从笼子里放出来的小鸟,叽叽喳喳地飞向天空,飞向树林,飞向期盼已久的自由。一到目的地,大家兴奋得像决了堤的洪水滚滚滔滔,沸沸荡荡:先是把从路边捡来的残枝枯藤一个劲儿地往井里扔,然后手忙脚乱地开始玩起“赛飞机”的游戏。和别人不同的是：我做飞机的纸不是直接从练习簿上扯下的白纸，而是做过算术题的草稿纸，上面密密麻麻、歪歪扭扭地爬满了阿拉伯数字和计算用的符号。而且，每当我的飞机在空中矫健而又自信地滑翔时，我总会不由自主地想：承载着人类飞天之梦的不正是这些神奇的数字和符号吗？我长大后能当上一名数学家或宇航员该有多好啊！

“赛飞机”的游戏规则很简单：参赛者必须在同一时间把自己的飞机抛掷到井的上空，谁的飞机在空中滑翔的时间最长，谁就是优胜者；如果有哪架飞机不幸落入井里，这架飞机的主人就得受罚——也就是罚他把脑瓜伸到井口里边，对着黑洞洞的井底嚎叫三声；不过，被罚的人在受罚之前还有一丝“起死回生”的希望，即在下一轮比赛时，他不参赛，专用弹弓打在空中滑翔的飞机，谁的飞机被打中了，谁就必须代他受罚。

有一回，正当我的飞机在空中作精彩的表演时，风向倏忽改变。我的小神仙旋即变成了一颗晦气缭绕的灾星，东摇西晃地一头栽进了那个我最不愿意看到的窟窿。风稍稍消停后，新一轮比赛开始了。被剥夺了参赛资格的我，恼羞成怒地举起手里的弹弓，对准一个正在卖俏的骚货，只见她不是得意忘形地搔首弄姿，就是冲着我幸灾乐祸地咧嘴冷笑。一颗颗燃烧的弹丸急不可待地从我手里蹿飞出去，犹如几只羽翼未丰的鱼鹰钻到水里，试图打捞起一艘沉船。完了，完了，全完了！看来，我是注定要受罚了。我瞪大着眼睛呆呆地看着手里的弹弓，见它跟一只败阵后坍了架、丢了魂的公鸡似的打不起精神。或许是老天爷不长眼，偏偏让我的那架具有“灰姑娘气质”的飞机坠入井里；或许是我因急于想挽回败局而变得太浮躁、太冲动，就像塞万提斯笔下的堂吉诃德。但不管怎么说都是那股邪风作的孽！我恨不得用五花大绑把那妖精捆起来，投进那深不见底的、黑黢黢的井洞里。在一道道流盼飞扬的目光中，我无可奈何地迈着沮丧的步子朝井边走去，周身的血液霎时间如迅猛的潮水奔腾起来。我将散发着热气的脸凑到冷森森的井口，闭上眼睛，恶狠狠地诅咒了一通。可奇怪的是：那诅咒声在井里回荡了好一阵子，一会儿变成厉鬼一般粗犷放肆的大笑，一会儿变成弱女子般哽哽咽咽的低泣，最终像一头吼声震天的野兽冷不丁地从井里蹿跳出来，吓得我寸骨皆软，半步难移，好些工夫才缓过神来。

每当日头落尽时，我们背起书包，踏着渐浓的、梦幻一般的暮色朝灯光点点的黑土屯走去，酷似一只只夜归的老鸹。这会儿，再也见不到放学时的那股子热乎劲儿了，每个人都兴尽意阑地耷拉着脏兮兮、汗津津的面孔，变成了没嘴的葫芦。从望水屯到黑土屯大约要走六里路，可谁也不愿走得快，尽管大家的肚子早已在咕噜咕噜地空叫。

“今天虎子咋没来?”有一天，我实在熬不住这令人胸口发闷的沉默。

“他呀，怕是昨晚又被他爹揍了一顿。你没见他今天鼻青眼肿的模样?”我身后传来一个语调低沉的声音。

“别黑夜照镜子了，没影的事。”我身前有人嘀咕道，“不过，虎子他爹的脾气也太烈了，老跟吃了枪药似的一点就炸。要不然虎子怎么会——咳，不说这些了。”

第二天一大早，我刚到学校就去找虎子。找到后，我见他脸上还是紫一块、黑一块的，简直不化妆就能上台演花脸。

“昨儿我就想问你呢，你怎么把脸弄成这副鬼样?”我急嘴急舌地说。

“摔的呗。”他把脸扭到一边，一副嗒然若丧的样子。

“啥时候咱——”不知咋的，我话才冒出半截儿，忽觉舌头好像被什么东西给牢牢地夹住了，半晌吐不出一个字来。

其实，没有虎子我们放学后也照样玩，可我心里头总感到空落落的少了些什么，这兴许是因为虎子的胆子比谁都小，大伙儿老喜欢逗弄他，尤其是喜欢看他受罚时发懵的窘相。

过了约莫两个月，虎子脸上的颜色消褪了，他的心情看上去也好多了。我忍不住跟他谈起望水屯的那口井，可他两眼直愣神儿，身子像中了魔似的一动不动。

“喂，虎子，你在想啥呀?”我攀肩贴耳地轻声问他。

“我在想我爹给我讲的那些事。”虎子用低颤的嗓音慢腾腾地回答说。

“你爹跟你说些啥来着?”我紧接着又问。

“我爹说，望水屯的那口井是鬼井，井里死过不少人，有自个儿跳进去寻死的，也有被人绑着投进去的。他还说，自打从井里捞出第一具尸体后，就再也没人敢喝那井里的水，连从井边走过也悬着心、吊着胆，望水屯夜里常闹鬼，就跟这口井有关。”

“可那是一口枯井、废井，”我急忙向他解释道，“里面压根儿就没有水。”

“这你不说我也知道，可我爹讲的是从前的事。反正那是一口鬼井，你就是打死我，我也不会再去那儿玩。”虎子说罢，阴着脸走开了。

那天放学后，我的心情好比扔到井里的残枝枯藤，我再也没有兴致去望水屯玩耍了。曾给我带来无限童趣的那口井，转瞬间在我的心目中变成了一具冷冰冰的僵尸，一处令人毛骨悚然的荒冢，一个在萤火中飘摇、在月光下哀鸣的幽灵！我一跌一滑、磕磕绊绊地走着，好像多长出了一条腿似的。回家的路，我从来没有感到那般的长，那般的不顺溜，那般的天昏地暗！

“奶奶，您有没有听说过望水屯东角的那口井是鬼井?”我一到家就冲着正在院子里薅草的奶奶问。

“奶奶耳背，你能不能大点儿声？什么鬼不鬼的?”她拄着锄头，两眼直勾勾地看着我。

我赶紧将嘴凑到她的耳边，大声大气地把要问她的话再重复了一遍。她听后，神情茫然地摇了摇头："奶奶老了，记不得了。要不这样，待会儿你爹回来后，你问他就是了。"

奶奶的回答使我的心情变得更糟。我仿佛突然置身于一个幽昧幻惑的迷宫之中，等待着我的不知道是什么样的结局。我匆匆跑进里屋，心烦意乱地做起作业，两眼不时地向窗外张望。夕阳渐渐地西沉，窗外传来蜂子和小虫的嗡嗡哼哼声。我见它们忙忙碌碌地在空中盈盈地飞舞着，好像在举行什么隆重的仪式，又好像正陶醉于一场无聊而滑稽的游戏。

天蒙蒙黑的时候，我总算把磨人的作业给"刨"了，可还不见爹和娘回来，于是就在屋子里焦灼不安地走溜儿。奶奶见我心神不宁、忽忽不乐的样子，便絮絮叨叨地给我讲她童年的故事。其实，这些个故事她早就给我讲过，而且还不止一遍。为了不伤害她的自尊，不亏负她的一片好意，为了让她在我最需要解脱的时候能够给予我哪怕是一丁点儿安慰，我收起忙乱的脚步，故意做出一副饶有兴趣的姿态耐心地听着，直到脑瓜里变得兀兀腾腾的。她讲完后，我长叹了一口气，怔怔地盯着窗外的一轮明月，朦朦胧胧地记起陶潜《归园田居》里的"晨兴理荒秽，带月荷锄归。"

当奶奶把一碗碗热气腾腾的白薯粥端上炕桌时，爹和娘终于回来了。早已饿得发慌的我猴急地爬上炕，端起一碗粥大口大口地吃了起来，一边吃一边不时地察言观色，估摸着向他们提问的最佳时机。

我才不会问我爹呢！要是他从我的谈吐中猜出我放学后老跑到望水屯去玩，非把我揍得半死不活不可！我可不愿当第二个虎子，"扮"那种连脸皮子都无处搁的花脸。不，不会的。这种厄运绝不会降临到我的头上。因为我和虎子毕竟不同，他奶奶早死了，娘闹分家后又嫁了别人，只有那个好吃喝嫖赌的爹看着他。喝醉了，赌输了或者没钱逛窑子了，他就把憋在肚子里的闷气一股脑儿地撒在虎子的身上。想到这,我顿时觉得自己的脸颊沐浴在母性的温存和柔情之中。它们就像一道坚固的屏障,抵挡着任何敢于来犯的“敌人”。

我吃完了粥,见爹和娘还在乐不可支地谈论着他们在城里的所见所闻,实在不忍心打断他们,也不敢打断他们。等到他们坐上炕,端起碗,不再沉醉在无比幸福的喜悦之中时,我终于开口了。我竭力地想回避“鬼井”这个令人讨厌的字眼,可它却偏偏跟我作对,像一只蚱蜢一下子蹿到了我的舌尖。

“鬼井?我咋没听说呢?”爹咂了咂嘴,放下手中的碗,挺直腰杆打了一个饱嗝。

“虎子他爹说的。”我没想到爹吃一碗粥几乎跟我讲一句话一般快,他一准快饿穿了肚肠。

“虎子他爹说的?”爹又端起一碗粥。“虎子他爹是个啥玩意儿你知道不?是酒鬼,是嫖客,是赌徒。他那张乌鸦嘴一开就好比顶着风撒尿,臭四十里。准是他胡编乱造,用来蒙虎子的,怕他玩飞了脑袋,摔到井里去。俗话说:‘妖魔鬼怪皆由人兴。’别信他的!”

“可不是么,我也从来没听说过望水屯那儿有什么‘鬼井’。”娘见我心神慌乱的窘态,笑嘻嘻地说。“别见了风就是雨,听到黑鸦叫就以为死了人。”

爹和娘的话让我感到无比的庆幸。那失而复得的金灿灿的阳光又从地平线爬上了藤蔓,爬上了树梢,爬上了屋檐。我像刚落进河里就被人救起似的,惊喜得整宿不能入眠,尽管躺进被窝后不久愈来愈浓的倦意压得我抬不动酸胀涩重的眼皮。

时间过得真快,一转眼令人心醉的斑斓秋色变成了寒凝大地、万木凋零的严冬。

那年除夕的傍晚,苍茫的暮色早早地掩敛了落日的反照,白雪覆盖的大地静悄悄的,好似坠入了冬眠的深渊,凄清落寞的村庄就像是虚贴在雪原上的剪影。我只身孤影地在户外的雪地里溜达着,为写一首题为“雪景”的小诗而搜索枯肠，冥思苦想。人们常说文贵天成，意在笔先。是啊，没有灵感，没有意境，怎能写出合辙押韵的好诗来呢？正当我在有如乱麻的思绪中挣揣时，从望水屯那边隐隐约约地传来一阵又一阵悠扬欢快的响器声。

“是哪个姑娘要赶在新年之前出嫁？”我兴冲冲地奔进屋子，手忙脚乱地换上一件娘刚给我买的羊皮袄，戴上有护耳的狗皮帽子。

“你这是要去哪儿？”正在包饺子的奶奶好奇地问。

“去望水屯呗。”我回答说。

“去望水屯？”奶奶放下手中的饺子，紧皱着眉头走到我的跟前。“这么大冷的天，有哪个大傻狍子会上那野兔也不会拉屎的鬼地方？这时辰你爹和娘也该回来了，如果让他们给知道了，就算天不塌下来，地也得破个洞啊！”

“哪有您说的这般悬乎？”我笑呵呵地说，“瞧您，还真把我当成毛发还没长齐的娃呢！”

“我说不能去就是不能去，我还从未见过像你这样任性的孩子！”奶奶的脸涨得红红的，眼睛里射出两道火一般的光芒。她的声音一下子变得很紧促，紧促得像快要顺不过一口气来似的。

“罢了，罢了。一点点眉毛大的事情犯得着您挂上一长串火气？不就是想去看个新娘，沾点儿喜气？”我知道奶奶脾气犟，拗不过她，于是打消了去望水屯的念头。

为了消磨吃年夜饭之前那段无聊的时间，我从搁在书桌底下的一堆书里翻找出一本《万里寻兄记》，坐到炕上兴致索然地阅读起来。或许是因为这本书写得实在是太单调乏味了，或许是因为我没写成小诗，没见着新娘心里有些不舒坦，有些沉郁不扬，读着，读着，我被一种难以形容的空虚感和失意感包围了。我干脆丢下书，倒在炕上呼呼大睡起来，直到奶奶对着我的耳朵说：“豹子，该起来吃饭了。”

那天晚上，长辈们都沉浸在节日的喜庆气氛里，有说有笑的，吃完了饺子又嗑上了瓜子和松子，而我却始终打不起精神，心里总觉得被什么东西牵着、缠着。吃了几只饺子和一小块腊肉后，我便摘下头上的帽子，脱了羊皮袄和棉裤，匆匆地躺进自己的被窝里。我先是翻来覆去的睡不着，惦记着那首没写成的诗，后来在嗡嗡嘤嘤的说话声中迷迷糊糊地睡去了，而且还做了一个怪诞的梦。梦中我和虎子俩乘着爬犁，朝望水屯飞驰而去。牵爬犁的是一匹膘肥体壮的枣红马，它奔跑时纵鬃扬尾，四蹄生烟，恍若在白云中穿行。我和虎子肩并肩地坐着，一路上任情恣性地说笑着，眨巴眼的工夫就到了望水屯。

"喂，你这鳖犊子，是啥时候坐上我的爬犁的？"马慢慢地停了下来，扭过脸瞪大眼睛瞅着我，鼻孔里喷出一团团热乎乎的白气。它见我没搭理它，便把蹄子下面被雪覆盖的冻土踩踏出嘚嘚嘚的响声，还引颈嘶鸣了一阵子。

"虎子，这是咋回事？"我把脸对着虎子，见他木呆呆地坐着，脸色由红转白，由白转青，由青变黑。

"我在问你呢，你倒是说句话呀！别东看西瞅的故意跟我磨时间，我可没这份耐心！"马把眼珠子瞪得更大，语气变得跟它的蹄子一般硬戗有力。

我心里一颤悠，两腿不由自主地哆嗦起来。我突然感到肚子底下胀胀的，于是急忙回答道："就连我自己也想不起来是啥时候坐上这爬犁的。要不，你先让我撒盘尿，兴许撒完了尿我就能记起来了。"

"真是懒驴上磨屎尿多！"这时，虎子他爹从马肚子底下钻了出来。

"原来是你，我还以为是马在跟我说话呢！"我惊奇地瞅着他，见他灰不喇唧的脸上画着一只小小的黑色的骷髅，深陷的眼窝里有两只螃蟹在爬动，头顶上枯草般的乱发倒戗着。

"小兔崽子，有你这样跟做老的说话的吗？"他说完，气势汹汹地一个箭步走上前，一巴掌将我打翻在地。

“虎子,这——”我慌忙一骨碌爬起,用快要冻僵的手扑拉着身上的雪。

扑拉完身上的雪后,我忽然发现虎子不见了,坐在爬犁上的是一个我素不相识的浓妆艳抹的女人。这女人粗看还有几分迷人的姿色,可细看是一个长着满口大黄牙的丑八怪;若是卸了妆,那成色没准就更令人作呕了。她会不会就是虎子他娘?我已记不得见过还是没见过虎子他娘了,但听奶奶说,黑土屯的人都管她叫“花哨子”,因为她平常总喜欢穿些个花里胡哨的衣服,把自己妆饰得妖里妖气的。

正当我在打量着她的模样时,爬犁又开始在雪地上驰骋起来。转眼间,它跟阿拉伯神话里的魔毯似地凌空高飞。我怅然地望着坐在它上面的一男一女的背影,直到他们消失在遥远的天际。

“那匹枣红马没人赶也能跑能飞的,真够神的!”我一边自语着,一边深一脚浅一脚地、晃晃悠悠地朝望水屯的那口井走去。

到了那儿,我见井的四周像赶集似地簇拥着一群人,我一时看不清他们的脸,只见他们又黑又脏的手上拿着唢呐和鞭炮。不一会儿,一个牛马高大、满身泥土的壮汉迈着哩溜歪斜的步子从不远处噔噔噔地跑到那口井的前面,把一只血淋淋的山羊扔到了井里,紧接着,唢呐声、鞭炮声便响成了一片。就在美妙动听的唢呐声被鞭炮炸成无数个小小的精灵,像山魈野魅一般乘着风向远处飘散时,几条饿得只剩下瘦精精的皮骨的狼狗不知从什么地方窜了出来,亮着白闪闪的牙齿绕着井嗅来嗅去,最后不约而同地将脑袋往井口里边探伸。

“那人为什么把山羊扔到井里呢?”我把快变成冻肉的双手揣进羊皮袄的袖管里,问身边的一个容貌清癯、两鬓霜白的老人。他身穿一件破烂不堪的棉大衫,拦腰扎着一根不粗不细的草绳,把两襟勉强地掩合起来。他的眉梢上结起了冰霜,鼻子冻成了红彤彤的胡萝卜。

“那头山羊是给井里的旱魃吃的,为的是求它在来年不要跑出来作祟,保我们望水屯这一带风调雨顺,平平安安。”老人脸上蒸出几串热气，一双罩上了白翳的眸子里好不容易地挤出一丝心醉神迷，溶解了嘴底下的一簇白花胡子。

沙沙作响的枯叶掉落到我汩汩流淌的心河上。老人拄着拐棍儿的身影好似一棵凋敝的树木在寒风中瑟瑟地颤动着，他的头顶上不知什么时候长出了一只乌鸦，抖擞着墨黑的羽翅。

我变成了一条脑瓜往井里探伸的狼狗，瞧见井底下的旱魃——它有点像一只雪豹——正在呼哧呼哧地嗅着山羊身上的鲜血，一对锋利无比的前爪摩挲着。当它真正开始撕咬时，纹丝不动的山羊突然抽动起来，像一颗刚被剜出来的心脏在稀薄的空气中作着机械而无谓的挣扎。这惨不忍睹的场面使我感到有点眼晕和恶心。我简直无法想象：那个面目可憎的、凶神般的旱魃，在享用了一顿美餐之后，真的会变成一位大慈大悲的菩萨……

岁月不居，时节如流，一晃好几个年头过去了。在这过去的几年里，我夜里所做的梦不计其数，唯独这个梦没有随着时间的流逝而消逝。它清晰地镌刻在我的内心深处，常常在我的脑海里转悠着。

在我初中毕业的那年，我们三口之家把窝挪到了城里——听我娘讲，这样做是为了让我能够在城里念高中——，乡下年逾花甲的奶奶由我的叔叔和婶婶照看着。

我开始渐渐地喜欢上城里的生活，可每年的暑假我都要到曾经养育我的故乡住上几星期，当然，也少不了去看看望水屯的那口井。一到那儿，我常直橛橛地站立片时，凝神屏气地打量着它的容貌。它一点也没变，还是原来的本色，还是像一尊既可畏又可爱的塑像，敞开着一张永远不会说话的嘴。或许它变了，变得更加古朴和苍劲，只是在我的记忆里它没变——因为我记忆的视线早已凝固了，凝固得和它一样硬实，一样坚不可摧。

在城里读完了高中之后，我考进了一所工程建筑学院。大学毕业后，我在一个工建局任助理工程师，长年累月风里来雨里去的，再也抽不出空返乡看看。但我一直梦绕情牵地惦记着望水屯的那口井。它就像一座沉没在海底里的古城深埋在我的血液里，没人能说出这古城有多高，有多大。每当我想起那个怪梦，特别是想起那个手里提溜着山羊的壮汉、那个拄着拐棍儿在寒风里哆嗦的老人和呆在井底下享受供奉的旱魃，我总会不禁不由地噗哧一笑。

不久，我听说在望水屯那一带要建一条铁路和一条公路，我们工建局也承担了一部分项目。我是又惊又喜又怕。夜里，我常在梦境中瞧见一台台龙吟虎啸的推土机喝醉了柴油，像一辆辆冲向敌人阵地的坦克歇斯底里地从那口井的上方碾压过去，在天地间留下一团团瓦灰色的浓烟，可那口井却奇迹般地从枯黄的野草中，从劫后的砾石堆里顽强地站了起来，在穿云裂石的响声中岿然不动。

一个阴云蔽日、寒风飒飒的星期天，烟酒不沾的我竟鬼使神差地买了一包香烟和一小瓶白干，搭上了去故乡的长途汽车。乘坐了一段路程后，我见车窗外面的景象渐渐变得有些古怪和迷离。沉睡的旷野、饥饿的山庄、腾空的桥栏、冒烟的水洼由远及近地飞奔而来，再由近及远地飞奔而去。倒挂在枝桠上的蝴蝶睁大着眼睛打量着人影幢幢的车厢，被风吹裂的干粪像砸成碎块的陶器七零八落地撒在路边。

下车后，我看见几只毛团儿似的羊羔在田野里悠闲地嚼着刚抽了青的嫩草，一头两角弯拱、皮色光滑的黄牛懒洋洋地躺在长满水草的小溪旁打着盹儿，不觉陷入了深思：跟望水屯的那口井相比，这些动物的命运可好了去了，因为它们能通过物种特有的遗传基因来复制自己，使自己免于灭绝；而且，叫人羡慕的是，在它们的遗传基因里存有一种原生态的“佛性”，这种“佛性”使它们生来就与世无争、随遇而安，绝对不会去制造像推土机和坦克之类的东西。

我喝了几口有点辣嗓子眼儿的白干，抽了几口烟后，便跟着梦游一般的感觉朝望水屯摸去，腿脚好似踩在云雾里。我不知道自己翻过多少道山梁，跨过多少条水沟，也不知道自己经过多少间茅屋，穿过多少个村落。我只是走着，走着，不停不歇地往前走，任凭冽冽的冷风刮着我的脸，透进我的心。当我走到一块高大的、长满翠绿苔藓的怪石面前时，我举起有点麻木的右手，把酒瓶抛向它头顶上的那片天空。只见这酒瓶在空中翻腾着，挣扎着，最后掉落到怪石的身上，激起一阵带着火焰的噼噼啪啪声。

最后，我总算在我似曾见过的那块土地上找到了那口井。我轻轻地阖上两眼，第一次用我的一双原来是嫩生生而现在已长满厚茧的手深情地抚摩着它，脑瓜里悠悠浮荡着儿时“赛飞机”的场景。当我的手移到井口时，我忽然感到它皱巴巴的嘴唇翕动着。这位久别的朋友是在向我问候，还是在向我呼救？是在给我一个最后的吻别，还是在祈求我把它带走？我无暇思量这些，只是本能地实得乎地抱住它，有如一叶扁舟紧紧地贴在静止不动的湖面上。当我松开手，慢慢地睁开眼睛，准备跟它告别时，我诧异地发现：矗立在我面前的是一道飞流千尺、喷玉溅珠的瀑布，它将五色纷缊的祝福撒向我的脸庞，抹去了笼在我心头的忧悒。

阴云渐渐散去，碧蓝的天幕透出婆娑点点的阳光。我把揣在怀里的烟盒拿了出来，做成一只小小的飞机，而后奋力地掷向空中。它仿佛驮载着我的一颗童心，像一只白鸽扑扑振翅，轻盈地朝远方飞去。

简介：

“井”在这里是一个象征。它象征着金色的童年以及对它的眷恋和情思，象征着某种坚实的信念和意志，也象征着梦幻般的理想和追求。它与其说是一处旧迹，不如说是一尊雕像、一座祭坛；它更是一个富有现实生命力的永远解不开的谜。在象征意义的控制下，故事平实的外层结构不时地受到构成作品核心意旨的一个或多个抽象结构的调度，使外层的叙述往往显得有些扑朔迷离，意境深远。而且，梦作为潜意识活动的一种高级编码，又不时地参与到叙述中来，把积淀在人物心理结构中的印象与情感释放出来。

此外，故事是以第一人称写的，通过叙述者对自己年幼和年轻时经历的回忆展现在读者的面前，因此，叙述者的视角和故事中主人公的视角由于时间差的缘故形成了视角上的重叠，即产生了两个相互缠绕、交互作用的视角。读者一方面受叙述者视角的控制，这位叙述者具有敏锐的观察力、独到的理解力，并能用成熟练达的语言来追述自己过去碰到的事情；另一方面又受故事中的主人公（也就是叙述者过去的自我）的视角的控制，他往往表现出幼稚、任性和冲动等。时间创造了叙述者审视过去那个自我的客观性和深刻性，因此，在这个意义上说，采用重叠的视角叙述故事具有深化感性认识、矫正认识对象的作用。

另外值得一提的是，作品在使现实与幻象似离似合、相互转化的同时，还运用通感来获得同化和扩张知觉的效果，例如："美妙动听的唢呐声被鞭炮炸成无数个小小的精灵，像山魈野魅一般乘着风向远处飘散。"这种修辞手法多见于诗歌，例如，素有"美国诗坛罗宾汉"之称的E·肯明斯在其诗作《日落》中写道："玫瑰色的大钟敲响了淫猥肥胖的钟声。"这里，听觉和视觉相互贯通、融合，形成了对读者心屏的强大冲击力。正如孔颖达在《礼记·正义》中所讲的："声音感动于人，令人想其形状如此。"

场　站

一

艰苦的新兵营生活终于在教导员李云涛一旋旋威冷的笑纹中迈向它最后的仪式。新兵们一根根木桩似地挺立着，全神贯注地聆听从他的口里发出的啤酒瓶相碰般的丁零当啷声。这声音忽高忽低，忽热忽冷，忽而俏皮得像一只马戏团的猴子，忽而严肃得像一块沉甸甸的生铁。

“还记得你们刚来新兵营时的那副熊样儿吗?”李云涛的微笑变成了礼堂外面卷着风霍霍抖动的彩旗。“有想家想得把鼻子哭歪的，有半夜紧急集合光着两脚丫的，有还没扣动步枪的扳机就把裤子给尿湿的。有一回，我晚上查铺时发现有人居然光着屁股睡觉，说什么这是自己家乡的风俗习惯，老规矩破不得，也有人因害怕紧急集合而穿着军装、扎着腰带躺在被窝里的。总之，是五花八门，无奇不有。那会儿，照实说，你们还只是稚气未脱的娃子，称不上什么军人。可经过这一个多月的摔打滚爬，我想，你们一定发现自己变了!”

霍霍抖动的彩旗倏忽间跟罩上了烟霭似地收起了亮丽的光芒。李云涛抬了抬胸脯，转动着他那双敏锐深沉的眼睛扫视了一下前排的几位新兵的脸。这一阵子紧锣密鼓的训练看来或多或少地磨掉了这些毛孩子身上残留的娇气，使他们变得又黑又瘦的，就像一群刚刚出巢的小山鹰。

“说句本不想说的话，这是我第一次也是最后一次担任新兵营的教导员。”李云涛的眼眶有些湿润了，声音低沉得犹如远处深山里传来的爆破声。“感谢上级在我退役之前还给我来一个‘加官晋级’，同时让我好好回味一下自己当新兵时的情景，更明白什么才叫做‘军人’。人常说，山要崩用再粗的绳也是捆不住的。世上有些个事儿是由不得你自己的。可仔细琢磨一下倒是也在情理之中。部队嘛，哪有光来不走的？不要说部队了，就说我们生活于其中的世界，你就是把自己磨成了浆也无法永远地粘住它。如今，你们是带着一颗哭泣的心来，我是捧着一颗哭泣的心走。这哭来哭去的不就是整个人生的缩写吗？如果苍天能让时光回流，我宁可和你们一样从零开始，从头到脚都是新的。”说到这，李云涛泪水潸潸而下。“记得我刚入伍学会的第一首歌是‘打靶歌’。头两句歌词是：‘日落西山红霞飞，战士打靶把营归。’可我现在的心情却是：日落西山乌云飞，老兵退役无营归。说真的，我很羡慕你们，也很眷爱你们，只可惜再过几天我这个老兵怕是只能在睡梦里瞧见你们这些个活泼而又可爱的新兵了。如果你们要我在离队之前说些什么，别的话我不想多说，只想说这么一句：但愿你们在部队里能好好地干，不枉了你们家人给予你们的厚望。好了，最后——”他顿了一下，用弥蒙着泪光的两眼看了看悬在头顶上的那只粘着灰尘和油垢的吊扇。“最后，我就请你们跟我一起唱那首‘打靶歌’，算是为我送行吧！”

礼堂里顿时歌声鼎沸，新兵们不约而同地、不知不觉地将那首‘打靶歌’唱了一遍又一遍。声音由原来的高亢激昂渐渐变得凄婉哀伤，仿佛西山顶上的红霞果真变成了灰突突的乌云，飘浮到自己的头上。他们边唱边回忆着李云涛平易近人的一举一动：他和战士们一块训练、吃饭、下棋，问寒问暖，解开他们心中一个又一个疙瘩；他经常下伙房帮厨，并叮嘱司务长、上士要让新兵吃饱吃好；夜里，除了查岗查哨外，他还到新兵住的寝室里查铺，亲手替战士盖好被踹开的棉被；谁要是想家想得连饭都咽不下，他就带谁到营房外面长满马尾松的山坡上去溜达，讲些个笑话逗他。

"行了，行了。"李云涛拍了拍手掌，示意大家别唱了。"我怎么越听越不对味儿？好好的一首歌唱得都快变成哀乐了！"他说完，怅怅地若有所思地长叹了一声。这声长叹仿佛驮着他的整个身躯在礼堂里来来回回地跑动着，最终停留在他那张瘦瘦的、颧骨隆起的脸上，消逝于两片小小的胭脂般的红霞之中。他缓缓地举起右手，深情地抚摩着这两片即将和他告别的红霞，觉得它们此时此刻沉重得酷似两包被水浸湿的棉絮。当他将粗糙的、竹节般的手指从红霞上面挪开时，收紧的嘴唇不觉轻轻地痉挛了一下，黯然的脸上掠过一丝清淡的苦笑。

"下面——"无声的、幽林一般的绿影终于掩埋了他内心的感伤，使他恢复了常态。"下面就请营长宣读司令部调派的命令！"

在一阵热烈的、末了变得有些稀拉的掌声中，营长的强壮彪悍取代了李云涛芦柴棒般的瘦弱。

这位营长姓李名凡川，时年二十五，方方正正的脸上镶嵌着一双扣眼儿似的眼睛——这双眼睛在他微笑的时候会收得更窄，窄得就像两条纤细的黑线。他虽比李云涛小三岁，但看上去要比李云涛练达持重。由于他的父亲是某高炮部队的政委，所以，自打入伍后，他几乎一直在机关里呆着，没吃过什么苦，而且一入党就从普普通通的公文收发员提拔为机要员，不长时间又从机要员提拔为副协理员。他这次来新兵营任职，按上头的说法，只是锻炼锻炼，为即将提拔为场站司令部的副参谋长做铺垫。

面对站在自己跟前的几百号新兵，他有意摆出一副大法官的架势，嗓音洪亮地开始"宣判"起他们未来的前途。凝立在一旁的李云涛将隐含着一丝忧郁的目光一会儿投向他，一会儿投向新兵。他发现：随着这位营长上下嘴皮的不停的掀动，新兵们原本几乎一模一样的表情渐渐发生了明显的变化：有的紧张焦急，有的亢奋欣喜，有的沮丧茫然……仿佛把人生的千百种神态都浓缩在短短的几分钟里。

二

这是一个新建的场站，方圆十五里，周围群山环立，层峦叠嶂。这些看似数不尽的诸山一个个生气盎然，神态各异：有的像开屏的孔雀俊俏迷人，有的像腾飞的巨龙气势磅礴，有的像披着轻纱的少女淡雅清丽。白净净的飞机跑道，在高照的艳阳下如一泻千里的急流，在梦幻一样的月光下似恬静安详的小河，在茫茫烟雨中若长长的缎带，缥缥缈缈，时断时连。

高中毕业的高永华被分配到场务连。连队的营房建在离飞机跑道不到三百米的丘陵上。丘陵的北边是俯瞰着跑道和停机坪的塔台，东边是警卫连的营房，西边是一条弯弯曲曲的小路，南边是一片成畦成行的菜地。场站最辛苦的活儿要数警卫，不论是烈日炎炎的夏天，还是冰天雪地的冬天，警卫连的战士都得挎着半自动步枪在停机坪上来来回回地巡逻；其次就数场务工作了。

每天，当东方刚刚怒茁出斑斑青白，场务连连长沙铁军就像赶牲口似地吆喝着，把全连官兵带到停机坪附近的一块空地上出早操。操练的内容不外乎齐步走、正步走、向左转走、向右转走……显得有些单调和刻板。早餐后，养场排排长吴贵财亲自带领三个班的战士去清除飞机跑道上的杂物。高永华也和他们一样，扛着用竹枝扎成的大扫把有说有笑地走出像列车般溜长的营房。由于地理和气候的缘故，清晨的机场常被冥冥昏雾笼罩着，要等到上午九点钟之后雾气才会散尽。可养场排的官兵不管是有雾还是没雾，总爱早早地走出营房去清扫跑道，因为待牵引车拉着飞机在跑道上行驶时，你不得不左避右让，干起活来很不利索。清扫完跑道后，全排三十来号人回到营房稍事休息，接着就在饭堂里学习业务，直到开午饭时才结束。午休之后是一小时政治学习，全连以班为单位，读报和讨论时事，然后便是下菜地干活。如果飞行大队要在晚上搞打靶训练，养场排还得赶制油灯，并且抢在天落黑之前把油灯放到靶台上。

“听说新兵营的教导员李云涛曾经担任过场务连的指导员?”一天吃晚饭的时候，到连队才刚满一个月的高永华问吴贵财。

“是啊，他比我没大多少年岁，可官运比我好。我还是班长时，他就当上连副指导员了。”吴贵财水波泛动的眼角滗出一丝憨厚的微笑，这微笑中好像深藏着某种让人费解的秘密。

“他还很年轻，怎么会叫他离队呢?”高永华又问。

“咳，部队就这样！要你走，你就得走，军令如山嘛！俗话说：‘人是三截草，不知哪截好。’指不定哪一天我吴贵财也会跟他一样，变成兔子的尾巴。”吴贵财的嗓子本来就有些干燥沙哑，这边吃饭边聊他最不爱聊的话题，使他的声音变得有如晒干的玉米棒子，粗涩涩硬撅撅的。“人常言：‘铁打的营盘流水的兵。’离队对于我们这些老兵来讲是迟早的事，只是谁先离，什么时候离由不得你，一切都由上头说了算。上头说你行，不行也行；上头说你不行，行也不行。上头要你走，你就是不想走也得走；上头不要你走，你就是想走也走不了。事情就这么邪门。我这小小的排长向来是今朝有酒今朝醉，明日愁来明日当，管它那么多!”

吴贵财话虽这么讲，但装在他心里的是什么个算盘怕是只有他自己最清楚。他的家在陕北老区，生活条件十分艰苦。当上部队的干部对他来说就好比叫花子捡了个金饭碗，老鼠掉进了米缸里。如果真的让他离队，鼻子不哭飞了才怪呢!

一年后，他为了让老婆和三岁的儿子跟着他一起沾部队的光，特意把他们从老家接到部队，还搬进了和伙房只隔一堵墙的原本是司务长一个人住的房间。司务长则下到排里睡他的铺。这位平时兢兢业业、任劳任怨的连队“管家”，确如吴贵财所说的那样，“要你走，你就得走”，正打点着行李准备上路，因此，睡哪儿都一样，乐得做个顺水人情。

吴贵财和家人团聚的那天夜晚，养场排的战士像赶庙会似的，一个紧接着一个来到他的新窝。他们有的站着，有的坐着，嗑瓜子的嗑瓜子，抽烟的抽烟，东扯葫芦西扯瓢的，好不热闹。高永华在这座香火熏人的小庙里觉得脑瓜晕沉沉的，喉舌仿佛被什么东西给粘住了，发不出一点声来。他坐在靠墙角的一只小板凳上，硬睁着被烟辣眯了的双眼，很勉强地做出一副欢天喜地的样子，心里头却在寻思着：映入他眼帘的这一张张冒烟的、生龙活虎的脸，是否在不久的将来也会变成“兔子的尾巴”？或者变成一声长叹？兴许那不久的将来在这些脸的主人看来是远在天边的寒潮，是一座已沉睡了数百年的海底火山，是一头吃饱后只会装腔作势而不会咬人的狮子……想着，想着，李云涛那张烙满泪痕的面孔又浮现在他的脑海里。一年来，每当他记起这张面孔，他的心就像被一把锋锐的锉刀来来回回地锉着。

过了约莫两个半钟头，从场站司令部大楼那边飘来一阵嘹亮的号声，它告诉大家现在是熄灯睡觉的时辰了。呆在吴贵财屋子里的战士，大多带着恋恋不舍的表情慢慢腾腾地朝门外走去。是啊，在这大山的深处，除了周末可以下下棋、打打扑克，找到一点乐子外，生活实在是枯燥乏味得很。晚上能够聚在一起边吃零食边聊天，确是一件颇叫人快活的事情，让人有一种沉浸在节日气氛中的感觉。

高永华和他的班长王兆晨正跟在大伙儿后面准备离开，不料被吴贵财给叫住了，说有一些小事情要分派他俩去做。

“你的任务是去仓库跑一趟。”吴贵财关紧房门后，一边说着一边从床底下拿出一个大口玻璃瓶，递给王兆晨。“今天下午，油运股派车送来了两大桶油。你给我装上一瓶就是了。”

“好嘞!”王兆晨接过玻璃瓶后,转身要去开门。

“等一下,瞧你愣冲冲的样子!”吴贵财从衣兜里不紧不慢地摸出一把钥匙给他。“当心,别叫连长和指导员给看见了。要不然,他们准会跟吃了疯狗肉似地臭骂你一顿。”

“是,排长。”王兆晨调皮地笑了笑。

高永华知道,油运股送来的油本是专供飞机使用的航空煤油,干净得就跟自来水一样能照出人脸。只要飞行大队晚上有打靶任务,养场排就得用这煤油做打靶用的油灯。而这位平时嘴里老是哼着“自古人生如春梦,且开怀畅饮几盅”的排长,总喜欢用航空煤油偷偷地开小灶,改善自己的伙食。现在家属来了,他的那只破罐烂铁般的老煤油炉可以堂而皇之地“大显身手”了。

王兆晨走后,吴贵财又把门紧紧地闭上,然后指了指一张椅子对高永华说:“你快坐下,我有一些事想跟你说。”

高永华坐定后,吴贵财先把屁股往床沿上一沉,接着将短小的身躯斜靠在置于床头的一条折叠好的棉被上,大腿压着二腿。床的另一头坐着他的儿子,他正在兴头十足地摆弄着几张破旧的扑克牌,身边放着一支玩具冲锋枪。儿子他娘伸直着两腿坐在棉被朝里的一侧,她正靠在床背上打着毛衣。

“你这位小秀才的任务是替我起草一份养场排的训练计划。我不是不能写,只是现在家属来了,总得花时间多照应照应,怕忙不过来。”说到这,吴贵财微微向上挑起的嘴角绽出一丝诡秘的、含蓄的微笑。“其实,在部队谁不想入党?谁不想提干?就看你自己怎么干了。我给你透一句话,我前些日子听站里的一位首长说,你是机关里的人,是下到连里来锻炼的,原本是让你当文书,后来不知什么原因,文书的位子让机械排的孙建明给占了。我不说你也知道,这脓包胸无点墨,连报纸上的一篇社论都念不下来,光知道溜须拍马,见谁的腿粗就抱谁的腿。不过,你也不必跟这种人计较。有道是‘耗子拉木楔,大头在后面’……”

吴贵财正兴致勃勃地说着,仓库那边隐隐约约地传来门摆动时发出的响声,好像找到了美食的老鼠在咭咭地欢叫。就在这时候,一阵轻轻的嗒嗒嗒的敲门声打断了他的话。

“谁?”他粗声粗气地问道。

“是我,章双泉。”炊事班长奶声奶气的声音从门板的外面钻了进来。

吴贵财随即唰地直起斜靠在棉被上的身子,三步并两步地跑去开门,仿佛站在门外的是怠慢不得的“赵公元帅”。房门打开后,章双泉像一阵旋风似地走了进来。只见他左手提着一只乳白色的塑料壶,右手提着一只篮子。

“嚯,没想到你这小子办起事来还真雷厉风行啊!”吴贵财关上房门后,喜眉笑眼地对章双泉说。

“您排长吐一口唾沫就是一个钉子,我除了赶早不赶晚还能怎么的?”章双泉不假思索地应答道,眼里闪过一道不易察觉的谄笑。可他刚说完了这句话就觉得耳根腾地一热,因为他猛然意识到自己说话的口气有点不对,于是赶紧改口道:“我的意思是您排长吩咐的事儿我绝不能拖拖拉拉的,早办利落早宽心。”

“瞧你,净挑别人听来顺耳的话叨叨,而且叨叨完了还生怕别人没听明白,累不?依我看,你小子将来娶了媳妇一准会天天掇臀舔沟地取她的欢心,连她放的屁也不敢说个‘臭’字。”吴贵财说完,两撇漆黑的眉毛耸动了一下,嘴唇抖了抖,使浮在脸上的笑意更增强了。

章双泉听了这话,凝聚在耳根的那团热火一下子蔓延到整张脸。

“我是逗你来着,你还真羞红了脸。”吴贵财见他神情尴尬地低着头,连忙从他的手里接过塑料壶和篮子,将它们搁在一张宽大的书桌底下。这塑料壶里装的是花生油,篮子里装的是鸡蛋。

“排长又在说笑了,我只是觉得这屋里太热了一点,刚从外面进来还真有点不太适应。”章双泉故意朝挂在窗户上的厚厚的窗帘瞥了一眼。

“行了，别在针鼻儿里穿粗线了。有这闲工夫还不如谈点正事呢！”吴贵财溜转着两只黑玻璃球般的眼珠说，“锅是锅，盆是盆，这账该记的你就替我记着，末了一起结。省得给人落下话柄，说我吴贵财怎么的怎么的。”

“哦，对了，排长明天想要些什么菜，我可以记下来告诉上士，让他明天采购时顺便给您捎来。”章双泉边说边从裤兜里掏出一本卷了角的脏兮兮的工作手册和一支短小的铅笔，好像吴贵财谈的“正事”还不及他章双泉想办的事来得重要。

“不用了，明天上午我要到机关去办理一些公务，正好路过场站的生产队，队长是我的老乡，我办完事后顺路到他那儿去买些下酒的菜，晚上请他上我这儿来辣上一盅。常言说得好，‘有酒且呵呵，人生能几何？’”吴贵财说罢，点上一支“大前门”，美滋滋地吧了一口，然后接着说：“有人说我吴贵财是一贪吃贪喝的庸夫，我他娘的全认了。我这个俗眼凡胎生下来就只认吃喝两字，就不打算当啜菽饮水的正人君子。”

“排，排长——”这时，门外传来王兆晨局促而又怯生生的呼唤声。

“怎么回事？”吴贵财打开房门后，见他满头大汗、气喘吁吁的样子，便急切地问。

“从油运股送来的煤油桶，盖子紧得怎么拧也拧不开。您这儿有没有大一点的扳手？”王兆晨疾言遽色地说，边说边用右手背抹了一把挂在额角上的汗珠。“我，我还——”

“有话进屋慢慢说，先把气喘匀了。”吴贵财闪到一旁说。他待王兆晨进屋后，把门轻轻地关上：“你还怎么了？”

“我还——还差点儿碰上正在查岗的连长。”王兆晨说。

“我说吧，要当心，当心，再当心。如果让连长这‘刺儿头’给瞧见了什么，准搓上火儿甩脸子。这人就好捕风捉影，驴子也会被他说成是骆驼。”吴贵财说，“他这会儿还在外面?”

“我见他查完岗后进自己的屋了。要说，这会儿他也该睡了。”王兆晨说完，斜觑了一下坐在椅子上的高永华。

“待会儿咱一块去仓库看看。”吴贵财把香烟叼在嘴上后走到床边，蹲下身子从床底下拖出一只笨重的木箱，接着从木箱里取出一把大扳手和一只长长的手电筒。“只有不快的斧，没有劈不开的柴。我就不信对付不了这破煤油桶。”他把木箱推回原处后，捡起放在地上的扳手和手电筒。

“爸，我也要去!”这时，吴贵财的儿子丢下手里的扑克牌，拿起那支玩具冲锋枪唰溜溜地从床上蹿了下来。

“傻小子，别闹了。”吴贵财将手里的东西递给王兆晨后，握了握儿子柔软荏弱的小手。“爸又不是出去玩，是去干活。你听听，外头的风有多大呀！就跟狼在嚎叫似的。你还是和娘在这屋里呆着，回头我给你讲你最喜欢听的故事。”

“不，我要去，我要去，我就是要去!”儿子胡天胡地地使起性子来。

“听爸的话，别犯劲儿了!”一直埋头打着毛衣的孩子他娘，一边说着一边放下手里的活儿。她不慌不忙地走到儿子的跟前，把他抱上床。“只要你听话，爸不但要给你讲好听的故事，而且改天还要带你到山上去摘野果子吃。”

“我要听米老鼠偷油的故事，”坐在床上的儿子大声地嚷着，“我还要到山上去打土匪，哒哒哒，哒哒哒……”他端起枪冲着吴贵财说。

吴贵财的心弦好像被什么东西重重地拨弄了一下。他跟突然兜上了一件心事似的，脸色一下子阴沉了下来，十分勉强地嘻着嘴：“这傻孩子，哪来这种乌七八糟的故事？这山上又哪来什么土匪?”

三

场务连的现任指导员唐大明是一个二十七岁的大小伙子。这人上身长，下身短，体态看上去胖乎乎的，浑似只滚圆硕大的秋冬瓜。他低窄的前额底下竖着一条形似鸭嘴的长鼻子，将一对乌黑漆亮的大眼睛分隔开来。这对眼睛即便是在流光泛彩的时候也会给人以一种空洞不实之感，很容易使人联想到干瘪的萝卜的心子。他脸上的肌肉是松弛的，而且这张脸由于体内消化功能紊乱的缘故而长满了令人讨厌的圆锥形的小疙瘩，只有那微笑时掩不住的两酒坑儿在红喷喷的血色中还有些迷人。他到部队的头两年，在军区的农场做饲养员，由于数百天若一日地吃苦耐劳、黾勉不懈，最终荣立了三等功，入党后被破格提拔为排级干部，被调到场站的汽车连当司务长。干了五年司务长后，他又被破格提拔为连级干部，被调到场务连当指导员。也许近几年来他的日子太好过了，太舒适安逸了——尤其是相对过去农场又苦又累的日子而言——，他原来瘦筋筋的身体渐渐墩起膘来。可越墩膘他就越吃得多，越吃得香。凡跟他接触过的人都知道，他这人老喜欢吹嘘自己在农场养猪的那段经历，不管在汽车连还是在场务连或在别的什么地方，仿佛凭着这看不见的"护身符"他走遍天下都是"老子第一"。他来到场务连时恰逢"批宋江"、"反右倾"运动，向来嫌这山低望那山高的他，以为这是自己捞取政治资本、继续往上爬的大好时机，于是赶紧物色好捉刀人，匆匆登台表演。在全连大会上，只要他一发言，那早已背得滚瓜烂熟的带着官派官气的话语就如同开了闸的水，哗哗哗地往前冲，非把你淹得半死不活不可。在场站大会上，他仗着犀利的言词和抑扬顿挫、入耳动心的语音语调算是出尽了风头，就连政治处主任和宣传干事也对他刮目相看，自愧弗如。可有谁知道，如果没有高永华这个连队的"小秀才"给他傅粉施朱，丑媳妇在爱挑毛剔刺的公婆面前可就洋相百出、无地自容了。平心而论，他这人充其量只有在下级面前摆摆官架子的能耐和字正腔圆地念些徒具形式、照例敷衍的公文的本事。如果用“锦被盖鸡笼，外头霍显里头空”或者用“猪鼻子插葱装象”来形容他是再贴切也不过的了。

“小秀才，我想跟你说个事儿。”一天，他把高永华叫到连队的办公室。

这是一个约二十五平米的房间，中间醒目地放着一张长方形会议桌——它至少占去了三分之一的空间——，十多张椅子绕桌而立，有如环护在一座城堡四周的森森古柏，三只两米多高的、木头木脑的文件柜，好像遭到冷遇似的，孤凄凄地倚着墙。

“你的入党申请我看过了。写得很好，很真实，很有分量。前一阵子由于工作繁忙，所以我也没及时找你谈心。”他笑模悠悠地对高永华说，“可我想不明白你为什么这么晚才打入党报告？你瞧人家孙建明，一到场务连就积极地向组织靠拢，组织问题都快解决了。”

“我总觉得自己还不够格，想先干出点成绩来再说。”高永华脸刷地一红，羞答答地低语道。

“要说成绩，你这一年多来可算是多了去了。”唐大明说，“讲句实话，自从分配到场务连，你确实干得挺棒的，挺出色的。你在养场排担任业务教员，给大家讲解爆破、排弹、浇筑混凝土等知识。在连里，你又当政治理论辅导员又当卫生员，尽管不是文书，但文书的活儿实际上也常被你揽着。再有，场站的宣传报道和文艺会演也有你的一份汗马功劳。哦，对了，最让我感动的一件事是：不久前，你犯急性肠胃病住院治疗，可刚出院就为病危的马德彪副站长输血。连长在全连大会上还号召大家伙儿向你学习呢！”

“指导员过奖了。其实，我也没做什么。”高永华憨笑道，“再说，没有您指导员的赏识和栽培，我高永华就是打着灯笼也找不到冒尖的机会呀!”

真是你敬我一尺,我敬你一丈。高永华的话虽然不多,但却挠到了唐大明的痒处。只见他满脸开了花似地乐滋滋的。他沉默了一会儿后,走到一扇开着的窗前,仰起脸朝高远的天空望去,随即合拢起轻轻跳动的眼皮,好像一下子还无法适应头顶上的那片明亮。

“好吧,我也该跟你谈正事了。”他转过身面对高永华。“最近,场站政委在基层干部政治工作会议上作了向‘硬骨头六连’学习的总动员。我找你是想请你把我们的连史整理一下,向战士们宣传宣传,鼓鼓士气,力争在来年能够让我们场务连评上‘硬骨头六连’式的连队。”唐大明边说边从身边的一只文件柜里搬出一大摞材料,称量似地慎重地放在会议桌上。“你知道,我们连曾是二等功臣连,比别的连队底子好。现在就看你的了。实话对你说,只要我唐大明上去了,准亏待不了你这位小秀才,至少给你弄个宣传干事当当。这叫做什么来着?”

“叫做‘肉肥汤也肥’,‘朝里有人好做官’。”高永华嘴里这么说着,心里却替这位急功近利、官迷心窍的指导员感到羞臊。

其实,方才他那番听似低姿态的却能让唐大明动心动容的话,并不是发自他的肺腑,只是纯粹用来应付唐大明这种人。这种人,在他看来,你只要随意地吹捧一下就会把碗里的稀饭当米酒喝,你只要轻轻地拍一下他的屁股就会像只得胜的公鸡挺胸凸肚地欢跑起来。可是,话又说回来了,尽管他高永华对这位指导员有看法,但他毕竟是场务连“大当家的”,手里握着不小的权力,他让你干什么你还得干什么,要不然,你的入党申请没准就会变成一张废纸。

“不过,我还是想——算了,先不说这些。”唐大明话才露头,就像刚从洞穴里跳出来的癞蛤蟆又跳了回去。

“指导员有什么话就说呗。”高永华见他目中浮光不定,脸上飞过一朵阴云,顿觉心里一紧。

唐大明拧着眉头开始苦苦地思索起来。在他的印象中,高永华似乎和他唐大明最讨厌的吴贵财走得很近。他想给高永华提个醒,劝他注意些,但深知对待他这样的"小知识分子"做思想工作不能木匠斧子一边劈,得讲究点策略,不然会伤了他的自尊,不利于调动他的积极性,再说,眼下正是他唐大明用人的时候。

"我还是想给你提个醒。"他思考了大半天,也没想出个好的说法,于是干脆把堵在嘴里的话全说开了。"像吴贵财这号眼皮子浅、爱偷鸡摸狗的小财迷你最好少跟他在一起。这家伙我刚下连队就看不顺眼,小农意识非常强烈,一瞧见和钱沾边的东西就跟黑眼珠子落到了白银上似的,那股子贪劲儿就直往心里头钻,恨不得把整个连队的家产都装进自己的肚子。连里就是穷得天天吃素,他也照样吃香的喝辣的。你要是批评他几句,他或许会收敛收敛,可没过几天就故态复萌,冷灰里又爆出火苗来。真他妈的不知道天下还有'羞耻'两字!要我说,你有本事就跟咱们一样堂堂正正地干呗!何必矮半截子做人呢?听说过去李云涛任指导员时,看在老乡的情面上总是迁就他,用感情代替原则。现在,我们绝不能再心慈手软,姑息养奸。尤其是在我们争评'硬骨头六连'式的标兵连的关键时候,绝不能让他这粒老鼠屎弄坏整锅粥。说句心里话,我唐大明不忍心眼睁睁地看着你整天跟在他的屁股后面瞎转悠,让他把你拖下水。"

"可他毕竟还是党小组长呀!我又不能跟他保持太远的距离。"高永华忽然感到事情有些棘手,他兀兀地看着唐大明的那张被怒气薰红的脸,觉得这张脸有如一方烙红的铁块熨上了他的心。

"党小组长又怎么的?难道他还想一手遮天不成?"唐大明说,"哦,对了,我还有个事儿差点忘了给你讲。你还得同排里的老同志,特别是党员同志搞好关系。不瞒你说,最近,我听到一些对你不利的反映。"

"什么不利的反映?"心头一片茫然的高永华轻启着嘴唇问道,右手不自觉地摩挲着裤腿。“我又没做什么见不得人的事情，也没做什么对不住这些老同志的事情。”

“话可不能这么说。”唐大明咧嘴半笑道，“他们只是对你有点小小的看法，认为你这位秀才要耍嘴皮、摇摇笔杆还行，可下到地里干活就像落了架的凤凰。我听说，有一回你连人带粪桶地翻进了水沟里，弄得浑身臭气熏天。”

听了这话，高永华真是哭也不得，笑也不得。他忽觉自己变成了一只掉进了蔷薇丛中的小鸟，被密刺扎得扑棱来扑棱去的。他百感交集、思绪如潮地凝视着窗外，而后铁青着脸硬生生地说：“我承认干体力活我不如老同志，特别是农村来的同志，因为我从小是在城市里长大的，缺乏这方面的锻炼。再有，我到部队后，除了在新兵营摸打了一阵子，几乎每天都坐在办公室和笔墨打交道。场站一会儿成立报道组，一会儿成立文艺组，我在机关一呆就是好几个月，又怎么和这些老同志搞好关系，让他们了解我呢？更何况他们本来就妒忌我，认为我仗着有文化就可以少参加训练，少下地干活。反正，在他们眼里，我是左鞋穿在右脚上，怎么看也别扭。”他越说越气恼，越说越激动。他没想到自己做了耕牛反遭鞭杖，一腔热忱换来的居然是一大堆冷言冷语。

“你说的不是一点道理也没有。但入党也好，提干也好，总得先由最基层开始，要听取这些老同志的意见。这一关你必须过，你和我都不能越过锅台上炕。”唐大明说完，挺着脖子走到自己的座位旁，拿起桌上的茶杯，不慌不忙地喝了两口清茶。然后，他捧着茶杯转过身来，面对着挂在墙上的一面锦旗；这面用暗红色绸缎制成的锦旗的正中央绣着“二等功臣连”这几个夺目的金光闪闪的大字。

“我记得《西游记》里有这样几句话：‘龙游浅水遭虾戏，虎落平原被犬欺。纵然好事多磨障，谁像唐僧西向时？’”高永华心中的怨气似乎找到了最佳的宣泄方式。

“什么龙啊虎的，你呀，就是喜欢嘴上痛快，殊不知自己吃亏就吃亏在两个字上——自负。”唐大明放下茶杯后，神情严肃地说。“我当大兵的那会儿如果也跟你一样，自以为了不起，就没有我唐大明的今日了，兴许早就解甲归田了。我虽然只读过高小，文化水平没你高，但做人的道理我比你懂得多。说白了，你就是不愿意放下‘小知识分子’的臭架子，跟群众打成一片。俗话说：‘大屈必有大伸。’你自己不是也说过‘不是一番寒彻骨，怎得梅花扑鼻香’吗？这话说起来容易，做起来可就难啦。”

“这是我写在入党申请书里的一句话，我的意思是说：我要接受组织上对我的考验，以高标准严格要求自己，争取早日入党。”高永华解释道。

“那就对了，现在正是组织上考验你的关键时候。依我看，你目前最要紧的是做好两件事，一是尽快把连史整理出来，交出一份令组织满意的答卷，二是跟老同志搞好关系。”唐大明正说着，外头传来一阵刺耳的哨子声。他抬起左臂，看了看手表：“不早了，该吃晚饭了。吃了晚饭就开始干吧！”

高永华此时此刻哪还有什么心思吃饭，他觉得自己的心像拴上了一块巨大的石头，直往脚底下沉。他头一回感到和唐大明面对面地站着谈话比挎着步枪站岗还累，头一回感到人生的道路远比他所想象的要曲折得多，艰难得多。他迈着凝重的步子，心神不宁地跟在唐大明的背后走出了会议室。

“对啦，”正朝着饭堂匆匆赶去的唐大明，突然又想起了什么，放慢了脚步，“你以后不管做什么事情都要三思，切不可妄行。有些事情在你眼里可能算不得什么，但在旁人看来可非同小可。就拿吃饭这样的小事来说吧，曾有人跟我说，有一回你和吴贵财在一起开小灶，还喝了酒。你想想，如果大家都跟你们一样，为了一己之私或为了图一时的快活想干什么就干什么，这部队不就乱了套？还妄谈什么争评‘硬骨头六连’式的标兵连?”

“指导员,连这您都知道?”高永华感到有点不可思议。

“什么事情能瞒着我?再说,自从你打了入党报告,有多少双眼睛在盯着你呢!”唐大明说罢,又迈开大步疾走起来。

四

黄昏,漫卷尘土的大风忽忽地刮着,成群成阵的老鸦在空中来来回回地盘旋——它们好像在试图用坚硬的翅膀扑灭头顶上的那片缀映天空的霞火。这些又黑又丑的老鸦,使人联想到经常骚扰农家的狼群。它们在天麻麻亮的时候,一听到雄鸡的报晓声就拖着扫把似的大尾巴偷偷地潜入农家的院子,先是支楞着尖尖的耳朵,张着馋涎欲滴的嘴,闪动着绿莹莹的眼睛观望片时,而后发疯似地扑向几只冠子血红、翻起艳翎的雄鸡。

高永华心事重重地吃了几口饭后,回到连队的办公室。他像一棵被暴风雨吹歪的树苗,孑然伫立在那扇还敞开着的窗前,出神地呆望着变幻莫测的黄昏。此时,他发现眼前的光明正在黑暗的重围中痛苦地挣扎着,使远处的山色须臾万变:忽而深赭,忽而黛青,忽而昏灰,倏然间又变成莽莽漠漠的一片,什么也看不真切,什么也捉摸不透。他朦朦胧胧地记起念高中时在一本诗集里读到的几行诗文,觉得它们所描写的黄昏跟他现在看到的黄昏有几分相像:“沉绵床席的白昼王大限未到,野心勃勃的黑夜便蠢蠢欲动,有如一只贪婪、凶残的秃鹫,两眼死死地盯着即将到手的皇冠……”

老鸦终于飞走了,天幕上现出疏疏淡淡的星星。凉丝丝的风把他的头发吹乱了,把他沾着泪水的眼圈吹红了,还把开着的窗户吹得发出嘎啦嘎啦的叫人讨厌的响声。他攒着眉头,满腹愁肠地想着心事,心里仿佛塞了一团乱麻,扎扎挠挠的。

下午唐大明的一席话，好似一阵春风后的滂沱大雨，把他浇得直打寒噤。这一年多来，他干得不算坏，至少可以说是对得起自己，也对得起领导，但就是心里边不太舒畅，有时候甚至憋屈得发慌。在机关搞宣传报道的日子里，那些游手好闲、从来不干正事的宣传干事不是找他赶写政委的发言，就是找他赶写政治处主任的演讲，还常常将一些即将下发的文件交给他，请他作些文字上的修饰，弄得分身无术的他没有一分一秒的空闲时间。搞文艺创作的日子里，那些本该和他一起工作的从别的连队抽调上来的老兵，不是和文艺队里能唱会跳的女兵勾勾搭搭、谈情说爱，就是吃喝玩乐、逍遥自得，把机关当成了休闲和娱乐的场所，到末了，写歌词、相声、小品等任务全都压在他一个人的身上。返回连队后，他原本打算干些体力活，这样一来可以跟排里的老兵拉近距离，二来可以让紧绷着的脑神经松弛一下，可没料到刚丢下笆斗又弄起簸箕来，而且排里的老兵不但跟以往一样不能理解他，体谅他的苦衷，还在他背后冷语冰人地讥笑嘲讽他。

"真是人不走运时喝口凉水也塞牙！"他望着越来越浓的夜色短叹长吁道，而后，悻悻地转过身子，目光不自觉地落在那一大摞尘封已久的材料上——它们就像一座被遗忘了千百年的矿藏正等着他去勘探，去开采，好让别人舒舒服服地享用。

他越想越来气，越想越觉得不是个滋味，越想越感到浑身软塌塌的打不起精神。他想坐下来稳定一下自己的情绪，于是走到一张椅子旁将它的坐面朝自己挪了挪。可就在这时，他的右腿不由自主地一簸，身子随即歪歪斜斜地跌坐在椅子上。由于椅背的一侧撞上了会议桌的桌沿，唐大明那只历来稳健持重的茶杯突然暴跳起来，发出裂心破胆的响声。这响声震得窗外光秃秃的树枝沙沙地筛起糠来，震得天上疏淡的星星昏头昏脑地晃悠着，仿佛要掉下来似的。最后，那杯子有如一只被枪弹撂倒的灰兔，躺在血泊中呼哧呼哧地喘着粗气，口中不停地流着白沫，而那摞堆得高高的材料酷似一个提着猎枪的虎彪彪的猎人。

望着这位令人生畏的凝聚着英烈神魂精魄的“猎人”，高永华不想惊动他，只想姑且把他当作一尊神供着。再说，就算唐大明下午没给他来一场滂沱大雨，他眼下也不会有兴致去拆开那一包包沉甸甸的牛皮纸袋，因为这几天他正在赶一篇题为《夜航》的小小说，准备拿着它去参加由军区政治部举办的业余文学创作比赛。这篇作品是真正属于他自己的东西，因此他格外重视，光开头的那几段就作了好几回修改。

他起身将倒下的茶杯放正后，用抹布揩去桌上的水和茶叶，接着，脱下军帽往桌面上一丢，坐回到那张椅子上。坐定后，他先看了看窗外，见没什么动静便从衣兜里掏出一支圆珠笔和一个小本。他用右手的食指轻轻地粘了粘舌尖，蘸湿后便开始翻动小本最前面的几页。他很快找到了那篇还没写完的小小说，略作一番思考后便全神贯注地续写起来。当他坠入文字的迷宫时或者当他苦苦地搜索着某个词语时，他就把右手的食指夹在两页中间，半合着小本，然后挺直起腰板将脸斜对着窗外的天空，希望那些高高地挂在夜幕上的星星能给他带来无穷的灵感和启示。他斟酌着，梳理着，润饰着，像一个音乐家将自己波澜起伏的感觉焊接成一种优美动听的旋律：

傍晚，随着夕阳的沉落，云影渐渐变得晦暗起来，只有西天的一角，一缕缕瑰丽娇妍的霞辉显得分外豁亮和神奇：一层雪青，一层碧蓝，一层橘黄，一层桃红……仿佛天上的仙女将姹紫嫣红的鲜花编织成一件五彩缤纷的斗篷，轻轻地披在黄昏的肩上。

一只英姿勃勃的山鹰，平展着宽阔的翅膀，在空中时高时低地盘旋着。它尽情地陶醉在这美不胜收的夜景之中，陶醉在由这美景所激发的想象之中。忽然间，它好像被更壮美的景色吸引住似的，用力拍打着翅膀，掠过奇峰耸拔的群山，向远方飞去。

静卧在远方的是一个新建的机场，它的确别有一番风采：平坦笔直的跑道旁，夜航灯、信号灯放射出灿烂夺目的光芒，近看像一串串硕大的夜明珠，远看像一条条长长的火龙；跑道的东端，是一个开阔的停机坪，坪上十几架战机伸着银亮的巨翼，整装待发；南边靠塔台的地方有一个宽敞的车库，里面秩序井然地停放着油车、救护车、消防车、拖拉机和飞行员坐的大客车。再过一会儿，当一颗颗绿色信号弹腾空而起，喷吐着礼花一般耀眼的光芒时，一架架战机就会扑空飞去，似流星划破深邃的夜空，如响雷震撼莽莽的山野。

一眨眼的工夫，山鹰便飞到了机场的上空。它发现一切都像似笼罩在一种不同寻常的平静之中，平静得真叫它有些耐不住性子了。它俯瞰着脚底下那片神话般的景象，渴望自己有朝一日能变成一架战机，飞往更遥远的地方。

“小俞，今天夜间打靶训练的难度比较大，你有把握吗?”站在停机坪上的飞行大队长夏岳峰，见平日动作敏捷的俞大斌这会儿还磨磨蹭蹭的没上舷梯，心里有点着急，但他没有批评他，也没有催他，而是有说没说地问道。他深知，飞行员在驾机飞行前必须保持平静稳定的心态，自己即使想批评他也要等到他完成训练任务之后。

“没有。”俞大斌撅着嘴，心不在焉地回答道，两弯浑如刷漆的眉毛耸动了一下。

夏岳峰知道俞大斌还在生他的气，正要安慰他几句，没料到俞大斌却抢先了一步：“队长，我还是想不明白。我们多练一些硬功夫又有啥错?”

原来，昨天上午全队搞飞行特技训练，俞大斌在训练快结束时径自在空中做了几个摇摆幅度较大的“花动作”，还连续翻了好几个"筋斗",心想:这回露了一手,讲评时的成绩准不会差。可出乎意料的是,他刚下飞机就被夏岳峰狠狠地训了一顿。

"看来,你对昨天的批评还不服,是吗?"夏岳峰说完,轻轻地拍了拍俞大斌的肩膀。"我是出了名的炮筒子。你们不是在背地里老骂我'夏大炮'(瞎打炮)吗?但瞎打炮有时还真会歪打正着呢!我昨天对你的态度是有些过火,我向你作检讨。但我要提醒你的还是那几句老话:军人要服从指挥,绝不能为图一时的痛快和刺激而把纪律撇在脑后。瞧你,昨天的动作多危险,尤其是那个超低空横滚。当时,我都为你捏着一把汗呢!"

高永华正想继续往下写,忽听班长王兆晨在外头大声地喊道:"高永华,该轮到你站岗了!"

"来啦!"他急忙将圆珠笔和小本放回衣兜,起身把窗户关上,然后捡起桌上的军帽往脑勺上一扣,整了整军容。

他刚要去开门,门却砰的一声开了。

"你这个小秀才好像比我当连长的还忙啊!"沙铁军高大魁梧的身躯,犹如一堵严严实实的墙,把门框塞得连风都钻不过。他脸色潮红,嘴里散发出一股酒味。"整天跟得了幽闭症似的神神秘秘的,连吃饭都像是丢了魂,到底在鼓捣些啥玩意儿?"

"照指导员的吩咐整理连史呗。"高永华指了指桌上的材料,两道浓黑的眉毛在两只机灵有神的眼睛上放恣地舞动着。

"整理连史?难道他还想把家谱变成唱本?这个鸟人就是鬼点子多。自己落得一身清闲还不算,可就怕别人累不死。"沙铁军骂骂咧咧地说着,略带醉意的眼睛里仿佛有一堆暗火在燃烧。"这鸟人大雁打身边飞过也要拔根毛儿,唱白脸的事儿总让我顶着,邀功请赏的活儿自己兜着,就这么点路数和出息。他心里的小九九谁还看不破?茅坑里的石头还想镶上个金边!"

“连长，我——我现在得去站岗了。”高永华做出一副无可奈何的表情说。他知道沙铁军喝上了酒就会跟倒翻了的话篓子似地唠唠叨叨地说个没完，而且会不遮不盖地把本该搁在肚皮里的话全都倒腾出来。不过，他的那番痛快淋漓的牢骚话却像一场及时雨浇灭了窝在他高永华心里的火。

“好吧，你去吧。”沙铁军语气平和地说，“等你整理完了连史，先送我那儿。让我看看你这位出了名的小秀才肚子里到底有多少墨水。”

“连长，恕我直言，我现在是‘上命差遣，概不由己’，肚子里哪怕是没有墨水也要硬挤出点墨水来。”高永华面带微笑地说，“到时候，我恐怕连张恨水的一根毫毛都比不上。他尽管不是军人，但好歹还硬着头皮写过一本反映军人战斗生活的长篇纪实小说呢！”

“我不知道什么张恨山，张恨水的。”沙铁军一边说着，一边慢悠悠地走到会议桌前。他拿起一只鼓鼓胀胀的牛皮纸袋漫不经心地看了看。“我只知道做人要实实在在，不能当‘说嘴郎中’。”

五

高永华很了解沙铁军的性格。他说话做事尽管常显得有些粗拉和霸道，有些不近人情，但一根肚肠通到底，打心眼里是个憨实直爽的人。他嗅觉敏锐，目光犀利，遇上个什么事儿往往一闻便能分辨出优劣真伪，一看便知晓是非曲直。就连唐大明见了他也怕他三分。他干起活来认真麻利，从不马虎和拖拉，而且他一向敢说敢为，从不食言，也从不当“甩手掌柜”。自从当上了场务连的连长，他不知不觉地养成了一个“癖好”，那就是：在每个星期天晚上的全连工作讲评中，他总忘不了自我批评一番，检讨自己平时的“军阀作风”。他刮起别人的鼻子来虽然来势很凶猛，好像要把你骂得灵魂出窍似的，但刮起自己的鼻子来也不轻啊！这一点使得战士们更喜欢他，什么话都愿意跟他讲。

俗话说："不怕红脸关爷，就怕抿嘴菩萨。"像唐大明这样的"抿嘴菩萨"，高永华在站岗的时候寻思着，外表上常常给人以善面善心的感觉，好像他时时刻刻在替你分忧担愁，在关注着你的成长和前途，但实际上是满肚子的花花肠子难缠得很。这种人怕是永远只会在嘴里摆菜碟儿，一到关键的时候，便找个由头一推六二五，叫你黄鼠狼抱个鸡毛掸子空欢喜。"他会不会既想利用我，又怕我将来超过他，挡他的道儿呢？"高永华不得而知。

他突然间开始怀疑起"小秀才"这个雅号的意义，觉得它实际上是"另类"的标志，是"另类"的体面一点的叫法。他还开始以冷峻的态度反思着自己所做的一切，打算从今往后尽可能地收敛起自己的锋芒，放低姿态做人。"是呀，历史上有多少锋芒毕露的能人贤士最后遭到挤兑甚至不得善终。"他思之再三，终得其悟。"他们的可悲之处就在于做人太高调了，在于没能悟透古人说的一句话：平易恬惔，则忧患不能入。"

他在忙忙碌碌中度过了两个月。在这两个月里，他一门心思地做两件事，一是搞创作，二是编连史。搞创作并不是为了炫耀自己的才华，只是为了在纷乱喧腾的世界里保持自己的一份平素的情操，而且在创作的过程中他意外地收获了一盏神奇的灯，这盏灯驱走了缠绕在他身上的濛濛雾气，照亮了他前进的道路。编连史虽然因唐大明的动机不纯而被蒙上了一层功利主义的色彩，但就连史本身而言，它毕竟还是有价值的，况且，在编写连史的过程中，那些已被人淡忘的英雄和他们的事迹又活生生地展现在他的面前，使他的心灵接受了一次难得的洗礼。

在他忙于笔耕的日子里，"建功"心切的唐大明，隔三差五地催他拿出东西来，因而他常常废寝忘食、夜以继日地工作着。两个月下来，他原本饱满的脸变得像被刀削过似的尖瘦了，眼窝的周围还多了一圈淡淡的黑影。现在，连史总算是整理好了，他也该喘口气了。

“嘿嘿，没想到这鸟人还有这份闲心，看我不演一出好戏给你看看！”一天，沙铁军听说唐大明要把自己的未婚妻接到连队并在连队举办婚礼，一时兴奋得就像锅里冒着团团蒸汽的沸水。下午开完连务会后，他回到自己的寝室，坐在靠房门口的一只小折凳上，一边乐悠悠地擦着自己的那把亮锃锃的手枪，一边反反复复地哼着：“我撂倒一个俘虏一个，我撂倒一个俘虏一个……”

“来，到我屋里坐会儿。”他见高永华正打他敞开着的房门走过，便把他叫了进去。

屋子里面的陈设很简朴：北边的窗口下放着一张已磨掉了一大半漆色的办公桌，桌面的左边整整齐齐地贴墙放着一排书籍，两头用书档固定；办公桌的右边靠墙支着一张木制的单人床，上面的床单虽然有点破损，但洗得白净照人，铺得平平正正，而且搁在床头的军被见方见直，有棱有角，远看就像一只做工精致的旅行箱；靠近房门的一块地方，紧挨着墙面摆着一个约一米高的脸盆架，脸盆架和床之间的墙面上引人侧目地挂着一只褪了色的挎包，挎包的盖头上绣着“为人民服务”这几个红颜色的大字，挎包旁挂着一只栗色的手枪套，给整个房间增添了一丝威严的气氛。

“小秀才，你有没有听说指导员要娶媳妇了？”沙铁军一面乐呵呵地问高永华，一面从小折凳上站起来，把擦好的枪放进枪套里。

“没有啊。”高永华回答道。“指导员是当官的，怎么会随随便便把他个人的事情告诉我们当兵的？”

“说的也是。”沙铁军大步流星地走到办公桌前，从桌底下拉出一只方凳。“请坐。”

高永华坐下后，见沙铁军搭错筋似地在屋里来来回回地晃动着，嘴里不停地叨着唐大明的媳妇、唐大明的婚事，还随口唱起了“天上下雨地上流，小两口鱼欢几时休……”，委实感到有点奇怪，于是眉毛一扬，似笑非笑地开涮起他来：“别人过节放鞭炮，你连长来什么劲？瞧你，笑得下巴都快掉下来了！难道你想当一回窃玉偷香的西门庆？”

“什么西门庆，东门庆的，别老在我面前文绉绉地臭显摆，拿你的高深学问戏弄我！我沙铁军早已是过来的人了，儿子都快上学念书了。不要说什么玉和香，就是金和银也不能叫我动心。”沙铁军爽爽朗朗地说，那富有节奏感的言语听上去好似一小段快书，滑溜溜的。“不过，你说的也对，他唐僧娶媳妇我沙和尚犯不着替他乐呵。可我乐呵的是：如果这鸟人真的打算在咱们场务连举办婚礼，我非演一出戏给他看看，到时候，叫他和他的媳妇双双羞得想找个地缝儿钻进去也难。”

“你要演的是哪出啊？能不能说来听听？”高永华面带疑惑地问。此时，他关心的倒不是唐大明娶媳妇，而是唐大明娶媳妇会相对地减少他身上的压力——因为当唐大明忙着操办婚事，有了新的兴奋点，注意力自然就不会再集中到他高永华的身上。

“你别说我沙铁军卖关子，我要唱的是哪出这我暂时还不能对你说，是‘军事秘密’。”沙铁军说罢，满脸堆笑地坐到自己的那张床的床沿上，从办公桌的一个抽屉里拿出一大本材料递给高永华。

高永华接过材料后，将它平放在自己的大腿上，双手轻轻地压在上面。他目不转睛地看着沙铁军，仿佛从他的表情能猜出他对这本连史的评价。

“你编的连史我昨晚一口气看完了，写得很生动细腻、哀婉感人。我看后心里久久不能平静，好像又回到了那个硝烟弥漫的岁月。”沙铁军收起脸上的笑意，语气沉重地说。“没想到你这位小秀才的笔杆子还真有两下子。说句实话，你下到我们场务连可真是大材小用，比孙悟空当弼马温还屈才！”

"连长言重了。"高永华谦逊地说。他忽觉从这位连长嘴里说出的"小秀才"还算是带有那么一点亲切之感,如同一股暖意融融的风儿打他的心田拂过。这曾经黯然失色且使他坠入情感低谷的三个字,现在突然间变得明晃晃、亮闪闪的,就像挎包盖头上绣着的"为人民服务"。

"特别是描写我连前任指导员李云涛的那一段内容,都让我忍不住掉下了眼泪。"沙铁军继续说,"虽然在援越战争中他被打'漏'了,成了一个废人,可他仍是一条铁骨铮铮的硬汉,一位顶天立地的英雄。"

"是啊,当我写到他身负重伤时,我也情不自禁地暗自啜泣。"高永华说,"没想到战争结束后他没有选择退伍,而是继续呆在部队里。"

"除了部队,他还能呆在哪儿?"沙铁军说罢,起身去将房门关上,而后又坐回到床沿上。"要知道他从小就是个孤儿,是由他的一个远房亲戚把他拉扯大的。可就在援越战争结束之前,那个远房亲戚的家里突然遭遇了一场火灾,全家人都被火烧死了。他是在回国之后才知道此事的。他告诉我的那会儿,我还真有点不信呢!"

"真是太悲惨了。"高永华的心里陡然笼上一层阴云,袭过一阵凄酸。"我认识李云涛是在新兵营的那会儿。当时,我总觉得他跟别的干部不一样。"

"怎么不一样?"沙铁军问。

"他特爱战士,特爱部队,好像要将自己的全部心血都放进去似的。"高永华说。

"是啊,可他为人太单纯、太正直了。因之才得罪了不少站里的领导。"沙铁军说着,说着,情绪渐渐显得有些激动。"这些领导总爱听他妈的舔腚沟子的话,爱听假大空的高调,把臭狗屎当香饽饽,对提意见的同志乱扣帽子,瞎打棍子,动辄就叫你检查,叫你离队。好好的一个人哪，也能叫你让自己的尿给憋死了。还有像吴贵财这号忘恩负义的白眼狼。实话跟你说，我一瞅见这家伙，邪气就不往一处来。人家李云涛哪一点对他不好？什么事都帮他藏着掖着，真可以用‘猪爪煮千滚，总是朝里弯’来形容了。可他总喜欢在王站长那儿告自己老乡的黑状，搬弄是非。这龟孙子为了自己的利益，啥损德的丑事都干得出！搁我，非一枪把他给崩了不可！”

沙铁军的话，犹如一阵突来的霹雳，把高永华的五脏六腑震撼得翻腾起来。他终于明白为什么上级要李云涛退伍，为什么在他退伍之前还派给他一个看似提升而实际上是让他吃苦的差事。而整理连史不就等于在宣传李云涛的英雄事迹吗？上级能容忍吗？看来裹在空花阳焰之中的唐大明是打错了算盘，永远别指望上级会让场务连评上‘硬骨头六连’式的连队，除非他把“李云涛”改成自己的名字。可话又说回来了，为人单纯、缺少心眼的李云涛，说一千道一万也不能蜻蜓撼石柱呀！难道他连“胳膊拧不过大腿”这样浅显的事理都不懂？再有，他虽然单纯、正直，但也不能为了老乡而不讲原则啊！

“依我看，这部队的风气也该扭转一下了，尤其应该先从上头整顿。”沙铁军说，“别人我不想多讲，就讲那个王站长吧。他整天像只跟屁虫似地围着副参谋长李凡川转，还不是势利眼一个？还不是为了借李凡川这把梯子攀高枝儿？据说，他自个儿看上了卫生队的一个小护士不算，还一个劲地给李凡川说亲保媒呢！而李凡川则趁机动上了歪心眼，脚底下同时踏着好几只船，都快成游花浪子了。再有，机关里不仅人浮于事，而且还养了一批浑浑噩噩、不学无术的庸俗之辈。他们除了敷衍塞责地做些表面文章外，剩下的就是下下棋、打打老K、钓钓鱼，跟我们这些基层干部相比，他们的日子真是太清闲了，肩上几乎没有什么压力。”

“是啊，中央军委早就提出要整顿军队了，可就是没能及时地贯彻下去。甚至还有个别人把‘整顿军队’错当成‘右倾翻案风’来批判。"高永华唉声叹气地说。"不过,现在'四人帮'已被粉碎。我想,用不了多少时间这种局面就会改变。"

"但愿如此吧,"沙铁军说,"但愿学'硬骨头六连'也能给站里的领导增加点负荷,叫他们收收心,干点正事。"

六

唐大明的婚礼在连队的饭堂举行。饭堂的南面是机械排的营房,西面是一个靠近小路的篮球场。在篮球场的北侧有一个车库,里面停放着专供机械排使用的消防车和拖拉机。只要飞行大队搞训练,消防车和拖拉机都得提前开到机场南边的车库里。一旦有飞机起火,消防车就立刻赶过去灭火,有飞机冲出跑道,拖拉机就开过去将它拖回到跑道上。过去,李云涛因爱坐消防车到站里去开会,多次受到王站长的批评,说他是"资产阶级老爷作风","在荣誉面前居功自傲,忘记了继续革命"等等。这一点唐大明倒是从中吸取了教训,引以为戒。不论是去场站开会,还是去那儿办事,他宁可蹬着连里的一辆破自行车在高高低低的山路上折腾个老半天,也不愿碰那辆时时刻刻亮着红色警告的消防车一下。他深知:若想保住自己的官职并能得到站里领导的赏识和提拔就得悠着点,特别是在不起眼的小事上不与人把柄。而这次他把婚礼安排在连里举行则是经过一番深思熟虑的,可以说是醉翁之意不在酒。他想借请王站长当证婚人的机会和这位大权在握的老首长套上近乎。

婚礼前的准备工作做得很简单,似乎做出了"继续革命"的特色。饭桌上放着的喜糖、香烟都是唐大明亲自从当地的一个小镇上买来的,包装粗劣且显得有些土里土气。四只悬挂在顶梁上的分别写着"禧"、"贺"、"新"、"婚"的纸彩灯,其材料也是唐大明掏腰包买的,没用连里的一分钱。而新房除了房门和窗户上张贴了双喜字样的剪纸外，里面的一切几乎跟平常一样，只是把小床换成了大床，多添了两条由新娘从娘家带来的用红绸做被面的被子。

新娘没有华美的妆饰，也没有阔绰的穿戴，这反倒使她更自在些，同时也彰显出革命军人家属艰苦朴素的本色。她瞧上去个儿不高，但长得还算标致匀称。拢在脑后的浓黑的头发梳扎成两条逗人喜爱的长辫子，使雪嫩嫩的脸蛋显得丰满开阔。她微笑时，脸上荡漾着红艳艳的羞色，就像挂在树梢上的成熟的苹果在醉人的暖风中一起一落地晃动着，一双乌亮的洋溢着青春活力的眼睛里不时地透射出奇异魅人的光彩。她身上的那件大红色的薄棉袄，在彩灯的烘托下恍如一轮刚跃出地平线的旭日，将坐在长板凳上的战士们的脸染成了一朵朵火烧云。

婚礼由沙铁军主持。先是王站长致贺词，接着是新郎新娘各表演一个节目。在表演之前，新郎跟新娘戚戚低语了一阵，然后一个紧接着一个地唱起歌来。新郎唱的是“我是一个兵，来自老百姓”。说也怪，他唱歌时的嗓音听上去有点沉，有点嗄，像是故意把歌声闷在胸腔里，和平时高昂清亮的说话声判若两人。新娘唱的是“戴花要戴大红花，骑马要骑千里马”。起初，她还有点怯场，无法完全驾驭她的声音，但唱着，唱着，也就克服了胆怯的心理，使原来听上去有些生涩的歌声变得欢快悦耳、质朴感人。

表演完节目后，他俩邀请战士们也来一个。这时，沙铁军跟饿虎见了羚羊似的等不及了。在他的鼓动下，战士们和他一起唱起了“我擦好了三八枪，我子弹上了膛”，即刻把新娘羞得恨不得变成一只麻雀从窗口飞出去。她忸忸怩怩地低下头，玫瑰色的嘴唇上隐现出一丝窘态。这会儿，新郎终于恍悟自己被沙铁军给耍了，顿时气得脖子上的青筋犹如一条蚯蚓在扭动。他两眼喷火似地看着沙铁军，直到歌唱完后沙铁军宣布：“下面请新娘给大家点烟！”

这时候，坐在最前面一排长凳上的吴贵财，突然提起他沙哑的嗓门大声说:“慢着,新郎新娘还差一个‘咬红果’的节目呢!”边说边从上衣的口袋里掏出一只不大不小的、把儿上绕扎着一根细绳的红苹果。

“是啊,还差一个节目呢!”养场排的几个战士也跟着他哄闹起来。

于是,沙铁军从吴贵财手里接过红苹果,然后将拿着细绳上端的右手一上一下,忽左忽右地移动着,像耍猴似地使唤着新郎新娘扑向红苹果抢咬。憋着一肚子气的唐大明,看在王站长的面子上,忍辱求全,强颜为笑。新娘见他笑了,也不自觉地笑了起来。战士们乐了,吴贵财乐了,沙铁军也乐了。沙铁军做梦也没想到吴贵财这龟孙子也留了一出好戏,无意间和他唱了一回“双簧”。而坐在一边的王站长这会儿却犯了烟瘾,他正等着新娘给他点烟呢,哪有什么心思看新郎新娘的表演。当红苹果被新郎新娘同时咬着时,饭堂里顷刻间爆发出一阵雷鸣般的掌声,王站长也总算熬出了头。

新娘点的第一支烟,当然是站长的。当新娘划亮火柴时,只见他焦急而又兴奋地把嘴上的香烟凑过去,眯缝起眼睛深吸了一大口,嘴巴离新娘葱白的手是那么的近,远远地望过去像是在吻它似的。他谢过新娘后,放下夹着烟卷的手,把身体紧贴着椅背,微微仰起那张重若拖拉机的肉脸。这时,只看见从他烟囱般的鼻孔里忽地冒出两缕笔直的青烟;这烟先是徐徐地升腾,而后软绵绵地向四周飘滚着,最后笼在四只彩灯的周围,使它们看上去如同蒙上了一层蝉翼似的轻纱。不一会儿,不知是这香烟太次了还是他心里有什么心事,他的神情突然变得严肃起来。他抬起左手看了看自己的那块崭新的“宝石花”牌手表,然后摇摇晃晃地从椅子上站起来,走到唐大明面前,拉住他的手:“小唐,天快黑了,我得回去了。要知道今儿是星期天,我吃过晚饭后还得去陪李副参谋长下棋呢!”

坐在吴贵财身后的高永华,一见此情形,想起了唐大明的吩咐,于是悄然无声地溜出了饭堂。他一口气跑到自己的寝室，打开一只旅行袋的小锁，而后从旅行袋里拿出一包用牛皮纸裹得严严实实的东西。这包东西是唐大明托他暂时保管的，虽然没多少分量，但拿在手里却有一种沉重的感觉，沉重得有如李云涛离队前的那声长叹。他手忙脚乱地走出寝室，有意避开岗哨的视线后拔腿飞奔到停在篮球场上的一辆吉普车旁。这时，王站长已坐在车里，唐大明站在打开的车门旁正跟他说着什么。

“指导员，给。”他上气不接下气地对唐大明说。

唐大明接过那包东西不经意地看了看，随后将它塞到王站长的手里：“站长，这是我媳妇从家乡带来的茉莉花茶，我顺便拿一点给您品尝品尝，不成敬意。”

“嗳，哪儿的话？瓜子不饱是个心嘛！再说，这可是你唐大明的喜茶呀，我这个当站长的哪敢不喝？我想，喝了它一定是茶香留口，回味无穷啊！”王站长带着喜悠悠的口气说。这一说让开车的小战士也笑了。“有空带上你媳妇上我家来玩。我早就听说你的酒量很大，一直想跟你比拼一下，看看我能不能把你灌到桌子底下去。”

“行，我一定带她来！”唐大明受宠若惊地回答道，现出两个酒坑儿的脸上荡起甜蜜的、梦一样的柔辉。

“那我就先走了。”王站长说，“你也该去陪陪你的新娘了，要不然，她心里准把我这个站长骂上个一百回。”

“站长又在跟我开玩笑了，我媳妇的心眼儿可没这么小。”唐大明说完，看了看身后的高永华，然后接着说：“实不相瞒，她这几天老跟我说我应该请您下馆子喝喜酒才是。”

“下馆子就不必了，不过有空倒是可以再找些人聚一聚，热闹热闹。”王站长说，“这事我看改日再谈吧，再见了！”

“再见，一路走好。”唐大明说罢，忽觉一股暖流从心底里升起，弥漫到全身，脸上的笑意变得更浓、更甜了。

吉普车的门啪的一声关上了。车沿着弯弯曲曲的小路缓缓地开下了坡，远看好像是一条乌黑乌黑的鱼在有点混浊的水中游动着。车轮碾得路面上的碎石发出“喀嚓喀嚓”的响声，叫人联想到磨子的石盘在转动时发出的声音。车轮底下扬起的尘土，顺着一阵阵风儿朝篮球场滚滚扑来。这时，新郎已回头去陪他的新娘了，只有高永华一人兀立在那儿，渐渐地淹没在这奔腾跳荡的尘浪之中。

不一会儿，随着尘浪的消散，饭堂那边传来一阵又一阵喧笑声，它们有如一群到处乱窜的野猫搅动着低垂的夜幕。在这喧笑声中，在孤冷的月亮洒下的一片幽光里，高永华恍惚看见了一个熟悉的背影。

一个初春的傍晚，天也是这般黑，也是这般冷。李云涛用自己做的扁担挑着行李，趔趔趄趄地行走在篮球场附近的尘土飞扬的小路上。他像苇子一样被风吹弯了腰，两腿看上去虚飘飘的，好似悬浮在半空中。他不得不把头上那顶随时会被风刮走的军帽摘下来，紧紧地攥在手里。他瘦弱的身影转眼间变得越来越小了，最终消逝在茫茫无边的夜色之中。

这位曾在战场上奋勇杀敌、屡建战功的英雄现在会在哪里呢?高永华仰起脸望着静谧浩远的夜空寻思着。他顿感人生就像一本难读的天书，叫你永远也参悟不透，顿感命运就像这大山里倏忽变化的气候，叫你徒唤无奈!

他记起一位诗人说过的话：“在这一睹即逝的世界里，没有谁愿意把已拥有的东西抱紧。人总是得寸进尺，时常在作欲求的苦心。最高的幸福如果习惯了也还是要被看轻。人甚至会丢弃太阳，去拥抱冰凌。”是啊，人生犹如浮云朝露，万事转头空，但可悲的是不少人心甘情愿地去做欲望的俘虏，为了奢华的外表让自己的灵魂在暗中憔悴。常言说得好：“牛不知角弯，马不知脸长。”唐大明这个自以为堂堂正正做人的指导员，实际上并不比被他贬得一文不值的吴贵财好到哪里去，只不过一个是汲汲于功名，一个是汲汲于财利罢了。

这时候，饭堂的东边飘来人的吼声、金属的碰撞声和狗的惨叫声。又是哪条胸无城府、不成大器的野狗落入了警卫连炊事班那帮小子的圈套，成了他们改善伙食的原料。

简介：

这篇小说描写的是正处在转型时期的部队生活，对当时部队里存在的小农意识、老乡观念以及好大喜功、排除异己等不正之风作了散点式的透视和反讽式的讥弹，凸显了部队在思想上和组织上进行整顿的必要性和紧迫性。

错综复杂的人际关系构成了叙述的经纬和支撑点。在这张人际关系的网络中，我们可以发现人物的个性（如李云涛的朴实、沙铁军的耿直、吴贵财的卑俗、唐大明的势利）以及他们的价值取向、人生态度等都得到了不同程度的挖掘与刻画。

此外，小说还力图从细处着笔，直接或间接地点化出大处的意蕴，如吴贵财跟章双泉之间、唐大明跟高永华之间的那些微妙的对话，唐大明的那只暴跳的茶杯，李云涛离队前的那声长叹等。

小说的核心人物当然是颇有才气且很有思想的高永华。爱兵如子的李云涛的突然退伍曾使他心生疑窦，深感痛惜。一年多的时间过去后，随着他心中疑念的涣然冰释，他清醒地看到了隐藏在人性深处的善与恶，同时又通过他自己所经历的一切看到了如同陷阱般的人际关系和由这种关系带来的命运格局。当他发现自己也跟李云涛一样，不知不觉地坠入了人际关系的怪圈时，便试图用一种平和淡定、超然物外的姿态来面对现实，以此来获得一种心灵上的解脱。

小说的结局借助类似顿悟的“显现”手法，提升了他的这种思想情感：他从一句名言里找到了一把可用来解读他人的钥匙，进而藐视那些被欲望愚弄的可怜虫——这种可怜虫在他的眼里就和那条“胸无城府、不成大器的野狗”没有什么两样。

蛇 鞭

当你无法控制你的欲望时，他人就会企图来控制它、利用它，将它变为任凭自己摆布的奴婢。因此，你要学会戒欲，学会自笞，学会如何才能不让他人这种罪恶的图谋得逞。如果蛇象征着人类的原欲，那么，形同蛇身的鞭子代表的是一种禁欲的力量和手段。早在中世纪，欧洲的一些基督徒就有在大庭广众面前举鞭自笞的仪式，这是为了让自己的灵魂在肉体的玉碎之美中得到净化和升华，让理性在阉割情欲之后得到歌颂和张扬。可这条鞭子一旦掌握在别人手里，其意义就完全不同，它会由一件禁欲的工具变成一个诱发、激活甚至创造和役使你的欲望的妖孽。当这妖孽缠上蛰伏在你躯体内的蛇并和它合而为一时，你会无法分清什么是蛇，什么是鞭，因为幻映在你心屏上的是一个似蛇非蛇、似鞭非鞭的魔影。这魔影常常戴着他人和你自己的面具出现在你的面前，不断地潜入你心灵空间的深处，嗅着你思想和情感的蛛丝马迹，以图找到最脆弱的防线攻破之。它常常以各种美妙动听的许诺和对这些许诺的期盼为诱饵，让你心甘情愿地把自己的灵与肉放到它晚宴的餐桌上……

吕倩《最后的忠告》

一

打里打外地忙碌了整整一天的吕倩,终于可以躺在床上睡上一觉了。垫在她身底下的褥子和盖在她身上的被子是冰冷的,但很快被从她身上散发出来的热量给烘暖了,仿佛寒气逼人的严冬一下子变成了融和温煦的春天。入睡前,她先把当天发生的事情在脑子里过一遍,把明天要做的事情梳理一下,然后心里不是记挂着在外地工作的丈夫,就是放不下跟她住在一起的患有偏瘫的老母,还有她肚子里的娃——这娃眼看就要将她的肚皮顶起来了,她还真不知往后的日子该怎么过。

"女人生来就命苦,除了听天由命外还能怎么着?"她望着窗外鬼蜮般摇摇晃晃的树影,自言自语地咕噜着。这树影使她想起爱伦坡的《乌鸦》和《厄舍大宅的倒塌》,使她想起哈代《还乡》中的伊登荒原和他描写的人生悲剧。

或许,她阖上两眼寻思着,横在她面前的困难是暂时的,一切都会慢慢地好起来,一切都会如人们常说的那样,"车到山前必有路,船到桥头自然直"。她记起英国的一句谚语——"守得云开见月明",觉得它和陆游"山重水复疑无路,柳暗花明又一村"意趣相通。是啊,黑暗中总该有一线光明,黑暗中一定会有一线光明,一定会有的……

想着,想着,无法抵挡的困意有如一阵阵风儿向她袭来,吹散了像落叶般堆积在她心里的苦恼与忧愁。她安安静静地平卧着,浓黑齐颈的短发好似细密的缨络散落在枕头上,从两片饱满厚实的嘴唇里飘逸出轻柔且均匀的呼噜声。她全然不觉地进入了另外一个世界。在这个被栩栩幻象装点的世界里,她先是跟一只小鸟似的,通达无碍、逍遥自在地飞翔着,直到再也飞不动了,直到从半空中跌落下来,掉进凝碧如墨的湖水之中,而后跟一只小船似的,东漂西泊,直到被一大片神秘的、白腾腾的烟雾裹住。

在如羽似絮、忽浓忽淡的烟雾里，她看见一个慈眉善目的老和尚朝她慢慢悠悠地走过来，披在他身上的袈裟散发着耀眼的珠光宝气。老和尚一边走着，一边口中念念有词道："世间所有诸花果，乃至沈檀龙麝香，如是等香非遍闻，唯有戒香为最上。"她忽然觉得这老和尚的模样有点像她早已仙逝的父亲，难道他在阴曹地府皈依了佛门？正想凑上去问个明白，老和尚已和自己擦肩而过，消失在虚无缥缈的烟海之中。

随着烟雾的渐渐散去，黎明拖着它淡紫色的长裙徜徉在晓星残月的弱光里。不多时，从它的脚下突然钻出一个行踪诡秘的黑影。这黑影忽而巴头探脑地东张西望，忽而偷眼贼神地看着吕倩。吕倩慌忙躲进一间屋子。

"嘿嘿，我总算找到你了，我的小美人，真不容易啊!"黑影也进了屋子。

"你是——"坐在梳妆台前的吕倩，一面用右手小拇指的指甲剔理着眉毛，一面打量着在镜子里晃动的黑影。她发现：他是一个洋人，身穿一件黑色的束腰紧袖的长袍。

"我是巴格诺神父。"黑影怪声怪气地回答说。

"刚才还是和尚，怎么一晃眼就成了神父?"吕倩问。

"嗬，我的小美人，你真会逗趣儿。我要是有神猴变身的绝技，早就不干传教释经这一行了。"黑影说完，仰首伸眉地呵呵大笑起来。

"既然你是神父，应该去教堂才是，来我这儿有何贵干?"吕倩霍地从凳子上站起来，面对着黑影问道。

"有何贵干？这还用问吗？打我从死神手里夺回你这条小命那天起，你就是我的了，就像肉体属于灵魂，女人属于男人一样。我想干什么就干什么，吕西小姐。"黑影怡然自得地说，边说边朝着梳妆台逼近。

“谁是吕西小姐？你弄错了吧？被你搭救的那个人叫吕西安。”吕倩说。

“叫什么？”黑影支起肥腻的耳朵，大声地问道。

“叫吕西安，是药剂师的儿子。”吕倩耐着性子镇定地回答道。

“不管是药剂师的儿子还是麻醉师的儿子，不管是你还是那个吕西安，反正都一样，都是属于我的，就连你肚子里的孩子也是属于我的。”黑影继续说，“你给我好好听着，我的小美人，从现在起，我要重新塑造你，就像雕塑家塑造维纳斯神像一样。我要让你变得富贵荣华，显赫闻达。我要像慈父般地疼爱你、管教你，使你对我言听计从，百依百顺。”

“富贵荣华能几时？”吕倩皱起眉头说，“我记得《诗篇》里有这样一句话：‘人生如泡影，一切操劳都是虚空。’你做神父的该不会不晓得吧？”

黑影没有回答，而是冷不防地向吕倩伸来两只粗大的、毛茸茸的手。

“你到底想干什么？”吕倩忿然作色地后退了几步。“难道你要学克洛德·富洛娄？”

“瞧你，都快把我说成魔鬼了！”黑影摸了一把松针般的胡须说，“其实，就算克洛德·富洛娄是魔鬼，他也有天使的一面。他虔诚、好学、怜爱弱者——就像我现在怜爱你那样。他不但精通神学，还精通法学、医学、天文学、几何学等，在教会里可算是头面人物。实话告诉你吧，我才不会把你当作埃斯梅拉达呢，我只是想重新塑造你，把你变成我的一部杰作。”

“我用不着你来塑造，因为上帝已经教会我怎样塑造自己。上帝曾对我说：‘我不想规定你呆在什么地方，成为什么样子，专门做什么事情。这些你都可以按照自己的意志去选择。’我看，你还是省点心吧，还是回到《幻灭》中去吧！”吕倩正言厉色地说。

“没想到你是个忘恩负义的人，这太叫我失望了！”黑影说罢，跟饿虎扑羊似地冲上前，将吕倩紧紧地抱住。

“你这个流氓，你这个无赖！”吕倩一边挣扎，一边声嘶力竭地喝叱道。“快松开你的手，不然的话我就咬断你的喉咙！”

就在这时候，有几只伺晨的公鸡在外面啼叫起来。黑影突然慌了神，他赶紧丢下吕倩，飞快地跑出屋子，留下的是那件黑漆漆的长袍。可奇怪的是：这长袍在房间里隐隐现现地移动着，一会儿嗤的一声变成了一条蛇，游走在灰白的墙壁上，一会儿嗖的一声变成了一根鞭子，在殷红色的地板上淅飒作响地乱舞着。

二

一阵轻轻的敲门声把吕倩从噩梦中唤醒。

“谁？”突然绷紧的心弦使她的声音变得有点抖颤。

“是我，徐伟。”从门缝里钻进一个低沉的声音。

一听是住在楼上的院长，吕倩飞快地从床上爬起。她毛毛楞楞地套上一件驼色的圆领绒线衫，绒线衫的领口和袖口因磨损而变得毛拉拉的，穿上一条褪了色的蓝灯芯绒长裤，趿着一双鞋底有点脱落的拖鞋跑去开门。那慌里慌张的神态，酷似一个刚入伍的新兵第一次遇上紧急集合。说实话，吕倩倒不是出于害怕才变得如此慌张，而是因为窗外红彤彤的太阳已经照在她的被子上了，她早就该起床了。

“徐院长，里边请。”打开房门后，吕倩不卑不亢地说。她见徐伟闪着亮光的、气度不凡的额门前稀稀拉拉地吊着几根长长的头发，被走廊里的风吹得飘来飘去的，就像破成烂布条的酒望子在光秃秃的、荒无人烟的山坡上恹恹然地来回晃悠，眉目之间不觉透露出一丝浅浅的笑意。她本想控制住自己，不让自己的笑意变得太露骨、太出格，但没能控制住，于是干脆用一句话来掩饰：“屋子还没收拾，真不好意思。”

“瞧你，跟我老同学说话还用得着这般客气？太客气反倒显得见外了不是？”徐伟用右手将额前的乱发往头顶上捋了捋，把架在鼻梁上的眼镜往上推了推，而后步态从容地走进房间。他发现吕倩的屋子确实还没收拾好，特别是那床还掀开着的被子——它远远地看过去就好似一座银装素裹的雪山，婉柔而静穆地躺在和暖的阳光下。

这间屋子位于底楼朝南的一边，面积不算小，约莫十六平米，但由于放了两张床——一张是吕倩自己睡的宽四尺半的大床，另一张是她老母睡的宽三尺的小床——，和两张桌子——一张是吃饭用的八仙桌，另一张是单门六屉的书桌——，再加上一个高大的三门衣柜和一个书橱，所以显得有些拥挤。窗户外面是两棵枝叶茂密的楝树，再往外是一排高高的用灌木做成的树篱，遮挡着人们的视线。这些树木时常被从海滩吹来的大风刮得东摇西摆的，让人感到眼晕和心烦。

躺在床上的老母听见有人进来，睁开一双疲惫无神的眼睛不经心地瞧了徐伟一眼。这使得心境宽绰的徐伟忽然变得拘谨起来。内心复杂的他没有跟这位老人打招呼，也不想跟她打招呼，因为他最不愿意看到的，就是病人和弥漫在病人眼睛里的忧郁和凄楚——这种忧郁和凄楚会像虫蚁一般啃噬着他脆弱的神经，会像一片黑压压的乌云笼罩在他的心头，久久不能散去。

“徐院长请随便坐。”吕倩关上房门后，从八仙桌底下的一个破旧的单门矮柜里拿出一只镂有半透明花纹的玻璃杯和一小包茉莉花茶。她把玻璃杯放在八仙桌上，撕开茉莉花茶的纸袋，将茶倒入杯中。

站在一旁的徐伟偏起脑瓜，眯起藏在镜片后面的眼睛，默默地看着她的每一个动作，观察着她脸部细微的表情。最后，他的目光落在她的那双手上。这双手虽然因做家务活而显得有点毛糙，但还是软绵绵、白净净的，就像两朵雪白的苹果花。他想象着这双极富魅力的手触摸在他的身体上会是一种什么样的滋味。

吕倩觉察到徐伟正在用灼热的眼神看着她的手，脸上顿时感到火辣辣的。她赶紧走到书桌的一边，从地上提起一只热水瓶，然后微微皱起眉心，低着头回到八仙桌旁。

“不好意思，这开水是昨天的。”她拔出瓶塞，准备沏茶。

“没关系，要知道茶不能用刚烧开的水沏。”徐伟不自觉地后退了半步，一展笑颜地说。

“是吗？我可是一直用沸水冲茶的。”吕倩伸了伸舌头腼腆地说。

热水注入杯中后，刻在玻璃上的清淡幽雅的花纹显得更加明晰透亮了。它们使徐伟不由得想起“拂墙花影动，疑是玉人来”的名句。说真的，他已好久没有在“玉人”身上花工夫了，心里痒滋滋的。在读研究生的时候，他曾经打过吕倩的主意，但由于吕倩一直躲着他，他也就断了这个念想。毕业后，他和比他小八岁的吕倩不约而同地来到眼下这所新建的高校工作，而且都在外语学院教外国文学，他又开始对她产生了非分之想，尽管他明明知道吕倩已经有了心上人。现在，一转眼三年过去了。在这三年里，他升迁得很快，把吕倩远远地丢在了后面。然而，越升迁得快，他的内心也就越矛盾，因为他既想利用职务上的便利和吕倩走得更近，又害怕这样做会贻人口实，坏了自己的前途。在许多场合，他不得不牢牢地拴住心头的那只骚动不安的小鹿，不得不打消惹草拈花的念头，不得不装扮成一个慎言慎行的正人君子。在和吕倩共事的这些日子里，他最担心的，是吕倩会把他读研究生时的风流韵事有意无意地说出去，从而影响他个人的威望，因此，他一直以“老同学”的姿态、“老同学”的口气和“老同学”的特殊方式跟她打交道，即便是当了院长也是如此。

“徐院长，快坐下来喝点茶。”吕倩沏好茶、放好热水瓶后，见徐伟仍旧笔杆条直地站立着，轻轻地挪动了一下八仙桌旁的一张椅子。

“好，那我就坐一会儿。”

徐伟慢慢地坐下后，将目光有意无意地投向离八仙桌不远的那张书桌。书桌上横七竖八地堆放着一些中文和外文书籍，它们有如一群怕生的孩童，神情惕然地打量着这位不速之客。

“徐院长找我，准有什么要紧的事吧？”吕倩边问边坐到徐伟的对面。

“没什么要紧的事，只是想请你帮个小忙。”徐伟语气温和地说，说罢，端起茶杯从容不迫地呷了一口茶水。他放下茶杯后，突然感叹道：“‘从来佳茗似佳人’哪！”

“徐院长可真会说话。”吕倩知道徐伟的话带有一点跟她调谑的味道，却故意装出受宠若惊的样子应酬着。她心里明白：这位心思难以揣测的老同学向来是无事不登三宝殿，而且每次请她帮忙时总要用一些虚言浮词恭维她一番。

“事情是这样的，”徐伟慢悠悠地扬起左手推了推鼻梁上的眼镜，“我最近给儿子找了个钢琴教师，可没想到他得知我是英语专业的副教授后，硬是要我给他的女儿补习‘托福’。我实在太忙，抽不出时间，于是就想到了你。”

“他女儿多大了？”吕倩一听是这事，惶惑不安的心情一下子平静了许多。

“具体岁数我不清楚，但听他讲，刚考进一所医科大学，打算毕业后出国深造。”徐伟焦灼不宁的眼珠子开始滴溜溜地转动起来。“你要是愿意给她补习的话，就开个数吧，反正——”

徐伟的话犹如一石激起千层浪，使吕倩刚刚放松的心情又变得紧张起来。这位院长也太会开玩笑了，她想，作为他的属下，谁敢随随便便地“开个数”？这不是太没头没脑，太不知趣了吗？况且，他说话常喜欢露一箍节儿，留一箍节儿，八字不见一撇，让你自个儿去琢磨，去掂量。

不过，徐伟确如他所说的那样，“抽不出时间”。工作日里，除了白天要办公、教书外，晚上他还有不少应酬；即使没有应酬，他也不会呆在家里等睡觉，而是坐在自己的办公室给一些大款人家的孩子补习英语课。一次偶然的机会使吕倩结识了其中一位名叫王淑贞的姑娘。从这位姑娘的言谈中她了解到：徐伟光给她一个人补课每小时就收取一百二十元。

“每星期补几次？每次多长时间？”吕倩心神不定地问。

“每星期两个晚上，每晚两小时。”徐伟回答道。“考虑到你要照看你母亲，所以我会让她上门来找你。”

吕倩没有表态。她心事重重地站起来，想给自己倒杯白开水，一是因为她起床后衣服穿得并不多，感觉有点冷，二是因为肚子里空空的，感觉有点饿。

“补课费么，如果你实在不好意思开个价，我就替你做主了。照我看，每小时给你三十元差不多了吧？就算——”徐伟见她沉吟不决的样子，以为她因钱的事羞口难开，于是趁她倒水之际当机立断地说。“要是没什么大问题就这样定了。下星期开始补课，具体时间我会通知你的。课本你可以到书店去选购，上我这儿报销就是了。别忘了要买两本，一本是你的，一本是给——”

徐伟的话还没讲完，突然响起了一阵急促的敲门声。吕倩赶紧放下刚拿在手里的杯子，急步匆匆地跑去开门。

“他在不在？”门打开后，她见徐伟的妻子程琪旻跟一尊蜡像似地站在过道里，眼窝内囚着一对闪烁着怒火的眼睛，这对眼睛的上面拱着两道粗拉拉的、看上去像是用黑墨画出来的眉毛。

“什么事情非要下来找我不可？我不是跟你说了一会儿我就上来？”徐伟走到吕倩的身旁，很不耐烦地对自己的妻子说，收紧的脸上现出几块难看的疙瘩。

“怎么？你能来这儿，我就不能来吗？有什么见不得人的东西要捂得那么紧?”程琪旻亮开嗓门大声大气地说,“我来是要告诉你我得去上班了,楼上的房门我还给你开着呢,真是的!”她说罢,转身欲走,可猛然间又想起了什么,于是回过头来接着说:“可别忘了你答应我的事!”

“什么事?”徐伟急火火地问。

“你是漏勺还是猪脑子?”程琪旻趁机谑嘲道,“除了买菜做饭还能有什么事?”

徐伟没再吱声,而是不自觉地翕敛了一下鼻孔。他怏怏不悦地望着妻子离去的背影,脑瓜里忽然闪过一个怪异的想法:近来她经常很晚回家,而且脾气变得愈来愈糟,该不会有了外遇?但一转念,觉得像她这样其貌不扬、性情乖戾的女人根本不可能有谁瞧得上,即使她想利用手里的职权搞小白脸,也不会有哪个小白脸会碰她那身老菜皮,自己犯不着疑神疑鬼,妄自惊扰。再说,他们夫妻间的关系本来就不怎么样,果真她做出出格的事,他就干脆跟她离了。

要说这两人的是非恩怨,那还得从文革时期谈起。当时,他俩都在本地远郊的一个军垦农场工作——这个农场离他们现在的住所大约有十来里路。比徐伟大两岁的程琪旻是 1968 年来到农场的。由于她的父亲是局级干部,她在入党后不久就被提拔为某连队的副指导员。徐伟是 1970 年进农场的,被分配到程琪旻所在的连队里。为了在政治上图谋发展,他来到农场后开始主动接近这位相貌平平的副指导员,结果不仅很快入了党,而且还当上了排长。1976 年的元旦,他跟刚提拔为营副教导员的程琪旻结了婚,当年生了一个儿子。但结婚生子后,两人的感情越来越疏远。虽然谁都不想捅破那层薄薄的窗户纸,但肚子里都搁着一本难念的经。徐伟总觉得搞政工的女人太要强、太泼辣、太男性化了,缺少女人应该具备的热情、温柔和体贴。程琪旻则认为徐伟缺少男子汉应有的大度和宽容,更缺少对自己、对儿子应有的一份责任心。文革结束后,考上了大学的徐伟曾一度萌发了打离婚的念头，但考虑到离婚可能给自己未来的人生道路带来一些不利的影响，也就作罢了。在他念大三的时候，程琪旻被上级领导派到当地的一所干校学习，学成后不久便当上了农场的副场长。由于仕途得志冲淡了家庭生活的矛盾，他俩现在都各忙各的，只是偶尔为一些鸡毛蒜皮的小事吵吵架。

“那就这样吧，我得上去了。”兜上一脸阴气的徐伟挠了挠猴腮，语调低切地对吕倩说。

吕倩待他走开后，轻轻地掩上房门。她先拿出几块饼干给老母充充饥，接着，跟糊不上墙的稀泥似地倒在自己的床上。说也怪，这会儿她一点都不觉得饿了，只是觉得有些冷。虽然褥子已被太阳晒得暖烘烘的，但她还是像掉进了冰窟里，只感到有一丝丝的凉意泼到她的身上，透进她的脊骨。没多时，她的心情渐渐变得浮躁起来。她恍觉自己变成了一片落叶，一会儿被风儿卷到半空中，一会儿被风儿刮进深沟里。她向左边翻个身，再向右边翻个身，好像浑身爬满了小虫似的。

“徐伟也太抬举你了，给你这么一个‘十年难逢金满斗’的机会。你应该高兴才是，怎么哭丧着脸，像一只泄了气的皮球?”一个黑影在窗外窥视着她，而后一闪就不见了。

吕倩觉得黑影的话不是没有道理。凡是帮徐伟做事的教师，出国的出国，晋升的晋升，没有一个被亏待的。出国的人回国后大不了送些礼品和纪念品给他，晋升的人则巧立名目地报答他的扶助，以求从他那里得到更多的实惠。真可谓“人情世故看烂熟，皎不如污恭胜傲”，人际关系走上了良性循环和发展的轨道。而“做事”的形式有多种多样：著书、编书、译书、销书、打字、家教、跑差、维修电脑……总之，在这家经营多种业务的“徐记公司”里，干活的人不求分文，只期盼着老板那个只可意会、不能言传的“回报”。老板则抓住这些人的心理，不断地“开发”出一个个新项目，让他们拼命地为自己效劳。可再仔细一想，又觉得自己毕竟跟别人不同。是啊，眼下自己已是怀了五个月身孕的女人，且家中有一老母需要她关心照顾，丈夫又在外地工作，每天光一大堆家务活就让她叫苦不迭，哪有给老板“打工”的兴致？但不给老板“打工”就等于放弃了自己的前途，活着还有什么意义呢？经过一番苦苦的思索，最后她决定硬着头皮再帮徐伟一回。毕竟去年她替徐伟翻译了一些资料，年终就荣获了学校颁发的“教书育人奖”，还拿了一千元奖金！这次帮徐伟做家教不指望什么，只指望产后一学期不排课，即使排也少排些。至于出国晋升，眼下还不是考虑的时候，待将来时机成熟后再说吧。

三

一年后的一个深夜，在月光投下的一片凉生生的幽辉中，吕倩居住的那幢教工楼显得格外的沉静，沉静得就像离海滩不远的一个人迹罕至的无名岛。在这万籁俱寂、一切景物都变得凄凄迷迷甚至淡至若无的夜里，一个人影在吕倩的楼上神神鬼鬼地晃动着，他正在谋划着一项大胆而诡秘的“工程”。没多时，从天空的西边压过来一大片厚厚的黑云，吞没了羸弱的、无力反抗的月亮。

第二天一大早，这幢沉寂了一整夜的教工楼渐渐变得热闹起来。纷杂的说话声、吧嗒吧嗒的脚步声和此伏彼起的自行车车轮的转动声几乎充塞了楼房的每一处地方、每一个角落。楼道里，一盏盏高悬的电灯没精打采地散出黄晕晕的光线，叫人提不起精神，开裂的水泥地板由于吸收了空气中的水分而变得潮乎乎的，映出歪七扭八的人影，沿墙摆放的各种杂物使行走的空间显得挤挤巴巴的，让人有一种压抑的感觉，几处墙壁因年久失修不是坑坑洼洼的就是爬满了裂痕和污迹，使人联想到在电影里看到的难民收容所。

这幢用青砖砌成的三层楼的宿舍是在大跃进那个轰轰烈烈的年

代建造的。那会儿，它是专供来海边搞打靶训练的高炮部队使用的，可以说是一处临时的营房。文革期间，部队搞“支左”运动，打靶训练曾一度中断，这里便成了一所“五七”干校的学员宿舍，里面住着一批文、教、卫系统“思想需要改造”的知识分子。后来，随着干校规模的扩大，地方政府通过协商，干脆向部队买下了这幢房子，还另外建造了几幢简易的平房。文革结束后，这些房子因一时没了用途而被空置了几年，直到政府授权当地的教育局在这“五七”干校的旧址上建一所新的大学。现在，尽管这些房子的外墙已上了一层淡灰色的涂料，但文革时用红漆刷在墙上的毛主席语录和一些大字标语仍依稀可辨。在那幢教工楼的底楼，楼梯口的一处墙面上不知是谁用钢笔哩溜歪斜地写了一些古代文人的诗词，其中有宋代张抡的《阮郎归》：“寒来暑往几时休，光阴逐水流；浮云身世两悠悠，何劳身外求。”这首词可以说是集中反映了当时在这里接受改造的知识分子于苦闷之中寻求超脱的思想情感。

这天，徐伟起得特别早。他刚用完早餐就心神不宁地从楼里走了出来，骑上一辆灰不喇唧的旧自行车，朝外语学院的办公楼飞驰而去。从云隙里漏泄下来的阳光明晃晃地打在他的脸上，使他不时地眯缝起两眼。夹杂着花草芳香的湿热的空气氤氤氲氲地在他的四周蒸腾着，安抚着他因焦虑而变得有些浮躁的心情。

几天后，担任当地高校职称评委的外语界泰斗几乎在同一时间收到了一张印刷精美、字迹端庄的请柬。也几乎在此时，外语学院的公告栏里贴出了一张“关于设立外语学院科研奖的通知”。通知上说：“凡近五年来有科研成果的教师都可以申请该奖项”，还说：“为了让这次评奖活动体现客观、公正的原则，特邀请外校的专家担任评审工作。”

通知贴出后不久，公告栏前便挤满了黑压压的人头，人们议论纷纷。

“学校的科研评奖活动不是刚结束吗？学院何必再搞一回？”

“是啊，这叫做‘屋下盖屋，床下安床’。”

“这次评奖，你还别说，自然有它特殊的意义。我看多半是用来安慰那些在学校的评奖活动中没有评上的那些人。”

“嗬，你说的有一定的道理。不过，邀请外校专家担任评审总得花钱呀！都市场经济的时代了，没钱的事儿谁愿意干？”

“这你就不用操心了，自然会有人拿我们学院的创收去打赏那些专家。”

“说的就是啊，如今手里有权的人就是不一样，想使唤谁就使唤谁，哪怕是远在西方的‘三尊’也不在话下。”

“可俗话说：‘肥水不流外人田。’我可不忍心眼睁睁地看着这几年我们辛辛苦苦替学院挣来的钱都流到外人的口袋里。依我看，还不如趁早把这些钱分了。”

“是这么个理儿，有钱就赶紧分了。指不定哪一天校方突然宣布一项新规定，不是把学院的小金库给端了，就是要学院上缴一部分创收。就算是上缴一小部分吧，要知道从学院身上拔一根毛也比你我的腰还粗呢！”

站在人群里的吕倩，一面看着公告栏里的通知，一面听着别人的议论，横卧在霍霍闪动的眸子上的两条舒展的眉毛渐渐地蹙隆了起来。她心里很清楚：这次评奖活动是徐伟导演的一出闹剧的开幕，是他评正高的序曲；他是想借鼓励外语学院的科研为名，拉拢高校职称评委，从而为他个人的晋升做好铺垫。她太了解他了。在她跟徐伟一起读硕士的时候，徐伟就经常以系研究生会副主席的身份邀请他的导师和几位资深的教授担任由他组织的各种小型演讲比赛、辩论赛的评委，然后名正言顺地给他们“发红包”，挪用的还是研究生会的活动经费。结果，功夫不负有心人，在他面临毕业论文答辩的关键时刻，他的导师和这些教授们对他的那篇完全抄袭前人、毫无创新之见的论文睁一眼闭一眼，让他轻而易举地蒙混了过去，而且在答辩时还给了他很体面的分数。毕业前不久，徐伟因玩弄了一个女大学生而成了学校的头号新闻人物，舆论一时间沸沸扬扬。校方原本打算开除他的学籍，以正校风，但在他导师的“斡旋”下，这档子风流韵事竟然不了了之。原因很简单：一是他的导师当时不仅担任外语系的系主任，而且还是校学术委员会委员，在校长那儿是说得上话的；二是向来势利的徐伟每逢过年过节都要买上一大堆贵重的礼品送他的导师。为了买这些礼品，据他自己讲，他把自己平时做家教的钱全用上了。

没过多长时间，徐伟导演的闹剧在有关各方的积极配合下演绎得十分成功。在评奖活动中，他大捞了一把，既宣传了自己，出足了风头，又得到了一笔相当可观的奖金。而那些金身大驾、怠慢不起的评委，酒足饭饱之后，只是走马看花地浏览了每本书的简介和每篇论文的摘要就每人拿了五千元的评审费。当然，这些老于世故的泰斗们，对徐伟举办这次活动的真实用意是“牛皮灯笼肚里亮”，明白得很。半年后，他们果然没有让跟他们同样老于世故的徐伟失望。他的材料到了他们的手里也成了“走马看花”的对象，评审的结果自然是不言而喻。人常说：“好事成双，好礼成对。”徐伟如拾地芥地坐上了教授的宝座之后，很快就被提拔为副校长。打那以后，“外语学院科研奖”便风流云散，寿终正寝，完成了它的历史使命。

为徐伟晋升正高立下汗马功劳的是外校的一个名叫陈耀明的人，绰号叫“陈学霸”。由于他的地位和身份比别的评委更显赫，徐伟在评奖活动结束后曾约他到城里的一家有名的餐馆吃了一顿饭，还送了他一个里面装有八千元的大红包，并且直言不讳地对他说：“我知道您陈老在外语界德高望重，人缘又好，能一呼百应。今后，我的事就请您多多关照了，需要向有关人士打招呼的时候就有劳您了。”心知肚明的陈耀明当然是满口答应。他笑着对徐伟说：“像你们这样的处级干部，评正高应该是不成问题的。就拿我的学校来说吧，从人事处到科研处，从教务处到学生处，正副处长都是正高。各学院的正副院长也一样。要不，人们怎么会削尖了脑瓜子往官场里挤呢?”徐伟听后，虽然感到有些不自在，但还是强作欢颜地频频点头道:“那是，那是。陈老的话真是把准了社会的脉象，看破了世人的心态啊!”

陈耀明已是五十冒尖的人了。他说起话来带有很浓的北方腔，尤其是后鼻音特别重，而且还喜欢用一些土里土气的俗谚。他的相貌非常的别致:滚圆肥满的脑瓜上长着两只蒲扇似的招风耳，远看酷像两只守在衙门口的令人望而生畏的石狮子;紫铜色的脸膛中央是一只长长的鹬鸟嘴似的鼻子，仿佛要叼住什么似的;一双浮光忽动的眼睛里好像深埋着某种不可捉摸的东西。他那具粗短且笨重的身躯，沉甸甸地驮着一大筐世俗的头衔，仿佛有了这些头衔就能无可非议地成为众人眼里高不可攀的大师级人物，成为他们顶礼膜拜的泰斗中的泰斗。他每举办一次学术活动，都能请到当地的头面人物给他捧场，还能调动几家媒体为他作秀。

为了报答这位外语界的重量级人物，徐伟打算以引进人才的方式把他从外校调入自己的学校，并用公款为他购置一套位于省城中心地带的豪宅。他给陈耀明写了一封信，信中先是表白自己的一片感恩戴德之情，什么“再造之恩，没齿难忘”呀，什么“衔环结草，生死不负”呀云云，紧接着，便将自己的打算和盘托出。而陈耀明这人素来是得陇望蜀，这山看见那山高，岂有不动心、不另攀高禄之理?在原单位刚搬进专家高级公寓的他，竟然在接信后不到一个月的时间里，办好了辞职的一切手续，投奔这位深谙人情世故的徐伟。

陈耀明来到新单位还没过一年，就从省里捧回“优秀教育工作者”、“劳动模范”、“杰出英才”等光荣称号，很快成了学校里名噪一时、尽人皆知的大红人，而且所到之处，莫不倾动加礼，莺啼燕语，蝶乱蜂忙，就连地上的蚂蚁也肃然起敬地向他行注目礼。

俗话说:“树大招风风撼树。”陈耀明拿了豪宅之后,已经有不少人在背后嘀嘀咕咕,现在再拿这个称号、那个称号的,更是让人疑云难消,百思不得其解。他很快成了众人下酒的“一道菜”,成了茶余饭后的解闷话题。当然,在这些聒聒不休的说咸道淡中,不免夹杂着妒忌、怨恨和无奈,也夹杂着对徐伟的看法。有一天,这些背地里的议论终于像插上了翅膀似地飞到了徐伟的耳朵里。讳莫如深的他只觉得它们如芒在背,如刺在喉。他殚思竭虑地琢磨了大半天后,决定连夜求见陈耀明,商讨应对之策。

四

次日早晨,一阵瓢泼大雨将校园里的树木冲刷得绿喷喷、鲜嫩嫩的,空气一下子变得清新了许多,浓云密布的天空渐渐绽出一丝丝阳光。没过一会儿,随着乌云的散去,暖融融的太阳拖着一片如烟的湿雾袒露出整张脸来。

或许是由于刚被雨水净化的空气给人送来了一种爽快之感,或许是由于昨晚和陈耀明的密谈取得了实质性的成果,曾一时心烦意乱、情绪低落的徐伟似乎又找回了自己悠然自得的良好感觉,在跟别人一起走进办公大楼的时候,谈笑风生,满面生辉。

“你帮我查一查,看看吕倩今天上午有没有课。”他先来到二楼的教务科,对一位曾在外语学院当过辅导员的女教师说。“要是没课,就麻烦你把她找来,跟她说我在办公室等她。”

“行,我马上查。”女教师下意识地撩了撩镶着花边的长裙,神态自若地坐到自己的那张摆放着电脑的办公桌前。

这位女教师名叫钱韵玲,现年二十六岁,还没结婚,也没谈过恋爱。她瞧上去温文尔雅,纯朴大方,就像一块天然的、未经雕琢的玉石。她是在吕倩怀上孩子的那一年留校的,据说还是徐伟保的荐。

吕倩曾教过她，而且还担任过她毕业论文的指导老师。由于吕倩和她在性格上很投合，关系也特别好，所以自打留校后她常常到吕倩家帮着做些家务。吕倩则把她当作自己的妹妹，还特意给她配了一把房门的钥匙。

徐伟没等钱韵玲查出个结果就掉转身子朝自己的办公室走去。他的办公室位于三楼靠西的尽头，对门是纪委的办公室。他一边走一边在脑瓜里回放着钱韵玲的谈吐和她的姿色：她说话时饱满的嘴唇开合有度，裸露出几颗齐整的瓷器般亮白的牙齿；她端庄的脸蛋上忽闪着一对清水般明澈的眼睛，上面颇有神韵地平展着两叶修长的眉毛；她浓黑的长发有如一挂小瀑布，从头顶一直垂至腰际；她撩裙子时，那扭腰摆肢的动作轻盈如燕——在裙子被提起的一刹那，坠入他眼帘的是雪白匀称得有点让他心荡神移的美腿。他想起《丽人行》中的"态浓意远淑且真，肌理细腻骨肉匀"，想起英国维多利亚时代衣服一直裹到颈部、撑裙遮住腿脚的"铃状"女人，还想起劳伦斯在《查特莱夫人的情人》中描写守林人梅勒斯和爵士夫人康妮缠绵亲昵的那几段经典文字。

他不知不觉地打开了自己的办公室的房门，而后步态飘摇地走了进去，脑瓜里还残留着一些跟女人有关的画面。虚掩上房门后，他走到窗台前，驻足看了一会儿窗外的景色，随即坐到摆放在写字台中央的电脑前，准备玩一把网上围棋。

自从他当上了副校长，工作和生活条件都发生了令人咋舌的变化，心情也比以前宽松清闲了许多。他已从简陋拥挤的教工楼迁居到风景优雅的"海滨新村"，而且学校还配给他一辆公车。工作日的大部分时间他都呆在自己的办公室里，不是装模作样地看一些文件，就是上网了解股市行情，再就是下下围棋，久而久之，他就像一只在洞穴里呆惯的螃蟹懒得出去走动。

他正聚精会神地玩着，忽听有人在敲门，于是赶紧关闭围棋的窗口，跟卷过水面的疾风似地一下子奔到房门前。门打开后，他见是吕倩，便笑容可掬地说：“你好，里边请。”

吕倩应了一声后朝里边径直走去，一面走一面耷拉着脑瓜瞅着蜡光闪闪的地板，仿佛生怕一不留神会刺溜一下滑倒似的。到了窗前，她慢慢地抬起头来，顺着微微飐动的睫毛向窗外的一块草坪望过去。她见草坪的一边长着一簇簇紫白相间的野花，有几只可爱的蝴蝶在这恬淡如烟的花丛中轻悠悠地飞舞着。她多么渴望能变成一只蝴蝶，多么向往没有涟漪也没有波澜的有如一潭静水般的生活。

徐伟把门关上后，走到她的身旁，见她心驰神往地看着窗外的景色，不好意思搅乱她的心境。陪着她默立了片时后，他似乎也被窗外的美景感染了：“真是蝶意莺情春色浓啊！”

“没想到您还有作诗的天赋。”吕倩嫣然一笑道。

“哪里，哪里，只是信口一说，一得之愚，让你见笑了。”徐伟说罢，摆过身子指了指靠墙的一张气派十足的三人沙发，示意吕倩坐下。

吕倩坐上去后，只觉得全身像散了架似地酥软了下来。说实话，坐惯了木椅的她还真不太习惯坐这种从意大利进口的豪华型沙发呢。

沙发的左边是那张放着电脑的、表面犹如大理石一般光亮的写字台，写字台和窗户之间是一只带扶手和软靠背的转椅；沙发的右边摆着一只彩陶花盆，里面种着一棵叶子略有些焦黄的铁树。沙发对面的墙上挂着一幅梵·高《夜间咖啡馆》的临摹画，给整个房间增添了一种凌乱和浮躁的气氛；画的下面是一只仿红木茶几，两边各摆放着一张藤椅。

“近来你母亲可好？”坐到一张藤椅上的徐伟语气亲切地问。

“还是那样。”吕倩不假思索地答道。

“对了，我这儿有龙井茶，你要不要来一杯？”徐伟将身子侧向右边的一只带茶柜的净水器。

"不用了,您知道我从不喝茶。"吕倩浅浅地一笑。"我家里的茶只是用来招待客人的。"

"不喝也罢,以后有机会我请你吃饭。"徐伟把身子往椅背上一靠。"我搬迁后也没请你到我的新居来做客,主要是怕——"他说到一半,突然更换了话题:"不过,我倒是有个想法,就是不知你意下如何。"

"什么想法?"吕倩急切地问。

"我想让全校师生给你母亲捐点钱,或者让学校工会给你发放一笔数额较大的补助金。"徐伟边说边目光闪烁地看着吕倩的手。

"您的好意我心领了。"吕倩坦率地说,"不过,我再怎么不济也没到需要别人救助的份上。"

"你看你,还是跟从前一样。让我怎么说你才好呢?"徐伟挠了挠脑瓜说,"要不这样,如果你实在不需要物质上的帮助,那我就给你一点精神上的激励。"

"精神上的激励?"吕倩心里边忽然打起了鼓。她将靠在沙发背上的身体朝前挪了挪,挺直起腰杆,两眼流露出疑惑的神色。

"是啊。"徐伟用一种爱怜而又诡秘的眼神盯着吕倩的脸。"你猜猜看,我会给你一个什么样的惊喜?"

"我哪知道您宰相肚子里撑的是什么船?"吕倩垂下眼帘轻声地说。

"你还别说,这宰相的肚子里还真能撑出大船来呢!"徐伟接过吕倩的话说,"你呀,什么都好,就是太书生气了,太缺少宰相的谋略了。要知道太书生气在社会上可行不通啊!你看我,在读研究生的时候成绩不如你,但社会活动能力却比你强。那些个教授就像我棋盘上的几颗子,我让他们朝东他们就朝东,我让他们朝西他们就朝西。现在,我都评上了正高,可你——"

吕倩低垂着头,一言不发地端坐着。她想:你徐伟不循正道,纵得升迁何荣也？有什么可以吹嘘的？常言道“黑心人倒有好马骑”，这话看来不假，但黑心人骑再好的马毕竟还是黑心人，改变不了“黑”的本质。她没料到，她的这位向来深藏不露、说话喜欢蒙头盖面的老同学，平步青云地升迁后会变得口无遮拦、得意忘形。

“我总算一帆风顺地过来了。”徐伟的脸上浮现出一派踌躇满志的神气。“看看身后的脚印，它们无不在向我揭示一个真理，那就是：若想出人头地，光靠书本上的那点知识是远远不够的，还要靠谋略，靠包装，靠自己推销自己。当年，劳伦斯若不到意大利去推销自己，恐怕时至今日也没人知晓他的《查特莱夫人的情人》。梅勒斯若不善于推销自己，又怎能征服爵士夫人康妮，将她占为己有呢？”

吕倩万万没想到，坐在她对面的这位研究劳伦斯的“专家”竟然这等有悟性，这等会活学活用，真是“神而明之，存乎其人”，劳伦斯居然成了他生活的导师！这位举世闻名的英国大作家如果能从坟茔里爬出来，听一听他的这位“弟子”的高谈阔论，一定会瞠目结舌，喟然长叹！

“好了，现在也该跟你谈正事了。”徐伟绕山绕水地说了一通后，终于言归正传。“其实，我说的‘精神上的激励’就是推荐你攻读博士学位。”

“攻读博士学位？”吕倩抬眼愣呆呆地看着他，仿佛怀疑自己听错了。

“没错。”徐伟笑着说，“这么跟你讲吧，自打陈耀明调入我校后，他一直在物色培养对象。虽说要想出人头地靠的是自我包装和自我推销，但话又说回来了，马行千里无人不能自往，没有贵人的赏识和栽培，你就算是荆山美玉也恐怕跟荒野里的劣石没多少差别。”

“您不会在逗我玩吧？”吕倩说，“最近陈耀明不是老说自己身体不好，要去外地疗养吗？再有，他既然辞去了原单位的工作，怎么还在那儿招博士呢？”

“去外地疗养那只是说说罢了。我看他身体并无大碍，棒实得就如一只北极熊，我们两个人捆在一起恐怕也对付不了。”徐伟笑道，“至于招博士么，只要他的博士点还在，他就得招下去。”

“可我从未提出过申请呀！您怎么会看中我？难道您忘了我一家老小都需要我一个人照顾？”吕倩觉得事情发生得很兀突，一点心理准备也没有。

“你的困难我和陈耀明都考虑过了。他是个通情达理的人。我想，到时候他一定会通融你的。俗话说：‘不看僧面看佛面。’我徐伟这张脸面薄，你可以不当回事，但你总不能让他这么一个身价不菲的大人物失望吧？再说，陈耀明来我们学校是瞧得起我们，是想为我们学校做贡献，我作为校长总不能不鼓励他呀！”徐伟边说边从藤椅上站起来，表情显得有点激动。“可现在有些人倒好，吃饱了没事干净在背后瞎嚼舌头，也不怕烂眼边子烂嘴。一瞧见别人拿这拿那的，心里就酸溜溜的不是个味儿，就跟乌眼鸡见了白米似地盯着人家不放，也不睁大眼睛看看自己是哪棵葱！你若是有能耐，你就带一个博士让我看看！”

“可陈耀明的博士点在城里，离我们这儿实在太远了，光坐车跑一个单程少说也得花两个小时。”心乱如麻的吕倩差点儿要哭了。她突然感到胸口像塞进了什么东西似的堵得慌，浑身都因这东西而变得重如鼎镬。

“不是我说你，看来你这一介书生的脑瓜就是不会转轴拨弦，就是赶不上趟。”徐伟说，“其实，除非万不得已，你根本就用不着进城念书。你想一想，陈耀明每星期至少有三天要来这儿上课、开会，你盯紧他就是了，边工作边学习就是了。万一你在那边遇上什么麻烦，就设法让他出面替你说情。我看，你就别再犹豫了。等你拿到了博士学位，我破格提拔你，让你做学科带头人，让你到美国去当访问学者。你这后辈子可大有奔头儿了！这叫做‘牵长线放远鹞儿’。”徐伟说罢，滞板僵硬的面孔总算挤出了一丝笑纹。他步态悠缓地走到窗台前，仰起头惬望着广漠的天空，仿佛那里有一只纸鹞在随风飘荡着。望着，望着，他的两道目光恍若罩上了一层雾绡，变得迷迷蒙蒙。

面对徐伟的哄劝，吕倩耷拉着脑袋一气不吭。这些个年头，她总觉得自己不是被别人牵着走，就是变成了别人手里的一张牌，甚至觉得自己好像成了钢筋混凝土中的一块碎石，被牢固的水泥和钢骨裹住、凝住、压住，动弹不得。她开始腻烦和害怕徐伟了，因为他老是跟天马行空似地独往独来，想干什么就干什么，想使唤谁就使唤谁，让她生活在重重压力之下，生活在恐慌的阴影之中。她想起《秋天的马拉松》里为生活而疲于奔命的布兹欧金，在布兹欧金的身上，她似乎看到了自己的影子。她记起释迦牟尼的一句名言："要以自己作为心中的明灯，要依靠自己，坚持自己心中的真理，使它成为唯一的明灯。"可这盏明灯现在又在哪里呢？

五

陈耀明果然是个通彻人情、达于事理的人。他东拉西扯、敷衍了事地跟吕倩谈了一次话，不久就让她顺顺当当地通过了博士生入学考试。由于导师心中早已有了合适的人选，在外人看来显得十分庄严隆重的考试，实际上只是形同虚设、摆摆样子罢了。考试科目中的"翻译"由"中译英"和"英译中"两部分组成。"中译英"要求考生把《三国演义》里"周瑜打黄盖"的一段文字翻译成英语，"英译中"要求把海明威的小小说《桥边老人》翻译成中文。"周瑜打黄盖"的故事人们早已耳熟能详，但吕倩却在翻译的过程中读解出新的意蕴。她发现该故事隐含着现实生活中普遍存在的"施虐与受虐"的心理倾向。就拿徐伟来说，他就是一个地地道道的周瑜式的施虐者，而且还是个善于乔装打扮自己的施虐者，而她自己就是黄盖的翻版，一个任凭施虐者随意摆布的对象。她即便不愿意“挨打”也得“挨打”；尤其是当他人的利益跟单位的利益扯在一起时，她必须“让渡”自己个人的利益。《桥边老人》也同样唤起了她心灵上的共鸣。《桥边老人》讲述的事件发生在西班牙内战时期。一个复活节的清晨，法西斯军队正朝着位于西班牙北部的埃布罗河开进，在敌人猛烈的炮火中，一位年逾古稀的老人因惦记着家里的一只猫、两头山羊和八只鸽子而呆在桥边迟迟不肯过桥逃生。这位老人的处境和他的内心冲突使她回想起自己也曾经历过的进退维谷、难以抉择的尴尬场面。考试科目中还有“文学评论”和“英语作文”等，但由于吕倩主观上不是很想读博士，所以她事先没花多少时间去复习，一切都顺其自然、听天由命。

而老谋深算的陈耀明心里则兜着他自己的一番算计。他之所以答应徐伟提出的建议，愿为吕倩考自己的博士生提供方便，一是考虑到这样做可以让那些在他背后说三道四的人看看，他陈耀明绝不是他们所想象的无功受禄之辈——在这一点上，他跟徐伟倒是想到一块去了——，二是考虑到作为举荐人的徐伟毕竟是位高权重的副校长，自己往后在各方面还得靠他多多照应，大树底下好乘凉，三是考虑到有一定业务水准的吕倩在攻读博士学位期间可以帮他做些课题，承担些项目。这种一箭三雕、有益无弊的事情，他何乐不为？再说，将来吕倩拿到博士学位后，在职称和职务上都很可能得到较快的升迁，他在新单位就可以组建起一个属于自己的圈子，不必像现在这样，做什么事情都得考虑别人会怎么想，会怎么看自己。

“小吕，昨天下午开会时我怎么没见你的人影？”一个星期三的上午，他正独自一人在校园里溜达，见吕倩拿着课本朝教学楼匆匆赶去，便叫住了她。

“我去请大夫给我妈看病来着。”吕倩神色拘谨地回答道。“我事先可是请过假的。”

“哦，是这样，我说呢。”陈耀明说。“对了，你待会儿可否来我办公室一趟？我想跟你谈点事儿。”

“行，陈教授。”吕倩一口答应道。

“那好，就这样。”陈耀明的脸上浮起淡淡的笑意。“我的办公室在新建的图书馆六楼。”

“知道了。”吕倩说罢，继续往教学楼赶去，一边赶一边心里暗暗嘀咕着：过去找他说事儿的是徐伟，现在又多了一个陈耀明，不知他会不会跟徐伟一样，老是没完没了地纠缠她。说句心里话，她早已害怕别人跟她“说事儿”了，因为“说事儿”就意味着要打破她平静的心态，剥夺她的自由，使她完全按照别人的意志去行动。

下课后，她怀着杌陧不安的心情来到明光瓦亮的新建的图书馆，乘电梯上了六楼。由于六楼是藏书楼，一般情况下不对外开放，所以四周静幽幽的，静得让她觉得仿佛来到了一个荒凉的山谷——只有电梯开门关门时发出的声音偶尔振动一下有些沉闷的空气，但这声音反而更加衬托出四周的寂静。

陈耀明的办公室在电梯的东侧，里面的摆设跟徐伟的办公室差不多，就是少了一盆铁树和一幅西洋画。尽管少了这两件东西使整个房间显得有点呆板，但却使房内不事张显的、肃森森的气氛跟整个楼面死气沉沉的基调相匹配。这间办公室原本是给图书馆馆长用的，但图书馆落成后老馆长退休了，新馆长的人选又一时定不下来，于是校方临时决定让陈耀明先用起来再说。这对于来到新单位后不愿多见生面孔的陈耀明来讲，是再称心合意不过的了。

吕倩很快找到了陈耀明的办公室。她见办公室的门敞开着，陈耀明正悠闲自在地坐在一张三人沙发上看报纸，从他嘴里吐出来的烟雾先是在他拧出些许细纹的鼻梁上滚动着，然后慢慢地升到他的头顶上，向四处飘散。

“陈教授。”她在门口站立了一会儿后，彬彬有礼地招呼了一声。

“哦，你来啦，请进吧。”陈耀明随即放下手里的报纸，摘下架在鼻梁上的老花眼镜。他待吕倩进屋后，指了指沙发对面的一张藤椅："你就坐在这边吧。"

吕倩坐下后，忽觉怀里像揣了个乱跳的兔子。她不敢抬眼正视陈耀明的那双眼睛，仿佛这双眼睛会把她的内心世界照得透亮，叫她藏不住她想隐藏的东西。

"录取通知书拿到了吗?"陈耀明把眼睛眯成一条细缝，笑微微地问。

"拿到了。"吕倩的嘴角轻轻地一动，勉强地绽出一丝笑容。

"拿到就好。这可是你一生中新的起点呀!"陈耀明说。

"晚辈不才，全拜您陈教授所赐。"吕倩眉头一跳，言不由衷地应酬道。

"嗳，看你把话儿都扯到哪里去了。"陈耀明说罢，深吸了一口烟。

"本来就是嘛!"吕倩直率地说，"用徐校长的话讲，就是'马行千里无人不能自往'。况且，要没他挑门帘儿，我就是想见也见不到金身大佛啊!"

"罢了，罢了，此话到此打住。"陈耀明对着搁在写字台一角的烟灰缸掸了一下烟灰，然后用一种奇怪的目光望着吕倩的那张透着红晕的脸。他恍惚觉得这张脸在向他暗示着什么或印证着什么，可一时半会又拿捏不准。"我知道你是个明白人，但你的那些个谦卑之词只能关起门来说说，到了外头嘴上可要找个把门的，不然的话会整出些是非来。常言道：'说者无意，听者有心。'"

"谢谢陈教授的提醒，我一定把嘴闭严了。"吕倩说。

"其实嘛，我就是一普通的教书匠，只不过比你早出生，多读了几年书。你如果到了我这岁数，兴许比'金身大佛'更厉害。"这会儿，陈耀明才拿准了刚才在他心头飘忽的东西：这位说话直来直去而且瞧上去有点强头别脑的吕倩，心理还不是很成熟，还有点自卑。"好了，咱们就别再跟车轱辘似地倒来倒去的。我请你来是想告诉你：攻读博士学位固然是件好事儿，但要知道读博士跟读硕士可大不一样啊。”

“怎么不一样?”吕倩把眼睛睁得圆圆的。

“读博士主要以自主学习为主，而自主学习的方式之一是做课题。也就是说，导师通过让自己的学生做课题，使他们积累起科研的经验，为他们未来的发展铺平道路。”陈耀明解释说。

“那我该做些什么课题呢?”吕倩神色凝峻地看着陈耀明。

“不瞒你说，这些书都是专门为你做课题准备的。”陈耀明指了指搁在写字台底下的一大捆旧书说。“你把它们带回去，好好筛选一下，然后编写成一套读本。出版社可是冲着我的名气找我的，可我实在是太忙了，眼下就是把自己劈成八瓣儿来使唤恐怕也不顶事儿。所以，我就想到了你，让你来帮我打个初稿。”

“陈教授太高看我了。”吕倩苦笑道。

“当然喽，尽管书只能署我的名，但我会分你一部分稿酬，并且把你为我所做的一切都折算成我掌握的学位课程的学分。至于其他的专业课和公共课，我会设法跟有关的老师沟通，让他们照顾你一下，他们绝不会驳我陈某人的面子。不过，现在的世道可没有吃烧饼不赔唾沫的事情，俗话说：‘捉鹌鹑还要个谷穗儿’呢!”陈耀明说。

“这个我懂，陈教授就尽管放心吧!”内心烦乱的吕倩极力做出一副泰然自定的样子。她不想在庸俗的话碴儿上绕圈子，于是岔开话题问道：“除了做课题，我还要做些什么?”

“按目前研究生院的规定，博士生若想拿到学位证书必须在读书期间发表三篇论文，这三篇论文里至少有两篇必须刊登在国家核心期刊上，再就是撰写学位论文了。”陈耀明说完，斜觑了一下身边的报纸和放在报纸上的老花眼镜，而后若有所思地埋头抽他的烟。

“没想到读博士要做那么多的事。”面临如此大的压力，吕倩不觉流露出为难的神色。她突然感到心口被一阵阵隐隐的疼痛牵动着，两只手像掉进水里的海绵似的湿漉漉的，全身犹如塌方的土塬一下子瘫软了下来。

“其实，这点活儿不算个啥。人常说‘人生难得几回搏’，你既然考上了博士生，就得拿出一点‘搏’的精神才对，哪能像马寡妇开店，不着风和雨？”陈耀明边说边对着烟灰缸剔了一下烟灰。“我知道你又抱窝又打鸣儿的，困难确实不少。但自古瓜儿苦后甜，不受苦中苦，难做人上人哪！就拿我自个儿来说吧，也是从最苦、最累、最不起眼的小事干起的，先是给自己的导师打杂儿，然后一点一点地撑出自己的一片天地。我想，只要咬咬牙，这天底下就没有上不去的崖，过不了的坎。攻读博士是关系到你个人的前途和命运。这里头的重要意义想必我不说你也明白。实话告诉你吧，自打外语学院张贴出公告，动员中青年教师攻读博士学位，有一阵子几乎天天都有人报名，都有人找我。可现求佛现烧香的管什么屁用？你呀，是得来全不费工夫哟。”

“这样做——”吕倩口将言而嗫嚅。

“这样做怎么啦？”陈耀明见吕倩说话半吞半吐的样子，两眼直瞪瞪地看着她。

“这样做有点不太合适吧？”吕倩怯声怯气地说。

“有啥不合适的？”陈耀明的语气顿然变得严肃起来。

“我是说，这样做对那些正儿八经想读博士的人来讲太不公平了。”吕倩解释道。“况且，大家都知道您陈教授是徐伟引进的，而徐伟又跟我是同学，我是怕别人在咱们的背后说闲话。”

“要说闲话就让他们去说呗。要知道坛口好封，人口难捂，凤凰上了梧桐树自有旁人说短长。咱顾不了那么多。”陈耀明说完，起身将手里的烟蒂丢到烟灰缸里，然后沉默不言地站在写字台的一边。

吕倩见他僵着脸似看非看地瞅着窗外，心里头一急："对不起，陈教授，我只是随便说说。"她后悔自己说话没有拿捏准分寸。

陈耀明听后，又不觉打开了话匣子："你呀，做人也太耿直、太实在了。如果社会上的人都跟你一样，我陈某就用不着多长一个心眼了，日子也过得比现在要轻松得多了。难怪徐校长跟我讲，你为人老实，平时不爱多说话，一旦说起来就跟头熊瞎子似的，舌头舔舔你也带刺的。不过，我还是想劝你一句，千万别背上思想包袱，不要老是惦记着别人会咋看咋说。兴许那些爱嚼舌根的人，他们的素质比你我想象的还要差。如果让他们处在咱们的位置上，做出的事儿没准比咱们想象的还要糟。人常言，是你的就是你的，不是你的你就是踏破鞋、跑断腿也得不到，即便揣在怀里也捂不住。何必争得面红耳赤、鼻塌嘴歪的？老子说得好：'唯不争，故天下莫能与之争。'这么简单的道理都不懂，不是凡俗浅陋之辈又是什么？"

陈耀明都把话儿讲到这份上了，而且还是语重心长的"劝导"，吕倩还有什么可说的呢？她轻轻地吧嗒了一下嘴唇，一声也不言语了。她觉得自己已完完全全地变成了易卜生《培尔·金特》一剧中的主人公——这位主人公尽管极力想寻找自己真正的自我和自体感，但最终却发现自己就像一只洋葱一样，能够被一层层剥开而找不到核心。难道好恶作剧的命运在跟她开一个"黑色"的玩笑？难道她真的成了巴格诺神父手中的吕西安？成了弗洛姆所描述的那种"受虐狂"？这种"受虐狂"在共生的人与人之间的关系中，不仅失掉了自主自立，变为别人的一部分，而且还不停地做出各种新的妥协和牺牲来满足别人对自己的统治和剥夺。她仿佛看见自己跟一根木头似地呆立在一把斧子的面前，只待它将自己劈成两半。而这把斧子是在什么时候开始渐渐地靠近她的呢？难道是在她替徐伟翻译资料或帮他做家教的那会儿？不管怎么说，她想，她目前的处境绝非偶然，肯定是在以前的某个或某几个环节上出了差错。

六

吕倩读博士还不满一年，老母的病情突然每况愈下，不久，她干脆让老母住进了县中心医院。为了替母亲支付昂贵的医疗费，吕倩不得不在学校附近的一所民办夜校里担任些英语辅导课，不得不省吃俭用。丈夫给她的钱她只用于孩子的开销，剩下的就为孩子攒着。除了老母的病情外，更让她内心纷扰且不安的是陈耀明一见到她就问："课题做得咋样？可否把已做好的先拿来看看？"她真有些招架不住了。

一天晚上，她在给夜校生上课时，突然感到胸口一堵，两腿好像被掏空一般虚飘飘的，不一会儿，她只觉天旋地转，眼睛里直冒金星。她倒下了，倒在黑板和讲台之间的洒满粉笔灰的水泥地上，一张苦弱而无血色的脸在日光灯的照射下显得格外的苍白，苍白得就如同供画素描用的石膏像。当她艰难地睁开两眼时，发现自己正躺在一个陌生的房间里，周围有几张枯瘁的面孔向她投来呆滞僵冷的目光。

"这是什么地方？我在什么地方？这一定是个梦，我一定是在做梦！"她哆嗦着嘴唇嘟哝着，只感到一阵伴有一点儿恶心的头晕目眩。

"你呀，看来是不撞南墙不回头，不见棺材不落泪啊！"一个熟悉的声音忽然在她的头顶上盘旋着。"中国不是有句谚语，说人都是'吃了五谷想六谷，做了皇帝想登仙'吗？岂不知世上的一切都是过眼云烟，虚若浮舟？《圣经》早就阐明了'万物皆虚幻'的道理。像你这样的聪明人看似明白，其实并没有悟尽其道、参尽其玄啊！我记得《圣经》上还说：'挖陷坑的，自己必掉在其中；拆墙垣的，必为蛇所咬。'这和你们中国人所说的'不骑马不摔跤，不打水不掉筲'的道理是一样的……"

不知那个"巴格诺神父"何时学会了神猴的变身术，成了一位心理医生，而且还是一位儒雅通脱、束修至行的心理医生。吕倩还没听他说完，又迷迷糊糊地昏睡起来。在睡梦里，她隐隐约约地听到有人在念陶渊明《归去来兮辞》里的“既自以心为形役，奚惆怅而独悲”，恍惚看到散落在原野上的小屋、躺在山脚下的溪流、款款飞翔的蝴蝶、紧锁灌木的孱雾、捂在岩石下的小草……她游走在诡幻可怖的森林之中，一条条大大小小的、吐着火焰般舌头的蛇时隐时现地在她的周围爬动着。“来人哪，快来人！”从她的胸骨之间迸出一声怪叫，这叫声在森林的上空回荡着，吓得栖息在树枝上的鸟儿扑拉着翅膀向四处飞散。她没命地狂奔起来，上牙磨着下牙，胸腔里的心脏就像一条在网里扑腾的鱼咚咚咚地乱跳。奔跑了一阵后，她突然跌倒在地，只见一条蛇唰溜溜地爬到她的身上……

“姐，你怎么了？”刚坐到她床边的钱韵玲，见她抖动着嘴唇惨叫了一声，急忙问。自从吕倩生了孩子，她俩干脆以姐妹相称。

吕倩听到有人在跟她说话，便睁开了两眼。她见自己的左侧有一个人影，这人影起先是模糊的，但随着她神志慢慢地恢复渐渐变得清晰起来。“妹子，你怎么来了？现在几点了？”她轻启着嘴唇弱声细气地问。

“你病了，我是来看你的呀！”钱韵玲说。

“我好好的，怎么一下子就病了呢？”吕倩疑惑地问。她起先以为自己听错了，甚至以为自己还在做梦，但环顾了一下四周，终于意识到自己是躺在医院里的病床上。

“人常说，病来如山倒。可不，你昨晚去上课之前还好好的，上课时就突然晕倒了。”钱韵玲说罢，两眼似被一层水雾给蒙住了。

“不，我没病，我要回去。”吕倩边说边挣扎着坐起来。“我躺在这儿，我的孩子怎么办？我的母亲怎么办？”

“你的母亲就住在这所医院里。”钱韵玲安慰她说，“我刚进这病房时，见你还没醒，于是就跑到她那儿去看她。听医生说，她的病情好多了。”

“那我的儿子呢？我儿子谁来管？”吕倩急得愁眉紧锁，满面忧容。

“有我管着呢！”钱韵玲说，“昨晚你走后，我按照你的吩咐，一直在你那儿陪着你的儿子，他玩他的玩具，我看我的书。到了十点，我还不见你回来，就让他先上床歇着，可没想到他一上床就闹着要妈妈，于是我就睡在他的身旁，给他讲《西游记》里的故事，他听着听着也就呼呼地睡着了。过了一会儿，徐伟跑来告诉我你晕倒了，已被送进了县中心医院，我的心一下子凉了半截。我本想立即来看你，但考虑到你儿子，也就——”

“你别说了，我感谢你都来不及呢！”吕倩干咳了一声后说，“万一我一时半会出不了医院，我儿子的事还得有劳你操心呢！”

“你就别跟我客气了。”钱韵玲微笑道，“再说，和他在一起我也觉得挺开心的。在来医院的路上，我一直琢磨着：做母亲虽然很辛苦，但听着孩子叫妈妈，看着孩子一点一点地长大成人，真有一种说不出的幸福。”

“那你就赶紧嫁人生一个呗。”吕倩边说边调整了一下姿势。“如果你生的是闺女，就让她长大后嫁给我儿子，这样咱们可就成亲家了。”

“这我同意。”钱韵玲说，“不过，我现在还不想嫁人，想跟你一样，先读硕士，再读博士。”

“读研究生当然很好，总比稀里糊涂地大把大把地挥霍青春强。可现在不少人并不是把读书看作求善求真的途径，而是把它当作谋取个人利益的手段，这样一来便亵渎了知识。甚至还有人——算了，我还懒得提。”吕倩慢声慢调地说。这会儿她倒是很想向钱韵玲倾诉自己的心曲和困惑，但又觉得难以启齿，于是干脆把话题转到徐伟身上：“哦，对了，你刚才说昨晚徐伟来过？”

“是啊，看来你们毕竟是同学，而且还做过邻居，交情不浅哪。”钱韵玲笑着说,“不过,我有句话不知该不该讲。”

“什么话?”吕倩问。

“他这人鬼得很,平时很注意我,而且一瞧见我眼神总变得诡诡异异的,好像要把我生生地吸到他的眼球里去似的。他该不会是为了哪个啥才让我留校的吧?”

“为了啥?”吕倩接过话头笑着说,“难道他还能把你捏成饺子煮了,吃了?或者把你培养为他的外宠?”

“看你说的,我——”钱韵玲的脸蛋腾地一红。“我只是随口一说,你可千万不能告诉他呀!”

“我偏要告诉他,跟他说我妹子不想和你那个啥,你就别做你的骡子梦了!”吕倩开玩笑地说。

“你真坏!”钱韵玲被吕倩说得急了眼。她正要伸手去打吕倩,只见吕倩的丈夫姜冬麟一溜小跑似地走了进来。

姜冬麟与吕倩同龄,一副文弱书生的模样。昨晚接到徐伟打给他的长途电话后,他几乎一夜没睡,一大早便跟单位的领导请了假,坐上头班长途汽车赶了过来。要不是汽车在中途抛了两回锚,他本该在晌午时分到医院的。

要说他和吕倩是怎么相识相爱的,那得从他俩念大二时讲起。有一天,团委在学校的大礼堂举办迎春舞会,都不会跳舞的他们被同学好说歹说地哄去凑热闹。舞会开始后,姜冬麟见吕倩一个人闲坐在一边,就坐到她的身旁借跳舞的话题跟她聊上了。从此,两人便成了一对情意相投、形影不离的恋人。大学毕业后,学企业管理的姜冬麟在本地的一家合资企业工作,而学外语的吕倩则考上了本地另一所高校的硕士研究生。在吕倩攻读硕士学位期间,姜冬麟一有空就去看她,两人不是月下牵手漫步、爱意缠绵,就是花前耳鬓厮磨、情话喁喁,久而久之感情也就自然愈来愈深。吕倩硕士毕业后,本想到出版社当编辑或者到政府的外事部门当翻译,但考虑到做教师一年有两回长假，而且平时自由支配的时间相对比较宽裕，于是就来到现在的单位当了一名大学教师。工作了一年后，二十六岁的她在母亲的催促下和姜冬麟完了婚。可婚后刚满一年，姜冬麟所在的那家企业迁到了外地，从此，他俩过上了分居两地的生活。

“你先生来了。”钱韵玲见姜冬麟来探望吕倩，便急忙从板凳上站起来。她看了看手表，见时针已指向三点。说实话，她本打算上午来医院的，但被一大堆上头催着要办理的杂七杂八的事情给拖住了，现在这时辰回去，第一件要做的事就是上幼儿园接吕倩的儿子。

她和姜冬麟其实并不陌生，两人曾有过一面之缘。在大学毕业的前两个月，有一天她接到吕倩打给她的电话，要她把毕业论文的初稿送到吕倩的住所，她没想到在那里见到了姜冬麟。当时，姜冬麟告诉她他正准备跟随自己的单位到外地去，因为这家合资企业的经营状况还是相当不错的。

“哎呀，这不是钱韵玲吗?”姜冬麟一看是钱韵玲，亲切而又热情地跟她打招呼，俊秀的脸上漾起憨实的笑容。

“是啊，”吕倩在一旁支嘴道，“你不在的时候，多亏有她的帮忙，要不然我的日子还真不知道该怎么过呢！还不赶快谢谢人家！”

“多谢了！”姜冬麟心情无比愧疚地望着钱韵玲，一时不知道接下去说什么才好。他从钱韵玲天真无邪、清亮照人的目光里看到了一位善良女性所特有的温柔。这温柔就像数九寒冬里的一把火，温暖着他的心，把他的一切烦恼与忧愁都驱散到九霄云外了。

“你们俩今天是怎么了?”姜冬麟谦和中带有一点自咎的眼神让钱韵玲突然感到有点不太自在。她两手下意识地摸蹭着用斜纹粗布做的牛仔裤，一朵红云不觉飞上了腮庞。“一见面啥话不能讲，偏要冲着我来?”

七

时间过得很快，一眨眼两个星期过去了。在这十多天里，姜冬麟每天早上先把儿子送到幼儿园，然后顺便到幼儿园附近的一个农贸市场去买些菜，回到家后稍事休息就张罗起他很少干也不善于干的事情——做饭做菜。由于独自一人在家，他不免有一种“廓落寂而无友兮”般的冷清孤单之感。吃午饭时，才扒拉上两口饭菜就啥也不想吃了，可他还是硬着头皮把饭菜往嘴里送，往肚里咽，仿佛是在执行一项艰巨的任务。下午一时许，他带上些做好的荤菜走出学校的大门，坐公交车赶往医院去探望吕倩和吕倩的母亲。三点过后，再从医院赶回来去接儿子。

一天下午，姜冬麟刚坐上去医院的公交车，和煦宜人的阳光就被渐渐堆起来的乌云给遮住了。不多时，天空变得愈来愈阴沉昏暗，裸露在天底下的田野、小河、芦苇和农舍等都好像被抹上了一层淡淡的铅黛，灰溟溟中透出几分苍凉。看着车窗外面的景物，他不禁“心凄怆以感发兮，意忉怛而憯恻”。他想到吕倩，想到他不在她身边的那些日子，心里顿时被一种缠丝般的、剪不断理不清的难言之感苦苦地僝僽着。是啊，做一个女人实在是太不容易了，而做一个像吕倩这样的女人就更不容易了。这些个年头，她活得比谁都累，比谁都苦，生活的重负就像这天空中堆起来的乌云，把她压得直不起腰来。她结婚时的那张脸是饱满的、红扑扑的，犹若莲花泛水，而现在已变得消瘦且苍白了，还打上了浅浅的皱裥。她塌下去的眼窝周围圈着一层淡淡的墨晕一般的黑色；弯落的嘴角看似沉甸甸的，仿佛透着她内心的煎熬。他为自己这几年来老顾着事业而淡忘了家庭而感到汗颜，为没能尽到一个丈夫和父亲应有的责任而自责。他感谢上苍在他最困难的时候向他慷慨地伸出了援助之手，让钱韵玲走进他爱妻的生活，替他顶压力、担重负。他从这位淳良朴实的姑娘身上看到了天使般的品质，这种品质正是他所缺少的，也是现代竞争激烈的商业社会所需要的。

想着，想着，公交车已不知不觉地开到了医院附近的那个站点。姜冬麟跟在杂乱的人群后面，摇摇晃晃地下了车，随即朝医院急溜溜地走去。这时候，如烟似雾的细雨从云端静悄悄地飘落下来，被一阵阵清冷的风缠着卷着，不分东西南北地到处乱飞。雨点打湿了他的头发，也打湿了他身上的衣服。他后悔自己出门前没听天气预报，他忘了这海边的天气就像一张娃娃的脸，说变就变。

“喂，你是不是吕倩的家属？”就在他快要走到吕倩的病房时，身后传来一个陌生的声音。这声音听上去干巴巴、脆绷绷的，使他的心头不觉一紧。

“是啊。”他停住脚步，转身一看，见是一位年轻的护士。她正直橛橛地站在医护人员办公室的门口望着他，鬓角上淡若幽影的毛发被过道里的风吹得频频向后飏拂。

“请你过来一下。”护士神情严肃地向他招了招手，冷若冰霜的目光像一根看不见的细绳牵动着他的神经。

“她是刘主任，有话要跟你讲。”他步入办公室后，护士指了指一个正坐在一张办公桌前翻阅病历的女医生。接着，便忙活起她自己要做的事情。

刘主任年且四十，胖乎乎的脸上长着一只看上去一碰就会掉下来的小肉锤似的鼻子，鼻子的一侧有一朵紫色的胎记，使人联想到在水中氧化的高锰酸钾。

“你就是吕倩的家属？”她抬起头，态度温和地问姜冬麟。

“对啊。”姜冬麟面无表情地回答道。由于过度紧张，他感到脖颈有点僵硬。

“你能不能把手里的东西暂时放一放？我有话需跟你慢慢谈。”

刘主任说完，将手里的病历放到办公桌上，然后从抽屉里拿出吕倩的病历。

“刘主任，您有话就请直说吧。”姜冬麟急赤白脸地说道，两眼一动不动地盯视着她手上的闪着寒光的文件夹。

“看来你是个急性人，那我就长话短说了。”刘主任用带着些许忧伤的眼神看着他。“吕倩的病已被确诊为晚期乳腺癌，现在最要紧的是……”

刘主任的话还没说完，姜冬麟只觉得耳朵里嗡的一声，啥也听不见了。他仿佛从山崖上一下子滚落到阴森可怕的峡谷里，四周什么也看不清，一切都变得飘忽无形。他的两条腿在裤管里不住地哆嗦着，似乎再也不能支承他身体的重量了。他那只提着保温锅的手，突然间变得虚软无力；保温锅就像断了线的木偶，砰噔一声掉落到地上。

“我们之所以把吕倩的情况告诉你，是要你做好思想准备。”等他缓过神来后，刘主任继续说。“但你在病人面前啥都不能提，一切都烂在肚子里。不然的话会对她的治疗产生不利的影响。当然，我讲的治疗是指保守的疗法，只能尽可能地延长她的生命。”

听了刘主任的这番话，姜冬麟忽觉鼻子一酸，眼泪扑拉扑拉地往下掉。这由心里往外倾倒的眼泪，随着他肩膀的晃动和脑瓜的时扬时低，索索落落地滴洒在他的胸前，滴洒在他的鞋子上，也滴洒在灰蒙蒙的水泥地板上。最后，他竟然哭成了一个傻人，半开着口，紧闭着两眼，呆呆地站立着。

“冬麟，你今天是怎么啦，好像有什么心事?”躺在病床上的吕倩，见姜冬麟走进病房后一直静默不语地坐在床头柜旁，顿起疑念。由于病房里的光线比较暗，她没发现姜冬麟的眼角还挂着几道泪痕。

“没什么，只是刚才下车后淋了一点雨，头有点疼。”姜冬麟惶惶搪塞道，声音好像在喉管里被什么东西给卡住了，是一个音节一个音节硬生生地顶出来的。

“没什么？我看你眼圈都好像发红了，你肯定是感冒了。”吕倩用体恤温存的目光看着他。“待会儿你早点回去，回去前顺便在医院里配点感冒药，在小卖部买把雨伞。”

“只是小小的感冒，没什么大碍，我会照顾好自己的。你还是趁热把这清炖甲鱼吃了吧。你吃一半，另一半给你妈留着。”姜冬麟边说边毛毛楞楞地把搁在床头柜上的保温锅从布兜里拿出来，掀开盖子。

“我不想吃。”吕倩两眼愣直地看着锅子。

“为什么？”姜冬麟疑惑不解地问，“难道你又要和从前那样，跟我耍大小姐脾气？”

“都什么时候了，你还有兴致拿我说笑？”吕倩从眼底翻起一丝不悦。“实话告诉你，我今天胃口不太好，肚子里总觉得胀胀的。”

“跟医生说了吗？”姜冬麟关切地问。

“说了，上午查房时就说了。”吕倩回答道。

“医生怎么讲？”姜冬麟又问。

“医生说可能是消化不良，吃点药就会好的。”说到这，吕倩猛然想起了什么。“哎，我又差点把一件要紧的事给忘了。”

“什么要紧的事？”姜冬麟望着她那张苍白的脸和她那双黯然神伤的眼睛，忽觉胸腔里怦怦跳动的心好像被什么东西揉搓了一下。他把保温锅盖严后，用双手紧紧地握住她冰凉的左手，顿感自己的整个身子骤然也变得冰凉起来。而后，他凝神端视着这只手，发现它变得干枯了，干枯得连皮肤下面细细的、蓝蓝的筋脉都能看得一清二楚，而且，手掌和五指的连接处覆盖着厚厚的、有如鳞甲一般的茧皮。

“在书桌右边最上面的抽屉里，放着一只牛皮纸袋，里面装着一份书稿。”吕倩一字一板地说，生怕落了什么。“麻烦你这几天抽个时间把它交给外语学院的陈耀明教授，并告诉他书稿已完成了一半，剩下的待我出院后再赶写。”

“你放心吧，这事我一定办妥。我怎么跟他联系？”姜冬麟问。

“放书稿的抽屉里有一个蓝色的笔记本，在笔记本的最后一页写着他的电话和住址。”吕倩说罢，仰起脸若有所思地望着天花板，然后接着说：“另外，你替我买些东西给他。自打考上了他的博士生，我总觉得自己有欠于他，你就顺便了却我的一桩心事吧。”

“买什么给他呢？”姜冬麟松开她的手。

“你看着办吧。要不，买两条好烟给他也行。”吕倩说。

“好的，那我就买两条好烟给他吧。”姜冬麟说罢，见吕倩恹恹欲睡的样子，便从板凳上慢慢地站起来。“你好好歇着，我这会儿去看望你妈，你有什么话要跟她讲？”

吕倩迟疑了一下，而后回答道：“你跟她讲我没事，说不定下星期就可以出院了。”

“行，我一定转告她。”姜冬麟说着，眼睛突然一红，泪水涟涟而下。他趁吕倩还没注意到他表情上的变化，赶紧把保温锅放回布兜里，提着它朝病房外面走去。

望着他的背影，吕倩忽然觉得一种莫名的伤感袭上心来。她仿佛看到一朵含笑吐艳的春花转眼间变成了被无情的秋霜折断的芦苇，仿佛感到有一股寒冷的风刮着她的脸，透进她的心。她回想起她跟姜冬麟初次见面时的情景，回想起他们之间的那份难割难舍的恋情，回想起新婚之夜的喜庆与欢悦……是啊，对于一个女人来说，能拥有这些美好的回忆就心满意足了，之后发生的一切再怎么磨人，再怎么不幸也都无所谓了。想着，想着，她被渐浓的困意裹住了，眼皮先是像触着了什么东西似地索索地颤动着，随后萎萎顿顿地沉阖下来。

没多时，病房外面响起杂沓的脚步声、唧唧喳喳的说话声和手推车车轱辘的滚动声。这些声音时而抱成一团，像一只笨重而又结实的碌碡来来回回地在她羸弱的身上碾轧着,时而分散开来,如一只只看不见的虫子搔扒着她的面孔、她的手臂、她的腿脚。随着声音渐渐变成蟋蟀般的低吟,她开始朦里朦胧地游走在睡与醒的分界地带,不一会儿,便掉进了腻腻的、虚幻的梦潭。

在梦里,她看到一个似曾见过的老人手执一根拐杖,腾云驾雾般地朝她走来,听到他口中喃喃自语道:"'云驶月运,舟行岸移。'察其中之玄妙者,寥若晨星……《庄子》曰:'人有畏影恶迹而去之走者,举足愈数而迹愈多,走愈疾而影不离身,自以为尚迟,疾走不休,绝力而死。'"老人说罢,撇下拐杖,迈着安详潇洒的仙步向远处走去。而那根被他丢弃的拐杖,转瞬间变成了一个蛇头鞭身的怪物:它瞪着两只僵呆的眼睛横在一滩血中,开裂的嘴边露出半截火红的舌头。

简介:

这篇作品力图透过某高校学术腐败的表层,挖掘出人性的深层内涵。它向人们揭示了这样一个道理:人的欲望就像魔影一般的蛇,时时刻刻地尾随着自己。它既包含自身的欲望,又包含他人的欲望;既包含自身欲望对他人欲望的同化,又包含他人欲望对自身欲望的利用。换言之,欲望可以变成人我共同开发的一种特殊的资源,同时又把人与人的关系变成一种赤裸裸的利益关系。此外,欲望还以其独特的"运作"方式改变着人们的命运。有的人成了耍蛇高手,有的人则被蛇咬伤甚至咬死。然而,在蛇与命运的共舞中,权力扮演了一个什么样的角色?当权力戴着温情脉脉的面纱吞噬和消化他人欲望的时候,是否隐含着一种本能的冲动?这些问题值得我们深思。但无论如何,人似乎更应提防着自己的欲望,因为它跟自己的命运息息相关。

需一提的是,巴格诺是巴尔扎克《幻灭》中的一个人物。他曾伪装神父,也曾拯救过别人,可他生来就有一种非常强烈的占有和并吞他人的冲动，这表现在打着“爱”、“保护”、“正当统治”等幌子将占有和并吞的对象当作一个物件来加以利用。虽然他希望他的对象变得富裕，变得有权势、有地位、有成就，但他极力反对他们获得独立和自由的人格，因为一旦他们成了独立和自由的人，就再也不能充当他随意摆布的对象。而《蛇鞭》与其说是把这个人物当作一个“道具”，不如说是把他当成“蛇”与“鞭”的混合体、理性与反理性的混合体。正如法国叙述学家热拉尔·热奈特所说的，在叙述语式的总旋律中，应该允许距离、角度以及人物形象等合乎艺术逻辑的自由变化，无须恪守前后统一的原则。

归来之夜

火车在一阵呼啸的狂奔之后，拖着筋疲力尽的躯体缓缓地停了下来。也许它早已习惯了长途跋涉的艰辛，驻足歇闲反倒是一种千钧重负。它跟一头刚犁完地的老牛似的，冒着腾腾的蒸汽，神情木然地望着月台上前呼后拥、挤挤插插的乘客——他们刚从乌烟瘴气的车厢里争先恐后地跳将下来，携带着大大小小的行李步行在昏暗的灯光之中。清新的空气朝步行者扑面吹来，使车厢里掺着二氧化碳的各种令人作呕的气味在顷刻间成为遥远的过去。车站外面明灭变幻、诡谲诱人的霓虹灯不停地闪烁着，召唤着一颗颗饥渴迷茫的心。在这长波大浪般的人流中漂浮着一抹淡淡的绿色，里面裹着几张黑里透红的脸。这些脸的主人走起路来挺着身板，腆着胸脯，一副虎虎有生气的样子。他们是刚从驻扎在南疆的一个炮兵旅归来的退役军官。多年的军营生活使他们显得干练而苍劲，有如火车底下久经磨砺的钢轨。随风入夜、润物无声的毛毛细雨，像迎接心上人似的，含情脉脉地抚摩着他们头顶上的军帽，洗涤着他们身上的征尘。

李文俊和他的战友一样，迈着四平八稳的步子朝月台的出口走去。两只塞得满满的行囊在他扁担的两端沉甸甸地上下起伏着，仿佛随时会把扁担折断似的。行囊里除了一套旧军装和两枚二等功勋章外，全是书、杂志、读书笔记和从旧报纸上剪下来的文章——这些文章已按主题分类并贴在一页页用针线装订好的白纸上。自打他当兵的那天起，他就一直把部队当作一所自学成材的学堂，渐渐养成了看书读报的习惯，还订了一份《解放军文艺》，而且，他喜欢思考，喜欢写些心得体会，认为这是梳理和消化自己所学内容的好方法。抗美援越战争中，他荣立了二等功。战争结束后不久，他从一个普通的士兵直接晋升为连队的副指导员。从此，他学习的劲头就更足了，因为他深知：没有扎实深厚的文化和理论功底是很难胜任政治思想工作和宣传工作的。后来在自卫反击战中，他再度荣立二等功，战斗一结束就被调到旅部政治处当宣传干事。这时候的他，由于整天忙忙碌碌地替上级领导起草文件、整理文件，有时还要下连队搞蹲点调查，学习的时间相对地说要少了许多。

“喂，我说大李子啊，你辛辛苦苦在部队干了十几年，还差点儿把命给搭上了，退伍就挑着这满登登的两大包纸回家？莫非你真想把它们当饭吃不成？”一位战友见他红潮掩面、汗雨浇头的模样，笑嘻嘻地拿他打起了哈哈。

“可我挑的既是我的过去，又是我的现在，同时也是我的未来呀！”李文俊爽爽朗朗地说，两汪深邃明澈的眸子里射出炯炯光芒，使远处的霓虹灯黯然失色。他知道，许多像他这样的机关干部，在退伍时不仅用公家的木材做行李箱，而且还把平时收罗来的杂七杂八的东西一股脑儿地装在箱子里托运回去。这似乎已经成了一种难以扭转的风气。上级看在他们在部队干了多年(有的还出生入死地打过仗)的份上，睁一眼闭一眼，放任自流。但不可思议的是：有些人在打仗的时候曾表现出惊人的潇洒和勇猛，甚至连个人的生死安危也弃置身外，不以为意，可一旦走出了战场，却变得难以想象的庸俗、自私、贪婪，好像战争这位伟大的导师没有教会他们该怎样做人，他们也没有从血雨腥风中感悟到人生的真谛，一切都停留在原来的位置上。

李文俊边走边琢磨着，脚步自然变得沉重和拖沓。不知什么时候，战友们已远远地离他而去，消失在茫茫人烟与灯火之中。这时，他隐隐地感到自己走进了一片孤独的阴影，有如一个光着脚丫儿四处寻找母亲的孩子。他开始思念起家人，试图用这种思念带来的温馨和慰藉驱走这片阴影。即将和亲人团圆的喜悦，终于像一轮浴波而出的明月，悄悄地爬上了他的眉梢，缠丝绕线般地照在他的心海上。

月台的出口被熙来攘往的人群堵得水泄不通，李文俊好不容易挤出一道道人墙，在一家门上挂着“七八里香”横匾的小餐馆旁找到了勉强可以歇脚的地方。这里紧挨着一个看上去是临时搭建的水果棚，所以脚下用水泥砖砌成的路面还算比较干燥。他窝腰折腿地放下肩上的扁担，然后挺直有些酸麻的脊梁骨，缓缓地舒了一口气。接着，他从衣兜里不紧不慢地掏出一块白净净的手帕，一面轻轻地擦着额头上的汗水，一面用焦急的目光在闹哄哄的人堆里搜寻着。时间一分一秒地过去了，这每一分每一秒都仿佛跟他的心脏在一起搏动，跟他的每一根神经在撞击。在生死难卜的战场上，他曾有过类似的感觉，只是它的强度要远远地超过现在。它是守候或期盼什么东西时特有的紧张和兴奋。他搜寻着，搜寻着，盼眼欲穿地搜寻着，直到视觉有些疲劳了，反应有些迟钝了，好像眼前的一切都变成了皮影戏里晃动的黑影。他实在耐不住等待的寂寞，于是，在把手帕放回衣兜时，趁手摸出一包云南产的土烟。他一边百无聊赖地抽着有点辣乎乎的土烟，一边垂眼低眉地傻愣愣地站在行李旁想着自己的心事。凉丝丝的毛毛细雨在轻柔的晚风中不停地飘洒着，扬落着。

十三年前的一个清晨，他穿着崭新的草绿色军装，怀揣着对美好未来的无限憧憬，登上了停靠在码头边的“东方红”客轮。在近乎黑咕隆咚的四等舱里，他将热气腾腾的脸蛋贴在冰凉的圆形舷窗的玻璃上向外张望，只见黄浊浊的江水浩浩荡荡地奔流着，不时在船边溅起碎银碎玉般的浪花。稀薄的晨雾，宛若一个情意缱绻的、披着素白轻纱的少女，恋恋不舍地逗留在江面上，像是在用一种无言的祝福送别他。那时,他真想变成传奇故事里的隐形人,能不费吹灰之力地穿过厚厚的舱壁,用自己整个的心去拥抱她,把她紧紧地揽在怀里……可就在他遐思冥想之际,无情的汽笛拉响了,马达开始发出令人心烦意乱的噪声。他的眼睛有点花了,精神变得有些恍恍惚惚。他仿佛看到一伙海盗突然从天而降,边吆喝着边朝着一位美丽的公主鹰视狼步地逼近。随着马达声由低颤、沉闷转为爆豆般的迸炸,江边鳞次栉比的吊车渐渐变得影影绰绰,变得悠远杳渺,最后隐没在天和水的交接处。

远道归来的他,此时此刻是多么想跑到江边去寻找和拥抱那个曾为自己送行的少女,给她一个迟到的、歉疚的吻!多么想向她任情地倾诉自己十几年来的风风雨雨和酸甜苦辣!多么想跟着她来无踪、去无影的脚步荡过奔流不息的江水,飘过一览无余的原野,掠过延绵起伏的山林……在这十多年的时间里,他不是没有回过家,可没有一次回家像现在这样会勾起他“风景依稀似当年”的回忆和感慨!

在“七八里香”小餐馆的对面,赫然耸立着几座新建的高楼,俯瞰着车来人往、喧闹不止的大街。乳白色的灯光透过高楼一扇扇窗户的玻璃,照射在濛濛的水气中,贪享着霓虹的绚丽和雨丝的凉爽。在混浊的夜幕下,这些高楼恍如陡直兀嵝的、随时会倾倒下来的险崖峻壁,使人不免魂悸魄动,有一种戒惧的感觉。包围着它们的是汽车的喇叭声、小贩的叫卖声和不知从什么角落蹿出来的恋人的打情骂俏声。

李文俊记得,自己小时候常和左邻右舍的小伙伴们来这儿玩耍,一玩就是整整一个下午。那时,这儿长着好多枝叶扶疏的杨柳,葱葱茏茏,生机盎然。一个古色古香的小剧院和一幢漂亮精致的图书馆从厚厚实实的浓荫中探出头来,眺望着远方的骚动和沸腾。他们捉迷藏、打弹子、扮铁道游击队……玩得喜盈盈,乐洋洋的。在小剧院和图书馆之间躺着一条长长的林荫道,通往一个露天游泳池。他们经常看到一个肤色黝黑、满脸皱纹的鞋匠坐在林荫道旁戴着老花眼镜心思专一地补鞋，于是常常淘气地将捏成手雷状的泥巴抛向他，惹得他脸红脖子粗的，一路叫骂一路追赶他们。这叫骂和追赶反而使他们感到更兴奋、更刺激、更其乐无穷，因为在他们幻觉一般的世界里，鞋匠早已成了“小鬼子”的化身。

他还记得，在月朗风清的傍晚，自己常独自一人来到离这儿不远的一个铁路和公路的岔口，爬上只见龙首不见龙尾的活动铁栏耐心地等待着。当铁栏下的轮子随着几声哨响在滑槽里咕隆隆地欢叫时，令他激动和难忘的时刻终于降临了。附近先传来一声汽笛的长鸣，刺破宁静的夜空，随后，一列长长的火车风驰电掣般地呼啸而来，震撼着大地，也震撼着他的心。旋踵之间，一张张鲜活而陌生的脸浮光掠影般地翻卷在裹着青烟的白气中，消融在紫霞散琦的天空里，留下的只是车轮在铁轨上滚动的节拍。哨子又响了，一场上演还不足一分钟的惊天动地的戏剧以这哀婉的哨声画上了一个令人遗憾和嗟伤的句号。活动铁栏很快恢复了原样，蜂拥如潮的人流把整个世界又拖回到那凄暗沧凉的、缺少诗意的尘浪之中。

有时候，为了寻觅探险的乐趣，他趁岔道管理人员不备，偷偷地溜进路轨段，并沿着某条铁道线向远处勇敢地、快步如飞地走去。走累了，他就爬上一节被遗弃的旧车厢歇一会儿。空荡荡的旧车厢，远远望去就像一个踯躅街头的老人，孤苦伶仃，晚景凄凉。车厢外面的颜色，早已被岁月侵蚀得斑斑驳驳，见证着历史的风风雨雨。车轮下面是锈痕累累的铁轨，铁轨旁稀稀疏疏地长着青绿色的杂草。那草是从枕木底下支支楞楞的碎石中挤出来的，叫人不得不叹服其顽强的生命力。有一回，他上了车厢后，躺在一张长椅上呼呼地睡着了。从窗外吹进来一阵又一阵轻柔适意的风，将他带到如梦似真的仙山琼阁。可就在这时，窗外响起了咯噔咯噔的皮靴声。他悠悠忽忽地爬起来，定神一看，只见几个凶神恶煞般的小鬼子正端着上了刺刀的三八大盖在车厢外面走动着。他慌忙从怀里掏出一只二十响的驳壳枪，向他们射出一梭子弹。弹光闪闪，却没听到枪声，也不见鬼子倒下。他们一个个跟机器人似的，摆过小西瓜一样的脑袋对着他，凶悍的脸上露出可怕的狞笑。这会儿，他才意识到自己的那只驳壳枪是只玩具枪，于是气狠狠地把它给扔了，而后趴在椅子底下，用手蒙住双眼，等待着命运之神的宣判。随着皮靴声和鬼子歇斯底里的吆喝声由远及近，他的心犹如一只被野兽追赶的兔子越跳越快，最后连整个车厢也跟着狂跳起来……

车站里头传来熟悉的汽笛声，预示着火车将开出站台，再次踏上远征的路途。这从不间断的一来一去仿佛是瞬间，又仿佛是永恒。它是瞬间的永恒，又是永恒的瞬间。汽笛声把李文俊从回忆中唤醒，但同时也触动了他。他从心灵的深处对那个曾充当他“活靶子”的鞋匠产生了一种难以言表的恻隐之心——这种恻隐之心不只是抚今追昔带来的愧疚，不只是反躬自问带来的伤痛，而更像是因时间的阻隔所产生的一种类似“忏悔无门”的折磨。是啊，要不是年幼无知，要不是一时冲动，他怎么会干出这等损人利己的事呢？

抽完了烟，他像一根电线杆似的，呆呆地站立了一会儿，忽然感到有点冷了——刚才虽然出了一身热汗，可现在的身子骨却被湿淋淋、凉丝丝的内衣裹得牢牢的。他也感到有点饿了，因为在火车上他只要了两个馒头和一碗菜汤，算作午饭。他急切地想吃点东西，撑撑肚肠，暖暖身子，于是把小餐馆的一位服务员小姐叫了出来。

“对不起，能不能给我拿两个馒头？”他面带微笑地问道。

“我们这儿只在早晨卖馒头，晚上没有。要不，你进去吃碗汤面吧！”服务员小姐说。

“不行，我还要等人呢！”他解释道，“再说，餐馆这会儿正是拥挤的时候，我怎么好意思扛着这两大包行李闯进去呢？”

“那我给你端一碗面来，你就在这儿吃，行不？”服务员小姐热情地问。

“好嘞！就来碗阳春面，别放辣的。”他说罢，不自觉地吧嗒了一下嘴。

不一会儿，服务员小姐把一碗热气腾腾的阳春面端了出来，李文俊付了钱后便狼吞虎咽地吃开了。几个路人好奇地打量着他那副猴急的样子。

“我看，你还是里边坐着慢慢吃吧！”一个身量五短三粗、头发有些花白的老汉笑不唧儿地从餐馆里头跑到李文俊跟前劝道。看来他是这家小餐馆的掌柜。

“不用了，我还得等人呢！”李文俊不耐烦地瞟了那老汉一眼，继续狼吞虎咽。

老汉无可奈何地摇了摇头，他转过有些笨拙的身躯，用洪亮的嗓音对站在店门口的那位服务员小姐喊道：“春玲，快搬个凳子过来！”说完，耷拉着脑袋走进人声鼎沸的餐馆。

李文俊忽然觉得那老汉的声音有点耳熟，而且还带着山东济南的口音。他清晰地记得，自己刚当副指导员时，五方杂处的连队里就有三个济南兵。有一年，在连队的春节晚会上，他让一个颇有表演天赋的济南兵说了一段由他李文俊改编的山东快板“火车站里的故事”。

“世上难道真有这么巧的事情？难道他就是那个鞋匠？”李文俊边琢磨边回忆着老汉的长相：黑古溜秋的脸膛、饱满隆起的前额、笔直微拱的鼻梁、淳朴谦诚的目光……是，八成是，不，一准儿是。他越想越觉得是。

就在这时，那位服务员小姐将一只朱红色的木头方凳搁在李文俊的面前。他想借此机会向她了解那老汉过去的经历，但又不知从何说起，于是哆嗦着嘴唇磕磕巴巴地问：“刚才叫——叫你‘春玲’的那人可是你们的老板？”

“什么老板不老板，这词听上去多别扭!”服务员小姐活泼可爱的面容一下子变得端庄凝重，好像她受了莫大的委屈。

是啊，动荡的岁月刚刚结束，“老板”这词还多多少少带有一点贬义，似乎总是跟“资本家”联系在一起，跟“剥削阶级”挂上钩。

“对不起，我——我是想问，他过去有没有当过鞋匠?”李文俊压低嗓音怯生生地说，仿佛生怕自己的话被风吹进小餐馆似的。

“当过鞋匠又怎么啦?”服务员小姐说完，嘟噜着脸，撅起小小的樱桃嘴，然后大惑不解地问:“哎，你是怎么知道的? 难道你是算命先生?”

“你看我这身打扮像算卦的吗? 什么算命先生不算命先生，这词听上去多别扭!”李文俊模仿着她的语气油腔滑调地拿她开起了玩笑。

“你，你这人好坏!”服务员小姐的脸突然一红。她待李文俊吃完后，一把夺过他手中的碗筷，提起方凳，头也不回地返身走进小餐馆。

李文俊望着她的背影，若有所失地、长长地嘘了一口气。他想起普拉托里尼在《麦德罗》中写下的一段话:“应该忘记过去。过去可以像影子那样跟随着我们，但不能让它成为压在我们背上的包袱。”是啊，他寻思着，过去的事就让它过去吧，现在最要紧的是面对自己未来的人生道路，做自己想做和应该做的。

他把目光又投向闹哄哄的人群，心神不定地搜寻了一会儿后，忽听头顶上响起几声切切的鹦语。他赶紧仰起脸，朝声音传来的方向望去，见小餐馆的楼上住着一户人家，这户人家的阳台里挂着一只鸟笼。借着亮豁豁的路灯，他清楚地看到鸟笼里有一只体态神气的鹦鹉，它时而挪动着灵巧的身体，时而舒展着光亮的羽毛。

啊，我的鹦鹉! 李文俊不禁触景生情，想起自己家里的那只橘黄冠凤头鹦鹉。这只鹦鹉是他去年探家时一位刚开始学做花鸟生意的老邻居送的，取名“荣荣”，意思是“一人当兵，全家光荣”。他非常喜欢它，尤其喜欢看它吃东西的样子：先是放低脑袋，用弯钩状的黑色短喙将食物叼起，然后，抬起身子昂起头，一边抖动着冠子和羽毛，一边将食物吞咽下去。离家之前，他曾对父母说："你们要好好照看这只鹦鹉。大白天，如果阳光充足、气温适宜，就把鸟笼子挂在阳台里，拉开笼围，好让它一面沐浴着阳光一面观赏阳台外面青翠的草木。"

我的鹦鹉啊，李文俊默默地思索着，当我走进家门来到你的身边时，你是否会把我当成外人，从笼子里探出脑袋，瞪圆眼睛，发出几声尖叫？你是否知道在你还未出生的动乱年代里，有多少头戴高帽的"牛鬼蛇神"在阳台下面的那块草坪上挨批斗、遭拳脚？那时的我刚骄傲地穿上了军装就奔赴援越的战场。在那片炮火连天、硝烟弥漫的土地上，我用自己的血肉之躯掩护了多少个天真烂漫的少男少女！可是十二年之后，当我参加自卫反击战时，这些死神的"弃儿"竟然成了死神的"猎犬"，像小鬼子那样把带着刺刀的枪对准了我！要不是我命大造化大，我早就过了鬼门关，上了阎王殿了！想到这，李文俊不觉眼圈一红，心中燃起了一团火焰，这火焰燎得他头晕目眩，胸闷气窒。他突然感到胃子里跟倒翻了一坛醋似的，七上八下地折腾起来。

天色越来越黑，被雨水浇湿的路面仿佛戴上了无数副眼镜，反射着四周的碎光。再也耐不住等待所产生的无聊和寂寞的李文俊，挑起行李，脚踩着碎光朝一个停车场走去。

这是某家出租车服务部的停车场，在它的西头有一个简陋的、刷着白漆的木板房，狭窄的房门边开着一扇窗。李文俊见离木板房不远的地方支着一个伞状的大遮篷，下面放着一张椅子，于是就先把行李挑到那张椅子的旁边，然后拿着扁担在那扇窗前排队登记。

过了十来分钟，一个身材瘦长、脚穿低帮雨鞋的中年男子走进木板房，出来时用阴冷的目光向等车的人群扫视了一下："谁是156号？"

“我。”李文俊边说边凑了过去。

“我这就把车开过来，你别走远了！”他僵着脸说，话音听上去粗厉厉的，像是磨刀石在磨刀的时候发出的声音。

当他将一辆黑色出租车开到李文俊的跟前时，李文俊急忙朝他走去。

“你给我让开点，别碍手碍脚的！”他打开车门后，莫名其妙地发起火来，而后急匆匆地跳下车。“快把你的行李拿过来！”

于是，李文俊赶紧奔到遮篷底下，用扁担将行囊一口气挑到车子的后备箱旁。一阵手忙脚乱后，那男子总算把行囊放妥了。

“还有这个。”李文俊把扁担递给他。

可这扁担怎么放也放不平，不是这头露出后备箱就是那头露出后备箱。

“我看，这扁担干脆扔了吧？在大城市里用这玩意儿你就不怕别人笑话？”那男子沉下脸来阴阳怪气地说，一双裂缝般细长的眼睛里闪动着不耐烦的幽光。

这时，李文俊才注意到：他长着一只难看透顶的怪鼻子，这鼻子瞧上去就像是被人重重地砸了一锤；他的下巴大得有些过分，仿佛里面垫着一块长方形的木头，而且跟他瘦长的体形很不相称。

“不能扔，这扁担说什么也不能扔。”李文俊态度坚执地说，因为这根扁担对他来讲实在是太有纪念意义了，它是一位彝族老大爷亲手给他做的。

说起这位彝族老大爷和李文俊的关系，那还得从李文俊刚被提拔为连副指导员时说起。那会儿正赶上春节前的“拥政爱民”活动。一天，他和连队的其他干部带着二十来个战士分头去慰问住在山寨里的几个“五保户”。他有幸认识了这位享受国家“五保”政策的彝族老大爷，从此便跟他结下了难以割舍的情缘。老大爷告诉李文俊，自己的两个儿子一个在解放战争中牺牲了，另一个在抗美援朝时牺牲了，老伴在七年前害了一场大病，不久也过世了。李文俊很同情他的身世，第一回见面就把他认作自己的干爹，之后每逢星期天总要买些吃的东西去看望他，问寒问暖。老大爷则把李文俊当作自己的儿子，只要他一来，就喜笑颜开地跟他说这说那的，还用自己亲手做的南瓜饼招待他。自卫反击战结束后，李文俊被调至旅部政治处当宣传干事，虽然他的住所离老大爷的家远了一点，但他还是坚持每个星期天都去看望他，帮他打理一些家务活。半个月前，李文俊心情沉重地告诉老大爷自己要离开部队、返归故里了，老大爷顿即伤心得一时说不出话来，两眼被一层泪雾给蒙住了。李文俊回到住所后，一连好几天卧不安席，临食废箸，老大爷郁郁不欢的神情一直在他的头脑里转悠着。是啊，多情自古伤离别，这世上还有什么东西比真挚的友谊更值得留恋的呢？他经过千思万虑，最后拿定主意：离队的那天不再去跟这位彝族老大爷道别了，因为道别反而会徒增他俩的伤感和痛苦。可没想到，就在他把行李放上卡车的时候，老大爷拿着一根簇新的扁担出现在他的面前，眼里含着泪花跟他说："儿子，你要走了，爹也没啥东西送你，就给你做了根扁担，也许路上还能派上用处。"李文俊接过扁担后，泪水一下子从眼角边漫了出来。他一动不动地站着，默默无语地看着老大爷的那张布满纹路的、木然迷茫的脸，仿佛要把这张脸吸到自己的眼睛里，牢牢地镌刻在自己的心头。上了卡车后，他忽觉全身跟散失了力气似的软绵绵的，两腿不由己地一颤，噗的一声跌坐在两只行囊的中间。不一会儿，卡车开动了。他睁大着湿润微红的眼睛凝视着老大爷，两手紧紧地抱着那根还散发着竹子香气的扁担。虽然他希望这卡车能开得慢一点，好让他多看一会儿老大爷，但老大爷的身影最终还是从他的视野里消失了，留在他内心深处的是离别的悲酸和孤独的苦涩。

就在那男子和李文俊为这扁担而争执不休、互不相让的时候，一个左臂上戴着"纠察"袖章的人从遮篷那边走了过来。刚才，李文俊奔过去拿行囊时，见他正坐在椅子上抽烟，也没来得及招呼他一声。他问明情况后，建议把扁担暂时寄存在出租车服务部。

“那也好，我待会儿就过来取。”李文俊看了看手表，焦急地说。

“还真碰上了上磨道的老驴！”纠察走开后，那男子吊着一张比天还阴冷的葫芦脸对李文俊说。“不就是当了几年兵嘛！还真以为自己荣归故里，光耀门楣呢！”

“你这人是怎么说话的？”李文俊生气地瞪了他一眼。

“我爱怎么说就怎么说，你管得着吗？你也不看看你自己，都快成土包子了！少废话，快上车！跑完这趟，我得赶回家吃饭呢！”他边说边拉开驾驶室的车门，一猫腰钻进了车子，而后趁手把车门砰的一声关严了。

李文俊也坐上了车。他没想到今天撞上了一个浑身长刺、晦气扑鼻的莽汉。

两人一前一后地坐定后，车子开动了。从车轮底下扬起的雨水，就像令人难忘的动荡岁月，带着无限的悔恨向远处飘去，渐渐消散在扑朔迷离的夜雾中。冷若冰霜的灯光从车窗外面的电线杆上忽闪闪地投射进来，犹如一条条白晃晃的鞭绳抽打着车子里面的每件东西，也抽打着李文俊的心。他半合着有些困乏的两眼觑视着反光镜里的那张冷锋四射的面孔，觉得这张面孔再怎么阴沉也是没有什么分量的，尤其是跟那些魂断异国的英烈们的遗容相比。它就像高尔基在《童年》里描写的一只寒鸦——这只寒鸦拖着墨黑黑的羽翼，绕着乌斯平尼耶教堂金色的圆顶盘旋，然后突然掉落下来，不知落到什么地方。

车子时快时慢地开着，没过几分钟便开上了一座长长的旱桥。从桥上可以眺望“横看成岭侧成峰”的楼群和伸向远方的、躺在一档档枕木上的铁轨。李文俊发现：铁道线上的灯光透过湿蒙蒙的水气散射在幽沉宁谧的夜色里，映照出几节旧车厢的黑影；这几节连在一起的旧车厢，跟一条巨大的、被砍去脑袋的蟒蛇似地僵卧着，现出古怪可怕的样子。他还发现：一栋三层楼的房子随着车轮的向前滚动，渐渐显出了它的轮廓。望见这房子，他的脑海里浮出“何时眼前突兀见此屋”的诗句，顿时，一种难以描绘的感今怀昔的情思如同一缕淡烟打他的心头拂过。

这栋房子是五十年代初建造的，李文俊的家就在它的二楼。房子的北边有一个用水泥墙围起来的院子，里面的一处角落里堆放着残砖碎瓦。三条楼道都沿墙摆满了煤炉、煤球桶和装着泡菜的坛子；它们活像一只只豪猪挤在一起，使人心生腻烦。和李文俊家门挨着门的是他的同窗好友杨顺安的家。他俩中学毕业后曾一块去报名参军，结果一个参了军，一个因体检不合格没能实现当兵的愿望。李文俊参军后，杨顺安在当地的一家工厂做翻砂工，一做就是十多年。在这十多年里，他俩鸿信不绝；一个讲述在部队里的所见所闻，一个细说发生在厂里的趣事。一年前，杨顺安在信中告诉李文俊他凭自学考上了本地的一所师范学院，打算毕业后当一名中学教师。杨顺安求学的成功让李文俊惊慕不已，他也想跟杨顺安一样，先不忙着成家，而是把精力用在学习上。他估摸着不出两三年的时间，自己也能成为一名叫人羡慕的大学生。

“下了这桥是不是往右拐?”司机忽然张开两片枯叶似的嘴唇，有气无力地问。他见李文俊没有反应，于是大声地嚷道:“你这人怎么啦？是不是吃了驴耳塞?”

“哦，对不起。你问我什么来着?”陷入深思的李文俊这才醒过神来。

“我问你下了这桥是不是往右拐?”司机耸了耸眉头，眼睛里迸出几颗火星。

“对，往右拐。”

李文俊话音刚落，车子已向右边拐去，紧接着，开进了一条狭长僻静的小道。在这小道的尽头，雨雾迷濛的天空衬托出一栋房子的暗影。

终于到家了！李文俊望见这房子，心里真有说不出的喜悦。可就在这时，他突然想起那根扁担，双瞳不觉由流盼变为呆定。他恍惚看到一个眉须花白的老人孤零零地站在前方，脸上显出“郁悒谁与语”、“惆怅私自怜”的神情。他把眼珠子瞪得大大的，一心想抓住这个老人，可老人一下子灰飞烟灭般地消失了。

这时候，有几个打着雨伞的年轻女子从小道的左边行色匆匆地走了出来，由于避让不及，车轮上的泥水溅射到她们的身上。于是乎，她们七嘴八舌地骂开了：

“这车是怎么开的，瞎了眼了？”

“是啊，真是瞎了他的狗眼。”

“我看，这歪剌货一定是存心坑人。”

司机赶紧把车刹住，而后跟一具僵尸似地一动不动。待这几个女子走远后，他推开车门，侧歪着身子钻了出去，顺手将车门砰的一声带上。

“臭娘们，八成是没让自己的男人给喂饱，上这儿来出闲气！”他将胳膊往胸前一叉，脑瓜像鸡毛掸子似地一抖，冲着她们的背影恶狠狠地嚷道。“泼了点泥水就学驴叫，要是在鞘子上撒盐怕是要狼嚎了！”

李文俊见他气得脖子比腰还粗，不禁失笑起来。

“笑你个驴球啊，你也该下车了！”他发作了一通后，目光棱棱地看着李文俊。

“就在这儿下？”李文俊打开身旁的车门，双眉紧蹙地问。

“不在这儿下还在哪儿下？”他将身子一歪，冷丁丁地说。

李文俊见他那副强硬蛮横的架势，只好让他三分。他伛腰曲背地从车厢里走出来，站稳后发现脚底下是一滩反射着幽幽灯光的泥水。他正想挪动一下，忽然闻到一股不知从什么地方飘来的酸味。这扎鼻子的酸味呛得他连打了两个脆响的喷嚏。

“你这位‘军爷’还真难侍候！”司机用力关上李文俊推开的车门后，急步走到车子的后面。他毛手毛脚地掀起后备箱的盖子，将一只行囊拿了出来，正要撂在淤满泥浆的地上，被李文俊阻止了。

“对不起，我的行李可不防水啊！你能不能把车再往前面开一点？”

“你眼睛是不是长在后脑勺啊？你没见前面的积水能淹死一头猪？开过去对你来说是方便了，可我下班后还得洗车呢！你这不是要我——”他还没把话说完，忍不住打了一个震天价响的喷嚏，泪光凄凄的眼睛里飘逸出一丝无奈。

李文俊见他手里的行囊摇摇欲坠，急忙走上前帮着他把行囊再放回到后备箱里，接着，从衣兜里掏出烟盒，扒拉出一支烟递给他：“来，抽支烟吧！”

“香烟也能填饱肚皮？”他接过烟，闻了闻，而后诡眉诈眼地笑道。

他用自己的打火机点燃烟后，开始一口一口地抽了起来，两眼不时地将夹在手指间的烟卷端相一番。李文俊趁他抽烟的工夫，赶紧一鼓作气地把两只行囊挪到附近的一个自行车车棚里，然后返身走到他的面前：“这车钱是多少？”

“三块。”他放下后备箱的盖子后说。

“跑这点路要三块？”李文俊一面掏钱，一面愣眼巴睁地看着他。“坐公交车五分钱就够了。”

他听后，正要发作，突然跟触电似地微微抖动了一下身子，紧接着又打了一个响亮的喷嚏。“你这是什么烟啊？燎嘴辣舌的，太难抽了！我老家的旱烟都比这强！”他皱着眉头说。

“这是云南的土烟，刚开始我也抽不惯，但抽多了就品出其中的味道来了。”李文俊边说边把钱递给他。“实话跟你讲，我本来不会抽烟，但一抽上也就放不下了。你还别说，烟这玩意儿不但能消疲解乏，而且能让你脑瓜里的那扇门一推就开。”

“罢了，罢了，别王婆卖瓜自卖自夸了！还品出个味道来呢，我看是品出个晒干的牛粪味还差不多！这种土烟恐怕只有像你这样的土包子才会稀罕！你这位‘军爷’也太小瞧人了！”他说罢，把还没抽完的烟扔到一旁，然后打开车门一头钻进了车厢。

车门关上后，车子发动了。呛人的尾气酷似一伙绑匪，将李文俊团团围住。他乜斜着眼，看着车子带水拖泥地慢慢地倒开出去，恍觉在他眼前的是一匹硕大的黑马——这匹黑马正笨拙地蹚着一条宁静的小溪，激起震怒的飞沫。

路灯的反光在一滩滩积水中有如鬼火一般地跳荡着。当无情的车轮将积水碾成扇形的波纹时，它们无奈地发出一声声抗议。

路面泥淖的小道很快恢复了寂静，寂静得像一座劫后的废墟。李文俊忽然感到自己和自己周围的一切都被这寂静牢牢地粘住了，只有带着酸齁气味的风自由自在地从它看不见的空隙里钻过，只有淅淅沥沥的绵绵细雨在稀释着它的稠密。

简介：

整个作品似乎笼罩着一种难以排遣的孤独、眷恋和幻灭。线形的叙述流程被块状的回忆频频打断，现实的、瞬间的体验和过去的、记忆中的感受交叉运行、相互渗透，从而投射出主人公内心世界的容量。在这里，心理时空的旋来转去无疑增加了小说触角的长度和视域的宽度。另外，气氛的设置、象征和对比的运用、虚幻与真实的融合等不仅烘托出作品的意境，而且也点化出作品的主旨。

事实上，李文俊代表了从那段凄风苦雨般岁月中走出来的整整一代人。存在的荒谬、命运的嘲弄、情感的危机迫使他在童年的单纯和浪漫中寻求精神的寄托，在书本的汪洋大海里探索生命的价值。

他仿佛在地势险峻的山道上摸索着前行，抬头是悬石，低头是绝壁，只有远处躺着一个琉璃的梦境，一个守身如玉的世界。

此外，我们还能从作品中隐隐约约地体验到某种“陌生感”。正如加缪在《西西弗斯的神话》中所说的，当一个人发现自己生活在充满缺憾的理性世界里时，当他发现这个理性世界同他期盼中的“光明宇宙”是那样的格格不入时，他就会很自然地感到自己是一个“陌生人”，而且他的存在就如同一种无可挽回的“精神流放”。

寒　流

一

寒冬腊月的江南天低云暗，百草凋零，给人以一种阴郁湿冷的凄迷之感。千灯镇的小街上，青石砖铺成的路面滑不唧唧，早已凝成坚冰的雨雪在上面构织出一幅幅诡异怪谲的几何图形，浑似抽象派画家的作品，衍射着些微伤时感事的情调。屋檐恶作剧似地咧着嘴，露出半透明的犬齿，也露出一副拒人于千里之外的狰狞。蜿蜒曲折的河道像一条巨大的死而不僵的百足之虫静卧着，封住了船只远行的去路。

刚在小镇上办完画展的张少文，背着画和行李朝长途客运站走去。他的肩上沉甸甸的，心也沉甸甸的。突然发威的寒流侵入了他的躯体，磨砺着他的肌骨，牵动着他的神经，仿佛是在挑战他扛冻的极限。在塞北呆惯了的他，没料到江南的冬天会如此阴冷。这或许，他寻思着，是由久蕴不散的潮气加寒气所致。在狭窄的曲曲弯弯的街巷里，为了避让匆匆赶路的挑担的小贩，他不知滑倒了多少回。每次滑倒后，他又挣扎着爬起来，继续朝前走。有一回，当他一溜歪斜地爬起来时，鼻梁上的眼镜不慎坠落在地，他顿觉自己被一个白茫茫、空悠悠的世界所包围，只听得肆虐的狂风作狼嚎般的呜咽。

这是他第二次来这古风古韵的水乡。石砌的拱桥、简陋的店铺、青瓦白墙的民宅，尤其是明清之际大思想家顾炎武的故居……一切是那么的熟悉，一切又是那么的陌生。欣喜中带着几分隐忧，甜意中夹着几分苦涩。他清晰地记得，自己头一回来这儿恰好是春暖花开的时季：吐翠的枝椏上缀起斑斑羽点，含羞的春阳透过或淡或浓的绿雾洒下一缕缕柔和的细烟般的光线，瘦瘦的、如蚓似蛇的小街上人流不息，篷船和水鸭乘着温煦润湿的风在河里徐徐地移动……真是春到人间草木知，气象万千生意满。在这浓郁的春意里，观光的游客或沿着河岸悠然自得地步行，或坐上篷船跟身穿蓝底白花土布衫的村姑闲聊，或参观古寺、古塔、古宅，或一边吃着橘红糕一边听着昆曲……而现在一路走过的，却多多少少显得有些凄清和苍凉，就像一张褪了颜色的《芒特之桥》。

但值得庆幸的是：他的画展办得非常成功，得到了一些知名艺术家的称赞。“江南竹王”石伽老人还乘兴挥毫，将他的一首题雪竹的诗赠送给他：“莫道无声胜有声，风欺雪压自纵横。却怜挫尽青云志，始见红霞报晚晴。”这对于张少文这么一个普普通通、默默无闻的中年人来讲，可以说是莫大的精神上的鼓舞。而且，诗的意蕴也多多少少地暗合着他此时复杂的心情。

画展上共展出两组油画。第一组的主题是“大自然”，作品的风格很像施纳贝尔的新表现主义，具有一种自由奔放的冲出画框的力量；第二组的主题是“父亲”，画的是他的生父张天昊。张天昊曾是个在沙场上出生入死、奋勇杀敌的英雄。他跟小鬼子拼过刺刀，也和国民党军队打过仗。可在那场寒流般的浩劫中，他却倒下了，不是倒在敌人的枪林弹雨里，而是倒在“造反派”的拳脚下。张少文永远不会忘记他爹临终时的那一幕：老人从破絮般的被子里伸出一只骨节隆暴的手，颤颤抖抖地抓住他的衣袖，气息幽微地说：“我怕是不行了，我走后你要好好待你娘，她跟着我没少遭罪。我相信总有一天历史会还我一个清白……”

一想到父亲，张少文就忍不住掉眼泪。此刻，他的泪水才溢出眼角就被风吹干了。他艰难地、一步一移地往前走，生怕再次滑倒。没多时，他头顶上的那片乌云突然被风鞭狠狠地抽打了一下，裸露出一道血了呼拉的伤痕。在由血光与泪光交织的背景里，他仿佛看到母亲衰迈的身影：她正弓着腰坐在炕上缝补着衣服，丝丝如刻的脸上好像能涨出无穷的酸苦。

二

自从父亲去世后，母亲生活在深重难言的悲痛之中，伤心的眼泪渐渐被近乎麻木的沉默所代替。当难熬的寂寞塞满她的心胸时，她便坐在炕上缝补破旧的衣裳，以此来消磨无限凄凉的时光。坐久了，感到腰酸背痛了，她就从炕上下来，去扫屋外的落叶或残雪，算是活动活动一下筋骨，或在一张旧照片前呆呆地站着，用蒙上了一层云雾的眼睛端量着照片中的一对年轻的恋人——男的穿一件粗布军装，清瘦的脸上挂着英气照人的微笑；女的穿一件短袄，梳两条齐领的辫子，目光里洋溢着青春的光彩和对美好未来的憧憬。这张挂在墙上的纸质烟黄的照片，是抗战胜利后不久她和老伴在石家庄的一个小照相馆拍的。如今，每当她站在它的面前，眼睛里就不觉涌出了泪花，发生在过去艰难岁月里的往事会像一泻千里的奔流在她的脑海里翻滚着。在照片的周围是一些字迹模糊的奖状，它们有如一堆古币，从凝成锈斑的时间的缝隙里透映出淡淡的令人怀旧的亮色。这亮色在抚慰她心灵的同时又使她不禁生发出回肠百折的感慨。

"奶奶，您说爸为啥要跑到大老远的南方去办画展？"一天，孙子张宏见她愣眼愣神地站在照片前，毛头毛脑地问道。

"这我可说不好，你得问他才是。"她慢慢地转过身子，讷讷钝钝地回答说。

"那他啥时候回来呢？"张宏又问，

“我想快了，不出这个星期吧。”她用手绢擦了擦噙着些许泪花的眼睛。“怎么，你等不及了？”

“是啊，我正盼着给他一个惊喜呢！”张宏说。

“什么惊喜？”她那张木呆呆的脸突然抽动了一下，眼珠子一动不动地盯着他。

“我——”张宏欲言又止。

“瞧你神神秘秘的样子，有事就不能先跟你奶奶说说？”她的目光里挤出一丝不满。

见奶奶面露不悦，张宏赶紧走到她的身旁，附耳低语道：“我处上对象了！”

“是吗？那可是件值得庆贺的大好事！”她扭过脸喜眉笑眼地对着张宏说。“我看，你老大不小了，也该成个家了。再说，奶奶早就盼着抱曾孙呢！哦，对了，她是哪家的闺女？怎么会瞧上我们这位傻大黑粗的大小伙子？”

“奶奶，看您说的。”张宏窘然一笑。“实不相瞒，她是宋妤的女儿。”

“宋妤的女儿？”奶奶听后不觉拧紧了眉头。

“是啊，就是爸学校里的那个宋妤。”张宏解释道。

“我知道你说的是她，可她前些日子不是出事了吗？”奶奶的双眉拧得更紧了。

“出事了？”张宏瞪直两眼疑惑地问，“是谁跟您说的？”

“还不是你爸临走前告诉我的。”奶奶回答说。

“这到底是咋回事？”张宏心里突然变得急煎煎的。

“这说起来可就话长了。”奶奶走到一张竹椅前，坐下后慢声慢调地向张宏讲述起跟宋妤有关的事。

这个宋妤是主管学校财务和后勤工作的副校长。此人的名声不怎么好，不少人在背地里骂她是趋炎附势、贪荣慕利的小人。别的不谈，就说两年前吧，当时从省里派来一位名叫谢大福的新校长——据说，他在省城的一所高职当校长时，跟那里的书记拧上了恶劲闹翻了脸，最后由省教委组织部出面，将拴在同一个槽上的俩叫驴牵走了一头。这位新校长刚上任，宋妤就把十万元的公款划入他的个人账户，称这是给他的住房补贴，还特意安排他到某地温泉疗养所疗养了一段日子。宋妤的所作所为并没有引起谢大福的警惕，相反，她得到了他的赏识和回赐。谢大福曾以“考察欧洲发达国家院校管理工作”为名，让她作了一次为期一个月的公费旅游。回国后，又让她在学校自建的美术装潢公司兼任总经理。

一星期前，宋妤突然神秘地失踪了。有人说，她是畏罪潜逃，因为她擅自把公司的一笔巨款贷给了某个不法商人，结果全打了水漂。也有人说，她是在谢大福的默许下才把钱贷出去的，他俩一个是“跑龙套”的，一个是“插猪尾巴”的。还有人说，这是一桩和“不法商人”共同策划的诈骗案，美术装潢公司扮演的自然是“受害者”的角色。但不管人们怎么说，眼下宋妤似乎成了一条被人穷追猛打的“落水狗”，成了谢大福的“挡箭牌”。由于她曾在东窗事发前谎报公司的业绩，骗取了校工会奖励她的一套住房，对她本来就嫉恨的人，特别是那些住房条件较差的职工，纷纷要求校方没收她的那套住房并将她绳之以法。校方则顺水推舟地撤销了她的所有职务，所做的结论是：“宋妤背着校领导擅自乱签合同，造成学校重大经济损失。至于住房问题，等人找到后再做处理。”

“这不会是瞎编的吧?”张宏听了奶奶的讲述后将信将疑。“宋妤我又不是没见过。她看上去就是一个实实在在的大好人，热情直爽，办事稳重。据她女儿讲，她曾经给贫困地区捐过不少款呢!”

“这些都是她用来伪装自己，掩人耳目的。我记得有句老话，叫做‘画虎难画皮，画人难画心’。宋妤要是能让你一眼就看出来她是个什么样的人，她就不叫宋妤了。”奶奶说，“不过，还有句老话，叫做

‘是龙就会露出犄角，是蛇就会露出尾巴’。这不，宋好要是没做什么亏心事，她又何必东躲西藏的见不得人呢？我听你爸说，早在谢大福调来之前，宋好就因涉嫌腐败而成了众矢之的。不少人怀疑她把修建校图书馆的项目承包给由她的表弟主管的某建筑公司，从中获得了大量的回扣，怀疑她在分配职工住房时大搞幕后交易，以肥私囊，怀疑她暗中插手膳食科的采购，每进一批货，她大大小小的都要捞上一把。”

“您说的这些简直无法让我相信。宋好怎么看也不像是您描述的那种人。”张宏说。

“你呀，让我怎么说你才好呢？还是个青瓜蛋子嫩了点。”奶奶说，“依我看，你还是趁早跟宋好的女儿了断吧。你要是真娶了她，你爸一准叫你们俩来个土豆搬家一起滚。他可不是那种愿意被人说长道短的人。”

奶奶的话好似一股冷冽的风，把张宏的那颗火热的心给吹凉了。

“真是世事茫茫难料知啊！”他蔫头耷脑、茫然若失地自语道。

“看来，宋好这回是泥鳅掉进了臭水沟，再折腾也没用了。”奶奶说。

三

张少文在寒流中踽踽独行。从遥远的北方卷来一阵又一阵峭劲的风，掀起了他的衣角，戏弄着地上的枯叶，刮得树梢发出如泣如诉的幽咽。长途客运站清晰的轮廓，不知在什么时候被这风吹得越来越模糊，越来越像是在虚无缥缈间。

不一会儿，从莽莽漠漠的前方徐徐走来一对年轻人，他们身穿色泽鲜亮的羽绒服，脖子上缠着毛茸茸的围巾。男子用右臂搂着女子的腰，将她紧贴在自己的身上；女子把戴着绒线帽的脑瓜偎靠在他宽阔的右肩上，脸上浮现出甜蜜的微笑——这微笑在堇色的绒线帽的衬托下，显得格外的柔美和温婉，就像沐浴在晚霞中的云朵。他们迈着舒缓的、十分默契的步子同行着，仿佛行走在明媚的阳光下，行走在鸟语花香之中，行走在无忧无虑的世界里。

当这对年轻人浮光掠影般地从张少文的身边走过时，他心里不觉悠悠一动，想起了自己的那个还没娶上媳妇的儿子。

儿子张宏都快三十了。虽然几次高考都名落孙山，但日子还是照常过，而且过得比谁都红火，比谁都有滋有味。每天晚上，他不是去舞厅酒吧，就是上朋友家打麻将，常常弄到深更半夜才回家。快到晌午时，他的店铺一开门，顾客就接踵而至，他便应接不暇地忙活开来：修车闸、补轮胎、换钢圈……生意好不兴隆。要是碰上瞧上去有钱的人，他照例是要敲他一笔的。不过，鸟多了难免会混进来几只斑鸠。一些不法分子常常以“修车”作为幌子，把他的店铺当作买卖赃车的场所。几个不务正业的中年妇女常聚在他店铺的门口，向过路人兜售黄色像带。

有一次，儿子拿着满把满把的钞票回到家，乐得抓耳挠腮，闭不拢嘴：“爸，您看，这钱来得多轻松。您教画画收入少且不说，若想搞个个人作品展什么的还得把钱赔上……俗话说：‘敲锣卖糖，各归一行。’现在的社会可不比从前了，是一切‘向钱看’的商品社会，就看谁的锣敲得响，谁的糖卖得多。”

儿子的话有如一股细细的寒流，在张少文的心际萦绕。

灰突突的云越聚越多，越压越低，最后变成铺絮般的层层叠叠。一只孤独的大雁顶着寒流朝远方飞去，渐渐变成了一个小小的圆点消逝在窈窈山影之中。瞥眼之间，天开始下雪了，先是小朵小朵的，而后是鹅毛样大片大片的。它们时而直泻，时而横飞，时而在半空中调皮地旋来转去。人们常说，雪只有在纷飞的时候才是最美的，一旦降落到地上，就成了最不起眼的颜色的一分子了。可张少文却认为，飘落到大地上的雪似乎更美，因为它将自己的生命默默无私地奉献给被它滋润的泥土。他想起贯休《送姜道士归南岳》中的“松品落落，雪格索索”，想起峻青的《瑞雪图》，还想起维瓦尔蒂充满艺术灵性和超越感的《四季之冬》。

在雪片织成的白网中，在通往长途客运站的空寥无人的道路上，他走着，走着，不停地向前走着，脑瓜里的思绪忽而像绵延不断的蛛丝，忽而如跳跳蹿蹿的火花，忽而似断了线到处乱飘的风筝。在一座石桥上，他突然停住了脚步，仰起头遥望天际。他恍惚看到低垂的乌云须臾间变成了被牧羊人驱赶的羊群，正朝着远处散去，看到那只大雁已冲破孤独和寒冷的围屏，找到了属于自己的春天。

简介：

作品借助“寒流”把主人公零乱的知觉印象（这些知觉印象有的被加工成抽象的隐喻符号，有的仍保留着生活的原味）焊接起来，使“寒流”在吸附历史的沉淀和时代的元素的同时，渐次扩张为一个庞大的、兼容并包的抽象物。这个抽象物就像一面棱镜，折射出人生的悲愁与无奈。

十年动乱显然在主人公的心头留下了挥之不去的阴影，现时的商品主义又和他艺术家的清高冰炭不同器。在个人的理想与价值观面临挑战的境遇中，在与浑浊现实的抗衡中，孤独失落的他依然保持着一份清醒、一份操守，固守着一片净土。

另外，从主人公这个意识中心辐射出来的，除了各种真情实感外，还有他一家三代人不同的文化心态。他仿佛被各种记忆所困，被投进了一个巨大的百感交集的旋涡之中。而当这些絮片般的记忆同微妙的情感相互碰擦、相互撞击时，他的灵魂似乎在经历着一次又一次的洗礼。

拾荒者

西坠的太阳在飞沙走石的狂风中显得有些苍老，有些招架不住。它像一只被追捕的猎物狼狈逃窜，殷红的血从受伤的尾巴上渗出，把一座古塔的尖顶涂成一朵奇谲的铁锈。莽苍苍的雾霭偷偷地张开了它的巨网，守候着狂风即将送来的野味。黑色的树叶在天地间披拂，渐渐凝聚成一条绕线般的锁链缠在古塔的脖子上。

浓郁的夜色很快粘住了大街的每个角落。一家“迷你餐馆”的玻璃门上氽着一只光秃秃的脑瓜。脑瓜的主人诚惶诚恐地挽着一只溜明铮亮的葫芦袋，里面的红瓶绿罐间或探出愁苦的面孔，张开的嘴巴里泼出鱼腥般难闻的气味。一只瘦嶙嶙的野猫上下扑腾着，挠着葫芦袋的脊梁，以为借这种亲昵的举动就可以享受一顿难得的美餐。等到它终于明白自己是自作多情时，便阴着脸耷拉着尾巴朝附近的一家网吧走去。

网吧里，暗幽幽的，混浊的空气里掺着涂料的气味——这气味像是从死了的耗子身上散发出来的奇臭，不住地往人们的鼻孔里钻。几个梳着鸡冠头、身穿丐帮服的年轻人正在兴致勃勃地上网聊天或沉迷于虚幻的网络游戏之中，因而对奇臭多多少少有点麻木。好奇的野猫蹲在门口张望片时后，悄悄地溜了进去。它在里边提心吊胆地兜了一圈又一圈，最后来到一张无人光顾的电脑桌前。它先抬起一对灼亮机警的眼睛，看了看桌上的电脑显示器，而后盯上了显示器旁的一只鼠标——这鼠标着实有点像橄榄球场上的四分卫，站在开球线后面随时准备发号施令。它拱起背脊，扭了扭屁股，霍地一个鱼跃跳上了桌子，随后咬住鼠标，昂起头，以征服者的姿态摇晃着货郎鼓似的耳朵。

突然间，它口中的猎物发出一声裂帛似的尖叫。这尖叫声颤颤栗栗地冲出混浊空气的包围飘出网吧，倒在地上，然后连滚带爬地躲到葫芦袋的下面。秃脑顿觉手里的家伙忽轻忽重、忽高忽低的没个准儿，于是弓起脖子，卷下厚厚的眼帘左顾右盼。在昏暗的路灯下，他发现葫芦袋已变成了七横八岔、满是沟坎的老树皮，一股窝火的劲儿直往心头窜。百般无奈的他仰起泛着酸苦青光的老脸狂笑起来，以此来宣泄心中的怨愤。这粗犷放肆的笑声携带着无坚不摧的能量在空间扩散着，熔化了餐馆的玻璃门，熔化了网吧的招牌，也熔化了悬在他头顶上的几粒半暗不明的星星。这可吓着了那只胆小的葫芦袋。只见它一抖索，挣脱了秃脑的手臂后慌不择路地奔逃起来。眼看着它像一车轱辘越滚越远，失魂落魄的秃脑不由己地抖着嘴唇发出一声怪吼。在这怪吼的鞭挞下，他的脸由铁青色转为朱红色，一双昏花的老眼奇迹般地放射出烁烁闪闪的光芒。一阵甩手顿脚之后，他撒开两条长长的鸵鸟腿追了过去。一个是如风似电，一个是似电如风。

“站住！”一个不及掩耳的霹雷，像一棵突然倒下的大树，堵住了他们的去路。“请问你们是哪路神仙？是来烧香的，还是来拆庙的？”

“瞧您这贪吃贪睡的记性！我是这儿无人不晓的拾荒者，就住在您这水果店的楼上。您没见我每天早晨提着这葫芦袋出去，晚上又提着它回来？”秃脑跟老鹰抓小鸡似的，一下子抱住了正在空中扑动的葫芦袋。“再说了，神仙怎么会来烧香，怎么会来拆庙呢？”

这会儿，秃脑似乎清醒了些。这些年来，他总觉得自己一天比一天糊涂了，糊涂得连自己在想什么、说什么、做什么都不清楚，仿佛一切都已分解为最始初的颗粒或还原为一种看似本能但又超越本能的实在。是啊，当大脑这台曾经开足马力长期超负荷工作的生物机器开始失灵的时候，当世俗的名与利和遥遥无期的追求早已如同残霞消失在天边的时候，你会感到整个宇宙突然间向你敞开了它的大门，让你带着几分懵懂毫不费力地钻进去。

说起拾荒，就连他自己也不知道他怎么会心血来潮，操起了这一古老但又很不体面的“营生”。兴许人虽老了，但他还念念不忘过去，总想自导自演些什么，特别是富有个性的小人物；兴许他生怕老在自己的窝里捂着，寸阴若岁地过日子，身上会长出毛来；兴许他不经意间迷恋上了那只葫芦袋，于是一有空就带着它跑出去溜溜腿，一来可以排遣内心的孤独，二来可以体验一下游离于社会典雅传统之外的感觉。

“我没看见你说的那个拾荒者，也没看见他的葫芦袋，我只看见两条狗，一大一小，小的在前面跑，大的在后面追。”跟秃脑说话的那人气息显得很急促，好像方才狂奔的是他。

“是啊，好狗不挡道，挡道的狗准是瞎了他妈的狗眼！要不，怎么会把凡夫当成了神仙？”秃脑载笑载言道。

“你说什么？谁把谁当成了神仙？”那人扇了扇两只快垂落到肩膀上的大耳朵问。

“我说我刚才瞎了眼，没把您这位爷，不，应该说没把您这位庙里的大佛当神仙看，”秃脑边说边窥看着对方的神色，“害得您差点以为我是来拆庙的。”

“你是说你有眼不识泰山？”那人掀起藏在宽鼻子下面的鼻孔，用力地吸了吸气，仿佛闻到了玫瑰的芳香。

“谁说不是呢？”秃脑低垂着头，红着脸说。

“你看你，连句溜沟子的话都说不利落，都要卷上长长的口条磨来叨去的，还能有多大的出息和能耐？”那人用戏谑的口气说，目光里流泄出一丝春风得意。

“我已是风烛残年的老朽，能糊拉张嘴儿就不错了，还奢望什么出息和能耐？再说了，人说话哪有跟爆胎似的，一口气都吐噜干净的？”秃脑说罢，抬眼望了望黑沌沌的天空。

“行了，行了，这话题到此打住，我没闲工夫跟你费唾沫。快告诉我啥时候你才能让我知道你的姓名？咱们邻里之间总得有个称呼吧！”那人说着，将两只看上去力能扼虎的大手揣进衣袖里。

“现在就可以，如果您不介意的话。”秃脑将正探头探脑、张嘴伸舌的红瓶绿罐往葫芦袋里推了推，而后闭上双目打起盹来。

“喂，你这是——你这是在演哪一出啊？”那人等不及了。他上前用头顶了顶秃脑的肚子。“唐僧念经也没你这样活驴不像活驴，死驴不像死驴的！”

秃脑后退了几步后，慢慢地睁开血丝连连牵牵的眼睛：“哦，对不起。你这是——”

“少废话，快报上名来！”那人不耐烦地嚷道。

秃脑凝神思索了片刻，而后说道：“鄙人姓刘，名老七。这是您现在看到的我的姓和名。敢问您的尊号——”

自从干起拾荒这么一个下九流的“营生”，秃脑似乎再也不记得自己的真姓实名了。尽管这常常会招来一些小小的麻烦，但却可以省去更多更大的麻烦。

“我叫冯老大。瞧你这驴倒架不倒的秃头，报个姓名也不嫌罗嗦，办起正事来准不会稀里马虎。”那人半笑着说。“哦，对了，你说我现在见到的你叫刘老七，难道明天你就不叫刘老七了或者我见不到你的时候你也不叫刘老七？”

“这我可说不好，但叫我受宠若惊的是您老大有一副孙猴子般的好眼力。”刘老七说，“想当年我做导演的时候，我确如您老大所讲的那样，办起正事来从不敢稀里马虎。可以说是针扎不进，水泼不进，就像一块铁板。”

“就你这模样也能当导演？得了吧，别李逵扮新娘了！你这话糊弄糊弄三岁的孩子还差不多！别说我埋汰你，你若能当导演，那老母猪也能爬树了！”冯老大把手从衣袖里抽了出来，往身体的两侧一叉。“真没想到我才夸你是个胖子，你就喘起粗气来了。要是让你坐上了八抬大轿，怕是要逼我冯老大给你吹响器了！”

“您这话说得就有些生分了。”刘老七似乎还没有察觉到冯老大姿态上的变化。“您是老大，我是老七，咱们好歹也是一家子人。常言道：‘不是一家人不进一家门。’一进家门，我老七向您老大磕仨都来不及，哪敢在您的面前大言不惭地吹嘘自己？就算我有这个心，也没有这个胆啊！可叫我想不明白的是——”

“想不明白什么？”冯老大瞪大着眼睛问。

“您老大的嗓音怎么保养得跟我儿子的嗓音一样？”刘老七说。

“啥？你这没深没浅、没斤没两的刘老七在胡扯些啥？”冯老大听了这话，脸色陡变。

“我——我是在说，怎样才能把我的嗓音保养得跟您儿子的嗓音一样。”刘老七见他拢袖揎拳、咄咄逼人的样子，急忙改口道。

“那还差不多。不过，你这比喻也太粗浅了，太俗不可耐了！难道你自己就没有儿子？”冯老大回嗔作喜地说。

“有倒是有一个，可我忘了他是在哪年哪月那日出生的，也不知道他现在在何处。自打我老伴去世后，我就没帮没衬的落了单。我一直守着他们留给我的那份难熬的孤独直到遇上了您，不，直到遇上了这只愿意和我相依为命、同甘共苦的葫芦袋。说真的，它就像一束温暖的阳光照进我的胸腔，慢慢地融化了跟冰一样锁住我心头的孤独。”刘老七说罢，把脸贴在葫芦袋上无声饮泣，泪流满面。

“你这头快被忘性吃掉的猪，居然在我的面前把一只垃圾袋吹上了天，还跟哭坟似地朝我泼洒晦气，看我如何修理你！”冯老大见此情形，立刻鼻斜嘴歪地操起一把铁铲，朝刘老七劈头盖脑地打来。

刘老七先是一懵，随后撒开脚丫子跑起来。几只红瓶绿罐趁机从葫芦袋里蹿跳到地上，发出一阵哐哐啷啷的响声。这奔雷惊浪一般的响声久久地回荡在被湿润的空气泡涨了的夜空中。

用火文身的夜，似乎被这声音激活了。只见她一面掀动着墨黑的长裙，一面如癫如狂地扭动着诱人的丰姿，脸上酡然漾起一涡涡醉色。刘老七腾腾若飞地跑了一阵后，忽觉有什么东西在他头顶上摆过来摆过去的，于是停下脚步，翻起闪烁着冰凌花的老眼。接着，他不自觉地竖起脚掌，伸手摘下一片墨黑，将它蒙在头上。他似乎宁可做这墨黑的俘虏，苟延残喘在它滚烫的子宫里，也不愿当冯老大"修理"的对象。

"我这会儿才明白，在托钵乞食、云游天下的佛陀面前，在用粪煨芋、吃人剩食的懒残和尚面前，区区一条挡道狗又算得了什么……"他哈吃呻呼般地自语着，全然不知自己已被那片墨黑带到了一个万象寂然的沙滩——在那儿，来自宇宙的力量早已灭绝了曾在清澈的海水里蠕动的晶体，原始的欲望在破碎的贝壳上残留着扩张的痕迹。

一栋三层楼的老式居屋，借着从冯老大水果店涌来的碎光显露出疲惫的、灰黪黪的面孔。由于年长月久，居屋的屋顶上有不少瓦片已经破损或松动，窗子的木框也早已掉了漆色，裸出细长的、犹如刀切的裂缝。从梦幻世界返回现实的刘老七，待这水果店打烊后，壮起胆子朝居屋摸去。他抬起酸乏的腿晃晃抖抖地走上咯吱咯吱作响的楼梯，拢成瓶塞状的嘴里吹出几声透凉的口哨。摽在他胳膊肘儿上的葫芦袋，像耐不住寂寞似地不停地蹭着焦黄干裂的墙壁，发出猪牙子啃屎般的哼哧哼哧声。

走到顶楼后，他从衣袋里摸出一把钥匙，打开一扇挂满尘灰的板门，随后歪身扎进黑洞洞的房间。他拉亮了屋里的一盏没有灯罩的光秃秃的电灯；从灯里即刻飞出一圈又一圈金黄色的蜂，在他身体的周围打着转儿。关上了房门，放好了葫芦袋，他从餐桌上拿起一只饭锅，掀开盖子闻了闻，没发现饭勺子下面的粥和泡菜有什么异样的味道，便坐在桌边的一只圆凳上风卷残云般地吞吃起来。这饭菜与其说是他早上吃剩的，不如说是他特意为晚上留着的。在餐桌的一侧，倚墙摆放着一只用核桃木做的柜子，它像古代宫廷里的侍卫毕恭毕敬地站立着，给他安闲的心情添加了几分踏实感。靠近窗户的一个墙角里有一张祖传的太师椅，方大而结实，且抖出一副威严的神态。他从来没坐过这张椅子，只是把它当作一件古董收藏着，把它当作祖辈的化身侍奉着。靠近窗户的另一个墙角里则堆满了旧书、旧杂志和旧字画；它们就像被人遗弃的宠物，神情惙然地发着呆。一张长长的法花绸面的老式沙发，像一头睡着的狮子横在电灯的底下；它背对着窗户且和窗户保持着一些距离。坐在这沙发上，可以看到一幅纸质浮黄的水墨画和几幅褪了色的旧挂历。水墨画的左上角写着摘自傅玄《九曲歌》的对句："岁暮景迈群光绝，安得长绳系白日。"挂历上都是当代好莱坞女明星的照片，它们使原本古板的、缺乏生气的墙面显得妩媚动人。

一阵手嘴忙乱后，他拧了一把鼻涕抹在布鞋上，随即蹲在沙发旁，打开葫芦袋开始清点这一天的"血汗"。他一面清点，一面细细品尝着拾荒者特有的乐趣，就像孩童玩着河边的卵石蚌壳，就像学者摆弄着书籍和文稿，就像爱好集邮的人欣赏着自己的一张张好不容易淘到的希世邮票。

清点完毕后，他把瓶瓶罐罐整整齐齐地搁在沙发后面的地板上——它们看上去就像一支隐蔽在一座大山背面的随时会攻上山头的军队——，然后斜靠在沙发上翻阅起一本杂志。他很快被一只"神秘的时钟"所吸引：

>……里屋的墙上高高地挂着一只苍老、神秘的时钟。早年粉白似霜的墙面如今已是褐斑点点，皱波绵延；如果走近细看，

还能发现几条蛛丝般的浅沟，它们自信而又颤巍巍地向四周伸延着。在这杂芜衰颓的背景的烘托下，时钟的脸上好似凝聚着沉重的暮气，也凝聚着些许沧冷。不过，在这张脸上依然可以找到昔日的骄横与孤拔。

夜里，裹着月光的凉飕飕的风，常穿过参差不齐的树枝，透过百孔千疮的窗纸落在这只老钟的身上，吓得它像一条魂不附体的狗狂叫起来。此时，从梦中惊醒的石儿会被一种莫名的恐惧死死地揪住，不寒而栗。他希望传说中的那位辟邪啖鬼的终南进士能显一显灵。

小时候，他听爷爷讲，这只钟是纯正的德国货，是由汉堡的一个叫卡尔·奥斯瓦尔德的钟表商制造的。爷爷说，他特别稀罕这只钟，因为清脆悦耳的钟摆声使他联想到敲击在河边石道上的马蹄，钟顶上塔形的装饰物使他联想到静谧而庄严的教堂，钟门两边造型古怪的浮雕使他联想到小人书里披坚执锐的卫兵。每天大清早，他总见爷爷先把屋子拾掇得干干净净的，接着，踮起脚用鸡毛掸子轻轻地拂去落在钟面上的灰尘，然后毕恭毕敬地站在钟底下的供桌旁，直到头顶上的家伙不近人情地、铛铛地爆响起来。每逢冬至和清明，爷爷会恂恂有礼地把老祖宗的画像请出来，整整齐齐地摆在供桌上，点着几根香和几支蜡烛后，便躬着身子肃立良久，嘴里不停地自语着。在烛火的挥耀下，在他诵经般的嗡嗡营营声中，老祖宗的幽灵好像从坟墓里跑了出来，静观着屋子里发生的一切。冉冉升腾的香云烛烟渐渐地笼在老钟的周围，犹如冥冥昏雾萦绕着一座叫人生怕的峭壁。蜡烛快要燃尽时会发出“劈啪劈啪”的响声，算是宣告祭祀仪式的结束。此时此刻，画像中的老祖宗显得格外精神，站在他们面前的爷爷也显得格外精神，只有他石儿两眼发呆地看着桌上老祖宗没有吃上的供品。

“爷爷，您今天忘了做一件事！”一天，石儿冲着爷爷嚷着，嘴角上挂着一丝淘气。

“啥事有那么重要？”爷爷疑惑地问。

石儿指了指墙上的钟。

“哦，瞧我的记性，就像筛子的窟窿。”

当爷爷费力地从吱吱呀呀的竹椅上站起来，踉踉跄跄地去拿鸡毛掸子时，石儿撒开两条细腿一阵风似地跑到宅院前的小河边。他追蝴蝶，耍蚱蜢，戏游鱼……玩上了一阵后，又朝龙石山奔去。

龙石山不算高，可终年云缠雾绕，即便是在天高气爽的晴日也很难看清它的顶峰。石儿曾听爷爷说，自己的名字“赵龙石”（小名叫“石儿”）是他给起的。他说，他之所以喜欢“龙石”这俩字，不仅是因为赵家的祖祖辈辈都是在龙石山下长大的，而且是因为“龙石”听上去有一种霸气——龙象征着权威，石则代表这种权威永驻于天地之间。而石儿却认为，自己的名字应该改成“赵飞龙”，理由是：传说中的龙是在太空中独往独来的；既然要做一条龙，就不能像一介无名的山石默默无闻，无所作为。他每次爬上龙石山，不是为了别的，就是为了体验一下做龙的那种“腾云驾雾”的感觉，同时寻找村里人经常说起的那座“山神庙”。村里人都说，山神庙里的山神爷是普度众生的如来佛的化身，他手眼通天，法力无边。还说爬山的时候谁也不能超过山神庙的庙顶，不然就是对山神爷的不敬，而一旦冒犯了山神爷，大大小小的灾难就会接连不断地降临到村子里。可石儿每次爬上山，除了横生的乱石和只有苍鹰才会栖落的岩壁外，什么也没见着。

每当石儿在外头玩耍时，爷爷便独自一人在屋里呆坐着，时不时抡起梦梦查查的两眼，凝视着墙上的老钟。说真的，他一见这只高高挂起的钟就想起他爹，因为他爹在世的时候总爱亮着他那副洪钟般的嗓门呼来道去的，屋子里的平静老是被他的吆三喝四声给打破了。那会儿，他确乎有点讨厌他爹，能躲着他就躲着他。但自打他爹去世后，他又常常觉得这屋子里有如深宫一般的冷寂，觉得"魂惝惘而无俦"。

不过，令他宽慰的是，这屋里还幸存着一个悠悠似古的声音。尽管这声音听上去有点孤单，有点低调，甚至有点凄切——就像他在睡梦里听到的从大老远的铁匠铺传来的打铁的叮叮当当声——，但它似乎在无形之中主宰着他的生活。被主宰无疑是叫人郁闷的，但摆脱了被主宰的地位又会让人感到一切熟悉的东西一下子变得陌生起来。这就好比一个人在芳菲正浓的盛夏听惯了蝉鸣和蟋蟀的叫声，一旦少了它们就会觉得自己突然间走进了一个空旷冷落的世界。

看到这里，他忽觉两眼皮子像是粘上了鳔胶似的抬不动，于是干脆撂下杂志，闭上眼睛按摩起眼圈来，一边按摩一边梳理着自己的感想：看来，这个故事中的石儿不仅天性好动，而且跟他刘老七一样，是一个脑瓜里充满了各种浪漫主义想象的意志自由论者；而他的爷爷可就不同了，其可悲之处就在于作为一个自由人他始终念念不忘过去没有自由的生活，极力地想通过一系列传统的和自创的仪式来维持自己内心世界的某种秩序——因为自由对他而言很可能意味着会颠覆这种秩序，将他变成一个找不到归属感的人……不过，他刘老七似乎也不知不觉地被怀旧的情绪纠缠着、摆布着，也在用一种自创的仪式（拾荒）来维系着内心的平衡。是啊，从怀旧到仪式，再从仪式到秩序（平衡），这或许就是一条隐藏在生活中的法则。宗教徒是这样的，非宗教徒也是这样的；人是这样的，社会也是这样的。在这条因果链中，怀旧是最始初的情感。它就像致幻剂，让正行走在沙漠里的你看到了一片草木幽香、鸟儿啭鸣的绿色田野。它就像一股醉人的风，吹走了笼在你心头的寂寞和从寂寞的碎壳中悄然诞生的凄楚，把你变成一只在清凌凌的溪流上款款飞翔的蜻蜓。没有怀旧就没有文学艺术，就没有对古迹的凭吊和歌颂。如果说是怀旧情绪促使艺术家们去打捞历史遗迹中或自己过去生活中有价值的东西，那么创作便是一种仪式。通过这种带有“追寻或拯救自我”特征的仪式，艺术家们达到了理想中的精神上的平衡点——摆脱了灵与肉对立的对实体世界的超越。也就是说，他们在创作的过程中能够发现自己的神性，成为驰骋于价值王国中的类似神的人……

他突然感到自己的脑瓜并非像他想象的那样不够使，突然从自己的身上发掘出“雪藏”了多年的批评家的天赋，突然发现自己比艺术家更接近神性——因为他更多的是在用自己的肢体语言创作，用自己的奇特的生活方式来图解抽象的哲学命题，就像怀特笔下的沃斯。于是乎，他飘飘然地拿起杂志继续往下看：

每天临睡前，爷爷总爱倚在床背上跟偎依在他怀里的石儿絮说自己的故事。供桌上的一盏油灯散播出昏黄的、时而摇曳不定的光线，照在他对面的时钟上，照在他床边的竹椅上，也照在他那张烙满皱纹的古铜色的脸上。他的嗓音是低弱的，就像在风中颤悠的枯叶发出的细碎的声响：

有一回，爹带着我到城里的一座古寺去敬奉香火。当我跟着他走进空无一人的庭院时，他突然停下了脚步，俯下身子问我害怕不，我溜了一眼破损的飞檐、剥蚀的残壁和捎色的雕阑后摇了摇头，说：“只要呆在外面不进去看佛就不害怕。”他听后，直起腰杆笑道：“来庙里烧香哪有不看佛的？实话跟你说吧，看了佛，烧了香，佛身上的灵气就会散发到你的身上，保佑你好些个日子。”听他这么一讲，我倒不觉得害怕了，而是在脑瓜里描画起佛的模样来，画完一个又画一个，直到不知不觉地来到被厚厚的灰尘罩着的脱了些金粉的如来大佛前。

他给如来大佛点了几炷香，磕了几个头，然后跟着了魔似地吟唱起来。这吟唱起初还带有一点乐感，可过了片时变得有如蚊子在嗡嗡叫。躲在他背影下的我撑不住直想笑，于是急忙收紧下腹深吸一口气，可没想到却弄得鼻子里像飞进了细小的绒毛，痒得直打喷嚏。这喷嚏把如来大佛给惊动了，只见他身上的尘埃柳絮般纷纷扬扬地飘将下来。

还有一回，他听说有几个外国传教士在城里盖起了一座小教堂，便迫不及待地领着我去做第一个主日礼拜。我们跟在一群穿着入时、仪态端庄的善男信女后面，心神不定地走进还散发着油漆味的堂内。这里，万花筒般五颜六色的玻璃让人觉得仿佛置身于一个寓言般的奇妙世界里；尤其是那几块透映出神与圣徒形象的玻璃，给阴森森的教堂增添了一种神秘的气氛。我们故意呆在光线比较昏暗的堂隅，将微带羞涩和不安的目光投向站在诵经台后面的一位说起话来慢条斯理、神态一本正经的牧师。他用生硬的中国话念着经文，右手不时地在空中比划着，好像在舞动一把看不见的降魔驱妖的法器。我好奇地注视着他金黄色的卷发和散发着蓝宝石般幽光的眼睛，注视着挂在他胸前的十字架——它在漆黑的背景里无精打采地伸着懒腰，似乎在告诉人们它无意跟它的主人争宠。

“爹，那个脖子上套着大项链的洋人到底在讲些个啥呀？”回家的路上，我终于敢开口问他了。

他稍稍迟疑了一下，而后回答道：“他讲，凡信仰主耶稣的人，其灵魂便可获救，来世进入天国。”

“主耶稣是谁？天国在哪里？”我又问。

“主耶稣就是洋佛陀。天国就是乐土，人在那儿可以享尽荣华富贵，福寿绵延。”他扁平的前额突然绽出一道充满活力的亮光。

“那您信不信洋佛陀?”我接着又问。

“信,当然信。只要对我有用,我什么都信。财神爷让我招财进宝,道姑给我卜卦算命,如来佛保我岁岁平安。现在又添了个洋佛陀代我承担一切罪孽,馨香祷祝都来不及,哪有不信的道理?”他越讲越兴奋,越讲声音越高亢,两条浓黑的眉毛随着脸部肌肉的起伏耸动着、欢跃着,好像天上的王母娘娘也能给他生孩子似的。

“您说的道姑是不是仙姑?”有一天,我听他正在跟别人说李仙姑的事,于是就问他。

“对啊,道姑就是仙姑,仙姑就是道姑。她们和道士一样把老子当作神仙。”他笑着回答道。

“那老子又是何人?”我又问。

“要说老子么,他可神了。相传生于天地之先、以‘道’为身的他原本无形无象,长存不灭。他本居住在太清仙境,但为了教化世人常降至人间,尤其是做历代帝王之师。伏羲时代他是郁华子,神农时代他是大成子,祝融时代他是广成子,后来又做了太上老君……”

偎依在爷爷怀里的石儿似懂非懂地听着故事,听着,听着,不觉睡着了。是啊,每次爷爷还没把故事讲完,他就打着轻微的呼噜睡去了,因为爷爷的世界似乎太大了点,装不进他窄小的心里。能装入他心里的是水缸里的鱼苗、竹笼里的蝉儿和龙石山上潮乎乎的浮云游雾,还有墙上的那只高深莫测的老钟。它们经常像悠悠飞翔的蝙蝠闯入他虚无缥缈的梦境。

读到这,刘老七仿佛被故事里的内容给催眠了——尽管他朦朦胧胧觉得石儿的爷爷与其说是在讲故事,倒不如说是在举行着一个更耐人寻味的仪式。他阖上沉甸甸的眼皮酣然睡去,只有向上掀着的鼻孔还在不知疲倦地工作着,发出一阵又一阵如雷的鼾声。这鼾声震得悬在他头上的那盏光秃秃的灯忽明忽暗地荡起了秋千,震得沙发背面的瓶瓶罐罐磕头碰脑地跳起了芭蕾,震得躺在他睡梦里的一望无际的平原一会儿变成烟云回绕、若断若连的群山,一会儿变成一片银波泛泛的湖水……

记忆的碎片在梦中飞舞,继而宛如簌簌飘落的雪花松软而又实沉地压在感觉的枝条上。它们吮吸着时间的乳汁,时间的乳汁稀释了它们。刘老七忽见一条有鳞有须的眼镜蛇从一个形状古怪的镜子里慢慢地爬出来,在他的面前扭扭屹屹,而后,它化为一座檐角上挂着铃铛的尖塔,孤零零地忽隐忽现地矗立在一座山上。

他吃力地探探摸摸地朝塔顶爬去,一边爬一边不时地看一眼脚下的悬崖陡壁。铃铛在一阵阵风中发出清脆的响声;这声音时而如惊马狂奔,时而似细雨淅沥,时而若珠撒玉盘,仿佛有无数个看不见的精灵在天国摆开了乐阵。风越刮越紧,越刮越猛,渐渐招架不住的他终于从塔上掉了下来,冉冉缠缠地落到山脚下。

这时,一群大大小小的怪兽嚎叫着从四面八方跑到他的跟前,将他团团围住。它们有的摇头晃脑,好像喝醉了酒;有的踢跶着毛茸茸的腿脚,好像在刨坑掘坟;有的圆睁着血红的眼睛打量着他,摆出一副决斗的架势。情急之下,他捡起脚边的一根树枝,向它们狂挥乱舞地打去,一边打一边朝附近的一间屋子奔去。

屋子里墙粉脱落、青砖裸露的旧壁上歪歪斜斜地挂着各种栩栩如生的神像,其中有驭日之神羲和、驭月之神望舒、风神飞廉、水神河伯、火神祝融……当他慌慌张张地冲进去时,只见诸神转眼间变成了檀口艳腮、体态娇娜的美人,她们一个个披发跣足、轻盈如燕地朝他围了过来。

"哈哈,我看你这会儿是赵匡胤爬城墙,无路可走了!"他刚转身欲跑，长出两只兽角的冯老大拿着一把铁铲断了他的后路……

漫长的、多梦的黑夜终于逝去了。窗外参天的水杉在柔和的曙光中显出它们清晰的轮廓；噪晓的鸟儿在树上跳跳纵纵，啾啾欢啼。雄鸡男高音般的鸣叫声忽腾腾地穿过一道又一道戒备森严的绿色屏障，掉进了还未梳妆打扮的葫芦袋里。

刘老七刚起身就推开一扇窗，将青筋暴突的脖子探出窗外。他忽溜着眼珠子朝四下张望了一会儿，然后从沙发底下抽出一把钢锯，用铁丝把它的一头摽在一根竹竿上。他将竹竿伸出窗外，开始咯吱咯吱地锯起水杉的枝条。从毛孔里沁出的汗水爬过他通红的脸膛涔涔而下。

“嗨，我说啊，这树又没招你惹你，你怎么一大早就跟它动枪动刀的？难道你就不怕遭报应？”冯老大不知什么时候跟幽灵似地出现在树底下，扯起毛驴般的嗓子嚷道。

“您冯老大天天瞪着老大的牛眼，就没瞅见这野藤般的枝叶夺走了我心爱的阳光和视线？再说了，这树早就被您水果店的顶棚压折了筋骨。真是丈八灯台照不见自己！”刘老七气咻咻地说，淡若烟云的眉梢挑起一丝冷嗖嗖的嘲笑。

“好你一个呆里撒奸的刘老七，一宿没见，老鸹上枝抖起了神。昨晚要不是你脚底下抹油跑得快，我早就把你给削了，轮不到你在这儿飙口水了……”冯老大忽眨着寒光闪闪的眼睛，咬着牙忿忿地说。

刘老七没再理会他，只顾着锯枝条，而且越锯越来劲，越锯越心荡神驰——尽管他早已饿得前胸贴着后背。

是啊，他寻思着，在人类这种极端自私的动物面前，树永远居于被宰割、被奴役的地位。你在它身上搭棚也罢，你用锯子锯它的枝条也罢，你削皮、砍伐、刨根也罢，它只会逆来顺受，隐忍无言，就像一条被你捉住的鱼，随你开膛剖肚，摘肝掏肠。现如今，人们早已抛弃了万物有灵论，更见不到严厉的日耳曼法律的踪影。无怪乎卢卡斯说：

“国王已死，犀鸟万岁！”

冯老大不知使的是啥着数，又跟幽灵似地蒸发了。站在窗底下的，是一只毛茸茸、圆乎乎的黑猫。它高昂着头，竖起耳朵，圆睁着一对黄灿灿的眼睛注视着刘老七的一举一动。不一会儿，它仿佛嗅到了从树的伤口散发出来的血腥味，仿佛听到了从树的内核发出的一阵又一阵痛苦而又无奈的呻吟，于是乎冲着在它头顶上晃动的刘老七龇牙咧嘴地尖叫起来。这叫声和树的呻吟缠在一起，扭成一团，在刘老七的四周滚过来滚过去的，扰得他心烦意乱起来。突然间，一根脆硬的枝条借着树身的颤动在他的脸上划出一道浅浅的口子。这口子经汗水一蜇，疼得他筋麻骨酸、两眼发晕。

他终于收起了手里的家伙。用毛巾擦去脸上稠浆般黏糊糊的汗水后，他照了照镜子，发现自己的那张脸还行，并没有因为那道口子而少了些幽默感，便气定神闲地在厨房里熬起粥来。他一边熬粥，一边用一块半干半湿的布擦抹着葫芦袋，同时回忆着刚才跟冯老大的争论。他暗暗地佩服自己有一张扳不倒的铁嘴，嘲笑冯老大当时那副一惊一乍、理屈辞穷的样子。

没多时，粥熬好了。他往锅里撒了些泡菜，随后盛上一大碗一口一口地啖啜起来。他喜欢吃自己亲手熬的粥，因为他能掌好火候，把粥熬得晶莹剔透、不稠不薄，吃在嘴里有一种滑爽的感觉。

自打退休后，为了保持精瘦的体形，他一直坚持只吃早餐和晚餐，而且，这两餐都是清一色的稀饭加泡菜。当然，偶尔趁着高兴，他也会做一些油炸花生米，以茶代酒，自得其乐一番，算是一种难得的奢侈和消遣。一粒粒饱满的、红似榴火的花生仁硬实而脆香，这口感往往会令他想入非非，因而，咀嚼起来也就自然别有一番情调。倘若这种形式的奢侈和消遣还不能完全使他心满意足，他就翻找出几张老唱片，播放几首心爱的曲子。从唱片的螺纹中挤出来的声音尽管有点涩滞，好像掺进了沙子似的，但却能让他陶醉在温馨的回忆之中,仿佛时光随着螺纹的旋转回流到昔日的峥嵘岁月里。

填饱肚子后,他将葫芦袋挂在左臂的肘腕上,然后迈着舒坦自在的步子喜冲冲地走出家门。

他几乎每天都这样:负着温情的初日出去,背着冷漠的月亮回来,除非下雨,无奈落在可怕的空虚和无聊的掌心里。雨天里,如果实在是憋得发闷,他就在雨消停后拽一杆破扫把,声势浩大地走下仄仄的楼梯,去扫外面的积水。一滩滩积水酷似一只只聚光镜,将四面八方的碎光都拢在一块,使屈尊俯就的天宇显得心胸狭窄,使掉在它们上面的景物变得委委琐琐。他像一只撒欢的鸭子在积水里趟来趟去,把水中的虚像破坏得无影无踪。有时候,还故意将水溅在打他身边走过的行人身上,借以挑起一场钉子碰铁头般的舌战,好让看热闹的人越聚越多,自动筑起一圈抵挡空虚和无聊的屏蔽。当看热闹的人里三层外三层地将他围了个风雨不透时,他似乎找到了自己风光八面、粲粲照人的过去。睽睽众目让他体会到当年苏格拉底在雅典街头与人辩论时的心情,一声声责骂自然成了向他踢来的“驴足”。他始终弄不明白,同样是一种解嘲的方式,为什么在西方被视作忍耐和超脱的极品,而在中国却被贬为“阿Q精神”。

当他走到一条大街上时,一股风顽皮地钻进了葫芦袋,将它撑得有如一只偌大的气球。他被飘飘腾腾的它带到了一个公交车站——这里,站牌周围早已挤满了黑鸦鸦的人群;他们有的在大口大口地吃着早点,有的在心醉神迷地听着耳机里的音乐,有的伸长着脖子在焦急地张望。耐不住寂寞的风冷不防地从葫芦袋里跑了出来,吹得几只耳坠儿在摇摇飐飐中发出叮铃叮铃的声响。

刘老七正想回避几道扎心扎肺的指摘的目光,一辆大巴士在站牌旁停下了。它活像一条鲸鱼,张着大口吞咽着送到嘴里的鱼虾。挽着葫芦袋的刘老七也稀里糊涂地把自己送到了它的嘴里。

“这车是不是开往西口甸?”他见车厢里塞满了一张张古怪的

面孔。

“你问我们,我们去问谁啊?”不知是谁阴阳怪气地回答道。

话音刚落下,车开动了。这会儿,只听见有人在嘁嘁喳喳地议论着:

“瞧这老头,八成是个疯子。”

“谁说不是呢?我起初还以为他抱着一条狗呢!”

“都七老八十的人了,还那么幽默!”

“你可别忘了猴子是最幽默的,但它毕竟是猴子。”

“哦,对了,我刚才还瞧见一疯子。不知他是否也上了这辆车……”

刘老七觉得这些人的话说得有点轻率和粗鲁,就像浮在水上的糠皮,而且声音听上去怪怪的,使人联想到唧唧啾鸣的秋虫。为了避开这些人,他借着不时被窗外的树枝剪断的阳光挤到车厢的最深处,静静地呆在那儿。

呆了一会儿后,他无意间捕捉到窗外的一组画面:一个黑衣人反剪着双手直橛橛地站在一家银行的门洞前,凝视着眼前梦幻般的喧嚣;一个衣衫褴褛、神情麻木的叫花子,左手拿着一只破碗,右手拄着一根竹竿,一跷一拐地朝他慢慢地走去;当叫花子走到黑衣人的面前,歪歪腻腻地跟他说着什么时,黑衣人先是佯佯不睬,而后突然像被什么东西捅醒似地后退了几步,抽出身后的一只手遮护着自己;在离银行不远的地方,有一路人正在俯身扑拉着鞋面上的细土,像是在故意躲着叫花子。这男子弓背弯腰的姿势让他刘老七记起布莱克的一幅画——画面中,大科学家牛顿居然光着身子坐在一块石头上,用一只小小的圆规测量着脚下的地球。或许,他寻思着,布莱克是想告诉人们:不论是科学家,还是崇拜科学的人,他们的可笑之处就在于喜欢把自己圈在由因果律支配的物质世界里,使自己的视野仅局限于脚底下的那片贫瘠的土壤……

就在他浮想联翩、神飘千里时，大巴士突然停下了。一头胡须如瀑的山羊驾着车门外的风，闯阵似地撞了进来。从他身上散发出来的骚烘烘的味道，熏得车上的人嘴里直打泡泡。

关上车门后，大巴士跟长了翅膀似地向一无遮掩的碧空飞去。车窗外面的广告牌像是坐上了雪橇，倾斜着身体向下方匆匆滑行。广告牌上，几只灰白的巨手自作聪明地表演着各种稀奇古怪的魔术，几张晒成古铜色的脸俏皮地做出夸张、变形的怪相。街旁的摩天大楼仿佛被风鞭驱赶着，一个接一个地向后逃逸。

正坐在车厢里瞌睡的一位老人慢慢地睁开迷蒙的睡眼，嚅动着嘴唇嘟囔了几声，而后用指甲剔刮着粘在眼角上的眵目糊："该让那班狗孙子也来坐坐这驴骚马臭的车！我打小鬼子的那会儿他们还不知在谁的腿肚子里转着筋呢！现在他们倒好，出门有轿车，回家有别墅，还包他妈的暗门子！真是孙行者上天，忘了自己是从哪块石头里蹦出来的！"

刘老七琢磨着：看来，这位土埋半截身子的老人年轻时是条呼啸林莽、叱咤风云的好汉，现在与其说是被这辆"驴骚马臭"的车折腾得戗不住了，倒不如说是让他讲的"那班狗孙子"给气疯了；如果"那班狗孙子"是他自己的儿子，或许疯的不是他，而是别人。

大巴士喘上几口粗气后，开始向下冲刺。车身癫痫般地打着晃儿，好像随时都会散了架似的。挤在车里的人一会儿倒向左边的车窗，一会儿倒向右边的车窗，一会儿前俯，一会儿后仰。如堕八极玄境的刘老七突然发现手里的葫芦袋不见了，于是手忙脚乱地寻找起来。

"喂，该下车啦！"这时候，不知是谁在跟他说话。

"我不是已经下车了吗？"他见葫芦袋在日光的虚晕里打着转，于是赶紧伸手去抓它，可刚把它抓到手里，它又从他的手里滑了出去。

"瞧你这死不死活不活的样子！脑瓜是进水了，还是叫驴给踢了？你没见这车抛了锚？"一张白面孔在黑漆漆的车厢里晃动着，它使他想起莱顿的“沼泽里的花”。

“请问这儿离西口甸还有多远?”他终于抓住了葫芦袋。

“我没听说过这个地方,你还是赶紧下车吧!要不然——”白面孔还没把话说完,突然淹没在打着旋儿的漆黑之中。

心魂不宁的刘老七摇摇晃晃地下了车,脑瓜里还残存着叫他生怕的漆黑。不一会儿,他发现自己被夹在一处绿地和一栋高楼之间。绿地的中央是一棵大树,树底下有两只白鸽——它们酷似一对形影不离的情人在草丛里舒舒扬扬地走着,翅膀时而像一开一合的折扇。野花借着缓缓移动的气流扭动着娇小玲珑的身体,蝴蝶在摇着细浪的草梢上穿梭翻飞,梳弄着打树叶中筛过的金丝般的阳光。高楼背靠着亮丽清疏的云天。一件打着补丁的、忧容满面的短褂在顶楼的一个窗框上有气无力地摆动着,叫人见了无端散出一天愁。高楼底下,黑压压地簇拥着一群人。人群的外围站着俩个头一高一低的男子,他们瞪大着眼睛直愣愣地对视着。高个戴一顶帽檐从后脑勺翻起的毡帽,他用瘦若枯枝的细臂将一团空气围成一个椭圆。矮个的脑门上贴着一副宽边墨镜,他把右手弯曲成一座小小的拱桥拢在嘴边,好像生怕自己的说话声会被风吹走似的。停在他俩身旁的是一辆脏了吧唧的卡车。这辆卡车驾驶室的玻璃窗不知被什么东西扎得四分五裂,看上去恍若一把把银光闪闪的冰刀。刘老七驻足观望了一会儿后,朝黑压压的人群径直走去。

他拼尽全力挤过几道人墙,见方才在车上动怒的老人已直挺挺地躺在殷红的血泊之中,面孔肿得有如一只底朝天的脸盆。他的心一下子凉了,全身一下子僵住了。他庆幸自己刚才在车上被睡梦之神留住了脚。要不然,他想,被那辆卡车撞倒的是谁就不好说了。不过,那老人现在总算逃出了空虚和无聊的魔掌,摆脱了“那班狗孙子”的穷追猛打。他自由了,从生命的囚笼里释放了出来,可他刘老七还得在囚笼里蹲着。他记起波伏瓦《人无不死》中的一段情节:有一个活了六个世纪的老人对一位崇拜他的女演员说:“人的幸福不在于人的不死,而在于人都会死。我的长寿实际上并没有给我带来任何幸福与欢乐,而是一种世人难以想象的磨难。为了挣脱这种磨难,我已奋斗得筋疲力尽,到了向往死亡的地步。”是啊,当人生不再放射出绚丽耀眼的光芒时,当生命已成为一个人的重负时,死亡便成了一种美好无比的诱惑,一种令人心驰神往的归宿。

这一天,对刘老七来讲,俨如一个漫长难熬的冬季。他没有心思去拾荒,而是蜷缩在自己心灵中最黑暗的一隅不敢出来。他一看见红色就联想到血和那个躺在血泊中的老人,一看见汽车、摩托车、自行车就觉得它们是冲着自己而来的蒙面杀手。他甚至感到死神就徘徊在自己的身边,时而像悄悄飘洒的细雨散发着丝丝凉意,时而如迷迷漫漫的浓雾填满了他周围的空间。他耷拉着脑袋漫无目标地行走着,心里凄切切空落落的,直到脚底一滑,跟一堵烂墙似地倒在一个胡同口。那只吊在他左臂上的葫芦袋,不知在什么时候又喝饱了风,抖起了精神。它先骚眉辣眼地瞟觑着他,而后蹭了蹭他的肚子,见他木人石心般一动不动地坐着,便张开嘴吹出一团团酸唧唧的热气,弄得他眼睛不是眼睛,鼻子不是鼻子。

“你还真他妈的长本事了!”被惹怒了的刘老七把脑袋一歪,眼珠儿溜到了眼角上。“一天到晚没个正形的!看我回去不撸你三层皮!”

葫芦袋顿即笑颜变成了寒鸦色。它神情委屈地瞪了刘老七一眼,仿佛在说:“我这不是在逗你开心吗?”

刘老七没再理会它。他一心盼着白天能早点过去,黑夜能提前到来,从而驱散笼罩在他心头的忧惧和悲凉。可黑夜像在故意作弄他似的,变得越来越遥远。百般无奈的他只好闷恹恹地对着胡同发呆。

胡同的两边是一栋栋灰白色的、看上去颓然欲坠的老宅——它们用忧郁且冰冷的目光相互凝视着，像一群黄土抹脖子的老人在比谁熬过谁。胡同里站着一个腰粗膀宽的补锅匠，他正抡着铁锤聚精会神地对付几只倔头强脑的铆钉。戴在他头上的是一顶用麦秸编成的草帽，帽子的阴影遮住了他半张褶如树皮的老脸，洁白的帽带在他下巴底下系成了一个漂亮的、随风飘动的蝴蝶。一个身量矮小的女子站在他的一旁其乐陶陶地摆动着柔软的腰肢，口里唱着"春天才看柳叶绿，秋风又见菊花黄……看双飞双倚鸳鸯鸟，我只影孤形怎及他。"她边唱边不时地眯起眼仰望着天空，直到晴好的天空突然撒下一片雨雾。这雨雾轻纱似地裹住了她，也裹住了那个补锅匠，使他俩变得若隐若现，飘飘冉冉，像是晕状怪异的幻影。

雨雾散尽后，晻晻的暮色有如一只开裂的、盛满冰水的沙锅渗出一丝丝寒冷。胡同里除了水光点点的路面和一具具僵尸般的覆上了一层黑绒的老宅外，没有一点动静。从地上爬起来的刘老七挑着美好的幻想在天地间转悠着，一直转到冯老大的水果店前。他把葫芦袋套在头上，生怕他的这张脸会激活冯老大早已在喂虫子的记忆。

"哟，昨儿还是个捡破烂的，今儿咋变成了无头鬼？太吓人了！太晦气了！我冯老大的财运都叫你给冲跑了！打今儿起，只要我在这儿，你就休想从这边过！"冯老大见了他先是一愣神，随后一边高门大嗓地嚷着，一边操起铁铲朝他劈头盖脸地打来。

刘老七闪了几个跟头后，惶惶夺路而逃。这时，他已自顾不暇，眼睁睁地看着从他头上滑下来的葫芦袋被一阵从他脚底下窜起的呜呜作响的风给卷走了。他一面追风逐电般地飞奔着，一面不时地摆过头看一眼紧追不舍的冯老大，直到撞上了一棵枝干拐扭的老树。

在这棵老树的背后忽闪着无数对水灵灵的眼睛，它们时而淡如薄云地幻映出他茕茕孑立的身影，时而透过被灯光浇湿的睫毛凝眸远望。当它们注视着远处时，他顺着它们的视线放眼看去，见一拨又一拨寻求享乐的人浑然不觉地投入"迷你餐馆"的怀抱，沐浴在沾沾自喜的温馨之中，仿佛天使和魔鬼已订立了互不侵犯的契约。

“你想下地狱吗？”不知从什么地方飘来冯老大的声音。

“我不下地狱谁下地狱？”不知是谁异口同声地回答道。

话音才落下，停靠在“迷你餐馆”旁的一辆货车被潮湿的晚风吹成了一堆废铁，地狱的蓝色正从这堆废铁里蔓延开来。

刘老七仰起脸遥望天空。他见孤悬的月亮和疏落的星星借着黑色圆穹的底幕闪着铜钉一般的凄光，仿佛在为世界末日的来临伤怀落泪，于是乎情不自禁地放声高歌：

> 我是一个拾荒者，
> 也是一个崇高、悲壮的象征。
> 尽管地狱的大门早已对我鹰睐鹗视，
> 我依然像一座巨大的礁石在海风中傲立。
> 地球的摇晃只能催我入眠，
> 咆哮而来的浪头只能将我磨砺得更加锋锐。
> 海鸟在我的头顶上跳舞，
> 它们将永恒的生命注入我的灵魂。

简介：

一个导演居然在退休后提着一只“葫芦袋”去当拾荒者，这听上去有点让人难以置信，但似乎又在情理之中。长期的独居和漂泊的个性可能是他人格扭曲和变异的重要原因。在他的视域里，不少很平常的东西都或多或少地变成了某种诱惑的象征，变成了他受压抑、受摧残的心灵的投影。人情的淡漠、孤独的煎熬、变态的自恋自满以及分裂的知觉和判断通过怪异夸张的对话、欲念的误置和看似错位的想象等得到了充分的描写和刻画。

此外，这个拾荒者既是被议论的客体又是评说他人他物的主体（如他对某作品的感想）。说他被议论，自然也包括他对自己的议论。他和冯老大之间漫画式的对话以及情节的自然衔接处时常被脚注般的内心审视和外部评价隔开。这看似将故事的戏剧性行为暂时地搁在一旁，在被叙述的内容和读者的正常期待之间插入了一段"距离"。然而，正是这一"距离"产生了一面透镜。通过这面透镜，我们可以更好地把握主人公的精神世界。

对生命意志的故意折磨似乎是通篇小说的主旨。在图解这一哲学命题的过程中，作品力图让主人公达到一种对现实的超越，对本能的超越。但我们仿佛在主人公的心灵深处隐隐约约地看到了另一只"葫芦袋"——一只触摸不到的、里面关押着原始情欲的巨兜。它就像守候"太阳"的"雾霭"和缠绕"古塔"的"锁链"。当被关押的原欲从这只巨兜里跑出来时，它常常会让主人公在自命不凡的虚影下变得惶惶不可终日。

陀思妥耶夫斯基曾经说过，艺术的作品只有以畸态的人作为自己的研究对象，才能真正把握人的本质，因为当一个正常的人屈于自身或外部的压力逐渐变得乖张、变得不可思议时，其内心世界才开始显得丰富起来。这一点似乎正是这篇小说试图尝试的。

秋　梦

深秋的蒿莱抱籽偃卧在笼罩着落日残烟的凄清原野上。我像一只初生的羔羊偎依在它们的怀里，寂寞地等待着空幻飘渺的夜的降临。在沓乱的蒿莱丛中，我见一只小小的绿虱掉在沾着水珠的细丝密网上，一个面目可憎的蜘蛛正向它飞快地爬去。当蜘蛛将它的触角伸向猎物时，蒿莱借着哗哗作响的山风，跟四面埋伏的弓箭手似地唰啦唰啦地腾跃起来。脆弱的蛛网遂被扯成一团团破絮，掩埋在利镞的波澜之中。

天地转瞬间变成了一幅巨大的、黑白相间的水墨画。没多久，高悬中天的寒月两眼眍了进去，渐浓的倦意挡住了它的视线。从蒿莱里慢慢爬出来的我，拖着疲惫的身躯朝自己的屋子摸去。在经过大叔家门口时不料被一只麻袋绊了一下，险些栽上一个跟头。这麻袋酷似一条肥大的母狗，挺着圆鼓鼓的肚子平躺在地上。我正想呲它一顿，忽见门缝里渗出几缕细缨般的光线，于是满腹狐疑地推门而入。

进屋后，我见大叔和大婶正在为什么事情争辩着。大叔的声音呜呜然，如嘤如泣；大婶气冲牛斗，嚎声若雷。生性胆小的黑妞夹在他俩的中间，不知所措地跺着小脚丫儿。她一会儿扯爹的衣裳，一会儿扯娘的衣裳，一会儿抱爹的腿，一会儿抱娘的腿。

“大婶，看在黑妞的份上，别再跟我大叔斗气了！你老是咧着个酱碟子嘴放屁崩沙子，累不？也不看看现在都啥时辰了！”我实在饿不住从大婶臭水沟般的喉管里冒出来的污言秽语,第一回用我原本不想用的语气跟她说。

她应声向我投来两道冷嗖嗖的目光,这目光就像蛛网一般牢牢地将我粘住。此时,搁在炕桌上的玻璃罩子灯仿佛被什么东西激活似的,释放出晕眼的亮灼灼的波纹,灯捻子还时不时神经质地突突突地蹦跳几下。

"你每次神不知鬼不觉地摸进来,总把我榨出一身冷汗。"她吊着个死鬼般的黑脸沉默了片刻后,终于又开腔了,说话的时候,腮帮子上的肌肉不住地惊跳着,好像嘴里藏着一只青蛙。"瞧你这只才出壳的鸡仔,跟长辈说话也不码一码尺寸,掂一掂轻重!下回,见我跟你大叔说事别在一旁瞎支嘴!"

"支嘴又咋啦?实话跟你说,我早就看你不顺眼,早就想捋你了!别以为我大叔人老实就好欺负!"我说罢,狠狠地瞪了她一眼。

"嚯,几日不见长能耐了!"大婶将两臂往腰间一叉,"要我说,还没等你捋上我的一根毫毛,我就挖了你的眼当泡踩,咬了你的球当哨吹。不信试一试!"

大叔见大婶跟我飙上了恶劲,便慌忙抱起黑妞,挤咕着眼儿走到我的跟前。他把我拉到一边,气息恹然地诉说起刚才发生的事。

原来,傍黑儿前,大叔从集市赶车回来,路过赵三姑家时见她正站在门口跟她的一个相好眉来眼去地说着什么,便将一只装着大红枣的麻袋撂在她家的门槛边,让她看着。可等他拴好马回头来取时,那只麻袋却不见了,赵三姑也没了踪影。

"咳,就这么点破事犯得着你们俩费一缸子唾沫?这不是在作咕自己,要把自己生生地淹死吗?"我对大叔说,"再说了,您大叔怎么能信得过赵三姑这种人?"

"说的就是啊!"大婶在一旁插嘴道,"你该不会是看上了那个骚娘们,想舔她的腿洼子?"

面对大婶的埋汰，大叔没再说什么。他放下黑妞，牵着她的小手走到窗户前，然后跟一条石柱似地站着。我见他那张神情呆滞的脸粘着金针般的麦芒和鸡屎般的湿泥，一双被两团紫晕包围的眼睛里幻映着屋外的冰星冷月。

这会儿，我才想起方才差点绊倒我的那只麻袋，于是说道："我刚才进屋前心里直打嘤儿：天都擦了黑，还有谁会把一麻袋东西撂在自家的门口？"

"你是说那袋红枣在咱家的门口？"大婶像扒了耗子洞似的，喜出望外地问。

"麻袋里装的是不是红枣我可说不准。"我回答道。

"那你还磨蹭个啥呀？快去瞅瞅！"她把脸对着大叔，从金枪不倒的嗓门里甩出一块硬邦邦的石头。这石头先是砸在大叔的身上，而后又从大叔的身上反弹到门外。

在她两束锋锐如锥的目光的威逼下，大叔拱肩缩背地朝门口走去，返回时做了一个一无所获的手势。

我心里头嘎噔一震："这可邪乎了，我刚才明明亲眼看见的，进屋的时候还生怕踩着它呢！"

我说罢，风急火燎地跑到门口，把眼珠子贴在地上滚了一溜十三遭，可啥也没见着，于是，僵着脸垂头丧气地走了回来。

"我估摸着这是赵三姑在耍咱们，咱这就去找她！"大婶拉长着脸说，"我倒要看看这回这骚娘们还能藏到哪里去！"

她说完，拉着大叔风快地冲出房门。没过一会儿，打赵三姑家那边飘来一阵鼓点似的敲门声和狗的狂吠声。正当我和黑妞站着发呆时，赵三姑像一张白纸轻轻地从浮尘如烟的房梁上飘落下来，手里拿着一双绣花鞋。她说，这双鞋是她特意给我做的，不知我喜欢不喜欢。我真想狠狠地扇她一巴掌，可见她目光中涌动着迷人的柔情，闭拢的嘴变成了一朵耐看的含苞待放的红牡丹，也就作罢了。

“既然你赵三姑要当一回诸葛亮，那我就当一回司马懿吧！”我从她手里接过布鞋，揣在怀里。

“我就知道你这小和尚喜欢我做的绣花鞋。要不，你现在就穿上试试，看看跟不跟脚？”她边说边娇颜媚色地朝我溜了溜眼。

“我又没有入佛门，怎么成了小和尚？”我一听这话就来了火气。

“我是看你长得眉清目秀，挺可爱的，才送你这样一个雅号。”她又朝我溜了溜眼，而后鼓起仙桃般的艳腮吹出一阵又一阵熏人的风。

我趁大婶还在外面大闹“三姑庙”的那会儿，顺着从她嘴里吹出来的风，流云般地飘出了门，一直飘到自己的屋子前。一进门，我就急不可待地奔进里屋，点上灯，将揣在怀里的绣花鞋拿了出来。可我睁大眼睛一看，咳，这哪是什么绣花鞋呀！这明摆着是两只和尚念经、化缘时敲打的木鱼。木鱼红不棱登的表面刻着奇形怪状的纹缕儿，镂空时留下的豁口俨如张开的犬嘴，仿佛随时会咬住你的手。我无心去咂摸赵三姑送我这对木鱼的用意，只想躺上炕好好睡上一觉，因为我在野外呆得太久了，早已盹困得眼皮子像是挑着千斤重担子似的。

我把木鱼往炕头一撇，熄了灯，脱下外衣，倒头就睡。可刚垂下眼帘，只待渐渐升温的被窝把我送进甜美的梦乡，侧屋那边忽然响起一阵哗啦哗啦的声音。我起初以为是风抽打在屋顶上发出的响声，心想：好你一个赵三姑，都快把风吹到我房间里来了！看来，你是存心不想让我睡上一个囫囵觉。可越听越觉得有点不对劲，于是，我干脆从炕上跳下来，弓背弯腰地朝声音传来的方向摸去，两只冰冷的手在膝盖的下面不由自主地打着抖。我轻轻掀开门帘子的一角，向侧屋里头张望，见有一伙身体会放光的陌生人正在比比划划、唾星四溅地争论着什么。一阵又一阵乱哄哄的吵闹声，像一支由蜚蠊组成的军队，慢慢地攻上了我的头顶。我实在扛不住这天大的侮辱，忿然不能自抑地冲了过去。

“你们是谁？是来溜门的，还是来砸窑的？”我从牙缝里挤出一团火，惊得几只蝙蝠在我的脑门子前黑漆墨涂地乱飞乱窜。“别在我这儿杵着了，我这儿是穷得连耗子都懒得上门。”

陌生人没有回答，而是相互不停地打着奇怪的手语。他们毛茸茸的耳朵有如刚破土而出的竹笋直立着，布满蛛丝的脸上网着几只绿色的稻飞虱；青筋嶙嶙的脖子上盘绕着斑纹忽亮忽暗的长蛇，蛇嘴里时或吐出焰红的舌头。我猛然意识到他们是一伙吃人的山鬼，正在为如何在天亮之前将我摆得平平的，然后割肉分肥而相争不下。我当即吓出一身冷汗，赶紧摸回土炕，穿上外衣，带上那两只木鱼撒腿往屋外奔去。我一边奔跑，一边用一只木鱼敲另一只木鱼，希望这铜头铁脑般的小玩意儿能在紧要关头起辟邪的作用。果然天从人愿，这笃笃笃的木鱼声好似一根粗大结实的木头，把厚墩墩的夜幕给撞破了。我还没弄明白是咋回事就一头栽进了一片漆黑之中。这漆黑就像一圈攻不破的围墙，把山鬼挡在外头。

不知过了多长时间我才恢复了被漆黑猝然夺走的视力。我惊奇地发现呈现在我眼前的是一个烟涛茫茫的集市。集市里有固定的摊位，也有东溜西走的贩夫，有男人的吆呼声，也有女人的尖叫声。一股股难闻的气味不住地钻进我的鼻孔里；这气味像是腐枝烂叶散发出来的霉味，又像是猪肠子在烧煮时散发出来的恶臭。

就在我茫然不知如何是好时，一条长着络腮胡的汉子满脸挂笑地朝我缓缓走来。他头戴一顶破旧的帽盔，口叼一只脏了吧唧的烟斗，左手提着一串头大嘴宽的鲶鱼。他边走边不停地挥舞着右手，仿佛是在召唤着财神爷。

“小兄弟，买一条鲶鱼吧。这鲶鱼又肥又嫩的，好了去了！”他走到我跟前时，刹住了脚步，把鲶鱼举过头顶，舞动着眉须涎皮赖脸地说，嘴上的烟斗像跷跷板似地一起一落。

他听上去有点含混不清的话音还未落下，头顶上的鲶鱼活蹦乱跳地晃动起来，而且越晃越大，越晃越长，最后像一把把巨大的铮亮的锯子割断了我的视线。我索性掏钱买下了一条，省得他缠住我不放，然后朝一个远离闹哄哄人群的卖茶叶的摊位走去。

卖茶叶的摊位裹在淡若游丝的茶香之中——这茶香是从摊主身后的一只热气腾腾的茶壶里飘散出来的。我见摊主正在一面数钱一面跟一个打扮艳俗的女子调情，便悄悄地绕到他的身后，抱起茶壶，仰起脖子咕嗒一下把茶全都喝光了。滚烫的茶水犹如一根炙热的火棒，直溜溜地通到我的肠子里。

“小兔崽子，竟敢在光天化日之下偷喝我的茶！看我不打烂你的胳膊，打折你的腿！”我正要把茶壶放回原处，摊主冷不丁地转过身子，厉声厉气地骂道。

我心里一怵，两手一哆嗦，茶壶砰然落地。刚灌到肚子里的茶水，又咕嘟咕嘟地从喉咙里冒了出来，扑嗒扑嗒地泼洒在地上。就在这时，我突然记起方才付钱后忘了拿鱼，而且更糟糕的是，我不知在什么时候把木鱼给弄丢了。于是，我一脚踹倒了已冲到我跟前的摊主夺路而逃，一面逃一面寻找着那个边游荡边兜揽生意的鱼贩。

在嘈嘈嚷嚷、让人目迷五色的集市里，我像走迷宫似地飞快地转来转去，时不时辗顾着身后，生怕那个摊主追上来，直到要寻找的目标魅影一般地现身于我的面前。

“给我，快把鱼给我。”我抬起右手，不停地变换着手掌的弧度，拢在热得已下起暴雨的脸膛旁大声地喊叫着。流入我眼眶里的汗水，像趁火打劫的无赖，扎得我睁着眼睛不自在，闭着眼睛也不自在。

鱼贩跟没听见似的，若无其事地站立着。他一会儿弯起右臂，把手上的烟斗送到嘴边，一会儿摘下烟斗吐出一团团白雾。那条右臂在弯曲的时候酷似被斧头砍断的柴梗。

“给我，快把鱼给我！”我开始变得不耐烦起来，嗓子眼生起了一堆火。

他那张毫无表情的面孔，突然像风车一样嘎啦嘎啦地转动起来，一边转动一边散发出臭烘烘的气味。我最终忍无可忍，将右手伸向挂在他左手上的鱼。

“臭小子，你想干啥?”风车转动的声音戛然而止。他挑起枝条般黑粗的眉弓，阴阳怪气地问。

“没干啥。我刚才买了条鱼，付钱后忘拿了。”我尽量压掩着急躁的情绪。

“买了条鱼？说得倒轻巧！你啥时候在我这儿买过鱼?”他把两眼珠子瞪得圆活活的。

“刚发生的事你怎么会不记得了呢？难道你的脑瓜是屎壳儿，一捅就漏?”我心头一冷，顺口说了句挖苦他的话。

“呵，毛还没长齐就学会埋汰人了，长齐了怕是要骑在老佛爷的脖子上撒尿了！我可没工夫跟你在这儿磨牙。”他说罢，原地来了个一百八十度大转弯，跟什么事情都没发生过似地扬长而去。

“给我，快把鱼给我！你昧着良心做生意可要遭报应的!”我急忙追了上去，不管三七二十一地从他左手上扒拉下一条鱼。

可那条鱼在我的手心里一滑唧，“哧溜”一声掉落在地上，变成了一只木鱼。

见此情形，鱼贩站住了。他摆过身子将烟斗往一条鲶鱼的嘴里一戳，弯腰捡起木鱼，然后挺直腰板，转动着眼睛对着木鱼左看右看，上看下看，好像拿在他手里的是一件百看不厌的希世之宝。

“这不是我六年前当和尚时用的木鱼吗？怎么会——”他的脸色忽然变得煞白。

“这是我的木鱼，原本是一对，刚才我买鱼的时候不小心给弄丢的。”我急忙解释道。

“你的木鱼？别睁着眼睛说瞎话了！你又不是和尚，哪来木鱼？八成是从寺庙里顺来的吧?”他说完，把塌得几乎看不见鼻梁的鼻子凑到木鱼的豁口上闻了闻，而后摇动了一下木鱼，侧楞着耳朵细听着什么。

“我才不是你说的那种见驴顺驴、见羊顺羊的人。实话跟你吧，这木鱼是赵三姑送给我的。”我一犯急，说话时牙齿咬破了舌头。

一提赵三姑，鱼贩的白脸变成了土脸。他用颤抖的声音问：“你说的是那个住在老鸭子沟的小寡妇？”

“是啊，”我说，“难道你认识她？”

“岂止认识！真没想到这骚娘们在跟我逞风流时会把我的木鱼给顺了去。当初，我要不是被她勾去了魂，也不会被寺庙里的老方丈——咳，不提这些陈谷子烂芝麻般的旧事了。”他说罢，将木鱼往怀里一揣，趁手拿出一沓钞票塞到我的手里：“小兄弟，这些钱就算是我打赏你的。”

“打赏我干吗？”我感到有点莫名其妙。

“因为你替我找到了这只叫我朝思暮想的木鱼。不瞒你说，这可不是一般的木鱼。它是用上等檀香木做成的，摇一摇就会发出诵经般的声音。”他解释说，“不过，这声音只有修到罗汉境界的僧人才能听得到。”

“我又没说要把这木鱼给你。”我看了看手里的钱说。“你也太会编故事了。就算你说的是真的，这点钱用来打发叫花子还差不多。”

“怎么？你嫌我给你的钱太少？”他说罢，又从怀里掏出一沓钞票塞到我的手里。

我掂了掂手里的钱，只觉这钱一会儿重，一会儿轻，一会儿跟一片雪花似的没分量。就在我心生疑虑时，我忽然注意到：这些钞票粗看印有青铜色的图案，细看却白净净的，啥也没有。

“原来你是个江湖骗子！”我口中猛地窜出一条火龙，将鱼贩一下子给点着了。

他的脸突然间罩上了一层铁青色，而后变成了一个骷髅，唏嘘道:“给钱不要拉倒呗,你这难缠的臭小子! 我好歹也吃过斋,念过佛。跟我过不去倒你八辈子的血霉。不是入地狱,就是成饿鬼;不是成饿鬼,就是变畜生。我要叫你欲死不能,欲活不成……”最后化成一条直溜溜的青烟消散了。

我正愣眼愣神地站着,赵三姑活像一只撑饱肚皮的蜘蛛慢慢腾腾地爬到我的跟前。她一把抓起掉在地上的木鱼,脸上发讪地问:“方才是谁在跟你说话来着? 什么死不死,活不活的?”

“你还是先看看这钱!”我眼睛里喷出两道白晃晃的光,涂抹在她网着几只绿虱的脸上。

她看后大吃一惊:“这不是鬼神用过的纸钱吗? 怎么会落到你的手里?”

一听这话,我顿时吓得浑身下起了冰雹。我慌忙丢下手里的纸钱摆头就跑,一口气跑出了这阴森可怕的集市。正当我朝着一处静谧的山庄扑去时,不知是什么东西将我绊倒在地。晕头转向的我拼命地想爬起来,但怎么爬也爬不起来。

就在我呼天天不应、唤地地不灵的时候,不知从哪里伸来一只看不见的手,搀扶起我又沉又笨的身躯,使我陶醉在难以形容的欣悦之中。没多时,从远处吹来一阵阵狂荡的风;在这风中,久视我的星星眯起了眼睛,残缺的月亮有如一只小船摇摆着。

风力减弱后,山庄渐渐地淡出了我的视野,躺在我前面的是一条漂泊着星星和月亮的小河。我摇摇晃晃地慢慢地朝它走去,一面走一面享受着从神秘的大自然的躯体里散发出来的气息,享受着从未有过的穿心透骨的宁静。河边的杂草蹭着我的脚脖子,发出淅淅飒飒的声响,仿佛在吟哦着一首动听的诗歌。

我脱去衣服,走进河水里,笔直地往前蹚着,直到河水淹没了我的膝盖才驻足。这时,我已被水里的和天上的星月包围了。我借着天上星月洒下的清辉,弯下身子用合拢成瓢状的手去舀水里的星月,然后直起腰，抬起胸脯，把它们抹在自己的身上。它们像坐滑梯似地又回到了河里。

空灵的、梦幻般的夜色烘出一弯弯美丽动人的弧线，它们像原野里随风摆动的蒿莱时起时落。我忽觉自己被这些美妙的弧线给催眠了，分辨不出什么是天，什么是地，什么是天上的星月，什么是水中的星月。

简介：

传统小说的逻辑程序在这里受到了一定程度的扭曲。荒诞离奇的情节、扑朔迷离的虚境、神妙玄乎的物象等，有的形成了某种压迫感，有的又使这种压迫感最终获得了释放。

主人公周围的人物线条简单，但寓意复杂。就拿潜入主人公屋子的“山鬼”来说吧，他们可以被看成是人类“非理性”的投影，代表的是一种以剥夺和占有他人生存空间为特征的反人性的力量。他们脸上的“稻飞虱”、脖子上的“长蛇”、竹笋般直立的“毛茸茸的耳朵”等同在黑灯瞎火的屋子里飞来飞去的“蝙蝠”产生了某种“共振”，从而在强化戏剧效果的同时，也给这种“非理性”蒙上了一层恐怖诡谲的色调。其实，这些“山鬼”就跟赵三姑一样，是织好丝网的“蜘蛛”，无时无刻不在守候着孤立无援的猎物。

而主人公见到的那个烟涛茫茫的“集市”，在某种意义上说，是人类社会的一个缩影。在那里有色利熏心的摊主、路柳墙花似的女子和诡诈缺德的鱼贩——这个鬼魔三道的鱼贩骨子里显然是个好色之徒，曾因跟赵三姑私通苟合，春光漏泄而被寺庙里的老方丈赶出佛门。

如果说善于使用“显现”手法来表达作品主题的乔伊斯在《一个青年艺术家的画像》中将站在海水里的姑娘比作美好生活和理想的化身：“她站在水流中，孤零零的，一动也不动，凝视着大海。她好像已被魔法变成了一个奇异的海鸟。”并以此来反衬压抑和毁灭人性的物质主义的世界，那么，《秋梦》的尾声并不是这一戏剧性或抒情性“显现”的简单模仿，而是意在营造一种迷幻——主人公在挣脱了压迫感之后所产生的迷幻。迷幻是美好的、浪漫的，是用来躲避或抵御混浊肮脏的现实的，但同时也是自欺的、昙花一现的。它就像映现在河水里的星星和月亮，你再怎么“舀”起来，最终还是“回到了河里”。

会 癖

华蓉戏剧学院表演系的汪贤贵称得上是一位表演艺术界的重量级人物。可自从受命充任该系的系主任后，他跟吸上了大麻似的染上了开会的癖好，而且还不知不觉地将自己非凡的表演天赋应用于各种各样的、在常人看来是再枯燥乏味不过的会议之中。他想方设法利用一切机会召开会议。不管是泰山压顶的大事，还是芝麻绿豆的小事，都被他打包陈列在会议室的讲台上，然后一个一个地"甩卖"出去——甚至讲台上早已空空如也，与会者早已纷纷散去，他还恋恋不舍地继续"泡"在会议室里，希望有人会如他所愿地跑回来，不是向他请示些什么就是向他汇报些什么。

将一班人当作"野牛"圈起来，然后驯服之，是文明的一个永恒的标志。让属下虔诚地谛听自己的长篇宏论着实是一种别有情趣的满足与享受。对权力的崇拜和炫耀也往往借这种自我表现和表演的仪式演绎得活灵活现、淋漓尽致。总之，会议加固了权威的底座，冲淡了自由涣散的个性，同时也打发了无聊的办公时间。

然而，有其利必有其弊。教学敷衍塞责且被"锦衣卫"逮个正着的人，常常借开会的机会，一把鼻涕一把泪地诉说自己的"冤情"和督导的"偏见"；申报职称但没有通过评审的人，也喜欢借开会的机会掀风鼓浪——他们有的吹胡子瞪眼地磨牙骂娘，有的干脆将领导层徇私舞弊的内幕鸡零狗碎地抖搂出来。而那些爱看领导"出丑"的人和那些事不关己、高高挂起的人，此时此刻则交颈附耳，言笑晏晏。但权衡利弊，汪贤贵觉得利还是大于弊。况且，会总得开，不开会还怎么界划领导与被领导呢？

一天上午，汪贤贵接到院长办公室发来的通知，要他下午去学院会议厅开会，而那天下午恰巧是表演系法定的召开“全系教工大会”的黄金时间。于是，汪主任整个上午如丧考妣地呱嗒着脸儿，架在鼻梁上的眼镜兜着天上的乌云。他打心眼里不愿捐弃在全系教工大会上抛头露面、被众人仰视的机会。他明白：在自己的顶头上司那里，他永远只能扮演一个俯首听命的“小喽罗”——用一句台词说，那就是“给别人当马仔，心里总觉得不舒坦”，用一句更经典的话说，那就是“在崇祯皇帝面前只能做乖巧顺服、夹着尾巴装孙子的周延儒”。由于无法忍受这心理上的巨大反差，他在吃午饭的时候，脑瓜像一个高速运转的计算机硬盘搜寻着解决的方案。经过翻肠倒肚般的苦思苦想，他终于眉头一皱，计上心来。

下午，学院会议厅里挤满了来开会的人。汪贤贵故意坐在一个偏僻的角落，用收发手机短信的方式同系副主任叶锡谷保持联系，跟踪系里会议的进程。他指示叶锡谷：尽量将会议变成马拉松式的长跑，以便他这头一结束他还能赶回去说几句。

叶锡谷对这位主任“短会长开”的用意心领神会。他挖空心思地增添会议的内容，如工会打算在假期组织五十岁以上的老教师去某地休养啦，员工全年的工作业绩考评啦，全系师生“帮困捐”啦，大学生就业状况的回顾与展望啦等等，分别由工会主席、考评组长、办公室秘书、辅导员负责人逐一讲解；而且在他们上台讲解之前，他特授意他们尽可能地讲得慢一点、细一点。其实，这些内容在前几次会议上汪贤贵已经说过，至少是大部分已说过。这回再兜翻出来溜一溜，端到餐桌上招待大伙儿，不是让你大倒胃口，就是叫你吃得撑出几个响屁来。而那些多年来一直为汪贤贵的演讲提供素材的“幕后英雄”们，这会儿与其说是被逼无奈，不如说是急于想趁此机会“显摆”一下自己的演讲口才。说真的，他们早已耐不住寂寞，早就想品尝一下抛头露面、被众人仰视的滋味。这滋味也许就像一杯香气四溢的茶水，叫你喝了有一种心清神爽、妙不可言的感觉。这滋味也许会让你突然看到自己存在的全部价值和意义，体会到一种独领潮流般的优越感和自豪感，甚至让你错把自己当成玩酷耍帅的、在荧光棒的舞动和歌迷的欢呼声中得意洋洋、顾盼自雄的当红歌星。

在演讲者滔滔喋喋、唾喷沫飞的声浪中，坐在讲台下面第一排的叶锡谷低垂着脑袋不停地摁着手机上的按钮，向汪贤贵汇报着自己导演的一出出无聊透顶的"戏剧"。可这戏剧再多、再长，也终归是要落下帷幕的——这就好比一辆公交车，在行驶的路上遇到再多、再长的红灯，也还是要到达终点的。

过了约莫两小时，叶锡谷见会场的情势"危如累卵"，原本安如磐石的屁股有些坐不住了。恰好在这时候，汪贤贵发来一条短信，说他那头的会议已结束，他正想"打道回府"，但不料半路上杀出个程咬金——平常很少找他的人事处处长像故意和他过不去似的，偏在这节骨眼上请他到处里去一趟，说有溜溜儿一大筐的重要事情需跟他慢慢细谈。叶锡谷看完短信后，更是愁绪如麻，不知所措。他呆坐了一会儿后，魂不守舍地跑出会场，慌慌张张地拨起汪贤贵的手机号码，仿佛发短信太费时，无法应对眼前的燃眉之急。

突然间响起的手机铃声，使正在洗手间解手的汪贤贵变得有点张皇失措，差点儿没把小便给煞住。他艰难地腾出一只手，伸进衣兜，心里骂道："你这头不会通权达变的笨驴，真会赶时间！"

"汪主任，会——尽力了我，可——"手机里是叶锡谷语无伦次的说话声，他的舌头好似打上了结儿。

汪贤贵明白叶锡谷想说什么，于是摆出一副处乱不惊、应付裕如的姿态问："听说杨凯教授刚刚办了退休手续，他今天来开会了吗？"

"好像来了，要不，我再去看看。"叶锡谷转过身子，轻轻推开方才出来时被他虚掩着的门，朝会场张望了一会儿，然后拉上门说："在，他在会场。"

"那就好办了。"刚解好手的汪贤贵心平气定地说道。

"好办了？"叶锡谷瞪直着两眼问，额上两道鼓起的青筋酷似欲破土而出的蚯蚓蠕动着。

"对啊，你想想，杨凯教授刚退休，我们做领导的总不能装聋作哑，没有一点表示吧？"汪贤贵解释道，"我看这样吧，你先代我主持一下欢送杨教授的仪式，我尽可能赶过来说几句。"

一听这话，叶锡谷跟捞到救命稻草似的，眼睛里闪烁着无比轻松和愉悦的光芒。他回到会场，一屁股坐到自己的那张椅子上。一颗结了冰的心开始升温，开始起搏，开始狂跳。"油干灯草尽"的会议这下总算有了还魂复生的希望。

当最后一位演讲者在人们迟到的掌声中春风得意地走下讲台时，叶锡谷从座位上仓促地站起来。他先调整好说话的姿势，而后语气沉重地对大家说："请各位安静一下，今天，今天我怀着十分沉痛的心情向大家宣布——"他说到一半哽住了，面部的肌肉痉挛了一下。

人声喧阒的会场，猝然变得像一湾死水般的沉寂。大家的心都一下子提到了嗓子眼，一张张明镜般的面孔骤然变得暗如铁石。不容置疑，这位副主任宣布的事情一定是凶多吉少，让人感到心悲意凉。

"我们最敬重的杨凯教授光荣退休。"叶锡谷见相顾而失色的人们转过脸焦急不安地看着他，这才说出后半句话，眼睛里还泛起轻柔如纱的雾水。

会场里立刻响起一片哄然大笑，随后便是喁喁交谈的声音。

"请大家保持安静。"叶锡谷继续说，"很不巧，今天汪主任去学院参加重要会议，只能暂时由我主持欢送杨教授光荣退休的仪式。我希望汪主任能够及时地赶回来，亲自致欢送辞。可在这之前，烦劳你们大家伙儿先听我胡言乱语几句。”

“有话就说,有屁就放,哪来那么多的礼让和谦卑?”

“就是啊,既然是胡言乱语,又何必再往下说呢?”

“哎,话可不能这样讲。人家做领导的自有做领导的规矩,要不然,不就成了‘一枪扎死杨六郎’,没戏可唱了?”

“这倒也是。不过,你这比喻听上去好像有点不妥。”

“什么妥不妥的,能听明白意思就行。筌者在鱼嘛!”

一阵蚊蝇般的嗡嗡声在叶锡谷的耳朵旁飞来转去。这会儿,他正在一门心思地梳理着接下去要讲的话,因而没太留意别人在说些什么。他稍作停顿后,便开始如数家珍般地大谈特谈杨凯的“丰功伟绩”,什么“爱校如家”啦,什么“教书育人”啦,什么“造诣颇深”啦,什么“名扬四海”啦,什么“桃李满天下”啦,等等等等。这些个空洞不实的赞美之词,像一阵阵妩媚的风,熏得杨凯眯缝着眼啥也看不见。

“下面让我们用最热烈的掌声欢迎杨教授给我们大家伙儿讲几句!”他见起初还神色木呆、奄奄思睡模样的杨凯在听了他的一番赞扬之后,眼睛里突然跟点了一把火似的,不时地喷出炯炯炙人的光芒,便趁势让这位大人物登台表演。

惊涛骇浪般的掌声震掉了垂在杨凯两鬓的几根疏疏落落的银发。他像一只巨大的唐老鸭,摇摇摆摆地走到讲台旁,由于事先毫无思想准备,不免显得有些窘促。待稍稍镇定后,他开始滔滔不绝地谈起自己的感想来,而且取譬精妙,感人至深,真可谓“生公说法,顽石点头”。他稳稳实实地站着时,粗圆的身躯有如一根女像柱,支撑着一只硕大的、象征着权威和荣耀的脑袋。

“首先,我要感谢系领导高看我,让我在临走之前还能跟在座的说上几句。坦诚地讲,我接到退休通知后心情很复杂,情绪也很低落,一连好几天食不甘味,归寝不寐。我没料到,像我这样名声如雷的大学者、大权威也会落到如此可悲的田地。这就好比某人某天兴冲冲地回到家，可推开房门后突然发现屋子里的东西已被梁上君子洗劫一空。当然，我知道这个比喻不是很恰当，因为同一件事情发生在不同的人身上会产生不同的效果，由此引发的感想肯定也截然不同。但对于我来说，这个粗俗的比喻至少和我当时的感受有那么几分吻合。后来，我静下心来仔细想想，也就想通了……退休了，我的心自然可以放宽了。早晨再也用不着闹钟来闹我了，它跑得也够累的了，也该退休了。但听不到闹钟催债一般的叫唤声又会觉得不太习惯，不太自在，仿佛有眉有眼、有典有则的生活好端端地被人'搅了局'。这好比你养了一条狗，天天在你睡得最起劲的时候汪汪汪地乱叫，被它吵醒后，你会骂它个狗血喷头，甚至打它个狗魂出窍，可一旦这条狗真的死了，不叫了，你又会觉得很伤心，觉得自己比任何时候都更需要它，甚至还会产生和它一起入土为安的怪念头。我想，这就是人们常说的那种自相矛盾的心态。其实，说穿了，人的一生本来就充满了矛盾，本来就是在矛盾的心态中度过的。闹钟'退休'后，我天天可以无忧无虑地一觉睡到上午八点。吃了早饭，可以去公园溜溜腿，这样能减少身上多余的脂肪。下午和晚上，可以看看自己喜欢看的书，写写自己喜欢写的东西。有句老话，叫做'天晴好薅草，落雨好榨苔'，没退休自然有没退休的活法，退休自然有退休的活法。……实不相瞒，近年来我不知不觉地迷上了编剧本。从前，我总认为编剧本不如当演员或导演风光，可如今我的想法彻底地变了。因为编剧本让我实现了'当一回上帝'的梦想——我要谁死谁就得死，我要谁活谁就得活，我要谁生不如死谁就得生不如死，我要谁死不如生谁就得死不如生，剧中人的命运全都掌控在我的手里，就连万岁爷、千岁爷也不例外。不仅如此，编剧本还让我产生了一种奇妙的感觉，那就是在跟文字做爱。而且，跟文字做爱生出来的孩子是永远年轻的，不朽的，就像莎士比亚的《哈姆雷特》。你还别说，编剧本的收入还是蛮可观的，够我花的，如果跟退休金加在一起是吃不完、喝不光、玩不了、乐不尽的……我很庆幸能活到退休，真不容易啊！可我的导师却英年早逝，没等到退休就住进了‘石板村’。他患的是肺癌，发现后没熬过半年。比起他来，我可幸运多了，身上没什么大病，连肺癌的影子也找不到。只是血压有时偏高一点，不过，吃上几服药也就没事了。我离开母校，往少里说也有三十个年头了。想当年风华正茂，更觉韶光易逝、人生短促……”

下面坐着的人，有批考卷誊分数的，有读报纸看杂志的，也有摆弄手机或干脆嘻嘻哈哈谈笑的。而那些个正儿八经在听的人，不禁琢磨起来：这位挂着“评委”、“督导”、“顾问”、“总监”等头衔的大教授，除了教书外，几乎每天忙于参加校内校外的各种会议，还忙于炒股炒房，哪来时间编剧本？再有，平时到他的办公室找他，开门的十有八九是他的学生，很少见他的人影。这些学生在他的办公室里不是埋头打字、打印，就是拿着手机跟他说事，好像都成了他遥控的对象。他们到底在干些什么呢？还有，每逢期末考试，他照例会跟这些学生的其他任课老师打招呼，让他们对他的“得意门生”高抬贵手，垂爱示惠，可当他本人参加监考时，却常常亲自揪出几个作弊的学生，以显示自己如何负责、如何公正、如何讲原则，这不是同一个墨斗弹出了两条线，有点说不过去吗？

杨凯冗长的发言，对叶锡谷来说，恰如雪中送炭。只见坐在椅子上的他此时倾侧着身子、伸长着脖子听着，还时不时点几下头，以向他周围的人证明自己确确实实在听且听得很认真、很投入。其实，他倒是希望杨凯能看在他如此认真和投入的份上再多讲一点，讲得慢一点，最好一直讲到汪贤贵出现在会场里。

是啊，杨凯发言的价值并不是由它本身的内容创造的，而是由它所用去的时间创造的。这对局外人来说，简直是一件不可思议的事情，应该成为荒诞派表演艺术的经典。

杨凯讲完后，如雷的掌声还没来得及发威，叶锡谷便兴奋得像一根离弦之箭飞快地冲上前，拉住他的手，使劲地握了握，然后对大家说："接下去，我想请在座的，尤其是和杨教授共事多年的老师，也披肝沥胆、掏心掏肺地谈几句。毕竟不是一天两天的交情了，我想总有不少话要对他说吧？"

叶锡谷的话音刚刚落下，离杨凯较近的一位中年教师，像被什么魔力感召似的，第一个站起来发言。发完言后，又有人争先恐后地起立发言。什么"遗憾"呀，什么"舍不得"呀，什么"重大损失"呀，什么"有空欢迎来指导工作"呀，等等等等。这些轻佻、肉麻的陈词滥调好像在哪儿听到过，它们或许由于使用的频率过高而出现了故障，再也抬不动两条残疾的腿奔向原本应该奔向的目标，去唤醒原本应该唤醒的激情。

俗谚云"话说三遍淡如水"，可现在岂止三遍！几个经不起这种特殊场面考验的年轻人似乎沉不住气了。他们趁发言者一落一起之际，从前座挪到后座，从后座再往后挪。当他们挪到最后一排座位时，已再也找不到退路了，于是很快分化成两类：一类心神不定地观望了片时后从会议室的后门溜了出去；另一类则硬着头皮继续呆在会场里，以闭目养神的方式慢慢适应这种无聊透顶的气氛。

半小时后，离开会场的那几个人又出乎意料地陆陆续续回来了。他们见杨凯正坐在叶锡谷的一旁说着什么，以为会议就要结束，便忐忑不安地走到杨凯的面前，装腔作势地跟他讲些客套话，以此来洗刷自己早退的嫌疑。杨凯见了他们，干脆又站了起来，满脸生花地应酬着。

最后，欢送仪式不可逆转地走向它的高潮：躬身致敬、握手拥抱、一一话别，好不热闹。什么"春去杜鹃愁"啦，什么"眷眷之心何所依，来日相聚终有期"啦，云云。真可谓双瞳剪水送人滟，风流万种谈笑间。这令人无比激动的情景使杨凯像喝过喜酒一样脸颊泛红。他两片厚厚的、被旺炽的人气烘干的嘴唇上下不停地扇动着，从里边挤出一串串重弹的抑扬顿挫的音节；两条被羽绒服的袖筒儿裹住的胳膊在晃起晃落时发出“唰唰唰”的响声，仿佛有无数只松鼠在树枝间轻快地跳来跳去。如堵如潮的人群很快把他围得连细小的灰尘也飞不进去，只见他左支右绌，顾此失彼，犹如一头落到井里的牛。

会场里，空气变得越来越混浊，越来越叫人感到窒闷。几个不知是真念旧还是装念旧的人，都到这地步了，还在殚思竭虑地挖掘着能使彼此都沉浸在美好回忆中的往事，甚至还伤怀感旧得凄然泪下。一个向来洁身自好、不入俗套的年轻人，也不由得为之所动，以为自己献殷勤的时机已经成熟。他居然不假思索地在老前辈的肩上拍了一掌，只见杨凯像一只受了惊的兔子转过脸来，向他报以尴尬的微笑。这时，他才恍然大悟：自己颀长高挑的身材与其说有“鹤落鸡群”之势，不如说有喧宾夺主之嫌。于是，他急忙将两条手臂藏到自己的身后，反背着双手从人群里艰难地一步一移地退了出来。

不一会儿，窗外飘来了电视台新闻节目的开播曲。杨凯抬起左手，看了看自己的那块心爱的劳力士表，见时针已经指向六点。

简介：

开会成癖或许是一种连当事人都不一定意识到的积弊。作品抓住具有代表性的典型事例，由粗及细、由表及里地描述和剖析，刻画了几幅栩栩如生的肖像。在各种自我表现和表演的背后，除了对权力的迷恋和伪君子式的霸气外，我们还可以看到一颗颗思想贫匮、相互糊弄的心。而包藏在活泼诙谐的语言里面的无疑是一个发人深省的、严肃的主题：一盘散沙似的众人对权威和霸气或无奈它何，或习焉不察。

另外值得留意的，是作品的话语设计。例如：叶锡谷要大家在汪贤贵赶到会场之前先听他“胡言乱语几句”，紧接着，他便喋喋不休地对杨凯大肆吹捧，歌功颂德。叶锡谷说“胡言乱语几句”的本意是摆出一种谦虚的姿态,好像自己没有资格代表汪贤贵说话,但结果却给人留下了一副在主子缺席的情况下也不忘巴结主子的可怜相,同时无意之中颠覆了他对杨凯所作的一切评价——即他对杨凯的赞扬都变成了"胡言乱语"。又如"杨凯发言的价值并不是由它本身的内容创造的,而是由它所用去的时间创造的。这对局外人来说,简直是一件不可思议的事情,应该成为荒诞派表演艺术的经典。"在这里,整个话语看似简单,实际上含有两个不同的、非常耐人寻味的视角:一,对叶锡谷来说,杨凯发言的价值的确体现在它所用去的时间,而不是它的内容。他与其说是在听杨凯发言,倒不如说是在盼着杨凯说得慢一点,说得长一点。他伸长着脖子且频频地点着脑袋只是做给别人看的,只是出于对发言人的尊重。他的角色决定了他无法跟他的下属一样,你说你的,我做我的。二,对他人(也就是"局外人")来讲,杨凯的发言只是一个可有可无的仪式。如果说这种发言光凭它所占去的时间就能创造出价值来,那绝对是荒谬的。它与其说是为发言而作的发言,倒不如说是现代人失去自身价值、找不到精神寄托的生动写照。

其实,"表演"一词本身就隐含着"作假"、"糊弄"的意思。表演系的行家居然在现实生活这个大舞台上极尽自己的表演天赋,甚至还带有一点病态的幽默,这不能不说具有某种讽刺意义。

晚 宴

今天是季深秋上任人文学院院长的第一天。这位已逾天命之年、两鬓攒聚着几星白霜的老教授，经历了不知多少风风雨雨、坎坷揉磨，总算圆了自己的官梦。剩下的宿愿，大概就是当博导了。“猕猴骑土牛，又何迟也！”他常带着风趣的口吻自言自语道，连他自己也不清楚这句老挂在嘴边的口头禅表达的是谦卑还是骄矜，是自慰还是自勉。

五年前，他竞聘院长一职，但由于没能及时地疏通与校组织部的关系，尤其是没有把某个主管组织部日常工作的关键人物鞍前马后伺候好，因此，眼看就要到手的乌纱帽和他交一臂而失之。真可谓“东风不与周郎便”，功败垂成一瞬间。事后，尽管他逢人就说“用之则行，舍之则藏”，但肚子里却憋着一股子恶气，常把牙咬得嘎噔嘎噔地乱响。他经过一番痛苦的反思，终于渐渐地醒悟：当时组织部让人文学院的全体教职工投票（投票后并没有当场开票）纯属瞒天过海、俏张为幻，这就好比让他从一堆用空白的纸捏成的纸团里抓阄儿，怎么抓也是“竹篮打水一场空”；那令他难忘的竞聘场面——每位候选人在公众投票之前都激情四射、洋洋自得地发表一通演讲，纯粹是一出惑人耳目的闹剧。

“你这叫做‘睁着眼做，合着眼受’。”竞聘结果公布的那天，他老伴见他冥然兀坐，一言不发，知道他还在为做官的事儿犯愁，于是开涮起他来。“我早就跟你说过，就凭你这榆木疙瘩脑瓜根本不是块当官的料，还是给我省点心，太太平平地搞你的学问，可你就是听不进去，就是断不了这个念想。这下可好，除了一身尿臊味啥也没捞着。要当官，可不是你想象的那样简单，得先学会玩阴的，得有三十六个心眼、七十二个转轴儿。亏你还是教历史的，平时跟我讲起权谋之术来是一套又一套的，什么皇太极为了图谋明朝的江山，先借袁崇焕之手杀了毛文龙，再借崇祯皇帝之手杀了袁崇焕啦，什么‘呼风唤雨、撒豆成兵’的诸葛亮借襄樊之战杀了关羽啦等等，而真的做起来，就如水投石，空劳一场。真可谓‘食古不化’！”

老伴的话虽有些尖刻，但却点到了要害。他很快从失败中汲取了经验教训，决定把组织部作为自己往后工作的一大重点，立志打好一场“攻坚战”，排除影响他跻身官场的一切障碍。“是啊，‘一之为甚，其可再乎？’我季某绝不是被人把玩于股掌之上的等闲之辈，绝不会重蹈覆辙。哪怕前面没有亮也要一鼓作气地往前拱，拱出一个亮来。”他常在睡梦中摇头晃脑地咕叨着。

要说博导，两年前他申报过一次，由于当时的院长（五年前曾跟他一起竞聘院长）暗中作梗使绊儿，耍了小奸小坏而泡了汤。这位院长什么都好，就是心眼比针鼻儿还小，容不得别人（特别是他的下级）在技术职务上超过他。申报结果下来后，季深秋一连好几日茶不思饭不想，坐不安睡不宁，上班时老黑着脸，打不起精神。他真想抓起一把菜刀，把这个坑害他的“龟儿子”给砍了，然后仿崇祯皇帝引绳缢颈。可时间一长，窝在心头的恶气也就渐渐地消散了。是啊，曹操当权，岂能容得下祢衡、许攸、杨修这些才高名盛、睥睨天下之人？自己除了把打掉的门牙往肚里咽还能怎么着？

然而，河有九曲八弯，人有三回六转。可不，经过一番卧薪尝胆的煎熬，今天他终于走出了泥沼和低谷，可以扬眉吐气、潇潇洒洒地做人了！“真是岁不寒无以知松柏，事不难无以知君子。”他一回想起自己一路走过的凄凄风雨，难以自禁的感慨冲口而出。

“这回您可咸鱼翻身喽！其实，我们早就盼着您当院长了！”有人当面恭维他。

“瞧那个官迷心窍的人，千年的媳妇总算熬成了婆！”有人在背后冷言冷语地讽刺他。

“人生荣辱沉浮，孰能番番是福、事事顺利？”也有人对此不屑一顾。

说句实实在在的话，他的升迁还得感谢那位小心眼的院长，因为是这位院长的几桩“采购案”让他季深秋时来运转，否极泰来。这位瞧上去“什么都好”的大好人，没想到竟然是一条戴着帽子充人的贪心狗。他居然利用职务上的便利，多次伙同办公室主任在采购学院的设备时捞取回扣。而且，此事还攀扯上由他招聘来的财务。俗话说“雨过地皮湿”，“蠓虫飞过都有影”。过去，院里的一帮自我感觉良好且嗅觉极其灵敏的人，早就闻到了这条贪心狗拉的屎，试图擿奸发伏，剥了这个“茧儿”，但由于上面有人罩着他，这档子事黑不提白不提地被捂了很长一段时间。如今，神龙失势即与蚯蚓同。那些曾经老是围着他转悠，如蚁附膻、偷合苟容的人，现在一个个都换了一副面孔，啥脏话臭话都说得出。是呀，墙倒众人推，鼓破乱人捶。高等学府绝不是常人想象中的清雅绝尘之所，历朝历代宫廷里玩过的那几套路数，眼下被一些人自觉不自觉地拿出来应用于现实。说白了，不就是一张脸皮么！它又能值几个钱？不过，也有人为这位“大好人”惋惜，说他是“做一世和尚，吃坏一餐狗肉。”而那些不知内情也不想知道内情的人，只是笑看官场如戏、宦海沉浮，感叹人的运气就像钱塘江的潮水，说涨就涨，说退就退，笑看那些过去仰人鼻息、枝附影从的人现在又故伎重演，正伸长着舌头准备舔新院长的屁股。

要说人的运气，确实没有一个人能够知道自己啥时候走背字，啥时候走八字，啥时候被打入十八层地狱，啥时候运旺气盛得有如点睛之龙破壁飞去。现在那条“贪心狗”被罢了官——人们传言，是季深秋收买了那个新来的财务，让他给反贪局写了封举报信，结果一直被捂着盖着的案子总算查出个子丑寅卯——，有组织部作后盾的季深秋，也就顺风顺水地坐上了人文学院的“头把交椅”。他毕竟是研究历史的，稍事揣摩就变得像琉璃球一般圆不溜丢，不但能把上面几个关键人物的心思拿捏得八九不离十，而且还学会了绕山绕水、云遮雾罩地跟他们打太极。当组织部长在人文学院教职工大会上宣布他为新院长时，他兴奋得差点儿没从椅子上摔下来。随后，他接过组织部长有关学院未来发展远景的话题，鼓其如簧之舌侈谈起自己今后的工作规划。什么争取新增几个博士点啦；什么淘汰几个生源差的专业，开设几个就业前景看好的新专业啦；什么大力引进跨世纪的人才，不断完善管理体制，提高工作效率啦；什么为在校大学生的创业提供自由、宽松的环境啦；什么多搞点服务性创收，提高教职工的待遇啦，等等。仿佛要一口气把自己藏掖了几十年的雄才大略全部倒腾出来。而坐在主席台下面的人，虽然对这类官文式的“就职演说”早已耳熟能详，深知每位新上任的院长都喜欢牛皮哄哄地吹些个肥皂泡儿，而且是吹得大大的，五彩缤纷的，让人看了眼花缭乱，但他们还是一声不吭地、专心致志地听着，试图从这位新院长的言谈中找到如何与其打交道的策略，哪怕是一星半点也好。

季深秋见台下的听众都睁大着眼睛悉心倾听着他的高论，一种陶然自得的感觉油然而生。他越谈嗓门越大，越谈情绪越高昂，最后，他激动得热泪盈眶、语无伦次，油腻腻的脸上荡漾起火烧云一般的红晕。

“真是人逢喜事精神爽，出仕弹冠阔论多。”台下不知是谁轻声地说了这么一句。

“可不是么，俗话说：‘石头也有翻身日，北风也有回南时。’老季过去是锥处囊中，现在这把锥子可算是亮了出来，要风得风，要雨得雨啊！”

“你还别说，他老骥伏枥，志在千里，还真有两把刷子。我听说老院长是让他给扳倒的。”

“这只是齐东野语，耳食之谈。我看，老季才不是这种人呢！”

“是啊，有些人就是见不得别人比自己强，老喜欢疑心生暗鬼。”

另有人跟着叽叽咕咕地说开了。

常言道：“人得意时须尽欢。”为了让别人也能分享他内心按压不住的喜悦，散会之后，季深秋特意通知自己所里的同事晚上六点到学校附近的“五味斋”酒楼去聚餐，说由他掏腰包买单。大伙儿见他春风满面、盛情溢表的样子，深感却之不恭，于是，没有一人敢推三阻四的。

既然是新上任的院长请客，当然少不了给院总支书兼副院长谭惠蝉留一个座位，而且必须是一个显赫的座位，以示其身价不薄，否则，她脸上准会磨不开。再说，将来院里的工作还得靠这位女强人出谋划策，积极配合。

谭惠蝉的“卖相”还算不错，她平时也很注重自己的穿着打扮，可就是脾性有点古怪和急躁。说真的，她很像麦尔维尔在《文书巴比特》里描写的那个患消化不良的“钳子”。她经常动不动就龇牙咧嘴地训斥自己的下属，喜欢把他们当作自己的出气筒。她训人时，情绪显得异常的亢奋：如同电光急闪的两眼瞪得比核桃还大；狭窄的肩膀下面，两座小山包似的乳房时起时伏，仿佛会变成一捆集束手榴弹，从衣服里蹦出来，把你炸得“片甲不存”。人们风传这一切都是由她人道未通、内分泌紊乱所致。要论学历，现年四十七的她只有大专文凭，但她却老喜欢摆出一副大学者的架势。不论学院召开什么样的学术会议，她都要露脸，都要发表一番自以为是的长篇大论。而且，她向来沉溺流俗，眩于名位，对官职比自己高的人是既巴结又嫉恨。有一回，一位刚从外地调来的女教师，在“区人大代表选举大会”结束时，想借选举的话题跟她拉近距离，不料被她莫名其妙地嗤戏了一通:“你好歹也是个副教授吧?难道连差额选举的道理都不懂?这么低的智商怎么能当高校教师?我真不知道你的书是怎么教的!”是啊,这位副教授的智商确乎太低了一点。难道她在投票时没有发现区人大代表候选人中没有这位女强人的名字?或许她初来乍到,还不了解谭惠蝉的脾气和她好强好胜的个性。但不管怎么说,想跟她套近乎也得看时间、看场合才是。

天色渐渐黑了,悬挂在空中的云影变得黯然无光。“五味斋”酒楼在黑暗的搂抱下,似乎变得更富有个性和魅力:浮翠流丹的霓虹灯闪烁着迷魂夺魄的光芒,众星捧月般地炫耀着被它包围的金字招牌;用浮雕和漂亮的花纹做装饰的奶白色外墙,在光线柔和的投影灯的照射下,释放着恬静而又抒情的浪漫气息,使人联想到戈雅画笔下的玛哈;顶部呈半圆形的门窗,借着或浓或淡的泛光浮晕,彰显出有如教堂般华贵高雅的气质,完美地调和了酒楼的商业氛围。

酒楼所处的地段虽不怎么繁华,但却是一块正在被开发的热土,有正在建设中的地铁和几幢还没有竣工的现代化的商厦,还有刚开始动工的“娃娃乐园”。这些纷然错杂的背景,愈加烘托出“五味斋”的幽姿逸韵和它卓特不凡的品格。尽管从外形上看它是典型的仿欧建筑,洋溢着一种浓烈的古典美,可里面餐厅、包房和雅座的陈设却散发着中国文化的味道,尤其是墙上的书画和餐桌上的茶具餐具。

季深秋预订的几桌酒席摆在二楼餐厅附近的一个包房里。这里的墙上醒目地挂着两幅用草书写的对子,一幅是晏几道《玉楼春》中的“古来多被虚名误,宁负虚名身莫负”,另一幅是杜牧《不寝》中的“莫言名与利,名利是身仇”,仿佛在向人们提示“澹泊明志”的道理。书法的风格看上去出自一人之手,而且落笔有神,气度不凡,如飞鸟出林,似惊蛇入草。

大伙儿入座后,便有一句没一句地寒暄起来,气氛也显得十分温馨和融洽,人与人之间的距离好像一下子缩短了许多。三个身穿紫红色绣花旗袍的服务员小姐，带着甜蜜的微笑忙着给客人们上茶。季深秋一边斜觑着她们动人的美态，一边破天荒地抽起了“大中华”。

“哎，我说季院长，这墙上的对联跟这豪华的酒店似乎太不搭调了，依我看，应改成‘五味芬芳，以塞其口’和‘前程渐觉风光好，琪花片片粘瑶草’。”坐在他对面的一位头发油亮、西装笔挺的中年人打趣地说。

“潘所长说得也是。”季深秋似笑非笑地应答道，“不过，照我看，还是不改为好，因为名利确实不是什么好东西。我国古代的道家、佛家和儒家都反对名利。老子提倡‘见素抱朴，少私寡欲’。他说的‘私’和‘欲’，按庄子的解释，就是‘名利’。《淮南子》说：‘利则为害始……唯不求利者为无害。’严遵说：‘名利与身，若炭与冰。’佛家主张‘疏财利’，‘为道不为名’。孔子也要人们‘罕言利’，认为‘放于利而行多怨’。”

“瞧，姜毕竟还是老的辣。季院长所言微中，透彻入理，道破了千古之真谛。我潘某佩服的就是像您这样的真正脚踏实地做学问的人，最看不起的是那些个‘半吊子’，他们满口之乎，胸无实学，喝稀的却偏要拉硬的。常言道：‘忘其小丧而志其大得。’凡想干大事的，就该像您这样不计较鸡虫得失，韬光养晦，静观待变，额头上能跑马，肚子里能撑船。现在，我终于明白了这么一个道理：是龙就得盘着，是虎就得卧着，盘着卧着总会有出头的时候……”潘所长凭借着他那副伶牙俐齿，七拉八扯、妙语取譬地说开了。

坐在他身边的几个人，明知这位所长说的都是些浮语虚辞，但都不由自主地频频点头，做出一副“晓然若盲之开目，聆然若聋之通耳”的样子。

“看你说的，都扯到哪里去了？好像我季深秋做梦也想着做官，无时无刻不在窥伺院长这把交椅。实话告诉你，我季某向来喜好净手焚香读书，视浮名薄利为敝屣。”季深秋哑然失笑道。“自古言：‘用之则行，舍之则藏。’什么盘着卧着，这话听上去也太别扭、太吓人了，好像在等待着时机张开血盆大口吃人似的。孔子说：‘吾岂匏瓜也哉？焉能系而不食？’做人么，总得拿出点精神，承担起自己的社会责任。就连宣扬‘无相’论、‘性空’论的佛教也倡导‘坐观云起’和‘普度众生’呢！”

“好，说得好。‘用之则行，舍之则藏’；舍之则藏，用之则行。我就是这个意思，只不过把这个‘藏’字引申为‘盘龙卧虎’罢了。”潘所长说完，顺手从餐桌上拿起杯子，呷了一口清茶，以此来冲淡有些尴尬的气氛。“听了您的这番话，我潘某如醍醐灌顶，茅塞顿开。我本以为您是一个只会在月下吟诗舞剑的李太白，只会坐而论道，没想到您站得那么高，看得那么远，不但胸藏翰墨，而且胸中大有丘壑。真叫人心折口服啊！”

“这只是鄙人的管见所及，别给我垫那么多的砖，添那么多的彩，我可不敢受用。说实话，我这次当院长全是上面的安排，是情非得已，恭敬不如从命。从今往后还得有劳你潘所长鼎力相助啊！”季深秋也呷上一口清茶，慢条斯理地说，手上的“大中华”眨巴眼的工夫已燎到了过滤嘴。

他把烟头掐灭在烟灰缸里，接着又点上了一支烟，边抽边看着他左边的一张空着的椅子。这椅子一开始还不显得怎么别扭，可随着时间的推移不但让他感到有点不自在，而且还渐渐勾起他许多不愉快的回忆。

有一年，学院在组织毕业生论文答辩时，将他和谭惠蝉安排在同一个答辩小组。可答辩的那天谭惠蝉却自始至终没有露面。当时，他瞅着身边空着的座位，心里头像是突然长出了一团乱丝，怎么理也理不出个头绪来。事后，经了解他才得知：谭惠蝉那天故意跑到别的答辩小组，专拣他指导的论文横挑鼻子竖挑眼，弄得学生是哭的哭，闹的闹。他一时想不明白自己究竟在哪里得罪了她。经过好几天的苦苦思索，他猛然记起了一件事情，这才如梦初醒般地憬悟了。就在论文答辩前不久，院教务秘书曾安排他去听一位新教师的课。他没料到这位教师上课时既没有教材也没有教案，而是临时抱佛脚，当场用多媒体教室里的计算机从网上下载一些零零星星的文章，逐个投到大屏上让学生阅读。下课后，他严厉地批评了这位教师，可这位教师却不以为然，还强词夺理地反驳他。百般无奈的他只好如实地向教务秘书作了汇报。然而，没过几天，谭惠蝉竟然亲自出面替这位新来的教师说情："刚来嘛，存在这样或那样的不足也是难免的，何必那么较真！他在试讲的时候表现不是挺好的？你就行个方便，别难为他了！"弄得他是丈二和尚摸不着头脑。谭惠蝉还建议他赶紧撤回已经上交的听课记录，重新填写一份，说什么"不能让新来的同志背上思想包袱，否则，对学院将来的发展会产生不利的影响。况且，眼下弄一个博士进来不容易"云云。可是，经过一番思想斗争后，他并没有按照谭惠蝉的意图去做，因为他觉得这样做太不讲规矩方圆了，太不负责任了，而且，这样做还会给人落下话把儿，给自己未来的前途带来隐患。结果，那位新教师只上了一个月的课就被人事处调到图书馆去了，丢下的课由另一位新教师顶着。无怪乎谭惠蝉将一腔怒气全撒在他季深秋指导的学生身上！至于谭惠蝉跟那个博士到底是什么关系，她为何要袒护他，这对于季深秋来说至今仍是个没解开的谜团。

前尘影事，宛然在目。想到这，季深秋的心情渐渐变得浮躁起来。他闷头闷脑地一口一口地吸着烟，时而拿起放在餐桌上的手机瞧瞧，时而望一眼包房外边灯火辉煌、人声喧杂的餐厅。

"谭惠蝉不会来了吧？都过了六点半了。"邻桌有人嘀咕了一声。

"是啊，她可是个大忙人哪，外面的应酬可多了去了。"不知是谁随声附和道。

这话飘到了季深秋的耳朵里，使他的心情顿即由浮躁变为羞愤交加。是啊,三十多号人等一个人,而且是空着肚子面对一盆盆色泽光鲜、叫人垂涎的鸡鸭鱼虾等,这似乎有点不近情理,有点过分。但除了等还能做什么呢?然而,令他疑惑的是:既然谭惠蝉接受了他的邀请,那她为什么迟迟不到场呢?也许她被什么事儿给绊住了,脱不开身;也许她口是心非,根本就不打算来;也许她听岔了或者走岔了。不管是什么原因,他寻思着,如果谭惠蝉果真来不了或不愿意来,脸上磨不开的就不是她,而是他!

“我看这样吧,”他闷声不响地抽了一会儿烟后,忽然情急智生,扬起眉毛泰然自若地说,“请你们几位新来的博士先给大家伙儿作一下自我介绍,反正闲着也是闲着。”

于是,新来的博士你推我我推你地扭捏了大半天,才开始按报到的先后顺序作起自我介绍。这“扭捏”所消磨掉的时间,对于季深秋来说,可是一项意外的收获。只见他硬撑撑的脸上隐现出一涡涡淡淡的笑纹。可“自我介绍”结束后还不见谭惠蝉的人影,于是他死棋腹中又走出了仙着:“下面请各位老教师向新来的博士也作一下自我介绍。”

他的话音刚落,包房里一片哗然。

“我看,老教师就不必了吧?再这样下去,恐怕黄花菜都要凉了。”

“是啊,再这样下去,骨头都要长毛了。不就是吃顿饭么,哪有跟趴活儿似地干等着?”

“你们瞎嚷嚷个啥呀?我们的新院长这会儿心里正打着棋谱,排兵布阵呢!要我说,你们还是多担待点为好,别屁股上生疮就骂娘!”

“谁骂谁的娘了?你肚子不饿就一边呆着,别放屁拉臊子,坏了我们的胃口!”

聒耳的人声中夹杂着一些不恭之辞,它们有如麦穗上的芒刺扎在季深秋的耳朵上,有如侵肌裂骨的冷风透进他的心房,把蹲在他心头的最后一丝希望扫得一干二净。

“好吧，既然大家伙儿都饿了，等不及了，那就先吃吧。”他哆嗦着嘴唇有气无力地说。“不过——”

在座的早已饿得饥火烧肠，哪顾得上听他后面要讲的话？只见老教师一马当先，新教师随后跟上，推杯换盏，呼啦一下便吃开了。

这时的季深秋哪里有什么心思吃饭？谭惠蝉没到场就好比把一盆凉水扣在他的头上，把他的面子卷得精光。明明说好的，她为什么突然变了卦？难道这位自称精通国学、自夸家里古籍汗牛充栋的“姑奶奶”竟不晓得“人而无信，不知其可也”？过去工作上发生的不愉快的事早该淡忘了，没必要心里老纠着个疙瘩。再说，他现在的身份已经变了，她总得识大体、顾大局吧？他本想借这次晚宴的机会将他俩的前嫌一笔勾销，但现在看来，这只是一厢情愿，只是热气呵冷脸子自讨没趣罢了。

当然，这一切都不关吃客们的痛痒，他们只顾传杯弄盏，得其所哉。不一会儿，几个向来喜欢“搂沟子”的人，好像没见季深秋闷恹恹的样子，一个紧接一个地、毕恭毕敬地拿着酒杯走到他的面前“献殷勤”。只见他强作笑颜地站起来，说些客套话敷衍他们。应酬完了敬酒后，他心事重重地坐在椅子上，继续抽他的“大中华”，边抽边不时溜一眼豪饮啖食的潘所长。

“季院长，您快别抽了。今天可是您‘乔迁之喜’的日子，还是多喝点酒吧。您看您，都把脸给抽黄了，把眉毛给抽焦了，再抽下去非抽出个沙尘暴不可！”潘所长见季深秋愁眉不展、悒悒不乐的样子，又开涮起他来。他深知谭惠蝉是个弯弯肠子，老喜欢掰着手指头算计别人，看别人的笑话。他笑季深秋有眼无珠，识不破“庐山真面目”，还只是个刚出蒂的嫩瓜。

听了这没上没下、没重没轻的讥诮话，季深秋突然跟变了个人似的，一杯又一杯地喝起酒来，而且越喝越猛。站在他身后的服务员小姐，勉强地忍住已跳到嘴唇的笑意，不停地凑上前给他添酒。可这咕噜咕噜直吞进肚里的酒到底是什么滋味，恐怕只有他自己才知道。

“有道是‘枯肠发发浇成浪，醉眼腾腾看作岚’。”潘所长继续笑嘻嘻地开涮他。

“你看你，茶酒饭菜都堵不住你这张爱穷嘞嘞的破嘴。什么时候你才能悟出‘沉默是金’的道理？你闭口不言，没人会说你是哑巴。”季深秋怏怏不悦地瞪了他一眼，继续喝他的酒。

酒过三巡，菜过五味。吃客们的脸上都浮起了或淡或浓的梦一样的桃红色。这时候，季深秋的两眼已布满了血丝，映入他眼帘的人形渐渐变得模糊起来，太阳穴上被酒力激发的青筋凸动着，酷似一根快承受不住水压的橡皮管子。他终于支撑不住了，腾云驾雾般地从椅子上跌落在地，嘴里不停地咕哝着：“这到底是在演——演哪出啊？明知我季某人是有一是一、有二是二的实在人，为啥不给我来——来点热乎气儿？为啥偏偏在我刚——刚上任的节骨眼上打我的谱、拆我的台？难道你就这般忘性？拉——拉倒吧，别找借口来诓人，没人会信。我知道你还在记恨我，但我要告诉你：当年，汉武帝要司马迁篡改历史，司马迁都——都没有听他的，你又算个啥？我季深秋一向以司马迁为楷模，为人方正，心地光明，仰不愧天，俯不愧人。我即便没——没有他那种经天纬地之才略，也至少有五湖四海之襟怀……”

“季院长喝醉了，快扶他起来！”潘所长对同桌的几个年轻人说。他没料到这个过去树叶子掉下来都怕砸脑袋，在领导面前大气都不敢出的季深秋酒后居然出言不逊，判若两人。这和他平常斯斯文文的学者风度简直是天差地远。

可就在这时，谭惠蝉迈着稳重的步子不慌不忙地走了进来。

“我紧赶慢赶的还是晚了，让你们久等了。”她用她那副清亮的嗓门说。这原本是表示歉意的话，但到了她的嘴里听上去却带着一点儿威势，尤其是配上她那对不大不小的、内蕴刚愎的眼睛。

谭惠蝉的说话声，有如一柄榔头，把季深秋给敲醒了。他跟瞧见一只秃鹫似的，神情惶恐地从地上爬起来，愣然失神的眼睛里飘出一朵灰暗的、如烟如雾的流云。由于过度的紧张，他竟然坐到给谭惠蝉留着的座位上。这会儿，包房里忽然变得冷森森的，仿佛燥热的夏天一下子变成了滴水成冰的数九寒冬。

"怎么啦？"谭惠蝉用闪电一般的目光扫视了一下整个包房，然后皱起眉头阴阳怪气地问。

"没，没什么，只是刚才我，我椅子坐偏了，不小心摔了一下。"季深秋饧眼觑视着她，期期艾艾地说，嘴角上挂着从胃子里翻上来的酒水。这时候，他才意识到自己坐错了地方，于是急忙坐回到自己的椅子上。"对不起，这是给您谭书记留着的。"

"没什么就好。"谭惠蝉神色不动地在他的一旁坐下，随手拿起一只不知是谁放在她碟子里的大闸蟹，慢腾腾地吃了起来。她从来不喝酒，认为酒并非百乐之长、天下之美禄，而且一见别人喝酒就会联想到"酒肉朋友"这个成语，甚至联想到殷纣王以酒为池、以肉为林的故事。她深信天下愚者皆为酒困，而女人一旦喝上了酒，就跟风月场所里的庸脂俗粉没有什么区别。

"谭书记日理万机，能屈尊大驾和我们一起吃饭，真是太高看我们，太抬爱我们了！"潘所长见大伙儿都埋头吃闷饭，没人吭气，觉得有点压抑，便率先打破这沉闷的气氛。

"不敢当，不敢当。"谭惠蝉边吃边应酬着，"天知道我这个'五日京兆'还能做几天！我退下来后，恐怕你们见了连招呼都懒得跟我打，不在背后骂我，我就烧高香了。"

"不会吧，谭书记又在跟我们说笑话了。"潘所长一听这话，嘴里的菜顿然变了味。他眼珠子一转悠，想出了一句化解尴尬的话，飞扬的眼神里燃起了一团媚焰焰的火："谁不知道在您谭书记的领导下我们人文学院的科研成果已连续三年名列全校榜首？讲一句掏心窝子的话，没有您这片遮顶的彩云——”

“行了，行了，别给我戴高帽子了，我的这张老脸已经够长的了。”谭惠蝉知道这位油嘴滑舌的潘所长说的并不是由衷之言，知道他是在用虚薄之辞花哨她，但又不想当着众人的面驳他的面子，叫他下不了台，于是把话题一转：“今天是季教授升迁的日子，我们还是只管吃饭，不谈别的。”说完，她把脸转向季深秋，装模作样地矜重地笑了笑。

“对，对，大家尽管吃饭，不谈别的，不谈别的。”心神未定的季深秋用生硬的语气附和道。他也拿起一只大闸蟹，故作镇定地品尝起来，一边品尝一边思考着潘所长有关科研的那番话。

是啊，为了贪天功为己有，为了向上头炫耀自己的政绩，兼管院人事工作的谭惠蝉这几年拼命地给教师增加科研工作量。自从学校将岗位津贴分发给二级学院来管理后，她每月只发给教师一半津贴，剩下的一半要到年终考核时看科研工作完成的情况来发，谁的科研成果多谁就多拿钱。多劳多得、奖勤罚懒，这本来无可非议，但她同时又制定了一项颇为苛刻的考核制度：教授每年须完成十个科研绩点，副教授每年须完成六个科研绩点，讲师每年须完成两个科研绩点。一个绩点相当于两篇刊登在普通期刊上的学术论文或一篇刊登在核心期刊上的学术论文；一部二十万字的专著折合成八个绩点，一本二十万字的编著（包括教材）或译著折合成四个绩点。如果不能完成这些指标，年终考核便为“不及格”，而连续两年不及格就降职低聘。况且，由学校统一制定的每位教师每年必须得完成的基本教学工作量本来就比别的高校高出近一百个学时，如此繁重的科研工作叫人怎么承受得了？实行这项新制度后，科研的数量确实比以前多了，但质量多少有些下降。拿一些教师的话说，“谭惠蝉的那套做法催发了科研泡沫”，因为出于完成指标的目的，不少急功近利的人发动自己的研究生、大学生做这样或那样的课题——不管这些课题过去别人做过还是没做过，也不管这些课题在理论层面或应用层面有多大的价值——，做完后占为己有，匆匆发表。有的甚至用买版面或贿赂编辑等手法来达到赶指标的目的。就连潘所长本人也曾私底下挖苦道："这项制度刺激了一个靠收取版面费来创造利润的产业，推动了国民经济的增长，同时也滋生出一批虱子、跳蚤和蛔虫。"两年前，有一个趋炎附势的小人不失时机地给某报社写了一篇文章，把谭惠蝉的做法吹嘘为"高校科研管理上的新突破"。谭惠蝉为了感谢他，居然破例奖给他十个科研绩点。从此，浮夸不实、投机取巧等不良作风开始泛滥起来。而与科研管理相配套的是教学管理。为了给人文学院节省一笔在"超学时"上的支出，谭惠蝉把标准班学生人数从四十增加到六十，把所有"平行班"的学时都打成八折，把低年级基础课的学时打成七折，这样无形之中增加了教师的教学负担，使不少教师怨声载道，叫苦连天。曾有人作过一个很形象的比喻："我们是这位女大厨砧板上的一块肉，她要怎么割就怎么割，她要怎么切就怎么切。"

想到这，季深秋心里不觉产生了一种"秋天漠漠向昏黑"的感受。再想想方才自己所受的"望穿秋水"之煎熬、当众失态之屈辱，再适口的东西放在他的嘴里也淡而无味。

吃客们似乎早已忘掉了刚才发生的一切。他们一边吃着喝着，一边海阔天空地神聊着，时间不知不觉地过了八点半。当服务员小姐把甜食和水果端上餐桌时，早已吃得囫囵大饱的他们只能相顾而一笑。

这时候，潘所长突然将红灼灼的脸摆向右侧，用右手半遮半掩着酒气熏人的嘴巴，对身旁的一位新来的博士神秘兮兮地说："散席后先别走，我还有事情要跟你说。"

那位博士连连点头，欣然应诺，可心里却揣摩不透这位仪表堂堂的所长葫芦里究竟卖的是什么药。有事儿吃饭的时候不说，偏偏要等到吃完饭再说，难道他连"烧香望和尚，一事两个当"的道理都不懂?

“好了,我看大家都吃得差不多了。”不一会儿,季深秋发话了。他像隔着一重明晃晃的雾水望着刚刚用餐巾抹了一把嘴的谭惠蝉:“谭书记,您还有什么话要跟大伙儿说?”

“没有。”谭惠蝉低垂着眼皮,蔫头耷脑地回答道。

看着她那副病猫似的模样,季深秋恨不得给她一大耳朵帖子,叫这位“姑奶奶”好好改改阴不阴、阳不阳的臭毛病。但退一步想想,不管怎么样,她毕竟还没把事情做绝,还算圆过他这位新院长至少半张脸面。就凭这一点,她哪怕是个“夷狄之君”,向她行三拜九叩之礼也值。

“要没什么别的事情,那就散席吧。谢谢大家赏光!”季深秋说罢,摇摇晃晃地从座位上站起来。

他先把谭惠蝉送出包房,接着干脆站在包房的门口继续送客,一边送一边抖动着嘴唇,哼哼唧唧地重复着听上去不是有点多余就是有点做作的客套话。当他送完最后一拨儿客人时,一位身材玲珑苗条的服务员小姐袅袅然、飘飘然地来到他的面前,告诉他可以到底楼去结账了。于是,他头也不回地跟在这位小姐的后面走下了楼,边走边咂嘴弄舌地盯视着她娇纤动人的身段。

“美,太美了！真是春风习习似度香,碧水澹澹若生烟。”他低低切切地自语道,仿佛在他眼前晃动的是大慰其眼的超级模特。

“您就是季先生?”正当他神魂飞越、若在烟霄时,账台收银员粗涩涩的声音煞风景般地拽住了他的视线。

“是,我就是。”他不知道自己是在什么时候到了底楼,到了账台。正想掏钱包付账,猛然间记起他的那件还挂在椅背上的皮夹克,于是像被人泼了一头冰水似地抖搐了一下:“对不起,我把钱包忘在包房里了。”

他说罢,回过头急冲冲地跑上楼,半道上差点和一个正在下楼的陌生男子撞了个满怀。

“您可真是贵人多忘事，我们正要找您呢！”正在和那位博士侃侃而谈的潘所长，见他上气不接下气地走进包房，半笑着说。

“你们怎么还坐在这儿不走？”季深秋好像没听见这位所长的话，满腹狐疑地问道。

“我们这不是在替您看着衣服吗？”潘所长眨了眨眼睛，巧黠地说。这时候，他暗自回味着方才季深秋举杯牛饮、口吐狂言并且当众出丑、斯文扫地的情景，觉得这比玩“鬼武门”还过瘾。

“我看你都变成红眼兔了，还是赶快趁早回去吧，省得醉倒在半路上！”季深秋边说边穿上皮夹克。“有事不妨边走边谈，何必沉屁股似地呆在这儿？”

“我没有醉，我离醉还远着呢，就好比晾衣服的竹竿够不着月亮！是您才醉呢！醉眼看人人皆醉，酒不醉人人自醉，张公吃酒李公醉……”潘所长跟说相声似的，一口气说出一长串“醉”字。

“那好吧，你就在这儿再‘醉’一会儿吧！我先走了，恕不奉陪。”季深秋说完，有如渥丹一般光彩照人的脸上拧出一丝轻蔑的笑意。

季深秋刚走出包房，潘所长便沉下脸来，把牙根咬得痒痒的：“明天出门前，最好把脸皮搁在家里。有啥可以抖的，横说竖说都是攥在别人手心里的一只蚱虫！还真以为昔日的萧艾变成了芳草！”

这时，一位服务员小姐走了进来，开始收拾起餐桌上的东西。

“小姐，你能不能给我们几只食品袋？”潘所长耸动了一下眉毛，一本正经地问道。

“没问题，我这就去拿。”服务员小姐粲然一笑地回答说。

这会儿，那位博士才跟服了一服清醒剂似地恍然大悟，原来醉翁之意不在酒，在于山水之间。

“俗话说：‘新官上任三把火。’这火一烧起来，你我身上少说也得掉十几斤肉，还是先补补元气再说。”潘所长见他像跑了神似地看着桌上吃剩的菜，便用风趣的口吻对他轻声地说道。

“那是，那是。”他点头附和道，从脸皮的毛孔里挤出一缕轻烟般的奇怪的微笑。

一转脸的工夫，服务员小姐把食品袋拿来了。潘所长从座位上悠然不迫地站起来，开始张罗起他想做的事情。

简介：

这篇小说借一次看似很平常的聚餐，把某高校人文学院的几个典型人物“召集”在一起，用略带夸张、幽默的笔触勾描出他们的所作所为和所思所想。

主人公季深秋是一个典型的官迷，做官是他终生奋斗的目标。这样一个整日在为自己的仕途精心谋划、掂斤播两的人能在学术上有多少建树便可想而知。为了做官，他可以不择手段地对付上面的人，也可以在各种屈辱面前忍气吞声，逆来顺受。一旦觊觎已久的目标实现了，便得意忘形地张扬起来，重复官场的那一套为追求政绩而哗众取宠、沽名钓誉的做法。

学历不高的谭惠蝉骨子里也是一个官迷，而且，她似乎只有借助于官场上的得志才能弥补学历上的不足和个人生活的不如意。为了博得上级领导的赏识，她不惜以牺牲全院教师的利益为代价，搞出一套套所谓的“考核”指标，压得大家喘不过气来。独往独来且刚愎自用的她，无论走到哪里都摆出一副“老娘”的架势，用极度的自尊来掩饰内心极度的自卑。

而凭三寸不烂之舌能说会道的潘所长，看上去是一个冠冕堂皇的正人君子，实际上是一个庸俗不堪的龌龊小人。他见人说人话，见鬼说鬼话。而且对吃喝这类事很在意，甚至不放过酒席上的残羹冷炙。

作品的结尾借这位所长之口，用一连串“醉”字对季深秋作了讥讽。其中“张公吃酒李公醉”本为唐代谚语，言唐武后时张易之、张昌宗兄弟当权，李氏王室大权旁落，后比喻一方取得实益，一方徒有虚名。潘所长显然是把谭惠蝉比作张易之、张昌宗兄弟，把季深秋比作李氏王室(因为他虽然当上了院长，但仍然依附于谭惠蝉，看谭惠蝉的脸色行事)；但同时也将自己和其他应邀赴宴的客人比作享受实惠的“张公”，将季深秋比作浪得虚名的“李公”。而前面“酒不醉人人自醉”意在嘲笑季深秋因仕途得意而忘其所以。

摇钱树

一

开学的第一天，我和几个同学背着书包有说有笑地走进了打扫得一干二净的教室。教室里比我们先到的，不是在玩时下流行的玩具赛车，就是在玩麦当劳的“汉堡神偷”和“独角小飞马”。在树枝般摇来摆去的人影的空当里，我突然发现一个素不相识的男孩。他黑黝黝的脸蛋上挂着稀零零的鼻涕；右手掌像一把撑开的纸扇，在两只直愣愣的眼睛前晃来晃去；嘴巴里不时地发出哈哧哈哧的声音。他独自一人坐在靠窗台的最后一个座位上——这个座位还是新添的——，脖子上挂着一只脏了吧唧的旧书包。就在我听到有人喳喳低语地议论他时，走廊里传来一阵很有节奏感的嘚嘚嘚的响声。须臾间，班主任张老师昂着头神态威严地走了进来。她和往常一样，先不经意地望一眼黑板，然后站到讲台后面，把握成拳头的右手朝台面重重地敲几下，意思是：该坐到自己的位子上保持安静了。大家都坐定后，我无意中发觉，过了一个寒假她有点发胖了，因为寒假前她常穿的那件黑色的呢子外套现在一下子变窄了，紧紧地裹着原本微微隆起而现已变得饱满的胸脯。她用锐利的目光扫视了一下整个教室，而后清了清嗓门说：“同学们，今天是开学的第一天。我首先要向你们介绍一位新同学，他的名字叫梁谦胜。”说完，她三步并两步地走到那位新同学的身旁，弯下腰在他的耳边声气茧茧地讲了几句，随后帮他把书包从脖子上拿下来，放到桌肚里。这会儿，我才注意到，她全身上下是黑一色的穿着，连脚上那双闪着油光的皮鞋也是黑的，只有脸和脖子等裸露的部位白净净的，因此，黑的显得墨黑，白的显得耀白。她搀扶着梁谦胜朝讲台慢慢地走去，样子看上去很别扭，好像是第一回侍候人。

“嘿，这呆头呆脑的模样也能上学？”

“瞧他走路的样子，跟得了软脚病似的。”

“八成是被他爹打断了脚筋，你爱信不信。”

正当同学们七嘴八舌地谈论时，张老师把梁谦胜抱上摆在讲台旁的一张椅子上，紧接着，再次攥紧拳头把讲台敲得砰砰响，沸沸扬扬的教室顿时变得鸦雀无声。

“梁谦胜同学从小患有脑瘫，行走不便。据医生说，只有给他装上一对假肢才能解决他走路的问题。而装一对假肢的费用高达几万甚至十几万元，这对于家境贫寒的他来说，简直是一个天文数字。因此，我希望大家发扬红领巾互爱互助的精神，积极踊跃地为他捐款，好让他尽快能和我们一样自由地行走。这也是你们道德积分的一个重要项目，要如实地记录在‘思想品德表现’这一栏里。”

张老师的话语清朗而脆硬，音阶由低渐高渐强；特别是最后一句，听上去就像在铁锅里翻炒的花生米噼啪作响。大家都张大着嘴端坐着，眼睛一眨不眨地注视着她那张稍稍见长的、不怒而威的面孔。

“谁先带个头？”她顿了一下后接着说，边说边从呢子外套的衣兜里拿出一个小本和一支笔，矜重中带有几分自信的目光在几位班干部的身上蜻蜓点水般地逗留了一下。

“我今天刚好带了两百元，我把它全捐了。”全班最调皮捣蛋的铁蛋似乎想尝尝当领头羊的滋味。

他的话音刚落，教室里沉闷的气氛又变得活跃起来。

“我带三百还没发话呢!”全班最有钱的油葫芦不甘示弱地说。

听他们这么一嚷嚷,我毫不犹豫地从裤兜里掏出我爸让我交书杂费和午餐费的两百元钱,还有娘偷偷塞给我的以备应急之用的一百元钱,快步如飞地第一个走上讲台献爱心,心想:本学期的思想品德“金奖”我拿定了。

在我的带动下,同学们争先恐后地慷慨解囊,献出自己的一片片爱心。没过一会儿,平如镜面的讲台上升起了一座五色斑斓的小山。

“不错,今天你们每个同学都表现得很好。”捐款结束后,张老师浏览了一下小本上面的记录,面带悦色地说。“这才像我教出来的学生,不但学习上求进步,品德上也求进步。品学兼优的你们在不远的将来一定能——”

她还没说完,一个胖墩墩的中年人轻轻地推开教室的门朝她睃了一眼,见她点头一笑,便大模大样地走了进来。他头戴一顶深蓝色的鸭舌帽,身穿一件浅灰色的中山装,左手拿着一个相机。

“他一定是记者!”

“不会吧?记者哪有这般寒碜相?”

“这人我好像在哪儿见过。”

就在他舒眉展眼地把相机的镜头对准一张张天真无邪的小脸,“咔嚓咔嚓”不停地按着快门的时候,一阵犹如蚊虫般嗡嗡哼哼的低语声飘进了我的耳朵。

拍完照后,那人将脸转向张老师,两只溜溜转动的眼睛睨视着她那双马蹄般奔忙的手——她正在清点着讲台上的钞票。这时,我才察觉他脸上的皮肤很粗糙,酷似用旧鼓面做成的。

张老师点完钞票后,抬起头看了那人一眼,然后满脸堆笑地对大家说:“同学们,这位就是梁谦胜的父亲,他在我们学校做后勤工作。让我们请他说两句吧!”

于是,梁谦胜的爹右手抱拳地俯屈了一下身子,接着,神飞色舞地说:“谢谢!谢谢!太谢谢了!你们真是雪中送炭啊!没想到你们这么小的年纪思想觉悟就那么高,长大了定能成为人中之龙啊!常言说得好,德能养运,善能养福。但愿我儿子长大后能回报你们,回报社会……”他说话时,露出两排参差不齐的、灰黑的牙齿,有些塌陷的额头下面,一双眯得细细的眼睛里闪烁着一位感恩戴德的人特有的欢悦与兴奋。

那天,我一回到家就把学校里发生的事一五一十地告诉了我爸。可没想到,他听后气得歪脖子歪脸的:“你这王八羔子,谁让你把钱全捐了!”

“我刚才不是说了,是张老师让我们捐的。再说,我这个当班长的,总不能落在别人的后面吧?”我低下头怯生生地说,极力把事情往班主任身上推。

“一说你,你就拿别人来搪塞。歪嘴和尚瞎念经,你也信?做事总得靠谱,哪能由着性子瞎整!”他怨气冲天地嚷道,“你没见咱家穷得叮当烂响?你妈已下岗三年了,她爹重病缠身,每个月光看病少则五六百,多则上千。我起早摸黑,东跑西颠地卖蔬菜、卖水果,也只能挣点糊口的钱。”

“那您要我怎么着?”我不服气地说,“我听老师的要被您怪罪,听您的要被老师批评,真是‘顺得姑来失嫂意’啊!”

“小兔崽子,年纪不大,啥时候磨出了一副尖嘴利牙?有你这样跟爹说话的吗?打比方也得先看看对象,哪能眉毛胡子一把抓的?”爸说完,不由分说,狠狠地扇了我一个嘴巴。

我从未受过这么大的委屈,当即号天跺地地大哭起来。

“孩子不懂事儿,你做爹的跟他拧啥劲?”坐在一旁的妈边说边放下手里的针线活,将我拽到她的怀里。她从衣袋里掏出一块手绢,神色凄然地揩去我脸上的泪水。“再说了,这世上谁还没个错?牛也有撞墙的时候,马也有失蹄的时候。”

“捐钱又不是什么坏事，应该鼓励才对，何必你打我闹的?”躺在床上的姥爷侧过脸来，有气无力地说。“不就几百块钱么，记在我这把老骨头的账上不就完了？咱穷，没错，但人穷志不短。别人的娃都捐，就咱的娃不捐，这不就等于承认自己是端不上桌面的烂土豆吗？更何况咱们说不定什么时候也需要别人的帮衬啊!”

“那也不能给多少就捐多少呀！这不是黄瓜上抹油充翡翠，死要脸皮活遭罪吗?”爸虎着脸说，“再说了，您攒的钱又不多，够您看病就不错了。记在您的账上？说起来比拔根胡须还轻巧！难道您就不明白‘攒钱好比针挑土，败家犹如水推沙’的道理?”

“道理我不比你懂得少。虽然我斗大的字不认几个，说话毛毛糙糙的，但话糙理不糙，心里跟明镜似的比谁都明白。哦，对了，前几天我好像听你们小两口说什么来着?”姥爷抬起右手拍了拍脑门。“哦，我记起来了。我听你们说要给我买个血压计。不买不就把钱给省下了?”

“那可不行!”听姥爷这么一说，我急忙挣脱妈的胳膊，跑到我的床头柜前，从里面拿出一个铁皮做的储蓄罐，神慌意乱地从罐子里取出一个小小的红纸袋。

“爸，给。”我忐忑不安地走到爸的跟前。

“给什么?”爸将身子稍稍往后一仰，疑惑不解地问。

“这是姥爷给我的压岁钱，就拿它买血压计吧。”我说。

“你倒是蛮有孝心的！你这点钱能交午餐费就不错了!”爸苦笑道。

这时，从厨房忽忽飘来一股淡淡的焦味。妈赶紧放下刚拿在手里要补的袜子，飞快地奔出房门。

“外面的菜烧煳了。”她进来时一脸窝火的样子，有如一堆一点就燃的干柴。“俗话说：‘覆水难收。’事情都已经过去了，何必鸡争鹅斗地闹腾个没完？要我说，你们有这磨嘴皮子的闲工夫，还不如趁早吃饭!”

“别一惊一乍的,谁家没个碟大碗小、磕着碰着的?”爸边说边朝厨房走去。

我趁此机会走到姥爷的床边,帮他套上一件毛衣,然后扶着他慢慢地下床。

当大家围着饭桌闷沉沉地吃饭时,我发现桌上除了有一碗青菜豆腐汤和一碗还散发着煳味的红烧土豆外,还放着一盘我最喜欢吃的炸鸡腿。可我怎么也提不起胃口,好像肚子早被方才的吵吵闹闹给填饱了。妈见我低头不语,拿着筷子发呆,便把一只最大的鸡腿放入我的碗里。我偷偷地瞥了爸一眼,见他还板着个脸在生气,于是就趁他起身去开电视机的那会儿把鸡腿放进了他的碗。

他回到座位上时,看了看我给他的鸡腿,又看了看我的碗,笑着说:“我一转身,你的鸡腿咋飞到我的碗里来啦?吃饭是吃饭,捐钱是捐钱,一码归一码。难道它们也针尖对麦芒?”说罢,他又把鸡腿放回到我的碗里。

我见爸笑了,心里踏实多了,便端起碗吃起饭来。我心里明白,只要爸想做一件事,你就是用二十头牛也拦不住他。他要我吃鸡腿,我只能吃。可我实在是不想吃,一是因为我刚开学就给家里添乱,心里还堵得慌,二是因为我寻思着:省一口菜不就等于拿回了一份捐去的钱吗?

“快吃吧,”姥爷一边喝着豆腐汤,一边对我说,“这炸鸡腿可是你妈特意给你做的,说是开学了吃得好一点,脑瓜更好使。我老了,牙齿不管用了,只能喝点豆腐汤。”

我一听这话,心里头真是刺挠极了,眼泪在眼眶里直打转。我拼命地忍着,忍着,不让泪水流出来。等到姥爷和爸妈都吃完了,去厨房洗脸了,我再也忍不住了。我用袖管擦去夺眶而出的泪水,而后鼓起勇气把鸡腿放回到盘子里。

二

时间过得真快，一溜眼半个学期过去了。期中考试的成绩揭晓后，爸得知我各门功课的总分排在全班的榜首，便趁着喜滋滋、乐悠悠的那股子劲儿给我买了一张游戏光盘，让我在六一儿童节那天到舅舅家的那台电脑上去玩。从印在游戏盘封套上的密密麻麻的游戏介绍中，我发现了一个同学们常常津津乐道的游戏——“超智玛丽”，顿时激动得“哇噻，哇噻”地喊个不停。我把游戏盘放在书包里，天天带着它上学，带着它回家，一有空就掰着手指头算日子。

一天中午，我吃完饭想抓紧时间做一点上午数学老师布置的回家作业，于是打开书包，从里面拿出一本练习簿，可不经意间把那张游戏盘也带了出来。

“你那张盘是软件还是游戏?”坐在我身后的梁谦胜问。

“游戏。”我心不在焉地回答道，只觉后脑勺凉飕飕的。

“让我瞧瞧。”他趁我不备，将游戏盘一把夺了过去。

“真拿你没辙!”我回头看了他一眼，无可奈何地说。“真是请菩萨容易供菩萨难哪!”

“哎，这不是‘超智玛丽’吗？这游戏可好玩了!”他慢声慢气地低语道。

“是吗?”听他这么一说，我觉得心头一热，于是干脆转过身子，兴致勃勃地跟他聊上了。

他告诉我他家刚买了一台电脑，玩起游戏来棒极了，还告诉我星期天上午他爸妈要去观看一场由“万盛豪”集团举办的时装表演，只有他一人在家。

“我数学不太好，你星期天上午能不能来我家给我补习补习数学，顺便把这游戏盘也带来?”他边说边把光盘还给我。

“你还没玩过这游戏?”我收好光盘后问。

“玩过,是在我姑姑家玩的。”他说,“可我还没玩够呢!”

“那你会在电脑上安装游戏吗?”我又问。

“会啊,才学的。”他笑了笑。

“那你得先告诉我你家的地址。”我几乎无法抑制奔腾起伏的心潮。

他磨磨叽叽地从桌肚里拿出一张纸,用铅笔在上面划拉了几个字,然后把纸折叠成小小的一块,用低得几乎无法听见的声音对我说:“拿着,别弄丢了。星期天上午八点见。”

星期天早上,当两三方斜阳刚照进屋里时,我便从自己的床上爬了起来。

“今天不上学,你怎么这么早就起来了?”躺在大床上的爸揉了揉惺忪的两眼咕哝道。

“我——”我话刚到嘴边就顺着口水骨碌到肚子里去了。我想,如果我告诉爸上午我要去给那位新来的脑瘫同学补习功课,他准会说:“难道捐钱还不够吗?”我不愿意勾起令他不快的回忆,于是撒了个小谎:“我今天要去油葫芦家学电脑。”

“真是无利不起三分早。我看,你是一直在念着那游戏盘。”爸说完翻了个身,随后又呼噜噜地大睡起来。

“你爸难得睡个懒觉,别吵醒他!”妈见我起来了,便忙着给我弄吃的。

吃完早饭,我背上书包匆匆地走出家门。

在离家不远的地方,有一条非常热闹的小街,街面的两旁摆满了各种各样的早点摊子。包子、水饺、炒面、煎饼、烤甘薯……应有尽有,目不暇接。我在拥挤的人群里艰难地行走着,不时地被人磕着碰着。一路上听到的是小孩的哭闹声、女人的吆喊声和从挑贩的嘴里冒出来的带有乐感的叫卖声。

走出这条人声嘈杂、扰人心绪的小街后，我按梁谦胜给我的地址搜寻着目标，过了半小时的样子，来到了一栋新建的、矗天拔地的楼房前。这里，一切都显得很静谧，只有偶尔从头顶上飞过的麻雀扑噜着翅膀发出几声唧唧的鸣叫。环抱楼房的是蓊蓊郁郁的树木，它们散发着一缕缕沁人心脾的清香。我忽然被一种惶惑不安的情绪揪住了，心想：梁谦胜会不会写错了地址或是故意在耍我？尽管我原先高涨的热情因种种猜疑而一落千丈，但一想到那诱人的、像美梦一般在召唤着我的“超智玛丽”，我便跟着自己的两条腿恍恍惚惚地走进了楼房，走进了电梯。

“上几楼?”电梯里响起一个女人的声音。

心神未定的我似看非看地瞅着她脚上的皮靴，没在意她在说什么。

“你要上几楼?”她的声音突然成倍地放大，就像在一座阴森死寂的荒寺里乍然响起的孤魂野鬼的尖叫，使我的头皮一阵阵地发麻。

“八楼，上八楼。”我声怯气短地回答道，而后趁着电梯关门和上升的工夫，仰起脸打量着她那张描眉搽粉的瘦脸。

她看上去已是个半老徐娘了。虽然青鬓未白，但衰老的阴影已罩上了眼球并且飘浮于薄薄的嘴唇和高凸的颧骨之间。这双已褪去了大半光泽的眼球使我联想到倒映着云影的井水，分布在眼球四周的粗细不匀的皱纹使我联想到羊群在井边松软的泥土上踩出的有深有浅的凹沟。

当电梯门打开的时候，一阵冷飕飕的风迎面刮来，吹拂起挂在她额头上的几条散乱的发丝，使她那张瘦尖尖的面孔显得更加苍白窄长。

“到了。”她耸了耸八字形的溜肩膀，用阴沉的语调说。

我赶紧低下头，飞快地跑出她的视线，心里顿感如释重负般的轻松。

在狭窄的、光线昏暗的楼道里，我跟一只无头苍蝇似地转来转去，不停地扭动着脖子左顾右盼，希望我要找的那组阿拉伯数字能很快出现在我的眼前。一扇又一扇紧闭着的紫棠色的房门，都无一例外地摆出一副叫人望而生畏的架势，使我才复燃的激情渐渐地被一种莫名的压抑感调和了。我放慢脚步，迷迷瞪瞪地行走在它们威严且冷漠的目光下，直到要找的门号最终映入了我的眼帘。我瞪大着眼睛对着门号看了又看，确信没看错后才伸出手去按门铃。没过一会儿，门慢慢地打开了。

"你来了，进来吧。"坐在轮椅上的梁谦胜笑眯眯地对我说。

我进屋后，他将房门轻轻地关上，接着，把我领进一个宽敞的客厅。客厅粉洁白亮的天花板上垂下一盏枝形吊灯，倒看犹如一棵孤立在茫茫雪原上的小杉树。一只倚墙而立的做工精致的玻璃橱特别扎眼，里面摆放着小巧玲珑的紫砂茶具和亮晶晶的高脚酒杯。拼条地板上铺着一块红色暗花地毯，和反射着窗外柔光的橘红色的护墙板组成了一个和谐的视觉整体。三只摆成"凹"字形的粉红色双人沙发和一只上面放着彩电的矮柜，拢在一个古朴典雅的长方形茶几的周围——它们看上去至少占用了客厅三分之一的面积。我见茶几上放着两只包装美观的礼品盒，便好奇地走了过去。

"别，别动它们，这是给——"梁谦胜将轮椅慢慢地滚到我的身旁，急赤白脸地撑开右手指在眼前晃了晃。

"瞧你，仨瓜俩枣的东西，还真把它们当回事了。"我笑着说。

"行了，咱不说这。游戏盘带来了没？"他问。

"你惦记着的东西我哪敢不带来？"我从书包里拿出游戏盘递给他。"我忘啥也不能把它给忘了。"

他接过游戏盘后将它往两大腿间一插，又转动起轮椅的轮子。我跟在他后面心神不宁地走进了他的书房。

书房虽然不大，但很舒适：一张小小的书桌紧贴着窗沿横放着，上面堆着一本本五颜六色的杂志，其中有《米老鼠》、《小学科技》、《小熊维尼》、《宠物小精灵》等，它们远远地望过去就像一幅巨大的弥眼的拼贴画；书桌的右边是一台配有电脑桌的崭新的电脑，书桌的左边是一个一米见高的小书橱，上面放着一只地球仪和一尊贝多芬的半身塑像。

"请坐。"梁谦胜见我呆呆地站立着，指了指书桌前的一张软垫椅子。

我坐下后，他把轮椅挪到开着的电脑前，开始安装起游戏来。尽管他点击鼠标的动作瞧上去有点硬生生的，但一板一眼，很有章法。

"你会用电脑做幻灯片吗？"他一面安装一面问。

"会一点，是我舅舅教的。"我回答说。"可我舅舅说什么都不肯教我安装游戏，说像我这样的少年应该把精力放在学习上，玩上电脑游戏会影响功课。"

"你舅舅也太死心眼了。"他说，"学习归学习，玩游戏归玩游戏。你说是吗？"

"是啊，现在学习的压力实在是太大了，不玩点游戏放松放松，哪受得了？"我一边说着，一边目不转睛地注视着电脑屏幕上出现的每一个安装步骤。

"太棒了！没想到这是'超智玛丽'的升级版！"安装完毕后，梁谦胜大喜过望地说。

"是吗？可我连最初的版本都没玩过，说出去也太汗颜了！"我怪不好意思地说。

"那我就先玩了，你在一边学着点。"他说罢，便聚精会神地玩了起来。

我见电脑屏幕上有一个头发由绿变红的小女孩。她一会儿跑，一会儿跳，一会儿扔火球，有时候在桥上，有时候在城堡里，有时候在水族馆……我想，梁谦胜一准把补习数学这事儿给忘了，或许，他只是说说而已。

“让我也过把瘾吧!”我见他玩得那么津津有味,玩得那么心驰神往,手不觉痒了起来。

“好吧,不过刚开始你得留点神,要不然会前功尽弃的。”他将轮椅往后移了移,给我腾出地方。

我把椅子挪到电脑前玩了起来。一开始玩得还不怎么顺当,但玩了一会儿就上手了。玩着,玩着,电脑屏幕右下角的时间不知不觉地跳到了“11:50”。

“快十二点了,你爸妈也该回来了吧?”我一边对他说,一边恋恋不舍地盯着还未结束的游戏。

“是啊,你要不提醒,我都差点忘了呢!”梁谦胜挠了挠头皮说,“我看,你还是趁早离开这儿。要是你被他们瞧见了,准没我好果子吃。”

“是吗? 事情有这般严重?”我有点迷惑了。

“不瞒你说,他们不许我把这儿的住址告诉任何人。”他解释道。

既然梁谦胜有他的难处,我也只好忍痛割爱。我赶紧收好光盘,提着书包走出书房。

当我带着些许沮丧的心情走到客厅的中央时,无意间发现:在靠窗的一个角落里摆放着一张造型别致的桌子,举重若轻地驮着一只又高又大的玻璃缸;玻璃缸里有几条活泼可爱的金鱼在盛放着贝壳、卵石和绿藻的清水中悠然自得地追逐嬉戏。见它们摇尾摆翅、旋来转去的样子,我不觉停住了脚步,心中嫉火如焚。是啊,和被一大堆功课压得快直不起腰杆的我相比,它们过的简直是世外桃源般的神仙生活,太舒适安逸了,太清静幽雅了!

“你在想啥呀?”坐在轮椅上的梁谦胜,见我对着玻璃缸惘然若失地傻站着,轻声轻气地问。

“没,没想啥。”我赶紧顺下眼瞅着地毯,不让带嫉色的目光泄出去，一边慢慢地背起书包，以此来掩饰内心的不悦与失意。

就在我打开房门正要出去时，紧跟在我后面的他猛地扯了一下我的衣服，神秘兮兮地说："记住，今天的事儿别嚷嚷出去让人知道了！"

三

星期一早晨，我不知怎么的，醒得特别早，因此比平时略早一些走出家门。初升的太阳像一只巨大的火球从东方冉冉升起，给一座座高楼大厦的玻璃墙上了一层通亮照人的橙红色。鸟儿啾吟的树林、车来人往的大街和路边光鲜夺目的广告牌，都以它们独特的方式，同这橙红色融合成一种生动活泼的气氛，组合成一幅具有动感的立体画。我怀着平和宁静的心情朝学校走去。可刚跨进教室的门，不料跟梁谦胜的爹撞了个满怀。

"你——"他半呿着嘴，生气地看着我，粗糙的脸上好像长满了刺。

"对不起。"我连忙低下头，心慌意乱地说。

他从鼻子里凶巴巴地挤出一个"哼"字，随后一阵风似地从我身边走过。

"你爸这是怎么啦？火气怎么这么大？"我走到梁谦胜的跟前问。这时，我才发现他的脸上有几道细细的红印，眼睛肿得有如桃儿一般。

"昨天你走后，我爸妈回来，见我在玩'超智玛丽'，就问我这游戏哪来的。我见他们撑眉努眼、气势汹汹的模样，只好说出实话。不料，我爸狠狠地打了我一顿！"梁谦胜一边哽哽咽咽地诉说着，一边用衣袖不停地抹去脸上的眼泪和鼻涕。"我不服，问他啥时才能给我装假肢，跟他说如果装上了假肢，我才不愿意呆在家里玩游戏呢！一听这话，他又挂上了爆火，用手指在我脸上又抓又挠的，还对着我的眼睛砸了几拳，说：'你急啥，等你上了中学再装假肢也不迟。假如我现在就给你装上了，谁会再给你捐钱呢?'”

看来，梁谦胜还在生他爹的气，我寻思着，而且是气昏了头，要不，怎么会把他爹关起门来说的话也告诉我呢？幸好，他说话的声音很轻，只有我一个人能听见。

“刚才，他送我进教室，我刚坐稳他就拧了一下我的耳朵，说：‘下回再管不好你这张破嘴，看我不削了你这只耳朵！'”他边说边从书包里拿出一只煮熟的鸡蛋，狠命地朝教室的门外扔去。

这鸡蛋说也奇怪，恰巧砸中了从走廊里跑进来的铁蛋。只见他气虎虎地扇着鼻孔，抖着眉毛，捋起袖管直冲着梁谦胜扑来。

“我看，你今儿是吃了熊心豹子胆了，竟敢骑在老虎头上捋须。要是你觉得脸上的皮子太紧，就让我来替你松一松。”我正要劝阻，铁蛋已一把揪住梁谦胜的衣襟，如劈似砍地抽了他一巴掌。“这下，你可知道马王爷长几只眼睛了吧?”

正在这时，门外传来一阵嘚嘚嘚的响声，转瞬间张老师神情严肃地走进了教室。这好比是一只救生圈，适逢其会地套在正在水里挣扎的梁谦胜的脖子上。

“张老师，铁蛋欺负我！铁蛋欺负我！”他亮着嗓门粗声粗气地大喊起来。这喊叫犹若破空直泻、声震山谷的瀑布，把铁蛋给浇懵了。

这会儿，有一个女生走进了教室。她见张老师吊着个脸，哆嗦着嘴唇，不由地伸了伸舌头。铁蛋正要辩解，张老师突然急冲冲地走到他的面前，跟雨打芭蕉似地训斥道：“你以为捐了钱就可以随意欺负人了是不？你还真以为一俊就能遮百丑了！待会儿下了课来我办公室一趟……”

正当她发指眦裂、怒气冲天的时候，上课的预备铃响了。英语老师曾汝雅迈着轻缓的步子不慌不忙地走了进来。于是，一场不大不小的闹剧以围观的同学一哄而散而草草收场，一切都变得平静如初。

曾老师看上去很年轻，但总喜欢摆出一副老成练达且叫人敬畏的样子。那天，她没给我们上新课，只是先让我们听写一段英语小故事，然后开始抽查几个同学，看看他们有没有掌握上一节课所学的单词的发音。当她叫到铁蛋时，刚被班主任呲了一头灰的他，一脸怨气地站了起来，故意把每个单词读得怪里怪气的，仿佛教室里有一只羊羔在咩咩咩地叫，逗得全班同学哄堂大笑，气得曾老师双颊上的肌肉不停地抽搐着，眉脊上隆起了两块难看的疙瘩。

“看来，你这人是‘三天不打，上房揭瓦’。你再装神弄鬼地瞎胡闹，我下了班就和你的班主任一起上你家去，到时候看你这口石灰布袋还能抖搂出什么东西来！”她气炸心肺地说。

“对，到他家去，到他家去！啊哈，啊哈！”梁谦胜趁此机会拍手跺脚地助起威来，还不时地摇动着桌子。

“梁谦胜，你给我坐好了！再弄出一点声音来，我这就叫你爸过来！”曾老师两眼射出剑影一般白森森的寒光，使人见之而怵惧。

梁谦胜羊肉没吃着，倒惹一身膻，于是变本加厉地闹腾起来，最终逼得曾老师一气之下连人带椅地把他拖到教室的外面。可没想到，被关在门外的他仍然不服软，不是把教室的门搡得砰砰乱响，就是学着曾老师说话的腔调反反复复地嚷着：“三天不打，上房揭瓦。三天不打，上房揭瓦……”

“今天算我惹上刺子了！我早就跟校长说过，全校就你们这个班的班风最差！”曾老师无可奈何地放下刚拿在手上的粉笔，又捧起了课本。“下面，给我把第十二课课文念三遍，声音大一点！”

教室里即刻响起了琅琅的念书声。这整齐划一的念书声好似一阵阵滚雷淹没了她不想听到的声音，好似排山倒海的巨浪卷走了她满腹的气恼。不一会儿，她的心情似乎恢复了镇定，颔颊由朱红转为淡红，再由淡红转为奶白，方才拧成疙瘩的眉头渐渐地舒展了开来。

我心里琢磨着：今天梁谦胜是出了坑又落了井，所有的晦气几乎都让他给沾上了；他爸如果知道他上英语课的表现，那他可就更惨了，准再挨上一顿揍。

下午放学时，我正准备回家，忽见一个体形肥胖、穿一身呢子套裙的女人挺胸凸肚地走进了教室。她硕大的冬瓜脸上抹着厚厚的白粉，烫过的染色头发带着一圈圈旋涡式的卷子。

“妈，妈！”梁谦胜一边冲着她呼喊着，一边张开双臂。他两眼湿汪汪的，好像一肚子苦水突然间变成了盈满欲滴的泪珠。

“你怎么啦？是不是哪个王八犊子欺负你？”梁谦胜他妈见儿子一脸委屈的模样，疾步走到他跟前心疼地问。“要是有谁敢欺负你，咱这就去找张老师！”

梁谦胜没有回答，只是嗯嗯呃呃的不知说什么才好。

“我看，八成是你自己做错了什么被老师批评了吧？”她冷眉冷眼地看着他。

“没——没有的事儿。我只是忘不了昨天的那茬儿，怕一会儿爹来了会——”梁谦胜急忙搪塞道。

“没有就好。昨天的事情都过去了，有什么好伤心落泪的？”她说完，将儿子的书包挂在自己的左肩上，然后搀扶起儿子朝教室外面走去。

“妈，等一下。”梁谦胜还没走出几步，猛地想起了什么。他让妈搀扶着回到自己的桌前，从桌肚里拿出一只透明的塑料袋，里面装着几块油腻腻的红烧肉。

“瞧你这人，做事儿真让你爹妈都替你感到寒碜！小小年纪就学会抠抠搜搜的，老爱拣些个小便宜。我看，你就干脆把脸皮子揭下来做鞋底吧！”梁谦胜他妈带着责备的口吻冲着儿子嚷着，边嚷边打开书包，把塑料袋往里一丢。

“这是张老师给的。您不是说这样挺好的，可以——”死抱葫芦不开瓢的梁谦胜，没领会他妈的意思，气呼呼地瞪了她一眼。

“可以你个球啊！”她的粉脸立刻结起了一层坚冰，眉毛上仿佛攒集着棱棱的霜气。

正准备扫地的值日生油葫芦，一见那只塑料袋就来了气，因为他平时最怨恨班主任厚张薄李，“拣佛烧香”——特别是每天午饭后她总要把多出来的荤菜放入一只食品袋里，让梁谦胜放学后带回去。稍稍迟疑了一下后，他跑到梁谦胜他妈的面前告起状来：“梁谦胜今天上英语课时大吵大闹，被老师赶出了教室，他还用鸡蛋砸同学呢！”

一听这话，梁谦胜他妈先是一愣，然后把眼睛睁得圆圆的，脸上的坚冰随着面部肌肉的抽动开裂成一把把寒光凛凛的尖刀。

“我就知道你没说实话！”她咬牙切齿地推了推儿子的脑门子。“看我回去怎么拾掇你！”

四

六一儿童节终于到了。那天的天气特别好：温暖宜人的阳光普照着大地，碧澄澄的天上漂浮着几朵稀稀淡淡的薄云。我一大早就兴高采烈地、跳跳纵纵地朝学校赶去，一进校门便沉浸在喜气洋洋的氛围之中：绿草如茵的操场四周是一面面迎风飘扬的彩旗，身穿蓝色和红色制服的鼓号队员整整齐齐地站在检阅台前面的一块空地上，嘀哒咚哒地奏着乐；教学楼旁布置得焕然一新的宣传栏前人头攒动，话语不绝。我挤过挨肩擦膀的人群，凑到宣传栏前，见栏内疏密有致地张贴着十几张彩色照片，其中有我们全班同学给梁谦胜捐款的，也有张老师单独和他在一起，教他写毛笔字，给他辅导语文的。我的目光最后停留于一个特别热闹的场面：梁谦胜笑嘻嘻地坐在自己的座位上，几个班干部蹲在或站在他的两侧，亲切地跟他交谈着——他们有的拉着他的手，有的揽着他的肩，有的提着他的书包。

“你不也是班干部吗？怎么这照片上没你呢？”我身后传来油葫芦的说话声。

“我不上照，也不爱照相。”我随口说道，“有啥法子呢？一切都是天性使然。不过,我倒觉得这也没啥不好,因为做人总得讲究个实在,该咋样就咋样。何必违背自己的天性,屈己从俗呢?”

“哟,我只是顺口问问你,没想到你却装起了正神。”油葫芦冷冷地说,“看你说的,话里话外都把别人给瞧扁了,好像别人都是黑鸦,只有你是俊鸟!”

“你这话就说得太过分了!”我转过脸瞪了他一眼。“我哪是你想象中的那种人?”

“太过分的是你,不是我!”他说,“有啥了不起的?不就是成绩好一点?”

油葫芦的话听上去是在跟我摽着劲儿赌恶气,把我原先的好心情搅得枯焦焦的。我仿佛觉得头顶上突然间飘落下一缕缕霏微冰凉的雨丝,不断地卷起令人忧郁的轻烟。

八点过后,操场上挤满了全校的师生,庆祝六一儿童节的大会开始了。大会的重要内容之一是给梁谦胜捐款。而在这之前,各班班主任早已给自己的学生吹过风,让他们事先有所准备。后怕未泯的我,在父母面前连“捐”字都不敢提,哪来什么“款”?再说,我爸生怕我乱捐钱,早就把我的储蓄罐藏了起来。当校长在作动员时,我一面忧忧惶惶地呆坐在检阅台下面的草坪上聆听着,一面回想着开学第一天捐款的情景,回想着在那之后发生的所有令我无法忘却的事情。作完动员后,校长满脸带笑地从椅子上站起来,走到摆放在主席台前面的一只“募款箱”旁,第一个捐了款。随后,坐在检阅台上的其他领导和师生代表也一个个站起身,排起了一条捐款的长龙。

坐在台下的人,不仅被校长条理贯通且富有激情和感召力的话语打动了,更被他身体力行、为人表率的慷慨之举感染了。只见各班班主任率先把钱投到拿在自己手里的“募款箱”里,然后双手抱着它走到一个又一个学生的跟前。当张老师朝我慢慢地走来时,一种无法形容的异样感觉像一只看不见的、巨大无比的手在搓揉着我的整个心脏，使正一步一步向我逼近的她渐渐变成了一种凌厉的威慑——这威慑有如一垛越堆越高的木柴，随时会哗哗啦啦地倒塌下来，倾压在我的身上。

“我记得上回你和油葫芦捐得最多。”她停住了脚步，用充满期待的眼神瞅着我。

“张老师，事情可不是——哦，对了，事情是这样的——”我溜湫着站起来，急不择词地说，心里像十五个吊桶打水，七上八下。“我上回，我上回跟这回一块捐了。”

“一块捐了？”她用一种奇怪的目光怔怔地看着我，好像站在她面前的是一个言行古怪的陌生人。

我无法正视她略带鄙夷的、憮然不悦的目光，仿佛从这目光里能窥察到我爱虚荣的过去和我自私、吝啬、怯懦的现在。我恍觉自己行走在一座孤悬于茫茫夜空的、望不到尽头的独木桥上，几十双甚至几百双小眼睛好似天上的星星，将我照得头晕目眩。我会不会像一片弱不禁风的树叶，掉进脚下那湍急的河流之中？会不会踏着沉着、坚定、自信的脚步不停地前进，最终如同“超智玛丽”一样，在喷彩吐虹的礼花中纵身跳向那象征着胜利的旗帜？当张老师从我身边走过时，我感到自己的内心一下子变得空明而静寂，像是来到了一个悠远的、没有纷扰的世界。我什么都看不见，又什么都看得见；我什么都听不到，又什么都听得到。

儿童节总算过去了——那天下午，我本打算去舅舅家玩一把“超智玛丽”，但一想起上午发生的事情，玩游戏的兴致就跟一块掉进沸水里的冰似地融化了。不长时间，迎来了学期结束前的复习迎考。考完后，我一直惦记着我的那本学生手册。放暑假的前一天，学生手册终于发下来了。我焦急地打开一看，见“思想品德表现”的总评为“中”，心里有一种说不出的滋味。但我的心情很快平静了下来，因为我突然意识到自己已不再是从前的那个幼稚单纯的少年了，比以前成熟了许多。为了这个成熟，我受点委屈也值；为了这个成熟，我即使再被爸骂、被爸打也无所谓。回家的路上，我幻想着自己变成了揽月摘星的“超智玛丽”，一路奔跑，一路踩着乌龟和野蘑菇，躲开一朵朵长着毒牙的鲜花，跳过一个个深不见底的陷阱……

暑期里，中队组织队员去游泳馆游泳，大队组织队员去电影院看电影，可所有这些活动都无法唤起我积极参与的热情，因而它们就像浮光掠影一般被时间的激流悄悄地带走了。每天，我除了做作业外，还帮父母干些家务活，有空闲的时间就陪着姥爷聊聊天，让他的心情好一些。

开学的前两天，我跟平常一样，刚吃好晚饭就去拿信箱里的晚报。拿好后，我在户外边溜达边浏览起来。我的目光无意间撞上了一条惹眼的标题，于是，我赶紧停下脚步，屏息静虑地看起标题下面的内容。标题下刊载的是一条骇人听闻的消息，说本地某所小学有一个患脑瘫残疾的四年级学生，日前趁家中无人跳楼自杀，死前还留下一封写给他父亲的绝笔信：

爸：

感谢您十年来对我的养育之恩。我很想活下去，想长大后报答您。可我现在感到自己实在没脸面活在这世界上，实在没脸面再到学校去，因为每当我看见自己的同学，就会想起他们把爸爸妈妈辛辛苦苦挣来的钱捐给我，让我能早日装上假肢，而您却把我当成一棵摇钱树，把这些钱用在不该用的地方。现在我决意离开您，远远地离开您。我想用这来唤回您的醒悟。

谦谦

我顿时惊讶得两眼发黑，浑身发僵，脑门心上像是挨了一锤，报纸从我的手上滑落到地上。我缓过神后，开始寻思起来：这“谦谦”

会不会就是梁谦胜呢？看来，十有八九是他了！

开学的那天，我怀着焦灼不安的心情来到了学校。步入教室后，我发现教室里安安静静的，比我先到的同学不是在用抹布擦着课桌椅上的灰尘，就是神情凝滞地端坐着，好像谁都不认识谁似的。上课时，我发觉班里少了三个同学——一个是梁谦胜，一个是铁蛋，还有一个是油葫芦。课后，我从老师们的交谈中才得知报纸上的那个“谦谦”就是梁谦胜，而铁蛋和油葫芦因迁居转了学。

每当我望着他们空着的座位，心里便罩上了一片昏蒙与茫然，仿佛周围的一切都变得无限的苍白，无限的凄哀，无限的疏远，仿佛自己变成了一根秃枝，在风中东歪西倒。可不知什么原因，随着时间的流逝，铁蛋和油葫芦渐渐地从我的脑海里消失了，只有梁谦胜好像还坐在我的身后。

简介：

有脑瘫残疾的儿子竟然成了父亲的摇钱树，而且给他捐钱的人一直被蒙在鼓里直到最后真相大白，这不能不让人深思。儿子的自杀和他的遗言无疑具有一种振聋发聩的警世作用，我们在掩卷之余也不禁为这位花季少年的死而扼腕悲叹。

显然，和《望水屯的井》一样，故事采用的是第一人称叙述者，即把叙述角度限制在“我”所经历的事件的范围内。这一视角的优点是：叙述者能以作品主人公的身份直接同读者进行对话，从而产生一种真切感人的效果。但由于受到“我”的视角的限制，叙述者不可能对超出“我”视野之外的事物作“全知”式的描述（例如，他无法知晓脑瘫患者的父亲和张老师、校长之间到底发生了什么），也不可能拥有随意介入其他人物内心世界的特权。这样，这些人物似乎都多少带有一点神秘感。然而，这并没有损坏作品的可读性，相反，却给读者留出了更多的想象与思考的空间。

苏家村的故事

一

苏家村坐落在离县城不到十公里的一个狭小的地带。这里北依奇峰耸拔、威严肃穆的紫阴山，东傍水混波浊、烟气迷濛的莲阳湖，南望一条蜿蜒曲折、高低不平的公路，西临一片黑压压、深幽幽的树林。在这堪称“盈尺之地”的村子里住着的，都是些窄门窄户的人家。他们不知从什么时候起养成了在大白天也紧闭房门的习惯，好像是在有意回避着什么，因此，整个村落在外人眼里不但显得有点冷清，而且还带有些许神秘感。每天，当日头高照时，除了附近树林里鸟儿的啼鸣，偶尔可以听见从公路那边传来的车轱辘转动的声响，算是给这死气沉沉的山村注入了一点活力。

说不清是哪个朝代，有位不知名的墨客曾经到这一带吊古寻幽，他爬到紫阴山的最高处向下眺望，见这小小的村庄很像一片飘落在原野上的枫香树叶，于是即兴写下一首题为“枫叶村”的短诗。短诗的内容由于年代久远渐渐被人淡忘了，但“枫叶村”却还留在一些老人的记忆之中。据这些老人讲，当年生活在这一方穷山恶水的村民都把“枫叶村”理解为“丰业村”，希望这美好动听的名字能给自己和自己的子孙后代带来祝福，就这样，一代又一代地将它传了下来。但不知道有多少个春夏秋冬过去了，好听的名字并没有给这穷山村带来什么福祉，相反，却和又乱又脏的村景越来越不搭调，因而“丰业村”也就渐渐变成了一条僵死的毛毛虫，人们连提都懒得提。

说苏家村又乱又脏，其实一点也不过分。当你走进村子，映入你眼帘的是用茅草和土坯搭建的简棚陋屋，它们横七竖八、稀密不均地散立着，其中不少看上去犹如燕之巢于幕上，摇摇欲坠。棚屋的前后不是垛满了乱蓬蓬的稻草，就是堆放着东歪西扭的干柴。而在离棚屋不远的菜地旁边，你可以看到几只毛色污腻腻的山羊低头噬嚼着软了吧叽的、半黄不绿的青草，被它们踩踏过的地方哩哩啦啦地留着黑枣般的粪球。

也说不清是哪个朝代，有一个名叫谷彦惠的和尚从大老远的慧明寺到这一带化缘，见这里的人实在太穷，便大发慈悲，将身上带着的所有盘缠都分给了村民，自己却饿死在回寺庙的路上，喂了野狗。村里人为了纪念这位好心的和尚，在紫阴山的山脚下盖了一座土庙，里面供奉着他的画像和一本不知从哪里弄来的《阿弥陀经》。画像的两边挂着一幅由当年慧明寺方丈书写的对子：“极乐世界清净土，无诸恶道及众苦。”劲骨丰肌的字迹里透出一种濯缨沧浪的大气。

小时候，我常趁娘在地里干活，独自一人偷偷地跑到土庙里去玩。这土庙虽然不大——比起县城里的关帝庙来简直可以说是小鬼见阎王——，但处处都好像被一种神秘的力量操控着。当你推门而入，轻手轻脚地走到画像前时，画面上的彦惠和尚转眼间会变成一只山羊的头骨，发出几声令人毛骨悚然的怪叫。当你伸手去拿放在壁龛里的《阿弥陀经》时，你会觉得脚底下的泥土突然变得又松又软，仿佛随时会把你拽进去似的。当你用手指去触摸香几上的香炉时，它会发出炫目的电光石火，把你手指的表皮烤得跟焦炭一般烟黑。可这些怪异的现象非但没让我感到害怕，反而给我带来了某种乐趣与满足。说实话，自从我爹去世后，我的生活一直被阴惨惨的乌云笼罩着。我的那个不知什么时候变得冷心冷面的娘——有好长一段时间，我总心存疑虑，认为她不是我的亲娘——，平日里老是对我搂搜索落，讨是寻非，动不动就拳打脚踢，甚至饱以棍棒，好像不把我整趴下决不善罢甘休似的。因此，除了这土庙外，没有别的什么东西能让我暂时地摆脱令我苦恼不已的处境了，即便上了学也是如此。

说到上学，其实我们苏家村的孩子就是想上也上不起。离我们最近的学堂是刘家村的一所私塾，它是由一个外号叫“纪学究”的外乡人开设的，由于收取的学费高得吓人，因而在那儿念书的都是刘家村乡绅和财主的子弟。可这种状况在我十二岁那年发生了变化。当时，不知从什么地方迁来了几位才华横溢但穿着朴素的年轻人，他们在刘家村盖了一所新学堂，专门招收穷人的子弟。据他们自己说，他们教书是从来不收学费的，也不图别的什么东西，只是为了实现自己“兴教救国”的理想。就这样，我跟别的穷人家的孩子一样，成了这所新学堂的学子。

二

“你这不成器的孬种，放学后又蔫溜儿地上哪儿去玩耍了？”有一回，我正坐在饭桌旁喝山豆汤，娘见我右手指跟刚挖过煤似的乌漆墨黑，不容分辩就怒不可遏地踹了我一脚。

“没，没上哪儿去玩。只是放学后——哦，对了，只是放学晚了点。我，我也不记得自己怎么会——”我赶紧低埋着脑瓜，支支吾吾地说。

“我看，你还是先捋直了舌头再跟我说话！”她说着，又气呼呼地踹了我一脚。“小小年纪好的不学，却学会了跟你娘打马虎眼。”

“我真的没上哪儿去玩。”面对这突如其来的攻击，我心头一片混乱和茫然。滚烫的眼泪大串大串地落到我的鼻沟和嘴角，再从鼻沟和嘴角断断连连、扑哒扑哒地滴在我的胸前。

“没上哪儿去玩？没上哪儿去玩，你的手指咋会弄成像烧焦的胡萝卜？撒谎连嘴唇也不哆嗦一下，长大了怕是要把你的娘也给卖了！”她竖起两道威严无比的长眉，瞪直一双着了火似的大眼，酷像一条随时会扑上来咬人的饿狼。“你好好看看人家苏二爷的两闺女，她们多乖巧，多有出息。她们比你大不了几岁，可不但书比你念得好，而且里里外外的家务活儿打理得利利落落，停停当当。哪像你这般悠闲懒散，蹭吃蹭喝的？我真弄不明白你这不长记性的脑瓜是啥玩意儿做的，是炒面疙瘩，还是稀土烂泥？”

“娘，你别再埋汰我了好不好？我长大后，一定活出个人样来给你看看，一定会比，比她们更，更有出息……”我心里酸潮陡涨，泣不成声地说。

“你会有出息？就凭你这副模样会有出息，那牛腚上也会开出牡丹花了。也不掂量掂量你自己能换几斤山豆！我看，你是瘸腿驴子跟马跑，一辈子也赶不上她们。”她怒火越燃越旺，脸上红一阵白一阵的，浑身跟筛糠似地得得地抖颤着。“你爹死得早，家里又穷，我原本指望你能早点懂事，能把书念好，能在将来挑起咱家的大梁，给你娘和死去的爹长长脸。可没想到，你都快一十又五了，还是改不了贪玩的根性。实话跟你说吧，我要没你这孬种早改嫁了！”

“那你就只管改嫁好了，又没人拦你，何必老在我面前埋三怨四的！”我心里明白，只要娘一来气，就会一根筋似地跟我蘑菇个没完没了。再说了，就算她知道我放学后去了土庙，这又说不上什么见不得人的丑事，她何必小题大做，愤然作色？我实在受不了她无事生事且喜欢胡搅蛮缠的性子，于是一时犯起了浑，明知自己的话会刺疼她的心，但还是顺着口说了出来。

她一听这话，拉长的脸收得更窄，眼睛里的火光变成了闪电。不一会儿，她的身子猛地一颠，下肢跟抽去了筋似地一拗曲，整个人连跌带撞地一下子砸向饭桌，将我搁在桌上的饭碗掀了个底朝天。山豆汤当即有如刚被宰了的猪的血泼满了桌面。

“你这没心没肺的白眼狼，竟然会说出如此伤天害理、大逆不道的话！看我不活剥了你！”这时的她，似乎已完完全全地被一种野性的冲动所摆布，失尊、屈辱和狂躁很快凝聚成一股可怕的力量。她一边摇摇晃晃地站起来，一边顺手拿起桌边的一条长板凳。

我见她把长板凳举过头顶，准备朝我兜头盖脸地打过来，慌忙丢下手里的竹筷，急如风火地夺门而逃。

“你这小兔崽子有种就甭回来！要不然，看我不砸烂你的手脚，打断你的脊梁骨……”她披着一头乱发跑出来追了几步，继而，介然不动地站在一棵华盖如伞的老松树底下，扯起大嗓门浪声浪气地、不停地咆哮着，声音随着我的远去变得越来越轻。

我先是朝着土庙奔去，打算在那儿住上一宿，清静清静。说真的，我已好久没过上清净的日子了。诚如我在前面提到过的，打我爹死后，我娘跟变了个人似的。我在她的心目中好像是个多余的孽种，碍手碍脚碍眼的，因而她平常不是板着面孔用冷漠和鄙屑的眼神瞅着我，就是卷着舌头说些个冰戳戳的话挖苦我。如果我不服软，跟她犟嘴撑对，她就浑身上下乍毛起刺。我早已厌倦了这种担惊受怕、夹着尾巴做人的生活，早就想逃离她，去当一个浮沉草野的小浪人，或者干脆遁入大老远的慧明寺，天天守着清香古佛过日子。但跑了一箍节儿路后，我突然间想起了土庙里发生的怪事，心里头忽悠了一阵后便打起了退堂鼓。大白天，我倒不觉得害怕，可晚上在黑灯瞎火的庙里过夜，我横想竖想都觉得自己的胆力还没到这个火候。于是，我赶紧掉转头往公路那边跑，然后沿着公路向县城方向匆匆走去。

走着，走着，茫茫荡荡的天空渐渐变成了一片绷紧的暗灰色的布幔。没多时，从空中忽骤飘下了凉丝丝的蒙松雨。这雨水虽然是毛细毛细的，可一转眼把我的头发和衣服全打湿了。不出半个时辰，我脚底下湿漉漉的地皮变成了黏糊糊的稀土，把我的布鞋包裹得好似深陷在污泥中的莲藕。我步履艰难地朝前移动着，脚底下咕唧咕唧地直响。路边的树木在冥冥灭灭的背景里显得格外阴森可怖，使我联想到传说中的只要看一眼就叫人上下牙齿捉对儿厮打的妖物邪魔；远方萤火虫般的灯火，随着我的前行，不是越来越近，而是越来越远。

我终于停下了，望着遥不可及的县城的幻影长长地叹了一口粗气，随后心灰意懒地掉过头来，朝苏家村踽踽凉凉地走去，一边走一边回忆着方才娘说的话："你这小兔崽子有种就甭回来！要不然，看我不砸烂你的手脚，打断你的脊梁骨……"

我知道娘只是在气头上乱嚎一通罢了，可常言道"开弓没有回头箭"，"好马不吃回头草"。我这一回头，无法落个整脸儿且不说，娘在往后一准会更加小瞧我，一准会变本加厉地糟践我，让我在她的面前永远低着头做人，永远直不起腰杆来。我越想越感到寒碜，越想越感到忧惧，但我除了往回走别无选择。在越来越黑的夜色里，在霏微且带着冷意的细雨中，我跟摸石头过河似的，走一段路歇一会儿，歇一会儿再走一段路，最后不知不觉地回到了恍如隔世的苏家村。

我先在靠村口的几间棚屋边上徘徊了一阵子，然后绕过一块小小的菜地，走到那棵华盖如伞的老松树底下——从这儿可以清晰地看到我家的房门和紧挨着房门的一扇小小的窗户。我见从纸糊的窗户里边透出一片红橙橙的烛光，一种舒适的暖人心房的感觉不禁油然而生。娘啊，毕竟还是娘，哪有不疼自己生养的儿子的？虽然嘴尖如刀，但心还是豆腐做的。我怀着真诚的忏悔和无比感激之情蹑手蹑脚地凑到窗户的一边，屏气静听，听一听屋子里面有没有哭泣的声音。可不曾料想，钻进我耳蜗里的居然是两个人的低声细语：

"瞧你猴急的样子，就跟叫花子见了热粥似的。"

"我是怕你儿子会在这时辰突然回来。"

"回来又怎么样？他还能把你吃了不成？我看，你是扮鬼照镜子，自己吓自己！"

“你说我扮鬼，其实不然，其实我就是鬼。可没有你这个家贼，哪来我这个外鬼？我看，你是早已饿得王八摔跟头底朝天了，今儿个我就让你撑饱了去见观音菩萨！”

“瞧你这副德行，再瞎扯我就用鞋锥子把你的嘴给缝上！净会吹大牛，吹破牛肚皮，崩你一脸牛粪！”

“我是不是吹牛你心里最明白。要知道你哪怕是个铁核桃，我也能把它——”

“把它怎么啦？看我不先嗑掉你几颗门牙才怪呢！到时候，你恐怕只会翻动着鱼白眼跪着求饶。”

“是吗？若有这等爽心的好事，我苏二爷正巴不得呢！就算我被你嗑死了，做鬼也风流啊！……我呀，实话跟你说了吧，你要是死心塌地地跟了我，将来我绝不会亏了你。我已拿定主意，等你儿子长大成人，咱俩就想法子住到城里去，把你这破地方让给他娶媳妇，到那时咱就不用像现在这样偷铺暗盖地过日子了。他吃香的，喝辣的，咱们不眼馋；他吃干的，喝稀的，咱们也犯不着牵挂。反正是嘁哩喀喳，芝麻大的关系也没了。这叫‘爹死娘嫁人，各人顾各人’。”

“臭美的你，别兔子尾巴上扎鸡毛充俊鸟，谁稀罕过你了？我撂句话给你，儿子再怎么着也是从娘身上掉下来的肉，他的事用不着你惦记和张罗！”

“哟，你还真把你那个不稂不莠的傻儿子当回事了呢！来吧，别没完没了地跟我一东一西地蛮拧了！先把咱俩要干的事儿干完了再说！有道是‘浮生若梦，为欢几何’……”

“……你要真想跟我好，就先对天起个誓。”

“行，我起誓：皇天在上，后土在下，我苏二爷今生今世只对你彩凤一人用心用情，要不然，头上长疮，脚底流脓，不得好生，也不得好死……”

我当即忿怒得几乎无法自控。我万万没料到，我娘居然会跟苏二爷有一腿，还一起作起扣来耍我。我真想一鼓作气地冲进屋里，把他俩都剁成肉泥去喂狗！我强忍着这莫大的耻辱，继续侧耳细听，只觉四肢像奔蹄似地在噌噌噌地狂抖，只觉窝在胸腔里的一股子恶劲犹如海啸一般一阵紧似一阵地翻腾着。

过了几口烟的工夫，蜡烛倏然熄灭了，屋子里除了竹床吱吱呀呀的摇动声和我娘娇柔嫩细的喘气声外，间或可以听到从苏二爷干枯的喉咙里冒出来的妖吟怪啸。我急忙将身子从窗户边移开，背对着土墙倒抽一口凉气，而后仰起脸目瞪口呆地站立着。在胸膛里翻腾的恶劲，开始突突突地、不住地往头顶上冒。此时此刻，雨已经停了，墨黑的天空渗漏出些许亮光。我借着半明半暗的夜色环顾四周，见没什么动静，便找来一块不大不小的石头，轻轻地搁在家门口，然后悄然无声地隐蔽在那棵老松树的后面。

就在这时候，一阵骤然拔起的大风向我扑面打来，悬在我头顶上的树叶随即在颤摇中筛下一片冰冷的雨水，与此同时还发出萧萧飒飒的响声——这响声忽似土庙里山羊头骨的怪叫，忽似苏二爷若吟若啸的长鸣。

不长时间，门嘎的一声开了，我见屋子里边有如一口深井黑洞洞的。我以为是风把门给顶开了，可转眼间，苏二爷的身影跟幽灵一般浮现在黑色的背景里。他先是伸出脑瓜东张西望地窥探了一会儿，然后壮起胆子走了出来，顺手把身后的房门轻轻地带上。

"哦唷唷，哦唷唷，是谁造的大孽呀！深更半夜的，把一块石头撂在这儿！真是活见鬼了！"他才跨出两步就被石头绊了个嘴啃泥，一边挣扎着爬起来，一边魂飞魄散似地叫屈着，全然不顾自己的说话声在这夜阑人静的时辰会变得出奇的响，会被风儿吹进还没入睡的人的耳朵里。

我总算出了一口恶气，同时又觉得一肚子好笑。还说什么"活见鬼"，你苏二爷自己不就是一个被我活生生逮着的大头鬼吗？你白天是人，晚上是鬼，都这把岁数了还不洁身守道，还寻殢云尤雨之乐，觅春风一度之趣！我恨不得立刻变成传说中太白山里的砍柴人，将一把烧红的斧子扔到这个野郎公的嘴里。

苏二爷从地上爬起来后，惊魂未定地战战栗栗地朝自己的屋子走去。当他从我的视野里消失时，我的心情一下子变得无限的清冷和凄暗。我神差鬼使般地走到自家的门前，捡起那块不大不小的石头，轻轻地推开房门之后，在黑漆寥光的狭小空间里窄步而行地朝着放蜡烛的地方摸去。

我费了好些工夫才点亮了蜡烛，也点亮了我被泪水沾湿的眼睛。我将石头高高地举过头顶，搜寻着我并不想看到的目标，只觉得眼皮和右臂上的肌肉在不由自主地痉跳。

坐在床上的娘见了我，惊讶得跟挨了一下闷棍似的，半晌说不出一句话来。她乌油油的长发如同茂密的树叶披开着，大红色的兜肚就像在这密叶丛中燃起的一团野火，照得我有些眼晕。蓦然间，她甩了甩覆在她右眼上的几缕散乱的头发，连滚带爬地从床上蹿了下来，跪在我的面前磕头如捣蒜地哭哭啼啼，而后颤巍巍地伸出两条细长的胳膊把我拉到她的怀里。我感到她的脸像一只火炉热灼灼的，她的胸脯酷似一条风口浪尖上的船儿一起一伏。过了一会儿，她慢慢地站起来，用湿润的嘴唇亲了亲我的前额，随后干脆把嘴唇牢牢地贴在我冰冷的前额上，仿佛要用这嘴唇把她身上的热量传播到我的身上，仿佛要用这缄默无声的情感波澜卷走她内心的悔恨与痛苦。这时候，一种强烈的自责犹如锋刀利刃一般割着我的心，我的右手顿然变得麻木了，举起的石头砰的一声掉落在地。

“娘，你——你别这样。”我用力推开她铁条般箍着我的手臂，而后坐在地上开始抽抽搭搭地哽咽起来，一面哽咽一面理着心头的乱麻。

“我的儿啊，我的儿，娘对不住你！娘一时犯了糊涂，做了不该做的事。常言道:‘天作孽不可恕,人作孽不可活。’你这会儿就是把我的骨头一寸一寸地打烂,我也无怨无尤。”她默然无语地站立片刻后,终于开口了,声音听上去怪怪的,像是被什么东西给敲碎了。

我慢慢地抬起头来看着她,见多年来凝固在她眉端上的冰峰融化了,她那对看上去有点失神和茫然的眼睛里盈溢着从未有过的温柔。

三

不久,土庙里的怪事不知让谁也摊上了,而且还传扬了出去。于是,村里人便开始纷纷议论起来。有人主张干脆把这座庙拆了,省得闹神闹鬼的;也有人说,拆了庙会坏了整个村子的风水,必引来天灾人祸,使不得。双方争执不休,互不相让,还动棍动棒地打斗了好几回。最终,由村里的一位德高望重的长者出面,请来了一个云游四方的术士,让他在村头设场子,跳大神,书符咒水,驱赶妖魔,总算使两股势力的争斗尘埃落定。临走之前,术士对村里人说:“这土庙里头供奉的谷彦惠前世是一头山羊。轮回做人后,因早年丧偶心如死灰,便出家当了和尚。归寂后,由于他在幽界凡心复萌,所以频频骚扰阳界。苏家村若想永久太平无事,最好找一位年轻美貌的女子嫁给他,让她天天守在庙里。只有这样,才能逢凶化吉,遇难呈祥。”

术士走后,村里人就照着他的吩咐开始为彦惠和尚张罗合适的配偶。先是看中了苏二爷的大女儿苏金莲,而且还为她的婚嫁好不容易筹集了二十银圆,可苏金莲好说歹说都不愿意,称自己虽出身寒门,但绝非随俗沉浮之辈。就在这当口儿,平日里思想开明、最痛恨封建迷信的苏二爷,居然见钱眼开,硬逼着苏金莲跟那个“八竿子都打不着”的彦惠和尚结为秦晋之缘,成全村里人的意愿。于是,苏金莲在婚嫁的前一天晚上,趁苏二爷倒床熟睡之际,悄悄地离开了苏家村。苏金莲偷偷出走后，婚嫁这档子事情自然落到苏二爷的二女儿苏银莲的身上，可没想到她却爽爽当当地一口答应了，条件是再加上二十银圆。村里人因求太平心切，便把家里还值点钱的东西卖的卖，当的当，满足了她的要求。

苏银莲出嫁的那天是礼拜天，是一个凉爽多风的日子。在闹闹洋洋的爆竹声和响器声中，她披红挂彩地坐上花轿，被一群身材高大、胡子拉碴的壮汉抬向土庙。前呼后拥、彼此挨挤的村民，犹如载着一叶轻舟的波涛，声势浩大地朝着紫阴山蜂拥而去。在他们的眼里，苏银莲与其说是一个"巫神"，倒不如说是一位"救世主"。

花轿在土庙前落地后，我见苏银莲面无表情地掀开帘子，不紧不慢地探出身来，接着，镇定自若地向土庙里边径直走去。我立刻跟着看热闹的人流急不可耐地挤进了庙里。待一切响声消停后，苏银莲走到彦惠和尚的画像前，躬身行了一个大礼，然后转过身子站立着，两手不知往哪里放才是，两眼不知往哪里看才好。那天，说也奇怪，土庙里头没有发生一丁点儿异常的现象，一切都好不殃的。画中的彦惠和尚还是彦惠和尚，只是他那对平静安详的眼睛在缭绕的香烟中仿佛泛出一丝柔悦的光彩，身上的袈裟在热闹的气氛里比平时显得更庄重、更大气。

村民们在土庙里静悄悄地站立了一会儿后，便开始嬉笑和喧嚷起来，而后三三两两地离去。

"这下咱苏家村可太平了！"

"可不是么，没想到这个用红粉做成的'慧云师太'，不，应该说是'救世活佛'，还真能顶事儿！"

"这叫做'宁舍千金献真佛，不拔一毛插猪身'……"

不知是谁在外头边走边议论着，声音被风吹进了庙。有如石头一般呆立着的苏银莲，突然间被这些话语感动了。只见她不停地扑闪着乌溜水灵的眼睛。是啊，她应该为自己能够在这"多事之秋"挽狂澜于即倒而感到自豪，应该好好地享受一下被众人请上“圣坛”的美滋美味——这种美滋美味可不是所有的圣人在他们活着的时候都能受用的。

“你怎么还不走?”当庙里只剩下我和苏银莲时，她忽然解颜而笑地问。

我没有回答，而是心神不宁地凑到她的跟前，仔仔细细地将她的模样端量了一番：她薄而娇嫩的嘴唇上涂着杏红色的胭脂，娟秀俏丽的脸蛋上搽着厚厚的白粉，描得长溜溜的眉毛渐细渐淡地隐进如云似雾的鬓角，一绺黑丝般光滑的刘海垂在前额的正中。可这模样一点也没有让我感到心动，相反，却使我的心头翻腾起一层层恶心的波澜，因为我已意识到站在我面前的已不是过去的苏银莲了，而是一个自轻自贱的女人，一个心甘情愿地被人投进火坑的女人。

“二妹子，你——你今晚就真的睡在这破庙里头?”我有说没说地随便一问。

“什么二妹子？这‘二妹子’也是你这小毛孩子称呼的吗？要论岁数，我还比你大三岁呢！说话也不带个把儿!”她嘟噜着脸，生气地说。

“对不起，我应该称呼你苏家二小姐才是。”我连忙改口道。

“那还差不多。”她说罢，用冷漠的目光将土庙环顾了一遍，然后瞥了一眼搁在墙角的铺盖卷儿。“你说，我今晚不睡这儿还能睡哪儿?”

“那你什么时候拜天地，点花烛呢?”我又问。

“你——”她听了这话，嘴巴和鼻子一下子都挪了位，呼吸因急促而听上去有点像从门缝里穿过的风。“我说你这毛孩子，到底是在装傻充愣故意耍我，还是脑瓜变成了‘葫芦提’？跟早已作古的和尚成亲还拜什么天地，点什么花烛？照你这么说，我现在还得去找一块红头盖戴在头上，等画像里的彦惠和尚跑出来给我摘了?”

“那你就不怕他的鬼魂缠住你?”我见她的眼睛里好像跳闪着一朵神秘的火,这火忽明忽暗的。“人们不是常说‘人鬼道殊,难以相处’吗?”

“怕? 怕者不来,来者不怕。当年于谦做秀才时,看到鬼还伸手去摸它的脑瓜呢!”她边说边解开衣襟,露出挂在胸前的一块小小的绿莹莹的玉器,玉器的表面凸雕着一只有点类似狮身人面的怪兽。

“这是什么东西?”我睁大着眼睛好奇地问。

“不瞒你说,这是一块驱邪除妖、镇宅挡煞的护身符,上面的浮雕是传说中很有灵性的瑞兽——貔貅。据说,貔貅不仅能降伏鬼怪,而且还能化解瘟毒。我娘在世的时候一直佩戴着它,临了前将它送给了我。现在我有了它的呵护,所有的担心都变成多余的了。再说,彦惠和尚本是个大慈大悲的人,作古后彼虽异物,情亦犹人。别的我说不好,可光看在我愿意嫁给他的情面上,他总不至于伤害我吧?”苏银莲细声细气地说,滑亮照人的兜肚后面一对小小的乳房轻微地耸动了一下。

这时,我冰凉的脸颊已被从她身上散发出来的阵阵热气烘暖了。这热气就像轻轻拂过的春风,卷走了原先笼在我心头的厌恶之感,使我觉得有点晕乎乎的。我实在想不明白,像她这样有如嫩蕊娇花一般的姑娘家怎么会执迷不悟到这地步,殊不知这是在断送自己,在拿自己最宝贵的青春开玩笑。她将来肯定会抱恨终天的。

“不过,这土庙毕竟是土庙,破陋失修且不说,里头又阴暗又潮湿的,哪是人呆的地方? 再说了,就算彦惠和尚不会伤害你,你这么一个大活人整天守着他的亡灵对你又有什么好处? 这跟守活寡又有什么不同?”我带着些许惋伤的口吻说,“我记得那个曾在村头设道场的术士在作法的时候口中念道:‘一请天地动,二请鬼神惊,三请太上老君,四请吕祖洞宾。’既然他能请得动如此众多的法力显灵相助,难道就摆不平区区一个死和尚?”

“你这话我可不爱听。我本以为你是个通晓事理的人，可没想到你居然是个自私自保的大俗人。”苏银莲将解开的衣襟扣好后，皱起眉头说。“当年，彦惠和尚为了救济咱苏家村的百姓，把自己都给饿死了，我作为后人，在这土庙里陪陪他的亡灵又有什么可以抱屈的？至于那个术士，我想，他也只能扶危一时，不能扶危一世啊。”

“既然你已经到了如此超凡脱俗、无私无欲的境界，那你为什么还要索取四十大洋呢？”我瞅着被她的乳峰顶起来的衣襟，忽觉这迷人的、有如波浪一般的曲线跟她皱眉时含嗔带怒的神态很不相称。

苏银莲听了这番话，连耳带腮地涨红了脸。她低下头，作出一副苦笑的样子：“那全是为了我爹。实话告诉你，自打我娘去世后，我爹就一直想给自己续个弦，生一个儿子，好让祖宗的坟头断不了香火，可他大事做不了，小事又不做的，除了两只肩膀扛着个嘴啥也没有，哪来钱娶媳妇呢？俗话说：‘百善孝当先。’我做女儿的，总不能——”

苏银莲的话，犹若一阵响雷，把深陷昏惑的我给震醒了。为了他爹，为了咱村里人，她可算是扑心扑肝，竭尽全力了。而我非但不理解她、同情她，还站在树梢上说风凉话！我猛然间觉得她的形象变得高大起来，觉得站在她对面的是一个只会考虑自身利益的小肚鸡肠的人。然而，等我静下心来再仔细琢磨一下，我又觉得她的话只讲对了一半。“百善孝当先”，这没错，可“万恶淫为首”呀！我突然想起她爹跟我娘之间发生的淫媟之事，一股焰腾腾的怒火即刻直冲顶门心。

“你有没有听说——”我投鼠忌器，想把话尽量说得含蓄一点。

“听说什么？”她直盯盯地看着我。

我迟疑了一会儿，而后接着说：“从前有一对觅爱追欢的痴男怨女，趁黑夜躲在西面的林子里偷情，结果叫人给发现了。由于他俩犯了通奸，所以村里人便照着村规用五花大绑把他俩捆了起来，随后将他们投进了莲阳湖，沉了潭。”

我确乎不想拿自己所见所闻的事实来羞辱她，因为这样做也羞辱了我娘和我自己。俗话说:“苍蝇不抱没缝儿的鸡蛋。”如果没有我娘这只带缝儿的鸡蛋,苏二爷这只昼伏夜出的苍蝇也找不到下蛆的地方。

“你这话是啥意思?”苏银莲的脸色一下子阴沉了下来,两只纤柔的手不自觉地捏成了如馒头一般大小的拳头。“有话你就当面锣当面鼓地挑明,何必跟我绕弯子,打哑谜?”

“没啥意思,没啥意思,”我慌忙遮遮掩掩地说,“我只是鬼摸脑壳一时糊涂,信口瞎说罢了。”

“信口瞎说?”她把眼睛凸得溜圆溜圆的,额头上现出几条淡淡的皱痕。

“是啊,不过常言道:‘好事不出门,坏事顶着风走十里。’若要人不知,除非已莫为啊!”我半低着脑瓜,怯生生地说,两眼皮因过度紧张而乱跳起来。

“你——”大为光火的她,冷不防地使出浑身的气力把我推出一丈多远,紧接着,咬牙切齿地抡起右拳朝我砸过来。

我一见这架势,当即吓得心口直打蹦儿,于是霍地一闪,转身快步如飞地朝庙外跑去。

我沿着坎坷不平的小路直奔莲阳湖,奔跑了好长一段路才发现:在我的身后有一个人影时隐时现。这人不像是苏银莲,倒像是苏二爷。只见他穿着一件破敝不堪的法衣,手里提溜着一把柴刀,嘴里不停地发出唧唧咕咕的声音,像是在哼着一段秦腔,又像是在模仿山羊头骨的怪叫。

“你这个嘴里唱不出好曲的驴头,竟敢惹我的新娘生气!看我怎么拾掇你!要知道今儿是我还俗婚庆的大喜日子,岂能容你在我的洞房里瞎嘚啵?我不劈了你也要让你尝尝‘沉潭’的滋味!”当人影快追上我时,我发现他不是苏二爷,而是披着苏二爷活人皮的彦惠和尚。

这彦惠和尚说得没错。新婚燕尔，一刻千金。我怎么会变成了一个不识趣的愣头青？难怪我娘常说我“王八爬旗杆，自找挨摔”。这下可好，被激怒的彦惠和尚跟一个拼命三郎似地缠上了我，要置我于死地而后快。

我像一只受了惊吓的野兔没命地狂奔起来，直到两条腿忽地一软。我歪歪斜斜地栽倒在地上，只觉得脑瓜里嗡的一鸣，顿刻失去了知觉。

等我醒过神来后，我发现自己躺在一片披着白色绒毛的芦苇旁，周围除了沙沙作响的风声和啾啾唧唧的鸟叫声外什么声音也没有。我惝然自失地站起来，坐到莲阳湖边的一块底部已陷入泥土之中的岩石上，用双手托住下巴，面对着在风声中痉挛的湖水。

就在我万念俱灰地、愣呆呆地望着湖面时，我忽然发觉湖水里飘动着一个模糊不清的影子，它时而浮出水面，时而又沉入水中，最后像一张定格在画布上的苍白的脸，纹丝不动地盯着我。我揉了揉有些涩刺刺的两眼，终于看清了它。原来这是一条死鱼——它的嘴半开着，没有一丝气息，未瞑的黑睛因罩上了一层白翳而显得浑浊无神。

“苏银莲呀，苏银莲，你为什么好好的人不做，偏要去做一条‘死鱼’呢？难道你就真的没有看透那个靠胡诌诈取钱财的术士和那些只会盲信盲从的村里人？难道为了孝顺你爹你可以出卖你的一切，甚至于把自己当作一件摆在祭台上的供品？”当这条鱼让盘旋的水涡卷入水中时，被风儿吹歪的我情不自禁地惋叹道。

我深知，自己如此地痛惜苏银莲的出嫁一半是出于怀旧，一半是出于无奈。说实话，我平时虽然很少跟苏银莲搭讪，但心里曾一度把她当作一尊活菩萨供着。她的相貌和身材，如果用挑剔的目光来看，称不上十分的完美和精致——略显苍白的脸上长着一对冷艳艳的眸子，里面不时飘逸出梦幻似的忧郁；耳朵旁常常扎着两根又粗又短的发辫，望过去就像两把黑漆漆的刷子；瘦弱矮小的身躯在行走的时候犹如临风摇曳的枝头嫩花，仿佛随时都会飘然落地——，然而，她的整个形象却隐隐约约地透射出一种脱离凡俗的气质。这气质或许和她聪慧的天性有关。我曾听人讲，除了洗衣做饭、下地干活外，她还会飞针走线、绣字挑花，而且这绝活还是她无师自通的呢！

最令我无法忘怀的是一个初夏的傍晚。当时，我正在土庙里玩，外头突然响起了一阵阵隆隆的雷声，于是我赶紧背上书包跑出土庙，往家里赶。快到家时，我见她独自一人站在那棵老松树的下面，仰首遥望乌云翻滚、电光闪闪的天穹，额前鬓边的乱发在狂风中飘拂着，白底青花的土布衫紧贴着胸膛，勾勒出少女特有的楚楚动人的身形。我不知不觉地停住了脚步，出神地凝视着她的幽姿，直到她从树底下走了出来。

"快下雨了，你怎么还——"她听到身后有人跟着，便吃惊地回过头来，似看非看地瞥了我一眼。

我顿时感到脸上热烘烘的，仿佛内心的隐秘被她给发现了。从脊梁骨渗出的汗水浸湿了我的后半片内衣。

"快下雨了，你怎么还——"我在脑瓜里下意识地重复着她那个似乎不需要说完也不需要回答的问题，只觉一双小巧玲珑的脚在我低垂的眼帘里不停不住地晃动着。

然而，自打苏二爷糟践了我的娘，苏银莲纯洁无瑕、神圣不可侵犯的形象跟蒙上了尘垢似的，开始变得黯然无光。我对苏二爷的仇恨渐次地转化为一种猥亵的冲动，一种对苏银莲的占有欲。睡梦中，我常见她赤裸着身子在莲阳湖里沐浴：她时而站在水里搓洗着胳膊，时而仰面朝天地倒下，好让湖水轻轻地托起她的身体。有一回，当她沐完浴走出湖水时，我毫不迟疑地走上前，紧紧地将她抱住。"你，你别这样——"她一边惊恐万状地尖叫着，一边拼命地挣扎，泥鳅一般滑溜溜的肌肤在我燥热的身子上蹭来蹭去……

可这种占有欲随着她的婚嫁而一下子淡出了我的意识，使我的心境变得如同一片荒凉的沙漠。我仿佛看见一道灿若凤舞的彩虹突然被什么东西击成了碎块，消散在天地之间，留下的只是无尽的凄暗与寂寥。

风儿消停后，掩藏在湖里的云渐渐地露出了它们浑浑浊浊的影子。我不禁触景伤怀，看到了自己跟这水中云影一般怯弱稚嫩的一面。我痛责自己是一个逆来顺受、唾面自干的熊包，一个见了肉夹馍还怕烫手的软蛋。是啊，平心而论，我确实不如坚执、果敢的苏金莲，也不如为尽孝道而毅然“献身”的苏银莲，更不如敢思敢想、敢作敢为的苏二爷！我预感在这些强者的面前我将成为一个多余的人，甚至成为一个虚幻不实的存在物——就像这湖水中的云影，只要风儿一吹就失去了自己存在的理由和存在的空间。

一番苦思苦虑后，我倦怠无力地抬起头来，对着茫茫的天空感愤痛切地长叹了一口气，而后弓下腰抓了一把长在岩石边上的马兰草。我把马兰草揉搓成潮乎乎的一团投到湖里，只见它在烟水空濛的湖面上幻化成一条条死了的鱼苗，向周围慢慢漂散开来。

简介：

这篇小说以一个不起眼的穷山村为背景，将一个看似简单而实际上极其复杂的故事叙述得既怪诞不经又真实可信。

小说中的主人公本是一个涉世不深、天真烂漫的少年。他本来应该在成人的呵护和关爱下过着无忧无虑的幸福生活。然而，事实却恰恰相反。他那个守寡多年、性情压抑且暴躁的娘，对他不是百般挑剔就是随意打骂。因而在他的眼里，失去个人尊严和自由的家庭还比不上破陋的、时常“闹鬼”的土庙——在那里，他或多或少地还能找到一点属于自己的空间。而更让他无法忍受的是：那个算盘珠子尽往自己怀里拨的苏二爷，竟然趁他离家出走之际跟他娘巫山云雨，偷乐寻欢。这无疑在他幼小的心灵里留下了深深的、难愈的伤痛，使他承载着同龄少年难以想象的屈辱。

在主人公孤寂、苦闷的生活里，聪慧贤淑的苏银莲曾一度朦朦胧胧地主宰了他的内心世界，成为一尊值得他依恋和崇拜的偶像。但这尊偶像却因苏二爷跟主人公的娘之间发生的奸情而被蒙上了一层阴影，随即又离奇地蜕变为主人公复仇和泄欲的对象。而苏银莲的“出嫁”则不可逆转地打破了他内心的平衡，也打破了他的幻想，使他的精神几乎濒临崩溃。在经历了一场又一场惊心动魄的心理危机之后，渐渐成熟的他最后看清了自己和自己周围的人：他“痛责自己是一个逆来顺受、唾面自干的熊包，一个见了肉夹馍还怕烫手的软蛋”，恨自己既不如苏金莲，也不如苏银莲，更不如苏二爷。这与其说是一种自责或自怨自艾，倒不如说是一种讽刺，讽刺他生活于其中但又无法与之抗衡的世界。

乡村医院

一

那是一个早春。有一些日子每当我吃过晚饭，肚子便开始咕噜咕噜地闹腾个没完，仿佛里面挤满了无数条争抢食物的鳝鱼——这些鳝鱼用它们冰凉而滑腻的身子不停地蹭着我的肠子，一会儿溜到左边，一会儿溜到右边，有的甚至还毫不留情地往下挤。我像一个被敌手团团包围的人，在拼死拼活地挣扎了一阵子后，最终还是缴械投降了。

我起先以为是吃了没刨皮的苹果，或是吃了没烧透的荤菜，或是熬夜看书着了凉，才造成此疾。因而，我开始以十分严谨的态度对待自己的饮食起居。苹果是绝对削了皮才吃，猛火快炒改为清炖慢煮，早睡早起而且衣服宁可多穿一点蒸出些汗也不勉强扛着冻。可奇怪的是，数十天过去后情况依然如故。我的心里不禁疑窦丛生。

一天傍晚，我只喝了半碗粥，咬了两口馒头，肚子里的“鳝鱼”便迫不及待地向我发起猛攻，翻江倒海般地折腾着我。无奈之下，我终于痛下决心反击它们。我备了些钱，拿着一把雨伞，顶着浓雾细雨朝一家医院走去。一路上，频频发作的剧疼有如一根根钢针直往我脊梁骨里扎，使我每跨出去半步都感到无比的艰难。在这疼痛的煎迫下，在这艰难的重负下，我向前慢慢地挪动着，直到医院的招牌忽闪着一道刺目的亮光跳入我倦怠模糊的眼帘。可就在我怀揣着无比美好的幻想准备拥抱它时，这招牌在溟濛飘袅的雨雾中突然变成了一条小狗，放肆地翘起一只后腿对着大门的柱子撒起尿来。我无法想象这尿如果撒在我的身上会是什么样的滋味，我也没时间去想象，因为笼罩在医院四周的森冷幽暗的氛围和正在我肚子里作妖的“鳝鱼”这时已对我形成了里外夹击之势，像是非把我整得趴下不可。

在这十万火急的当口儿，一股强劲的风一边打着尖响的忽哨，一边将我卷入空中。我顿感整个身子失去了平衡，仿佛变成了一只断了线的、东飘西荡的风筝。平衡失而复得后，我已被风扫进了门诊楼的大厅。此刻，我惊奇地发现我的雨伞变成了一朵巨大的牵牛花，从喇叭形的花冠里喷出一团紫红色的水气，罩在服务台一位护士小姐的脸上。她木偶般呆板的神态在这水气中蓦然间变得生动起来，一对黑莓子似的眼睛里泛射出异样的光彩。她简单地询问了一下我的病情，然后建议我去看肠道门诊。

肠道门诊设在医院的一个非常偏僻的角落，这虽然使它显得不怎么体面，但却给它增添了几分神秘感。我早已僵化的想象力突然又爆发出惊人的能量，奇迹般地击溃了正准备清剿我的敌人。我仿佛游走在茫茫戈壁之中，不时地看到一团篝火在梦幻一样的夜色里闪耀着；我仿佛沉醉于沃斯式的探险乐趣里，向“沙漠”发起了一场惊天动地的“讨伐”；我更像一条搜寻逃犯的警犬，在一片又一片竹林里无比兴奋地嗅着能暗示目标的蛛丝马迹，直到一幢简陋的平房挡住了我的去路。

这幢平房有两扇灰白色的玻璃门，一扇门的上面竖写着“肠道”，另一扇门的上面竖写着“门诊”。青悠悠的光线从玻璃门里边透出来，稀释于烟雨之中，同时又借着泼墨般的夜色把烟雨调成蓝生生的。尽管这两扇门看上去怪可怕的，使我联想到手持长矛、身穿红十字服的古代武士，但我还是壮起胆子将它们推开了，随后置身于空荡荡的候诊室的中央。

与候诊室相连的有两个房间，一个在左，一个在右。左边的是挂号间，右边的是诊疗间。挂号间的门紧紧地关着，从一扇开着的小窗口可以望见里面的灯光。我轻手轻脚地挨近这扇窗，朝里头看了看，发现这挂号间还用做账台和药房，但不知什么缘故里面没有一点动静。

我转身向诊疗间走去，希望那里不会再出现我不想看到的情形。诊疗间的门半开着，里边亮着一盏光线柔和的吸顶灯。我站在门口朝里望去，见一个护士正坐在一个大夫的膝腿上跟他调情。她一边说笑，一边将背对着他的身子侧转过来，用指尖点着他的前额和鼻梁。我扭过脸睁眼苦眉地干咳了一声，想以此来引起他们对我的注意。可他们没有理会我，于是我慢慢地撑开手里的雨伞，对准他们的身影晃了晃。

“有人来了，你快去看看。”那大夫说。

我收起伞后，见那个护士跟丢了魂似的朝我急匆匆地走来。她看上去很年轻，穿一身束着腰带的白色长褂，长褂的上段显出她充实凸起的胸脯的轮廓。她头上那顶白晃晃的帽子随着身体的向前移动变得越来越高，越来越大，最后使周围的一切变得昏晦模糊，只剩下一张黛眉深锁、冷若冰霜的脸。

“你怎么啦？”她用右胳膊肘儿顶开挂号间的门，有气无力地问，眼角睨了睨我手里的雨伞。“请把这湿淋淋的雨伞放桶里好不好？你没见这地上已经够湿的了？”

“哦，对不起！”我急忙将雨伞放进一只蓝色的大塑料桶里。

她让我填了卡，挂了号，然后将我领到大夫的跟前。这时，我才发觉大夫的身板至少是我的五倍。光是横在他胸皮和肋骨之间的肥肉，我寻思着，就准能榨出几桶油来。难怪方才坐在他膝腿上的护士跟他大得出奇的体形相比浑似一只布娃娃。

“请坐。”大夫漫不经心地指了指他身旁的一只方凳说，声音轻得有如一只螃蟹在吹着泡泡。

我坐下后，便把刚填好个人信息的病历卡撂在他的桌上。

“什么不好？”他肥厚的嘴唇里排出一股薄荷糖的味道，一丝丝扑鼻的凉气使我浑身起了鸡皮疙瘩。

“是这样的，”我打了个哆嗦回答道，“我一吃晚饭就想拉肚子。”

“查过大便没有？”他的眉毛好似两根湿漉漉的黑枝抖动着，眼睛就像从黑枝上滚落下来的水珠。

“没有。”我突然发觉水珠里面藏着我的脸。

“现在想拉吗？”他侧目瞟了瞟站在一旁的护士。

“想。”我见护士跟一只败翎的鸟儿似地打不起精神。“我一听您说‘拉’这个字就更想拉了。”

“这样吧，我先给你开几张化验单，你付了账就去验个血和大便，然后把化验的结果拿过来。”他说罢，悠然不迫地提起一支蘸水钢笔，在几张长方形的纸上抖搂着。当他胖滚滚的手在纸上移动时，那支蘸水钢笔绝像一只寻觅食物的小白鼠——它正在用尖嘴上的胡须探测着脚下的东西。

“行，我这就去付账。”我接过化验单后，从方凳上站起来，然后跟在护士的背后又回到了挂号间前。我匆匆忙忙地付了钱，随后提着伞走出了平房。

过了大约半个钟头，我怀着忐忑不安的心情急溜溜地走进诊疗间，把化验单递给端坐在椅子上的大夫。他看后说一切都很正常，我心里顿然舒坦了许多。可他并没有让我离开，也没有给我开药方，而是叫我躺到他身后的一张钢床上去。

“请你——”他将右手伸进一只半透明的手套后，打了个手势。

我照着他的意思做了。

“再请你——”他接着又打了个手势，笨重的身躯紧紧地贴着钢床。

我一时臊得脸烫耳热的，只觉得胸膛里的心就像一只惊魂未定的麻雀在扑噜扑噜地乱跳。

不一会儿，一阵阵盘肠绞肚的剧疼使我忍不住叫出声来，使我额头上沁出了一片冰凉的汗水——这汗水就如断了线的珍珠刷刷刷地往下淌，滴在白得有些吓人的床单上。

“大夫，您能不能——”我尽量克制着暴涨的愤懑，只觉舌尖上泛起一股淡淡的血腥味。

“好了，你可以下床了。”他做完检查后，终于马放南山，刀枪入库。

熬过一场“酷刑”的我如释重负地舒了一口大气，慢慢地从床上坐起来。

“你需要住院做进一步检查。”他摘下手套，洗了洗手，而后放低嗓音对我说，语气沉重得如同他肉墩子般的身躯。

“为什么？”我疑惑地问。

“你直肠里有一颗黄豆大小的息肉。你住院后，外科大夫会给你做肠镜和切片检查。”他说完，仰起脸打了个哈欠，伸了伸懒腰。

“哎呀，求求您大夫了！您能不能让我少遭一点罪？”我心里一急，差点从钢床上摔到地上。

“这是你自己的事情，用不着求我。”他显然根本不在乎我的感受，好像摆在他面前的只是一个供人随意摆布的物件。“不过，作为大夫，我要提醒你一句：早期直肠癌往往先以息肉的形式寄栖在直肠内。你的息肉到底是良性还是恶性，只有通过肠镜和切片检查才能够知晓。”

二

我蜷卧在外科病房的一张床上；这张床的床架有点松，我的身子稍稍一动，它就会发出嘎噔嘎噔的声响。蜷卧了片时后，我感到压在身下的右肩有些酸麻，于是翻过身平躺着。这时候，占领我大部分视域的是空旷苍白的天花板。我两眼直愣愣地望着它，心情不由地变得和它一样空旷苍白。窗外柔和的清风，不时携着附近河里水草的泥腥气吹入病房，稀释着迷漫在病房里的药水味。

人们都说外科病房是医院最龌龊的地方，这话一点没错。就连这看似一尘不染的通白的天花板也不是无可挑剔：一只淡褐色的蜘蛛，酷像一位老练的狙击手，静静地呆在一张细细密密的网上，等候着它的猎物；几只天真得有点叫人怜爱的飞虫，在蛛网的旁边慢慢地爬动着，全然不知自己很可能会落到"万劫不复"的境地。

看着那只深沉、执著而又不失阴险和残忍的蜘蛛，我不禁想起有着蜘蛛般品性的前清孝庄皇太后。这位皇太后年轻时曾拜饱学博闻、经天纬地的大臣范文程为师，因此，熟谙古代宫廷政治的那套权谋与霸术。她先取宠于权倾朝野的摄政王多尔衮，甚至还跟他暗结同心，共赴巫山，借以保全自己和自己的儿子福临（年幼的顺治皇帝）。而在多尔衮去世后，为了消除世人对她的猜测和议论，她竟然给多尔衮罗织了诸多不实的罪名，还挖了他的坟墓，制造了前清历史上的一桩天大的冤案。我还想起小时候玩过的一种香烟牌，其中有一张上面画着一个"蜘蛛精"：她露肉亮膘地坐在偌大的蛛网上荡着秋千，乌黑的长发在后脑勺盘成一个驼峰般的高髻，两只圆鼓鼓的手脖子上各套着一只玉镯，三寸金莲上穿着红色的绣花鞋，一块浅蓝色的印花缎子横搁在光溜溜的大腿上。我曾听人说，"蜘蛛精"是诱惑和危险的象征，因为雌蜘蛛结好网后会勾引雄蜘蛛与它交配，紧接着就咬死雄蜘蛛，把它生吞活剥地吃掉。我还听人说，古代的欧洲人深信：在脖子上用细绳挂上一个里面装有蜘蛛的坚果壳能缓解高烧，活吞蘸上黄油的蜘蛛能治黄疸病，而发现蜘蛛在自己的身上爬动则是交上了好运。倘若蜘蛛真能给人带来好运的话，我倒希望那个正在天花板上等候猎物的小东西现在就掉下来，落在我的身上。

为了多赚钱，医院故意把做肠镜的日期一拖再拖——出院后，我才得知做肠镜其实根本就不需要住院，这不免使我渐渐产生了一种度日如年般的荒漠之感。每天，除了吃喝拉撒，我不是倚着枕头看《澳洲土著人》，就是仰面朝天地躺着，两眼盯着天花板发呆。

一个微带寒意的黄昏，我在天花板上的吸顶灯里朦朦胧胧地看到一张干瘪枯瘦的老脸，它在我的眼帘里时而跟幽灵似地晃着，时而硬挺挺的一动不动，像只雕出来的头像。从老脸下面敞开的衣襟里伸出一截木头般的脖梗子，被黑白相间的凌乱的头发缠络着。这难道就是三十年前给人当模特的女人的脸？包在头骨外面的褪尽血色的缩皱的皮肤难道就是悠悠岁月馈赠给她的礼物？我不禁回想起自己的青春年华，回想起不久前信笔涂抹的一篇随笔，题目是《堕落的女神：一个女模特的自白》，其中写道："年轻时，我喜欢别人把我的脸当作一件大自然的杰作来欣赏，喜欢他们在我的脸上找到艺术的灵感，找到打造女神的激情。这也许是一种伟大的堕落，因为在打造女神之前先要用激情的黏液去稀释理性的粉末……每当我向人们展示我的这张脸时，每当无数骚动不安的目光热烘烘地拢在我的周围时，我恍惚看见自己从大海的泡沫中走了出来，在激起他人感官柔情的同时，将一个昭著而又合法的堕落所产生的欢愉偷换了审美的纯粹……我最终意识到自己已堕落为一件精神上被占有的'艺术品'。画家们的眼神好似晃动的鞭子抽在我的脸上，他们手里的画笔犹如鞭末酥软的梢毛随心所欲地侵扰着我纤毫毕现的肌肤。在这情不自禁的迷狂中，在这目光和肉体的撞击中，我看到了一张没有文字的共同堕落的契约。它就贴在我的脸上，也贴在画家们的脸上。"

想着，想着，天花板上的那盏不知什么时候点亮的吸顶灯把我的眼睛照得有点昏花了。不一会儿，我见它晃晃悠悠地掉了下来，照亮了一个曲径通幽的岩洞。岩洞里有古琴般叮咚作响的泉水声，也有婉妙清扬的歌声：

我是被魔鬼绑架后从地狱里逃出来的精灵。
我曾经用恐惧、焦虑和失意的雨水浇灌了大地上的树木，
使它们长得枝繁叶茂，生机勃勃，
宛如暂栖在地球子宫里等待出生的太阳。
我曾经用饥渴、冲动和放浪的火种点燃了农田里的一片金光，
使一只只苞米长得坚实饱满，挺拔粗壮，
恍若山巅上直插云霄的一座座雄峰。
可现在我要离开疲惫不堪的躯壳，
去寻找久已失落的灵魂。
我脱去早已磨得黯淡的银装一头栽进黑暗的怀抱，
在黑暗里我变得冷静、从容和自信，
就像从岩石的裂缝里涌出来的汩汩山泉。
当枯叶和白雪掩埋了我的遗迹时，
当尘霾和云雾挡住了我的视线时，
你的心情或许会变得冰凉和荒芜。
但千万不要让悲伤和绝望吃掉你！
因为在枯叶烂去、白雪融化时，
你依旧能见到我的遗迹；
因为在尘霾和云雾散尽时，
你会发现我的灵魂正借着群星的光芒在闪耀。

三

做肠镜的磨难总算挺了过去，但回想起来我依然心有余悸。当时，令我望而生畏的是一根至少和晾衣服的竹竿一般粗的金属管和

一把长长的手术剪。在做肠镜的整个过程中，两个大夫和一个护士轮流摆弄着这两件东西，像是在做着一场游戏。

“听说最近电影院都在上映《泰坦尼克号》，而且还一票难求呢！”

“可不是么，我托熟人才弄到了两张星期天的票。”

“能给我一张吗？看完电影我请你下馆子喝两盅。”

“那哪成啊？我是打算带我那口子一起去看的。”

“为啥不带你闺女去？”

“她功课紧，没工夫看电影。”

“没想到你们老夫老妻还这么浪漫，真叫人羡慕！”

“不就是看场电影吗？有啥浪漫不浪漫的？哦，对了，掐指一算你们小两口结婚也有五年了吧？”

“是啊，满打满算也有五年了。不过，她跟你的媳妇可不一样。”

“有啥不一样的？不都是两条腿支一个肚子，上面还有个脑袋？”

“看你说的，我讲的是性格上不一样。”

“性格上不一样？”

“对啊。她啥都好，就是不爱出门，跟一尼姑似的。”

“尼姑又怎么了？尼姑的境界可不是人人都能达到的呀！常言道：‘有事皆苦，无欲则刚。’只有先做到清心寡欲，才能安然而乐世。我若是娶了这样的媳妇可就省心多了！”

“瞧你，得了便宜还跟我卖乖。我说一句，你要说上一大串。”

“你有这样的媳妇可是你的福分。你既用不着担心她会红杏出墙，又可以让她呆在家里给你做饭洗衣服。要是换了别的女人，那就不好说了。”

“可过日子总不能老是盐油酱醋、锅盆碗勺的，让人闷得发慌。”

“我已经说了，这是你的福分。别咬着冰糖葫芦嫌嘴甜！再说——”

护士的话还没说完，我听到金属器械掉地上时发出的咔嗒声……

几天后，检验报告出来了，结论为“阴性”。我一度紧张的心情渐渐变得轻松起来。更让我感到宽慰的是，晚饭后习惯性腹泻在检验报告出来的那天竟然神秘地消失了。

“这到底是怎么回事？”次日上午，我问查房的外科主任。

“我想，一准是做肠镜的大夫把那颗息肉给剪了。”他一展笑颜地说道，“恭喜你了！明天你就能出院了。”

我一下子抓住他的手，用无比感激的目光看着他，一时激动得不知说什么才好。

待他走出病房后，我一骨碌从床上爬了起来，风风火火地朝医护人员的办公室奔去。

“5床，你是不是要出院了？”我回到病房后，1床见我喜不自禁地哼唱着一首歌，仰起她那张白果形的脸问道。

“是啊。我看，你也该出院了吧？再呆下去，怕是没病也捂出病来了。”我边说边把手里的出院证塞进床头柜的抽屉里。

“说的就是啊。我的瘘管其实早就切除了，大夫说我手术后恢复得很好。可不知咋回事，他们直到今天才同意让我出院。这不，我正准备去开出院证呢！”她说着，从椅子上站了起来。

“兴许你在跟大夫闲聊时无意之中露了富。”我解释说，“现在的人就这样，一听说你有钱，恨不得撸你一层。”

“你分析得很有道理。”她拢了拢一直披垂到腰间的长发说。“不过，想想我老公做起生意来也是黑进黑出的，心里也就平衡了。”

“那你打算啥时候走？”我提起床边的热水瓶，往床头柜上的茶杯里倒了些水。

“原本打算明天上午出院，但我老公刚才在电话里说他上午要跟客户谈一笔大的生意，抽不出时间来接我，于是就改在明天下午。”她笑着说。

“看来，你老公是个大忙人哪。”我放下热水瓶后，捧着茶杯说。

“生意人本来就是嘛，不忙忙叨叨的这钱还会自己送上门来?”她嫩白的脸颊透出浅浅的桃红。“说实话，我老公不但会做生意，而且还知道疼女人。他平时对我是知冷知热的，从来没跟我红过脸。”

“是吗?这太值得称羡了!”我喝了一口水后，放下茶杯不假思索地说，话里掺着只有我本人才会觉察到的冷漠。“看来，你们这回是小别胜新婚，相聚情更浓了。”

“谁说不是啊?实不相瞒，他比我大二十呢!对我这个小妹子可是有求必应，百依百顺。这不，刚才我跟他说我想明晚到‘罗蒂娅’西餐馆去吃西餐，然后到‘凯乐’舞厅去跳舞或者找些朋友打打麻将，他听后一口答应了。”她越说越起劲，越说脸越红，仿佛她是这世上最幸福的女人。

“你们这对老夫少妻真是太恩爱了!不过，我还真看不出你老公比你大二十岁。”我听着，听着，心里不觉有点酸，有点堵，还有点刺痒却挠不着。

“哎，我说，在你住院的这几天，我怎么没见有人来看望你?”她突然收敛起笑容，眉宇间浮起一团疑云。

她这一问还真让我感到有点碍口，我恍惚看见一块光溜溜的鹅卵石转眼间长出了许多尖锐的刺，猛地扎入波平若镜的河水。说心里话，我最忌别人打探我的隐私。我不想告诉别人自己从小就是孤儿，也不想告诉别人自己年轻时靠当模特讨生计，更不想告诉别人自己都这把岁数了还守着独身。

“嘿，我在问你呢!”她像一只叫人讨厌的蚊子叮上了我。

“哦，这么跟你说吧，”我慌忙搪塞道，“我的父母住在大老远的外地，他们年迈体衰且病魔缠身。”

“那你的老公和孩子呢?”

“我老公在美国做生意，孩子在日本留学。他们都是干大事的，我这点小毛病哪能惊动他们?”

“那你单位的领导和同事呢?”她略带妒意的两眼直勾勾地望着我,好像发现了一个比她更幸福的女人。

“单位?我的单位是一家小企业,由于经营不良,几年前就倒闭了。”我赶紧放低姿态说。

“是吗?那你现在靠什么过日子?”她听我这么一说,有点黯然失色的脸又恢复了原有的光泽。

“靠老公呗,这还用问?”我边说边坐到自己的方凳上,从枕头底下抽出那本《澳洲土著人》。

我不知自己怎么会堕落到编造谎言的地步,但这毕竟能抵挡一阵别人俗不可耐的、跟剥衣服一般的盘问,不至于让自己变得一丝不挂。是啊,探询别人的隐私是人性的弱点,要不然,当年“才子抱得美人归”的郁达夫,他的《日记九种》怎么会一版再版地发行了十几万册?

“那你为什么不和你老公一起去美国?”一个躺在床上的银发苍苍的老太问。她患的是急性阑尾炎,是在两天前动的手术。

“他经他的商,我看我的家。这不是挺好的?”我抬起头瞟了她一眼,见她正侧棱着脑瓜似笑非笑地看着我,仿佛在用一双昏花的老眼偷窥着我的内心。

“那你老公一个人在国外,你能放得下心?我的意思是,要是他在外面的花花世界里心眼长歪了……”从老太齿缝里吹出来的片片絮语,酷似缺油的车轮发出的碌碌剌剌,使我骤然心烦意乱起来。

“我老公才不是那种渔色猎艳的轻浮之辈!”我把头一梗,咬着牙忿忿地说,只觉得脸上烫乎乎的。“不像生活在我们身边的那些个暴发户,过去穷得见人就磕仨,现在是财大气粗、腰杆溜直,走了穿红的,还有戴绿的,包养的二奶是数都数不过来。”

“是啊,这世上有几个有钱的男人能做到清者自清,不沾粉朱?你老公可算是个了不起的大圣人哪!其实,不光是有钱的男人,那些有权有势的男人也一样好色。我记得在哪本杂志上看到这样一篇文章，说从前汉武帝在世的时候，后宫佳丽如云，但他还不满足，还命人修建‘建章宫’，广招四方美色，甚至到了七十高龄色心依旧不衰……”老太继续唠唠叨叨地说着，核桃般粗糙的脸上一张痉挛的嘴艰难地牵动着下巴颏儿松弛的肌肉。

我没料到，这位看上去已年逾古稀的老太还真会缠磨人，你打个小小的喷嚏，她也会下一场暴雨。我更没料到，那位看上去天真可爱的1床居然嘟噜着脸对我说：“包二奶又怎么样？人家有钱嘛！你管天管地，管得了那么多？有道是‘我既媚君姿，君亦悦我颜’，只要两相情愿，男女之间做什么事都可以。再说了，‘二奶’这个名称也太俗气了，还不如改为过去的‘如君’或‘如夫人’。”

听了这番话，我不觉心头一紧：难道这世道真的变了？变得女人连最起码的做人的尊严都不要了？人常说：“露水夫妻不长久。”二奶就是二奶，就是一件有钱人想要就要，想扔就扔的商品。“君姿”、“我颜”、“如君”、“如夫人”……这些只不过是用来粉刷破墙的涂料而已。我不想反驳1床，因为这时的我已从一个细节拼出一幅画来。

四

那天傍晚，我刚吃过饭就来到医院里专供病人用的浴室洗澡，想在出院之前把身上的晦气冲冲干净。在拥挤、潮湿、闷热且缺氧的浴室里，我忽然感到头有点晕，像是被人灌了迷魂汤。于是，仓仓促促地洗了一把澡后，我跑到医院围墙外面的一条小河边，尽情地享受着那里的新鲜空气。

温情的风儿和柔媚的晚霞抚弄着河边的垂柳，使它们在娉婷秀逸的动势中显得更加迷人。几只招人喜爱的鸭子在五色斑斓的河里悠闲地嬉戏着，它们一会儿把长长的脖子埋入水中，然后再伸出来，一会儿把头藏在一叶孤帆似的翅膀下面，好让风儿吹着自己朝前慢慢地移动。

一棵迎风摇曳的柳树转眼间变成了一个天仙般的姑娘。她踩着绿莹莹、毛茸茸的乳草向远方缓缓地走去，几只白色的蝴蝶绕着她头上的花环上下翻飞。她似乎沉醉在黄昏特有的宁静之中，沉醉在这幽美且充满诗意的景色之中。她唱道：

我多么想变成一只海豚，
在碧波万顷的大海里畅游。
我多么想当一名孤独的骑手，
跨着骏马在月光下飞奔。
我多么想拥有一只小船，
划着它去天涯海角探险。
我更想成为一只强悍的猎鹰，
飞过烈焰熊熊的火川，
屹立在百岩争巉的山峰！

歌声在潋滟的水波上徘徊着，然后被风吹散成一朵朵花瓣，飘向茫茫无边的苍穹。

望着姑娘渐渐消逝的背影，我不禁想起《澳洲土著人》中的一个美丽传说——“女人树”：

女人树生长在丛林环抱的欧德埃利亚湖畔，终年枝叶蔓披，翠绿妍丽。每当濯枝润叶的雨水浇淋在她的身上时，她便欣喜地舒展迷人的胳膊，拥抱亚拉朗神赐给它的凉爽。由于沐浴后的她显得更晶莹透亮、妩媚娇柔，藏在乌云后面的太阳会急不可耐地探出脸来，痴迷地向她射出无数根细如针线的、金灿灿的箭。此时此刻，只见碧蓝的湖水中有一个随风袅娜的美姿在晃动。

土著人把女人树叫做“库娜吉图”，意思是“神圣的母亲”，认为它是由远古时代的母性祖先化生的——树干是她们的躯体，树枝是她们的手臂，树根是她们的腿脚，树叶是她们的头发；树叶丛中有数不清的眼睛在闪烁，无时无刻不在注视着后代的一举一动。

每逢新年的第一天或新郎新娘举行婚礼，土著人都要围着女人树载歌载舞地庆贺一番，并且在树前堆满活鱼和鲜果，乞求女人树保佑自己风调雨顺，人丁兴旺。人死安葬前也要举行类似的隆重仪式：在令人陶醉的迪吉里杜乐曲中，男男女女摆动着半裸的身子，向女人树祈祷，乞求她先让死者的亡灵附着在某棵长青树上，而后再让它和月神融为一体，等待复活。整个仪式以集体吟唱《月神复活颂》结束：

上古之时，幽幽冥冥，
只有月神和其妹达巩，
穿梭于繁星点点的夜空。
他们采集着百合花和莲子根，
用它们养育看护家园的天使。
月神临终前让天使把自己投入海中，
三日后，他的躯骨变成了漂亮的鹦鹉螺，
破壳而出的他乘着东风奇迹般地重返太空。

滋养女人树的欧德埃利亚湖相传是牧拉利神创造的。刚造好时湖里没有水，女人树便央求亚拉朗神，让他从空中降下大雨，灌入湖中。亚拉朗神又名“虹蛇”。他可以随时变成一道虹霓，在天地间架起一座美丽的彩桥，也可以随时变成一条花纹漂亮的巨蛇，蛇尾一甩动，七棱八角的乱石堆里也会冒出清澈的泉水来……

渐浓的暮色使我记忆之中的传说变得有些冥蒙和缥缈，就像倒映在河水里的雾状的风景。我从幻境中慢慢地走了出来，无意间想起一位哲人说过的话：“总是存在而永不生成之物为何物？总是生成而永不存在之物为何物?"它如同沉寂的暮色,紧紧地裹着正在失去清晰轮廓的世界。

当夜像张开巨翼的黑鹰盘旋在我的四周时,我仰起脸遥望天际,见一弦苍白的弯月宛若一只小船,在薄雾溶溶的天海里缓缓地移动,群星在它的面前黯然失色。不一会儿,从远处飞来几只如霜似雪的天鹅,它们拖着亮盈盈的弧线,踩着流水般的风向前腾挪飞翔。缠绕月亮的薄雾,在它们翅膀的振动下,有如被法师驱赶的妖魔仓皇逃匿。

简介:

这篇作品将自由联想、幻觉同现实生活中发生的事件糅合在一起,从一个曾经做过模特儿的女人的视角透视现代社会一些职业人和非职业人的心态与价值观,同时也让我们走进她的被"二重化"了的生活——枯燥的、机械的外在生活和美妙的、充满诗性想象的内在生活。

其实,从某种意义上说,这两种生活分别对应着"存在"与"生成"。前者要人们坦然地去接受一个既定的、由物质和各种习惯势力来定义的世界;后者则要人们从自己的心理能量中"提炼"出一种创造力并借助这种创造力去冲破"存在"的格局。

作品的尾声借助一系列意象点化出这一主旨。"弯月"和"天鹅"象征着"生成"的力量,"薄雾"和"群星"象征着"存在"的格局。

事实上,作品中还有不少类似的象征,例如,医院的"围墙"象征着"存在"与"生成"的分界线:墙内是龌龊、庸俗的"存在"的世界,里边有色利熏心的大夫、不识廉耻的女病人以及"潮湿、闷热且缺氧的浴室";墙外是清新自然且充满灵性与超越感的"生成"的世界。而女主人公在幻觉中看到的那位"天仙般的姑娘"实际上就是她自己——一个追求"生成"理想的人。这位姑娘所唱的歌和女主人公在睡梦中听到的歌,尽管风格迥异,但却从不同的侧面展示了女主人公丰富的内在情感。

老派克饭店

一

老派克饭店坐落在一条商号林立、热闹非凡的大街上。由于长年累月的风吹日晒雨淋，饭店的外墙爬满了野藤般的紫黑色的粗纹，使这幢高矗的大厦远远地望去犹如一块从天上掉下来的大陨石，实沉沉地压在早已不堪重负的大地上。饭店的屋顶竖着几只石砌的烟囱，它们时而穷凶极恶地喷着白滚滚的浓烟，时而懒洋洋、蔫巴巴地吐着青丝般的淡雾。傍晚，当浑浊的暮霭跟倒翻的泥浆似地漫过屋顶，垂挂在底下一扇扇窗户的周围时，这些烟囱仿佛变成了一具具灰黪黪的僵尸，使人不免生发出一种神秘的、难以言喻的恐惧感。

邱建文做梦也没想到，自己退伍后会被安置在老派克饭店。他接到通知后，心里是既高兴又担忧。高兴的是：他的工作单位处于市中心人气最盛的地段，周边的商业环境和人文环境都是一流的；担忧的是：这家饭店会不会让他当一名洗碗工或清洁工？要这样，那还不如去当警察，或者去一家工厂当学徒工。

报到的那天，他很早就来到饭店的二楼。敲了一阵人事保卫科办公室的门后不见有人开门，他便在狭窄的走廊里心神不宁地来来回回地走动着。走廊两边的墙面上各挂着一幅临摹的波提切利的油画，一幅是《春》，另一幅是《维纳斯的诞生》。但画中浓郁的春意却被走廊里昏暗的光线掩埋了。

徘徊了片时后，他忽觉周围的空气有点混浊，于是来到走廊的南端，轻轻地推开一扇窗，好让外面清新的空气流进来。从这一“制高点”他可以清晰地看到大街上的人。他们中间有衣着艳丽的姑娘、风度翩翩的男士、嘎嘎说笑的孩童和拱肩曲背的老人。在火炎炎的烈日下，老人几乎个个显得困眼迷离、神情呆滞，走起路来像是在很勉强地挪动着步子。

就在他东张西望的时候，一个身材苗条的淑女突现在他的视网膜上。她细腻白净的瓜子脸有如碧空下的雪原清澄澄、亮闪闪的，一对文静温柔的大眼睛好似深山幽谷里的泉水甜丝丝、凉冽冽的，挺拔秀长的鼻梁下紧抿着两弯曲线优美的嘴唇……

“啊，好一个东方的维纳斯！”他自语道，“要是她能跟画中的维纳斯一样裸露出迷人的身体，那就更美了……”

正当他精骛八极、神游万里时，姑娘已察觉到有人在偷偷地用蜇人的目光打量着她，于是抬起娥眉倒蹙的面孔，对准目标狠狠地翻了翻白眼。这刹那间变得凛若冰霜的眼神，使邱建文觉得很不自在，好像自己变成了一个贼，在偷东西的时候被人逮了个正着。他赶紧拧过羞红的脸，转过身子对着空无一人的走廊，待内心恢复平静后再将身子转回过去。这会儿，他干脆落落大方地把目光投向与饭店隔街相望的一个公园。这公园里长着苍翠蓊郁的树木和争奇斗妍的鲜花，亭轩回廊、疏石假山环抱着一个幽绿恬静的池塘，一片偌大的草坪中央矗立着一尊雕像。这些爽心悦目的景物似乎比刚才那位姑娘更耐看，而且是敞胸露怀地让他看个够，绝不会让他有半点做贼心虚和自惭形秽的感觉。可恰在他陶醉于这美好的景色之中，并让它荡涤内心的羞辱时，楼梯那边响起咚咚咚的脚步声。

不一会儿，一个体型高大、身着浅蓝色长袖衫的女人，左手提着一只水桶，右手拿着一杆拖把，摇摇晃晃地走了上来。她一溜颠跑之后，猛地刹住腾腾的虎步，将左臂用力地一甩，只听砰的一声，水桶撞上了人事保卫科办公室的那扇黑漆漆的板门，晃出半桶清凌凌的水。紧接着，她将拖布放入桶里，一边捣弄着一边气咻咻地破口大骂："你这人模鬼样的东西，凭什么狗屁能耐当科长？天天跟冷盘间的那个臭婊子摽在一块也不知道个腻，真是鲶鱼找鲶鱼，乌龟爱王八，臭猪头自有烂鼻子闻！要有种就在这儿亮亮你们俩的黏糊劲儿。你有啥了不起的本事？不就这本事？……"

邱建文不知这女人出的是哪门子气，于是好奇地走到她的身旁。这时，他才发现：她的长袖衫的左袖筒儿在靠肩膀的地方脱了至少一半的线，不时地闪露出一只粉团似的乳房。兴许她刚才甩水桶时用力过猛，兴许她在存心作践自己，邱建文估摸着，但不管是什么原因，她一定是疯了！

就在他感到心跳耳热，感到自己被一种神异的力量抓住时，一个穿短袖衬衫的五十朝外的男人拎着一只皮包走上了楼。他的背有点驼，嘴唇上边留着杂乱的髭须，黑白相间的短发犹如刺猬身上的硬刺直立着。他一瞧见那女人便站住了，向两边斜楞的肩膀微微耸动了一下，柞树皮般沟沟坎坎的脸上现出惊讶的表情。接着，他慢慢腾腾地走到她的跟前，转动着两只圆睁的杏眼逼视着她，直到她提着水桶和拖把闪到邱建文的背后。

"你是——"男人用冷生生的目光端量了一下邱建文。

"哦，我是来报到的，名叫邱建文。"邱建文回答道，两眼不经意地瞥了一眼系在他西式短裤上的那条做工考究的皮带和镶着一头银狮的带扣。

"哦唷，瞧我的记性，你要不说我还真把你给忘了。"男人脸上的肌肉轻轻地一跳，勉强地挤出一丝笑容。他不慌不忙地从裤兜里摸出一嘟噜钥匙，然后转身将其中的一把推到办公室板门的锁孔里。可他费了大半天的工夫也没拧开那门锁，于是轻声地骂道："真他娘的活见鬼！"

这时候，已溜到走廊北端的疯女人幸灾乐祸地狂笑起来：“睁开你的狗眼看看那剁肉板上的尿水吧，它把你的皮鞋滋润得多光亮、多滑爽哟！为啥不掏出你身底下的那只小乌龟，对着门锁也放它一炮，省得它扭不动转不灵!”

男人一听这话，脸刷地凝成了屈铁般的肉疙瘩，拿着钥匙的手不由自主地往后抽动了一下。还没等他弄明白是怎么回事，那串钥匙已掉落到地板上了。

“真是一事不顺事事不顺，人倒霉时喝口茶水也堵嗓子眼!”他一边说着，一边神情废然地伛下腰，把右手做成一把剪刀。他用辣上厚厚烟迹的食指和中指去打捞那个不识时务的蠢货。他不晓得那女人今天使的是什么邪招，让它干出吃里爬外的勾当。

过了片刻，锁终于打开了。这得感谢泼在地上的水，它起到了润滑钥匙和锁孔的作用。从办公室的窗外射来一道炽亮的光线，灼热热地照在被水覆盖的地板上，映出男人有点变形的脸。他不敢正视这张脸，因为这张水汪汪的脸辱没了他的身份，叫他在新来的职工面前尊威扫地。他极力控制着自己的情绪，装出若无其事的样子走进办公室，将皮包撂在一张写字台上后，示意邱建文进屋谈。

邱建文进屋后，见男人拿起电话听筒准备拨号，便索性在一张沙发上坐了下来。这时的他已顾不上那些个徒具形式的虚套子，心里边乱糟糟的，有如一面被敲得烂碎的镜子。他没想到，自己来饭店的头一天就赶上了这么一件令人不快的事。他琢磨着，站在他面前的这个男人此时此刻也不会太在乎虚文浮礼，他的心情肯定更糟、更烂。

男人打完电话后，坐到一张宽大的木椅上，两条汗毛茸茸的胳膊舒坦地置于椅子的扶手。从房门外吹进来的风，掠过地板上的水，轻轻地掀动着写字台上的文件。他凝视着文件呆坐了一会儿后，从衣袋里掏出一盒烟，拔出一根递给邱建文。

“对不起，我不会抽烟。”邱建文面露窘色地说。

“当大兵的怎么连这都不会？太节省了吧？”他捏着卷烟在烟匣子上戳搭了几下，而后将卷烟叼在干瘪瘪的嘴皮上。接着，他把烟匣子撂在皮包和文件的中间，从衣袋里摸出一只漂亮的打火机。点燃烟后，他悠然不迫地吸了一口，随即慢慢地仰起脸朝着自己的鼻尖惬意地吐出一团烟雾，好像方才发生的事就如同这被风吹开的烟雾渐渐地从他的心头消散了。

“不是节省，只是我一吸烟就呛嗓子。”邱建文解释道。

“没想到你还这么娇嫩。”男人似笑非笑地说，“要知道烟这玩意儿虽不是什么好东西，但却能让你有一种‘摽然若秋云之远’的感觉。要不然，人们怎么会说‘饭后一支烟，赛过活神仙’呢？”

“是啊，我在部队时也常听人这么说。可我就是想过把当神仙的瘾也没这个福分哪！别说自己抽烟了，就是瞧见别人在我面前抽烟，我的嗓子也会跟火燎似的难受。”邱建文适才说完，就感到自己的话说得太直接、太露骨了，于是赶紧低下飞红的脸。

“别在我面前卖乖了。你看你，卖乖都卖得面如越女之腮了！”男人讥诮地说。说罢，他将夹着卷烟的手伸向写字台上的一只烟灰缸，用食指掸了掸烟头上的烟灰。“你当了几年兵？”

“三年。”邱建文仰起脸回答道。

“在部队做什么工作？”男人又问。

“收发电报。”邱建文的眉头轻轻地一跳。

“这可是件心灵手巧的细活呀！只可惜你现在是水牛掉到了井里边，有力没处使。不过，我们非常欢迎像你这样的退伍军人。你别看我们是家老饭店，上头可重视呢！常常在这儿举办各种宴会、茶话会什么的。因此，来这儿工作的人，除了退伍军人外，都必须先过政审这一关……”男人载笑载言地吞吐着烟雾，不时地乜斜着眼睛觑一下门口的那滩积水，好像生怕从那滩积水里会游出一条蛇来。“你看我，光顾着给你说庙，忘了让你看神。我们这儿的第一把手是严志鹏。很不巧，他今天去局里开会了，要不然，我让你们俩见个面，顺便听听他的意见，看给你安排什么工作比较合适。”

“那我该怎么称呼您呢?”邱建文顺水推舟地问。

“我叫程国强，是这儿的人事保卫科科长。”男人一面说着，一面将目光投向摆放在房门一侧的一只旧衣柜。“无大经略的小人物一个，就像这只旧衣柜。”

“程科长过谦了。”邱建文淡淡地一笑道，紧接着干咳了一声。这会儿，随着风力的减弱，烟雾已在屋里飘荡起来。这烟雾不仅使他的眼鼻作辣，而且使他的喉咙里痒刺刺、涩拉拉的。他想站起来去把窗开得大一点，但考虑到眼下自己的一举一动都纤毫毕现地袒露在这位程科长的面前，都非同小可，前途攸关，便打消了这个念头。方才是方才，现在是现在。现在他必须谨小慎微地对待自己的一言一行，绝不能再给人留下一星半点不懂规矩的印象。“在征求严志鹏意见前，程科长能不能把饭店的情况先跟我简单地介绍一下?”他稍作思考后，果断地问。

程国强没有立刻回答，而是若有所思地闷头吸烟，继而微微抬起头来：“饭店么，大体上有餐厅、客房、厨房、洗碗间、门卫组、采购组、电梯组、小卖部等。不知你本人想去什么部门?”他说完，眯缝起那对杏眼诡笑着。腾腾的浓烟笼在他那张俗不可耐的、让人见了绝没有胃口恭维半句的脸的周围。

邱建文一时不知如何应答才好。做餐厅么，他想，就是当跑堂儿的，整天不是端菜送饭，就是斟酒倒茶，简直形同厮役；做客房么，无非就是收拾客人的房间，这和做清洁工没有多大的差别；做厨房么，顶多让你择菜、洗菜、切菜、配菜，冬天冻手冻脚的，夏天蒸心蒸肺的，而且老是和熏眼呛鼻的油烟打交道，够你受的；做门卫么，一天到晚不是跟插蜡烛似的傻站着，就是替客人开车门、提行李，枯燥乏味得会让你感到度日若岁；做采购么，完全是凭力气干，东跑西颠的，就像是一只驮重的骡子；开电梯么，就如同把自己圈在一个整日不见阳光的铁笼子里，会郁闷得透不过气来；在小卖部当营业员，相比采购倒是轻松了一点，但忙活起来也够呛，弄不好还得赔账；至于洗碗间，那就更糟糕了……

“程科长，您早！”就在他沉吟不决的时候，一个体态丰腴、忸怩作态的少妇出现在办公室的门口。她细长的双眉底下忽动着一对娇媚的丹凤眼，眼里不时地闪射出勾人心魂的波光。

“你早。”程国强虚与委蛇地应了一声，两眼在她肉嘟嘟的身上溜了一圈。

少妇见了他那副模样，更是顾盼生姿，眉目传神。她跟他寒暄了几句后，扭腰摆肢地用拖布划拉起地板上的水，两片饱满性感的嘴唇不由已地微微地抖动着，就像在细雨中颤飞的蝴蝶。

“怎么？你一时半会拿不定主意？”程国强见邱建文丢嘴落舌、不哼不哈的样子，慢条斯理地问道。

“不，不是我拿不定主意。我只是想了解一下在餐厅里每天都要招呼些什么样的人。”邱建文前思量后琢磨，决定还是先问问程国强餐厅里的情况。

“餐厅么，有三楼餐厅和四楼餐厅。三楼餐厅专门招待外宾和华侨，四楼餐厅招待中宾。”程国强说完，两眼又跟苍蝇似地盯上了少妇。

邱建文趁他大象磕瓜子解不了饥似的看得出神时，开始梳理起自己的想法：看来，在三楼餐厅做还算过得去，在那里至少可以借招待外宾的机会练练自己的英语，这样一来，原本平平淡淡的工作就有了一份情趣；再说，天天泡在外宾和华侨堆里，时间一长多少能长点见识。

“如果程科长能把我安排在三楼餐厅，我倒是很乐意。”他拿定主意后，坦然直率地说。

可程国强这会儿跟一木头人似地呆登登地坐着，垂涎欲滴地凝注着少妇的那张骚托托的正在用眼角跟他调情弄色的脸，仿佛从这张脸上他能咂出无穷无尽的慰眼慰心的滋味，仿佛他的那对杏眼不愿再被拘在眼窝里，随时都要蹦弹出来。

“你——你刚才说什么来着?”他醒过神来后，急巴巴地掉过脸，窘迫地看着邱建文。

“如果程科长能让我在三楼餐厅做，我想我一定能做好。”邱建文把刚才说过的话稍作修改后又说了一遍。

“看来，你的眼力还不错，是个能掐会算的精明人。不过，在三楼餐厅做得懂一点英语才行。”程国强的眼神突然变得有点诡异，好像隐含着某种令人难以捉摸的欲求，这欲求就像一条在湿土中蠕动的蚯蚓。

“我学过英语，我想我一定能行。”邱建文的口气听上去似乎有点过于自信。

“但你要知道餐厅里用的英语跟你学的英语可不一样啊!”程国强的嘴角绽出一丝黠笑。

“这没关系，我底子好，只要变通一下就会了。”邱建文急切地说。

“是吗? 你的想法我倒是可以考虑。其实嘛，这事儿说好办也好办，说不好办也不好办，就看你的因缘运势了。常言道：‘心急吃不上热豆腐。’你这几天就耐心地等待消息吧。等严志鹏什么时候有空，我会找他谈你的事儿，必要的话，开个会集体讨论。不过，我程某人虽是个小小的科长，但只要替你说一句话，就像秤杆上的秤砣压分量。”程国强说罢，将烟头掐灭在烟灰缸里，接着，稍稍向左侧挪动了一下椅子，然后蹬直两腿，好让椅子的前脚腾空而起，后脚支撑着他整个身体的重心。他的两只合拢在一起的手，像兜着一只打翻的提桶似的，垫在后脑勺的下面。这过于悠然自得的姿态似乎是故意做给邱建文看的，是在向他暗示着某种意义——一种难以启齿、只能意会的意义。

“好吧，那我就等待组织上的决定。”见他半合着眼皮似睡非睡的样子，邱建文躁动不安的心情反倒平静了下来。他想，官字上下两个口，他们爱怎么说就怎么说；爱怎么决定就怎么决定，自己听天由命就是了。

程国强一听这话，当即睁开泄了劲的两眼。他目光冷漠地斜觑着少妇刚拖好的地板，这会儿才意识到她已经悄然离去。

“程科长能给我留个电话吗？”见他郁郁不欢的样子，邱建文恍然明白他方才是话里有话，于是试探地问道。

“哪儿的电话？”程国强抖动了一下眼皮，语气硬倔倔地问。

“当然是您府上的。”邱建文微笑着回答道。

这回答似乎拨开了笼罩在程国强心头的云雾。只见他不再保持挺直的一字形，脸上收紧的干巴巴的肉一下子变得松弛而润泽——好像一块有棱有角的岩石转瞬间被磨得圆咕隆咚、油亮水滑。他不厌其烦地将电话号码说了一遍又一遍，仿佛生怕邱建文会听错似的。

“程科长，我记住了。我不会听错的。要是连这几个数字都会听错，我怎能在部队收发电报？”邱建文说，“您要不嫌弃的话，容我改日到您府上登门拜访。”

“没听错就好，登门拜访我看就不必了，更不必讲‘嫌弃’了。”程国强很不自在地、半遮半掩地说。

“那我今天该做些什么呢？”邱建文见他的样子有点尴尬，故意把话题一转。

“今天么——”程国强捻着嘴唇上的几根胡须沉思了片刻，然后接着说：“我看，要不这样，这几天你先在饭店的小卖部里做。那儿有一个叫‘吴妈’的女人，你过去找她就是了。我一会儿就跟她打声招呼。”

“行，那我就先走了。”邱建文说罢，从沙发上霍地站起来。

“你先别急着走。”程国强突然想起了什么。

“程科长还有什么吩咐?”邱建文问。

“干活就得像干活的样子，穿你这身衣服怎么行？我比量了一下，觉得你的个头跟我差不多。你就姑且将就一下，换上我下餐厅时穿的工作服吧。”程国强说完，从椅子上站起来，两腿生风地走到那只旧衣柜前。

衣柜打开后，邱建文只觉眼前豁然一亮。他见衣柜里挂着各色各样的服装——它们整整齐齐地排成一长列，有如一群重见天日的孤儿寡女冲着自己的监护人呆笑着。一股浓郁的香水味绕过程国强身体的两侧直扑他的鼻子，使他忍不住打了个震响的喷嚏。

“看来，你的鼻子有点过敏。”程国强从这些服装里拣出一件洁白平整的工作服，而后摆过身体对泪眼婆娑的邱建文说。

邱建文上前接过工作服后，趁他把衣架放回原处的那会儿偷偷地看了一眼衣柜里的其他东西。他发现衣服底下是帽子、领带、相机等杂七杂八的东西，在它们的旁边堆放着一摞画报，最上面一本的封面上印着一张裸女的照片。他慌忙扭过涨红的脸，一面慢慢地解开衬衣的纽扣，一面朝沙发走去。

“嚯，你的身板好结实啊！到底是当大兵的!”程国强关上衣柜的门后，站到穿着背心的邱建文的身旁，边说边用毛刺刺的手在他扇状的肩背上捋了一把，两眼定定地看着他隆起的胸肌。

邱建文头一回跟姑娘似的，变得怕羞起来。他把刚脱下的衬衣撂在沙发的一只扶手上，换上了程国强的那件带着馥馥香气的立领长袖罩衫，可一穿上就觉得怪别扭的，有一种哭不出、笑不出的感觉。

这时，程国强又回到自己的椅子上，摆出舒坦的一字形。他半眯着因兴奋而变得通透照人的两眼看着邱建文，微拱的鼻子上拧出一旋笑纹：“要说这衣柜里的东西，大多是外宾和华侨落在饭店里的，有些东西可能他们原本就不想要了。但饭店里有条规定：捡到东西一定要上交，上交后由人事保卫科统一管理……”

二

下午五点，在小卖部忙活了一天的邱建文总算下班了。他先跑到程国强那儿换衣服，然后拿着两只从小卖部借来的搪瓷碗到与四楼餐厅相邻的职工食堂去吃饭。他买了一份醋溜青鱼片和两只葱油花卷，拿了双筷子后找了个靠吊扇的座位不紧不慢地吃了起来。他一面吃一面回忆着这一天遇到的人和发生的事，尤其是那个在走廊里撒泼打滚的女人。他想不明白这家名声不菲的大饭店为什么要留着这样一个人。他不知道她究竟吃了什么瓜落，才落到如此丧心病狂的地步。他记起那只粉团似的乳房。它看上去柔软、圆润、饱熟、迷人……仿佛穷尽了世上所有的美感与温存，仿佛是一朵被风吹绽的、散发着幽香的玉兰。但配在她的身上却显得有点蛮野和放浪，使他联想到非洲土著人在狂舞的时候水蛇般地抖动着羽制的围裙和腰间的挂饰。而小卖部里的工作，实在是让他感到有些单调和乏味。他先跟那位吴妈一起洗杯子，接着用干毛巾把杯子擦干，然后去帮站柜台的营业员倒咖啡、拿点心。在那儿工作的人都像机器人似的，重复地做着一个又一个不需要培训就能掌握的动作。

就在他边吃边想的时候，一个身穿白色圆领长袖罩衫的姑娘，像是刚沐身出浴，披着湿漉乌亮的长发袅袅婷婷地走进了食堂。她的脸蛋红彤彤的，眼里涌动着流光泛彩般的盈盈水波，仿佛有一股春潮般的生命力要从这张脸和这对眼睛里涨迸出来。邱建文情不自禁地引颈凝视着她——酷似一只饥火难耐的公鸡见了亮灿灿的玉米糁儿支棱起长长的脖子。他忽觉这姑娘有点面熟，只是一下子想不起来在哪儿见过。姑娘买好饭后，朝离他不远的一张空桌走去，发现他正在注视着自己，便冷冷地瞟了他一眼。这时，他才想起那个在大街上行走的身材苗条的淑女，于是当即羞臊得满脸晕红，好像又做了一次贼，让人给抓住了。心慌意乱之中，他脆弱的视线触碰到姑娘手里的一只搪瓷碗盏，上面有一行醒目的深红色的大字：餐 3—016。他的心倏忽一热：难道她是三楼餐厅的服务员？

简单的好奇不知不觉地演变成一种莫名的焦虑。在这焦虑的撩拨下，他的情绪渐渐变得亢奋起来。他一边啃着花卷、吃着鱼片，一边寻思着用什么样的方式跟这位姑娘搭上话，两只不安分的眼睛时而看看墙上的挂钟，时而望一眼她的侧影。

“不好意思——”他吃完饭后，拿着碗走到她的跟前怯生生地说。由于过度的紧张，嗓音听上去有点抖颤。

“什么事？”姑娘扇动了一下浅茸茸的睫毛，细声细气地问。

“我刚来，不知——不知浴室在哪里。”他忽觉自己的声音变了，变得有点滑稽可笑，就像头一回登台表演的歌手由于怯场而跑了调子。

可话才从他嘴里说出来，他便意识到自己太冒失、太莽撞了。是呀，人家一大小姐正在用餐，一个陌生男子偏偏盯上了她，跑到她的面前问浴室在哪里，这不是冒失、莽撞又是什么呢？

姑娘似乎没有察觉到他有点尴尬的表情，淡淡地一笑道：“在五楼采购组的对面。”

“谢了！”他说罢猛的一个转身，飞快地朝食堂外面走去。

在食堂的门口，他险些撞上了那个丹凤眼。

“喔唷，瞧你这冒失鬼。”丹凤眼后撤了一步说。

“对不起。”邱建文站住后，哆嗦着嘴唇致歉道，然后将她的整个人形细瞧了一番。

这回他倒是带着一种别样的心态去看她的，与其说是认认真真、仔仔细细地看，不如说是用一种他自己也不想用的有点自作多情的眼神去看。他发现她象牙般奶白的脖子很美、很性感，和匀称的肩膀、高突的胸脯配在一起，似乎构成了她全身最耐看、最具吸引力的部分。难怪程国强见了她就跟丢了魂似的。

丹凤眼见他盯视着自己，略含嗔色的眼睛突然间变得无比的柔顺和妩媚，仿佛从里边能扑飞出一幅幅令人销魂的幻景。接着，一朵红晕从她的下颌窜到她的脸上，使她的双颊像施了胭脂似的光彩照人。她抖动了一下嘴唇，好像要张口说些什么，但最终什么也没说。

这时，邱建文已闻到从她身上散发出来的香水味。这味道不浓也不淡，清雅而自然，跟她迷人的姿色调在一起足以让每个男人心神飘荡，一头扎进充满幻想的世界里。他隐隐地感到有一股神秘的、按捺不住的狂潮正在他的内心深处涌动着，好像听到自己的心脏在咚咚咚地乱跳。他吃力地咽下一口唾液，借以缓解一下紧张的情绪，而后低着头心神不宁地朝电梯走去。

他先回到小卖部把碗盏洗好放好，然后去五楼的浴室毛毛腾腾地冲了一把凉。走出浴室后，他一边哼着一首老歌，一边慢悠悠地走下专供饭店职工使用的楼梯。楼梯里弥漫着薄雾般的油烟，因而灯光看上去浑浊浊的。一路上，不知从厨房还是从餐厅，不知从酒吧还是从洗碗间传来玻璃、瓷器的碰撞声，仿佛有人在用古琴演奏着一曲“弦弦掩抑声声思”一般的哀婉幽怨的乐章。

当“古琴”声被喧杂的人声和汽车的喇叭声取代时，他这才发觉自己已走出饭店的后门，行走在外头的大街上。不多时，他来到一个车站，见他要乘坐的公共汽车正好停在那里，便赶紧挤了上去。这时候恰逢人拥车堵的晚高峰，所以汽车开一段路停一会儿，停一会儿再开一段路，好似一条赶不动的老黄牛在挑战人们忍耐的极限。在汽车上站着的乘客，都身贴身地挤成了一团，活像送往屠宰场的牲口。狐臭、口臭、汗臭和脚丫臭，有如一群从粪池里飞出来的苍蝇，戏弄着他的鼻孔，使他因呕逆难熬而不停地发出咕噜咕噜的声音。为了让自己或多或少地忘掉这些难闻的气味，他开始将注意力集中在程国强的身上。他暗自盘算起来：眼下自己的前途就攥在这位科长大人的手里，赶晚不如赶早，明天无论如何得去他家一趟，送上几条好烟和几瓶好酒，再送上一块名牌手表；有道是“舍不得金弹子，打不住银凤凰”，为了拥有一份称心如意的工作，哪怕是倾家竭产、砸锅卖铁也不足为惜……

第二天下班时，晴好的天空突然变得格外的阴沉。一阵又一阵燥热的风驾着或淡或浓的乌云从老派克饭店的屋顶飞驰而过，卷走了从烟囱里冒出来的犹若麻秆扫浪头一般的青烟。西北的天角，不时地亮起枝状的闪电，将聚拢在那里的厚厚的云层划出一道道白晃晃的裂缝。

邱建文刚吃了晚饭就急匆匆地跑到饭店附近的一家商店去购物。这家商店的大门上挂着“宏源百货”的横匾，门面虽然不大，但里头却挤满了顾客。他们有的身贴柜台，朝货架上的商品东张西望；有的伸出胳膊向额头上沁出点点汗珠、手脚忙个不迭的售货员要这要那；有的提着大包小包在柜台间的过道里缓慢地行走着。他在湿热闷人的商店里呆了约莫半个钟头后，从你拥我堵的人群里挤了出来，手里拎着一只装着烟酒和手表的塑料袋。他在大街上像被风推着似地疾走着，生怕头顶上会猛不防地浇下一场大雨。快到一个十字路口时，他在一家杂货店前停住了，拿起柜台上的电话听筒，拨起了号码。

“请问程科长在家吗？”拨通电话后，他文绉绉地问。

“你是哪位？”接电话的是一个女人。

“我是他单位的新职工邱建文。”他镇定地回答说。

“很抱歉，他还没回来。如果你有什么急事，可以到他的办公室去找他。要不，你晚上九点半过后再打个电话过来也行。”女人说。

“那您能不能告诉我您这儿的地址？”他又问。

“这——”女人稍稍犹豫了一下，然后说：“既然你和程科长在一个单位，你直接问他要不就完了，何必舍近取远?”

“那也好，再见!”他说罢，挂上了电话。

付了电话费后，他朝着老派克饭店快步如飞地走去，心里寻思着：看这天色一场雷阵雨马上就要来临，急三火四地赶回家不见得是一个明智的抉择，还不如在饭店里呆一会儿，等雷阵雨过后再回去；况且，程国强这会儿也在饭店里，如果找到了他，就干脆把东西如数奉上。

不一会儿，他来到了程国强办公室的门前。

这时，走廊里没有一个人影，也没有一点动静。大街上车来人往的声音和远处滚来滚去的闷雷，都被关严了的玻璃窗挡在外头。窗外飐动不已的树枝，借着提早点亮的路灯在墙上投下鬼魅般的黑影，使那两幅油画变得阴森可怖。

他忐忑不安地敲了几下门。这听上去十分硬实和清脆的笃笃笃的敲门声，在空荡荡的走廊里播散着，唤起了一阵轻微的共鸣。可那门俨如一块高大的、黑忽忽的石碑一动不动。有些心灰意冷的他，猛然想起那个疯女人提到的“冷盘间”。是啊，程国强这时候会不会在冷盘间和那个“臭婊子”呆在一块，共享鱼水之欢呢? 难道他每天晚上都要……正当他在脑瓜里勾勒出一幅幅男欢女爱的画面时，楼梯下面传来一个女人弱声弱气的说话声，而跟她搭腔的是程国强。他顿时紧张得脖颈发硬、两眼发直，拎着塑料袋的手里渗出一把冷汗。他六神无主地环顾了一下四周，见走廊的北端是一堵光秃秃的墙，那儿的光线比较昏暗，于是急中生智地跑了过去。

没多时，丹凤眼和程国强上了楼。丹凤眼手里拿着一本画报，一边跟程国强丢眉丢眼地说着话，一边贱咧咧地将脑袋往他的肩膀上靠。办公室的门嘎吱一声打开后，又嘎吱一声关上了。走廊里又变得静悄悄的。

邱建文迟疑了一下，然后乍起胆子轻手轻脚地摸到那扇门前。他猫着腰将耳朵贴在锁孔上凝神静气地听了又听，可什么也没听见，正要离开，从锁孔里忽然钻出一阵轻轻的说话声：

“你还没够啊，你找我就是为了这？”

“不为这还为啥？谁让我看上你来着？”

“看上我？谁不知道冷盘间有你的相好？净会用花言巧语来糊弄人！”

“我怎么会糊弄你呢？我糊弄谁也不能糊弄你呀！明说了吧，我心里只装着你一个人。你要不信，就扒开我的心自己看！冷盘间的那个哪能入我程某人的眼？我从来就没有用正眼瞧过她，倒是她老是缠着我不放，我也就不明不白地跟她牵扯上了……嗨，不说这些了。总之，和你这只彩凤相比，她只能算作一只乌鸦，在我的心里边没她站脚的地方。”

“罢了，罢了。一讲你，你就来劲了。你要真的喜欢我，就让她跟我对换一下。我做冷盘间，她做客房。这样一来，我每天的开销可以省去不少。”

“我如果这样做，她肯定一刀把我给砍了。就算不砍我，你在旁人的眼里会变成什么？你就不怕他们在你的背后嚼舌头？”

“这倒也是。但屎急就得挖个坑，你总得想出个办法来吧？”

“办法不是没有，就看你有没有耐心了。”

“什么办法？”

“这我暂时不能告诉你。等我看完了这本画报，照着做一回后再跟你细谈。”

“去你的，脑瓜里净是些乌七八糟的东西！你要做就跟她去做，我可没有这胃口！”

“啃，都把裤子脱到膝盖头了，还装什么贞洁？”

“那你就先把你的办法告诉我。”

“办法可多了，你自己选一个。”

“我不是说这办法，是说你怎样才能把我调到冷盘间。”

“你怎么老是冷盘间，冷盘间的，脑瓜就这么不开窍？你想想，我完全可以把你安排在三楼餐厅，那儿可不比冷盘间差。要是你铁了心要去冷盘间做，我就把你调过去，过些日子再找个由头把她调到三楼餐厅。这样不就完了？”

“真有你的！这下我可有盼头了。要知道我做客房都做得快腻死了！”

“只要是男人，就应该为自己心爱的女人着想，你说对吗？只要你可心，别说这档子事，就是藏在我身上的也可以倒腾出来给你。”

“瞧你，说大话也不怕嘴抽筋，也不怕风闪了你的舌头。谁不知道你是程咬金的斧头，头三下子厉害。等你倒腾完了，你准会变成一条软了吧叽的毛毛虫，我轻轻地咳嗽一下也能把你从树上震下来。”

“是吗？我今天倒要看看到底谁是毛毛虫……”

说话声越来越轻，越来越模糊，最后被不绝如缕的娇声娇气的呻吟所替代。

“真是一对骚头骚货！”邱建文直起腰杆后，喃喃自语道。他扬起右手抹了一把挂在前额上的汗水，而后蹑着脚朝着楼梯口慢慢地走去。

这会儿，外头下起了阵雨，走廊里几乎是一团漆黑，只有街头路灯的灯光挤过了试图阻拦它的树枝，在灰蒙蒙的墙面上洒下斑斑碎银。那雨，先是跟爆豆似的点点滴滴，随后有如飞流直下的瀑布遮天盖地地倾泻下来。

邱建文是既兴奋又沮丧。兴奋的是：他发现了程国强的一个秘密，看来那个疯女人是找错了泄恨出气的时候；沮丧的是：他买的东西眼下一时无法送到程国强的手里，只好拿回家了。

下了楼梯后，他正想找个地方歇一会儿，不经意间发现休息厅的边门半开着，于是干脆走了进去。这会儿厅内的客人并不多，一切都显得很安静。嵌入墙壁的空调唰唰唰地吐出一丝丝适意的凉爽。壁灯和吊灯烘出淡雅柔和的光线，令人感到有点昏昏思睡。玻璃柜台里琳琅满目地摆放着精巧美观的工艺品、包装阔绰的名酒名烟和各式各样的金银首饰，叫人眼不暇接。他在靠角落的一只单人沙发上闲坐了一会儿，等到雨消停之后才离去。

“喂，你手里拿的是什么？”他正要走出饭店的后门，一个五大三粗、目光逼人的门卫从门房里急匆匆地跑出来拦住了他。

“我手里拿什么关你什么事？”邱建文感到有些莫名其妙。

“你小子到底是在充愣装傻，还是真不知道这里的规矩？”门卫脸上的浮肉抖动了一下。

“什么规矩？”邱建文问。

“提着大件儿出门，要凭保卫科的证明。”门卫回答道。

“我刚来，不知道你说的规矩。”邱建文说。

“那就对不住了，你只能把东西暂且留在这儿。”门卫说着，将两条肌肉隆起的、覆着一层粗黑汗毛的胳膊往胸前一叉。

“凭什么？”邱建文直眉瞪眼地看着他。

“没凭什么，就凭这条规矩。你要是没做什么亏心事，就耐下心来等程科长过来处理这事。我这就给他打电话。”门卫闪动着一对恶煞般的眼睛粗声大气地说，下巴底下的胡须像被风吹动的小草一颤一颤的。

“行，你爱怎么的就怎么的。谁怕谁啊？”邱建文说。

他想：自己正为手里的东西犯愁呢！这下可好，竟有人自告奋勇地去通禀程国强，让他过来取。但一转念又觉得这样一来肯定会搅了程国强的美事，送礼的意义不就大打折扣了吗？真是讨个小小的便宜也不那么痛快顺溜，也要让你损失一点什么。

门卫走进门房后，过了好长时间才拨通了程国强的电话。他简短地讲了几句后将电话挂了。

“程科长马上就到。”他转过脸对邱建文说。

“老子行得端，走得正，别拿你那套来吓唬人!”邱建文边说边走进门房，把手里的东西搁在放电话的桌上。“实话告诉你，这袋子里的东西都是我花钱买的，我有发票做凭证。再说了，我刚才进门的时候你为什么不叫住我，向我宣传宣传你的那些个规矩？你这不是在存心为难我吗?”

“你什么时候进门的?”门卫嘴歪鼻斜地问。

“六点差十分的样子。”邱建文回答道。

“嚯，我说呢，我是六点整来换班的。”门卫说，“在我前面当班的是一位老师傅，他可能因下班心切没注意到你。”

邱建文回想起自己进门时匆匆忙忙，而且心事重重，除了看了看自己的手表外啥也没措意。“看来，我只能自认倒霉了!”他边说边从裤兜里掏出几张发票，递给门卫。

门卫接过发票后，漫不经心地溜了一眼，然后将两撮粗眉拧成了两把小小的、圆刃的锨头：“这发票不能说明什么，还是等程科长来了再说吧。”

“你这人也太尿性了吧?”邱建文一把夺过发票说，“难道你怀疑这发票是假的？难道你怀疑我——”

“怀疑你又怎么样？别说话不干不净的！当心我豁了你这张臭嘴，敲了你的门牙!”门卫吊着个凶巴巴的脸摆出一副斗狠的架势。

正当两人你一言我一语地抬杠时，程国强忽腾腾地跑来了。

“这到底是怎么回事？你不是早下班了吗？怎么还不回去?”他冲着邱建文没好气地问，绷得僵如石雕的脸上一对圆睁的杏眼冷锋逼人。

邱建文虽然有一点撩蜂吃蜇、自讨没趣的感觉，但外表却显得十分的镇定，没有露出内心的不悦。他一面将发票放回裤兜，一面殚思竭虑地琢磨着如何回答是好。这时候，他从程国强的身上嗅到了一股熟悉的香水味，于是也不掂人分量地笑着说："您程科长不是也没回去吗？"

"如果我回去了，你惹出的麻烦事谁来管？说话前也不先动动脑子！"程国强连珠脆响地叱呵道，皱巴巴的眼皮不由自主地跳了跳，眉毛跟弯弓似地一张一弛。

邱建文恍觉亮着一副大黄牙的程国强变成了一只随时会扑上来咬人的野兽，于是灵机一动："程科长，我刚来就给您添乱，真不好意思。"他趁门卫没注意给程国强迅速地递了个眼色。"这袋东西我看就暂时留在您那儿，等明天再处理吧！我今晚还有个约会，得马上走。"

"那也好。"程国强耷下眼皮低语道。说实话，他正巴不得早早回到自己的办公室，继续跟那个丹凤眼撩云拨雾，抚风弄雨。他没想到，他方才如鱼得水的爽快劲儿竟然会被眼下这档子破事给搅得枯黄。

三

翌日早晨，邱建文一到饭店就去程国强那儿换衣服。尽管程国强三令五申地对他说，不要老是到他的办公室换衣服，可以将工作服带回去或放在小卖部，但邱建文为了跟这位科长大人套近乎，故意把他的话当作耳旁秋风。

"你怎么又忘了我跟你说过的话？每天上下班都到我这儿换衣服就不嫌麻烦吗？"邱建文刚走进办公室，正戴着老花眼镜看报的程国强用责备的口气说，一双没有神采的眼睛呆滞滞地从镜片的上端翻起。

"对不起，我又忘了。"邱建文笑着说。

"哦，对了，我正想问你昨晚的事呢！"程国强说着，放下手里的报纸，摘下老花眼镜。

邱建文听他这么一讲，赶紧从裤兜里掏出三张已卷在一起的发票递给他。

“这是什么意思?”程国强看了看发票后问。

“实话跟您说吧，我昨天下班后原本打算去您家的，可您的家人在电话里说您要很晚才下班，于是我又回到了饭店。可万万没想到这饭店是进门容易出门难哪！亏得您来得及时，要不然，我准跟那个门卫干起仗来。”邱建文说。

“这是我定的规矩，怨不得门卫。”程国强似看非看地瞅着邱建文脚上的皮鞋。“他这人说话向来糙得很，还喜欢动粗的。要不，我怎么会让他当门卫?”

“程科长可真会用人哪!”邱建文一边换衣服，一边说。“如果我做门卫，或许还不如他尽心尽职呢!”

“你才来，对这儿的情况不了解。”程国强将发票往抽屉里一扔，脸顿然阴沉了下来。“我们店里曾发生过多起失窃，所以我要求门卫把好门。而且，不管是厨房还是采购组，还是底楼的休息厅，在那里做的都必须严格遵守有关的管理程序。少了东西就要追究责任，一查到底。要是查出是谁偷的，轻的通报批评并扣除当月的工资和奖金，重的停职反省三个月并扣掉三个月的工资和奖金。你还记得那个拿我办公室出气的女人吗?”

“当然记得。那天，她就跟抽了风似的瞎胡闹，还骂了不少不堪入耳的脏话粗话，而您却对她那么宽让。搁我，不撕裂她那张嘴才怪呢!”邱建文说。

“没想到你也是个脾性火爆的人。”程国强抬眼看了看邱建文说。“但跟这种女人上弦拧劲不值。再说，我程国强心正不怕影斜，脚正不怕鞋歪，让她支着一张破嘴去骂好了。这世上哪个人不被别人骂?我就不信她还能拔根毛竖面旗，小泥鳅也能翻起大浪来！说句实话，这臭娘们除了小偷小摸、玩横撒泼，啥屁本事也没有!”

“是啊，好酒搅不酸，狗屎再臭也抹不到好人的身上。”邱建文说，“可我想不明白，这儿为什么还留用这种人?”

“这我一时半会也说不清。再说，用不用她，不是我一个人能做得了主的。”程国强说罢，黯然神伤地叹了一口气。

邱建文见这会儿正是脱身的好时机，于是说:“程科长要没别的事，我就去小卖部了，现在他们正忙着呢。”

“好吧，那你就先去吧。别忘了带上你的衣服。”程国强面无表情地说。

“好嘞。”邱建文说完，拿起换下的衣服大步咚咚地走出了办公室。

不出三分钟的时间，他来到了小卖部。他刚跨进门，一个细个儿的女人态度热情地跟他打招呼，温柔的眼睛有如秋阳一般让他感到暖融融的。

这个大家都管她叫“吴妈”的女人是小卖部的头，为人憨直厚道，可就是喜欢在别人的背后说闲话。她干起活来手脚特别的麻利，而且总喜欢马不停蹄似地做了一件活儿接着做第二件，仿佛闲着没活干对她来讲是一种折磨。邱建文放好自己的衣服后，便挽起袖管和她一起洗杯子。两人一面干活，一面东拉西扯地聊起来。

“吴妈在这儿做了很长时间了吧?”邱建文随口一问。

“是啊，都快三十年了。”她清瘦的脸上绽出一丝淡淡的苦笑，眼角的纹路随着笑意的增强变得更深、更紧、更清晰。

“那您一定比程科长来得更早，是不?”邱建文又问。

“你说的是人事保卫科的程国强?”她抬起头，甩了甩覆披在脸庞两边的短发。

“对啊。”邱建文说。

“他呀，来这儿还不满三年呢!”她说，“听说他在局里生活作风有问题，名声不太好，是降了级才上这儿来的。”

“是吗?”邱建文听后不觉一怔。他寻思着:这吴妈看来是个有啥说啥的直性人;也许她快要退休了,也不怕得罪谁,因而言谈随便,无所顾忌;这倒也好,不妨向她打听一下自己想知道的事情。于是,他将嘴巴凑到她的脸旁耳语了几句。

“还有这种事?她长什么样?”吴妈听后,低平的前额涌起几道细细的涟波,淡褐色的眼睛里转瞬间透出几分渴急,两弯稀溜溜的眉毛随着眼睛变圆活跳跳地扬了起来。

“鹅蛋脸,大眼睛,留一头不长不短的头发。”邱建文说。

“个头高不高?皮肤白不白?”她急不可待地追问道。

“个头挺高的,皮肤白净净的,像是一掐——”邱建文说到一半没好意思再往下说。

“一掐就能掐出一汪水来,是不?”她的脸上漾起略带猥亵的笑意,“没想到你也是个爱耍贫嘴的人。快告诉我,她看上去多大岁数?”

“大概三十出头吧。”邱建文想了想后说,“还有,我听程科长讲,这女人只有小偷小摸、玩横撒泼的本事。”

“那就对了。”她听后,兴奋得满脸通红。

“她到底是谁啊?”邱建文问。

“她呀,名叫许兰瑛,原来在三楼厨房做,爱唱绍兴戏。”吴妈述说道,“程国强刚来时曾打过她的主意,但没得手。她那身细皮嫩肉也太惹男人的眼睛了。原本好好的一个人,就是因为贪嘴吃了点厨房里的东西,不但被程国强扣了三个月的工资和奖金,而且还在全店职工大会上作检讨,最后被改派当清洁工。据说,她丈夫为了这事还跟她离了婚,儿子也不认她这个娘了。要是她跟谁似的,在程国强那儿卖弄风骚,顺了他的心,也就不会落到这地步!”

“吃了点厨房里的东西就这么严重?”邱建文觉得有点不可思议。

“可不是咋的?拿程国强的话说,这就是‘盗窃国家生产资料’,

是要上纲上线遭批判的!”她解释道。

“原来是这样。看来,这个程科长的思想还挺那个的。”邱建文说。

“谁说不是呢?”她说,“人常言‘靠山吃山,靠水吃水’,在饭店做哪有不吃不喝点什么的?小小的虱子憋急了也会把被窝给捅个窟窿,何况长着一张大嘴的人呢?再说了,偷吃东西的人有的是。不瞒你说,冷盘间有个程国强的相好,名叫金丽蝴,人们背地里都把她的名字倒念成‘狐狸精’,她可以说是一天三顿都吃公家的。可人家有程国强罩着,你管得了吗?”

邱建文听着,听着,眼圈的肌肉不觉轻轻地抖跳了几下,脸上浮出汗津津的红晕。这时候,他考虑的倒不是别人,而是他自己:一个大男人,还当过兵,可就在短短的几天里,居然变成了一个庸俗不堪的“侃大山”,一个爱打探别人隐私的人。他感到有点迷失了自我,但又觉得身不由己,因为干这种整天伺候他人的活实在是太无聊了,无聊得心里都能长出一把荒草来。

“看来,那个金丽蝴可不简单哪!”他憋不住好奇心继续拉话儿。

“她呀,跟姓程的一样,也不是个善茬。一脸狐媚之相。看到姓程的就跟李师师见了宋徽宗似的,丢眉弄色,摆姿作态。有一回,许兰瑛当着她的面骂她是破鞋,你猜她怎么说?”

邱建文面对吴妈的那双闪烁不定的眼睛,神情惑然地摇了摇头。

“她居然恬不知耻地说:‘我就是喜欢程科长,当他的二房也愿意。难道你吃了大醋想插一腿?’”吴妈绘声绘色地说。“常言说得好,单面锣打不响。如果金丽蝴对程国强落花有意,而程国强对她流水无情,她也不至于没脸没皮到这种程度,人们也不会指着她的脊梁骨说三道四。现在,程国强和金丽蝴的事早已成了公开的秘密。我不知道他程国强心里是怎么想的。兴许他认为既然自己因生活放浪而被贬了官,干脆破罐子破摔,放浪到底了,大不了不干了,另图高就。可我琢磨着,一个五十多岁的糟老头还能指望什么?莫非他神通广大，攀高枝就如攀女人那样驾轻就熟，游刃有余？”

邱建文心平气静地听着，不想再多说什么，因为他突然意识到自己还是个初来乍到的新职工，根基还不稳，就像一棵长在屋顶上的土浅杆细的小草，被风一吹就吹跑了，还是悠着点为好，省得惹别人身上的虱到自己身上去搔。

“有句老话，叫做‘庙小妖风大，池浅王八多’。这小小的饭店里有许多事情你刚来兴许会看不惯，可时间一长也就不觉得奇怪了……”谈兴正高的吴妈继续唠叨着。唠叨了一会儿后，她见邱建文低头不语，便把目光锁定在他的那件工作服上：“对了，有件事我一直想问你呢。”

“什么事？”邱建文抬眼望着她那张荡漾着笑纹的脸。

“你身上的工作服怎么弄得香喷喷的，特别是你来这儿的第一天？”她故意把话说得很轻，听上去就像伺暗的飞蚊在嗡嗡叫。

“这，这叫我从何说起呢？”邱建文觉得她的问题提得怪突然的，心情一下子变得烦躁起来。

“我想，你刚从部队回来，总不会跟——”她两眼一眨不眨地望着邱建文，一丝调皮的笑影游戏于眉目之间。

“跟那位科长大人一样风流，是不？您看我像那号人吗？”邱建文一脸不高兴的样子。他没料到这位对程国强知根知底的吴妈居然会把葫芦牵到了扁豆藤。

“罢了，罢了，不说这。”吴妈见他那副可爱的窘相，连忙打住不多言了。

四

一星期后，邱建文终于如其所愿被安排在三楼餐厅。他刚穿上新领的一套工作服就喜冲冲地来到程国强的办公室，向他致谢，顺便告诉他临时借穿的那件工作服不日就可洗净后璧还与他。程国强叫他先别忙着下餐厅，坐下跟他聊一会儿，说他本来要和严志鹏一起到局里去开会的，可突然感到身子有些不舒服，于是就跟严志鹏请了个假。

这次交谈，虽说不上是倾心深谈，但至少还算谈得投机。程国强先是做出一副有病的样子，说话弱声弱气的，可谈了一会儿后他渐渐变得兴奋起来。他告诉邱建文他自幼就失去了父母，是一个好心人将他收养的——这个好心人后来投身革命，做党的地下工作，但由于叛徒的告密而被敌人抓走了，之后就没有了他的下落。他还告诉邱建文自己小时候曾以报童的身份作掩护，帮这个好心人传递情报，有一回险些被便衣给发现了。坐在沙发上的邱建文，一边听着他绘影绘神的叙述，一边思考着自己接下去该跟他说些什么。待程国强讲完他的故事后，邱建文趁着喜兴的劲头，也东拉西扯、云山雾沼地说开了。什么他所在的通信营的副营长因跟好几个女兵有染而被开除了军籍啦，什么某航空兵部队的一个飞行员因向往腐朽糜烂的资本主义生活试图趁训练之际驾机投敌啦，什么某炮兵部队的一个司务长因贪污公款和生活不检点而被军事法庭判了五年徒刑啦，等等。说得有鼻子有眼的，功夫一点都不在程国强之下。只见程国强恬然惬意地坐在椅子上津津有味地听着，全然不知言者是添油加醋地旁敲侧击地捎带他。

正当程国强听得出神时，一个身穿白大褂的女人，左肩背着一只药箱，右手拿着一个血压计，卷着走廊里的热气走了进来。她乌黑松软的头发垂落在匀称柔美的肩上，一张文静秀气的圆脸上透着有如丹霞一般嫣红的血色，平直的眉毛底下是一双一汪清水似的眼睛，厚厚的嘴唇间露出珠贝一样洁白饱满的牙齿。只消瞧上一眼，就知道她是个温柔敦厚的女人。

“哟，你来啦，快坐，快坐！”程国强热情地对她说。

她没有回话，只是朝程国强淡淡地一笑。或许她考虑到程国强身体不大舒服，想让他安静一点，同时也好让自己集中精神给他看病；或许她见邱建文正在打量着她，感觉有点不自在，不想在生人面前言语。

她给程国强量了量体温，测了测血压，把了把脉，然后从药箱里拿出两盒中成药和一瓶西药："您可能刚染上了风寒，而且血压偏高了一点，但体温正常，并没有什么大碍。这两盒中药是解风寒的，这瓶西药是降血压的。如果服药后还不见好，只能上医院去看了。"

她说罢，带上药箱和血压计一溜风似地走出了办公室。

"她叫梅逸清。'梅花'的'梅'，'飘逸'的'逸'，'清淡'的'清'。"待女人的脚步声宛若一缕看不见的细丝飘散后，程国强和颜悦色地对邱建文说。"我刚才上楼前正好遇到她，只是跟她说我今天头有点晕，一会儿上她那儿去看看，可没想到——"

"梅逸清。"邱建文若有所思地垂下眼帘，磕点着脑袋自言自语地说。"这名字起得好，梅花清淡幽雅，超逸绝俗，'不受尘埃半点侵，竹篱茅舍自甘心'。"

"怎么，你瞧上一眼就相中了她？"程国强睇视着邱建文，流转的目光中含有一丝讥笑。

"哪能啊？"邱建文红着脸说，"我只是说她的名字起得好。"

"可光有好听的名字又不能当饭吃，当衣穿。"程国强的神情倏忽变得有点严肃，好像有什么东西沉甸甸地堆积在他的心头。

"此话怎讲？"邱建文瞪直着两眼，大惑不解地问道。

"实不相瞒，梅大夫今年都三十了。据她自己说，还没找到如意郎君呢！真让人替她着急啊！"程国强说着，怅然若失地蹙起了眉头。"有句老话，叫做'人到三十天到午'。过了三十还不成家，对男人来讲还不打紧，而对女人来讲问题就严重了。"

"她一定是太清高、太挑剔了才耽误了自己的婚嫁之事。"邱建文说。

“也许吧，也许她是箩筐里挑黄瓜，越挑眼越花。”程国强说罢，顺手拿起那瓶西药看了看。“你别小看她是个工农兵大学生，开出的药还真管用，不比从前悬壶济世的老郎中差到哪里去。只可惜这颗沧海遗珠——”

程国强还没把话说完，只见一个女人失魂落魄般地、急拍拍地冲进了办公室。她的头发有点乱，眼圈有点红，白色工作服的前襟因少了两个扣子而敞开着。邱建文定神一看，原来她就是那个喜欢在程国强面前卖弄风情的丹凤眼。

“程科长——”丹凤眼欲语又止，好像受了天大的委屈似地哽咽起来。

“你有话就说呗，何必跟小寡妇哭坟似的嘤嘤戚戚?”程国强从椅子上站起来，一本正经地对她说，边说边偷眼觑了觑她那对被内衣包紧的圆鼓鼓的乳房。

“那个姓许的，我又没招她惹她，方才突然上我那儿找我的晦气。您看，她扯断了我脖子上的项链。”她说着，把拿在手里的金项链给程国强看。“还差点要用螺丝刀捅我呢！幸好我躲得快，要不然——”

“程科长，我得去三楼餐厅了，时间不早了。”邱建文一看这情形，急忙起身欲走。

“着什么急啊？我看，你干脆吃了午饭再去吧。再过半小时食堂就要开饭了。”程国强看了看手表说。“等我处理完她的事，我会给三楼餐厅业务组长秦海龙打个电话。你吃了饭直接去找他，他会给你安排具体工作的。”

“行，那我就先去食堂。您忙您的。”邱建文说。

他一面朝食堂走去，一面心猿难系地想着刚才见到的梅逸清：她身材适中，韵色自然，一副让人一见倾心的好模样，而且这模样中还透着一个成熟女性特有的稳健和矜重。他没想到平时举止轻佻且荡检逾闲的程国强也会有怜香惜玉的时候，为一个很有气质的女人的婚嫁而犯愁。要不是考虑到年龄上的悬殊，他邱建文一定会竭尽全力地去追她，去赢得她的芳心。而那个皓齿明眸、肤如凝脂的丹凤眼，虽然长相很诱人，但太轻薄、太放荡了。这种女人怕是只有像程国强这样的男人才会去碰。

来到食堂后，他见这会儿还没个人影，便找了一个靠窗的座位坐下，将身子伏在一张光趟趟的餐桌上，右脸压着合抱在一起的手臂。此时，食堂里静悄悄的，静得让他觉得仿佛置身于一座荒落的古寺，仿佛能听见自己周身的血液在不停不住地流动着。偶尔从厨房那边飘来菜下油锅时发出的欻拉声，它在衬托出四周宁静的同时，使他感到昏昏沉沉，睡意难却。没多时，他便在半醒半睡的幻渺之乡游荡着，时而走进阡陌交错的田野里，时而落在叫人心迷神移的花林中，时而掀动着嘴唇咕哝着什么，时而抖颤着眼皮显出快醒来的样子，直到喧喧嚷嚷的说话声和踢踢跶跶的脚步声把他从睡梦的边缘拖了回来。这时，他才想到忘了拿碗，于是赶紧起身朝小卖部跑去。

吃过午饭后，他索性将洗好的碗盏放在食堂的一个角落里，然后急匆匆地走出闹哄哄的食堂。这时候，先前让他百感丛生、思绪万千的梅逸清已从他的脑海里隐却了，取代她的是那个还没见过面的秦海龙。这位业务组长会不会跟程国强一样，也是一盏不省油的灯？甚至比程国强更难缠？他边走边心地茫然地猜度着。

到了灯光幽暗的三楼，他看见一个身量矮小的老头端着一只碗慌慌张张地从一扇门里边跑出来，于是迎面走过去问道："请问三楼餐厅在哪里？"

"就在那儿。"老头停下脚步后，拗着脖子对着那扇门仰了仰头。

这会儿，他才看清了老头的脸。这是一张憔悴的、像被刀斧削斫过的脸，灰黄中带有一点倦意，有点外凸的两眼底下耷拉着轮廓清晰的眼袋。

“老张，开电梯喽！”就在老头眯起浑浊无神的眼睛打量着他时，有一男子在走廊里呼唤道。

“来了。”老头急星流火地奔了过去。

“嚯，又弄了不少垃圾菜！”那男子轻声地说。

“要想弄点菜，就得帮餐厅干活。”老头低语道。

邱建文正想回头看他们一眼，忽然听见电梯关门时发出的一阵哐啷声。这声音就像一只滚动的铁轮从他的心头碾过，使他无端生发出一种神秘难言的恐惧。在昏暗的灯光下，他恍恍惚惚地走到那扇门前，将它轻轻地推开，只觉得眼前蓦然变得一亮：橙色的护墙板、奶黄色的落地窗帘、精巧的吊灯、壁灯烘出一种典雅舒适的氛围；几十张大小不等的圆桌上铺着雪白的桌布，上面摆放着光华四射的餐具和色泽鲜亮的菜肴；坐在餐桌旁的有浓妆艳抹、袒胸露肩的女人，也有身着西装革履、气度不凡的男士，他们一边喝酒吃菜，一边兴致勃勃地闲聊着；而那些眉清目秀、仪态端庄的服务员，有的像穿花的蝴蝶绕着柱子转悠着，有的跟一杆杆白旗似地插在过道里。这场面，这气氛，这色调，如同突然打来的一阵浪头卷走了罩在他心头的恐惧。

“喂，你怎么上这儿来了？”

正当他两眼定定地望着这人声嘈杂、烟雾缭绕的餐厅时，身后响起一个熟悉的声音。他赶紧回头一看，原来是那位曾让他红鸾心动的姑娘。

“你能来这儿，我就不能来吗？”他不假思索地说。

姑娘轻轻地哼了一声，而后撅着嘴直往餐厅里走。

这时，他不知从哪里来的胆力，一把拽住了她的左臂：“你先别忙着进去，我还有事想问你呢！”

“什么事？”姑娘圆睁着两只微带嗔色的眼睛问。

他慌忙松了手，怯生生地说：“是这样的，你别误会，我，我被派到三楼餐厅了。”

“你被派到三楼餐厅关我什么事?”姑娘满脸疑色地皱紧着眉头。

“我是想问,不,我是想麻烦你带我去见一个名叫秦海龙的人。”他磕磕巴巴地说。

“不就是找个人吗?我还当是什么大事呢!”姑娘冷冷地说,“少废话,跟着我就是了。”

不一会儿,他俩来到一个位于餐厅一处死角的小房间里。这房间顶多十个平米,里面的东西摆得很乱。天花板上不是长出了藓苔般的霉斑,就是挂着一片片被风吹裂的有点脱离顶面的涂料。一盏布满灰尘的日光灯垂吊在天花板的底下,从灯管里泼洒出冷森森的光线。

“他就是秦海龙。”姑娘指了指一个正在打电话的人说。

“谢了!”邱建文满脸堆笑地说,“要让我找,恐怕找到天黑也摸不到这犄角旮旯儿。”

“哪有像你说的那般难找,又不是寻找仙人隐居的桃花浔。”姑娘说罢,正要走开,不料被邱建文叫住了。“你还有什么事?”她问。

“我该怎么称呼你呢?”邱建文说着,脸上不觉透出两团红晕。

“就叫我王小娟吧。”姑娘用宛如兰花瓣的双手拢了拢乌黑闪亮的头发,两唇间飘过一朵淡淡的羞云。“你叫什么?”

“我叫邱建文。”邱建文扬起眉毛,一字一板地回答道。

见他一副憨态可掬的样子,姑娘咬着嘴唇浅浅地一笑,随后轻风逸云似地走了出去。

王小娟走后,正拿着电话听筒哼儿哈儿、胁肩谄笑的秦海龙向邱建文扬了扬左手,示意他稍等一会儿。于是,邱建文一动不动地站在原地,默默地把这位组长大致端相了一番。

“你就是邱建文?”秦海龙挂上电话后,从椅子上慢慢地站起身。这时,邱建文才发觉他的整个体形简直就像一个竖立起来的石磙子。

“对，我就是。”邱建文回答道，眼睛里反射着从一只秃脑壳上抛来的亮光。

“刚才，程科长在电话里已经跟我详细地介绍了你的情况，看来他对你的印象还不错。我想，他把你派到我这儿是给足了我秦某人面子。”秦海龙说罢，若有所思地挠了挠长着肉刺的脸，而后接着说：“我虽是粗人一个，没什么高深的文化，但在这三楼餐厅里说话可是一个唾沫一个坑，对任何人都如臂使指，从来就没有搓不熟、玩不转的事情。”

“那就请秦师傅多多关照了。”邱建文边说边凑到他的跟前。这会儿，他无意中觉察到：秦海龙前凸的眉骨底下长着一双威严无比的眼睛，它们有如一对锋利的、能把猎物的五脏六腑捻成碎渣的鹰爪。

“关照谈不上，还是先跟你讲讲餐厅里的规矩吧。这规矩要说多也不多，要说少也不少。什么不准偷吃生产资料呀，不准和客人拉拉扯扯呀，不准在当班的时候抽烟、聊天、吃东西或者坐下来歇着呀，不准两眼盯着客人尤其是妇女横看竖看呀，不准吃客人吃剩的垃圾菜呀，不准在客人面前挺腰子、耍威风或者跟他们干架呀，不准事情做个半半拉拉的就一走了之呀等等。”秦海龙一口气说出一大箩规矩，好像不怕它们把自己的嘴皮磨破似的。“可规矩么，毕竟是人给订的，特殊情况还得按特殊情况处理。哪有划一不二的道理？总而言之，我这人说好说话也好说话，说不好说话也不好说话。这一点你时间长了就会明白的。”

“那我具体做什么？”邱建文忽觉秦海龙石磙子般的身躯变成了一堵令人重足而立、不敢正视的大墙。

“做什么？”秦海龙将两条粗大的胳膊交叠在肉鼓鼓的胸前，脑瓜随着身子的稍稍后仰往右一偏，转动着两眼珠子端量了一下邱建文的身板，而后说道：“我看，你身体强壮，是块干重活粗活的好料。要不这样,你先到采购组去领几箱啤酒和水果,然后把堆放在阳台上的脏地毯刷一刷,洗一洗,下午没客人的时候把餐厅的窗玻璃擦一擦,要是还有时间,就给地板上点蜡。你看行不?"

听了秦海龙的这番话,邱建文感到一阵瞢眩,好像从美如彩翡的云端一下子摔到空寂荒凉的沙滩,然后被沉甸甸的沙土给掩埋了。他犯愣似地站立着,眼睛一眨不眨地望着秦海龙。

"怎么,你没听明白?"秦海龙拍了拍他的肩膀,皮笑肉不笑地问。

"不,秦师傅,我听明白了。"邱建文窘迫地说,"可我原本以为在餐厅做是给客人倒茶斟酒,端菜送饭。没想到——"

"你没想到的事情还多着呢! 干了一些日子你就会习惯的。"秦海龙说,"餐厅的活儿远不像你想象的那么简单。你要真想做跑堂,还得拜个师傅从学徒做起,让他教你怎么托银盘,怎么铺桌面,怎么念菜单上的洋文。"

"洋文没问题。"邱建文急赤白脸地说,"我可以向您保证:不出两三天,我就能把菜单上所有的英语背得滚瓜烂熟。不信,到时候您来考我,看我是不是在墩嘴说大话。"

"光会洋文还不行,还得学会托银盘。"秦海龙趁机卖弄起他最拿手的绝活来:"托银盘时,要把好重心,手掌要撑得开、撑得平,这样银盘才能托得住、托得牢。托着银盘朝前走时,步子要迈得稳,不能像鸭子那样一踱一踱的。如果突然遇到挡道的客人,还要能身如游龙般地左躲右闪,要不然,碗里的汤就会晃到自己或客人的身上。总之,托银盘的时候,手脚要稳稳当当,配合默契,全身上下都要协调一致,要做到眼观六路,耳听八方。这里头的学问可多着呢!"

"真没想到这看似简单的跑堂儿还这般讲究!"邱建文说。

"是啊,心急吃不了热豆腐。看你火烧火燎的样子,好像一镐就能刨出一口井似的。"秦海龙说着,把交叠在胸前的手臂放了下来。"你的要求我不是不能考虑,但做事情总得一步一步地慢慢来,不然的话，一切都乱了章程。”

“好吧。”邱建文无奈地说。他想：既然来三楼餐厅是自己的选择，那就顺着风骑顺驴吧；俗话说“人在屋檐下，不得不低头”，自己只能乐也欣然，苦也欣然；不过，这位组长真有点站着说话不腰疼，他布置的那一大堆活儿不压弯一头骆驼也至少能压弯一只骡子。

他照着秦海龙的吩咐一件活接一件活地干起来，直到吃晚饭的时候才喘上一口气。

“今天我怎么没见你来小卖部？”晚饭时，吴妈见他坐在一张靠墙角的餐桌旁吃着闷饭，便端着刚买好的饭菜走到他的跟前。

“我被派到三楼餐厅了。”邱建文气若游丝地说，两眼呆呆地看着新领的搪瓷碗。

“三楼餐厅好哇！垃圾菜满盆满钵的，吃也吃不完哪！每月的开销可以节省不少。”吴妈边说边坐到他的对面，从这个位置几乎可以看到食堂里的一切动静。

“好个瘌子！”邱建文唉声叹气道。

“怎么，一上那儿就碰上了不顺心的事？”吴妈问。

“可不是咋的？”邱建文一边咬着馒头，喝着虾米豆腐汤，一边把吃饭前自己干的那些个苦差事一五一十地告诉了吴妈。

“我刚来的时候不也跟你一样？”吴妈颇有感触地说，“从早到晚地忙个不停，忙到最后连自己在做什么都不知道了。不过，有垃圾菜吃就好，再忙再累也值。”

“可我一听到这仨字就想吐。”邱建文说。

“你这话是什么意思？难道你还没见过垃圾菜？”吴妈拧着眉头望着他，见他面无表情地摇了摇头，便接着说：“我说呢。你要见了，怕是用脸盆也兜不住口水！人哪，就跟爱偷腥的猫一样，哪有见了好吃的不嘴馋的？程国强经常下餐厅不就是为了弄点好吃的，解解馋吗？”

“别人怎么样我管不着，可我才不会贪这种小便宜！”邱建文说。

“贪小便宜？这哪叫贪小便宜？这叫不吃白不吃！”吴妈说完，往嘴里扒拉了两口饭，接着又吃了点菜。“你自个儿睁大眼睛看看，在三楼餐厅做的有几个人上这食堂来买菜？顶多买点饭就是了。我又不是没在那儿做过，现在他们嫌我老了，嫌我丑了才把我支到小卖部去干杂活。”她边说边咀嚼着口中的饭菜，胀鼓鼓的两腮就像装满了气的皮球。“不说别人，就说秦海龙吧，他不但吃还往家里带呢！”

“是吗？他刚才还跟我说餐厅有条规矩：不准吃客人吃剩的菜。”邱建文说。

“他这人就这德行，说一套做一套，阳一套阴一套的。”吴妈说。

“如此看来，您对秦海龙的为人还是挺了解的。”邱建文用探询的口气说。

“是啊，说起秦海龙，没有谁比我更了解他。”吴妈说，“他和程国强，还有那个开电梯的老张头是同乡，关系可好了，就跟拜把子兄弟似的。要不，已过了退休年龄且历史上有疤有疖的秦海龙和老张头怎么还死皮赖脸地呆在饭店里不走呢？”

“他们历史上有疤有疖，这话怎么说？”邱建文问。

吴妈稍稍犹豫了一下，然后轻声地说：“在十年动乱初期，秦海龙靠政治投机当上了‘造反派’的头头。他曾在饭店的地下室私设公堂，逼供和拷打所谓的‘走资派’，要他们承认自己有这样或那样的问题。其中有一个叫窦惠珍的，是这儿的书记。听说她死活不承认扣在自己头上的莫须有的罪名，结果被秦海龙扒了衣服用麻绳捆吊起来。最后，她受不了秦海龙的侮辱和摧残，决心以绝食的方式表示抗议。你猜秦海龙怎么着？”

邱建文摇了摇头。

“秦海龙竟然指使他的副手，也就是那个老张头，把她放倒在地，用三角铁撬开她的嘴，把他俩撒在痰盂里的尿往她的嘴里灌。”吴妈说着，说着，呼吸变得有点急促和梗塞了。

“这种人太恶心了！”邱建文听后，差点把刚吃下去的东西都吐了出来。“这种人早就够枪毙的资格了！”

“是啊，这种人就是死上一千回也不解民愤啊！”吴妈的眼圈腾地一红，眼眶有点湿润了。“听说窦惠珍就是在那天撞墙自杀的。”

“这件事后来是怎么处理的？总不能不打鸣不下蛋地便宜了他们？”邱建文问。

“处理倒是处理了，只是让秦海龙和那个老张头不痛不痒地作了个检讨，撤了他们造反队队长和副队长的职。不过，跟过去相比，他俩现在算是老实多了。”吴妈边说边把一只酱油蛋放在邱建文的一只碗里。“小伙子，多吃点！餐厅可不像小卖部，日班要从上午八点做到晚上九点才能下班哪！你吃这么点东西能撑得住？”

邱建文听她这么一说，忽觉两眼发黏，脑瓜有点晕沉沉的。那只酱油蛋仿佛变成了正在旋转的陀螺，背对着窗户的吴妈仿佛变成了一个怪吓人的黑蒙蒙的影子。下午，整整一个下午，他铆着劲儿甩开膀子大干了一场，终于把秦海龙交给他的差事都干完了。来食堂的路上，他只感觉腰板就像被烙铁烫过一样疼得厉害，两条腿软塌塌轻飘飘的。晚上不知道那位组长会不会再让他做些什么。如果再没命地折腾他，他可真有点戗不住了。

“你怎么了？”吴妈见顶在他眼球上方的眼皮子看上去有点沉，好像被风儿一吹就会掉下来似的，便关切地问。

“没什么。”倦极思睡的邱建文有气无力地说。

就在这时，一个描眉画眼、肤白若霜的女人扭腰摆臀地走进了食堂。她身穿一件桃红色汗衫，脖子上戴着一条项链，项链底下的汗衫领圈像一排卫士守护着包紧在汗衫里面的两座挺拔的乳峰。她韧实且富有弹性的臀部因裹着一条黑色的迷你裙而显得十分的性感，跟套着半透明丝袜的丰满圆实的腿以及脚上闪耀着扎眼光芒的红不棱登的高跟鞋配在一起，着实让男人心荡神迷，难抵诱惑。她走到面食专窗前停住了，捋了捋被头顶上的吊扇吹乱了的鬓发，露出一道窄光的红唇微微翕动了一下。她朝窗里边张望了一会儿后，买了一只小小的椰蓉面包。

“她就是冷盘间的金丽蝴。”吴妈指着她的背影对邱建文说。

邱建文急忙转过身体，侧目细看，不料被恰巧回过脸来的金丽蝴给发现了。

五

邱建文吃过晚饭后，又回到了餐厅。他见王小娟这会儿正在专心致志地铺桌面，于是就走了过去。他刚停下脚步，只见放啤酒和水果的储藏室的门敞开着，门口喧喧腾腾地挤满了人，一缕缕蒸汽不断地从里边飘逸出来。

“他们为什么呆在储藏室的门口?”他问王小娟。

“为什么? 还不是在等垃圾菜?”王小娟笑吟吟地回答道。“你将啤酒和水果搬进储藏室的时候，就没见里头的煤气灶上放着两只大铁锅? 它们就是用来煮垃圾菜的。”

“看来，吴妈讲得没错。”邱建文低声低气地自语道。

“哪个吴妈?”王小娟疑惑地问。

“哦，就是那个管小卖部的吴妈。”邱建文回答说。

“她怎么会跟你讲垃圾菜的事?”王小娟的眉尖轻微地耸动了一下。

“这不，刚才吃饭时她和我同桌，于是就东拉西扯地聊上了。”邱建文解释道。

“你怎么会搭理这种人? 要知道她跟秦海龙可是死对头，是被秦海龙给弄走的。”王小娟说，“要不是她在这儿当过副组长，要不是她跟严志鹏有一点私情，她早就跟谁一样去扫地了。”

“原来是这么回事。”邱建文如梦初醒地说，“可我想不明白这垃圾菜怎么会有如此大的魔力，以至于让那个吴妈也无法割舍一份念想。”

“这还不简单？你想想，干跑堂一个月能挣几个钱？要不是从餐桌上划拉点客人吃剩的东西，攒点备用的钱可就难多了。”王小娟说，“我告诉你，凡是在这餐厅里做的，只要你把饭碗搁在储藏室里，只要你不私藏垃圾菜而是把垃圾菜倒在那两只铁锅里，用餐的时候自然就会分到一份菜。当然，这菜都在煤气灶上重新烧煮过，管保你吃了不会生病。而且，负责煮菜、分菜的还是位老师傅呢！”

邱建文一听这话，心里有一种怪怪的、说不出的滋味。他恍觉王小娟的那张天真可爱的脸转瞬间变成了一块蒙上了一层厚厚灰尘的大理石。

“再说了，秦海龙虽然嘴上老是讲不要吃垃圾菜，但真瞧见你吃也就睁一只眼闭一只眼，权当没看到。我给你透露一个小小的秘密。”王小娟说到这，把原本就很低的嗓音压得更低，低微得简直就像雪子落到地上发出的声音。“在靠近阳台的一个角落里，有一只秦海龙专用的柜子，里面除了他的一些个人用品外，都是大盆大碟的垃圾菜。”

“难怪他吃得膘肥肉满，油光水亮的脸上还长出了肉刺，就连鼻翼两侧的沟儿也吹起了泡泡糖。”邱建文半笑着说。

听他这么一描绘，王小娟顿时前俯后仰地咯咯大笑起来，一边笑一边用手遮捂着嘴：“没想到，你这人还真会逗，没让你去当相声演员真是太委屈你了！”

“嗳，你这话就烧着我了，我可不敢当。”邱建文见她笑得那么开心，不觉将两眼眯成了月牙儿。他一面继续跟她聊着，一面注视着她铺好的桌面：碗、筷、碟子、调羹、茶杯等都摆放得整整齐齐，间隔有度。看来，这几桌是专门给吃中餐的团体游客准备的。

“好了，我得去吃饭了。”王小娟在每张餐桌上都放上一盒餐巾纸后，转身朝储藏室走去。

这时候，邱建文蓦地想起了一件事，于是急忙说：“请等一下。”

王小娟应声停住了脚步，回过脸看着他那副叫人费解的表情。

“你，你能不能——”邱建文讷讷地说。

“能不能什么？”王小娟瞪圆着两眼问。

“能不能把英语菜单找来让我看看？”邱建文说。

“看那玩意儿干吗？”王小娟拧起两弯娥眉说，“秦海龙又没让你招待外宾，你何必操这份心？”

“秦海龙是没让我招待外宾，可我这会儿正闲着。”邱建文说。

王小娟踟蹰了一下，继而撒腿飞快地跑到一个倚墙而立的、漂亮精致的玻璃橱前。这橱的上半部，除了背面是一块方方正正的镜子外，正面和左右两面都是用玻璃做的，里边陈列着各种各样的名酒。由于那块镜子的反射作用，酒瓶似乎显得更鲜亮、更弥眼。橱的下半部是带两扇板门的木制的柜子，板门的把手酷似两条小小的、竖立起来的龙舟。她打开一扇板门后，毛手毛脚地从柜子里拿出一本套着蓝色塑料封皮的菜单，随后关上门飞快地跑回到邱建文的面前：“给，看完了别忘了放回原处！”

“行。”邱建文接过菜单后，开怀地一笑。

他没有马上打开菜单，而是边望着王小娟的背影边回想着方才她奔去奔来的样子。她奔得那么轻盈敏捷，就像一只振翅疾飞的燕子，就像一团在空中逸驰的薄雾。他真想把这只燕子抓在手里，轻轻地抚摩它的羽翅和绒毛，吻一下它那张可爱的小嘴；真想把自己变成一束灼热的阳光，去拦截那团逸驰的薄雾，并将它化作晶莹剔透的水珠……

就在他想得跑神的时候，秦海龙不知从什么地方冷不防地冒了出来。他像一只巨大的、来势威猛的雪球，朝着邱建文慢慢地滚过来，而且越滚越大。

“你手里的菜单哪来的？”雪球终于滚到了邱建文的面前。

“是我，我这就——”慌了神的邱建文上齿蹭着下齿，吭吭哧哧的不知说什么才好。

“把它给我！”秦海龙跟一匹犯倔的烈马似的，脖梗儿一抻，咴儿咴儿地叫着。“刚来就想一步登天，臭美的你！真是驹子乍行嫌路窄了！”

邱建文垂下眼皮不回腔，任凭他数落，心里边在暗暗地嘀咕：不就是想趁空学点英语吗？难道这也有错？他抖抖颤颤地伸出拿着菜单的手：“秦师傅，是我不对。下回——”

“下回再让我瞧见你这副不知天高地厚的德行，你就甭想干跑堂儿！”秦海龙一把夺过菜单往左腋下一塞。“真是刘姥姥进大观园，看什么都新鲜！”

“您说得对，我这人眼皮子浅，没见过什么大世面，就是图个新鲜。”邱建文怯云挂腮地说。

“我让你干的那些个活儿都干完啦？”秦海龙转悠着两眼珠子问。

“报告首长，我已完成任务！”或许是在部队养成的习惯在这特定的场合突然变成了高强度的条件反射，或许是因一时的窘急而产生了某种需要及时解脱的冲动，邱建文顺着自己的感觉一溜嘴，粗声大气地回答道。

“少跟我油腔滑调的！看来，你的手脚够麻利的，比我那把刮脸的刀还快！晚上你就给我站在餐厅里，看看别人是怎么做跑堂的。”秦海龙说罢，又像一只雪球似的，朝放菜单的玻璃橱慢慢地滚去。

望着他的背影，邱建文不禁解颜而笑。他想：既然秦海龙这么说，那就表明秦海龙至少还没有因刚才发生的事而拒绝他提的要求；

不过，自己得处处小心才是，不能再把这位性情古怪的组长给惹毛了，不然的话，他准会纳一双不跟脚的鞋给他邱建文穿。

没过几分钟，餐厅正门外面的走廊里响起呀呀嘈嘈的说话声。先是两个金发碧眼的洋人走进了餐厅，接着进来的是一群嘴里咕哝着粤语的华侨，带队的手里拿着一面印有某家旅行社标志的浅蓝色的三角旗。待这些人都入座后，一个相貌俊俏的男服务员提着一只茶壶不慌不忙地走到一张小圆桌旁，问那两位洋人要不要喝点茶，洋人摇了摇头，于是他转身走到方才王小娟铺好的那几张大圆桌边，给正在谈笑的华侨客人倒茶。倒完茶后，他把茶壶往附近的一只碗柜上一搁，随即朝厨房走去。

洋人默默不语地坐着，时不时将焦躁的目光投向正在喝茶的华侨和通往厨房的那扇门。那男的，嘴边长着一圈毛茬茬的胡须，好似掩拂着一口枯井的密匝匝的乱草；那女的，留着一头篦得笔直的长发，领口开得很低的汗衫遮不住两只半裸的乳房。邱建文不由己地盯视着她，把餐厅的规矩抛到了九霄云外。正当他看得昏昏眩眩、欲拒还迎时，那个男服务员托着银盘慢悠悠地从厨房里走了出来。他把第一道菜端上了华侨的餐桌。

洋人似乎等不及了。那男的跟那女的埋头嘀咕了几句，然后直起腰向邱建文招了招手。邱建文心神不定地走了过去。

“没想到你们中国人也搞种族歧视！”他两片干瘪的嘴唇一紧一松地碰擦着，发出一连串很不和谐的、刺耳的音节，嘴边的胡须像是被峭劲的风吹得东歪西倒。

邱建文没听懂从他的嘴里呼喇呼喇地冒出来的英语，于是耐心地问：“对不起，先生，您能不能有话慢慢地说？”

“我没想到在中国也有种族歧视！”他慢声慢调地又说了一遍，右手的食指弹了弹快咬到嘴里的几根唇须，样子看上去酷似在驱赶一只苍蝇。

这时,秦海龙像一辆赶来灭火的消防车,咯吱咯吱地走到了洋人的面前。

“这位是不是你们的头?”洋人疾言厉色地问邱建文,两只红扑扑的耳朵忽扇着。

“是的。”邱建文说罢,胆怯地望着秦海龙的脸。

“我抗议!”洋人对着秦海龙大声地嚷道,眍陷的眼睛里迸射出凶顽犀利的光芒,使人见之而震悚。“我们明明比这群中国猪早来,他们凭什么先吃?”他说完,猛地从椅子上站起来,将铁锤般的右拳砸向小圆桌的桌面。

周围正在用餐的顾客顿时惊得目瞪口呆,面面相觑。

“你脖子上长的是脑瓜还是尿壶?谁让你招呼客人了?”秦海龙两条淡淡的眉毛跟洒了白粉的百脚虫似地扭动着,两只鼓凸的眼睛俨如燃烧的炭火,烫得邱建文的面孔热辣辣的。

“这事可不能怨我。洋人朝我招手,我总不能不搭理他们吧?”邱建文慌忙解释道。

“一说你,你还挑理呢!我现在可没时间跟你费唾沫!”秦海龙气哼哼地说,“真是瞎子乱磨刀!放屁的工夫就惹出乱子来了!”

秦海龙的话,就像一根根钢针扎在邱建文的心头。他忽觉眼前一黑,啥也看不见了。等到恢复视力时,他发现那对洋人已经离去,而秦海龙这辆消防车正拖着餐厅里叮叮当当的声音消逝在薄雾般的烟幔之中。

“真是好事盼不来,坏事躲不过。”如同被寒霜打蔫的他窃窃地低语道。

下了班后,身心俱疲的他没有去洗澡,也没有马上离开饭店,而是神差般地一步一步地朝着饭店的顶层走去。一路上,推不开、甩不掉的失意、羞辱、憋屈、茫然……就跟成群的、嗡嗡乱飞的蚊虫一般围困着他,胡须眉花一乍一乍的洋人和青面獠牙似的秦海龙有如摆弄于魔法师手中的两张纸牌，交替地映现在他的脑海里。他忽然感到自己的呼吸变得有点放恣，感到胸膛里的心在突突突地剧烈地跳动着，仿佛随时都会从胸膛里蹦出来。

来到顶层后，他发现离自己不远的地方有一个露天的、宽阔的平台，于是迎着一股扑面而来的清爽怡人的凉风走了过去。平台的一侧有几只高大的、黑漆漆的烟囱，它们恍若狰狞怪异的岩石兀立着，叫人不敢举目正视。他背对着这些烟囱彳亍着，直到被横在他面前的护栏挡住了。他将两只冷冰冰的手按在护栏上向下望去，见缠绕夜色的枝叶在阵阵晚风中飘拂着，大街上的灯光像一缕缕无孔不入的、天鹅绒般的烟雾从它们晃动的醉意中挤过。这风，宛如一只看不见的柔软的衣袖，擦干了他脸上的泪水。远处电梯开动时发出的低颤、沉闷的声音，好似采用切分音的催眠曲，将他抛进了一个无形的摇篮里。他轻轻地合上沉涩的眼皮，仰起头向高悬的茫茫苍穹默默地祈祷着，祈求它垂怜于他，给他指出一条摆脱逆境的途径……

可恰在这时，他听见身后有人在说话，顿即吓得直觉一股凉气从脚心往头顶上窜。他睁开两眼，转过身子循声望去，见在一只烟囱旁有一个人影。这人影时而跟一截木头似地戳在那儿，时而像念咒驱邪的神婆手舞足蹈，时而有如一个醉汉哩溜歪斜地、颓然欲倒地移动着。他乍着胆子轻手轻脚地走了过去，心想：这该不会是自己的幻觉吧？当他快要走到那人影的跟前时，只见对准他的是一张煞白的面孔和一对幻映着点点星光的凄然失神的眼睛。

“你是人还是鬼啊？”邱建文问。

“是人不是鬼，是鬼不是人；是人还是鬼，是鬼还是人。既然你这个不人不鬼的东西来了，咱也就用不着捂着嘴唱戏，姑奶奶今儿就跟你痛痛快快地来一段‘人鬼情’。”那人影说完，放肆地大笑起来，一边大笑一边从地上捡起一根木棍朝邱建文劈头盖脑地打来。

“你认错人了吧？”邱建文躲过木棍后，气呼呼地说。

“没认错。就是扒了你的皮，抽了你的筋，我也认得出你这个人模鬼样的东西。你不就是喜欢我这身肉吗？今儿我姑奶奶就陪着你玩上一把，看谁把谁玩趴下了！”她边说边解开衣服的纽扣。

邱建文当即一怔神儿。就在这瞬间，她像一头发了情的母狮，乍猛的扑上前把他按倒在地上，嘴里反反复复地唱着：“天上掉下个林妹妹，似一朵轻云刚出岫。”如堕烟海的他，还没弄清楚是怎么回事，就觉得自己已变成了一只刨了皮的莲藕……

六

在三楼餐厅做的人其实都知道，专横独断且很要面子的秦海龙向来眼睛里揉不进半粒沙子，只要他一遇到不顺心的事就髭毛儿，而且，他在气头上时，绝容不得别人跟他顶半句嘴——尽管在不少场合他心里或许很清楚别人并没有做错什么。

除了脾气乖戾外，这人根性里还深埋着一种虐待人的癖好。在十年动乱期间，这种癖好得到了充分的施展和满足。动乱过后，他开始洗心革面、改弦易辙，再加上会巴结和钻营，于是上头非但没有追究他在动乱时期的表现，反而让他当上了三楼餐厅的业务组长。有人说他“装一佛，像一佛”，是棵“随风倒的墙头草”，也有人说“别看他现在收敛起锋芒装老实，骨子里他还是他”。

他最忌讳的两字是“退休”，因为退休对他来讲意味着他将失去支配他人的权力和他享有的荣誉。说实话，他历来把荣誉既看成是权力的衍生物，又看成是加固权力底座的胶结剂，因而对之是延颈企踵，汲汲如也。不了解内情的人始终揣摩不透他究竟使的是什么神招，能让自己每年都被评为局里的先进工作者。为了持守这份“荣誉”，他每天硬着头皮从早上六点做到晚上十点。可毕竟年纪大了，做起事来就跟老牛拉破车般的磨磨叽叽，像是有意在饭店打发光阴似的。

“看来,秦海龙眼下还不打算让你干跑堂儿。”一天吃晚饭的时候,王小娟端着一碗只洒了一点葱花的面条坐到邱建文的身边,轻启着嘴唇悲声怜气地说。

“是啊,矮檐底下出头难哪!”邱建文咬着手里的馒头应答着。

“要不,你让程国强替你说说情,也许他能帮上你。我见他跟你打照面时总是满脸堆笑,问长问短的。”王小娟吧唧着嘴吃了几口面条后说。

“依我看,程国强也不见得能焐热秦海龙这块冷石头。”邱建文苦笑道,“让他去做秦海龙的工作还不是泥佛劝土佛?”

“那你就准备天天耗下去而没别的打算?”王小娟耸了耸眉毛问。

“我除了知足不辱、能忍自安外,还能有什么打算?”邱建文说罢,拿起碗喝了一口汤,而后看了看王小娟的那碗面。“快吃吧,不然面条都坨了。”

“坨就坨了呗,反正都是吃到肚子里。”王小娟说。

看着她呼噜呼噜地吃了一会儿面条后,邱建文突然问:“哎,你今天是怎么了? 怎么光吃面条不吃菜?”

“我今天胃不舒服,”王小娟解释道,“所以只能吃些软和的东西。”

“怕是垃圾菜吃得太多了吧?”邱建文挤了挤眉头,似笑非笑地说。“我劝你还是悠着点,别学那些宁做撑死汉、不做饿死鬼的人。”

“去你的! 没想到你不但不同情人,反而贫嘴滑舌地挖苦人!”王小娟生气地说。

“跟你开个玩笑,至于吗?”邱建文见她气歪了嘴,急忙改口道。“行了,就算我放屁拉臊什么都没说。”

“你呀,要有这耍贫的闲工夫,还不如多琢磨琢磨你自个儿的事情。”王小娟明亮的眸子里飘出一缕掺着忧虑和不安的柔情。

“我的事？我的事我才不当回事呢！”邱建文坦然地说，“有道是‘山高自有客行路，水深自有渡船人’。”

王小娟没听明白，于是问：“你这话是什么意思？什么山高水深的？”

“我的意思是：别看我邱建文现在的处境不怎么的，但山再高，我也能爬上去，水再深，我也能渡过去。”邱建文说罢，浮光不定的眼睛里逸出一丝诡秘的笑影。

“嗬，怎么一转脸你就变得那么乐观，好像太阳一下子从厚厚的云层里跑了出来。”王小娟瞪大着两眼望着他。“莫非你早已有了什么算计，故意在我面前不显不露地装傻充愣？”

“我就是一笨头拙脑的苦力，哪有什么算计？”邱建文的心忽然变成了缠上破絮的绞盘，一种犹豫不决的神色在他的眼里打着转。

“你肯定有什么心思瞒着我。”王小娟似乎从他的眼神里猜出了什么。“如果不方便说，我也不勉强你。”

一听这话，邱建文恍惚看见有一只花瓶在他的面前摇摇欲坠，于是赶紧说：“在你王小娟的面前我还有什么不能说的？在这饭店里还有谁比咱俩处得更铁？不过，在我把话端出来之前，你得向我保证决不把我跟你讲的告诉第三者。”

“行，”王小娟说，“我保证决不向旁人透露只言片语。”

“事情是这样的：前天我在报上看到一条新闻，说今年的高考报名工作即将启动。我倒很想去试一试。”邱建文把嘴凑到她的耳旁说。

“对呀，与其求人还不如求己。你的英语那么棒，不去试一下真是太可惜了！”邱建文的话一下子把王小娟给捅亮了。

“这两天我一直在琢磨着，”邱建文继续说，“我邱建文站着不比人矮，躺着不比人短，为什么就不能放手一搏？今年不行，明年再来，明年不行，后年再来。哪怕是一条道上走到黑，我也要走到底。再说，经历了十年动乱之后，现在的国家正急需培养一批人才呢！"

"看来，你上大学是志在必得。常言道：'人有善意，天必从之。'但愿你能成功！"王小娟说着，脸上不觉流露出一丝不悦。说心里话，她早已把邱建文当作自己的意中人了。要不是害怕秦海龙的脸上会不好看，她或许早就主动跟他好上了。

邱建文见王小娟像突然兜上了什么心事似的低头不语地吃着面条，便趁此机会将她细看了一遍：她的脸颊是那样的粉润艳红，就像挂在树上的鲜桃；她薄薄的嘴唇上边有一层细细的茸毛，暗示着她的成熟；她光溜溜的脖子上长着一颗小小的黑痣，使水莲花般的皮肤显得更白更嫩；她鬓角上的几根发丝被风儿轻轻地吹起，使人联想到婆娑起舞的娇柳。他早就觉得自己跟这位姑娘挺投契、挺般配的，甚至还在睡梦里亲过她、抱过她，但眼下自己必须果断地放弃一切跟情爱相关的追求，一门心思地复习迎考。

几天后，他把一大堆书买回家，开始如饥似渴、废寝忘食地看起来，一边看一边做着笔记和习题。

"你怎么整天不识闲儿地读书？读了派什么用场？"一个星期日的下午，父亲用疑惑的目光打量着笃学不倦的儿子。

"准备考大学呗！"正坐在书桌前整理笔记的邱建文头也不抬地回答道。

"考大学？你在饭店干不是挺好的，为什么要考大学？"父亲的脸突然笼上了阴冷的寒气。

"常言道：'人争一口气，佛争一炷香。'饭店里干的净是些受气的差使，我不想再屈居人下，不想把自己宝贵的青春耗在这么一个平平庸庸的地方。"邱建文说。

"平平庸庸？我和你妈不也是在服务行业工作的吗？我在澡堂做，你妈在理发店做。难道我们俩也平平庸庸，在虚度自己的一生？"父亲面露愠色地说。

“我不是这个意思。我是想说，如今已是改革开放的时代了，像我这样的年轻人过去就是想读书也读不好，现在再不好好学习，那就太对不住自己了，也对不住养育自己的父母。”

“你瞧这孩子，嘴上还没长几根毛，讲起道理来是一套又一套的。”父亲对老伴说，“不过，我记得有这么一句话，说上了大学人就会变，变得‘一年土，二年洋，三年不认爹和娘’。”

“这话是过去鼓吹‘读书无用’论的人用来贬低大学生的，其实，他们真正要贬低的不是大学生，而是科学知识。难道您也相信这个?”邱建文心平气和地说。他心里明白：父亲不愿看到他丢了饭店这只铁饭碗，这只铁饭碗毕竟是他在部队里苦苦熬了三年才换来的。

“反正这事我不能同意!”父亲的态度变得强硬起来。“你睁大眼睛看看，和你一起回来的退伍军人里有几个人能进大饭店工作？你可不要身在福中不知福，喝着奶水还嫌淡。”

邱建文没有再回腔，而是将目光投向窗外的一只白鸽。这只白鸽正站在一根晾衣服的竹竿上瞪圆着眼睛凝视着他，好像在召唤他跟它一起飞向蓝天，飞向自己想去的地方。

“孩子想念大学就让他念呗。俗话说：‘书中自有黄金屋，书中自有颜如玉。’”母亲一边说着，一边踩着缝纫机补衣服，“再说，咱家就建文一个孩子，他要能有出息，咱做父母的脸上不也光彩?”

过了一个半月，邱建文不顾父亲的反对，参加了当年的高考。当他拿到本地一所外国语学院的录取通知书时，一种无法按捺的兴奋与喜悦荡漾在他的心头，弥漫到他的全身，流露于他的眉目之间。每当他想到即将展现在自己面前的是一个崭新的世界——在这个世界里只有烂漫的理想、执著的追求和清纯宁静的欢乐——，他就觉得自己是这世上最幸福的人，就觉得内心无比的充实，就觉得浑身上下有使不完的劲儿。

可就在他沉醉于甜美之中的那几天里，饭店里到处流传着许兰瑛服毒自杀的消息。据说,她在服毒前操着一把从厨房偷来的菜刀,对着正在浴室里洗澡的金丽蝴连砍了数刀,金丽蝴头部、颈部、胸部多处受伤,当场倒在血泊中一命呜呼,随后,她又冲出浴室去砍梅逸清和那个丹凤眼,两人都不同程度地受了点伤,等警察接到报警赶到饭店时,她已将事先准备好的一大瓶消毒液全吞进了肚子——虽然她被立即送往附近的医院抢救,但因中毒太深而命赴黄泉了。

许兰瑛的死,对邱建文产生了很大的震撼。他想,假如自己继续吊在老派克饭店这棵树上,也许要不了多久,许兰瑛的悲剧也会在他的身上重演。

办理离店手续的那天,他跟来报到的那天一样,很早就从家里出来了。一走进饭店的后门,便瞧见有几个人站在一张刚贴出来的公告前交头接耳地谈论着。

“你看,这上面写着许兰瑛是‘持刀行凶,畏罪自杀’。可我总觉得这事没那么简单。”

“许兰瑛就是一疯子,行凶、自杀不是没这种可能。”

“那她为什么只对仨女人行凶?况且这仨女人都跟那个谁牵扯不清?”

“可不是么,据说那个谁昨晚在宴会厅摆了一桌好酒好菜,特地为来饭店办案的人饯行呢!”

邱建文没兴致去看那张公告。他想:这世上有许多事情并不是普通人能看明白的,即使看明白了也无法改变现状,因为法律只是以客观事实为依据,而不是以事实背后的隐情为依据。

上午,他先在三楼餐厅干了一些杂活,然后来到小卖部跟吴妈告别。

“我早就听说你考上了大学,本以为你再也不会来小卖部见我了。”吴妈笑着说。

“看您说的,好像我邱建文是个薄情寡义的人。”邱建文说,“我可一直念着您对我的那点好。”

“是吗？那你以后就常给我写写信，谈谈你在大学的生活。说实话，我本想把自己的女儿许配给你，现在看来只有等她也考上大学再说了。”吴妈紧紧地握住他的手，“俗话说：‘水浅不是泊船处。’你的选择是对的。这饭店可不是像你这样有远大抱负的年轻人呆的地方。”

和吴妈聊了一会儿后，邱建文又回到了三楼餐厅。他见王小娟正在整理碗柜上的东西，便走上前跟她道别。王小娟话语不多，一副怅然若失的样子。

“你等一下。”她突然想起了什么，飞快地跑进紧挨着储藏室的更衣室，出来时，手里捧着一本装帧精美的日记本。她心情沉重地走到邱建文的跟前：“给，留个纪念吧。”

邱建文接过日记本后打开一看，见洁白照人的扉页上工工整整地写着：“祝邱建文学有所成，前途无量！王小娟赠”，最后的几页则密密麻麻地写着英汉对照的菜单，字迹也是端端正正的，仿佛是用刀一笔一划雕刻出来的。他情不自禁地把嘴唇贴在日记本上，深情地吻了一下，眼睛里闪烁着感激的泪花。他想对她说一声“谢谢”，但不知怎么回事，只是抖动了一下嘴唇。

这时，王小娟的脸上渐渐地绽出柔美的笑容，这笑容就像盛开的花朵一般溢光流彩。她腼腆地垂下眼帘，将两只手的手指缠绕在一起，不停地相互揉捏着。看着她那张红润的脸，看着她那双纤巧的手，邱建文不觉被一种难以描绘的情绪所控制，脑瓜里像是有一团理不清、扯不断的乱麻。他望了一眼王小娟身后的空阔而又冷漠的背景，觉得像王小娟这样的姑娘不应该成为这餐厅里的一件摆设，她应该跟他一样，去寻找自己青春的梦想。

王小娟呆立了片时后，慢慢地抬起弥漫着泪光的两眼看着邱建文。她发现他正默默地端详着自己，含蓄而略带稚气的眼神里蛰藏着一股炽热奔放的激情。邱建文则从她荡漾着柔情的眸子里隐隐约约地看到了她对他的眷慕，也看到了她对美好未来的向往。然而，此时此刻两人都跟石柱似的，无言以对地站着，仿佛任何言语都是多余的。当王小娟转身飘飘忽忽地走开时，邱建文的脑海里浮现出《灰晕》中的一段话："我凄凉地上了一个人的旅程，忧伤使我的心成为沉重的。我到远远的地方停下了我的脚。我不想牵念人也不愿意为人所牵念。像深秋里落下来的叶子，只有自己记得自己的辛苦……"

午饭后，他来到人事保卫科，碰巧，秦海龙也在那里。待他办理完手续后，程国强和秦海龙笑容满面地跟他说这说那的，好像最近饭店里什么事情都没有发生过。他终于醒悟了：饭店里死掉个把人，对他们来讲，就好比丢了一两件餐具；而像他这样来去匆匆的人，就跟刚飞来就飞走的苍蝇差不多。

"好小子，考上大学就拍拍屁股一走了之啦？也不表示一点喜兴？这未免太抠门儿了吧？"秦海龙不遮不盖地说，堆满肥肉的脸上好似涂了一层冰激凌，又甜又凉的。

"真是人走时气马走膘啊！没想到像我们这样的饭店里也能出状元，这还得感谢改革开放的大好形势啊！上了大学后，别忘了有空常来这儿坐坐，一来叙叙旧聊慰别情，二来散散心，缓解缓解学习上的压力。要是不嫌弃的话，还可以穿上我的那件工作服下餐厅去溜溜腿。将来做了大官，可别把我们给小瞧了，把我们给忘了！"程国强感慨万端、情意绸缪地说。

邱建文一声不吭地站在一旁，他发现：在程国强布满笑纹的脸上，一双熠熠溜转的眼睛里忽闪着一个老于世故的人特有的狡黠。

简介：

这篇小说以一家老饭店为背景，用浓淡相宜的笔墨刻画了退伍军人邱建文、人事保卫科科长程国强、三楼餐厅业务组长秦海龙、餐厅女服务员王小娟、小卖部的吴妈、医务室的梅逸清、做客房的"丹凤眼”、冷盘间的金丽蝴、清洁工许兰瑛和门卫等众多的人物形象。

整个故事基本上是以邱建文的视角来过滤的，从他进饭店开始一直到他离开饭店结束。他的所见所闻构成了作品的叙事线索和框架。

在阅读他的这段特殊的人生经历时，我们可以看到他与各种人打交道的方式，体验到他的失意与困惑、理想与追求以及他对爱情懵懵懂懂的向往。他所承受的来自外部世界的压力，不论是肉体上的还是心理上的，似乎足以将他变成一个异类——或是一台由他人操控的生物机器，或是一个人格遭到肢解的精神上的流亡者。

此外，在小说的人物体系中，邱建文作为核心人物，在艺术逻辑上同其他人物保持着或紧或松、或近或远的关系，形成了一个类似辐射状的、带有“共振”特点的结构。而世态的炎凉、人情的冷暖、生存的煎迫、诱惑的缠扰等都借助这个结构呈现在我们的面前。

红河边的花魂

一

1966年5月26日的深夜，天上疏星历落，月影淡洁。坐落在新湾镇以北的探照灯兵第四团的团部还亮着灯光，团长肖斌在自己的办公室的窗前伫立着。他拧着两撇乌黑浓密的宽眉注视着窗外的动静，夹着烟卷的右手酷似一把小小的蒲扇忽上忽下地摆动着，一会儿支到皱巴巴的嘴边，一会儿落到身体的右侧。他时而半眯着眼吸上一口烟，然后吐出几溜如棉的轻雾，时而用食指掸剔着烟灰。墙上的挂钟悠然不迫地滴答滴答地走着。它浑如一只饱餐后的猫头鹰，对眼底下的一切都兴味索然，只有这屋子的主人不时地向它投以关切的目光。

被零乱的思绪缠络着的肖斌，全然没意识到自己把烟灰掸剔在溜光明净的大理石地板上，直到烟卷燎到了他的手指。这会儿，他才急匆匆地走到自己的那张宽大结实的办公桌旁，把还带着一小截烟灰的烟蒂丢进一只烟灰缸里，然后顺手从桌上拿起一只红蓝铅笔。他正要转身看挂在墙上的地图，门口响起一个熟悉的声音：

“报告！”

“请进！”他紧锁的双眉渐渐舒展开来，好似两片随风舞动的树叶。

这清亮而又简短的对话，顿时打破了屋内的寂静，使原本有些沉闷的气氛一下子变得活跃起来，使墙上的那只瞧上去有点呆头呆脑的“猫头鹰”也闪烁起机灵的眼睛，顾盼神飞。

一个身板结实、衣冠整洁的军官步履生风地走进了肖斌的办公室。他颧骨微耸，两眼灼灼有神，眉宇透出一股勃勃英气。

“方亚文！”肖斌撂下拿在手里的铅笔，大步流星地迎上前，握住他的手：“瞧你，终于来了！”

“团长，您这么晚找我，准有什么紧急任务吧？”方亚文迫不及待地问，略显瘦削的脸庞像熟了的高粱穗子，在亮黑的深处滤出一晕晕红润的光泽。

肖斌没有立刻回答。他迈着沉重的步子回到办公桌旁，捡起那支紧挨着烟灰缸的铅笔，随后将身子转向墙上的地图；五颜六色的背景烘托出他矮小敦实的身材。他在地图前沉思了片刻后，慢慢地弯下腰，在中国南部边境的下方圈上了一个小小的红色记号。

方亚文笔杆条直地站着，两眼珠子瞪得圆圆的。他心里忽然一亮：“去越南？”

“对！”肖斌直起腰杆，摆过身子对着方亚文，两眼放射出威烈烈的光芒。那脱口而出的“对”字，语气硬朗而低沉，就像一块从悬崖上坠落到山谷里的千钧巨石。“最近，美军出动大批飞机对越南北方狂轰滥炸，使印度支那战争继续升级，严重威胁到中国和其他地区的安全。因此，团党委根据上级首长的指示，经过一而再、再而三的讨论，最后决定让你们一营开赴越南，和越南人民并肩战斗，狠狠打击侵略者。”

“这回可碰上老对手了，真是不是冤家不聚头啊！您还别说，这几天我们一营上上下下都在私底下议论着抗美援越的事。我想，无风不起浪，肯定是上头有人走漏了风声。现在上级首长把去越南的任务派给我们一营，这是瞧得起我方亚文，信得过我方亚文。我一定坚决完成任务！”方亚文按捺不住内心的激奋，三步并两步地走到肖斌的跟前，一挂小炮似地大声说道。“说实话，自打抗美援朝战争结束后，我心里一直憋得发慌，两只手早就痒痒了。我记得在哪本书里读到过这样一句话：‘战争是锤锻军人钢铁意志的砧子，不打仗的军人就跟一头纸糊的狮子没什么两样。’”

“你看你，一说起打仗就来劲了，好像忘记了打仗是在刀刃上添血，是在枪林弹雨中玩命。”肖斌说，“难道你真的好了伤疤忘了痛，捡了喜鹊蛋忘了毒蛇窝？”

“哪能啊？不就是再赌一回命嘛！要知道，我是个早就摸过阎王爷大门门闩的人。这回，我倒想一头把这扇大门给撞开了，跑进去参观参观呢！”方亚文将身子微微往前一倾，风趣地说。

“行，我承认你不怕死，承认你身上有那么一点英雄主义的味道。”肖斌说，“可一遇到个人问题，你为什么总是跟一只病猫似的，连尾巴也竖不起来？”

“个人问题是个人问题，打仗是打仗，一码归一码。”方亚文笑道，“我认为，作为一个军人，应该把打仗看作第一要务，至于儿女情长之类的事——”

“好了，好了，你就别在我面前丢一大堆美妙动听的说辞了。”肖斌说罢，调皮地眨了眨眼。“什么时候你身上的那杆枪也能派上用场，亮一亮你的英雄主义气概就好了。你看你自己，都三十又五了，岁不我与啊！我这个当团长的总不能眼睁睁地看着你打着光棍过一辈子？我看这样吧，就看在我让你去越南的份上，看在我让你再去赌一把命的份上，你必须答应我一个条件。”

“什么条件？”方亚文悄急地问。

“回国后把你的婚姻问题给解决了。”肖斌脆快了当地说。

“这——”方亚文一时不知道该怎么回答才好。

“怎么？我给你一回脸面，你就不能给我一回脸面？”肖斌的神情变得严肃起来。

“那好吧。”方亚文犹豫了一会儿后，言不由衷地说。

“这才像个人样！”肖斌咧开大嘴笑道。他把方亚文上上下下地打量了一遍，接着，将左手握成一个铁锤般的拳头，用力地砸在他的肩膀上：“你小子说话得算话，到时候可别当食言岳翁啊！”

“没想到您——咳，不说了。”方亚文脸上的肌肉松弛了一下后凝住了，他将目光转向肖斌身后的地图。

“没想到什么？”肖斌目不转睛地瞅着他。“别以为我不知道你肚子里有几条蛔虫。你这人我只消随意一瞥，就知道你想打什么主意，想说什么话。你无非是在心里骂我，骂我那个啥——”

“骂您狗拿耗子多管闲事，还骂您皇上不急太监急。这下您满意了吧？”方亚文笑着说，“行了，别捕风捉影了，还是谈正事吧！”

“你这鬼小子，说话的口气比炮筒子还粗，好像你是团长似的！”肖斌边说边瞪了他一眼。“什么时候你找对象也这么高调就好了。”

两人搞笑般地说了一阵后，将脑瓜凑到了那张地图前。

“这就是你们一营的位置——安沛。”肖斌用铅笔指着方才圈上的红色记号说，“它是一座重要的城市，也是一处战略要地。你们的任务是在这座城市的外围设防，配合北越高炮部队守卫它的领空。由于兵力有限，你们的任务是相当艰巨的。”

“请团长放心，天底下再大的困难也难不倒我们一营啊！”方亚文自信地说，“在过去的战争岁月里，我们一营就像一块铁板，打起仗来从不含糊，从不掉链子，可以说个个都是英勇无比、赴险如夷，打得敌人是丢盔弃甲、闻风丧胆。前几年，全军搞大比武，我们多次获得军区首长的嘉奖。记得有一回师长拿着嘉奖令对我说，将来如果有仗打，就先把我们一营拉上去。”

方亚文话音刚落，墙上的挂钟敲响了十二点。肖斌仰起脸看了看钟面上的时针，然后稍稍眯缝起粘着些许困意的两眼：“但愿你不会给我丢脸，但愿你们能发扬过去的优良传统，交出一份令上级首长满意的答卷。我肖斌就等着给你摆庆功宴，等着给你们全营的指战员接风洗尘！”

“行，我们一定交出一份令首长满意的答卷。”方亚文昂着头说，“如果完不成任务，我方亚文提头来见您。”他说完顿了一下，然后问道：“那这几天我们该做些什么？”

“你们明天可以开一个动员大会，让战士们表表决心，你也可以向他们宣传宣传过去一营的光荣历史，鼓鼓他们的士气。争取能在后天拂晓出发，先到河口，然后沿着一号公路直插安沛防区。”肖斌说，“不过，用探照灯对付美军的新式武器可不是件容易的事，千万不能有麻痹轻敌的思想。”

“团长，敌人有新式武器，这不假，但我们有战无不胜的毛泽东思想。我想，只要我们充分发挥人在战争中的主观能动性，创造并抓住有利的战机，趋利避害，就一定能克敌制胜！”方亚文两脚生根似地一动不动。“我记得拿破仑曾经说过，不是武器或人数给军队带来了力量，而是将士的勇敢。他说：‘在战争中，精神对物质的比重是三比一。’我还记得从前古埃及法老图特摩斯曾以骁勇善战的军队击败了数倍于自己的装备精良的叙利亚叛军。”

“你看你，又扯远了不是？什么拿破仑，什么古埃及法老，这些人怎能和我们的伟大领袖毛主席相提并论？就拿拿破仑来说吧，不可一世的他还不是在滑铁卢遭到了灭顶之灾？你呀，脑袋瓜子里净装着些封资修的货色，得好好洗一洗喽！”肖斌说。

“那我就收回刚才说的话，改成：有了毛泽东思想这一威力无比的‘精神原子弹’，我们小米加步枪都能打败飞机加坦克的国民党军队，也一定能打败武装到牙齿的美国鬼子……”

“行了，行了，一说你，就又犯劲儿了。”肖斌微笑着说，“我看，你还是把这劲儿攒着，去打美国鬼子，打完后娶妻生子。”

他说完，渐渐收敛起笑容，两眼定定地望着方亚文的脸。他觉得在这张像是用黑檀木做成的肃穆、刚毅的脸里面藏着数不尽的辛酸的甚至是惊天地泣鬼神的故事，觉得刚才方亚文的那番高亢激昂的话语虽带有一点政治口号的味道，但却犹如一排排看不见的浪头撞击着自己的心扉。

是啊，自己也是军人，也打过仗，然而，十六年的和平生活多多少少磨掉了些他身上的勇气和锐气。尽管他的团跟别的兄弟部队一样，常常搞比武训练和实弹演习，自己身上的担子挺重的，压力挺大的，但比起惊心吊魄、腥风血雨的战争年代，这只能算是“过家家”一般的小打小闹。战争延续了一种古老的职业，创造了军人存在的价值。可现在的他，总感到自己缺少年轻气盛的时候曾拥有过的东西，总感到自己有些愧对军人这么一个响亮的称号。

“好吧，时间不早了，你也该回去休息了。”他打了个哈欠后对方亚文说，“这几天可有你忙活的了。如果有什么需要我们团部帮助解决的，尽管告诉我一声。我一定尽力满足你的要求。”

“团长，您也该休息了。我已看出，您面临的压力一点都不比我轻啊。”方亚文说罢，唰地一个敬礼，而后身轻腿捷地、犹如一阵风似地走了出去。

肖斌怀着复杂的心情走到窗前，目送着方亚文。他望着方亚文渐渐远去的背影——这背影就像一只海鸥在灰蒙蒙的夜幕上划出一道疏放奔逸的曲线——，心里隐隐地一痛。是啊，从方亚文刚才的眼神里，他看到了这位东北壮汉坚不可摧的人格力量，但同时也看到了他极其软弱的一面。军人应该是一块用战火炼成的钢板，但军人终究不是不食人间烟火的化外之人，也有自己的七情六欲。可方亚文的人格似乎在被战争锤炼的同时，也被战争活生生地给扭曲了。自从抗美援朝战争结束后，他一直在有意无意地回避自己的婚姻问题，一直生活于在常人看来有些难以理解的狭小的个人空间里。两年前，他做团长的见他已过而立之年还光棍一条，于心不忍，便打算把师长的千金陈竹韵介绍给他。这位正值摽梅之年的姑娘,不但名字听上去秀气——会叫人联想到苍翠欲滴的嫩竹——,而且出落得也十分的标致,可以说是芙蓉出水般清灵灵的。她在某文工团当话剧演员,据说是个吹拉弹唱样样都会的多才多艺的人。可没料到,他刚提起这门亲事就被方亚文撅了回来:"你是带兵打仗的团长,还是说合婚姻的媒婆?啥时候成了乱点鸳鸯谱的乔太守?别像三岁的孩子揪胡子,没事找事!"真是保媒没保成,反惹一身不自在。不过,现在回想起来,觉得这也没什么不好,要不,眼下自己怎敢随随便便地把师长的乘龙佳婿送到越南去打仗呢?况且,婚姻这事讲究的是缘分,强拧的瓜甜不了。可不管怎么样,他倒是希望方亚文回国后能兑现自己的承诺,娶妻生子,过正常人的生活。他不忍心看到他客死在异国他乡……

就在肖斌沉浸在纷乱的、飘忽不定的思绪中的时候,墙上的挂钟又冷不丁地响了起来。他转过身子,抬起头望了它一眼,忽觉在这万籁俱静的时辰,它越走越快,越走越执著,仿佛耐不住漫长的寂寞,翘首企盼着天亮似的。

二

南方毕竟是南方,初夏的气候就使人感到有些燠热,而且越往南越溽暑蒸人。每天,当疏星残月带着令人眷恋的凉意隐没在天河中时,出岫的朝阳便驾着火一般的热浪匆匆而来。

军车的车轮在不停地转动着,好似一台台放映机把一幅幅伴有空明悠远的天籁之音的美景推至窗前:细波如鳞的湖面上白帆点点,犹若在空中荡悠的风筝;翠生生的蕉叶临风摇曳,发出一阵阵策策的响声;亮闪闪的清水在弯弯曲曲的山涧流淌着,奏出一支令人神往的乐曲;窜枝拔节的绿竹抖着浓郁的青纱,像一群风姿俊美、神态飘逸的少女在翩翩起舞。

坐在吉普车里的方亚文神情端庄，默然无语，被汗水润泽的脸膛仿佛涂了一层釉彩，映射出瓷一样的光华。他似乎沉浸在大自然的微妙与和谐之中，沉浸在梦一般美好的世界里。从树叶间筛下来的点点亮斑，时不时在他的身上闪跳着。

“如果人类没有战争，也没有相互间的敌意和仇恨，就跟这窗外的景色一样和洽完美，那该有多好！”他暗自感叹道。他觉得这大自然实在是太神了，就如同一部了不起的、壮观的杰作展现在人类的面前。它的设计是那样的宏伟、卓越和奇特，好像是在有意让人去领略它的神圣、它的永恒和它的不可抗拒。它的定律就刻在飞驰的星辰上、绵亘的山脉上和沉睡的沙漠上。它的生命就浮泛在天空的蔚蓝中，隐匿在草木的绿色内，荡漾在虫鸟的歌吟里。但遗憾的是，有多少人能从它的博大精深中感悟到自身的渺小和愚昧呢？又有多少人能听到它极富有抑扬顿挫感的和谐之音，看到它井然有序的布局和演化呢？他记起一位文人说过的话，觉得这话既富有哲理又充满了诗意：“自然！她环绕着我们，把我们揽在她的怀里。她带着我们不停地飞快地跳舞，直到体力不支的我们倒在她的怀抱之中安然睡去……”想着，想着，他渐觉两眼变得有点模糊了，脑海里的大自然变成了一个忽淡忽浓的人影。这人影先是带着他飞快地旋转着，带着他穿行于幽明两界之间，而后将他拽到冰冷的记忆深处：

1950 年，内外交困的美国政府悍然发动了侵朝战争，党中央向全国人民发出了“抗美援朝，保家卫国”的号召。当时，正在长春的一家电机厂做钳工的方亚文，和那个年代的许多年轻人一样，满怀一腔热血报名参军，准备奔赴抗美援朝的战场。然而，他怎么也没有想到：他的这一举动引发了一场不大不小的风波。首先，和他在同一家工厂工作的未婚妻孙晓芸一时无法接受他径自做出的决定。忧虑和恐惧爬满了她那张淳朴善良的脸，阳光在她清澄的眸子里萎蔫成萧索悲凉的暮色。接着是她的父母以解除婚约为要挟苦苦相逼，说什么他们宁可被人批评为“思想落后”，甚至扛上“破坏征兵工作”的罪名，也不愿眼睁睁地瞅着自己未来的女婿往火坑里跳。处在人生十字路口的方亚文，一下子陷入了进退两难的境地。他曾唏嘘饮泪，也曾惶惑徘徊，因为他不愿意因参加了志愿军而失去从小跟他青梅竹马的孙晓芸。每当他想起孙晓芸用她那双冻得发紫的手替他搓洗又厚又脏的工作服、工作裤，想起她一针一线地给他编织毛衣，想起她为准备嫁妆而精打细算、省吃俭用，他的心就像被蜂针螫了似的，又疼又麻的。然而，一想到新中国还在摇篮里美帝就把战火烧到了鸭绿江畔，烧到了祖国的北大门，他就义愤填膺，就觉得作为一个有觉悟的青年，他应该将自己的命运同祖国的命运牢牢地系在一起，应该让自己的脉搏和祖国的心脏一起跳动，应该义无反顾地响应党的号召，奔向抗击侵略者的战场。复杂而矛盾的情绪，虽然像一条条韧丝般的绳子捆住了他，但他最终还是割断了它们，从它们的破絮堆里站了起来。在他苦口婆心、剖腹亮胆的劝导下，孙晓芸渐渐理解了他，支持了他。可她的父母却仍然固执己见，甚至扬言要和“不孝之女”断绝关系。于是，他俩跪倒在这两位长辈的跟前，乞求他们的谅解，说若得不到谅解就一直不吃不喝不睡地跪下去。没想到这一招还真管用。“人心都是肉长的。做小辈的再怎么样，当长辈的也不可能吃了秤砣铁了心吧?”事后，方亚文对孙晓芸说。“是啊，如果他们铁了心要棒打我们这对鸳鸯，我们就远走高飞。”孙晓芸说。

方亚文到了朝鲜后不久，在一次阻击敌人的战斗中腹部受了重伤，经战地急救大队及时、奋力的抢救总算脱离了危险。当他从漫长的昏迷中苏醒过来时，他发现有一朵白云在他的眼前飘动着，里面兜着一个似曾见过的身躯。他起初以为这是自己的幻觉，是粘在眼皮底下的梦的残片，但很快意识到裹在白云里的不是别人，正是自己朝思暮想的孙晓芸!

“你一准认不出我了吧?”孙晓芸转过脸,对着他微笑道。

这张脸,虽然因劳累而显得有些憔悴,但分明是从冰天雪地里钻出来的一轮红艳艳的太阳,亮堂堂、暖洋洋的,是栖息在逢春的枯木上啼叫的喜鹊,兴冲冲、乐融融的,是暴晴之后随风飘来的绵绵细雨,甜丝丝、润滋滋的。

原来,就在方亚文离开孙晓芸的第二天,孙晓芸背着她的父母偷偷地参加了志愿军,不久便当上了战地急救大队的护理员。她万万没想到自己能在朝鲜战场上跟未婚夫邂逅相遇。

由于方亚文伤势较重,需送至后方医院继续治疗养伤,他和孙晓芸只好再次挥泪惜别。临别前,孙晓芸送给他一张照片,照片上是一位女志愿军战士:她和蔼文静的目光里蛰伏着流金铄石般的刚毅,纤秀端庄的脸颊上挂着灿烂的微笑——这微笑仿佛能融化珠穆朗玛峰上千年不化的厚冰。她瘦了,眼窝和腮帮明显地陷了下去,可她变得干练和成熟了。才短短的几个月,她就脱胎换骨似地改变了自己!才寥寥数天的重聚,却浓缩了他和她一生中的幸福!

回国后,方亚文曾多次给孙晓芸写信,但始终没有她的音信,他的心情开始逐渐变得兀臬不宁起来。时光的流转,有如乱点在琴键上的手指,将浮躁的音符注入他生命的节律;大夫、护士、护理员来来回回的走动,好似深秋原野上被风刮得窸窸窣窣的落叶,不住不歇地闹着他的心;而那铭刻在他记忆深处的呼啸的飞弹和熊熊的烈焰,则像是要掏他的肠,挖他的肚。在这被心理的透镜放大的听觉与视觉中,一个无法驱赶的阴影悄然而降,而且牢牢地盘踞在他的心头。没多久,事实应验了他的预感:孙晓芸牺牲了!她在救护一名伤员时,不幸被敌机扔下的炸弹击中。

孙晓芸的死,如同揭地而起的疾风吹零了他的心,使他怆没在无边的追忆和凄哀之中。她留给他的,难道只是照片上那似在非在的倩影?难道只是像肥皂泡一样飘来飘去,然后突然破灭的五彩缤纷?

难道只是“腹中如汤灌，肝肠寸寸断”的悲伤和永无终结的孤寂？他开始诅咒命运，诅咒自己，诅咒那片血火交迸的焦土，也诅咒悬在他头顶上的幽邈而孱弱的苍穹。他觉得自己突然间变成了一簇漂泊的浮萍，被颓丧的浪潮一会儿带到这儿，一会儿带到那儿。他恨不得托身疆场，钻进孙晓芸的骸骨堆里不再出来。

想到这，方亚文只觉鼻子一酸，热泪如奔涌的泉水夺眶而出。他从心底里感谢肖斌给了他一个复仇的机会，有了这个机会，他可以让深埋在胸腔内的悲愤像火山一样爆发出来。他更感谢肖斌给了他一个赴死归神的机会，让他能永朝永夕地摆脱追思的痛苦和孤独的煎熬。

三

车队沿着蜿蜒曲折的山路向前推进。疯野的车轮犹如一只只倔驴般的鼓风机，将被骄阳烤干的泥土卷到半空。一时间浮尘蔽日，沙霾漫天，远看好像有一条巨大的蟒蛇在歇斯底里地折腾着，试图把整个世界拖到天翻地覆的动乱之中。

当一辆辆灰头土脸的军车驶入通往河口的柏油公路时，嚣张一时的滚滚沙尘转眼间变成了力不能漂鸿毛的冲风之末，落寞而无奈地望着渐渐远去的绿色长龙。此时，从车上看到的是挎篮背篓的村民、驮重慢行的牛车和路边迎风摇曳的树丛。

方亚文眼皮低垂，哈欠连天。连续好几天的长途颠簸使他感到浑身倦乏，昏昏欲睡。最终，他实在抵挡不住越来越浓重的困意，将脑瓜歪向靠车窗的右肩，一下又一下地磕点着。不一会儿，他打起了酣畅匀溜的呼噜，仿佛这一睡纵然风吹雨淋，甚至山崩地裂，也难以把他唤醒。西沉的太阳不时地将它恬静而温煦的光线从窗洞外斜射进来，照在他红通通的脸上，在他那张半开的、两角微微下弯的嘴上勾出一丝剽悍。

转瞬之间，夕阳已躲到远处山巅的背后。蜕了一层金黄色的密密层层的橡树、楠树和椰树变得有点幽暗肃寂，有点清冷苍凉。在这幽寂苍冷的氛围中，车队在河口镇的一块空地上慢慢地、井然有序地停了下来——这块空地是当地民兵练习射击的靶场，因此，偶尔可以在地上发现一些带着泥土的子弹壳。饥饿且疲惫的官兵稀稀拉拉地从车上跳将下来，嘴里叽里呱啦的，有如一群暮归的老鸦聒噪不休。那摇来晃去的草绿色，远远地望去就像随风轻扬的树叶，很快和飘飘忽忽的茫茫林烟融为一体。

在离空地不远的西南方向有一个小小的绿树掩映的洼地，里边密密连连地长着各种繁茂的野草。方亚文命令部队趁天还没擦黑先到洼地去割草，割好草后将草铺在军车的车顶上用带网的绳索勒紧扎牢；这样，第二天烈日当空时，既可以降低车厢内的温度，又可以不让敌人的侦察机发现我军的行踪。

二连长颜青山割了一阵草后，突然感到有些内急，于是悄悄地溜到洼地南边的一块突兀怪异的巨石后面。这巨石的高度是他个头的两倍，宽度至少三丈，浑似一头灰忽忽的、躯体庞然的大象。他面对巨石直挺挺地站着，正要解手，忽听身后响起一阵“啪——啪——啪”的敲打声，像是冲着他的后脑勺劈砍似的。他赶紧扭过脸，幽深的瞳孔里扑闪出一丝戒惧。他循声望去，见离自己不到百米的地方有一个用齐崭崭的岩石围起来的潭子，潭子里的水被牵愁的习习晚风揉搓成碎银般的波纹，里面不时露出黄昏的天空特有的娴静和寂寞。他发现：潭边的一棵大树底下蹲着一个女人，她的右手正一上一下地挥舞着一根棒槌，捶打着石板上的衣服，浓黑的短发披覆在被太阳晒黑的面孔的两边。颜青山解完手后，目眙不禁地看着她。看着，看着，他渐渐觉得这女人有点像自己的媳妇王二燕：饱满的脸盘、圆实的肩膀、肉感而又不失强劲的胳膊，尤其是那对胀鼓鼓中透出几分粗犷的乳房——它们随着右臂的一举一落海涛般地起伏着。

颜青山的老家在重庆的北郊，家门口也有一个不大不小的水潭。在炎风酷日的盛夏，王二燕每天都要挑上两只大木桶到水潭边打水，然后用这水浇灌自留地里的蔬菜。可那水太混浊了，不能洗衣服，更不能喝。若要洗衣服或弄些喝的水，就得跑到半里以外的村口，那儿有一口很大的井。自打去年春节探家归队后，颜青山已有一年多没见王二燕了，因此，常被一种难熬的、焦虑的情绪纠缠着。他在部队的时候，家里的活儿大多由王二燕一人来打理。她不但要做家务、干农活，而且还要照看三岁的儿子，伺候好患腰肌劳损的公公和有风湿性关节炎的婆婆，真可谓"健妇持户门，亦胜一丈夫"。可眼下家乡正拉帮结派闹武斗，打枪放炮动真格的。王二燕无奈之下只好狠了狠心，撇下公婆，带着儿子奔在北京工作的二哥去了。在去北京之前，她给颜青山写了一封信，信中说：这事不能怨她，因为她不忍心眼睁睁地看着颜家的独苗被这突如其来的动乱给糟蹋了；她原本打算带着公婆一起去北京，可他俩死活也不愿离开老祖宗留下的那几栋房子，说什么"一方水土一方人"，自己的家乡终究是自己的家乡。可颜青山收到这封信后，心里总觉得有点不踏实。是啊，王二燕啥都好，做事有板有眼，从不撒汤漏水的，可就是脾气太倔，有时甚至倔到乖张暴戾的地步。她压根儿看不惯"满脑袋高粱花子加封建"的婆婆常为了一点鸡毛蒜皮的小事争斤论两的，说她是"吃饱了饭除了找刺儿啥本事也没有"。若气急了，便大发其飙地抡起扁担冲着坛坛罐罐猛砸一通，然后拽着儿子回娘家住上一程子。这回，颜青山想，没准又是为了哪档子端不上桌面的事情犯犟来横的了，找了个由头撂下公婆不管了。可话又说回来了，王二燕虽然脾性火暴，但只是个"刀子嘴豆腐心"。她虽然跟人使起性子来就像冰雹一样往下砸，砸得你叫爹叫娘的，可事情一过情绪也就渐渐地恢复了平静，而且待人和气时就像一股送暖的春风，吹得你醉陶陶的。而现在最叫他担心的，倒不是王二燕和三岁的儿子，而是自己的父母。不知王二燕走后他们的日子是怎么过的。

蹲在潭边捶打衣服的女人，对大旱望云霓的颜青山来讲，着实是一种诱惑，一种带有野味的诱惑，一种掺着陌生感的诱惑，一种夹杂着探险色彩的诱惑。他两眼兀楞楞地盯着她，心头突然觉得好像有一匹野马在撒蹄狂奔。他感到咽干舌胀，感到全身火烧火燎般的灼热，仿佛蕴积在他身上的能量如同被点着的汽油燃烧了起来，感到有一股难以控制的力量正试图将理性从他的头脑中排挤出去。

然而，由这诱惑生成的毕竟是白日梦一般的重重幻象，这些幻象只能暂时收容一颗孤独迷茫的心，而无法彻底排遣它的浮躁与冲动。它们如栖留在雪山顶上的几抹瑰丽的晚霞，在让你感到温馨和眷恋的同时，也让你为它们的斯须即逝而惋惜。它们似虚卧于干亢沙漠里的海市蜃楼，叫你可望而不可即，可遇而不可求。

颜青山恍惚看见陡立在自己身后的那块巨石正被吐着火星的钻子啃噬着，恍惚看见有一只巨大无比的手正摽着劲儿跟他拧过来拧过去的——他往这边使劲儿，它就往那边使劲儿，他往那边使劲儿，它就往这边使劲儿。他真弄不明白，比他大七岁的方亚文是靠什么魔法维系着心无所归的单身生活，硬撑着一张革命的、清教徒式的脸皮。莫非他是想当清心寡欲、超凡脱俗的圣人？不，这似乎不可能，这绝对不可能！因为即便是圣人，甚至是历史上有名的隐士幽客也有眠花宿柳、荡检逾闲的时候。他曾当着方亚文的面讥笑他，说他骨子里根本算不上什么男人，连男人的一星半点气味也没有。可现在这会儿他又觉得方亚文比自己强，强不知多少倍。是啊，不管怎么说，方亚文在这种场合是绝不会像他这般迷失自我的……

他终于醒悟了，但同时又感到自己被生生地挤压到一个小小的世界里，感到好像丢失了什么。他怀着焦躁不安的心情一步一移地走到水潭边，然后猴下身去，一个劲儿地把水潭里的水往燎火似的脸脖子上抹——就像拧开了快要承受不住压力的锅炉的气阀。他一遍又一遍地重复着这看似有些无聊但却使他越来越清醒的动作，直到不知从哪里扑面打来一阵笑浪。他定眼一看，见那女人正挎着盛满衣服的竹篮，迈着从容舒缓的步子朝南面的一个小小的村寨走去。当她渐渐地消失于朦朦胧胧的背景之中时，他不自觉地抓了一把长在潭边的开着黄色小花的酢浆草。他将酢浆草掐成一截儿一截儿的，随后将它们扔进潭水里。凌凌乱乱的碎黄碎绿借着方向不定的风力，载着他的愁绪与浩叹，开始向四面八方荡漾开来。

四

一营的官兵匆匆用了晚餐后又继续赶路。当车队越过国境线时，紫苍苍的大地在黯淡的夜色中显得格外幽沉凝重。远处的山尖崖顶，像一群龇牙咧嘴的怪兽，吞咬着缓缓移动的浮云。布满夜空的繁星，好似阎罗王手下的妖魔，眨着萤火般的眼睛，摆出叫人发憷的阵势。一弦钩状的弯月，有如一条被打断脊梁骨的丧家犬，蔫不唧地蜷缩着，在一溜淡云的背后似隐似现，欲藏还露。

“我看，打完了仗，这探照灯也该退役了。”

“是啊，都啥年代了还供着这些个破玩意儿！你看看人家美国佬，他们不但有B－52远程战略轰炸机，还有子母弹、中子弹、钢珠弹、‘响尾蛇’导弹。我们的探照灯怕是不堪一击啊！”

“你这不是在长敌人的志气，灭自己的威风吗？”

“话可不能这样讲，这叫做‘实事求是’！”

“不过，要我说，这年头该供的还得供着，不该供的，即便供着也会被人砸个稀巴烂。”

“你这话是什么意思？”

“我是说我老家祠堂里供着的列祖列宗的画像和信佛的人家供

着的观音菩萨都叫红卫兵给一锅端了。”

“这些都是四旧,应该彻底扫除。封资修的东西你不刨个坑将它埋了,它就会慢慢地毒害你的心灵,让你丧失革命意志。”

二连122站的几个战士闲着没事,在缓缓前行的灯车里你一言我一语地谈论着。坐在驾驶室里的颜青山似乎啥也没听见。他嘟噜着瘦长的马脸,紧锁着两道黑漆漆的粗眉,撅起收拢成蕾铃状的嘴唇,怅怅不悦地回想着刚才方亚文批评自己的情景:

“你这小子跑哪儿去了?还没打仗就想开小差不成?撒尿拉屎也用不着这么长时间!如果玩命的那会儿你也这样,看我不把你的脑瓜拧下来当球踢!才当了几天的连长就不知道自己一日吃几碗米饭了!”积攒在方亚文心头的怒气,就像一团火忽忽如狂地从他的喉咙里喷出来。

是啊,自己连一声招呼都不打就擅自跑开了,方亚文哪能不乍毛起刺?他这番扎肺管子的话听起来简直就跟恶狠狠的诅咒差不多。然而,在他愠怒的眼神里仿佛深埋着一种飘忽不定但又难以掩饰的东西,这东西按照自身的规律生成着,聚积着,冲荡着,直到遇上宣泄的机会。想到这,颜青山深锁的眉头渐渐地舒展了开来,鼓起的嘴唇也渐渐变得松弛,裸露出几颗烟迹灰黄的门牙。

车队在一号公路上行驶了约莫两个半小时。路面的状况变得越来越糟糕:被炸弹炸成的一个个大小不等的窟窿,有如诡异莫测的陷阱,断断续续地出现在车子的前面;掀起的泥土和石块散落在路面上,有的堆得像一座座小小的荒凉的坟冢。车轮随时有可能被弹片划破或陷进弹坑里。在这施暴后的一片狼藉中,似乎可以窥见野性和迷狂的幽影,窥见主宰人类的一种黑暗的力量和由这种力量所创造的病态的残忍。

午夜时分,一列军用火车在红河对岸的铁道线上由北向南开去,从车头的烟囱里冒出来的蒸汽宛若一笼迎风飘扬的纱帐裹罩着一溜黑黢黢的车皮。车头的灯光照亮了藏在夜色中的田野。滚动的车轮在长蛇般的铁轨上尽情地碾压着，发出有节奏的、令人心烦意乱的“咚轧轧咚轧轧”的声响。沉睡的地面开始不停地抖颤起来。在这周而复始的“咚轧轧咚轧轧”的节律中，忽然隐隐约约地可以听到发动机的嗡嗡声，好像有一群饥渴难熬的蚊子正在拼死拼活地寻找可以充饥解渴的血汁。

“有情况，停车!”方亚文一听到这嗡嗡声就断定它是敌人的轰炸机发出的声音，于是飞快地从吉普车上跳将下来，命令各连各站作好隐蔽，准备战斗。

四架B-52远程战略轰炸机顺着苍白的月光——这月光还是刚从缕缕云丝的缠绕中钻出来的——，排成了一路纵队，一架紧跟着一架由高而低地向铁道线俯冲下来，边俯冲边投下几颗带降落伞的照明弹，把大地照得如同白昼般通明。

“他奶奶的!”隐蔽在公路一侧的颜青山，活像一头看到猎物的金钱豹，两眼放射出闪电似的光芒，全身上下的肌肉都打成了硬疙瘩。

由于他把头抬得过高，原来紧贴在斜坡上的身子不由自主地向下滑了一大截，两脚掌刚好踩着一棵被弹片削去了枝条的、光秃秃的树。他扭过脸，见那棵树的顶端有一个叉状的口子，便一骨碌从地上爬起，从122站站长李晓刚的手里夺过一挺轻机枪，将枪管架在这口子上。他很快把机枪的准星对准了一架打头阵的敌机，急不可待地狂射起来。机枪的后坐力震得他的右肩又酸又麻的，铮铮发亮的弹壳犹如鞭炮爆响后崩裂的纸屑四处横飞。他似乎陶醉在一种失控的亢奋之中，陶醉在火舌和流光的炫澜之中，整个身体就像一杆被风吹动的旗帜，不停不住地、瑟瑟地抖索着。尽管那架敌机的油箱已经中弹着火，但他还是死死地咬住不放，直到它拖着滚滚的黑烟歪歪斜斜地栽向一处陡直的山壁，在轰隆一声巨响中炸得粉身碎骨。

他得意忘形地把烫手的冒着青烟的机枪撂在李晓刚的身边，挥袖捋了一把灼热如焚、汗水如浆的脸膛，鼻孔如同一只风箱呼哧呼哧地吹吸着，眼睛里忽闪着一种难得的心荡神迷。他对着邈邈无边的天空昂首挺立着，像一块石碑似的一动不动，而后突然放怀大笑起来。这笑声仿佛是从他体内的每条筋、每个细胞、每根神经纤维里头涨出来的，仿佛把积压在他内心深处的焦虑情绪疏泄得溜干二净。他实实在在地满足了，真真切切地满足了，就像一位久畋未获的猎人突然发现并打着了一只可以果腹疗饥的野兔，就像痛痛快快地喝上几盅后跟王二燕水乳交融，鸾凤和鸣。

当颜青山向敌机狂扫猛射时，趴在他脚下的李晓刚眼睛一眨不眨地看着他的每一个动作，好像在欣赏一场精彩的射击表演。一见颜青山撂下了机枪，他再也憋不住了。他急忙抓住机枪，一个鹞子翻身，从地上唰地站了起来。他先给机枪换上一个装满子弹的弹匣，紧接着，学着颜青山的样子对准一架敌机不停地扣动着扳机。可一连打掉了好几个弹匣，连敌机的一根毫发也未伤着。于是，他越打越失去信心，越打越觉得心里兀突突的堵得慌，越打越觉得自己的两条腿跟走了气似地哆嗦着。

他的机枪声和别处的机枪声，时而此起彼落，时而连成了一片。在这爆豆般清脆的枪声中，遍体鳞伤的夜空在哼哼唧唧地呻吟，在咕咚咕咚地流血。这呻吟脆弱得就好比一触即破的苇膜儿，在颤栗不止的空气中飘浮；这血是黑糊糊的，先是慢慢地流淌着，随后如暴涨的河水漫溢开来。剩下的三架敌机仿佛从这哼哼唧唧的呻吟里听到了死神的召唤，仿佛从黑糊糊的血浪中看到了正准备为自己送殡的队伍，于是，在慌慌张张地卸下了几颗炸弹之后，迅速地向高空攀升，然后灰溜溜地朝着西南方向飞去。

有一颗炸弹恰好落在铁路的路堤旁，顿时把铁轨边上的碎石炸得到处乱飞。其余的几颗一个接一个地落在波翻浪涌的红河里，激起两米多高的巨涛——好像从河水的深处猛地蹿出几条狂怒的蛟龙,"哗哗哗"地扑向天空。停靠在河边的几条木船,有的被浪涛掀翻了,有的在浪涛与浪涛之间打着晃,打着旋。

方亚文望着远去的敌机长嘘了一口气,提到喉咙口的那颗怦然跳动的心又回到了胸腔里。他很想知道方才打下敌机的是谁。这人,他琢磨着,至少得给他记一次二等功。

排成长龙的军车又开始在坑坑洼洼的公路上跟蜗牛似地慢慢地前行。为了避开弹坑,司机不停地打着方向盘;车身一上一下、一左一右地颠簸着。

没多时,躺在夜色怀抱里的黎明被车轮的转动声惊醒了,东方的天边开始骚动了。从一朵朵觳觫不止的紫瓣中渐渐渗出一缕淡淡的、浅黄色的晨晖,挑逗着群山顶上雄伟怒拔的奇峰,抚摩着大地受伤的躯体。这晨晖自小而大,自窄而宽,由暗淡变为鲜亮,而且是越来越亮。不一会儿,整个山野都浸染在它的灿烂之中。

在这霞光满天、朝阳欲出的清晨,一营终于抵达了安沛防区。各连的灯站按照预先制定的方案开始安营扎寨。

五

二连121站扎营的地方位于照峰山南面的一个无名高地,照峰山的北边则是122站的位置。高地上除了有一块巴掌大的地方歪歪扭扭地长着几棵病恹恹的树苗外,全是光秃秃的一片。如果从照峰山上往下看,这无名高地酷似一个孤零零的小岛。

在炎阳的蒸晒下,高地上深褐色泥土的表层早已变得硬邦邦的,而且蒙上了一层薄薄的尘埃。倘若抓上一把干裂的土,用力捏搓一下,这土会让你感到就如烘过头的面包的外皮,干巴巴、酥脆脆的。

高地与照峰山之间是一片草丛,里面有叶梢修长、穗子呈覆瓦状的雀麦,也有叶条溜滑、花穗紫若青烟的狼尾草,还有梗儿像剑戟般直立、叶边跟刀刃一般锋利的“铁将军”草。高地的南面却别有一番风景：一条蜿蜒如带、细流涓涓的河沟镶嵌在起伏不平的田野里，河沟里的水清悠悠、亮闪闪的，带着泥土和野花野草的气味淙淙作响地东渐于奔腾不息的红河；而向东南角两座小山包之间流去的红河水，在远方变成了一道窄窄的亮光，最终与茫茫长天相交相连。

战士们刚在高地上落脚就顶着炙肤的日头忙活起来，挖坑道的挖坑道，筑战壕的筑战壕。灯长兼一号手何兆松负责盖凉棚。经站长高锦平的同意，他把凉棚的位置选在那块巴掌大的长着树苗的地方。可是，在盖凉棚前那几棵树苗必须挪地儿。于是，他指派几个战士用铁锹翻松树苗周围的泥土，而他自己则急匆匆地跑到高地下面的河沟旁，甩开膀子用镐头刨起土坑来。

“你不在上头盖凉棚，跑到这儿来干什么?”高锦平见何兆松挥汗如雨地刨着坑，虎步腾腾地走到他的跟前。

“我打算把高地上的那几棵树苗移栽到这河沟边。你看，这里的泥土可好了，长在这里的几棵大树的树叶油绿油绿的。”何兆松放下手里的活儿，用低沉的语调对高锦平说。

“要我帮忙吗?”高锦平知道何兆松做起事情来总喜欢一个人闷头闷脑地干，即便是蚂蚁啃骨头，也要零打碎敲地独干到底，于是故意逗他。

“不用了，站长，我一个人能行。俗话说：‘艄公多了打烂船。’我还是一个人干利索。再说了，就刨几个土坑，没什么大不了的事。”何兆松汗水涔涔的四方脸上漾起一丝笑意，可两只眼睛却显得冷冰冰的。

高锦平从何兆松眼睛的深处探觉到一种无法描绘的忧郁。说实话，这双眼睛常常让他联想到缀在夜幕上的孤寂的残星，联想到被晨露打湿的雪豆花儿，联想到被杂乱的岩石和枯枝败叶拦住去路的湍湍溪流。即使是说笑的时候，这双眼睛也往往罩着一层黯然神伤的阴影,好像拥有这双眼睛的人有一肚子的苦水,这苦水是倒也倒不尽,淌也淌不完。

“瞧你这瘦驴拉硬屎的样子,好像天底下所有的事儿都能揽在你一人身上。”高锦平继续逗他。“我知道你对颜青山有意见,但有意见归有意见,活还得大家一起干,犯不着一个人背着抱着往一边沉。你要求进步是好事,但党组织不是你想加入就能加入的。没有百转千回的折腾,那还叫什么‘考验’?我看,你应该端正思想才是,心里别老纠着一个疙瘩。就算他颜青山做得不对,你也没必要记恨他。俗话说:‘人非圣贤,孰能无过。’”

何兆松听了这番话,心里很不是滋味。他瞪圆着两眼冲着高锦平说:“你打饱嗝带放屁的说完了没有?真是卖布不用尺!我并不是你想象的那样,在为入党的事情闹情绪。常言道:‘命里有时终须有,命里无时莫强求。’这事我早就想开了。既然你执意要和我一起干,那就干呗!何必磨嘴皮子?”说罢,他又埋头干起活来。

“那就好,那就当我什么都没说。”高锦平蹲在他刨好的土坑旁,用手把坑里的碎土一把一把地捧出来。

两人默不作声地干了一阵后,何兆松仰起头向高地那边喊道:“快把树苗拿下来!”

“好嘞。”高地上传来新兵俞大江的声音。

不多时,只见他右肩上扛着沉甸甸的树苗,一步一步地向河沟这边挪蹭着。

“这是什么树?”当三人一块开始栽树时,高锦平发现带着泥沙的树根有点像章鱼的脚爪,便好奇地问。

“红柳树呗。”俞大江不假思索地说,“你看它的枝干呈铁锈红,叶子细细的、长长的。”

“别不懂装懂,这哪是红柳?我听说红柳是长在平均海拔五千米的西藏高原。”高锦平瞪了俞大江一眼。

“能长在西藏高原，就不能长在这里吗？那你说这是什么树？”俞大江不服气地说。

“我不知道，这才问嘛！”高锦平又瞪了他一眼。“你哪来那么多的屁话！”

“行了，行了。知之为知之，不知为不知，何必呢！”何兆松对高锦平说。他见俞大江还想说什么，于是赶紧向他递了个眼色：“你快上高地把盖凉棚的材料准备好，我回头就来。”

俞大江没再吭气，只是阴着个脸朝高地慢慢腾腾地走去。

见俞大江走远了，高锦平轻轻地哼了一声，刷子般的眉毛一扬：“没想到这新兵蛋子还挺会逞能的。我当新兵的那会儿哪敢像他这样跟老兵顶嘴？要是跟他一样快人快语的，就没有我高锦平的今日了。看来，这小子在灯站里永远只能当三号手。”

“站长，我们继续干活吧！”何兆松对高锦平说，“你就别再为区区小事跟俞大江置气了，他毕竟还是个入伍不满一年的新兵。常言道：‘得饶人处且饶人。’”

“你以为我是鼠肚鸡肠小心眼啊？”高锦平半笑着说，“我才没工夫生他的闲气呢！”

不消几分钟，两人便把树苗全栽好了。高锦平用左手背抹了一下挂着汗珠的酣红的脸蛋，解下背在身上的水壶，从河沟里打了一壶水，喝上一口后把剩下的水都浇在一棵树苗的根部。何兆松脱了挂在脖颈上的毛巾，蹲下身子把它浸在河沟里，然后用力搓了搓，拧了拧，擦了一把脸。他擦好脸后，又擦起脖子和头发，一面擦着一面眯缝起眼睛望着烈日炎炎、暑气逼人的万里晴空。

“哎，我说站长，这么大热的天，这些树苗能存活吗？”何兆松问道。

“能不能存活那得看它们自己的造化了，就像我们这些天天与鬼为邻、朝不保夕的大兵一样。”高锦平回答道。

他继续用水壶打水，给一棵棵树苗浇水，好像在很有耐心地喂着一群猪仔。给所有的树苗都浇上水后，他又打满一壶水，用右手把水壶举过头顶，让水壶里面的水慢慢地淌在自己枯草般的头发上和唇干鼻焦的热脸上，左手不停地揉着被水打湿的眼睛。这凉丝丝、滑爽爽的水，对他来讲，就好比甘露洒心。

“我看，你就干脆变成一棵树苗得了。”何兆松觉得高锦平的动作有点滑稽，便不紧不慢地站起身，咧开厚厚的嘴憨然一笑地说。

“我看，你干脆跳进河沟里算了，省得擦来擦去都擦不干净。”高锦平微微颤动着挂着水滴的嘴唇咕哝道，“再说，我变成树苗，谁来伺候我？这老天爷可比不上俺家的媳妇，求它撒盘尿比螺蛳壳里做道场还难。你瞧这天，就跟一只大火炉似的，非把人活活地烤成肉干不可！”

“看来，你在家是吃饱喝足了。”不知是无聊还是即兴所致，何兆松心里想说的话竟顺着嘴跑了出来。

“是啊，不像你饿得面黄肌瘦的，连枪也举不起来。”面对他的戏谑，高锦平借水行舟地反唇相讥，湿淋淋的脸上骤然间闪露出一丝亵笑。

“你说反了。”何兆松说，“人要真的饿急了，别说举枪了，就连大炮也不在话下。这话可是你自己说的。”

一听这话，高锦平忍不住笑出了声。他万万没料到平时一直心气不顺、不苟言笑的何兆松此时此刻居然嘴皮跟抹上了二两油似地瞎溜起来。

“真没想到你把我说方营长的话记得那么牢。”他喝了两口水壶里剩下的水后说，“不过，方营长这人择偶的标准也太高了。听颜连长讲，他连师长的女儿都看不上眼。我琢磨着，莫非他是在打某个军长或司令员女儿的主意？俗话说：‘多得不如现得，晚得不如早得。’做人哪，得学会知趣知足，不能给了你三分颜料就以为自己可以开染坊了。要是换了我，我才不会像他那样干等着，把意中人等成了虚无缥缈的影子，把自己等成了一把老骨头。做师长的‘驸马’难道还不够意思？只要提干提得快，走到哪儿都风光就行。你说是吗？”

“我想，方营长绝不会等到天老地荒的。他也许只是对姑娘的长相特别讲究罢了。”何兆松说。

“哪儿的话？我早听说师长的千金长得是要脸蛋有脸蛋，要身材有身材，又白又嫩的，碰一下也能冒出几汪甜不叽叽的水来。不像俺家的媳妇，长得是又黑又糙的，一看就知道是个干粗活的人，是个种地的出身。”高锦平说，“不过，话又说回来了。美人是银样镴枪头，中看不中用。你要真的娶了这么一个肩不能挑担、手不能提篮的大家闺秀，怕是只能天天把她当作一尊活菩萨供着。”

“照这么说，方营长至今不娶媳妇，孤枕独眠是另有隐情？”何兆松说罢，把毛巾往脖子上一挂。

“这我可说不好，但我认为他若不是这山望到那山高，那就是太清高了。可做人若是太清高了，生活的情趣也就没了。有道是‘水至清则无鱼’……”

正当高锦平谈论着方亚文的时候，何兆松无意之间发现：河沟对面的一块麦田里横卧着一个黑乎乎的东西。他霎时敛容，指了指那东西说：“站长，你看！那会不会是颗哑弹？”

高锦平原本谈笑风生的脸，仿佛被什么锐器猛地戳了一下，忽然间现出无比紧张的神情。他目光怵然地盯着那东西看了一会儿，也没看出个名堂，于是对何兆松说：“你呆在这儿，我过去看一下。”

“还是让我跟你一块去吧。”何兆松说。

“不用了，你就在这头看着。要是发现有什么异常的情况，也好有个接应。”高锦平的声调怪怪的，像是一只惊了枪的老鸹在呱呀呱呀地叫。

他脱下胶鞋和袜子，把裤管一直卷到膝盖上，然后小心翼翼地趟过河沟,朝着那黑乎乎的东西慢慢地走去。为了给自己壮壮胆子,他从别在腰带右侧的枪套里摸出手枪,可就在这时候,他发现在离他不远的地方盘着一条又粗又大的蝮蛇。那蛇一见到他,先是竖起头,吐着舌头发出可怕的咝咝声,而后嗖地一闪,风快地蹿进麦田里,吓得他毛发竖起,腿软脚酥,脊梁骨直淌冷汗。

他用另一只手从地上捡起一根树枝,拿着它敲敲打打地继续往前走,一双乌溜溜的眼睛如临大敌似地圆睁着。他全神贯注地提防着蛇,同时心里在揣想着那横在麦地里的东西究竟是什么,直到一具爬满苍蝇的尸体映入他的眼帘。他定神仔细一看,发现这是一具女尸。她半开着的眼皮里翻起冰冷的、硬挺挺的白眼珠子,额头上的血把几根毛毵毵的黑发黏结在一起,乌紫带青的脸上凝聚着痛苦与挣扎后特有的宁静和安详。她身上的深黑色的短衫和长裤不知被什么东西划破了,裸露出累累伤痕和斑斑血迹。她是弯曲着两腿侧卧着的,仿佛给世人留下了一个永恒的问号。

高锦平突然感到一阵恶心,好像嘴里被人塞进了一只死老鼠。他感到大地在旋转,天空在旋转,天地间的一切都在旋转。那只须臾间变得无比沉重的手枪,险些从他冰凉的、汗渍渍的手心里滑落到地上。

正当他晕头晕脑、有点茫然不知所措时,远处传来一阵时高时低的说话声。这声音是顺着一股轻柔的微风,掠过出缨窜穗的麦子飘过来的,很快又被风儿吹得破破碎碎的,消散在空旷的原野里。他赶紧朝声音传来的方向望去,见左前方有三个头戴斗篷、肩扛土枪的人正向他这儿走过来,他们边走边在搜寻着什么,脸被斗篷的阴影遮住了。一见这情形,他急忙丢下树枝,快步如飞地撤回到何兆松的身边。尽管他极力压掩着恐慌的心情,但面孔还是青一搭紫一搭的,有如一片破了胆的猪肝。

“那几个扛枪的人没准是山里的土匪。我看,咱们还是先回高地避一避吧!”何兆松说。

“慌什么？几个土匪就把你吓成这模样，美国佬的飞机一来，你准第一个钻到娘们的裤裆底下去!”高锦平放好手枪后，一面穿上袜子和鞋子，一面故作镇静地说。

“都啥时候了，你还有兴致开这种低级趣味的玩笑。”何兆松顿时气得眉毛忽长忽短、忽上忽下的，直挺挺的鼻翅也不由自主地痉挛了一下。“实话对你说，美国佬就是一个团围上来，老子的腿也不会抖一下。”

“行了，别废那么多的话，就照你说的做。”高锦平拧着眉头思考了片刻后说。

于是，何兆松赶紧捡起地上的镐头，跟在他的后面朝高地走去。

一上高地，高锦平从灯车的驾驶室里拿出一只望远镜，递给何兆松:“你自己看吧，他们准是来收尸的。”

“来收尸?”何兆松的脸上顿起疑色。他在望远镜里看到两个年轻人正在用一块布包裹刚才他见到的那个黑乎乎的东西，一个骨架坚实、腰板硬朗的老汉扛着三条土枪站在一旁。

六

光阴乌飞兔走，一晃两个月过去了。其间，美军以试探和骚扰为目的的对安沛防区的空袭发生了将近二十次，但每次空袭的规模都不大，时间也不长，因而对防区没有造成多大的破坏，也没有人员的伤亡。

8 月 3 日中午，天气热得连一点风丝儿也没有。炽热的炎阳把大地烧得有如炼钢炉般滚烫。红河像一条被灼伤的巨龙，带着如烟似雾的水气痛苦地挣扎着。挡不住日头曝晒的小草的叶子全都卷成了软了吧叽的细条儿，默默地忍受着热浪的煎熬。躲藏在树叶底下的知了时不时鼓着音膜儿发出叫人心烦的噪闹声。

在忽扬忽抑、忽断忽续的知了的鸣叫声中，121站的战士大多躺在凉棚里的木板床上午休，只有何兆松端坐在自己的床边写信。床上的凉席已被他掀到靠枕头的一边，杉木板白净净的本色和淡雅的纹理裸露在他的眼皮子底下。他左手按着床板上的信纸，右手握着钢笔，时而聚精会神地埋头写，时而仰起脸发呆似地寻思着什么。用帆布条做顶面的小折凳，吃力地承载着他身体的重心。当他的右手突上突下、忽左忽右地颠动时，从亮闪闪的笔尖上飘逸出一条条小小的游龙，戏弄着柔滑如玉的信纸，同时，也在好奇地瞅着写信人那副有点天真的憨态。

这支写起字来行云流水般顺畅的钢笔是他的女友韩香梅在送他参军时给他的，仿佛是在暗示他：到了部队别忘了常给她写信。这姑娘长得还算水灵，可就是思想有点保守，有点封建。临别前的一个夜晚，何兆松约她到田野里去散步，分手之前情不自禁地搂住了她，结果跟犯了什么大忌似的被她推了回来，窘得他红着脸半天说不出一句话来。可这会儿何兆松想：自己当时也太卤莽、太冲动了，因为韩香梅虽然已跟他私底下订了终身，但他俩的关系似乎还没发展到相互拥抱的火候，再说，这是他头一回搂住她，她一点心理准备也没有。到了部队后，他起初还不怎么惦念她，可随着时间的推移，对她的眷恋之情越来越浓烈了。于是，他干脆把那支钢笔一直放在上衣左边的衣兜里，一有空就拿出来给她写信，以此来寄托对她的思念。在睡梦中，他常常见到她，有一回见她孤零零地站在夜色朦胧的田野里，羸弱的身子被风儿吹得东歪西倒的，还有一回见她愁云满面地伫立在他的面前，沾着泪珠的眼睫毛就像被雨水打湿的蜻蜓的翅膀闪忽闪忽的。

“傻小子，又在忙里偷闲地给家里写信了，是不?”当何兆松正沉浸于笔底波澜时，高锦平悄悄地从外面走了进来。他的脸上挂着一道道溪流样的汗水，身上的衬衣像是刷了一层稠浆。

他从墙上的一个小铁钩上摘下一条半湿的毛巾，擦了把脸，然后把毛巾覆盖在热气腾腾的头顶上。紧接着，他脱下衬衣扔进脸盆架上的一只积满污垢的脸盆里，开始用毛巾擦身上的汗。一只尾随着他飞进来的黄蜂绕着他的身体转来转去，发出令人讨厌的嗡嗡嘤嘤声。擦干身上的汗后，他把毛巾也丢进了脸盆，随后取下挂在墙上的水壶。他拧开水壶的盖子，将两唇对着壶嘴咕噜咕噜地大喝起来，脖子上的青筋随着下颌肌腱剧烈的、有节奏的运动突胀着。

何兆松见他仰头猛喝的猴急相，忍不住笑道："这天气连鸡都不愿上窝，狗都不愿卧地，你怎么有兴致在外头练扛晒？"

"你这，你这不是在故意——"高锦平一听这话，火气蹭蹭地往心头上蹿。他还没有把话说完就呛着了。

何兆松赶紧撂下钢笔站起身，走到他的身后捶他的背。捶着，捶着，只见他慢慢地垂下眼帘，好像陶醉在忘我的惬意之中，掩不住的笑意随着嘴唇的嚅动在他的脸上荡漾开来，犹如落在湖面上的雨滴散逸出一圈又一圈的水纹。这模样使何兆松的心跟脱了铁箍的木桶似的，一下子松懈了，两只拳头顿然失去了应有的力度。

"我说你这是怎么啦？两只手怎么跟棉花糖似的筋丝无力？"高锦平慢慢地睁开还粘着快意的两眼，一面拧上水壶的盖子，一面用戏谑的口气说。他说完，把水壶放回原处，然后四仰八叉地躺倒在自己的床上。

何兆松低头不语地回到自己的床边，拿起笔继续写信。由于两人的床并排紧挨着，他总觉得有些不自在，总担心高锦平会冷不防地把他的信纸夺过去。

"吃午饭的时候，我突然发现雷达出了故障。饭后我就把线路仔细地检查了一遍。"高锦平侧过脸对何兆松说，"毛病总算是找到了，是一个电线的接头松开了。"

“哦。”何兆松头也不抬地应了一声。

“我在外头‘练扛晒’，你倒清闲得写起信来了。一准是在想媳妇了吧？”高锦平紧接着嬉皮笑脸地问。

“我还没成家，哪来的媳妇？”何兆松不耐烦地瞥了他一眼。

“别揣着明白装糊涂了，我记得你曾跟我讲过你有一个还没过门的媳妇。”高锦平说。

“既然还没过门，就不能称‘媳妇’。”何兆松皱了皱眉头。

“反正怎么称呼都一样，她迟早是你的人。”高锦平说，“瞧你这傻小子，平时老实巴交、蔫不唧儿的，除了跟我还能唠上几句，三杠子都踹不出一个屁来，可艳福倒不浅哪！能不能让我看一眼她的相片，慰慰眼？”

“你烦不烦啊？没见我正在写信啊？你有时间就不能多想想你自己的媳妇？”何兆松很不情愿地拿出一张相片递给高锦平。

高锦平接过相片后，好似一头扎进了蜜罐子：“好小子，真有你的。攀上这么漂亮的媳妇整天藏着掖着，今天总算是拨开云雾见太阳了！瞧，圆圆的粉脸上还有俩小酒窝呢！要是天天能把她当作一朵花捧在手心里，那该有多好啊！”

“只可惜眼下只能把她当作一根鸡肋。”躺在床上看报的俞大江，自作聪明地接过高锦平的话头，似笑非笑地说。

“你说这话是什么意思？什么鸡肋鸭肋的？”高锦平把相片还给何兆松后，两腿一盘坐了起来。他从枕头底下拿出一件干净的衬衣，穿上后慢腾腾地扣上一只只纽扣。

“食之无肉，弃之不舍呗。”俞大江解释道。

“你这是什么话？”何兆松生气地瞪了俞大江一眼。

“是啊，你这话说得也太难听了。”高锦平说，“难道你就不能说些别的？比如说，女人不但像一朵花，而且还像一只燕子，飞啊，飞的。”

“可我听人说，女人就像天上的云，只要被风儿轻轻地一吹就不知飘到哪里去了。我还听人说，女人是江边的摆渡船，谁有钱谁就上。”俞大江说，“如果换成我，我肯定先把未过门的媳妇给睡了，来它个生米煮成熟饭。说实话，咱当兵的要是临了前连女人都没碰过，那不是太冤了？”

“你这新兵蛋子，给我溜一边去！这儿没你说话的份儿！”高锦平横眉怒目地对俞大江说，“毛还没长齐就猴急着想开荤，你以为你是谁啊！”

受了高锦平羞辱的俞大江觉得心里很不是滋味。他突然一个翻身跳下床，昂起头，摆出一副爷们的架势：“你老瞪着个死羊眼看老牛啊？比我多当了几年兵就抖起来了，说话也不扒拉扒拉自己的肠子。一扯上女人的话题就痒酥酥、急唠唠的，好像憋在肚子里的那股子劲儿全都顺着舌尖往外冒。我就是看不惯你老拿口条当鞭使的德行！”

俞大江的这番话，犹如一串脆响的挂炮，把高锦平给炸懵了。他没想到，这个平日里跟他在一口锅里搅饭勺的新兵蛋子是一头犟驴子，是火绒子脑袋一点就着。

“喂，你们说话能不能轻一点？没见我们都在睡觉吗？老是七斤鸭子八斤嘴的，没完没了地瞎掰些啥呀！”

“说的就是啊，老子想睡个囫囵觉都不成。要打要闹的就干脆到外头去，何必在这儿乱掐？”

两个正摊手摊脚呼呼大睡的老兵，被吵醒后气不忿儿地嚷嚷着。

可就在这时候，外面由远及近地响起一阵呜呜咽咽、揪人心肺的空袭警报，仿佛有成千上万只狼在凄厉地嚎叫。这缠山绕石、穿林荡水的警报声，时而低缓拖滑，时而高扬尖啸，最终，好像被什么东西绊着似的，在高地的下面打着滚。

“快，准备战斗！”高锦平一听到警报声就飞快地从床上跳了下来。

躺在床上的战士也忽隆忽隆地爬了起来。

“不要慌!”高锦平粗声大气地命令道,“带上家伙从坑道进入战壕!”

他见俞大江这会儿跟一个木头人似地一动不动地站着,眼睛里闪动着火冲冲的光芒,便黑着脸梗着脖子凶巴巴地对他说:“要发羊角风待会儿再发。”

“哼,又来了,要要威风,也不先掂一掂你那玩意儿有多重!”俞大江阴笑道,“抻巴抻巴地撒盘尿也滋不出巴掌远!”

“行了,都什么时候了,还打嘴仗!”何兆松劝道。

七

八架B-52远程战略轰炸机排着整齐的编队,越过黑水河畔耸峙若障、青峰森峻的高山向安沛防区扑来。挂着一脸怒气的俞大江已架好了机枪,转动着眼珠搜寻着目标。不一会儿,敌机全部钻进了北越高炮的火力网,霎时间,炮声大作,惊天动地。两架首当其冲的敌机顷刻被炮弹击中,拖着乱翻乱滚的浓烟坠入浪花旋卷、浩浩奔流的红河。俞大江见此情形,便对着其余的敌机狂扫猛射起来。刚才,他被高锦平熊了一顿,心里正窝着一团火,这会儿可好,有自愿送上来挨揍的。

敌机见势不妙,慌不择路地向火力网的外围逃散。可过了三四分钟,它们又冷不丁地从远处的一座千仞陡壁的背面冒了出来——这次采用的是单机跟进、鱼贯式俯冲奔袭的战术。成串的炸弹朝防区的营地、村镇投掷,顿时火光冲天,气浪滚滚。一团团黑烟像久留不散的雨雾山岚笼罩在红河的上空,如兀兀陶陶的恶龙漂浮在照峰山的半山腰。

一颗炸弹带着刺耳的呼啸声落向121站高地南面的河沟。高锦平忽然发现河沟旁有两个人影在晃晃悠悠地挪动着,好像是自己人,于是连忙拿起望远镜。

“是营长和连长!”他从望远镜里辨认了出来。

就在炸弹即将爆炸的一刹那,方亚文突然迅疾地向颜青山扑去,把他按倒在自己身体的下面。一声巨响中,一团火焰带着弹片、碎土和树枝向四周喷射。随后,一长串子弹紧贴着方亚文的身体扫了过去。

被压在方亚文身底下的颜青山,待敌机飞过后,慢慢地把方亚文推到一边,只见他紧闭着两眼,神志不清地说着什么,左肩被弹片削去了一块皮肉,血如泉涌。

“何兆松,你负责掩护。你们俩跟我来!”高锦平说罢,立刻带上两个战士跳出战壕,朝河沟那边奔去。

不多时,方亚文被抬上了高地。在上高地前,高锦平问颜青山这到底是怎么回事,颜青山把事情的经过讲了一遍。

原来,方亚文今天按营部事先制定的计划,到二连的各站来巡视,陪同他的是颜青山。到了121站的高地后,听站岗的战士说这会儿大家都在休息,他便带着颜青山来到高地下面的河沟旁。两人刚脱了衣服准备洗个澡,没料到偏偏在这时遇到了空袭。他们本以为隐蔽在大树底下没事,而且敌机也确实飞走了一会儿,但当他俩穿好衣服正要向高地走来时,敌机又出现了。

何兆松一见颜青山上了高地,眼里就跟插了棒槌似的。他倒希望被抬的是颜青山,而不是方亚文。

提到这冤仇,还得从何兆松当新兵时说起。那时候的他虽然还显得有些稚嫩,但思想挺进步的,才到二连就打了入党报告。他想,自己出身好、根子正,只要好好干,入党是不成问题的。可让他没想到的是:自己刚交了入党申请,当时还是副连长的颜青山就把他的一块“上海”牌手表给没收了,而且还在全连大会上振振有辞地说什么“绝不允许把小资产阶级的生活情调带到部队。干部戴手表是出于工作的需要，而当兵的就应该像当兵的样子，不能跟干部比高低、争长短，要艰苦奋斗不忘本，防微杜渐不变色”，还说什么“希望那些沾染了小资产阶级生活作风的人洁己以进，警钟长鸣”云云。同时被没收的还有几册俄语课本，理由是：“苏联早就变成了背叛马列主义的修正主义，现在批判它都来不及，怎么有工夫去学俄语？”面对这突如其来的打击，何兆松当然不会轻易地入彀就范。他当着颜青山的面骂他是“歪嘴和尚瞎念经”，说他应该做好自己的本职工作，别老是越俎代庖。结果，这些没斤没两的话反而把窟窿捅得更大，使他的入党申请一直被摁着压着。从那会儿起，一种鸡飞蛋打的感觉就像蔓草攀藤似地缠绕在他的心际，他和颜青山也就成了不对脸的门神。

没了那几册俄语课本倒也罢了，可没了那块手表说什么何兆松也不能接受。他忘不了在他接到入伍通知书的那天，爷爷把这表亲自戴在他的手上并叮嘱他到了部队后要学会守时惜时，争取进步，争取做一个雷锋式的好战士。他忘不了父亲在送他上火车时说：“你手上的那只表是你爷爷在大跃进的时候托人好不容易从上海买来的，买来后他只是用来看时间，从来没舍得戴它。你可要珍惜它呀！”

为了对得住爷爷，为了不枉了他的一番苦心和重托，何兆松平日里非常俭省地过日子，打算退伍后设法买一块同样牌子的手表带回去，并在地方上另展自己的宏图，干出一番大的事业来。但尽管他老是用“山不转水转，水不转石转”这样的话来开导自己，安慰自己，心里头却总觉得不得劲，总是笼罩着挥之不去的阴影。一见到颜青山，他就蹭牙磨齿，就撑不住气。

坑道里，卫生员正忙着给躺在地上的方亚文清洗和包扎伤口。一阵又一阵炮声和炸弹声震动着地面，使拿在颜青山手里的手电筒晃来晃去的。伤口包扎好后，方亚文微微睁开两眼。

“老方，你没事吧？”颜青山见方亚文苏醒了过来，温和而关切地问。

“我还能有什么事?”方亚文说罢,慢慢地坐了起来,瓢泼似的汗水从他的脸上吧嗒吧嗒地往下掉。

“报告!”这时,俞大江猫着腰气喘如牛地从坑道外面跑了进来。

“什么事?”蹲在方亚文身旁的颜青山急忙问。

“在离灯位不到五十米的地方发现了一颗哑弹。”俞大江心急气促地回答道。

“哑弹?”颜青山神情紧张地瞅着俞大江的脸,仿佛从这张脸上看到了一种不祥之兆。

“首长,我这就去排弹!”蹲在颜青山身旁的高锦平当机立断地说。虽然他说话时的表情看上去非常的镇定,语气听上去十分的坚决,但他心里边却寻思着:在这种场合,干瞪着两眼去玩命的除了他还能是谁?

“慢!”高锦平还没跑出几步,方亚文突然叫住了他。“你打算怎么排除那颗哑弹?是诱爆,还是拆卸?”

“现在情况紧急,依我看,只能诱爆。”高锦平干脆利落地回答道。

“炸弹的色环看清了没有?”方亚文把脸转向俞大江。

“报告首长,我看清楚了,是黄色的。”或许是因为第一回跟营长说话,俞大江显得有点拘谨。

“这说明这哑弹是一颗高爆弹,很可能是一颗磁性高爆弹。磁性高爆弹是用五百磅的蛇眼弹改制的,杀伤力极大。根据你们现在的条件,诱爆对人员和装备的安全都不利。”方亚文条分缕析地解释道,右手轻轻地抚摩了一下刚包扎好的伤口。

“那我就先把弹体拖远些,然后再实施诱爆。”高锦平仍然坚持自己的想法。

“不行,万一高地上有弹片,磁性弹一碰上它们不就炸开了?”方亚文说。

“那该怎么办?”高锦平着急地问。

“拆卸，”方亚文斩钉截铁地回答道，“这还用问？”

“拆卸？”高锦平简直不敢相信自己的耳朵。他两眼直愣愣地看着方亚文，两腿不由自主地哆嗦了一下。

“怎么？你是不是害怕了？”方亚文的脸色倏忽变得跟青石一般冷峻，紧蹙的眉毛下面，两只眼睛瞪得圆溜溜的。

“不，”高锦平慌忙遮掩道，“我只是担心这种高爆弹的拆卸难度远比我们想象的要大得多。”

“行了，害不害怕都写在你脸上了，何必在我的跟前垫那么多说辞？”方亚文毫不客气地说。

听了方亚文的这番话，颜青山委实有点坐蜡，他为自己的部下而汗颜。高锦平是他一手栽培的，可他怎么也没想到这小子平时牛皮哄哄的，到了关键的时候却前怕虎后怕狼的，胆量就跟针眼儿一般大，叫他当连长的丢尽了脸面。再说，自己刚从营长的身躯底下爬出来，在这当口儿若不站出来“顶锅盖”，从今往后还怎么做人？于是，他咬了咬牙，表了个豪态：“老方，还是我去吧。既然小高没把握，那就不必勉强他。”

“首长，还是我去！”高锦平听连长这么一说，脸刷的一红，扭头就跑。

颜青山正要去追，被方亚文叫住了：“让这小子好好练练胆量。好刀是在砺石上磨出来的。你这个当连长的平时也太娇纵他们了，把他们一个个都惯成了啥模样！”

颜青山耷拉着脑瓜，一声不吭地听着。

跑出坑道后，高锦平见俞大江跟在自己的身后，便叫他去找一把防磁扳手。

“给。”不一会儿，俞大江把防磁扳手递给已脱剩一条裤衩的高锦平。

“哑弹在哪儿？”高锦平眉头一皱，低声低气地问。

“就在那儿。”俞大江强忍着笑回答道。

高锦平便按他指示的方向直奔那颗哑弹。这会儿，他全然不在乎随时会在头顶上出现的敌机，也不在乎俞大江会怎么想，心里只揣着一个念头：用自己的实际行动去改变营长对自己的看法，去洗刷自己的耻辱！而站在坑道口观望的俞大江，这时候却在不露声色地窃喜。他寻思着：今天幸好上级首长都在，要不然，高锦平准会命令他这个新兵蛋子去“练练胆量”，即便不是拆卸，而是诱爆。他这人也太蛮横、太高傲了，平时总喜欢倚老卖老、自以为是，而且说话一点也不顾及别人的颜面。现在也该是治治他傲气的时候了！

“尾翼！”当高锦平跑到离哑弹不到十米的地方，他突然发现了一个伞状物。这时，他只觉得两条腿一下子变得跟面团似的软弱无力，于是干脆卧倒在地上，一点一点地往前爬，直到爬到那颗哑弹的旁边。

空中抖荡着敌机飞来飞去的隆隆声和高射炮闷雷般的巨响声。在这摄人心魄的声响中，那颗哑弹忽然间变成了一个黑乎乎的东西，一具他在麦田里发现的惨不忍睹的女尸。它好像在向他暗示着一种显而易见且又无法回避的逻辑关系，一种跟生与死相关的逻辑关系。他在脑瓜里一会儿朦朦胧胧地勾画出那个已死去的女人活着时的形象，一会儿思考着两种不同的选择和由这两种不同的选择带来的相同的结局。是啊，同样是死，与其留下一个“贪生怕死”的骂名，毋宁留下一个英雄的称号。再说，他还有机会赌一把，他不一定会死。

他瞪着一双络满红丝的眼，将横在他面前的弹体上上下下、前前后后地细看了一遍，两眼珠子像要从眼眶里跳出来似的。他感到自己的心直扑棱，背脊在不停地冒汗。他哆哆嗦嗦地伸出右臂，全神贯注地拧开炸弹的头部引信，取出保险器、接火器和传爆筒，然后拆下尾部引信，取出电池。这一环扣一环的动作，对于一个有实战经验的优秀的拆弹员来说，或许是举手之劳，好比探囊取物，可对仅在军事训练中拆过几次假弹的高锦平来讲，确乎是一场煎魂熬魄的生与死的游戏。但侥幸的是：他最终还是赢了这场游戏。

他怀着一种从未有过的、无法用言语来描述的敬畏的心情，慢慢地从地上爬起来，抬起头遥望仁厚慈悲的悠悠苍天，黪黩油亮的脸上渐渐地绽放出一个与死神擦肩而过的人特有的轻松和愉悦。

八

泰国的一个美国空军基地，冷清清地散落着几栋暗灰色的小楼房，其中有一栋小楼房的房顶上飘着一面星条旗。

一架小型座机徐徐降落在跑道上。不一会儿，一个肉墩子似的军官慢腾腾地从飞机上走了下来。他的两团粉红色的颊膘中间耸立着一座高突的鼻峰；前倾的脑门子底下深陷着一对小小的眼窝，镶嵌在里头的是一双灰色的没有光泽的眼睛；粗短肥腻的脖梗儿像是从扣紧的衬衣的衣领里硬生生地挤出半截，时不时艰难地扭过来，摆过去。他坐进一辆正等候着他的军用吉普车，跟司机讲了几句话后，司机便把车开向那栋房顶上飘着星条旗的小楼房。

在有些闷热的车子里，军官耷拉着脑瓜思考着什么，往日脸上的傲慢与轻狂，跟掉进了激流里的一滴黑墨似的，突然不见了踪影。

吉普车在小楼房大门的台阶前缓缓地停了下来，一个年轻的勤务兵向车里的军官行了一个军礼，然后迎上前替他打开车门。愁眉锁眼、心神不宁的军官过了半晌才觉察到司机和勤务兵都在默默地等着他下车，于是连忙说了声“抱歉”，随后，开始挪动臃肿笨拙的身躯。他两脚落地后，将箍紧在脑瓜上的大盖帽往上推了推，松了松绕扎在脖子上的领带，解开衬衣最上面的那颗纽扣，而后朝着小楼房的大厅走去。

开着空调的大厅里静悄悄的，大理石的地面上从门口到楼梯口铺着一块长长的紫红色的地毯，地毯两边对称地放着几只沙发和几只茶几。军官在紧挨着右边窗台的一只沙发上坐下后，摘下头上的大盖帽往窗台上一丢，随即拿起摆在茶几上的一本《新闻周刊》，心不在焉地翻阅起来。翻阅了一会儿后，他仰起脸呆视着头顶上的天花板。他渐渐地发现：在弥漫着凉意的大厅里，这白茫茫的、泛着些许清光的天花板暗合着他此时此刻的心情。

不多时，一个年轻性感的金发女郎，左手托着一个装着两只玻璃杯的银盘，右手拿着一瓶冰啤酒，扭腰摆肢地向军官走来，一对半裸的乳房好似冰晶玉亮的雪山隆凸着，身上飘散出一缕缕浓郁的法国希思黎香水的味道。走到军官跟前后，她故意用丰满肉感的小腿蹭他的膝盖，还秋波潋滟地朝他的胯裆瞟了一眼，而后弯下身子，将手里的银盘和啤酒瓶放在茶几上。她弯身时有意让低垂的乳房尽量地从短衫里显露出来。

"将军先生，您今天是怎么啦？要不要我陪你喝一杯？"她给军官倒了一杯啤酒后，见他半闭着两眼斜靠在沙发上，便娇声娇气地问，说话时半露着的奶白晶亮的门牙使裹在它们周围的略呈玫瑰红的嘴唇显得更加妩媚。

"哦，不，谢谢！"埋在沙发里的心疲神乏的将军稍微挪动了一下身体，而后瞪圆着眼睛看着她那张宛如红霞般燃烧着的脸。他发觉她正在用调情的眼神凝视着他，这眼神触摸着他内心最隐蔽、最薄弱的地方。

他合起手里的杂志，将她从头到脚地看了一遍，最后目光落在她的那双红澄澄的高跟鞋上。他忽觉这双犹如镜子般光滑的高跟鞋就像炽亮的灯光一样闪眼，跟女郎的两条美腿和两座乳峰配在一起能激发他狂热无比的驰思遐想，仿佛生命的全部意义突然间以一种奇特的、梦幻一样的方式袒露在他的面前，让他变成一只由激情支配的动物。

“快喝吧。”金发女郎倒好第二杯啤酒后，似乎察觉到将军在注视着她的那双鞋，于是故作娇态地说，眼里涌起迷人的柔波媚色。她恍惚觉得有一只小小的蚂蚁爬上了她的一条腿，而且是蹭着她滑梯般光溜溜的肌肤慢慢地爬，一边爬一边抚弄着她细软的汗毛，探摸着她最敏感的有如柴禾般一点就着的末梢神经。

“请你——”将军坐直后正想说什么，忽然感到喉咙像被鱼刺卡了似的，半天吐不出一个字来。内心的焦虑和沮丧，抑制了他渐渐兴奋起来的情绪，冲淡了野性的迷幻。

“您想说什么?”金发女郎两眼定定地看着他，轻声轻气地问。

“我想劳驾你把这啤酒送到我楼上的卧室里。”将军沉默了片时后，将目光投向她戴着一根细项链的粉白浑圆的脖子。“在这空荡荡的大厅里，我感到自己的心情也变得空荡荡的，特别是今天。”

“今天到底发生了什么事，让你跟一只斗败了的蟋蟀似的打不起精神?”金发女郎的脸上顿然浮现出一丝淡淡的愁云，湿润肉感的红唇好像触碰到一只瞎飞乱撞的苍蝇，轻微地抽搐着。

“狗娘养的越共今天击落了我们的两架飞机!”郁积在将军心头的怨恨终于从他的嘴里倒腾了出来。“据说，那些野人一般的村民还活剥了我们跳伞的飞行员，掏了他们的心。你说这——”

将军的话还没说完，一个英俊潇洒、文质彬彬的年轻军官从门外走了进来。他是将军的副官，年龄看上去完全可以做将军的儿子。

“你好!”金发女郎对着他颔首一笑，淡蓝色的眼睛里泛起色迷迷的欲涟。

“你好!”副官面无表情地看了她一眼。

她下意识地搔了搔超短裙下面的大腿，伸出半截舌头抵着上唇，紧贴着眼睑的睫毛跟被风儿吹动的花瓣似地忽扇了一下。这时的她显然已把将军刚才的吩咐忘得一干二净。

“你来得正好，将军先生今天心情不太好，要不，你陪他喝点啤酒，聊些轻松愉快的话题。”她默然无语地站立了片刻后，轻步捷移地走到副官的身旁，搔首弄姿地说。

副官装做什么也没看到，什么也没听见，因为他知道这位金发女郎是他上司的“宠物”，每当将军遇上闹心的事儿，或者每当他体内的精力过于旺盛，就和她如胶似漆、寻死觅活地泡上一回。而且，他还知道，这位贪恋美色、不拘礼法的将军为了保持金刚不坏之身，为了当这位金发女郎的裙下之臣，常常从当地的一家药店买来一些掺着春药的滋补品。吃了这些滋补品，他想，将军的体能一定不可小觑，一定够这位金发女郎喝上好几壶的。至于他本人，他并不是不喜欢女人的投怀送抱和绵绵情雨，只是眼下战事吃紧，他不得不收收心，不得不替他好色的上司多费点神，多担当点责任。是呀，他琢磨着，自己若真的想风流一把，那还不容易？想玩南亚人，泰国的大街小巷妓馆林立，唾手可得，就算没有花容月貌、仙姿玉色的美人，也至少能满足自己生理上的需求，想找同胞解闷，军营里有的是，满打满算的也有一个加强连，何必去夺他人之爱，攘他人之美？

“你找我有什么事，我的副官？”将军慢条斯理地问道，两眼圆轮轮地盯着金发女郎的美腿，仿佛这美腿比副官要讲的话更重要。

“据飞机多次侦察和中情局提供的情报，现在可以肯定：不久前进驻安沛防区的那支国籍不明的探照灯部队来自红色中国。这支部队的人数不多，大约是一个营。”副官瞅着将军那副膔样和德行，强忍着笑悠然不迫地说。

“你来我这儿就是为了跟我说这些？”将军抬起头无精打采地看了副官一眼。“既然人数不多，只有一个营的兵力，又有什么可以大惊小怪的？你要知道，我们的空军不仅拥有世界上最先进的装备，而且还拥有一大批技术过硬、久经考验的飞行员。中国的军队哪是我们的对手？更何况他们的武器装备也太落后了，简直可以说是一堆废铁。我认为，他们之所以仅派出一个营的兵力，无非是想做出所谓的‘国际主义’的姿态给越共看，就像前不久苏联派出一个所谓的‘军事顾问团’一样。”

将军极力用浮夸的言辞来遮掩内心的颓丧。与此同时，他尽可能地将自己的注意力集中在金发女郎脂香四溢、撩眼煽情的身体上，仿佛这身体是一杯浓烈的美酒，能稀释他内心的悲观情绪，能在短时间内激活他身上的荷尔蒙。

“不过，将军先生，作为您的副手，我想给您提个醒：遇事还是小心谨慎为好。我记得西班牙有一位哲学家说过这样一句话：‘凡事都不可小看。一个铁钉可以毁了一个马蹄子，一个马蹄子可以毁了一匹马，一匹马可以断送一次战役，一次战役可以灭掉一个伟大的国家。’”副官平心静气地说。

“对，你说得对，我们是要小心谨慎。但我们绝不能由于一点小小的失利而丢弃永恒的决心和信念！”将军说着，说着，情绪忽然变得有些急躁和激动。他的胸脯一起一伏，太阳穴突突地直跳，那本《新闻周刊》不知什么时候从他的手里滑落到地上。“你好好睁开眼睛看看这位站在我们面前的小姐，她就是决心和信念的天使！没有她，我们生活的每时每刻都会变得黯然无光，变得凄冷悲凉，甚至充满了痛苦与绝望。上帝既然让她来到我们中间，那他就一定会佑助我们，拯救我们！再说，我们是在进行着一场神圣的战争，一场为亚洲人争取自由和民主的战争，一场讨伐共产异教徒的战争！”

“我很敬佩将军的决心和信念，它们体现了一种勇往直前的精神和毅力。从前古希腊的斯巴达人和古罗马的角斗士正是凭借着自己的决心和信念置对手于死地。可您有没有想过，我们在越南战场上花了那么多的军费，打了那么久，战况非但毫无进展，反而使自己越陷越深。国内到处是反战的呼声，国外的舆论也都在谴责我们。”副官黯然神伤地说。

“我不想听你这些带有厌战情绪的论调。这是生理上或心理上有缺陷的人才会鼓吹的论调。作为美国军人,我们应该学习巴顿将军,应该像海明威笔下的那头猛狮,即使遍体鳞伤,行将死去,也要奋力地爬向自己的对手!”将军激愤不已地说,说罢拿起一只玻璃杯喝了一口清淡爽口的冰啤酒。“我记得你自己也说过军人应该以服从为天职,应该排除一切非军事因素的干扰,做好自己分内的工作。”

“我是这样说的,我也尽职尽责地做了我应该做的事。”副官说,“但严酷的现实总是逼迫我去思考一些敏感的政治问题,就像原始生命力的骚动总是逼迫一些人去寻求带有诱惑和刺激的私生活一样。”

“看你们俩,都把话说到哪里去了。难道就不能谈些令人轻松快活的话题?”被晾在一边的金发女郎嗔嗔不乐地说。她说完,轻轻地哼了一声,然后扭着屁股朝楼梯口走去。

九

8 月 21 日傍晚,天色比平时提前暗了下来。一团团瞬息变幻、神秘莫测的乌云,好似奇形怪状的群兽,由远及近地向照峰山奔涌而来,转眼间把整座山的山顶吞没了,把红河的河水染黑了。

此时,在 122 站蹲点的颜青山正独自一人心绪不宁地在凉棚里来来回回地走着。他一会儿扬起左臂,低头看一眼左腕上的手表,一会儿注视着挂在墙上的日历,好像自己的每一根神经都和时间纠结在一起。最后,他干脆坐到自己的床边,拿出笔和纸给王二燕写信。

他走笔疾书了一会儿后,放下笔凝神思索着。满腹的愁绪时而有如烟雾一般袅袅绕绕,时而像被风吹散的细雨飘忽不定。他想起曹丕《燕歌行》中的“别日何易会日难,山川悠远路漫漫”,又想起陶潜《拟古》中的“上弦惊别鹤,下弦操孤鸾”,不觉柔肠九转泪千行。是啊,要是没有这场战争,他可以把王二燕和儿子接到新湾镇四团的驻地,甚至把自己的父母也接到那儿,让他们都过上安稳的日子,他跟家人就不会像现在这样天各一方，饱受惦念之苦了。再说，团部有专门为随军家属提供就业的小卖部、缝衣组等，王二燕可以在那里找一份工作，挣些钱补贴一点家用。然而，他想得更多的是一个军人肩上担负的神圣使命和那些天天跟他生活在一起的可爱的战士们。他发现：战争可以使人变得冷酷和残暴，甚至变得完全丧失理智，但同时也可以使人变得异常的豁达和宽容，变得心无私曲和善解人意；死神的阴影在放大野性的时候似乎也在以同样的比例放大着人性，使原本苍白无力的人性突然释放出强劲的圣洁的光环。他想起何兆松的手表和他的几本俄语课本，想起他的入党申请和他那双弥漫着凄惶、落寞、无奈和怨愤的眼睛——这眼睛常常跟幽灵似的，在他身前身后晃来晃去，叫他见了心里就直忽悠，就感到自己仿佛掉进了冻冽冽的冰窖。说句心里话，这小伙子自打入伍后，表现一直挺不错的，不仅虚心好学、埋头苦干，而且生活上艰苦朴素，压根儿找不到他原来想象的那种“小资产阶级的生活情调”，入党这件事是让他颜青山给扒拉下来的。自从他俩的关系闹僵后，何兆松几乎是整天铁青着脸，像背着个大磨盘似的直不起腰，而他颜青山日子该怎么过还是怎么过，话该怎么说还是怎么说，真可谓“水大漫不过鸭子”。而眼下，同样的命运早已将他俩拴在了一起，使他们成了匍匐在死亡边界的患难与共的战友。他忽然觉得，跟王二燕相比，何兆松——一个远离父母、孤弱无援的年轻人，一个被他封杀了政治前途的年轻人，似乎更值得他去同情、去关爱。他骂自己太作损了，谴责自己的轻率和粗暴，谴责自己为了几项所谓的“原则”而陷入了教条主义的泥坑，出卖了自己灵魂中最值得珍惜的东西。他想挽回已铸成的大错，但又没有勇气去改变既定的现实。他觉得自己太亏欠何兆松了，觉得自己有一河滩的话憋在肚子里想向他倾诉，但又难以启齿。他想，要是能跟何兆松把话儿全说开了，也许心里头拴紧的扣子也就自然而然地解开了。他真不知道自己能做些什么才可以平息何兆松对自己的怨恨，求得他对自己的原谅。他打心底里不愿看到何兆松比自己先死，如果何兆松比他先死，他将倍受良心的煎熬，活得生不如死。他倒是希望何兆松活着，而且一直活着，活得比谁都好。他希望这迟到的忏悔能感动上苍，能让上苍把他从深重的罪孽之中拯救出来……

想着，想着，他不觉来了烟瘾，正要点上一支烟，准备继续写信，凉棚外面突然响起了空袭警报。“真是奇了大怪了！这种鬼天气怎么可能有空袭?”他有点怀疑自己的听觉。

他把折叠好的信纸放入衣袋后，恍恍惚惚地走出凉棚，举头望天，只见阴惨惨的云团被一阵阵风儿吹散开来，西边的天角裸露出一道青白的亮色，这亮色瞥忽之间融化了试图遮住它的云幔，点染了隐匿在黑暗中的景物。

“连长，据报，敌机一批，高度三千，正向我防区逼近。”这时候，站长李晓刚急冲冲地跑到他的面前，喘着粗气说。

李晓刚的话音刚落，西边的天角响起了飞机的引擎声，这声音起先像胡蜂嗡嗡叫，不一会儿犹如滚滚而来的响雷。

“不好，这是敌人 F－105‘雷公’战斗轰炸机。快做好开灯准备!”颜青山果断地对李晓刚说。

122 站的战士在李晓刚的指挥下迅速各就各位：灯长兼一号手转动着操纵杆上的手轮；二号手脚踩着总开关，手握着调整弧光的把手；三号手用摇手发动起柴油机。而兼任雷达长的李晓刚则聚精会神地注视着雷达显示屏上的敌机的高度、方位和距离。

黑压压的机群，像发现猎物的猛禽，平展着坚硬的翅膀从高空俯冲下来。这回采用的是多方向进攻的战术。挂在半空中的照明弹晃晃悠悠，把大地照得亮如白天。

随着李晓刚一声“开灯扫机”的命令，一道粗长炽亮的光柱像一把巨大的利剑刺向天空，把灰沉沉的、阴气浮悠的天空捅了一个窟窿。没多时，一架长机被照中了，只见迷失了方向的它像一个烂醉如泥的酒鬼七歪八扭地落向远处雾气迷蒙的险谷邃壑。见此情形,其余的敌机立刻有如一条条被激怒的疯狗,对防区实施"地毯式"狂轰滥炸。幸好,这会儿北越的高炮部队已开始向敌人发起猛烈的回击。在密集的高炮火力网的围困中,几架气焰十分嚣张的敌机突然摇摇晃晃地栽了下来,可落到了低空又冷不防地拉了上去,一边拉一边向122站抛下炸弹和载弹器。顷刻间,探照灯灯位的周围火光四起,烟纱漫漫。雷达的天线被炸落了,凉棚被熊熊的烈火点着了,锋锐如锯的弹片带着沙状的泥土和小石块乱迸乱飞。

一颗瞬发球型钢珠弹在离颜青山不到五米的地方炸响了,只见一溜倾斜的他周身冒出嘶嘶作响的青烟,血流如注,最后,颤巍巍地倒在被血洇湿的地上。

接着,又是一声震耳欲聋的巨响。一块横飞的弹片削去了李晓刚的半个脑袋,他顿时像被暴雨冲刷过的土墩坍塌下来,蘸着鲜血和脑浆的焦土覆盖在他还在挣扎的躯体上。

这时候,在121站的高地上,战斗也打得异常激烈。几架敌机先在附近的中空盘旋了一阵子,而后突然降低了高度,像一只只扑火的飞蛾朝探照灯的灯位倾压过来。须臾间,高地的周围变成了火一般的海洋。战士们的耳朵差点被敌机的吼叫声和炸弹的爆炸声震聋了,面孔被冲天的硝烟熏黑了,嘴唇被一阵又一阵的热浪烤干了。已发动好柴油机的俞大江用机枪向来犯的敌机猛烈地扫射着,亮锃锃的弹壳好似稻田里的蚂蚱四处乱跳。何兆松不停地转动着操纵杆上的手轮,两眼紧追不舍地盯着敌机。

突然,一块呼啸而来的弹片偏巧砸在探照灯的玻璃防护罩上,溅起水花般耀眼的碎光,灯鼓即刻犹如一条在狂风暴雨中颠簸的小船摇晃了起来。何兆松的左眼球被一颗乱飞的玻璃碎渣给划伤了,扭歪的脸上挂着几道稀溜溜的血痕。他忍着钻心的疼痛,急风急火地跑到高地的斜坡上,东摸西摸地找到了一块沉甸甸的石头,随后一鼓作气地把它抱到灯鼓旁。他解下身上的腰带，将它绕扎在石头上，再用一根粗铁丝把腰带拴扣在灯鼓的下面，使灯鼓恢复了平衡。

“一号手，盯住目标！”高锦平见灯鼓恢复了平衡，低落的情绪又开始高涨起来。

“一号手明白！”何兆松将鸭舌帽的月牙形帽檐推到后脑勺，睁大着右眼，继续转动手轮，尽管这时的他已感到左眼的伤痛已影响到右眼的视力，眼前的一切都好像变成了重重叠叠的影子。

耀眼的探照灯光，如同从一只巨大无比的氧炔吹管里吐出来的火焰，切割着浩浩天宇。可就在这时，不知什么缘故，柴油机突然停止了转动，灯光一下子熄灭了。

“真他娘的见鬼！”俞大江气急败坏地骂道。

幸好，这会儿敌机正在撤离，战斗已接近尾声。

十

颜青山的突然逝去对方亚文产生了不小的震动。他一连好几天目不交睫、夜不成眠，吃饭时，饭菜常堵在喉咙里咽不下去。“化悲痛为力量，继承烈士的遗志，完成他们未完成的事业，狠狠打击侵略者……”这种千篇一律的追悼程式委实难以表达他内心复杂的情感。

尽管从性格上看颜青山跟他并不是很搭调——颜青山是个稀里马哈、大大咧咧的人，而他是个谨小慎微、板板六十四的人，而且，有时候两人还为生活上或工作上的小事毫厘之间斗乾坤，争得面红耳赤的——，但都有一个共同的特点，那就是有话从不搁在肚皮里，喜欢当面锣当面鼓地挑明说透。照颜青山的讲法，“做人就应该大气、实在，不能虚头巴脑，不能隔着一重山看别人。”

最令方亚文难忘的是：三年前，一营被临时调往杭州湾的一个训练基地搞军事演练，他的左腿不幸被毒蛇咬伤，是颜青山用一把水果刀把伤口划开，用嘴把毒液一口一口地吸出来，然后亲自把他送到当地的一所医院去抢救。出院后，他请颜青山下馆子吃了一顿，算是还了他的人情。但颜青山却得寸进尺地对他说："我们俩还谁跟谁啊，从今往后多借点钱给我就是了。"

一年前，他和颜青山曾在团部举办的干部理论培训班一块学习，住在招待所的同一个寝室里。第一天晚上，两人吃好饭后先在附近的一个军垦农场溜了一圈，而后早早地躺在床上嘻嘻哈哈地神聊起来，一个是谈天论地，一个是话男说女。颜青山知道已过而立之年的方亚文还打着光棍，便故意用一些低级趣味的故事逗他，什么"大妹子跟毛娃儿在高粱地里野合"、"老和尚与小尼姑在芦棚里偷情"啦，什么"武则天和行军总管怀义云雨高唐"、"慈禧太后和李莲英情似胶漆，尽享枕席之欢"啦等等，甚至还恬不知耻地哼唱起不知从哪里学来的荤段子，什么"蓬门紧闭一线天"、"桃花吐艳春水流"，什么"波翻浪滚如蛟龙"、"银涛纵横山谷中"等等，把方亚文这块冰冷的石头给暖热乎了。

"好你一个颜青山！你这人只要一翘屁股，我就知道不会拉出什么好屎来。"方亚文当时严厉地批评他，"你这哪像一个革命军人说的话？满脑袋男盗女娼、龌龊下流的东西！平时在连队装得有模有样的，甚至比政工干部还讲原则，可一出水就见粘在脚上的泥巴了！"

然而，尽管他嘴上把颜青山狠狠地斥骂了一通，但心里却感到有点痒滋滋的。颜青山讲的故事和唱的荤段子使久旱未雨的他不免有点着魔，有点把持不住，仿佛把他投进了一个看不见、摸不着的大网兜里，他越试图反抗，这网兜就越收得紧。他时而觉得自己变成了一根被火点着的木头，越燎越旺，时而觉得自己变成了一条遍体鳞伤的鱼，任凭一只水鸟在上面扑棱、唼喋——这只水鸟的脚爪最后就像切土如灰的犁铧，耕垡着他的每一根筋骨。颜青山见他在床上翻来覆去地折腾着，便故意从鼻子里弄出些似笑非笑的怪里怪气的声音，这可大大伤害了他的自尊心。他气哼哼地从床上爬起来，把右手握成一个铁拳，抡眉瞪目地朝着正在装神弄鬼的颜青山扑去。颜青山见势不妙，慌忙抱着头将背对着他。于是，拳头就跟下雹子似地落在颜青山的背上。

“我叫你舌头上跑荤口！我叫你把屁搁嗓子眼熏人！看我不给你这张瞎咧咧的臭嘴套上个嚼子！”方亚文一面揍他，一面大声地骂道。

而颜青山不知是真疼还是装疼，嘴里“哇唷哇唷”地叫个不停。方亚文见他并无认错服软之意，便用左手死死地摁住他的右肩，右手抓住他的右手腕使劲往上一提溜。这会儿，颜青山才拉长了马脸连声求饶，承认自己的不是。

可说来也怪，这跟闹着玩似的打打骂骂反而使他俩走得更近了。第二天，两人又和好如初地兜拢在一块。

要论收入，颜青山当副连长的那会儿每月能拿五十多元，比他方亚文少三十来元，但花起钱来却大手大脚的。部队在新湾镇的时候，他几乎每个星期天都要进城逛街，不是买些茶叶和烟酒，就是下饭馆吃上一顿，有时还趁兴看一场戏。不长时间，他不但每个月入不敷出，而且还欠下了一屁股的债，这些债仿佛永远都偿不清似的。虽然平时方亚文常常用话敲打他，劝他有尺水行尺船，把手指缝儿攥紧点，可他就是听不进去，说什么：“钱这玩意儿就是让人花的，整天揣在兜里多没意思！我才不愿过箪食瓢饮的穷日子！”

在清理他的遗物时，发现了一封没有写完的信和一张笔迹工整的欠条。那信上是这么写的：

二燕妻：

久别未见，很是牵挂。

由于最近部队的各项工作都比较繁忙，殆无虚日，因此，没能及时给你写信，还望你多多原谅！

你和儿子在北京过得还好吧？有没有在天安门见到毛主席他老人家？我在报纸上看到毛主席他老人家接见红卫兵时的照片，当下感动得泪水噗噜噜地直往下掉，心想：那些见到毛主席的人，特别是那些跟毛主席握手的人，他们是多么的幸福！

是啊，没有毛主席就没有咱们的新中国，就没有咱们老百姓翻身当家做主的今天。你们如果见到了毛主席，别忘了火速向我报喜，好让我分享你们的幸福和欢乐。

或许由于太想你的缘故吧，昨夜我在睡梦里见到你了，还见到咱俩结婚时的情景：你穿的是旧时的红花绫罗，我穿的是土黄色的军装；面对一双双流转闪光的眼睛，咱俩并肩挨膀地站着，要说有多傻就有多傻！要说有多羞就有多羞！说实话，那会儿你真是漂亮极了，就像天边的一抹红霞，田野里的一朵鲜花，河旁的一株扶风的娇柳。记得我当时见人就说你是彩凤随鸦，好花插在牛粪上，而你则笑我跟人拉起话儿来没个谱。

现在，咱俩的年纪虽不大，但我跟你也可称得上是"老夫老妻"了。日子尽管过得不怎么富裕，但也没到吃干喝稀的地步。彼此间知冷知热的，也就心满意足了。

邮上二十元，暂作帮衬。拿到钱后，代我给儿子买些好吃的。这孩子，我总觉得自己太亏欠他了。我一想到他，心里老是像

而那张欠条上则密密麻麻地记录着颜青山何年何月何日从何人那里借了多少钱，前前后后归里包堆已五百元出头，其中仅从方亚文手里就借走了三百多元。这可不是一笔小数目啊！但人都死了，而且是为伟大而又崇高的国际主义捐躯，因此，还有谁，包括他方亚文

在内，会去顾念和计较在无价的生命面前显得那么渺小、那么不屑一提的几个钱呢？

十一

8月29日凌晨，阴霾未散，夜色犹浓。121站的高地上，俞大江正端着冲锋枪直挺挺地伫立在探照灯旁。从远处的村落不时地飘来狗的狺狺声，它同河沟里淙淙潺潺的水流声以及草丛里蟋蟀和小虫的瞿瞿声混合成一种幽微凄婉的调子，使得周围的一切显得愈加空寂和冷落。不多时，宁静的夜色仿佛突然间颤栗了一下，析出一幅淡浓相宜的水墨画，淡的浮在景物的上层，浓的沉在景物的底层。

俞大江一边站岗，一边回想着昨晚高锦平和何兆松的一段对话：

"你那位还没过门的媳妇叫什么来着？"

"叫韩香梅。"

"怎么个写法？"

"哦，就是韩非子的韩，芳香的香，梅花的梅。"

"嗬，这名字起得不赖，'梅花香自苦寒来'。看来，你们俩是红绳系手足，姻缘一线牵啊！一个是抗冻的松柏，一个是耐寒的香梅，真是天造地设的绝配。等打完了仗你再去见她，她这支香梅就更香了。"

"瞧你这张嘴，就是萝卜丝儿也会被你说成是鱼翅。"

"我的嘴哪有你说的那么巧？我要真有你说的那种口才，我早就到团部的政治处去当宣传干事了！哦，对了，你小子娶媳妇的时候可千万别忘了请我喝一杯。"

"那当然，这酒少谁也不能少了你这个当站长的。到时候我一定让你喝个痛快，叫你喝得不知天南地北，一醉不知归路。不过，会不会有这一天我可说不上。你不是常说我们这些当大兵的是天天与鬼为邻吗？”

“是啊，现在谁活谁死谁也说不上。阎王爷想要招呼谁，谁就得到他那儿去报到。说实话，我如果光荣了，倒也无所谓，我还有俩弟弟，坟头上断不了香火。可你何兆松是一独苗，你的父母正指着你传宗接代呢！”

“传宗接代是小事，最让我担心的是韩香梅。如果我去见阎王爷，她可就——”

“可就什么？要知道现在可不比过去的封建社会了，哪有一鞍不配二马的事？再说，人都死了，能在阎王爷手底下谋一份好的差役就算不错了，还管活人的事？”

“看你说的，难道你就把自己的死看得那么贱？”

“你知道我高锦平已死过一回了，也就是在拆除那颗磁性高爆弹的那会儿。打那以后，我总隐隐地觉得躲得过初一，躲不过十五，而且对世上的一切都想穿看透了。我认为有句老话说得好：‘生者为过客，死者为归人。’归天之人无所谓贵贱。”

“我不同意你的说法。我记得有位诗人曾经说过：生命可以是一片凋落的叶子，但这叶子要在秋风中舞蹈，要化作可以栽培树木的泥土，使它们在春天开放出光艳四溢的花朵。”

“行了，行了，别唱高调了！打开中外名著，这种浪漫主义的高调多了去了，可以车载斗量。可我是个只讲求实际的现实主义者，没那么多的幻想……”

就在俞大江想得跑了神的时候，一阵突如其来的空袭警报撕破了廓然无边的天空。

在这警报拉响之前，十二架 F－4“鬼怪”战斗机先是利用雷达的盲区——矗立在黑水河畔的高山的另一面作掩护，周而复始地盘旋了一会儿，然后一个接一个地鱼贯式翻越山顶，向防区直逼过来。

警报声一响，121 站的凉棚就像被搅了的蜂窝似的，一下子骚动起来。每个人都以最快的速度从床铺上爬起，直接奔向灯位。

高锦平冷静沉着地注视着出现在雷达显示屏上的回波，压在两道刷子般浓眉底下的眸子显得异常的机灵有神。不一会儿，他见随着探测光顺时针地旋转，屏幕上出现了一些小小的像虫子般蠕蠕而动的亮点。

“站长，开灯吧！”何兆松见敌机已经进入了自己的视野，有些耐不住了。上回他被敌人打伤了左眼，这回他正摩拳擦掌地等着出口恶气呢！

“再等等！”高锦平果断地说。

时间一秒一秒地过去了。战士们一个个敛声屏气，鼓突的眼睛里跳荡着复仇的火苗。当一架敌机正要飞过高地的上空时，高锦平发出了“开灯扫机”的命令。一道白炽雪亮的光柱，犹如烨烨闪电划破茫茫苍天，把这架敌机照得晕头转向。只见很快被一颗炮弹击中的它跟一只无头苍蝇似的，歪歪扭扭地摔了下来，最后拖着一帘絮状的黑幔坠入水雾袅袅的红河里。

“狗日的，这下可知道谁是谁了吧！”何兆松顿时觉得自己周身的热血在狂奔，在向外涨劲，觉得此起彼伏的隆隆的炮声是在给他鼓劲。

可恰在这时，高地的上空出现了一只烁烁发光的火球。这火球越来越大，越来越亮，最终带着尖厉的嗞嗞声落向灯位。

“导弹！”高锦平声嘶力竭地吼起来，“快隐蔽！”

原来，损失惨重的敌人狗急跳墙，向灯站施放了一枚“响尾蛇”导弹。

在一阵粗犷脆硬、惊心动魄的爆炸声中，灯站瞥眼之间消失了，翻滚的浓烟犹如从天而降的乌云，把整个高地裹起来了。

“何兆松，你——”被飓风般的气浪推倒在地的高锦平，在一阵艰难的喘息之后，慢慢地睁开两眼，用极其低微的嗓音呼唤着何兆松，好像有什么话要跟他讲，但没过片时就哽哽噎噎地怅然而逝了，脸上镌刻着花岗岩一般的刚烈和静美。

何兆松倾斜着身子伏在被打烂的灯鼓上，变形、冒烟的手轮上挂着他的一条血淋淋的胳膊。他不停地抖动着焦黑的嘴唇，像是在呼喊着韩香梅，又像是在咒骂这场残酷无情的战争。他两眼定定地看着从他的衣兜里滑落到地上的钢笔，仿佛在攒集着幽幽晨辉的笔帽上看到了自己生命的余光在颤悠，看到了韩香梅的笑容，看到了在秋风中舞蹈的落叶，看到了春天里漫山遍野的花朵……看着，看着，他恍惚觉得自己被一种神奇的力量带到了一个神奇的地方，在那儿他见颜青山正腾云驾雾般地朝他缓缓走来，然后将一面鲜艳夺目的党旗轻轻地盖在他的身上，接着又从怀里掏出一只亮闪闪的手表和几本书，把它们放在他的身旁。他见颜青山苍白、憔悴且烙满愧恨的脸上渐渐绽放出灿烂的微笑。这微笑是那么的醇和，那么的甘美，就像从天上洒下来的纯净的、甜丝丝的雨露；这微笑又是那么的耐看，那么的感人，就像辉映着碧空的七色彩虹。何兆松也情不自禁地笑了，笑得也是那么的醇和，那么的甘美，那么的动人，尽管他那张被泪水浸湿的面孔早已变成了一坨模模糊糊的血肉。

被气浪卷到已坍塌的凉棚边上的俞大江，只觉得自己好像栽进了一口深不见底的井——这井酷似一座烧透了的砖窑，热得叫他喘不过气来。没多时，他迷迷糊糊地晕了过去。

当照峰山现出它虎啸熊嗷般的峥嵘时，当红河祖露出它宽广银亮的胸怀时，零零星星的炮声把俞大江给震醒了。他试着站起来，可右腿重得有如灌了铅似的，怎么抬也抬不动。于是，他向一根铁杆慢慢地爬去。这铁杆是从雷达的支架上坠落的，上面还缠着几根烧焦的电线。他爬到铁杆旁后牢牢地把它抓在手里，用它支撑起全身的重量。随后，他拄着铁杆一瘸一拐地搜寻着战友，但满目都是横七竖八、血迹斑斑的尸体——有脑袋开花的，有裸露肚肠的，有缺胳膊缺

作品综述(代后记)

周　闻

这本集子的特点之一是将传统的现实主义和现代的象征主义远缘杂交,使之在揭示主客体复杂的共相时相映成趣。众所周知,致力于细节逼真和结构严谨的现实主义主张通过人物环境的典型再现来反映生活的感性实在和社会的内在本质。但由于它过度强调因果、秩序、完整等逻辑思维,结果往往容易使文学作品变成预先设定的概念和规则的化身,变成某种期待的满足。这在一定程度上滋长了读者这一审美主体的惰性和依赖性,扼杀了他们的能动性、参与性和创造性,从而限制了文学的视野和其应有的发展深度。而崇尚个人经验自然表述的象征主义则试图把文学从现实主义的藩篱中解放出来。它通过主观与客观(即心象与物象)的融合,在作品内部建立起由各种"对应"和"联想"控制的情绪化的结构,使作品具有更多的投射性、不确定性和启示性,不再是一大堆意义凝固的材料的机械组合和对事物表象的纯粹模仿。但它在拓展艺术表现力的同时,若运用不当,容易陷入包括神秘主义在内的反理性主义。本集子中的一些作品,如《望水屯的井》、《拾荒者》、《秋梦》等,试图综合上述两种不同创作手法的优势,使描述的内容实中有虚,虚中有实,相得益彰。它们不同程度地借助一种"黏合力",把客观的现象界同主观的心灵界契合在一起,使作品的主题在"象"与"意"的交互作用中得到说明和延伸。由于象征结构固有的开放性(即它的多义性和游移性)能激活读者的想象力，因而看似有限的"象意"结构在大量的"对应"和"联想"中获得了强劲的生命力。

集子的特点之二是孤独的主题。作品中不少主人公都过着一种孤苦、落寞的精神生活。为了排遣内心的孤独，《秋梦》中的"我"陷入一种无奈、自欺的幻觉，《拾荒者》中的刘老七则迷上了捡破烂这一行，并和一只装废品的"葫芦袋"形影不离，相依为命。总之，孤独的情绪似乎无孔不入，无处不在。就连《场站》、《红河边的花魂》、《归来之夜》、《老派克饭店》这些反映军人和退伍军人生活与心态的作品也或多或少地被抹上了"孤独"的色调。当然，这些形形色色孤独表象底下的深层原因是很难用一两句话囊括殆尽的，因为孤独既可以产生于人物天生的气质或他们特殊的人生经历，也可以产生于某种非凡的才智或一种对生命终极意义的关怀；既能体现悲观主义的某些特征（如用形而上学般的冷峻态度观照万物并把它们逼向"萧条的严冬"），也能衍射知白守黑、遗身物外的乐观主义者的超逸。

集子的特点之三是对"荒谬"的诠释。作品中的主人公作为一种自我感受体，大都频频陷入或容易陷入各种难以名状的情感突变和思想危机之中。这或许是由他们过于敏锐的观察力和内省力造成的。然而，这种情感突变和思想危机的本原实质上是人的客观存在本身所具有的荒谬性。它大致表现在两个方面：其一，人总是自觉或不自觉地充当自身和他人欲望的牺牲品。例如，在《蛇鞭》中，人们看似在拿各自的欲望做着一笔又一笔公平的交易，而且是遵循着一种秘而不宣的、只能意会的游戏规则，但和强势的一方相比，弱势的一方选择的余地显然要狭窄得多，这就形成了事实上的不公平。更何况，每笔交易对弱势的一方而言，往往意味着更多的冒险，甚至是一场命运的赌博。但荒诞的是，在这种很可能把人性引入堕落深渊的交易中，几乎任何人都会感到有点身不由己，难以自拔甚至于知其不可为而为之。其二，高贵的东西往往会不知不觉地演变成一种颓废,再由颓废演变成一种放浪。例如,《拾荒者》中的刘老七似乎始终在用一种病态的“自慰”践踏着人性中残存的“纯真”,亵渎着某种神圣的信念。其人格系统中的美与丑常常纠葛在一起,让你无法分辨。在这种反讽式的剧情中,人生对人的嘲弄最后发展成人对自己的嘲弄。然而,让人无法理解的是,当幻想的彩球被现实的铁棒击成碎片时,理应产生一种痛觉并由此明明白白、真真切切地看到幻想的不真实,但刘老七却死死地抱住幻想不放,最终只好以自欺的、放浪的方式对待黯然无光的人生。当然,其他的作品,如《场站》、《归来之夜》、《秋梦》、《会癖》、《乡村医院》、《老派克饭店》、《红河边的花魂》、《黄昏的喧嚣》等,也从不同的侧面、不同的层面揭示了现实生活中的荒谬性。

总之,这本集子中的作品篇幅虽然不是很长,但对小说的艺术作了积极、有益的探索,对重大的社会问题以及人性的本质作了入微的透视和解读(这些我已在每篇作品的简介中有所提示)。它们对不同层次的文学爱好者无疑具有一定的启迪作用。

2012 年 3 月 5 日于同济大学

图书在版编目(CIP)数据

心灵与艺术/周立人著.—上海：东方出版中心，2012.8

ISBN 978-7-5473-0511-9

Ⅰ.①心… Ⅱ.①周… Ⅲ.①短篇小说-小说集-中国-当代 Ⅳ.①I247.7

中国版本图书馆CIP数据核字(2012)第158641号

心灵与艺术

出版发行：东方出版中心
地　　址：上海市仙霞路345号
电　　话：62417400
邮政编码：200336
经　　销：全国新华书店
印　　刷：昆山市亭林印刷有限责任公司
开　　本：890×1240毫米　1/32
字　　数：342千字
印　　张：14
版　　次：2012年8月第1版　第1次印刷
ISBN 978-7-5473-0511-9
定　　价：34.00元
